JAY BONANSINGA

Killer-Parade

W0400076

Buch

Joe »Slugger« Flood, erfolgreicher Auftragskiller, erfährt von seinem Arzt, daß er Leukämie und nur noch weniger als ein Jahr zu leben hat. Ein langsamer, qualvoller Tod ist unpassend für einen seiner Zunft, und so setzt er via Internet einen Kontrakt auf sich selbst aus: 6 Millionen $ für denjenigen, der ihn kurz und schmerzlos ermordet. Sluggers Kollegen sind begeistert: Joe Flood ist eine Berühmtheit – ihn zu töten eine echte Herausforderung.

Joe muß noch ein paar Dinge erledigen: Er trennt sich von seiner Freundin Maizie, versenkt sein Waffenarsenal im Lake Michigan und macht sich dann auf zu seiner letzten Sauftour. Als er sturztrunken in seine Wohnung zurückkehrt, blinkt der Anrufbeantworter. Es ist eine Nachricht seines Arztes, der sich entschuldigt: Fehldiagnose. Joe hat keine Zeit, sich darüber zu freuen, denn der erste Killer, Ben »Mad Cat« Malambri, steht bereits vor seiner Haustür. Von nun an ist Joe auf der Flucht vor einer Killer-Parade, die aus der ganzen Welt angereist ist, um ihn zu stellen. Ob der schießwütige Italiener Tony Alcotta, der psychotische Gabriel Willard oder die Sexbombe Brunetta Jones – sie alle sind voller Vorfreude auf eine fette Beute. Slugger gelingt es immer wieder, seine Verfolger abzuschütteln. Doch er hat keine Ahnung, daß eine Geheimorganisation, für die er unwissentlich jahrelang gearbeitet hat, nun ihrerseits sehr daran interessiert ist, Slugger loszuwerden: Labile Killer mit Kurzschlußreaktionen bergen ein zu großes Risiko. Joe hätte keine Chance, wenn nicht seine Freundin Maizie weit weniger zartbesaitet und viel klüger wäre, als er sich das je hätte träumen lassen …

Autor

Jay Bonansinga hat bereits zwei Romane veröffentlicht. Sein Erstlingswerk *Schwarze Maria* wurde für den »Bram Stoker Award for Best First Novel« nominiert. Der Autor lebt mit seiner Frau in Evanston, Illinois. Weitere Titel sind bei Goldmann im Taschenbuch in Vorbereitung.

Jay
Bonansinga

Killer-Parade

Roman

Aus dem Amerikanischen
von Jens Plassmann

GOLDMANN

Die Originalausgabe erschien 1997
unter dem Titel »The Killer's Game«
bei Simon & Schuster, New York

Umwelthinweis:
Alle bedruckten Materialien dieses Taschenbuches
sind chlorfrei und umweltschonend.

Genehmigte Taschenbuchausgabe Juli 2000
Copyright © der Originalausgabe 1997 by Jay Bonansinga
Copyright © der deutschsprachigen Ausgabe 1998
by Wilhelm Goldmann Verlag, München,
in der Verlagsgruppe Bertelsmann GmbH
Umschlaggestaltung: Design Team München
Umschlagfoto: Photonica (40-151-01)
Druck: Elsnerdruck, Berlin
Verlagsnummer: 43994
Lektorat: Frauke Brodd
Herstellung: Sebastian Strohmaier
Made in Germany
ISBN 3-442-43994-9

1 3 5 7 9 10 8 6 4 2

Für Di und Sully
in Liebe

Teil I

Ein Schlag für den Slugger

Komm zur Kenntnis, von welcher Art du bist!

Pindar, *Oden*

- 1 -

Die Klinik befand sich in einem niedrigen, unscheinbaren Gebäude an der Ecke La Salle und Huron. Der blaugraue Himmel über Chicago verdunkelte sich gerade bedrohlich, als Joseph Riley Flood zu seinem 9.00-Uhr-Termin eintraf. Er betrat die Halle und nannte der Empfangsdame seinen Namen. Sie führte ihn in ein kleines Untersuchungszimmer direkt neben der Lobby.

Joe setzte sich auf einen kalten Resopalstuhl, auf dem man ihn eine Weile schmoren ließ. Er wünschte sich an irgendeinen anderen Ort. Die Arme verschränkt, die Nähte des Sportjacketts mit dem Hahnentrittmuster von seinen breiten Schultern gespannt, hatte er etwas von einem bärbeißigen Coach an sich, einem alten Sportsmann, dessen Muskeln zu hartem Fett erstarrt waren und dessen gesunder Teint und hennafarbenes Haar von Tag zu Tag grauer wurden. Er besaß allerdings immer noch dieses Lächeln. Dieses mörderische irische Lächeln. Mit diesem verdammten Ding gelang es ihm noch immer, Erfolge zu erzielen.

Das Problem war nur, daß Joe in der letzten Zeit nicht viel gelächelt hatte. Erst vor wenigen Wochen hatte er seinen fünfzigsten Geburtstag durchlitten, und das war ein echter Schlag ins Gesicht gewesen. Dabei war es nicht einmal so wichtig, daß er sich nicht mehr näher als sechs Meter an sein geliebtes scharfes Essen herantraute oder daß sein Augenlicht nachließ, nein, das Schlimmste war die rein mathematische Seite. Wilt Chamberlain beendete seine Basketballkariere 1974 im Alter von achtunddreißig, und ihn hatte man schon zu den Rentnern gezählt. Jimmy Connors war in den Vierzigern, als er in den U. S. Open mitspielte, und er hatte als Naturwunder gegolten. Joe gefiel der Klang von *fünfzig Jahre alt* ganz und gar nicht.

Wie aus dem Nichts tauchte plötzlich eine Krankenschwester vor ihm auf und bereitete Joes Arm für die Ampullennadel vor. Sie sagte ihm, daß sie eine weitere Blutprobe von Joe benötigten.

»Das haben die doch bereits gemacht«, informierte Joe sie.

»Wer?«

»Die Leute im Krankenhaus.«

»Das weiß ich«, sagte sie und stach mit dem Fingerspitzengefühl einer Wurstverkäuferin in seine Vene. »Dies ist für die Nachuntersuchung.«

»Nachuntersuchung wozu?« fragte Joe sie und ärgerte sich darüber, daß er die Knochenflicker überhaupt aufgesucht hatte. Joes Blase war über die Jahre immer schwächer geworden, und der Zustand hatte sich in der letzten Zeit derart verschlechtert, daß er nachts zu allen möglichen Unzeiten pissen gehen mußte. Vor einer Woche hatte er sich dann schließlich durchgerungen und die Kagan-Klinik angerufen. Er war sofort einbestellt worden.

Sobald er ihnen in die Hände gefallen war, hatten Krankenschwestern ihm Blut abgenommen, medizinisch-technische Assistentinnen seine Brust geröntgt, und zu guter Letzt hatte dieser kleine, glatzköpfige Kissenpupser Dr. Kagan höchstpersönlich eine komplette Prostatauntersuchung an ihm durchgeführt. Es war ja schon schlimm genug gewesen, daß der kleine Kerl seine Finger in Joes Arsch gerammt und dessen Vorsteherdrüse massiert hatte, aber als ihm der Drecksack dann auch noch einen Metallapparat von den Maßen eines Rindertreiberstabs reinjagte, um einen erbsengroßen Knoten aufzuspüren, den er entdeckt hatte, da fühlte sich Joe endgültig wie ein Frischling im Knast auf Rikers Island.

»Dr. Kagan wird Ihnen alles erklären«, antwortete die Krankenschwester schließlich, entleerte die Spritze und bedachte

Joe mit einem flüchtigen Lächeln. »Er wird gleich Zeit für Sie haben.«

Sie klebte ein Pflaster auf Joes Arm, schob ihn auf den Flur hinaus und führte ihn zur letzten Tür auf der rechten Seite. Joe trat in ein kleines Büro, das momentan verwaist war, und nahm gegenüber dem vollbeladenen Eichenschreibtisch Platz.

»Dr. Kagan wird sofort zu Ihnen kommen«, versicherte ihm die Krankenschwester und ging zurück auf den Korridor hinaus.

Joe seufzte, steckte sich eine Tablette zur Bindung der Magensäure in den Mund und ließ seine Augen über das Chaos im Zimmer wandern. Inmitten spindeldürrer Gummibäume und eingerahmter Diplome erhoben sich Berge an medizinischen Fachzeitschriften, Aktenkisten und Nachschlagewerken. Zuerst überraschte Joe das wahllose Durcheinander. Joe achtete instinktiv auf Ordnung und Sauberkeit, und von einem Arzt erwartete er eigentlich einen ähnlichen Sinn für effektive Organisation. Joe blieb keine Zeit für Nachlässigkeiten. Das erlaubte ihm sein Job nicht. Und es machte ihn nervös, wenn er ihnen bei anderen begegnete. Dieses Zimmer sah aus wie eine Studentenbude nach einer Woche voller Examensprüfungen und Amphetaminen.

Er wollte gerade anfangen, den Schreibtisch aufzuräumen, da hörte er Schritte hinter sich.

»Mr. Joseph, guten Morgen«, meinte Kagan nüchtern, als er in das Büro trat, den Schreibtisch umkurvte und in seinem gepolsterten Drehsessel Platz nahm. *Joseph* war der Deckname, den Joe seit Jahren in der Öffentlichkeit benutzte. Ärzte fragten sowieso nie weiter nach, es sei denn, sie befürchteten Schwierigkeiten in puncto Rechnungsbegleichung.

»Wie geht's, Doc?«

»Ganz gut, danke.« Der Arzt nickte freundlich. Er war ein zierlicher, kleiner Mann mit einem frettchenhaften Gesicht und dünnen Haarsträhnen, die er über seine kahle Schädeldecke gekämmt hatte. Er trug einen weißen Kittel, und seine Mundwinkel zuckten leicht, als er zu sprechen begann: »Wir müssen uns ein wenig miteinander unterhalten«, hob er an. »Ich freue mich, daß Sie es so kurzfristig einrichten konnten.«

Joe grinste. »Ich konnte es einfach nicht erwarten wieder herzukommen, Doc. Ich habe es schon richtig vermißt, daß mir dieser Drillbohrer im Arsch steckt.«

Kagans nervöses Lächeln verflüchtigte sich schnell wieder. »Der ist gut.«

»Wo liegt das Problem, Doc?«

Kagan suchte das Katastrophengebiet auf seinem Schreibtisch nach einer bestimmten Akte ab. »Mr. Joseph, wir haben eine vollständige Analyse Ihres Blutes durchgeführt – ein CBC und chem24. Eine PSA, die wir hinsichtlich der Prostata gemacht haben, ist normal ausgefallen, null Komma eins, um genau zu sein, was ganz ausgezeichnet ist. Auch die Biopsie war negativ.«

»Ich habe das Gefühl, das ist nicht der Grund, warum Sie mich heute morgen hierher bestellt haben.«

Kagan wühlte weiter in seinem Durcheinander, hielt dann inne und blickte auf. »Ihrem Anmeldebogen habe ich entnommen, daß Ihr Vorname Joe lautet. Hätten Sie etwas dagegen, wenn ich Sie Joe nennen würde?«

»Nur zu«, sagte Joe.

»Joe, wir haben etwas gefunden. Die Blutanalyse. Ich habe Natalie gesagt, den Laborbericht oben auf Ihre Akte zu legen, aber ich kann ihn einfach nicht...«

»Doc, alter Freund«, unterbrach Joe. Sein Magen verkrampfte sich, und Schauer liefen ihm über die Rückseite seiner Arme. Es war offensichtlich, daß Kagan jeden direkten Blickkontakt mit ihm mied. »Wie es im Film immer heißt: Sagen Sie es nur frei heraus, ich werde schon damit fertig.«

Der Arzt schaute auf und blinzelte. Es folgte eine endlose Pause, und Joe war überzeugt davon, daß der Arzt sein Gedächtnis nach der für diese Situation richtigen Haltung am Krankenlager, nach der angemessenen Wortwahl durchforstete. Und mit dem kalkigen Geschmack der *Tums* im Mund und einem brennenden Magen glaubte Joe einen Moment lang, daß er aus seinem Stuhl davonschweben würde, so als befände sich das ganze Zimmer im freien Fall.

»Wir haben einen positiven Befund, Joe«, meinte Kagan schließlich.

»Positiv? Worauf? Auf HIV?«

»Nein, nein, nicht HIV. Ihre Probe war positiv hinsichtlich akuter myeloischer Leukämie.«

»Leukämie?«

»Ja. Nun, bevor Sie in Panik geraten, lassen Sie mich ein paar Dinge erklären. Zuerst einmal, ich habe das Labor den Test wiederholen lassen, und wir haben dieselben Werte bekommen, daher sind wir bei der Diagnose ziemlich sicher. Aber wir werden die Sache jetzt ganz in Ruhe angehen. Ich werde Sie ins Krankenhaus einweisen und dafür Sorge tragen, daß sich ein Hämatologe um Sie kümmert, um zu entscheiden, ob wir eine Rückenmarktransplantation oder eine radikale Chemotherapie in Erwägung ziehen müssen.«

Joe hatte plötzlich das Gefühl, auf der Jahrmarktstribüne einer zweitklassigen Vaudevilleshow zu sitzen und einem miesen Komiker zuzusehen, der als Arzt verkleidet, schlechte Witze über sein Schicksal riß. »Eigentlich ging es mir gar nicht so schlecht«, sagte er leise mit der sanften Entschlossenheit von jemandem, der bei einem Picknick Ameisen entdeckt.

Kagan nickte. »Es ist keineswegs ungewöhnlich, daß ein Mensch mit akuter Leukämie sich lediglich ein wenig ausgelaugt, vielleicht auch ein wenig angeschlagen fühlt. Das gilt für die Frühstadien. Auf den Röntgenbildern machte Ihre Milz einen ganz ordentlichen Eindruck, allerdings habe ich den Verdacht, daß sie vergrößert ist. Haben Sie in der letzten Zeit ungewöhnliche Blutungen bemerkt? Gewichtsverlust? Gelenkschmerzen? Etwas in der Art?«

»Mein Zahnfleisch blutet wie eine abgestochene Sau, wenn ich mir die Zähne putze«, sagte Joe. »Dachte immer, es sei eine Entzündung.«

»Ich weiß, was Sie meinen.«

»Lassen Sie mich das noch einmal klarstellen, Doc. Sie wollen mir also sagen, daß ich Leukämie habe.«

»Joe, die Testergebnisse sind in der Regel ziemlich präzise.«

»Folglich ist es aus mit mir.«

»Jetzt, einen Moment, Joe, ganz langsam.« Der Arzt hob seine Hand. »Es gibt hier viel zu besprechen. Entscheidungen zu treffen. Ich möchte, daß Sie die Testergebnisse genau verstehen, und ich möchte auch, daß Sie Ihre Möglichkeiten genau verstehen.«

»Yeah, yeah, reden wir also über die Möglichkeiten.« Joe bemerkte, daß er das Gesicht des Mediziners studierte. Die Situation hatte sich urplötzlich in ein Pokerspiel verwandelt, und der Mann auf der anderen Seite des Schreibtischs hielt alle hohen Karten in der Hand. Es lag in seinen Augen. Die Eröffnung. Joe hatte das Gefühl, daß alle Ärzte heimlich diesen Augenblick der Eröffnung genossen. Wenn sie den Patienten die schlechten Neuigkeiten mitteilten. In exakt diesem Moment kommt es zu dem Umbruch, zu dem Punkt, an dem das Leben des Patienten unwiderruflich aus den Fugen gerät und der Arzt zum letzten Rettungsanker wird, sein Wort das Gewicht eines alttestamentarischen Gottes erhält.

Joe gehörte sehr wahrscheinlich dem einzigen Berufsstand an, der diese Art von Adrenalinstoß ebenfalls kannte.

»Zuerst einmal«, leierte der Arzt weiter, und seine Worte verwandelten sich in Joes Kopf in eine Lärmschicht, die wie das Sechzig-Hertz-Brummen eines Stromkabels klang. »Was geht in Ihrem

Körper vor? Das gesunde Knochenmark wird durch unreife weiße Blutkörperchen ersetzt, und diese verhindern nach und nach eine normale Blutbildung. Die Ursachen hierfür kennen wir noch immer nicht genau. Nach den neuesten Vorstellungen sind Umweltfaktoren, Giftstoffe und was sonst noch alles dafür verantwortlich. Aber Sie sollten wissen, Joe, diese Krankheit ist sehr weit verbreitet. Mehr als zwanzigtausend Erwachsene erkranken jährlich daran. Aus diesem Grund verfügen wir auch über eine Fülle an Informationen und Behandlungsmöglichkeiten.«

Der Arzt legte eine kurze Pause ein, als würde er auf den Applaus des Publikums warten, aber Joe bedachte ihn nur mit einem starren Blick. »Was ist mit den Symptomen, hmm, wann genau kommt…«

»Wann die Krankheit zum Ausbruch kommt?«

Joe nickte.

»Nun, grundsätzlich unterscheiden wir zwischen zwei Formen der Leukämie – der chronischen und der akuten. Und in Ihrem Fall haben wir es vermutlich mit der akuten zu tun. Sie werden sich prächtig fühlen, und dann wird sich vielleicht eine gewisse Müdigkeit einstellen und, äh, etwas Gewichtsverlust, dann Fieber, starke Erschöpfungszustände und Gelenkschmerzen. Aber Joe, ich möchte hier nicht weiter darüber spekulieren…«

»Wie ist die Prognose?«

»Wie bitte?«

»Die Prognose«, wiederholte Joe und schleuderte ihm das Wort regelrecht entgegen. »Sie wissen doch, wovon ich spreche, Doc.«

»Joe, hören Sie mir bitte eine Sekunde zu. Die gute Nachricht ist, daß bei einem Mann in Ihrem Alter und mit Ihrer Konstitution eine enorme Bandbreite an Behandlungen zur Verfügung steht. Wir haben auf diesem Gebiet in letzter Zeit sprunghafte Fortschritte erzielt. Neue Formen der Chemotherapie, neue Antibiotika, neue Arzeimittel. Wir werden mit den Schmerzen ziemlich gut fertig, und wir können Ihnen Ihre Lebensqualität ganz erheblich länger …«

»Wie hoch ist die Lebenserwartung, Doc?«

»Joe, ich denke wirklich nicht, daß es sinnvoll ist, sich in diesem Stadium über …«

»*Wie hoch.*« Joe blickte den Mann nicht einmal mehr an. Sein Zeigefinger stach auf das Eichenfurnier der Schreibtischplatte ein und unterstrich jedes einzelne Wort. »*Ist.*« Wieder stach der Finger zu. »*Meine.*« Und schließlich schlug der Finger so hart auf, daß ein hohles Krachen zu hören war. »*Lebenserwartung?*«

Der Arzt sah ihn lange an und erklärte dann in einer kühlen, monotonen Stimme: »Die Sterblichkeitsrate bei myeloischer Leukämie schwankt im ersten Jahr zwischen fünfundsiebzig und fünfundachtzig Prozent.«

Joe atmete schwer aus, fast ein Seufzer der Erleichterung, blickte anschließend zu Kagan hinüber und sah, daß sich das Gesicht des kleinen Mannes aschgrau verfärbt hatte. Joe mußte lachen. Kein dröhnendes Lachen, sondern mehr ein dunkles, gereiztes.

Der Arzt glotzte ihn verständnislos an. »Alles … in Ordnung?«

Joe schüttelte bloß den Kopf, lachte weiter in sich hinein und tat die Diagnose ab, als sei sie nur ein alter, ironischer Witz gewesen. Er stand auf und wandte sich zum Gehen.

»Warten Sie eine Sekunde, Mr. Joseph. Wo wollen Sie denn hin? Wir haben noch so viel zu besprechen.«

»Schönen Dank, Doc«, sagte Joe und ging auf die Tür zu.

»Joe, warten Sie.«

»Die Pflicht ruft, Doc.«

»Joe!« Der Arzt erhob sich und wollte schon um den Schreibtisch herumlaufen, aber es war zu spät.

Der Ire war bereits am anderen Ende des Flurs.

Gegen Mittag hatte Joe das gesamte Material seiner Nachforschungen in einer alten Lederaktenmappe verstaut und diese auf dem Beifahrersitz seines Volvo 850 deponiert. Er fuhr den Lake Shore Drive nach Süden bis zur Grand, nahm die Grand bis zum Columbus Drive, hielt sich nun wieder südlich und fuhr in die Betonkatakomben des unteren Wacker Drive hinab. Der düstere Himmel hing tief, aber es hatte noch immer nicht geregnet. Nur eine stürmische Brise vom See aus signalisierte, daß ein Gewitter bevorstand. Joe mußte aufpassen, daß keine Seite seiner Unterlagen aus dem Fensterspalt geweht wurden, während er in eine nichtmarkierte Ladezone einbog und parkte. Er schaltete den Motor ab und warf einen letzten Blick in die Akte.

Bei diesem Auftrag handelte es sich um ein echtes Schwergewicht. Der ehemalige Mitarbeiter eines rechten Senators aus Louisiana hatte im Laufe der Achtziger für eine ganze Reihe von Kandidaten, die im Süden die weiße Überlegenheit predigten, an verantwortlicher Stelle alle Drecksarbeiten erledigt. 1990 war der Klient dann selbständig und – wie einige behaupteten – auch ein wenig verrückt geworden und hatte für den Klan und diverse extremistische Milizen ein neues Computer-Netzwerk aufgebaut. In den FBI-Büros des gesamten Südens und Mittleren Westens wurde der Klient nur Big Foot genannt, und das aus zwei Gründen: seiner plump-brachialen Überredungstechniken und seiner physischen Erscheinung wegen. Big Foot war ein Zweimeterkoloß, der über hundertdreißig Kilo wog, extralange Jacketts Größe 62 trug und jeden Tag genug Essen in sich hineinschaufelte, um davon eine kleine Einheit Soldaten zu ernähren.

Joe zog den Reißverschluß an der Aktenmappe zu und stieg aus dem Wagen. Er ging nach hinten zum Kofferraum, griff in seine Jackentasche, fand die durchsichtigen Chirurgenhandschuhe und streifte sie über. Dann öffnete er den Kofferraum und entnahm ihm eine weitere Ledertasche, einen Ranzen von der Größe einer

Brotbox. Joe schlug den Kofferraum zu und trug beides über den zerklüfteten Asphalt zu der ramponierten Metalltür in dem Betonwall. Auf der Tür stand *Stevens Machinery*. Die Vibrationen der Lastwagen und Busse, die über ihm hinwegdröhnten, ließen den Boden erzittern und von Zeit zu Zeit erfüllte das Zischen eines vorbeirasenden Autos die Luft, aber Joe ignorierte all das und ging seinen Geschäften nach wie ein Milchmann, der die Sahne für den Frühstückskaffee lieferte.

Rechts neben der Tür befand sich eine Müllverbrennungsanlage, eine wuchtige Rampe aus rußbedecktem Eisen und vernietetem Metall, die von Alter und Abgasen gezeichnet war. Joe ging zu ihr hinüber, öffnete die Klappe und warf die Aktenmappe hinein.

Für einen kurzen Augenblick sprühten die Funken weiß auf.

Joe ließ die Luke zuknallen, drehte sich um und wandte sich dem Lieferanteneingang von Stevens Machinery zu. Er betrat ein feuchtes Treppenhaus und stapfte langsam die eisernen Treppenstufen bis zum obersten Stockwerk hinauf. Als er die Tür zum Dach öffnete, schlugen ihm Wind und Tageslicht ins Gesicht. Das Dach war eine ungenutzte Fläche von der Größe eines Footballfeldes, mit körnigem Teer und Heizungsschornsteinen bedeckt und eingebettet in einem Canyon höherer Bauten. Im Norden erhoben sich die Türme des NBC-Gebäudes und des Hyatt Regency. Im Osten erstreckte sich der Lake Michigan bis zum Horizont. Weit im Westen lagen die gewaltigen Gipfel der Marina Towers, der Firmensitz von Standard Oil, Prudential Plaza und dahinter die Scheußlichkeiten Helmut Jahns. Der Wind pfiff Joe ins Gesicht, und Dampfschwaden wirbelten um seine Hosenbeine, während er über die Teerdecke marschierte und dabei den Lederranzen fest an sich preßte. Er ging bis an den Rand des Dachs und hockte sich zwischen zwei mächtige Kaminrohre auf den Boden.

Er öffnete die Tasche.

Das Galil-Scharfschützengewehr war auseinandergenommen und in luftgepolsterte Plastiklagen eingewickelt. Es war eine halbautomatische Waffe, extrem leicht, in Israel hergestellt, kriegserprobt, für Kriminaltechniker besonders schwer zu identifizieren, und das Magazin war bestückt mit zwanzig Schuß 7,62 Millimeter. Mit ihm konnte Joe auf dreihundert Meter einen Kopfschuß landen und einen Körpertreffer noch auf Entfernungen bis zu sechshundert Meter. Joe benutzte derartige Hochleistungswaffen nur selten, um einen Klienten zu erledigen. Er bevorzugte die saubere, mehr Sicherheit verleihende Intimität einer Handfeuerwaffe. Aber dennoch, wenn es zu einem Oswald-Job kam, dann verwendete er in der Regel die Galil oder eine westdeutsche Mauser. Niemand verstand sich auf das Büchsenmachen besser als die Deutschen, und für gewöhnlich konnte Joe den Bausatz zu vernünftigen Preisen über die Anzeigenseiten im *Soldier of Fortune*, *American Rifleman* oder in der *Shooting Times* beziehen.

Joe setzte das Gewehr schnell zusammen und unterbrach diese Arbeit nur, um kurz auf die Uhr zu schauen. Es war 12.27 Uhr, und das Zielobjekt würde jetzt jeden Moment aus der Tür des Gebäudekomplexes treten. Joe ließ den Hinterschaft und die zweibeinige Stütze einrasten, brachte das Fernrohr an, zog die Verriegelungsschrauben fest und richtete die Stützbeine auf der Dachumrandung aus. Dann griff er in seine Jackentasche und brachte eine kleine Plastikschachtel mit einem Paar schaumstoffgedämpfter Ohrstöpsel zum Vorschein. Die Galil war relativ laut, und einen weiteren Hörverlust konnte sich Joe nicht mehr leisten. Die Stöpsel waren für Rockmusiker entwickelt worden, um drastische Dezibelsprünge herauszufiltern, die Musik aber trotzdem noch durchzulassen. Joe ermöglichten sie, den ihn umgebenden Geräuschen aufmerksam zu lauschen und zugleich seine Trommelfelle zu schützen.

Joe blickte in das Zielfernrohr und stellte die Schärfe auf die knapp zweihundert Meter entfernt und drei Stockwerke tiefer gelegene Tür ein. Der Zielbereich befand sich in nahezu gerader Ausrichtung vor ihm. Joe atmete tief ein. Dann begann die vorletzte Phase des ganzen Prozesses, die streng vertrauliche Phase, jene Phase, von der seine Auftraggeber nie etwas erfahren würden.

Er ließ seiner Wut freien Lauf.

Während er durch das Fernrohr auf diese nichtssagende Tür starrte und mit dem Finger den Abzugshebel umspielte, dachte Joe über das opferreiche Vermächtnis des heutigen Zielobjekts nach – die abgeschlachteten Bürgerrechtler in den frühen Siebzigern, die exekutionsgleiche Ermordung zweier Vertreter der *American Civil Liberties Union* in Little Rock, die Haßkampagnen in Colorado, die zur Ermordung eines berüchtigten, linksgerichteten Radiomachers führen –, und schon bald flossen Empörung und Entschlossenheit durch Joe gleich einem sanften elektrischen Strom, das kurzgeschlossene Reptilienhirn, die gelassene Selbstsicherheit der Gottesanbeterin, und Joe fühlte, wie sich wieder jene Ruhe in ihm ausbreitete, jene hypermeditative Klarheit, die nur ein Scharfschütze kennt.

Er hatte sich diese Technik vor langer Zeit angeeignet.

In den Sechzigern …

Nachdem sein Vater einen elenden, langsamen Tod an Magenkrebs gestorben war, nachdem Joe all die Trauer und aufgestauten Emotionen hatten mürrisch und bösartig werden lassen, nachdem er aufgrund all der Auseinandersetzungen mit seiner Mutter zum Schrecken der katholischen Nonnen von St. Viennies geworden war, nach all diesen Erfahrungen hatte Joe das Rekrutierungsbüro der Marines auf der Halsted Street entdeckt. Ein Ausweg, fort von den Schmerzen. Amerika im Jahr 1963 war noch immer trunken vor Kennedy-Euphorie. Die Lage in Indochina war zum Zerreißen gespannt, und der Präsident schickte mehr und mehr uniformierte »Berater« hinunter, um die Angelegenheit unter Kontrolle zu halten. Joe war erst sechzehn, als er einberufen wurde, und entpuppte sich, ohne daß die Drill Instructors im Rekrutierungslager von San Diego etwas davon geahnt hätten, als Meisterschüler. Ihm gelangen Dinge mit dem Scharfschützengewehr M-21, die nicht einmal der Hersteller für möglich hielt. Er erzielte die höchsten Werte in der Geschichte der Grundausbildung und wurde sofort nach Übersee geschickt. Stationiert in Ia Drang Valley, kommandierte man ihn ab und teilte ihn Geheimoperationen zu, die offiziell überhaupt nicht existierten und die inoffiziell mehr Zielobjekte vernichteten als die Beulenpest.

Joe empfand Ausschaltungen aus großer Distanz bald als Energiequelle, die ihm einen Stromschlag versetzte. Es begann stets mit einer seltsamen Ruhe vor dem Sturm, einer ganz konzentrierten Ruhe, dann folgte der Adrenalinstoß und schließlich der finale Schuß, immer aus großer Distanz, mit Blick durch das Fadenkreuz des Zielfernrohrs, während sich der Kopf des Zielobjekts in einen roten Dunst verwandelte. Es war ein häßlicher Orgasmus, ein Stromschlag. Und es machte süchtig.

Turnusgemäß kehrte er '65 wieder nach Hause zurück, zurück zu einem Leben, das nicht allein ereignislos, sondern auch bedeutungslos geworden war. Starr fixiert, kalt bis in die Knochen, im Kopf die Echos von Ia Drang schwirrend, hungerte er nach der Anerkennung der Sondereinheitsleute, es verlangte ihn nach etwas Bedeutungsvollem, und vor allem sehnte er sich danach, erneut diese Energiequelle anzuzapfen. Den Anfang machten gelegentliche Akte von Selbstjustiz. Eines Tages ließ er dann in seiner alten Gegend verbreiten, daß er auch für mehr zur Verfügung stünde, daß er Sachen für Leute in Ordnung bringen würde, denen man übel mitgespielt habe. Es waren Bürgerwehrdinge, Vergeltungsaktionen für unschuldige Opfer des organisierten Verbrechens, und es dauerte nicht lange, bis ihn jemand bat, die Grenze zu überschreiten.

Den Finger wieder an die Energiequelle zu legen.

Jetzt, weit weg, ein schwaches Geräusch.

Joe blickte auf und erkannte sofort den großen, schwerfälligen Mann, der unter den operativen Agenten als Big Foot bekannt war und der nun mit einem Kunstfasersakko bekleidet aus dem North Loop Atrium direkt in das Fadenkreuz von Joe Floods Zielfernrohr trat.

Joe schoß dreimal.

Durch das Fernrohr sah Joe, wie der fette Mann taumelte und aus seinem Kopf rote Nelken erblühten. Direkte Treffer. Schnell und sauber. Die Bodyguards warfen sich in Deckung, während der fette Mann langsam auf den Boden sackte. Joe hielt seine Augen noch für einen Moment auf das runde Polster gepreßt, um den erfolgreichen Abschuß bestätigt zu sehen. In dem grünen Licht des Teleskops kam der Mann namens Big Foot zuckend im Eingang zum Liegen und blockierte die Tür. Seine riesigen Arbeitsstiefel standen in merkwürdigen Winkeln ab, und unter seinem Schädel begann sich eine dunkelrote Lache auszubreiten. Joe atmete auf und entspannte seine Muskeln.

Dann geschah etwas Unerwartetes.

Es dauerte nur den Bruchteil eines Moments, aber es grub sich in Joes Augen ein, von gleißender Helligkeit, ätzte sich in seine Netzhäute, dieses Bild von einem Mann, der auf den Tod wartete. Ein merkwürdiges Gefühl breitete sich in Joes Magengrube aus. Was war bloß los? Was zum Teufel war bloß los?

»Schluß!« Verärgert schrie Joes Stimme unter den stürmischen Windböen auf. Weit entfernt setzte Sirenengeheul ein. Dazu die schwachen Entsetzensrufe aus der wachsenden Menschengruppe und das Jaulen der Rettungswagen im Doppler-Effekt. Joe griff im Aufstehen nach der Galil, klappte die Stütze zusammen und legte alles in die Tasche. Den Ranzen trug er zu einem der riesigen Abzüge hinüber und warf ihn in die Müllverbrennungsanlage. Anschließend ging er in das Gebäude zurück, die Treppen hinunter und über die Ladeebene zu seinem Volvo.

Er mußte einige schwerwiegende Überlegungen anstellen, und ihm blieb nicht viel Zeit.

- 2 -

Eine betagte Rock-ola stand an der künstlichen Backsteinmauer von Paddy's Irish und spielte eine alte, knisternde Nummer von Grand Funk Railroad. Irgend etwas über eine amerikanische Band. Joe konnte es kaum verstehen. Den Bauch gegen die massive Holztheke gepreßt und den Kopf voll betäubender Watte, hing er auf einem Hocker in der Nähe des Eingangs. Er hatte bereits fünf Tummy Numbers intus, und während der vergangenen zehn Minuten war alles in dem Lokal ein paar Grad behäbiger geworden, hatte sich verlangsamt und hinter einen Schleier verzogen.

Joe schluckte den Rest seines kreidefarbenen Cocktails, blickte sich in dem kühlen, schummrigen Dunst um und führte einen lautlosen Anwesenheitsappell durch. Alle Stammgäste waren anwesend. All die Regenmäntel, Jeansjacken und Fließbandfrisuren. All die namenlosen Arbeitsleichen von irgendwo die North Shore rauf oder runter, die jetzt hier auf zerrissenen Kunstlederbänken saßen und einen weiteren Arbeitstag wegspülten. Joe fühlte sich in keinerlei Weise mit diesen Leuten verbunden, in nichts. Er war ein Außerirdischer von einem völlig anderen Stern.

»Jetzt sagen Sie bloß nicht, Sie wollen noch eins von diesen ekligen Dingern hier.«

Joe blickte hoch. Die Barfrau namens Debbie hatte sich vor ihm aufgebaut. Eine Blondine mit Aknenarben und Kaufhausfrisur, kilometerlangen, pinklackierten Fingernägeln und einem nachgemachten Angorapullover aus so einem Discountladen wie Fashion Bug oder Hit-or-Miss. Debbie war Joes Rettungsleine, der einzige

Barkeeper entlang der Küste von Lake Michigan, der Joe nie eine persönliche Frage gestellt, ihm nie mit irgendwas die Ohren vollgequatscht und sich nie neugierig gezeigt hatte. Und vor allen Dingen war sie als einzige in Chicago bereit, stets Joes Lieblingsgift vorrätig zu haben, den unvergleichlichen Tummy Number. Ein Teil Baileys auf drei Teile Maalox.

»Legen Sie ruhig nach, Sweetheart«, meinte Joe und rieb sich den milchigen Schaum von den Lippen. Sie fühlten sich geschwollen an, und ihre Koordination ließ nach. Die Feuersbrunst in seinem Magen hatte sich zu einem leichten Köcheln abgeschwächt.

»Ich versteh nicht, wie Sie dieses Zeug trinken können«, wiederholte Debbie, während sie unter die Edelstahlablage der Theke griff und die Magnumflasche mit Magenbesänftiger herauszog, die sie speziell für Joe bereithielt. Sie mixte ihm einen weiteren Dickdarmcooler und tauschte ihn gegen das leere Glas aus. »Da werden Sie wohl ein paar Wochen weiß scheißen.« Sie grinste und zündete sich eine Marlboro Light an.

»Kenner wissen den Geschmack zu schätzen«, brummelte Joe und betrachtete die Wasserringe auf der ramponierten Theke.

»Hey, alles in Ordnung mit Ihnen, mein Freund?«

»Yeah.«

Die Jukebox wurde still, und das gedämpfte Gemurmel der anderen Gäste schien Joes Schmerzen neue Nahrung zu geben.

Debbie nahm einen gierigen Zug an ihrer Zigarette. »Schlechten Tag gehabt?«

»Überhaupt nicht, alles wunderbar, könnte nicht besser sein. Warum die Frage?«

»Weil Sie aussehen, als hätte Ihnen jemand auf die Geburtstagstorte gepinkelt.«

»Könnte man so sagen«, brummte Joe und rieb sich die Augen. Seine Eingeweide brodelten. In ungefähr drei Sekunden würde er für eine neuerliche Runde Durchfall in Richtung Klo verschwinden müssen. Der Schmerz war jetzt ein lebendes Etwas in seinem Innern, ein Bandwurm, der in seinen Gedärmen herumwanderte und der ihn langsam auffraß. Seine Krankheit schien auf diesen Schmerz so prächtig zu gedeihen wie Flammen auf Benzin. Aber vielleicht steckte diesmal ja auch mehr dahinter, vielleicht war der Anfang erheblich schwerwiegender. Der Fluch jedes guten Hitman: die Gewissenskrise. Joe wollte der eintönig meckernde Singsang seiner alten Mutter Katherine nicht aus dem Sinn gehen, immer noch hallten ihre alttestamentarischen Litanien in seinem Mittelhirn: »*Wer Menschenblut vergießt…*«

»Versprechen Sie mir eins«, sagte Debbie plötzlich.

»Was?«

»Versprechen Sie mir, daß Sie nicht auf Ihrem Hocker sitzen und mich mit irgend so einer vor Pech triefenden, scheiß Lebensgeschichte langweilen werden.« Debbies Akzent war reinste South Side. Das harte *r* von Blue Island, Cicero und Evergreen Park. Rauh, derb, schnörkellos. »Sollten Sie das nämlich vorhaben, dann schlagen Sie mir besser gleich hier ein Klappbett auf, damit ich mein Defizit an Schönheitsschlaf wieder aufholen kann.«

Joe lächelte halbherzig. »Keine Bange. Das spare ich mir alles für meine Memoiren auf.«

Debbie rauchte ihre Zigarette und blickte ihn kurz aus den Augenwinkeln an. »Eigentlich scheinen Sie mir auch nicht der Typ zu sein. Der mit allem Pech gehabt hat, meine ich. Das ewige Opfer. Verstehen Sie, was ich sagen will? Paßt einfach nicht zu Ihnen.«

»Ach, tatsächlich?« Joe betrachtete die Theke. In den Wasserringen und Tropfen auf dem Tresen konnte er sein Spiegelbild erkennen, eine kubistische Verzerrung seines vitalen, wohlgeschnittenen Gesichts, das über all seine Agonie hinwegtäuschte. Er sah das Runzeln seiner ausgeprägten Brauen, die fleischigen Backen, die leichte Stirnglatze und die Augen. Seine Augen besaßen das glasig-fiebrige Aussehen von unreinen Diamanten, und für einen winzigen, schwindelerregenden Moment stellte er sich vor, sich selbst von seinen Qualen zu erlösen. Mit dem Töten kannte er sich aus, es wäre ein Kinderspiel. Vielleicht ein gezieltes Loch an der Schläfe. Vielleicht würde er sich in einem heißen Bad im Sybaris Hotel die Venen öffnen. Oder womöglich ein Mitternachtsimbiß, vielleicht ein Halcion-Sandwich oder etwas Ähnliches. Aber ebenso schnell, wie der Gedanke ihn befallen hatte, war er auch wieder verschwunden in einem Nebel aus katholischem Schuldbewußtsein, höllischem Fegefeuer und den Geboten, die er sich in einem uralten Leichentuch eingebrannt vorstellte: die Todsünde Selbstmord.

Die alten Lehren aus seiner Kindheit hatten sich sehr zäh in seinem Kopf gehalten. Sünden führten geradewegs zur Hölle. Selbstmord war einer der dicken Brocken. Wann immer der junge Joe an Leute, die Selbstmord begingen, hatte denken müssen, war ihm die surreale Welt der Hölle aus der Sonntagsschule vor Augen getreten. Die Hitze eines brennenden Streichholzes millionenfach multipliziert. Ewige Qual, die Art von Qual, die so lange andauert, wie eine einzige Krähe, die einmal im Jahr gegen den Stein auf einer Bergspitze klopft, dazu benötigt, den gesamten Berg bis auf den Grund abzutragen. Mit anderen Worten, jene Art von Qual, die einem den ganzen Tag vermasseln konnte.

Selbstmord …

In diesem Augenblick sprang ganz plötzlich ein Schalter in Joes Gehirn um, und all die Angst, Verwirrung und Schuldgefühle schienen miteinander zu verschmelzen, die Würfel eines kubischen Puzzles fielen an ihren Platz und formten eine Idee. Eine Idee, die so simpel, so teuflisch logisch war, daß er nicht verstehen konnte, weshalb er nicht sofort daran gedacht hatte, als er von seiner Leukämie erfahren hatte. Sie war perfekt. Sie war makellos.

Es war der einzig denkbare Weg aus dieser Hölle, dieser ewigen katholischen Hölle. Die ideale Lösung.

»*Wer Menschenblut vergießt* ...«

»Was ist los?« Debbie starrte Joe an.

»Muß gehen«, sagte Joe, stürzte den verbliebenen Rest seines Drinks hinunter und wischte sich den Mund ab. »Mir ist eben eine Idee gekommen.«

»Das geheimnisvolle Rätsel des Universums gelüftet?« Debbie pickte ein Tabakstück von ihren Lippen.

»Yeah, könnte man sagen.« Joe kramte nach seiner Brieftasche, fischte zwei Scheine heraus und legte sie auf die Theke. Seine Ohren klingelten. Er mußte hier raus, bevor jemandem auffiel, daß ihm die Tränen in die Augen stiegen. »Auf alle Fälle ein Rätsel *meines Universums*«, fügte er hinzu, steckte seine Brieftasche wieder ein und winkte der Barfrau zu. »*Arrivederci, Kiddo.*«

Er steuerte den Ausgang an.

»Und passen Sie auf Ihren Magen auf!« rief Debbie ihm nach, aber er war bereits im schwammigen Neonlicht der Clark Street verschwunden. Die Barfrau zuckte mit den Schultern und drückte ihre Zigarette aus. Dann nahm sie einen Lappen in die Hand und wischte an der Stelle, an der Joe gesessen hatte, die Wasserflecken vom Tresen. Sie bemerkte, daß die Geldscheine in den Wasserringen lagen. Sie hielt kurz inne, hob sie auf, drehte sie um und betrachtete sie genauer.

Zwei triefende Hundertdollarscheine.

Der Klang des Freizeichens war scheußlich, eine unergründliche Kirchenglocke, die in sein Ohr dröhnte.

Er gab den Area Code ein, und die schrillen elektronischen Piepser harmonierten perfekt mit seinen rasenden Kopfschmerzen. Sieben, null, acht. Es war der Area Code für Forest Park, eine Nummer, die Joe nur selten wählte, vor allem um diese Nachtzeit.

Sechs, acht, sieben. Joe kannte die Nummer auswendig, anders war sie auch gar nicht sicher aufzubewahren, und selbst in seinem momentanen Zustand erinnerte er sich noch an sie, als hätte er sie erst gestern gewählt. Fünf, sieben, sechs, sieben.

Joe hielt den Atem an, während die Verbindung klickend hergestellt wurde. Kaum zu glauben, daß die gute alte Ma *Bell* für derart viele Unterweltentscheidungen verantwortlich war. Ihre Relais klickten, und schon fielen Königreiche, wurden Herrscher gestürzt und starben Menschen.

Joe hatte den Entschluß zu diesem Telefonat im selben Moment getroffen, in dem ihm seine brillante Idee im Paddy's gekommen war, aber der Entschluß, es zu tun; und der tatsächliche Akt waren zwei völlig verschiedene Dinge. Er hatte eine Stunde damit zugebracht, herumzuwandern, fast eine halbe Flasche Gaviscon zu trinken und endlose Minuten in den Spiegel seines Arzneischränkchens zu blicken, bevor er genügend Mut gesammelt hatte. Und dennoch: den Hörer mit seiner schweißnassen, glühenden Hand umschlossen, war es schon unbeschreiblich qualvoll, nur den elektronischen Geräuschen zu lauschen.

Das zweite Klingeln.

Joe schluckte schwer, befeuchtete sich die Lippen und legte sich die Worte so sorgfältig zurecht, als müßte er die feierliche Rede zum Schulabschluß halten. Das meiste hatte er sich bereits genau überlegt. Er war die Fragen durchgegangen, die sein Gesprächspartner womöglich stellen würde, und all die Drehungen und Wendungen, die ihre Unterhaltung nehmen konnte. Er hatte alle Erwiderungen bei der Hand und beabsichtigte, es kurz und schmerzlos hinter sich zu bringen – bevor er seine Nerven noch ganz verlor.

Das dritte Klingeln wurde abgebrochen durch jemanden, der den Hörer abnahm. »Hallo?« Die Stimme klang leicht verärgert über diesen Anruf zu solch später Stunde.

»Tommy?« Joe packte den Hörer fest genug, um das Plastik zum Platzen zu bringen.

»Yeah, hier ist Tommy Andrews. Und wer spricht dort, bitte?«

»Tom, hier ist ›X‹.«

»X?«

»Yeah, X... wie die Box Zwei-zwei-vier.«

Es folgte ein betretenes Schweigen, während dessen der Anwalt sich einen Reim zu machen versuchte. Box 224 spielte auf ein Schließfach in einer Bank im Norden der Stadt an, das Joe bei diversen Aufträgen zum Austausch von Nachrichten und zur Hinterlegung von Sicherheiten benutzt hatte. Nach einer Weile sagte die Stimme: »Ja, richtig, ähh... Können Sie eine Sekunde dranbleiben? Ich muß zu einem anderen Apparat.«

»Sicher.«

Joe hörte das Klicken der Wartetaste, gefolgt von Stille. Verdammte Scheiße, Andrews, jetzt laß mich hier bloß nicht so zappeln. Ich muß das hinter mich bringen, ich muß das sofort hinter mich bringen.

»Slugger?«

»Hey, Tom.«

»Was ist los? Herrgott, ich habe die Bude seit Wochen nicht mehr ausräuchern lassen. Ich weiß nur, daß mein Küchentelefon verwanzt ist.«

»Spielt keine Rolle, Tom. Ich habe ein ganz einfaches Problem, das in Ordnung gebracht werden müßte.«

»Was meinen Sie damit, Sie haben ein Problem?«

»Ich meine damit, daß ich ein Problem habe.«

»Bringen Sie solche Dinge sonst nicht immer selbst in Ordnung?«

»In diesem Fall funktioniert das nicht.«

»Wovon sprechen Sie überhaupt? Sollte ich mich nicht eigentlich an *Sie* wenden?«

»Diesmal nicht.«

»Und ich dachte, Sie seien der Vollstrecker. Herrgott, ich bin doch nichts weiter als ein einfacher Anwalt. Ich bin nicht die Firma, ich gebe keine Weisungen.«

Das stimmte. Andrews zählte zu den Myriaden von Mittelsmännern, die Aufträge, Geld oder allgemeine Informationen hinsichtlich der betreffenden Hits weitergaben. Er arbeitete mit Joe nun schon seit einigen Jahren zusammen, und Joe vertraute ihm ungefähr so sehr, wie einer dem anderen in diesem tödlichen Spiel trauen konnte. Andrews Geschäftsfassade – Wilber, Michaels und Associates – war eine alteingesessene, berüchtigt linksliberale Kanzlei an der West Side, spezialisiert in Angelegenheiten der Bürgerrechtsbewegung, Mietrechtsfragen und Grundgesetzgeschichten. Sie verfügte über direkte Kanäle zu diversen Unterweltsplittergruppen. Tom Andrews gehörte zu den wenigen übriggebliebenen Hinterzimmerliberalen, die noch eine gewisse Affinität zur Unterwelt besaßen, und Joe hatte stets gerne mit ihm Geschäfte gemacht.

Joe packte den Hörer fester. »Es handelt sich hier um eine ganz besondere Situation, Tom.«

»Ganz besondere Situation? Was soll das heißen?«

»In Wahrheit ist es etwas eher Ungewöhnliches, Tom. Deshalb wende ich mich auch an Sie.«

»Hören Sie mal zu, Sluggo, ich bin mir ziemlich sicher, daß dieses Telefon hier sauber wie 'n Reihenhausgarten ist, und ich bin viel zu müde für Rätselspielchen. Wenn Sie also irgend etwas Besonders auf dem Herzen haben, warum rücken Sie nicht einfach raus damit?«

»Es geht darum, Tommy, daß ich jemanden ausgeschaltet haben möchte.«

»Und wer ist das? Wer ist das Zielobjekt?«

Erzähl's ihm einfach, Herrgott noch mal, raus damit. »Das Zielobjekt bin ich, Tommy. Meine Wenigkeit.«

Für einen kurzen Moment herrschte Schweigen, dann ertönte ein tiefes Glucksen am anderen Ende, und Tom Andrews schien sich über einen der besten Witze zu amüsieren, die er die ganze Woche gehört hatte.

»Ich mache keinen Spaß, Tommy.«

Das Glucksen ebbte ab. »Augenblick mal. Sie meinen das ernst? Sie meinen das wirklich ernst?«

Joe lächelte ein freudloses Lächeln vor sich hin. »Wenn Sie das Wortspiel entschuldigen, Tommy. Ich meine das todernst.«

- 3 -

Die milchige Morgensonne spiegelte sich auf der Motorhaube des Volvo und leuchtete in Joes Gesicht, während dieser vom Adlai Stevenson Expressway abbog und die mittlere Ausfahrt hinunterbrauste. Der Wind roch nach Flugzeugabgasen und Asphalt. Joe setzt seine Ray Ban auf, erreichte die Kreuzung am Ende der Abfahrt und suchte das richtige Hinweisschild. Ein kleines grünes Rechteck deutete in Richtung Süden zum Midway International Airport. Ein zweites zeigte eine Tank- und Raststelle an.

Joe wandte sich nach Norden.

Fünf Minuten später bog er auf den Parkplatz einer Bub's-Hamburgerfiliale ab. Der Laden verfügte über ein Drive-up-Fenster für Bestellungen und vorne heraus über eine große betonierte Terrasse, der eine schmutzige Fiberglasüberdachung Schatten spendete. Ideal für vertrauliche Zusammenkünfte. Wanzenfrei. Sauber und ungefährlich. Joe parkte den Wagen und ging hinein. Im Inneren lief die Air-condition, und es war kalt wie in einem Kühlhaus. Joe bestellte einen Vanille-Milkshake, nahm das Getränk mit nach draußen, setzte sich in den stürmischen Wind und wartete.

»Niemals hätte ich gedacht, dem Slugger einmal Auge in Auge gegenüberzustehen – nicht in diesem Leben.«

Die Stimme sprach hinter Joes Rücken, und als er herumfuhr, konnte er zum ersten Mal einen Blick auf den Mann werfen, der Tommy Andrews genannt wurde. »Wenn das nicht Clarence Darrow ist«, sagte Joe, stand auf und trug seinen Milkshake zu Andrews Tisch hinüber. »Freut mich, schließlich noch Ihre Bekanntschaft zu machen, Herr Anwalt.«

Die beiden Männer schüttelten sich die Hände.

Der Anwalt war erheblich jünger, als Joe erwartet hatte, und mochte kaum über vierzig sein. In seiner weinroten Baseballjacke aus Seide, dem Perry-Ellis-Hemd und der schmalen Edelkrawatte verbreitete Andrews um sich die Aura von La-Salle-Street-Geld und -Beziehungen. Seine Frisur war *Gentlemen's Quarterly* pur. Das einzige, was nicht in das Bild paßte, waren seine jungenhaften blauen Augen, die leblos wie die eines gierigen Hais wirkten. »Ich habe gar nicht mit einem Mann gerechnet, der so... kultiviert ist«, meinte Andrews nach einer kurzen Pause.

»Was haben Sie denn erwartet, Tommy. Luca Brazzi im Kettenhemd?«

»Ich weiß nicht genau, was ich erwartet habe«, sagte Andrews und grinste. »Aber, wissen Sie, es ist wirklich eine große Ehre, Sie so kennenzulernen. Ich habe einige der Zeitungsberichte behalten. Der große Drache oben in Madison. Shachter, dieser Nazityp aus Michigan. Der war unglaublich, der Shachter-Hit. In den Zeitungen stand, Sie hätten es dem Kerl mit der eigenen Knarre besorgt, hätten sie ohne viel Umstände einfach auf ihn zurückgerichtet.« Das Gesicht des Anwalts war nun von dem bewundernden Staunen eines Kindes erfüllt, das einen Baseballstar trifft. »Sie sind echt der beschissene Todesengel, Slugger, einer der besten aller Zeiten.«

Joe nahm einen Zug an seinem Strohhalm und blickte sich auf

der leeren Terrasse um. »Glauben Sie nicht alles, was die Zeitungen schreiben«, murmelte er.

»Was soll eigentlich der Witz?«

Joe sah den Anwalt an. »Es ist kein Witz.«

Andrews lachte. »Yeah, stimmt, Sie wollen, daß ich mich an die Firma wende und Ihnen ein paar von Carlottis Muskelmännern auf den Hals schicke. Was haben Sie vor, Joe? Wollen Sie die Konkurrenz ausschalten?«

»Ich habe Geld«, sagte Joe und richtete seinen Blick auf den Anwalt. »Hören Sie genau zu, was ich Ihnen erzählen werde.«

Andrews Lächeln verschwand.

»Ich verfüge über acht Millionen auf drei unabhängigen Züricher Konten«, sagte Joe und zog eine DIN-A-6-Karteikarte aus der inneren Brusttasche seines Sportjacketts. Er legte sie vor sich hin und schob sie über den Tisch. »Hier sind die Kontonummern sowie die Codenummern zur Autorisierung. Ich möchte, daß Sie...«

»Einen Moment mal, ganz langsam.« Andrews hob seine Hände und sah sich auf der Terrasse um. Er leckte seine Lippen, blickte dann in Joes Augen und sagte: »Ist das vielleicht was Offiziöses?«

»Was meinen Sie?«

»Ich meine, ist das vielleicht so eine abgefahrene Geheimdienstkiste? Irgend so eine verdeckte Aktion mit schmutzigen Tricks? Weil, mit solchen Regierungsgeschichten möchte ich nämlich nichts zu tun haben. Ich nicht. Sind viel zu kompliziert.«

»Ganz ruhig, Herr Anwalt.«

»Hören Sie mal, Slugger, hören Sie. Ich weiß zwar nicht, worin hier die Pointe liegt.« Plötzlich begann Andrews regelrecht zu plappern. »Aber die Sachen, mit denen ich zu Ihnen komme, sind stets handfeste und eindeutige Geschichten. Mit so einer Agent-contra-Agent-Nummer möchte ich nichts zu schaffen haben.«

Joe seufzte und kramte eine Camel aus seinem Jackett. Er hielt sie einige Male an sein Zippo, während der Wind mit der Flamme spielte, und nahm dann einen langen, tiefen Zug. »Noch mal ganz langsam zum besseren Verständnis«, sagte er schließlich. »Das hier ist weder etwas Offiziöses noch steckt der militärische Geheimdienst dahinter. Es hat nichts mit irgendwelchen Regierungsstellen zu tun. Und nichts mit der Mafia. Es geht allein um mich, und Sie müßten einige Dinge für mich erledigen.«

Der Wind zerrte einen Moment an der Jacke des Anwalts, der mit seiner Hand auf die Karteikarte schlug, damit sie nicht weggeblasen wurde. »In Ordnung, Chef«, brummte er und ließ die Karte in seiner Jackentasche verschwinden. »Sagen Sie, was ich tun soll.«

Joe drückte die Zigarette auf der Tischplatte aus. Sie hinterließ einen schwarzen, aschebedeckten Fleck auf dem Fiberglas. Joe zog eine weitere mit Schreibmaschine beschriebene Karteikarte aus seiner Tasche. »Ich möchte, daß Sie eine Million abheben und sie an den Gemeindefonds von St. Vincent de Paul überweisen. Wickeln Sie es anonym über die Firma ab.«

Andrews brachte aus seiner Jacke ein Mini-Filofax zum Vorschein und begann mit den Notizen. »Okay … fahren Sie fort.«

»Danach möchte ich, daß Sie eine weitere Million nehmen und sie auf das Konto einer Frau namens Maizie Vargas – vollständiger Name: Margaret Rosalynn Vargas – überweisen.« Joe steckte die zweite Karteikarte unter Andrews Notizbuch. »Die wesentlichen Informationen finden Sie alle auf dieser Karte.«

Andrews machte sich eine weitere Notiz und blickte dann wieder auf. »Damit bleiben sechs Millionen.«

»Korrekt«, sagte Joe und verzog das Gesicht, da der verfluchte Glutofen in seinem Dickdarm wieder aufloderte.

»Werden Sie einen kleinen Teil davon für den Schützen aussetzen?«

»Ganz richtig.«

»Das braucht zumindest siebzig bis achtzig große Scheine«, sagte der Anwalt und tippte mit seinem Stift auf den Notizzettel. Auf einmal wurde er zappelig. Es war unverkennbar, daß Andrews diese ganze Angelegenheit nicht im geringsten schmeckte. Es ergab einfach keinen Sinn. War nicht nachvollziehbar. Außerdem tat es dem Anwalt in der Seele weh, hier das bevorstehende Ableben eines seiner Helden zu besprechen. »Und der Preis wird wahrscheinlich noch steigen, wenn der Schütze erfährt, wer das Zielobjekt ist«, fügte Andrews verlegen hinzu.

»Schon okay«, sagte Joe. »Ich möchte, daß Sie den Rest des Geldes bei einem Treuhänder hinterlegen. Nehmen Sie eine der Hausbanken, dann ist die Firma zufrieden.«

»Sechs Millionen Dollar?«

»Richtig.«

Der Anwalt schluckte schwer. »Und dann …?«

Joe schaute ihn an. »Und dann machen Sie es publik.«

»Wie bitte?« Andrews blickte verständnislos.

»Sie haben doch gehört, was ich gesagt habe, Tommy.«

»Ich verstehe nicht ganz …«

»Ganz einfach. Der Deal besteht darin, daß Sie dem ersten Cowboy, der diesen Desperado ins Jenseits befördert, die sechs Millionen auszahlen.«

Für einen Moment war nur der Wind zu hören. »Worüber sprechen wir hier, über einen Wettkampf?«

»Ich denke schon.«

»Für diverse Mobster?«

Joe lächelte müde. »Tommy, mein Engel, Sie verstehen es noch immer nicht. Ich möchte, daß dieses Angebot an alle rausgeht. An alle Mitspieler.«

»Wie, Sie meinen an jeden … *jeden*?«

»Weltweit.«

Der Anwalt legte seinen Stift beiseite. »Hm-hm …«

»Nein, hören Sie, Tommy.« Joe merkte, daß weiter Unklarheit herrschte. »Verstehen Sie doch, worauf ich hinaus will. Ich möchte, daß Sie eine offene Ausschreibung plazieren …«

»Eine offene Ausschreibung.«

»Eine offene Ausschreibung an jeden Mafioso, jeden Terroristen, jeden Unterweltschergen, jeden verdammten, kehlenschlitzenden KGB-Dreckskiller, der auf diesem verrotteten Erdball herumkriecht. Sagen Sie denen, daß der Typ, der den alten Slugger abserviert, den Jackpot knackt. Sechs Millionen, steuerfrei. Leck-mich-am-Arsch-Knete für den Rest des Lebens. Jetzt klar, Tommy?«

Der Anwalt erwiderte nichts. Er glotzte Joe nur unverwandt an, als wären diesem gerade Chrysanthemen aus den Nasenlöchern gesprossen.

»Tommy … jetzt alles klar?«

»Yeah, yeah«, stotterte Andrews mit starrem Blick. »Sie wollen, daß ich dem erstbesten Bekloppten, der Sie wegpustet, sechs Millionen auszahle.«

Joe trank seinen Milkshake aus, warf den leeren Becher in den nebenstehenden Abfallbehälter und erhob sich. »Der Deal gilt ab Mitternacht. Es ist kein großes Geheimnis, wo ich wohne, die meisten inoffiziellen Ermittlungsbüros führen Akten über Joe Joseph. Ich muß noch einige Dinge in Ordnung bringen, dann stehe ich zur Verfügung.«

»Sie wollen, daß jemand Sie … zu Hause umbringt?«

Joe antwortete nicht, sondern streckte nur Andrews seine Hand entgegen.

Andrews sprang auf und stopfte das Notizbuch zurück in die Tasche. Seine Lippen bewegten sich lautlos, während er auf Joes Hand hinunterstarrte. Schließlich gelang es dem Anwalt zu stammeln: »Ich werde diese Sache erledigen, okay, ich mach's, weil Sie mich darum gebeten haben, Slugger, aber bitte sagen Sie, daß es nicht wahr ist. Verstehen Sie, was ich meine?«

»Tut mir leid, Tommy.«

»Aber warum denn?«

Joe steckte die Hände in seine Taschen. »Wie mein alter Herr immer zu sagen pflegte: ›Der wird schon seine Gründe haben‹.«

Joe wandte sich um und ging auf seinen Wagen zu.

»Slugger, warten Sie!« Andrews griff nach Joes Schulter und drehte den Älteren um. Während er in seiner Jackentasche suchte, meinte Andrews: »Das hätte ich beinahe vergessen. Ich habe eins der Photos vom Tatort bei dem Shachter-Hit mitgebracht. Einer der Leute in der Firma hat Verbindungen zur Detroiter Mordkommission, und so kommt er an diese Dinge... hier ist es!« Der Anwalt zog eine zerknitterte, postkartengroße Schwarzweißaufnahme hervor und reichte sie Joe.

Joe sah auf das nüchtern dokumentierende Bild hinunter, ein toter Naziführer, der im Hinterzimmer irgendeines abgelegenen Landstraßencafés auf dem Boden ausgestreckt lag. »Und was soll ich damit anfangen?«

Andrews grinste verlegen und reichte ihm seinen Stift. »Würden Sie es bitte signieren, ja?«

Joe schüttelte den Kopf, nahm Andrews Stift und kritzelte »In Liebe, Slugger« unten auf das Foto. Dann gab Joe dem Anwalt seinen Kugelschreiber zurück und ging fort.

An diesem Abend nahm der Himmel über Lake Michigan die Farbe eines Hämatoms an.

Joe hielt noch einmal kurz bei seinem Apartment, sammelte ein paar Dinge zusammen und fuhr dann in den Loop. Er parkte am Hyatt Regency und trug einen mittelgroßen Samsonitekoffer durch die Haupteingangshalle, einige Treppen hinunter und aus einem Lieferanteneingang hinaus.

Hinter dem Hotel befand sich eine verlassene Baustelle, die aus einem freien Feld zerklüfteter, vom Wind durchfurchter Erde und einer betonierten Rampe bestand, die bis ans Wasser hinunterführte. Die Wellenbrecher, ein kilometerlanger Schutzwall aus geschmacklosen Steinblöcken, die das aufgewühlte, schaumbedeckte Wasser des Lake Michigan abgrenzten, boten um diese Tageszeit ein echtes Postkartenidyll. Die Sonne glitzerte pfirsichfarben im Wasser, und der Geruch nach Forelle und Fäulnis mischte sich mit der Monoxydmelange der Stadt. Joe schleppte den Koffer durch den Matsch und blickte dann über seine Schulter zurück, um sich zu vergewissern, daß er allein war. Hinter ihm erhob sich der Schatten eines Baukrans.

Joe öffnete den Koffer.

Darin lag Lucy, eingebettet in öligen Lappen, zwischen Munitionsschachteln, Schalldämpfern und Zielfernrohren. Ihr 24-karätiges Eichenblattabzeichen schimmerte matt wie altes Messing. Joe besaß das Sondermodell des Colt .45 seit über zwei Jahrzehnten und hatte es einige Male in heiklen Situationen, immer wenn er auf ein wenig Extrahilfe seiner Glücksfee angewiesen gewesen war, eingesetzt. Lucy war eine Stradivari. Jagte acht Schuß durch ein Panzerglasfenster, jeder einzelne ein Volltreffer. Es war außerdem die einzige Waffe, die Joe in seinem Besitz behielt. Bei den meisten Jobs verwendete er bislang ungebrauchte, nicht zurückverfolgbare Waffen, die er anschließend sofort wegwerfen konnte. Aber Lucy war Joes Baby, ein Erinnerungsstück an den ehrbaren Kampf.

Eine Erinnerung an Joes Mission.

Er warf die Waffe ins Wasser.

Die Wellen verschlangen den Colt und zogen ihn hinaus in das schmutzige Blau. Joe verharrte einige Momente und betrachtete schwer atmend das Wasser. Dann schleuderte er den Samsonite samt der restlichen Munition und den diversen Zubehörteilen in den See. Der Koffer glitt ein Stück über die Wasseroberfläche, geriet dann in die Strömung und sank schnell. Kleine Luftblasen zerplatzten blubbernd, nachdem er abgesackt war. Joe sah einfach zu. Er fühlte sich aufgeputscht, elektrisiert. Seine Hände schmerzten. Er senkte seine Augen und sah, daß sich die Fingernägel in seine Handflächen gruben.

»Okay, in Ordnung, Auftrag abgeschlossen«, flüsterte er, drehte sich um und ging wieder die Rampe hinauf.

Eine Sache mußte er noch erledigen, eine Aufgabe, die unzählige Male schwieriger war, als Waffen in einen See zu werfen.

- 4 -

ALLGEMEINE AUSSCHREIBUNG // CODE DREIUNDZWANZIG-SIEBENUNDVIERZIG BRAVO-OMEGA // SONDERPROJEKT IN VEREINIGTEN STAATEN – OFFEN FÜR ALLE GEMEINDEMITGLIEDER // SECHS SCHEINE FÜR DEN ERSTEN LÖWENBÄNDIGER, DER KLIENT CODENAME SLUGGER ABSERVIERT // AUSSCHÜTTUNG NUR BEI VOLLSTÄNDIGER DEGRADIERUNG // KLIENT IST SPEZIALIST IN F & U, SANKTIONSARBEITEN, SÄUBERUNGEN FÜR FIRMA // WICHTIGSTE DATEN ÜBER NETZWERK VERFÜGBAR – ANFORDERN ÜBER DROP-BOX VICTOR-LIMA-ACHTZEHN.

Die Kathodenstrahlschrift flimmerte über den Bildschirm des Laptops, die folgenschweren Konsequenzen ihres Textes für den Augenblick noch durch die Zwischenlagerung auf einer Leiterplatte konserviert. Rechtsanwalt Tom Andrews nickte zufrieden, klickte auf das Sicherungssymbol und lehnte sich genüßlich in seinem drehbaren Ledersessel zurück. Im Widerspruch zu der Einstellung, die er am Vormittag Joe gegenüber demonstriert hatte, war Andrews ganz verrückt nach Geheimdienstspielchen. Er liebte es, in den unterirdischen Sphären von verdeckten Aktionen und nachrichtendienstlichen Kanälen herumzuschnuppern.

Er war ein echter Novize in diesem Spiel, und Joes überraschende Ankündigung eröffnete Andrews eine ideale Gelegenheit mitzumischen.

Er strich mit seiner Fingerspitze über das SEND-Symbol in der rechten, oberen Ecke des Bildschirms. Die Macht dieses SEND-Zeichens war unzweifelhaft berauschend. Andrews wußte genau, daß diese knappe Botschaft in Kürze über Fiberglaskabel, Faxgeräte und Internet-Mailboxes ihren Weg in die bedeutendsten Verbrechenszentren der Welt finden würde: in wenigstens neunzehn verschiedene Sprachen übersetzt und unzählige Male ver- und wieder entschlüsselt. Viele würden sie womöglich nur als Witz lesen. Andere dürften sie für einen Trick, für eine raffiniert ausgeklügelte Falle halten. Nur die Besten in diesem Geschäft würden die Echtheit dieser Botschaft erkennen, und diese Leute würden sofort in den Wettbewerb einsteigen.

Auch der Geheimdienstjargon zählte zu den Dingen, die Andrews besonderen Spaß bereiteten. Er liebte diese kryptische Sprache. »Bravo-Omega« war eine Wendung aus der Spionage und stand für *Black Operation*, und »Sonderprojekt« bezeichnete gewöhnlich einen Mordauftrag. Aber die beiden Details, die das Interesse der weltbesten Killer am stärksten erregen dürften, waren die Identität des Klienten und die ausgeschriebene Prämie. Jeder Mitspieler wußte, wer der Slugger war, und sollten sie sein Gesicht nicht kennen, so eilte ihm sein Ruf zweifellos voraus. »F & U« bezog sich auf Joes Meisterschaft im Flüchten und Untertauchen, »Sanktionsarbeiten« meinte seine Auftragsmorde, und »vollständige Degradierung« war natürlich ein drastischer Euphemismus für kompromißlose Vernichtung. Aber das Preisschild lieferte den wahren Köder. Sechs Millionen wären selbst für einen Diktator in irgendeinem Dritte-Welt-Land viel Geld gewesen.

Aus verschiedenen sentimentalen Gründen hatte sich Andrews allerdings dazu entschlossen, nicht zu erwähnen, daß Joe die Ausschreibung selbst initiiert hatte.

Tom Andrews warf einen letzten Blick auf den Text und klickte dann auf SEND.

»Halt still, Derrick«, murmelte Maizie Vargas um den Gummischnuller herum, der ihr zwischen den Zähnen steckte. Der Mann auf dem Stuhl befand sich in kritischem Zustand, sein Gesicht mit Blutergüssen übersät, das rechte Auge zu einer eiergroßen Beule geschwollen und von dunklen Quetschungen umgeben. Die linke Kieferseite hinunter klaffte ein tiefer, blutverschmierter Riß, und sein Haar ähnelte einem verfilzten Rattennest aus schwarzem Stroh. »Um Himmels willen, Maizie«, stöhnte Derrick und vertrieb sie mit einer theatralischen Handbewegung. »Wir geben *Tristan und Isolde* und nicht Théâtre du Grand Guignol.«

»Noch eine Sekunde stillhalten.«

»Hören Sie schon endlich auf mit dem Blut.«

»Noch einen Effekt und wir sind fertig«, meinte Maizie und nahm den Schnuller aus ihrem Mund. »Und wenn Sie schön artig sind, dürfen Sie auch mal nuckeln.«

Sie stand im Herzen ihres Arbeitsplatzes, an einem umgebauten Zahnarztstuhl, der in der Garderobe von Chicagos Lyric Opera vor einem Schmuckspiegel montiert war. In ihrer weiten Batikbluse, den schwarzen Jeans und den Springerstiefeln wirkte die zierliche Mexikanerin in dem ehrwürdigen alten Opernhaus völlig deplaziert. Wie ein Rockgroupie, das auf seinem Weg zu einem Breeders-Konzert versehentlich im falschen Saal gelandet war. Doch unter all dieser bohemienhaften Lässigkeit steckte Maizie derzeit in einem Sumpf widersprüchlichster Gefühle fest. Hatte sie in ihrem Leben die richtige Richtung eingeschlagen? Verschwendete sie ihre Zeit mit Joe Flood? Steuerte sie auf eine Katastrophe zu?

Katastrophal waren die Zustände gewesen, die sie eben erst hinter sich gelassen hatte. Da waren die armselige Kindheit in einem Trailerpark in Hammond, Indiana, die Teenagerjahre mal in der Besserungsanstalt, mal wieder draußen, sowie ihre zeitweilige Zugehörigkeit zu Mädchengangs. Auf der Suche nach einem besseren Leben war sie nach Chicago gezogen, hatte jedoch nichts als Armut und Einsamkeit vorgefunden. Gott sei Dank hatte sie die Oper entdeckt. Sie war ihre Rettung gewesen. Bei irgendeiner Radioshow hatte sie angerufen, eine Eintrittskarte für die Lyric gewonnen, und das Erlebnis dieser Aufführung hatte sie sofort süchtig werden lassen. Es gelang ihr, aufgrund ihrer natürlichen Begabung für Make-up über die Gewerkschaft der Theaterarbeiter einen Ausbildungsplatz zu bekommen, und kurze Zeit später hatte sie bereits eine feste Stelle hinter den Kulissen inne.

Dann war Joe in ihr Leben getreten.

Maizie war Joe Food das erste Mal bei einer Vorstellung von *La Bohème* begegnet und hatte sich damals gefragt, was ein Schlägertyp wie Joe bei einer derart seriösen Veranstaltung zu suchen hatte. Aber je besser sie ihn kennengelernt hatte, desto vielschichtiger, widersprüchlicher und geheimnisvoller erschien er ihr. Die schroffe Sensibilität, die Sanftheit, die sich hinter der harten Schale verbarg, hatten es ihr angetan. Im Bett war er zärtlich und aufmerksam, und er brachte sie zum Lachen. Aber das typische Krankheitsbild des männlichen Singles hatte unaufhaltsam an Gewicht gewonnen und in der letzten Zeit tatsächlich zu Streitereien geführt. Maizie wollte eine festere Bindung.

Joe wollte, daß alles so blieb, wie es war.

In diesem Augenblick mußte sich Maizie allerdings mit einer anderen Sorte Mann auseinandersetzen, einem Exemplar namens Derrick Halberstam, seines Zeichens eine der berüchtigtsten Nervensägen im Haus, früher ein Fluch an der Metropolitan und Spezi von Jerome Hines und Beverly Sills. Maizie bereitete Sir Derrick für eine Kostümprobe von *Tristan und Isolde* vor, die später am

Abend stattfinden sollte. Ihre Aufgabe bestand darin, Halberstam für seinen Auftritt im ersten Akt zu schminken. Selbstverständlich spielte Halberstam die Rolle des Tristan, der frisch verwundet aus einer mittelalterlichen Seeschlacht kommt. *Tristan und Isolde* gehörte zu Maizies Lieblingsopern aus Wagners Schaffen mit all den Schwerterstreichen, Schlachten und Schiffswracks. Im Bemühen, ihr Bestes zum Gelingen der Aufführung beizutragen, arbeitete Maizie versuchsweise an einer neuen Maske für schwere Verwundungen.

»Noch eine letzte Kleinigkeit«, sagte sie und zog eine niedliche kleine Nagelschere aus ihrer Brusttasche. Damit schnitt sie das Ende des Schnullers ab, warf das Teil mit dem Griff in eine Mülltonne neben ihr und schob die Gummispitze vorsichtig in Halberstams linken Nasenflügel.

»Herr im Himmel«, schrie der Schauspieler auf, »was machen Sie denn da?«

»Ihre Nase soll doch angeschwollen sein.«

»Passen Sie mit Ihren Fingernägeln auf!«

Plötzlich war hinter Maizie ein Geräusch zu hören, ein leises Schlurfen am Bühneneingang.

»Hallo?«

Maizie wirbelte zu der Stimme herum.

Zuerst konnte sie niemanden erkennen. Der hintere Teil des Raums bestand aus einem Wirrwarr an alten Kabeln, Flaschenzügen und Gegengewichten. Jenseits der Kabel war eine bröckelnde Ziegelsteinwand, die den rückwärtigen Gebäudeteil vom Bühnenbereich trennte. In der hintersten Ecke, leicht verdeckt durch einen Berg Sandsäcke und Stapel von Scheinwerferstreben, lag der Bühneneingang. Die Tür stand halb offen und ließ einen Streifen schmutzigen Mondlichts aus der Hintergasse ein.

Die Silhouette einer stämmigen Gestalt zeichnete sich in diesem Licht ab.

»Joe?«

Maizie machte einige Schritte auf den rückwärtigen Teil zu und kniff die Augen zusammen, um besser sehen zu können.

Joe stand im Eingang, die Hände in den Taschen und einen verbitterten Ausdruck auf seinem Gesicht. Sein Sportsakko war zerknautscht. Selbst in diesem Dämmerlicht war nicht zu übersehen, wie niedergeschlagen er war. Die Arme hielt er unbeholfen vor dem breiten Brustkorb verschränkt. »Hey, Kleines«, sagte er leise mit einem sonderbaren, leichten Beben in der Stimme. »Hast du 'ne Sekunde?«

»Sicher, ja, ähh...« Maizie wandte sich zu dem Schauspieler, der in dem Zahnarztstuhl saß. »Derrick, können wir eine kurze Pause einlegen?«

Mürrisch blickte der Schauspieler zu ihr herüber. »Wollen Sie damit sagen, ich soll in diesem Zustand herumlaufen?«

»Derrick, bitte.«

Widerwillig gab Halberstam nach, stand auf und verschwand beleidigt hinter dem Vorhang.

Maizie spürte, wie sich die Haare in ihrem Nacken sträubten. Irgend etwas stimmte ganz und gar nicht. »Was ist los, Joey? Worum geht's?«

Joe trat vor und gab ihr einen nüchternen Kuß auf die Stirn. Maizie atmete seinen Geruch ein, eine moschusartige Mischung aus Rasierwasser von Pierre Cardin und Zigarettenqualm. Joe bedeutete ihr, sich in den Zahnarztstuhl zu setzen. »Wir müssen miteinander reden.«

Maizie setzte sich. »Na gut, laß uns reden.«

»Kleines, hör zu.« Joe begann vor dem Schminkspiegel, dessen Glühbirnenumrandung seiner kräftigen Figur eine Art Heiligenschein verpaßte, auf- und abzuwandern. »Wir müssen es etwas langsamer angehen lassen.«

»Was meinst du damit?«

»*Uns*… wir müssen alles etwas langsamer angehen.«

»Okay.« Maizie zuckte mit den Schultern. »Dann gehen wir eben alles etwas langsamer an.«

»Nein, ich meine, wir müssen wirklich ein bißchen Abstand gewinnen und neu überdenken, wo wir hinsteuern.«

»Wovon sprichst du eigentlich, Joe?«

»Ich spreche von uns«, sagte er. Dann hielt er inne und drehte sich zu ihr, als wäre er in einem Pokerspiel und wollte nun sein Blatt offenlegen. »Ich denke, wir brauchen eine Pause.«

»Eine Pause?«

»Yeah, du weißt schon, ich denke, wir sollten für eine Weile unsere Zeit auch mal mit anderen Leuten verbringen.«

Maizie musterte ihn einen Moment und sah dann auf ihre Hände hinunter. Sie haßte sie. Typische Wurstfinger. Ständig waren ihre Nägel gesplittert oder gebrochen, mit Mascara bemalt oder klebten vor Theaterschminke und Mastix. Sie fühlte, wie ihr Tränen brennend in die Augen schossen. Wie konnte sich die Sache mit Joe nur derart rapide verschlechtern? Das war einfach nicht möglich. Nicht jetzt. Schon gar nicht jetzt. »Was tust du da, Joe?« sagte sie schließlich. »Was zum Teufel redest du? Soll das vielleicht heißen, du willst Schluß machen?«

Joe betrachtete seine Schuhe und nickte.

»Verdammt noch mal, was ist hier eigentlich los?« Maizie starrte ihn kurz an, stand dann von ihrem Stuhl auf und ging zu ihm hinüber. Sie streckte ihre Hand aus und berührte seine Wange. Sie fühlte sich an wie kalter, glattgehauener Stein. »Du willst ein ganzes Jahr einfach so ins Klo spülen?«

Joe entzog sich ihr und bohrte dann seinen Blick in sie. »Es ist vorbei, Kid.«

Maizie spürte, wie ihr vor Wut heiß die Galle hochkam und Nadelstiche ihre Wirbelsäule unten an ihrem Ansatz perforierten. Das alles konnte nur ein schlechter Scherz sein. Der Zeitpunkt war einfach zu schrecklich. Maizie fühlte, wie sich ihr Hals zusammenschnürte, und sie suchte vergeblich nach Worten. Aber dann, inmitten ihrer Lähmung, fiel ihr etwas Merkwürdiges auf. Etwas, das mit dem gequälten Ausdruck auf Joes Gesicht zusammenhing. Dies war nicht das Gesicht eines Mannes, der seine Spielchen trieb. Dies war das Gesicht eines Mannes, der unter extremem Druck stand, eines Mannes, der nur noch seiner eigenen, undurchsichtigen Logik gehorchte. Vielleicht war die Sache zwischen Joe und Maizie ja doch nicht so unabänderlich aus und vorbei, wie es auf den ersten Blick zu sein schien. Vielleicht bestand ja noch immer Grund zur Hoffnung.

Aber bevor Maizie nachfragen oder auch nur ein weiteres Wort aussprechen konnte, hatte sich Joe bereits hastig umgedreht und war durch den Ausgang verschwunden.

Zuerst bemerkte Joe das blinkende Licht überhaupt nicht.

Er kam schwerfällig in sein Apartment gepoltert, in seiner Sakkotasche eine Flasche Baileys, sein Hemd zerrissen und verschwitzt und sein Haar wirr durcheinanderhängend. Er war sturzbetrunken. Während der vergangenen beiden Stunden hatte er im Foyer des Ambassador Hotels nahezu eine Literflasche Irish Cream weggesoffen und damit den ganzen Schmerz, die Tränen und Selbstverachtung hinunterzuspülen versucht, die ihn angesichts all der abscheulichen Lügen überfallen hatten, mit denen er Maizie Vargas traktiert hatte, jene Frau, der er wie keiner anderen je zuvor vertraute. Warum hatte er nur derart kaltschnäuzig mit ihr Schluß gemacht? Weil er nichts unabgeschlossen lassen wollte?

Um elf war Joe schließlich zu betrunken gewesen, um auf irgendeine dieser Fragen noch eine Antwort finden, geschweige denn, den Weg bis zu den Toiletten bewältigen zu können, und so war er nach Hause getorkelt.

Jetzt schlug er die Tür hinter sich zu und durchquerte das Wohnzimmer.

Sein Fuß blieb an der Kante des Orientteppichs hängen, und Joe stolperte zu Boden. Er landete hart, hörte das Bersten und spürte, wie der restliche Zentiliter Baileys aus der Naht seiner Jackentasche lief. Er blickte nach unten. Die Schnapslache, die sich um seine Hüfte herum bildete, war pinkfarben. Der cremige Likör vermischte sich mit seinem Blut. Er mußte lachen. Es klang wie die groteske Parodie eines Lachens, ein betrunkenes Zirkuslachen, dumpf vor Trägheit und Qual. Er rollte sich auf den Rücken und kramte in seiner Tasche nach einer Zigarette. Das Päckchen mit Camels war vom Likör durchweicht. Joe schleuderte es durch den Raum und brach erneut in Lachen aus.

»Hier, meine Dam'n und Herr'n, wäre es also«, lallte Joe vor sich hin. »Das Ende der Fahn'nstange.«

Joe rollte sich auf die Seite und sah das rote Licht am Ende des Raumes blinken. Er mußte blinzeln. In seinem verschleierten, betrunkenen Blick glich das Aufblitzen in seiner Wohnungsecke einer verschwommenen Sternenexplosion. Ein winziger roter Zwerg, der leuchtende, spinnenbeinhafte Äderchen in Joes blutunterlaufene Augäpfel schoß. Er kicherte, als ihm bewußt wurde, worum es sich handelte: der bescheuerte Anrufbeantworter. Jemand hatte eine Nachricht für ihn hinterlassen. Vielleicht der Leichenbestatter? Oder die Versicherungsgesellschaft?

Joe kicherte erneut und lag da wie ein narkotisierter Grizzly. Er überlegte, ob auf dem Band womöglich einer der Killer war, der sichergehen wollte, daß Joe zu Hause war. Joe warf einen Blick auf seine Uhr. Genau 23.53. Gleich würde das Spiel angepfiffen. Joe fragte sich, wie schnell die Nachricht von dem kleinen Wettbewerb, den er ins Leben gerufen hatte, wohl verbreitet worden war. Zweifellos hatte sich Andrews des Internets bedient, vielleicht sogar jeden bekannten Hitter der westlichen Hemisphäre, ja, des gesamten Erdballs, per e-mail kontaktiert. Vielleicht hatte er auch einen Anschlag ans Schwarze Brett der Unterwelt genagelt.

Er kroch über den Boden zu dem Schrank, in dem er den Schnaps aufbewahrte, und rumorte so lange darin herum, bis er eine alte Flasche Baileys gefunden hatte. Er goß sich ein paar weitere Fingerbreit in ein Brandyglas ein, stürzte es hinunter und spürte wieder das samtige Brennen in seinem Bauch. Aus seinen Augenwinkeln heraus konnte er das kleine, rote Licht blinken sehen. Eine unaufhörliche Erinnerung daran, daß die Außenwelt näher rückte.

Joe überlegte, wer wohl zuerst auftauchen würde. Wer würde den großen Stoffpudel gewinnen? Wahrscheinlich jemand aus einer der lokalen Familien. Am ehesten jemand wie Tony Alcotta. Oder einer der freischaffenden Spooks aus Langley wie John Hassel oder Gustav Barriman würden herübergeflogen kommen. Oder vielleicht sogar Salty Hunt. Der hatte Joe schon immer besonders fasziniert. Salty Hunt, ehemaliger Wetteintreiber für irgendeine provinzielle Cajun-Gang in den Sümpfen außerhalb von New Orleans, war ein schwerer, alter kreolischer Dickschädel mit mehr Haaren auf seinem Rücken als auf dem Kopf. Aber er war absolut tödlich mit einem Randallmesser. Salty konnte mit einer drei Pfund schweren Klinge eine Lederweste aus gut fünfzehn Metern durchbohren. Aber andererseits, vielleicht würde der Killer auch jemand wie Brunetta Jones sein. Die junge Schwarze war ein As mit einer Zehn-Millimeter-Smith-&-Wesson und eine der wenigen Frauen in dem Spiel, von der Joe wußte.

Das Licht blinkte weiter.

Joe sah auf seine Uhr. Es war fünf Minuten vor zwölf.

Er schluckte den Rest des abgestandenen Baileys hinunter. Mittlerweile drehte sich das Zimmer, das Blinken des Anrufbeantworters dehnte sich zu langen Streifen, und Joe klappte wieder zusammen, blieb bäuchlings auf dem Teppich liegen und kokettierte bereits mit der Bewußtlosigkeit. Es dämmerte ihm langsam, daß er womöglich zum Sterben überhaupt noch nicht richtig bereit war. Vielleicht trank er sich ja auch nur ins Koma, weil er den Abschluß dieser Angelegenheit nicht im Wachzustand miterleben wollte. Aber vielleicht war gerade das der entscheidende Punkt. Vielleicht sollte er seinem Schicksal mit offenen Augen gegenübertreten, sollte das Aufblitzen des Laufs sehen und fühlen, wie der Hammerschlag sein Nasenbein trifft, bevor sein Schädel schließlich implodierte. Wenn natürlich zuerst ein Mob-Typ auftauchte, dann würde der Schuß im Hinterkopf landen. Diese organisierten Jungs würden dich nie merken lassen, daß sie da sind. Spooks dagegen würden es von Angesicht zu Angesicht erledigen. In dieser Hinsicht neigten sie zum Sadismus.

Joe schauderte.

Aber welches Blatt auch immer das Schicksal ihm zuspielen mochte, es würde allemal besser sein, als auf irgendeiner namenlosen Krebsstation unten in Cook County dahinzuvegetieren. Es würde besser sein, als sein Blut, seine Knochen und sein Mark langsam zersetzt zu sehen, während die Körperfunktionen schwinden und das Leben, begleitet von einer gemächlichen Folter durch intravenöse Spritzen, Morphin und Babynahrung, davontröpfelte. Wer auch immer ihn erledigen sollte, es würde ein viel, viel freundlicherer Schnitter sein als dieser durchgeknallte Psychokiller namens Leukämie.

»VERDAMMTE SCHEEIIISSE, HÖR ENDLICH AUF ZU BLINKEN!«

Joe rappelte sich auf die Knie, schleppte sich über den Teppich zu dem Beistelltischchen, auf dem das Telefon und der Anrufbeantworter standen, und schlug mit seiner Faust so hart auf das Gerät, daß es vom Tisch fiel. Es landete auf dem Boden ähnlich einem umgekippten Käfer, wobei die Leitung wie eine Nabelschnur weiter angeschlossen blieb. Plötzlich begann sein Motor zu spulen, und es dauerte einen Moment, bis Joe klarwurde, daß jetzt die Wiedergabe eingeschaltet war.

Es piepte kurz, und dann krächzte dumpf eine Aufnahme aus dem winzigen Lautsprecher.

»Mr. Joseph, hier ist Gloria aus Dr. Kagans Praxis. Dr. Kagan müßte mit Ihnen so bald wie irgend möglich sprechen. Wenn Sie uns also zurückrufen würden, sobald Sie diese Nachricht erhalten, wären wir Ihnen sehr dankbar. Es ist wirklich dringend. Sollte es nach der Sprechstunde sein, dann hinterlassen Sie bitte unter der Bereitschaftsnummer eine Nachricht, und Dr. Kagan wird sich sofort bei Ihnen melden.«

Ein weiteres Piepen.

Joe kam mühselig auf die Beine, seine Knie wackelten, der Kopf drehte sich, das Herz raste und sein Blick ruhte gebannt auf der Rückseite des Anrufbeantworters, während eine nervöse Männerstimme aus dem Lautsprecher kreischte: »Hallo? Joe? Hier ist Dr. Kagan. Wir stecken hier unten in einer leicht mißlichen Lage. Wenn Sie mich also bitte unter meiner Privatnummer anrufen könnten, sobald Sie nach Hause kommen, es gibt da etwas, über das wir unbedingt sprechen müssen. Ich finde es wirklich recht ärgerlich. Es ist nur so, daß äh… bitte, rufen Sie doch so bald wie möglich an, ähh, ja, danke schön…«

Joe starrte auf den Apparat, der erneut fiepte.

»Joe, hier ist noch mal Steve Kagan. Es behagt mir zwar überhaupt nicht, bedeutsame Mitteilungen auf einem Anrufbeantworter zu hinterlassen, aber ich glaube, wenn Sie die Sachlage kennen, werden Sie für dieses Vorgehen Verständnis aufbringen. Es ist nur so, daß es, äh, eine Verwechslung gegeben hat. Ihre Blutanalyse wurde zwar zweimal durchgeführt, das habe ich selbst sichergestellt, aber das Problem bestand darin, daß dem Labor die falsche Blutprobe vorlag. Wir haben das erst heute festgestellt, als die verschiedenen Proben zurückkamen. Die gute Nachricht dabei ist, daß Ihr Blut völlig normal ist, alles negativ. Keine Leukämie, kein Prostataproblem. In Wirklichkeit ist nicht einmal Ihr Cholesterinspiegel sonderlich schlecht...«

Joe fühlte, wie seine Haut erst heiß, dann kalt wurde und anschließend Schauerwellen sein Rückgrat vom Steißbein bis zum Schädel hinauf krochen. Seine Augen fühlten sich zu groß für seinen Kopf an, und das Licht im Raum änderte sich wie der Himmel im Zentrum eines Hurrikans – in jenes geheimnisvolle Gelb, das die Düsterkeit aufzuzehren schien.

Die Stimme vom Band krächzte weiter. »Wir hatten in der Verwaltungsabteilung der Praxis in letzter Zeit einige Schwierigkeiten, und, na ja, Sie wollen bestimmt keine Entschuldigung hören, und für einen derartigen Fehler kann es ja auch keinerlei Entschuldigungen geben. Es ist nur so, daß diese Dinge von Zeit zu Zeit eben mal vorkommen können, Joe. Wir werden Sie selbstverständlich von allen Kosten für die Folgeuntersuchung und, natürlich, einen zweiten Test befreien. Ich weiß, es muß eine herbe Erfahrung sein, die Sie hier durchmachen, und nochmals, rufen Sie mich bitte an, sobald Sie diese Nachricht erhalten haben. Noch mal, es tut mir wirklich außerordentlich leid... aber Sie müssen auch die gute Seite daran sehen, immerhin sieht es so aus, als würden Sie hundert Jahre alt werden.«

Es gab einen Klick, und das spulende Geräusch endete abrupt.

»Fuck«, stieß Joe leise aus.

Er entfernte sich rückwärts von dem Apparat, Zentimeter für Zentimeter auf zittrigen, ihm nicht gehorchenden Beinen, und bewegte dabei seine Lippen, ohne daß ein Geräusch entstand. Die Welt hatte sich um hundertachtzig Grad gedreht. Die Decke war nunmehr der Boden, der Fußboden war der Himmel, und der Anrufbeantworter war ein glänzender Himmelsstrahl, der die Wolken durchbrach.

Eine Botschaft Gottes.

»O mein Gott... Jesus Maria...«

Joe stieß mit seinem Arsch gegen die Tür und blieb wie angewurzelt stehen.

Die mitteilungsfreudig leuchtenden Zeiger seiner Uhr glühten an seinem Handgelenk. Es war Mitternacht, und damit verwandelte sich Joe zwar in Freiwild, aber das spielte alles keine Rolle mehr, denn Gott hatte ihm ein Zeichen gegeben. Gleich einem Geheimcode verschlüsselt in die Monologe des Arztes, hatte Gott ihm die gute Nachricht überbracht: Joe, mein Sohn, du hattest von Anfang an recht, du hattest recht, dein Leben war nicht vergebens, du hast zu Recht getötet, und du verdienst es weiterzuleben. Und nun fühlte Joe die Kraft wieder in seine Venen zurückfließen, fühlte, wie sie die Trunkenheit hinwegbrannte, den Himmel erstrahlen ließ, dem Sturm entgegenbrauste, und er wünschte sich klare Luft zu schmecken, vor Freude loszuschreien, den Himmel anzusingen, und mehr als alles andere wünschte sich Joe zu leben.

Aber das würde alles noch warten müssen.

In diesem Moment nämlich waren auf dem Flur vor seiner Tür schwere Schritte zu hören.

- 5 -

Der Endorphinschub einer plötzlichen, ausgewachsenen Panik wirkte besser als ein halbes Dutzend dampfende Tassen Nescafé. Joe konnte spüren, wie der Rausch sich sofort verzog.

Denk nach... denk nach, denk nach, denk nach, denk nach! Krampfhaft drückte er seinen Rücken gegen die Tür, sein Herz hämmerte. Sein Kopf suchte nach Fluchtmöglichkeiten, während draußen gedämpfte Stiefelschritte den abgetretenen Läufer im Flur herunterkamen. *Denk nach, denk, denk, denk!* Es klang nach zwei, vielleicht drei Männern, wahrscheinlich einheimische Cowboys, die sich das Kopfgeld teilen wollten. Denk nach, denk nach, Schwachkopf, DENK NACH! Joe schlug sich ins Gesicht. Seine Wangen brannten, sein Verstand schien wieder zu arbeiten, und er hielt es für angebracht, hier schleunigst zu verschwinden. Also beschloß er, durch das Zimmer zum gegenüberliegenden Fenster zu gehen. Unglücklicherweise war sein Körper jedoch noch nicht nüchtern, und seine dämlichen Füße verhakten sich sofort.

Er fiel dumpf.

Joe rang nach Luft, schluckte dabei Staub und Teppichfasern, und kroch dann in Richtung des Fensters, das zur Feuerleiter hinausführte. Er konnte das Flüstern von Stimmen und das Geräusch einer scharfen Metallspitze hören, die sich am Schloß zu schaffen machte. Und dann wurde ihm bewußt, daß es sich um einen Eispickel handeln mußte, *einen scheiß Eispickel*, und er wußte sofort, wer eingetroffen war.

Eine lebende Legende stand draußen vor Joes Tür und fingerte an seinem Schloß herum.

Ben »Mad Cat« Malambri war seit Jahrzehnten als Mafiascherge der alten Schule berüchtigt, ein kaltblütiger Killer, der Berühmtheit erlangt hatte durch die Erledigung des jüdischen Gangsterbosses Israel Levin in den fünfziger Jahren, während der noch im Knast von Marion einsaß. Malambris Spezialität war bezaubernd in ihrer absoluten Schlichtheit: Er mordete mit einem Eispickel. Ein einziger Stich durch den äußeren Gehörgang hindurch ins Gehirn war ein einfacher, schneller und effizienter Weg, einen Menschen umzubringen. Ein zusätzliches Plus bestand darin, daß es die meisten überarbeiteten Gerichtsmediziner dazu verleiten konnte, auf eine natürliche Todesursache zu erkennen. Mad Cat war der unumstrittene Meister dieses speziellen Instruments, und obwohl sein an die alte europäische Heimat erinnerndes Auftreten schon seit den Zeiten der Schellackplatte antiquiert wirkte, war Malambri eine inoffizielle Symbolfigur für Old Chicago geworden. Man hatte ihn zum Oberhaupt der Division Street erklärt und einmal sogar den feierlichen Eröffnungspitch bei einem traditionellen Baseballvergleich der Stadtbezirke ausführen lassen.

Derselbe Benjamin Malambri kauerte jetzt draußen vor Joes Tür und bereitete sich darauf vor, einzubrechen und sich die Ehre zu geben.

Weiter auf Händen und Knien erreichte Joe die gegenüberliegende Wand, hielt an und blickte über seine Schulter zurück. Die aktuelle Entwicklung war schon erstaunlich: Da gab es all diese Schmalspurpistoleros, von denen einer an Joes Wohnung hätte auftauchen können, und dann kommt ausgerechnet diese städtische Institution. Ein Markenbegriff. Der Kerl mußte weit in den Sechzigern, vielleicht sogar schon über siebzig sein und hatte seinen Ruhestand allein aus dem Grund verlassen, Joe ins Jenseits zu befördern. Es war eine Art Privileg, das die Mobster nur einem der Besten erwiesen. Es war gleichbedeutend damit, bei der Totenwache von Frank Sinatra besungen zu werden oder die Totenkleider von John Gotti zusammengestellt zu bekommen.

Es war eine Ehre, und Ehrensachen maßen diese Jungs nun einmal allergrößtes Gewicht bei.

Joe gelang es trotz seiner Erschöpfung und Angst zu grinsen.

Auf der anderen Seite des Zimmers sprang die Tür krachend auf.

Joe sah weder die beiden junger Männer in schwarzen Jeans und Lederjacken, wahrscheinlich Auskundschafter, die sich jetzt rechts und links neben dem alten Ben Malambri aufbauten, noch das psychotische Leuchten in den Augen des alten Mannes, oder das Zittern seines stopplig-grauen Kinns, während er den Eispickel zu Ehren der guten, alten Zeiten noch einmal hob, oder das Funkeln der abgesägten, Kaliber-zwanzig-Pumpgun in den Händen eines der Wasserträger. Joe war viel zu beschäftigt damit, sich schnell zur Badezimmertür auf der entgegengesetzten Seite des Zimmers zu wälzen, in Deckung zu hechten, wobei er auf den schwarzen mexikanischen Badezimmerfliesen landete, die Tür zu packen, sie hinter sich zuzuziehen und abzusperren. Es folgte das laut rasselnde Geräusch eines durchladenden Vorderschafts im Wohnzimmer. Eine Patrone sprang an ihren Platz.

Dann die Explosion.

Der Türknauf wurde pulverisiert.

Joe ging vor der Erschütterung in Deckung und warf sich über den Rand der Badewanne. Über ihm ergoß sich ein Regen aus Schutt, Staub und abgesplittertem Holz, und der Duschvorhang wurde aus seinen Ringen gerissen. Joe landete hart auf dem Keramikboden. An einem Wasserhahn schlug er sich den Ellbogen auf. Der Aufprall preßte die Atemluft aus seinen Lungen, und für einen Moment regnete es weiter Putz. Keuchend blinzelte er durch die Staubschwaden auf der Suche nach dem Fenster über der Dusche. Draußen vor der Tür: nahende Schritte, Stimmen.

»Hast du ihn erwischt, Junge?«

»Keine Bange, alter Mann, wir heben ihn für dich auf.«

»Bringt ihn nicht um.«

Joe rappelte sich auf, wickelte den Ärmel um seine rechte Faust und schlug gegen das Fenster. Einen Augenblick lang hielt die Scheibe stand, dann zersprang sie und fiel in sich zusammen. Eine etwa sechzig Zentimeter große Öffnung aus schartigem Dichtungsmaterial und uralter Farbe tat sich auf. Joe klammerte sich an den Rahmen, zog sich hoch und rutschte dabei immer wieder auf der seifigen Fensterbank aus. Hinter ihm standen die Hitmen bereits im Badezimmereingang, und das Zischen eines durch den Dunst herumschwingenden Gewehrlaufs war zu hören.

Malambri fauchte seinen Hilfskräften eine Warnung zu. »Laßt ihn nicht entkommen.«

»Knall ihm die Beine weg, Johnny.«

Wieder das *Ritsch-ratsch* des Repetiergewehrs, aber Joe war bereits aus dem Fenster.

Joe landete auf einem Wellblechvorsprung und machte sich wie ein Seiltänzer balancierend auf die Suche nach der Feuerleiter. Vor ihm flackerten wilde Schatten hin und her. Joe fand die Leiter schließlich am anderen Ende der Etage zusammengeklappt und an der Hauswand befestigt. Er trat die Leiter nach unten und begann mit rasendem Herzschlag den Abstieg.

Als er die letzten Stufen erreicht hatte, riß die Leiter aus der Halterung.

Joe fiel viereinhalb Meter tief, landete auf dem dreckigen Pflaster der Seitengasse und schrie vor Empörung und Schmerzen laut auf. Er kullerte auf den Ausgang der Gasse zu, versuchte, auf die Beine zu kommen und sich davonzumachen, aber unmittelbar zu seiner Linken gab es plötzlich einen lauten Knall, einen furchtbaren Schlag, der Joe vorübergehend wie einen Hasen im hellen Lichtstrahl einer Kenworth erschreckt innehalten ließ.

Neben ihm war ein Notausgang aufgesprengt worden.

»Schnapp dir seine Beine!« Die Lederjungs und der alte Mann stürzten brüllend aus dem Eingang und umstellten Joe. Das Durchladen des Gewehrschafts hörte sich an wie Joes Totengeläut.

»Nicht abknallen«, brüllte der Alte seine Schützlinge an. »Das ist meine Show hier.«

»Mach dir nicht ins Hemd, Alter«, murmelte das Knarrenjüngchen und kam auf Joe zu.

»Moment mal, Freunde«, sagte Joe, ging mühsam in die Hocke und rieb sich das schmerzende Knie. Der Gunman trat neben ihn und steckte den Lauf seines Stutzens in Joes linkes Ohr. Joe hob die Arme. »Ben, pfeif den Dobermann zurück. Ich werd schon nicht verschwinden.«

Der alte Mann kam näher. Sein Truthahnhals reckte sich aus einem alten Bowlinghemd. Auf seinem kahlen, mit Leberflecken bedeckten Schädel thronte eine englische Schirmmütze. Er hatte etwas Milch oder Kartoffelpüree an seinem Kinn kleben und zitterte wie Espenlaub. Dieses alte Raubtier hatte eindeutig schon bessere Tage gesehen. »Joe the Slugger.« Malambri lachte mekkernd und zeigte dabei grüne, vergammelnde Zähne. »Hat nie einen Besseren mit dem Schießeisen gegeben.«

»Na, wie läuft's, Mad Cat?« meinte Joe.

»Besser als bei dir, wie's scheint.«

»Mir ist ein Schnitzer unterlaufen.« Joe fühlte seinen Magen revoltieren und giftig-heiße Galle seinen Hals hinaufsteigen. Er wußte nicht, ob er lieber sterben, lachen oder um sein Leben betteln sollte. »All dieser Quatsch mit dem Wettbewerb ... es war ein falscher Schritt, Ben. Ich blase die ganze Sache wieder ab.«

»Die kannst du nicht abblasen, mein Junge«, sagte der alte Mann. Malambri hatte recht, und Joe wußte es. Wenn die Prämie erst einmal beim Treuhänder gelandet und der Auftrag für den Hit rausgegangen war, dann konnte der Prozeß nicht mehr rückgängig gemacht werden. Der alte Mann hob den Eispickel, und die Waffe tanzte das tattrige Zittern mit. »Du warst der Beste, Joey«, erklärte der alte Mann, »ein ehrenvoller Vertreter deiner Zunft.«

Der zweite Lederjunge ballte die Hände zusammen. »Herrgott noch mal, Alter, komm endlich zur Sache!«

Plötzlich mußte Joe kotzen.

Essensreste und gelbliche Galle spritzten dem alten Mann ins Gesicht, woraufhin ihm der Eispickel aus der Hand flog. Das Knarrenjüngchen zeigte sich überrascht genug, um zu zucken, der vollgekotzte Lauf der Kaliber-zwanzig pendelte für ein Augenblick, und Joe nutzte die Gelegenheit sofort aus und rammte dem Youngster seine Faust in den Bauch. Der Nachwuchskiller geriet ins Taumeln, und die Pumpgun rutschte ihm aus den Händen.

Joe richtete sich auf.

»Du Wichser!« Der zweite Helfer griff nach einer .44er, die

unter seiner Jacke steckte. Joe drehte sich um und jagte dem Jungen sein Knie hart genug in den Unterleib, um ihm die Eier bis in den Brustkorb zu treiben. Der Junge brach auf dem Pflaster in der Embryonalstellung zusammen. Joe langte nach unten, riß die .44er aus dem Schulterholster des jungen Mobsters und untersuchte sie schnell. Es war ein antikes Stück, eine alter Ruger Redhawk. Langer Lauf. Gigantisch groß. Joe überprüfte die Trommel. Der Junge hatte sie mit flachköpfigen Hochgeschwindigkeitspatronen bestückt. »Herr im Himmel, Kleiner«, sagte Joe, ließ die Trommel wieder zuschnappen und spuckte einen Mundvoll Galle aus. »Was wolltest du denn damit? Nashörner jagen?«

»Fick dich ins Knie, du Wichser«, bemerkte der sich krümmende Lederjunge vom Boden aus.

»Werd bloß nicht unhöflich«, sagte Joe.

Der alte Malambri war zurückgewichen, kratzte sich das Erbrochene aus dem Gesicht und starrte Joe mit bebendem Kinn aus gelben Augen an. Kapitulierend hatte er seine Hand erhoben, an der die tattrigen Finger zuckten. »Sei doch nicht blöd, Slugger. Es gibt nichts, was du tun…« Malambri brach abrupt ab, als rechts von ihm plötzlich ein Huschen wahrnehmbar wurde.

Das Knarrenjüngchen versuchte seine Pumpgun zu erreichen.

Ruhig hob Joe die Mündung des .44ers und feuerte auf das Bein des Jungen.

Die Wucht des Schusses – erst ein Magnesiumblitz, dann ein Rückstoß wie bei einer großen Viehtreiberpeitsche – überraschte sogar Joe. Der Lärm war ohrenbetäubend, als würden zwei riesige Vorschlaghammer auf Joes Ohren niederkrachen, und die Explosion zerfetzte das Bein des jungen Mobsters, fraß von den Zehen bis zur Kniescheibe ein Stück aus seinem Schienbein, ließ ihn fünfzehn Zentimeter vom Boden abheben und schleuderte ihn anschließend gegen die Ziegelsteinwand. Der Junge kreischte auf, umklammerte sein übel zugerichtetes Bein und jammerte: »Fuck, Mann, fuck, FUCK... FUCK...!«

Mit pfeifenden Ohren ging Joe zu dem Jungen hinüber und sah auf ihn hinunter. »Solltest mehr Achtung gegenüber deinen älteren Mitbürgern zeigen.«

»Fick dich, Alter. Du bist tot, eine Scheißleiche bist du.«

»Yeah? Ist das wahr? Na dann, herzlich willkommen zur Nacht der lebenden Toten, Kleiner.«

Unmittelbar hinter Joe gab es plötzlich ein Geräusch. Joe wirbelte herum, hob instinktiv den Revolver und zielte mit ihm auf die Quelle des Geräuschs. Er erhaschte ein metallisches Funkeln, spürte eine nadelscharfe Spitze auf seiner Wange und fand sich Nase an Nase mit Benjamin »Mad Cat« Malambri wieder.

»Ganz ruhig, Junior«, meinte Malambri und hielt zitternd die Eispickelspitze direkt unter Joes linkes Auge.

»Keine Bange, mir geht's bestens«, erwiderte Joe und preßte die Mündung des .44er gegen den losen, fleischigen Adamsapfel des alten Mannes. Joe verspürte einen reißenden Schmerz in seinem Magen. Schweißtropfen rannen ihm kreuz und quer den Rücken hinunter. Sein Blick verschwamm. Im Grunde war er noch immer besoffen, ihm war noch immer schlecht, und er durchlebte gerade einen Alptraum, einen Alptraum allerdings, der jeden Moment zustechen konnte.

»Für so 'nen alten Haudegen wie mich wär's schon 'ne Riesensache, den Slugger erledigt zu haben. Selbst wenn er selbst dabei draufgeht.«

Joe spannte den Hahn. »Ich will dich nicht töten, Ben.«

»Ich werde sowieso bald sterben. Hab die ganze Lunge voll Krebs.«

»Tut mir leid zu hören.«

»Sie sagen, mir bleibt vielleicht noch ein Jahr.«

Eine Schweißperle lief in Joes Auge und brannte. »Achte darauf, daß die Laborergebnisse gegengeprüft werden.«

Die Sirenen kamen näher.

»Das muß ich schon sagen, Junior, war ein wunderhübscher Hit, den du da unten in der mexikanischen Botschaft gelandet hast. Ist in der Familie schon seit Jahren ein beliebtes Gesprächsthema.«

Joe blinzelte. »Woher zum Teufel weißt du denn darüber Bescheid?«

»Die Firma weiß alles. Das müßte dir doch mittlerweile klarsein.«

»Natürlich.«

»Genauso wie sie fünf Minuten, nachdem du dem jungen F. Lee Bailey heute morgen deine Idee unterbreitet hattest, über diesen idiotischen Wettbewerb Bescheid wußte. Genauso wie sie innerhalb von einer Stunde jeden Informanten östlich des Mississippi darauf angesetzt hatten. Du bist der Haupttreffer, Junior. Alles und jeder ist auf deinen Skalp scharf.«

Joe nickte mißmutig. »Ich bin gerührt.«

»Sag mir eins, Slugger.«

»Was?«

»Ein Kerl wie du initiiert so eine bescheuerte Sache wie diesen Wettbewerb. Wozu?«

»Ich will ganz ehrlich zu dir sein, Ben. Es handelt sich nicht unbedingt um eine meiner gelungeneren Entscheidungen.«

Einen Takt lang herrschte Stille. Der alte Mann nuckelte an seinen verfaulten Zähnen und dachte nach. »Du warst schon immer ein Spinner, der was draufhatte, Slugger, das muß ich dir lassen.«

Die Sirenen kamen immer näher.

Joe schluckte hart. »Und was machen wir jetzt mit dieser kleinen Pattsituation, die wir hier haben, Ben?«

Der alte Mann neigte seinen Kopf für einen Moment in einem merkwürdigen Winkel, und eine rauhe, pinkfarbene Zunge fuhr aus seinem Mund und leckte bedächtig über die spröden Lippen. Sollten die Augen des alten Kauzes wirklich noch zu einem verschmitzten Funkeln in der Lage sein, dann taten sie es jetzt. Joe hielt seinen Blick auf Malambri geheftet. Es war, als würde er in eine zerstörte Seele schauen, in der noch eine letzte Geste der Zärtlichkeit übriggeblieben war. Ein alter Löwe mit durch und durch verfaulten und abgenutzten Reißzähnen. Der alte Mann ließ den Pickel aus der Hand gleiten, und das Ding fiel laut klappernd auf das Pflaster. Malambri entblößte seine kaputten Zähne und zwinkerte ihm zu.

Die Lederjungs glotzten ungläubig.

Joe bewegte sich langsam rückwärts auf den Ausgang der Gasse zu und zielte dabei weiter mit der Waffe auf den alten Mann. Die Polizeisirenen waren mittlerweile nur noch wenige Häuserblocks entfernt. »Ich schulde dir was, Mad Cat«, sagte Joe und zog sich immer schneller in Richtung auf das dunstige Straßenlicht zurück.

»Du solltest ein paar Scheine auf dich setzen, Junior.« Der alte Mann lachte. Er zitterte inzwischen krampfartig, aber seine Augen leuchteten noch immer freundlich verschmitzt wie die des Weihnachtsmannes. »Bei der Quote, die gegen dich steht, könntest du stinkreich werden!«

»Ich hab meine Spielerschuhe an den Nagel gehängt, Ben«, sagte Joe und trat schnell aus der Gasse heraus. Diesiges Licht schlug ihm ins Gesicht. Die Luft um ihn herum roch nach Abgasen und Dreck. Die Straße war leer, aber Joe konnte das Heulen der Polizeiwagen hören, die die Sheridan herunterkamen, konnte die Leute aus ihren Fenstern schreien und den kläglichen Ruf des alten Malambri hinter ihm herhallen hören.

»Heute nacht hätte ich dich erledigen können, Junior!« Ein leiser werdendes Meckern wirbelte durch die Nachtluft hinter Joe, das Gelächter eines Wahnsinnigen. »Wär ganz leicht gewesen! Ein kleines Zucken mit dem Handgelenk…«

Das Lachen verschwand, als Joe die Sheridan überquerte und in eine Seitenstraße schlüpfte.

Er marschierte so flott wie möglich. Kein Laufen, kein Trödeln. Seine Gelenke bereiteten ihm furchtbare Schmerzen, sein Schädel dröhnte, und sein Magen fühlte sich wie eine Blechtrommel an, die gerade mit Säure glattgescheuert wird. Trotzdem hielt er seinen Blick nach vorne gerichtet und ging mit einer wohleinstudierten Lässigkeit. Er wollte sich der Nacht anpassen, wollte Zeit zum Nachdenken finden, einen Plan zurechtlegen. Er schlang den Arm nach hinten, schob den .44er unter sein Sportjackett und zwängte ihn zwischen Gürtel und Hemd. Es war, als würde man versuchen, eine Zehnkilohantel in seiner Hose zu verstecken. Er atmete tief durch, zog die Falten in seinem Sakko glatt, und einen Moment später entspannte er sich allmählich.

Mittlerweile war er eine Meile von zu Hause entfernt, und die einzigen Geräusche waren das rhythmische Quietschen seiner Florsheims, das leise Knirschen seiner arthritischen Knie und das Echo des geleierten Refrains eines alternden Killers.

Ein kleines Zucken mit dem Handgelenk, Junior… Hätte dich auf sizilianische Weise kaltmachen können!

Bei dem 7-Eleven an der Ecke Clark und Wrightwood legte Joe einen kurzen Zwischenstopp ein und erstand eine Rolle Leukoplast, eine Schachtel Heftpflaster, ein Fläschchen Tylenol, eine Packung mit Koffeinpillen, Müsliriegel, ein Taschenmesser, Sonnenbrille, Zigaretten, Kaumgummi, Karten von Illinois und von den Vereinigten Staaten und einen kleinen Nylonrucksack, der eine Sonderprämie für den Kauf von zwölf Dolly-Madison-Doughnuts mit Puderzucker war. Joe kaufte die Doughnuts und warf sie nach Verlassen des Ladens direkt in den Abfallcontainer vor der

Tür. Er hatte soeben fast siebzig Dollar ausgegeben. Damit blieben ihm noch etwas mehr als dreihundert in seiner Brieftasche sowie vier verschiedene Kreditkarten, die auf vier unterschiedliche Decknamen ausgestellt waren.

Auf dem Weg zur Bahn schluckte Joe eine der Koffeinpillen und zwei Tylenols gegen die Schmerzen. Sein Kopf fühlte sich an, als ob er jeden Moment zerplatzen würde. Er mußte den Schwindel und die Orientierungsprobleme loswerden. Das Erbrechen hatte zwar geholfen, aber jetzt mußte er sich konzentrieren. Jetzt mußte er seine Sinne schärfen, so weit schärfen, daß er vollständige Sätze formulieren konnte, so weit schärfen, daß er sich aus dieser Sache wieder herausreden konnte.

Zehn Minuten später stand er auf einem windigen, menschenleeren Bahnsteig der Belmont Hochbahn. Er hielt den Hörer des Münzfernsprechers gegen sein Ohr gepreßt, und das harte Plastik fühlte sich an der empfindlichen Wangenhaut wie Trockeneis an. Er lauschte dem Klingeln am anderen Ende der Leitung. »Herrgott, *Tommy*...« Joe packte den Hörer fester, hielt seinen Rücken gegen den Windschutz aus Plexiglas gelehnt und achtete darauf, den Bahnsteig nicht aus den Augen zu lassen.

Die U-Bahn-Station war eine öde Hochebene aus schmarotzerbefallenem Eisen und windgepeitschtem Stahl, trostlos wie ein in Gaslicht getauchtes Archipel. Um diese Nachtzeit fuhren die Züge nur unregelmäßig, so daß Joe sich relativ sicher fühlte, aber trotzdem hielt er die Augen nach Mafiosi, Cowboys oder Spooks offen. Seine kurzfristige Absicht bestand darin, den jungen Anwalt zu erwischen, um zu sehen, ob irgendeine Möglichkeit bestand, das Spiel abzublasen, und dann einen Zug runter zur Dearborn Station zu nehmen. Von Dearborn aus konnte er dann in einen Shuttle zum O'Hare Airport steigen und hoffentlich lange genug von der Oberfläche verschwinden, bis die Feuersbrunst gelöscht war.

»Tommy, Tommy, Tommy… Herrgott!«

Es klingelte weiter. Ein drittes Mal. Ein viertes. Joe wurde unruhig. Möglicherweise war Andrews noch immer in der Stadt unterwegs und genoß die perverse Berühmtheit, der auserwählte Hilfsspielleiter zu sein. Oder vielleicht war der junge Anwalt auch unten im Connely's, verfolgte die ganze Sache auf irgend so einer externen Videoübertragungsstation und sah sich Joes Flucht an, als wäre sie eine scheiß unbekannte Folge der *American Gladiators*. Joe konnte sich nicht mehr daran erinnern, ob Andrews verheiratet war oder Familie hatte. Alles, was Joe wußte, war, daß der junge Anwalt im Moment sämtliche Fäden in der Hand hielt.

Er hörte ein lautes Klicken am anderen Ende der Leitung und dann das digitale Rauschen einer elektronischen Stimmaufzeichnung.

»Hier ist der Anschluß von Tom Andrews« – Joe schauderte beim Klang der öligen Stimme vom Band –, »und in diesem Augenblick werden Sie bestimmt denken, Mann o Mann, wie soll es mir nur jemals gelingen, mit diesem flotten, gutaussehenden Tom Andrews, von dem ich bereits so viel gehört habe, in Kontakt zu treten? Nun, keine Bange, edler Anrufer, nach dem Pieptton wird Ihre Stimme aufgezeichnet und gespeichert, auf daß ich sie mir baldmöglichst anhören und Sie sofort zurückrufen kann. Sollte es superdringlich sein, dann drücken Sie nach Ihrer Nachricht einfach die Rautetaste, und es wird zu meinem Beeper durchgestellt. Viel Glück und haben Sie einen Supertag.«

Es folgte ein Piepen, und Joe war kurz davor, den Hörer durch die Plexiglasschale der Telefonbox zu prügeln. Aber er behielt die Nerven und atmete tief und schnell ein. »Hey, Tommy, wie geht's? Hier ist der Slugger, mein Junge. Hören Sie. Ich weiß, es ist schon spät und es tut mir auch leid, aber die Sache… ist einfach ein bißchen kompliziert. Und ich muß Sie um einen Riesengefallen bitten.«

Für einen kurzen Moment schweifte Joes Blick in die Ferne, und er ließ sich von dem Panorama ablenken. Er konnte die oberen Stockwerke der Mietshäuser und Geschäftsfassaden entlang der Belmont sehen, deren Dächer mit geschwungenen Leuchtstoffröhren bespickt waren. Ein kaltes und ahnungsvoll trübes Licht. Clark Street war der Fluß Styx, und mit einem scharfen *Swüsschh* näherten sich weit draußen die Aasgeier in ihren stählernen Karossen. Joe schluckte und konzentrierte sich erneut. Er wollte es vermeiden, am Telefon allzu verzweifelt oder panisch zu klingen. Das würde den Anwalt nur beunruhigen und den Eindruck erwecken, Joe hätte ein falsches Spiel im Sinn.

»Tommy, die Wahrheit ist, ich muß die ganze Sache abblasen. Die Sache, die wir gestern besprochen haben. Ich muß sie absagen.« Joe kicherte lustlos, und seine eigene Stimme klang wie grobes Schmirgelpapier in seinen Ohren. »Ich weiß, es ist ein bißchen ungewöhnlich. Erst die Sache so auf den Weg bringen, wie wir es gemacht haben, und dann jetzt dieser Anruf von mir, aber ich bin überzeugt, daß wir den ganzen Mist am besten einfach abblasen sollten. Verstehen Sie, was ich meine? Es hat sich etwas Neues ergeben. Alles eine lange Geschichte. Fragen Sie besser nicht nach. Ich möchte Sie nur um diesen einen Gefallen bitten: Geben Sie bekannt, daß die Sache vorbei ist. In Ordnung? Die Sache ist definitiv vorbei.«

Joe blickte auf.

Von Norden her näherte sich ein Zug, dessen hohe Scheinwerfer eine Lichtbahn durch den Dunst schnitten und dessen stromgetriebenes Metall wie Fingernägel auf einer Tafel kreischte. Joes Herz schlug schneller, als es ihm lieb war. Er atmete hastig ein und sagte: »Tommy, hören Sie. Ich muß weiter, aber denken Sie daran, ich bin bereit, jegliche Ausfallstrafe, jegliches Bußgeld, was auch immer zu bezahlen. Was für solche Fälle vorgesehen sein mag. Ich will bloß, daß die ganze Angelegenheit abgesagt wird. Okay? Die ganze dämliche Geschichte. Abgesagt. In Ordnung? Ich rufe Sie in ein paar Stunden noch mal an. Sorgen Sie dafür, daß alles glattläuft.«

Joe drückte auf die Rautetaste und legte auf.

Er ging nach vorne ans Gleis, von wo aus er den Bahnsteig überblicken konnte. Der Zug rumpelte in die Station, ein Chaos aus Luftwirbeln und Lärm. Der Triebwagen donnerte an Joe vorbei, Fenster blitzten stroboskopartig auf, verwaiste Waggons flimmerten von links nach rechts, wurden langsamer und langsamer, bis der Zug schließlich ächzend zum Stehen kam, und die automatischen Türen aufglitten.

Joe bestieg den letzten Waggon.

Die Türen schlossen sich, und der Zug fuhr weiter.

Joe schwankte auf die hinteren Sitze zu und stützte sich dabei an den Rückenlehnen aus Plastik ab. Der Wagen schaukelte und ruckelte und roch nach altem Gummi und menschlichen Ausdünstungen. Joe setzte sich. Er spürte, wie sich der .44er in sein Steißbein bohrte. Er legte den Rucksack auf den Nebensitz und blickte sich prüfend im Wagen um. Es saßen noch zwei weitere Passagiere darin, ein junges schwarzes Pärchen. Das Mädchen mit einem Mikromini, so eng wie eine zweite Haut. Und der Typ mit einem langen Ledermantel und einer teuren Designerfrisur. Ein weiteres Paar jener Nachteulen, die die Windy City auf der Suche nach etwas Hiphop durchstreiften. Joe respektierte die schwarze Jugendkultur, die unverblümten Berichte vom Straßenleben in ihrer Musik, die überdrehte Sexualität der Mädchen und das Kriegsgerede der Jungs. Die besten Hitter waren mittlerweile allesamt schwarz, und ihren Schnitt machten sie immer weniger mit Aufträgen unter Schwarzen. Zuviel Blut war untereinander bereits vergossen worden. Heutzutage würde ein Schwarzer ungeachtet der Entlohnung eher einen Mobster zur Strecke bringen als einen seiner schwarzen Brüder. Das gefiel Joe.

Der junge Schwarze erwiderte Joes Blick, und Joe nickte grüßend. Der junge Mann setzte nur eine finstere Miene auf und wandte sich wieder seiner Begleiterin zu.

Für einen Moment rann ein kalter Angststrom Joes Gedärme hinab, denn ihm wurde klar, daß er den wahren Grund für die Anwesenheit des jungen schwarzen Pärchens hier im Zug überhaupt nicht kannte. Nach allem, was Joe wußte, konnte es sich bei ihnen um Pistoleros irgendeiner Gang handeln oder um scheiß freischaffende Killer mit Kopfhörern und halbautomatischen Waffen unter all der Modefassade. Oder aber es waren doch nur einfache Bürger. Für Joe Flood hatte sich die Welt so durchgreifend geändert wie der Wechsel von einem Tag zum nächsten. Die Welt war nun ein Videospiel, voll plötzlich aufspringender Bedrohungen und unerwarteter Hinterhalte.

Der Zug erreichte die Haltestelle Fullerton, und das schwarze Pärchen stieg aus. Während sich die Türen scheppernd schlossen und der Zug seine Fahrt fortsetzte, glaubte Joe auf dem Bahnsteig die dunkle Silhouette eines Mannes zu sehen, der in ein Funkgerät redete. Detective in Zivil? Ein Cop der Chicago Transit Authority? Ein Mobster?

Joe überlegte, ob er den Zug verlassen sollte. Gott allein wußte, wie viele Pistolenhelden da draußen im Loop umherschlichen, fest entschlossen, heute nacht dick abzukassieren. Joe stand auf. Er stützte sich an der klebrigen Rückenlehne aus Fiberglas ab und schwankte in Richtung Tür. Die Koffeinpille hatte noch nicht zu wirken begonnen. Joe war nach wie vor betrunken, und das Schaukeln des Waggons brachte ihn aus dem Gleichgewicht, machte seine Beine kraftlos und wabbelig. Durch die schmierigen Fenster sah er, wie der Zug in die betonierte Unterwelt der U-Bahn eintauchte. Ein Funkenregen leuchtete zu beiden Seiten des Wagens auf. Joe umklammerte die Sitzlehnen, atmete tief ein und aus und versuchte, strategisch zu denken... *strategisch, Herr-*

gott noch mal. Er hatte auch hier unten schon Jobs erledigt; im Untergrund zu sein besaß durchaus Vorteile.

Es besaß allerdings auch Nachteile.

Joes Muskeln spannten sich.

In einem verschwommenen gelben Lichtfleck tauchte die nächste Station auf, eine geisterhafte Erscheinung nach der Dunkelheit des Tunnels, ein Schlauch aus zerfallenden Fliesen und Zement von der Länge eines halben Straßenblocks. Die Bremsen griffen mit scharfem Kreischen von Metall auf Metall, und Joe ballte seine Fäuste fest zusammen. Jäh zerrte die Schwerkraft an ihm. Seine Augen waren überall zugleich, glitten über den leeren Bahnsteig auf der Suche nach Feinden, Cops, nach jedem, der ein tödliches Problem darstellen könnte. Endlich blieb der Zug stehen, und Joe wandte sich zur Tür, stoppte jedoch abrupt, als er die Gestalt wahrnahm.

Der Mann stand mit dem Rücken zum Zug hinter einer der Trennwände aus bröckligen Kacheln. Breite Schultern unter einem dunklen Regenmantel, Stoffhose, Designerschuhe. Er trat in einen gelben Lichtkegel, und Joe sah, daß die Hände des Mannes in den Taschen steckten und der Körper reaktionsbereit angespannt war. Er gehörte unzweifelhaft den Organisierten an, alles an ihm schrie förmlich nach Mafia. Dann drehte er sich zum Zug um, und Joe erhaschte einen Blick auf sein Gesicht.

Es war Elvis Presley.

Auf wackligen Beinen stolperte Joe rückwärts und duckte sich hinter eine Bank. Er wußte nicht genau, ob er gesehen worden war oder nicht. Der Hitman mit der Elvis-Plastikmaske stieg in den vorletzten Waggon ein, und Joe blieb nichts anderes übrig, als umzukehren und den Notausgang am Ende des Zuges anzusteuern. Er bewegte sich so tief wie möglich im Entengang und blickte über seine Schulter zurück, während der Puls in seinen Ohren hämmerte und sein Mund austrocknete. Er hatte so eine Ahnung, wer

Elvis sein könnte, und wenn er damit richtig lag, dann war diese Entwicklung nicht unbedingt günstig. Ganz und gar nicht günstig. Joe erreichte die Hintertür, entriegelte sie möglichst leise und schnell und versuchte hindurchzuschlüpfen.

Plötzlich eine Bewegung.

Eine zweite Gestalt kam aus dem Schatten hinter dem Zug und stürzte Joe sofort entgegen. Ein fluoreszierendes Licht blitzte in einer Plastikmaske auf, Yogibär. Und umschlossen von Polymer glänzende Menschenaugen. Noch eine scheiß Maske. Joe reagierte so schnell es ihm seine wackligen Beine erlaubten, schrie auf, riß den .44er aus seinem Gürtel und schwang die Röhre ins Plastikgesicht, *bumm!* Die Maskengestalt torkelte einen Moment und tastete hilflos nach ihrer Waffe. Joe packte den Türrahmen, holte mit dem Bein aus und trat dem Angreifer ein-, zwei-, dreimal hart in den Magen.

Yogibär rutschte vom Trittbrett und fiel auf die Gleise hinunter.

»Hey, Sluggo...«, sagte eine Stimme hinter Joe, und Joe drehte sich genau in dem Augenblick um, in dem Elvis mit einer Skorpion-Maschinenpistole im Arm durch die gegenüberliegende Waggontür trat. »Die Kavallerie ist da!«

Joe hechtete hinter eine Bank.

Die erste Salve war ein Blitzstrahl, der die Luft einen knappen Meter über Joes Kopf zerriß. Die kleinen Flugkörper malmten sich durch die Decke, 7,65er zerstörten Lampenfassungen und perforierten Werbeplakate. Joe preßte sich zusammengekrümmt gegen die Wand, während der einer Popcornmaschine ähnelnde Lärm andauerte und Funken und Staub auf ihn herabregneten. Der Hurensohn hatte seine Skorpion schallgedämpft, vierzehn Schuß pro Sekunde durch einen Aluminiumdämpfer. Gott sei Dank bremste der Schalldämpfer die Patronen so stark ab, daß sie nicht die Bank durchschlagen konnten.

Für einen Moment klang das Sperrfeuer ab.

Der Zug setzte sich rumpelnd in Bewegung. Offenbar war der Schaffner taub für die Waffenspiele im hinteren Zugteil.

»Bist du das, Tony? Tony Alcotta?« Joe schwang seinen .44er um die Kante der Sitzbank.

»Doc Holliday ist es jedenfalls nicht«, erwiderte Elvis, seine Stimme durch das Plastik verzerrt. Er ließ die Spannvorrichtung der Skorpion wieder zurückschnappen, als würde er ein altes Feuerzeug auf- und wieder zuklappen. Joe wußte, daß Alcotta lediglich mit ihm spielte, daß er versuchte, ihm mit dem ganzen Dauerbombardement Angst einzujagen. Alcotta war einer der blutrünstigsten und produktivsten Hitter im Mittleren Westen, und wenn er es sich zur Aufgabe machte, Joe zu erledigen, dann nur in großem Stil.

»Wie geht's denn so, Tony«, sagte Joe, zielte mit dem Redhawk blindlings hinter der Bank hervor und drückte den Abzug durch.

Der Redhawk donnerte in dem Waggon wie ein Kanonenschlag, ein grelles Mündungsfeuer, begleitet von einem tiefen Bariton, der in Joes Ohren bebte und sie erneut zum Klingen brachte. Die Kugel schlug ein faustgroßes Loch in die gegenüberliegende Wand des Waggons. Joe riskierte einen Blick unter seiner Bank hindurch und sah Alcotta mit schiefhängender Elvismaske hinter einem Sitz kauern und wütend an dem Knopf an der Seite des Verschlußblocks der Skorpion herumspielen. »Lang nicht gesehen, Slugger«, sagte Alcotta und rückte seine Maske zurecht. »Dachte schon, du hättest dich zur Ruhe gesetzt.«

»Ich weiß einfach nicht, womit ich mich sonst beschäftigen soll«, erwiderte Joe und zählte im Kopf die verbliebenen Patronen nach. Noch vier Schuß in der Trommel, dann war es aus und vorbei. Der Zug hatte inzwischen Tempo zugelegt, kreischte um eine Kurve, schaukelte, und blaue Funken tanzten vor dem Fenster.

»Die Geschichte mit diesem Wettbewerb kommt mir gerade recht, Slugger«, brüllte Alcotta von der anderen Seite des Waggons herüber und übertönte mit seiner Stimme den durchdringenden Lärm der Räder. »Ich hab zu Hause eine Tochter im Teenageralter, und die wird nächstes Jahr zu ihrem ersten Collegejahr an die Northwestern gehen.«

Alcotta lehnte sich in den Gang hinaus, zielte und feuerte eine neue Salve ab.

Die Rückseite des Waggons leuchtete auf wie eine Dekoration beim chinesischen Neujahrsfest. Ausglühende Funken wirbelten über den Boden, und 7,65 Millimeter große Nadeln trommelten das Metall in Falten. Joe warf sich in die Ecke, verkroch sich hinter der Bank, holte tief Atem, preßte die Augen zusammen und spürte den Splitternebel auf seinem Gesicht wie eisigen Schneeregen. Die Kugeln pfiffen über seinen Kopf, schrill wie Feuerwerkskörper, tödlich wie Giftschlangen, fünfzehn Zentimeter von seinem Gesicht entfernt, und er fragte sich, wie zum Teufel er denn aus dieser Situation herauskommen sollte.

Dann brach es ab.

Das Klappern der auf den Boden fallenden Magazinbox riß Joe aus seinem Schockzustand. Ihm wurde klar, daß es Zeit war zu handeln. Für einen kurzen Augenblick bot sich die Gelegenheit. Er schluckte die Angst hinunter, beugte sich zu der Kante der Sitzbank und versuchte, die Aufmerksamkeit des Italieners zu erregen. »Was fütterst du denn da, Tony? Eine alte tschechische Maschinenpistole?«

In der Stimme von der anderen Seite schwang so etwas wie Stolz mit. »Das ist mein Baby. Gefällt es dir?«

Joe schüttelte seinen Kopf. »Du nimmst so eine elende Streubüchse zu einem Hit in der Öffentlichkeit mit? Was zum Teufel soll der Quatsch?«

»Fick dich ins Knie, alter Opa! Du benutzt doch noch diese scheiß chinesischen 80er Modelle, was weißt du denn schon?«

Joe verdrehte die Augen. »Du steigst in einen Zug, in dem unbeteiligte Zivilisten sitzen könnten, Kinder, Frauen, und dann ballerst du mit einer antiken Automatik herum? Typischer Mobster-Pfusch!« Jetzt lehnte sich Joe, während er sprach, in den Gang hinaus und begutachtete eingehend die Entfernung zwischen seiner Bank und dem anderen Hitter.

Die Deckenlampen gingen wieder flackernd aus, als der Zug um eine weitere Kurve bog.

Am anderen Ende des Waggons hockte Elvis hinter dem vordersten Sitz, verfluchte die Skorpion, während er mit Gewalt versuchte ein weiteres Magazin einzuschieben, und plötzlich kam Joe eine Idee. Eine Lösung für sein gegenwärtiges Dilemma. Eigentlich wunderte er sich, daß er bei Alcottas Auftauchen nicht direkt daran gedacht hatte. Die Antwort war so verdammt simpel, so offensichtlich, und im Augenblick hielt Joes rechte Hand sie festumklammert.

Für eine Sekunde wirbelten die Fakten in Joes Hinterkopf durcheinander, all der ballistische Schwachsinn, den er als junger Mann hatte lernen müssen, all diese Daten über Durchschlagskraft und Munitionsklassifizierungen. Joe wußte, daß die meisten billigen Straßenkanonen heutzutage mit genügend Rumms bestückt waren, um ein menschliches Wesen aus neun, zehn Meter Entfernung ohne größere Probleme umzulegen. Aber in vielen Fällen genügte das Material einfach nicht dem jeweiligen Zweck. Irgendein durchgeknallter Matschkopf, dessen Nervensystem auf PCP heißlief, konnte die ganze Nacht mit einer .38er Kugel im Bauch herumlaufen und bis zum nächsten Morgen nicht mal ein leichtes Stechen spüren. Und .357er waren da nicht viel besser. Aber mit einer .44er Magnum, deren gewaltige Ladung an der Mündung für einen Druck von 1316 Joule sorgte, konnte man durch den Hoover Dam schießen.

Mach schnell, Slugger, feuerte sein Verstand ihn an. Der Zug näherte sich der Grand Avenue, die Bremsen traten bereits in Aktion, und Alcotta würde in Null Komma nichts wieder frisch bestückt sein. Mach's jetzt, solang du noch eine Chance hast. Joe streckte sich auf dem Boden aus, legte seine Schulter auf das Wellblech, hob die Magnum, benutzte dabei den Ellbogen als Stütze, und zielte auf den Sitz, wobei er einen Punkt unmittelbar über Alcottas Brust anvisierte. Dann hielt Joe die Luft an und drückte den Abzug.

Plötzlich ging die Beleuchtung wieder an.

Die Explosion war ohrenbetäubend, ein M-80 im Innern einer großen Tonne. Die Kugel traf den Sitz genau in der Mitte, bohrte sich durch das Fiberglas wie eine Nadel durch Fleisch und drang sofort wieder aus. Es folgte ein hörbares Aufstöhnen, und Alcotta wurde gegen die Wand hinter ihm geworfen, auf der blutige Rosetten wuchsen, während sich die flachköpfige Kugel in Alcottas Brust festsetzte.

Mit ungläubigem Gesichtsausdruck rutschte Alcotta auf den Boden.

Joe erhob sich auf seine schmerzenden Füße, klopfte sich ab, nahm seinen Rucksack und ging durch den Waggon nach vorne.

»Moment mal. Wa… was 'n das für 'n Scheiß…?« Alcotta rang auf dem Boden nach Atem. Schubweise füllten sich seine Lungen mit Blut. Die Detonation hatte die Elvismaske fortgerissen, und darunter war sein Gesicht mit dem dunkelroten Sonnenbank-Teint und den graumelierten Haaren zum Vorschein gekommen. Er sah auf das Fenster in seiner Brust. Dann sah er zu Joe hinauf. »Hast du etwa… High-velocity-Teflons in dem .44er?«

Joe zuckte mit den Achseln. »Hab ihn einem von Ben Malambris Jungs abgenommen. Wer ahnt schon so was?«

Alcotta wirkte verlegen. »Slugger, ich möchte dich bitten…«

»Yeah, Tony?«

Der Hitman ertrank in seinen eigenen Körpersäften, hustete,

kämpfte darum, die Worte hervorzubringen. »Tust du mir einen Gefallen?«

Joe kniete sich hin und klopfte Alcotta auf die Schulter. »Aber sicher, Tony, was es auch sei.«

Der Hitman blickte auf seine Wunde. »Erzähl niemand, du weißt schon, wie einfach es gewesen ist für dich...«

Joe nickte.

Der Zug fuhr in die nächste Station ein, Grand and State. Dreckige Kacheln rasten als verschwommene Farbflecke an den Fenstern vorbei. Der Waggon ruckelte heftig. Joe hielt sich fest, klopfte Alcotta ein letztes Mal auf die Schulter und stand auf. Er wandte sich zur Tür und wartete darauf, daß der Zug an dem leeren Bahnsteig zum Stehen kam.

»Slugger!«

Joe drehte sich zu Alcotta zurück.

Der im Sterben liegende Hitman blickte zu Joe hoch, schöpfte wäßrig-rasselnd Atem und sagte: »Ich hab von der Aufstellung gehört... von all den Leuten, die auf dem Weg in die Stadt sind, um dich umzulegen. Du würdest es nicht glauben, wenn ich sage... ein echtes scheiß Dream-Team... Damit wird die Sache für dich allerdings nicht einfacher werden, wenn du verstehst, was ich meine.«

Der Zug hielt an, und Alcotta lächelte ein blutiges Lächeln. »Ganz und gar nicht einfacher.«

Die Türen glitten auf, und Joe warf einen letzten Blick auf Alcotta, bevor er hinausschlüpfte.

Den Rest der Fahrt zum O'Hare International hinaus tobte ein lautloser Sturm in Joe Floods Kopf.

Er saß im rückwärtigen Zugteil eines Airport-Shuttles, der .44er mit nur noch drei verbliebenen Kugeln drückte gegen seine untere Wirbelsäule, sein Schädel dröhnte, seine Ohren klingelten weiterhin grausam, und er fühlte sich zum ersten Mal an diesem Abend nüchtern. Dies erlaubte ihm, über die schlimmstmöglichen Szenarien nachzudenken. Was, wenn Andrews die Nachricht nicht erhalten hatte? Oder wenn der Anwalt das Spiel aus irgendeinem Grund nicht stoppen konnte? Joe wußte, daß es schwer war, einen Hit zurückzuziehen, wenn das Geld schon deponiert war, aber *Herrgott*, dies waren doch auch ganz besondere Umstände, oder etwa nicht? Die knallharte Wirklichkeit war doch, daß das Räderwerk bereits lief. Die Würfel waren gefallen. Ein Luschenpasch Einser hatte Joe erwischt. Und es war nicht einmal allein das hohe Kopfgeld. Sicher, Auftragskiller waren für ihre Geldgier berüchtigt, aber der eigentliche Anreiz lag hier doch mittlerweile viel tiefer. Daran hatte Joe nicht die geringsten Zweifel. Der große Preis, um den es ging: derjenige zu sein, der den Slugger abserviert hatte. Joe konnte keinem von ihnen deshalb einen Vorwurf machen. Er selbst hätte keine Sekunde gezögert, Jagd auf sich zu machen.

Joe blickte aus dem Fenster des dahinrasenden Shuttles.

Es war kurz nach drei Uhr morgens, die Nacht ein finsterer Schlund, und über den Dächern von Logan Square hingen die Wolken der Geisterstunde beinah undurchdringlich. Der Himmel, angefüllt von Luftfeuchtigkeit und Abgasen, besaß die Farbe einer schweren Raucherlunge im letzten Stadium. Weite Flächen brachliegender Baustellen sausten an den Zugfenstern vorbei. Joe fühlte, wie sich in ihm eine innere Leere ausbreitete, spürte, wie ihn seine Kräfte verließen. Er überlegte, ob er sich nicht einfach hinlegen und seinem Leben vom nächstbesten Revolverhelden, der auftauchen würde, ein Ende bereiten lassen sollte. Letztlich verdiente er den Tod ja womöglich. Vielleicht hatte es überhaupt nichts zu bedeuten, daß Joe leukämiefrei war. Er blieb ein Killer. Und seine Morde waren lediglich der Anfang. Wahrscheinlich verdiente er den Tod viel mehr noch aufgrund der Dinge, die er einer unschuldigen kleinen Mexikanerin angetan hatte.

Joe schloß die Augen und dachte an Maizie. Er sah ihre großen, seelenvollen braunen Augen, wie sie brannten und voll Tränen liefen angesichts all der Lügen, die ihr entgegengeschleudert wurden. Er sah ihre kleinen braunen Hände zittern, die Nägel abgekaut bis aufs Fleisch. Er sah, wie sich ihr Körper durch den Schock versteifte, sah die rasende Wut, die sich auf ihrem Gesicht spiegelte.

»Herrgott noch mal!«

Zuerst war sich Joe gar nicht bewußt gewesen, daß er es laut ausgerufen hatte, bis er einen vernichtenden Blick auf einer Gesichtshälfte spürte. Er kam aus der gegenüberliegenden Sitzreihe. Joe sah auf. »Entschuldigen Sie«, sagte er. »Tut mir leid.«

Die alte schwarze Frau befand sich seit dem Halt bei St. Mary of Nazareth, noch hinten im Loop, an Bord des Zuges. Ein pummeliges, kleines Frauchen mit Haaren so grau wie Stahlwolle. Sie trug eine Oberschwesterntracht und hielt eine Einkaufstasche zwischen die Beine geklemmt. »Manche Leute«, murmelte sie in ihren Busen, »sollten besser darauf achten, wo sie gerade sind.«

»Tut mir leid, Ma'am«, wiederholte Joe.

Er drehte sich zum Fenster zurück und versuchte seine dahinrasenden Gedanken unter Kontrolle zu bekommen. Er fühlte sich wie ein dämliches Gummiband, das bis zum Zerreißen gespannt war. Aus dem Rucksack zu seinen Füßen zog er die Tylenol heraus, schluckte zwei weitere Kapseln und warf noch eine Koffeinpille hinterher. Er stand zwar schon kurz vor dem Ausflippen, aber er mußte so wachsam wie möglich bleiben. Der dunkle Wald war nun voller Wölfe. Raubtiere hinter jedem Baum. Es ließ sich überhaupt nicht sagen, wer als nächstes...

Plötzlich war das metallische Zuschnappen einer Spannvorrichtung neben ihm zu hören.

Joe wirbelte von seinem Sitz hoch, griff nach seiner Waffe, nahm ein silbriges Glitzern auf der anderen Gangseite wahr und riß den Revolver aus dem Gürtel. Er schwang den .44er herum und stieß ihn in das Gesicht der alten Frau. »Fallenlassen!« schrie Joe sie an und drückte ihr den Lauf unters Kinn. »Sofort fallenlassen oder es gibt was zu schlucken!«

Joe spannte den Hahn.

Die alte Krankenschwester öffnete ihren Mund, die Augen traten aus den Höhlen, die Lippen zitterten, aber sie bekam kein Wort zustande. Ihre Stimmbänder schienen durch die Spitze des langen Magnumlaufes gelähmt. Joe sah nach unten und erkannte, daß die alte Frau lediglich den Griff ihrer Einkaufstüte zusammengeklappt hatte. Das Geräusch der Sprungfedern hatte Joe an den Lademechanismus einer Neun-Millimeter-Beretta erinnert. Joe konnte den Harn der alten Frau riechen. Ganz offenbar hatte das arme Frauchen sich den Schlüpfer naßgemacht.

»O Gott, das tut mir leid. Ich wollte nicht...« Joe ließ den Hahn behutsam zurückgleiten und schwenkte die Waffe von der Oberschwester fort.

Die alte Frau starrte ihn noch immer wie paralysiert an.

»Tut mir leid.« Joe schob die Waffe zurück in den Gürtel, ergriff seinen Rucksack und begann in dem Wagen nach vorne zu gehen. Er betete zu Gott, daß die alte Frau über eine gesunde Pumpe verfügte, schließlich wollte er sie nicht vom Boden aufkratzen müssen. Er hob seine Hand. »Ich dachte, Sie greifen nach einer... Ich muß Sie wohl mit jemandem verwechselt haben.«

Die Frau im Blick behaltend, ging Joe zur Ausgangstür und wartete dort ungeduldig, während der Zug weiter westwärts in Richtung O'Hare brauste.

Die alte Frau starrte noch immer mit offenem Mund vor sich hin, als der Zug schließlich in den Bahnhof einfuhr.

Sobald er im Flugzeug saß, fühlte Joe sich besser.

»An dieser Stelle möchten wir alle Passagiere darum bitten,

sich zu vergewissern, daß das Handgepäck sicher in den Ablagen über Ihren Köpfen verstaut, der Tisch vor Ihnen in hochgeklappter Position befestigt und Ihr Beckengurt sicher festgeschnallt ist.«

Die Erklärung knatterte durch die Lautsprecheranlage des Pendlerjets der Western Eagle, Flugnummer 109. Schriller und schriller sirrten die Falsettstimmen der Turbinen unter dem Boden, und das Zischen der Umluftanlage schwoll plötzlich an. Joe spürte ein leichtes Schlingern in seinem Magen, als das Flugzeug zu seiner Fahrt über das Rollfeld ansetzte. Joe schloß die Augen und bemühte sich, normal zu atmen.

»Während dieses Nonstop-Business-Class-Fluges der Western Eagle nach St. Louis laden wir Sie herzlich zu unserem kostenlosen Getränke- und Frühstücksangebot ein. Und für alle Meilensammler unter unseren Western-Airlines-Kunden, wir werden heute morgen dreihundertundsiebzehn Meilen zurücklegen.«

Joe atmete tief ein und wartete darauf, daß die verdammte Kiste endlich abhob.

Joe saß im frühesten Inlandflug ab Chicago, auf dem noch ein freier Platz gewesen war. Er hatte mit dem Gedanken gespielt, einen Nonstopflug nach Übersee zu nehmen, vielleicht nach Irland oder sogar in die Schweiz – für überraschende Ausweichmanöver führte er stets einen falschen Paß mit sich –, aber er hatte die Idee verworfen, als ihm klarwurde, daß man genau diese Reaktion sicherlich von ihm erwartete. Im Augenblick aber lagen seine besten Chancen im Zufallsprinzip. Willkürlich zielloses Verhalten. Zufall war der einzige Modus operandi, der jeglichem Analysieren überlegen blieb. Die einzige Technik, mit der man dem Wolfsrudel entwischen konnte. Joe würde flüchten, aber er würde nach einem chaotischen System, einem Unsystem, flüchten. St. Louis war zu diesem Zweck ein brauchbares Flugziel. Es war ein Verkehrsknotenpunkt im Mittleren Westen, ein guter Ausgangspunkt zum Weiterreisen, und abgesehen von dieser Tatsache verband sich nichts Auffälliges oder Nachvollziehbares mit diesem Ort.

Wohin er von St. Louis aus gehen oder wer er werden würde, wußte Joe noch nicht. Er kannte Gesichtschirurgen, an die er sich wenden konnte. Es gab Leute, die ihm neue Papiere, neue Geburtsurkunden, neue Identitäten besorgen konnten. Vor der Küste Floridas gab es genügend Inseln. Es gab Atolle im Pazifik. Aber das war alles Zukunftsmusik, waren Traumgespinste, denn zuerst einmal mußte Joe den Wettbewerb überleben.

»Der Flugkapitän möchte Sie bitten, während der gesamten Abflugphase auf Ihren Plätzen sitzen zu bleiben und den Beckengurt angeschnallt zu lassen. Sobald wir in der Luft sind und der Kapitän das Gurtzeichen ausschaltet, können Sie gerne die Toiletten aufsuchen oder sich die Beine vertreten. Solange Sie Ihre Plätze einnehmen, möchten wir Sie jedoch bitten, den Beckengurt zu Ihrer eigenen Sicherheit stets angelegt zu lassen.«

Joe atmete erneut tief durch und schaute sich in der Kabine um.

Es war eine RJ-70, einer der kleinsten Jets in der Flotte. Eine zweimotorige Maschine. Alles in allem wahrscheinlich nicht mehr als sechzig Sitze. Joe hatte einen Fensterplatz, vorne, in der Nähe der Toiletten. Er blickte über seine Schulter zurück und sah zwei Reihen körpergerecht geformter Sessel, zwei auf jeder Seite, die bis zur Kombüse am hinteren Ende reichten. Das Flugzeug war vollbesetzt. Überwiegend Geschäftsleute. Gestreßte, übergewichtige Männer in Hemdsärmeln und mit Krawatte; Herzinfarktanwärter; sittsame Frauen mittleren Alters in dunklen Kostümen und dazu passender Haltung; ein paar Familien aus Vorstadtbezirken. Joe saß neben einer dünnen Frau um die Vierzig mit ergrauendem Haar, einem Donna-Karan-Kleid und einer Menge nervöser Ticks. Sie roch nach Zahnpasta und Adstringens, und Joe staunte über die wohltrainierte Technik, mit der die Frau jeden Augenkontakt vermied.

Joes Rucksack war in der Gepäckablage verstaut. Vor dem Eingang zum Flughafengebäude hatte er den .44er in einen Abfallkorb geworfen, und nun war Joe *nackt*, waffenlos. Die Müsliriegel, die er sich vor einer Stunde eingepfiffen hatte, waren in seinem Magen mittlerweile zu einer schweren Bleikugel erstarrt, und sein Kopf war ernsthaft benebelt. Er benötigte dringend etwas Richtiges zu essen und starken Kaffee. Bislang war der Tag nicht viel besser als die Nacht gewesen. Er hörte die knisternde Stimme des Flugkapitäns.

»Flugbegleiter, bitte alles zum Start vorbereiten.«

Das Flugzeug begann zu vibrieren, die Motoren setzten an zur abschließenden Steigerung vor dem großen Schub. Joe rasterte die Gesichter der Passagiere zum letzten Mal sorgsam. Obwohl es keinen zweifelsfreien Weg gab, nur vom Aussehen her entscheiden zu können, ob jemand mit im Spiel steckte oder nicht, verfügte Joe über ein scharf ausgeprägtes Gespür in solchen Dingen. Man betrachtet die Haltung und die Kleidung und fragt sich dann: Bemühen sie sich nicht allzu gezwungen darum, wie gewöhnliche Bürger auszusehen? Hinterlassen sie nicht einen arg unglaubwürdigen Eindruck? Aber vor allem mustert man die Augen. Die Augen verraten alles. Die Augen des Killers sind tote, glänzende Spiegel, die nichts von der dahinterliegenden Seele offenbaren, aber gleichzeitig die Außenwelt in sich aufsaugen. Joe hätte diesen Blick von Killeraugen noch über eine Million Meilen hinweg erkannt. Schließlich sah er ihn ja jeden Morgen im Spiegel.

Die Gesichter an diesem Morgen waren alle unauffällig. Die Frau auf der anderen Seite des Ganges war in ein Kreuzworträtsel vertieft. Der Mann hinter ihr spielte auf seinem Laptop herum. Die jungen Eltern zwei Reihen weiter tauschten untereinander Blicke aus und kümmerte sich um die Kinder, die in ihren Sitzen zappelten. Und die anderen Gesichter wirkten entweder leer oder zufrieden oder von der jeweils eigenen kleinen Welt eingenommen. Nirgendwo eine rote Flagge.

Joe drehte sich zum Fenster zurück.

Das Flugzeug startete.

Joe beobachtete, wie die Außenwelt langsam verschwamm. Der Schub preßte seinen Oberkörper in die Rückenlehne des Sessels, das weiße Rauschen schwoll an, und das donnernde Fauchen dröhnte in seinen Ohren. Das Flugzeug hob ab. Für einen Moment erfaßten die Beschleunigungskräfte mit aller Macht die Kabine und drückten die Passagiere tiefer in ihre Sitze. Das Flugzeug beschrieb eine Kurve. Joe schloß die Augen, wartete auf das Klingelsignal, das eine sichere Flughöhe anzeigte, und dachte an die Möglichkeit, diese Sache am Ende ja vielleicht doch zu überleben, den gottverdammten Schakalen ja vielleicht doch zu entkommen, dem Spiel zu entwischen.

Das Klingelzeichen ertönte, das Flugzeug neigte sich zurück in die Horizontale, und bevor die Flugbegleiter noch ihren Getränkewagen durch den Gang schieben konnten, war Joe bereits in einen tiefen, traumlosen Schlaf gefallen, blind für die Tatsache, daß er ein vertrautes Gesicht im hinteren Teil der Kabine übersehen hatte.

Teil II

Batman in der Killer-Parade

»... nature is one with rapine,
a harm no preacher can heal;
The Mayfly is torn by the swallow,
the sparrow spear'd by the skrike,
And the whole little wood where I sit
is a world of plunder and prey.«

Alfred Lord Tennyson
Maud; ein Monodrama

- 6 -

Auftragskiller lassen sich in zwei Hauptgruppen einteilen: Die Ursprünge der ersten Gruppe – nennen wir sie *Enforcer* – reichen wahrscheinlich bis nach Sizilien, Mitte des neunzehnten Jahrhunderts, zurück, obwohl einige Historiker die Entstehungszeit der Mafia selbst bis auf die Gründung jener Geheimgesellschaft zurückdatieren, die im dreizehnten Jahrhundert in Italien die Macht des französischen Herrscherhauses von Anjou bekämpfte. Der Schlachtruf dieser Gesellschaft lautete »Tod den Franzosen, keucht Italien«, oder im Original »Morte ai francesi, Italia anela!«, abgekürzt »Mafia«. Die frühen Killer der Mafia benutzten noch abgesägte, doppelläufige Flinten mit Schlaufen am Schaft, so daß die Waffe unter dem Mantel getragen und schnell wie ein Klappmesser eingesetzt werden konnte. Den Morden lagen in der Regel politische Motive oder territoriale Konflikte zugrunde.

Die »Ethik« der Mafia-Morde wurde dann im Amerika der dreißiger Jahre verfeinert und stand in engem Zusammenhang mit der Ausbildung richtiger Unternehmensstrukturen. Das organisierte Verbrechen wurde zum Big Busineß, und es bildete sich ein überregionales Syndikat von Küste zu Küste aus. Und um bei Bedarf stets auf eine saubere, neutrale und verläßliche Quelle von Auftragskräften zurückgreifen zu können, wurde aus einer Gruppe von Elitekillern eine Agentur gebildet, die – bekannt unter dem Namen Murder Incorporated – ihren Firmensitz in Brooklyn hatte. Nach den neuen ethischen Grundsätzen wurde nun einzig und allein noch aus geschäftlichen Interessen gemordet. Außerdem kamen nur Leute aus dem Syndikat selbst für eine Eliminierung in Frage. Außenstehende wie Politiker, Journalisten, Polizeifunktionäre oder einfache Bürger waren absolut tabu. Letzteres Gebot entsprang allerdings nicht irgendeiner Form von Mitleid oder humanitären Anwandlungen, es gründete lediglich darin, daß der Mord an Zivilisten viel zuviel Staub aufwirbelte und zwangsläufig schlecht fürs Geschäft war. Ausschaltungen sollten nur als allerletztes Druckmittel in Extremfällen ausgeführt werden und niemals Liebes-, Rache- oder anderen persönlichen Motiven entspringen. Sobald ein Auftrag herausging, wurde dem Urheber völlige Anonymität garantiert. Vermittler suchten den jeweiligen Schützen aus, und so führten gesichtslose Agenten – quasi wie in einer surrealen Kopie der Unterhaltungsindustrie – die Verhandlungen über Gage, Methode und Zeitplan.

Dieser Tradition entstammen auch die heutigen Killer. Kommt die Einigung über einen Auftrag zustande, dann werden dem designierten Schützen die Identität des Zielobjekts, Hintergrundinformationen und die Orte, an denen das Zielobjekt am wahrscheinlichsten anzutreffen ist, mitgeteilt. In ganz seltenen Fällen stellt man dem Hitter einen Helfer zur Seite, der die Identifizierung des Opfers übernehmen kann. Eine Faustfeuerwaffe mit Schalldämpfer ist das bevorzugte Handwerkszeug, obwohl Hitmen dafür bekannt sind, sich bei Bedarf einer stattlichen Sammlung schneller, wirkungsvoller Waffen zu bedienen. Gemeinhin finden die Attentate in aller Öffentlichkeit statt, Abgeschiedenheit wird kein sonderlich großer Wert beigemessen. Alles läuft schnell und überraschend ab, und die meisten Hitmen tragen dabei eine Maske oder sonst eine Verkleidung. Dies geschieht als Dienst am Bürger, nicht um eine Identifikation zu erschweren, sondern um Augenzeugen von der gefährlichen Pflicht zu entbinden, vor Gericht aussagen zu müssen. Sobald der Hit erfolgreich abgeschlossen ist, informiert der Killer jenen Agenten, von dem er den Auftrag erhalten hat, und die Nachricht wird diskret die Kommandoebenen hinaufgereicht. Der Mob-Killer bleibt so anonym wie möglich und wird nur selten geschnappt. Er ist ein Fachmann, ruhig, methodisch, und außer ein paar bruchstückhaften Fakten ist kaum etwas über ihn bekannt.

Noch weniger weiß man über die zweite Gruppe.

Die zweite Gruppe besteht aus ehemaligen Geheimdienstlern und hochspezialisierten Söldnern, die in den Grauzonen staatlich legitimierter Stellen operieren. Diese Schattenmänner, die bisweilen auch Spooks oder Trickser genannt werden, sind die Schlips-und-Kragen-Killer der Führungsebenen, die unsichtbaren Komponenten im heutigen, höchst komplexen geopolitischen Brettspiel. Sie haben ihre Ausbildung womöglich vom KGB, in den Army Special Forces, der CIA oder einer der zahlreichen Organisationen erhalten, die derzeit sonst noch dem Buchstabensalat der Geheimdienstszene nach dem Kalten Krieg angehören. Die meisten dieser Personen haben als gewöhnliche Soldaten oder Offiziere angefangen und sich irgendwann im Lauf ihrer Karriere die Fähigkeit angeeignet, Menschen mit maschinengleicher Präzision zu töten. Das Gerät in dieser Branche ist leichtgewichtig und modernstes High-Tech. Deutsche H-&-K-Präzisionsgewehre für große Distanzen. Neun-Millimeter-Red Eyes aus Kunststoff, um an Flughäfen ungestört Metalldetektoren passieren zu können. Im Gegensatz zu den Mob-Hittern bevorzugen es diese Leute, aus einem Hinterhalt zuzuschlagen, und sie versuchen, jede Öffentlichkeit zu vermeiden.

Spooks treten in so vielen Spielarten auf, wie es Kulturen auf der Welt gibt. Einige schließen sich Terroristengruppen an und arbeiten (oder arbeiteten, da diese Gruppen oftmals eine Haltbarkeitsdauer besitzen, die die von aufgebrochenen Austern noch unterschreitet) fest für Organisationen wie der Irisch Republikanischen Armee, dem Siebzehnten November aus Griechenland, der PLO, den italienischen Roten Brigaden, der westdeutschen

Baader-Meinhof-Gruppe oder der Action Direct in Frankreich. Andere sind völlig unabhängig, wechseln geisterhaft von einem Krisengebiet zum nächsten und verrichten ihr hochriskantes Bluthandwerk an solch fluchbeladenen Orten wie Nicaragua, Usbekistan, Bosnien, Medellin und Südafrika.

In der Mehrzahl handelt es sich bei ihnen um namenlose, unscheinbar wirkende Männer, die problemlos in einer Menschenmenge verschwinden oder sich in einer belebten Straße unsichtbar machen können. Ihre Motive sind in den seltensten Fällen politischer, religiöser oder finanzieller Natur. Derartige Anreize würden einer emotionalen Aufgeregtheit Vorschub leisten, und solche Verquickungen würden zu Schludrigkeiten führen. Diese distanzierten Tötungsspezialisten jedoch werden von professionellem Stolz getrieben, eine sauber erledigte Arbeit zu hinterlassen. Sie sind nicht geisteskrank, sie sind keine Psychopathen. Die furchtbare Endgültigkeit ihrer Taten ist ihnen durchaus bewußt, und es ist gerade diese Amoralität, aus der sich der Stolz des Killers speist.

Und niemand in dem ganzen Spiel besaß mehr Stolz als The Looker.

Sie traf in aller Frühe mit einem Pendlerflug aus Boston in Chicago ein und tauchte unauffällig in die Stadt ein.

Um acht Uhr morgens saß sie in einem Mietwagen und rauschte nordwärts dieses ausgemergelte Band aus rissigem Beton hinauf, das die Einheimischen Stevenson Expressway nannten. Der Duft von Frühlingsluft und Eisenhütten wehte durch den Fensterschlitz hinein, und der bewölkte Himmel wirkte selbst durch die polarisierenden Gläser ihrer Wayfarer-Brille noch unerträglich grell. Sie trug einen Lederrock, der sich eng an ihre Hüften schmiegte, und ein elegantes Christine-Davis-Stricktop. Sie hielt sich an die Geschwindigkeitsbegrenzung, beachtete alle Verkehrsschilder, benutzte stets den Blinker und bemühte sich grundsätzlich, keine unnötige Aufmerksamkeit auf sich zu ziehen. Dafür war ihr Aussehen allein schon irre genug.

Sie musterte sich in dem schmalen Ausschnitt des Rückspiegels.

Das hinter den Brillengläsern liegende Gesicht von Brunetta Jones war ein echtes Kunstwerk. Das fing mit ihrer Haut an. Der dunkle Farbton von Karamelbonbons, die sahnig-weiche Beschaffenheit, hell für eine Afroamerikanerin, aber ausgefallen genug, um Spekulationen über ihre Abstammung hervorzurufen. Und dann ihre Wangenknochen. Selbstverständlich handelte es sich dabei nicht um gewöhnliche prägnante Wangenknochen. Die konnte man heutzutage schließlich überall sehen, einige chirurgisch hervorgehoben, einige auch halbwegs attraktiv. Aber Brunettas Wangenknochen waren ein Wunder der Natur, wie von Bernini modelliert, makellos symmetrisch, hoch und streng und zugleich doch wundervoll von ihrem ovalen Gesicht umrahmt. Frauen beneideten sie um ihre Wangenknochen, und die meisten Männer erstarrten in Ehrfurcht vor ihnen.

All diese erhabene Schönheit wurde von einem geschmeidigen, hager-muskulösen Körper kontrapunktiert. Ein Körper, der Gesprächen ein abruptes Ende bereitete, nach dem sich auf der Straße die Köpfe umdrehten, und der aussah, als könnte er jemanden schon durch eine leichte Berührung umbringen. Was er konnte und auch tat. Als Brunetta vierzehn war, erlitt ein Freund einen schweren Anfall verrücktspielender Hormone und weigerte sich einfach, ein *Nein* zu akzeptieren. Sie tötete ihn. Mit achtzehn hatte sie dann genügend Haß in ihrem Herzen aufgestaut und tötete von nun an für Geld.

Das Merkwürdige daran war, daß Brunetta Gefallen an der Arbeit fand. Dies bedeutete die letzte logische Konsequenz für eine derart atemberaubende Frau: von ihrem Aussehen Gebrauch zu machen wie eine Spinne von ihrem Netz. In erster Linie galten ihre Hits einflußreichen Senatoren, Richtern, Stadträten und Gastwirten, und die meisten dieser Zielobjekte beschäftigte mehr die Frage, wie sie ihr an die Wäsche gehen konnten, als die, ob sie bewaffnet war oder nicht. Gewöhnlich ließ sie ihre Opfer dann mit der eigenen Unterwäsche um die Knöchel baumelnd zurück. Tatsächlich war dieser ganz besondere Modus operandi zu ihrem Markenzeichen geworden: der *flagrante delicto*-Hit, oft anläßlich eines Mob-Auftrags mit der Absicht, diesen ganz verworrenen Politikerklüngel wieder etwas auszudünnen.

Für ein Rasseweib wie Brunetta war das alles eine Selbstverständlichkeit.

Vor ihr wies ein grünes Blechschild dem Verkehr den Weg in den Loop. Brunetta setzte den Blinker, bereitete sich darauf vor, den Highway zu verlassen, und beachtete dabei sehr genau alle Hinweis- und Warnschilder. Das letzte, was sie jetzt brauchen konnte, war, von den Bullen angehalten zu werden. Dafür hatte sie viel zuviel Artillerie im Kofferraum und zuviel Arbeit vor sich.

Sie war fest entschlossen, diejenige zu sein, die den Slugger kaltmachen würde.

»Bleib mal stehen, Grünschnabel!« Creighton Lovedahl hob seine fleischige, narbenbedeckte Hand, während seine Augen einen Punkt am entgegengesetzten Ende des C-Terminals im O'Hare International fixierten. Der schlaksige schwarze Hitman war eben erst in der Windy City eingetroffen und legte die größte Vorsicht an den Tag, wem er hier womöglich über den Weg laufen könnte. »Sieht aus, als wäre soeben noch mehr Konkurrenz in der Stadt gelandet.«

Der Junge neben Lovedahl erstarrte. »Wo? Ich seh nix.« Der Junge war Lovedahls Assistent, ein junger Brother aus den Sozialbauvierteln, der auf den Namen Money hörte. Er trug eine Arbeitsjacke der Army und eine schwarze Wollmütze, die er bis zu den Augenbrauen heruntergezogen hatte. In Chicago sollte dieser Abgesandte einer dienstbereiten Street Gang Lovedahl beim Auskundschaften helfen.

»Da.« Lovedahl deutete nach hinten über das Griffband einer Rolltreppe. »Die beiden fetten Wichser, die zur Gepäckausgabe runtermarschieren.«

»Wer is 'n das?«

»Zwei der eiskaltesten sizilianischen Hurensöhne, die dir jemals begegnen werden, nicht mehr und nicht weniger.« Lovedahl wischte sich mit dem Handrücken über den Mund. »Herrgott, los ... bevor sie zu weit sind.«

Lovedahl durchquerte eilig den Terminal.

Money hastete hinter ihm her.

Es war immer noch sehr früh, und der morgendliche Hauptansturm der Pendler stand dem Terminal erst noch bevor. Nur ein paar kleine Gruppen Reisender liefen hier und da herum, Frauen schoben Buggies, Stewards metallene Gepäckwagen. Lovedahl marschierte über den Parkettboden, als würde ihm der Laden gehören, wobei seine langen Beine zu giraffengleichen Schritten ausholten. Er war ein hochgewachsener Mann mit deutlich über einsneunzig Körpergröße und der Konstitution eines Basketballspielers, dessen Spannkraft allerdings etwas nachzulassen begann, da er sich den Fünfzig näherte. Er trug einen dunkelroten Trainingsanzug, teure Sneakers und kiloweise Schmuck. Auf seinem Kopf saß ein ledernes Militärbarett der Special Forces, und er präsentierte diese Auszeichnung mit sichtbarem Stolz.

Creighton Lovedahl war im Big Apple derjenige, den man anrief, wenn man jemanden tot sehen wollte.

Lovedahl hatte am Abend zuvor, etwa um elf, durch einen Kreis von Mobcomputer-Hackern von Tom Andrews absonderlicher Ausschreibung erfahren. Es war ihm kaum genug Zeit geblieben, einen Sitz auf der Frühmaschine von Newark zu bekommen, aber seine nachdrücklichen Bemühungen hatten ihm dann doch noch einen Platz verschafft. Nach vielen Jahren selbständiger Arbeit an der Ostküste für jeden – von Straßengangs über die Mafia bis zum radikalen schwarzen Untergrund – hatte Lovedahl nun schon seit Monaten mit der Idee geliebäugelt sich zur Ruhe zu setzen, und dies wäre sein standesgemäßer Abschluß: eine der legendären Figuren zu erledigen. Von Joe Floods Heldentaten hatte Lovedahl bereits seit Vietnam immer wieder gehört und für den Mann aus Chicago stets eine respektvolle Haßliebe gehegt. Aber diesen alten Tiger zur Strecke zu bringen, allmächtiger Gott im Himmel, das wäre wirklich eine Wahnsinnstrophäe.

»Was? Die beiden schweren Fettsäcke?« Money beugte sich mittlerweile über das Geländer und runzelte angewidert die Nase.

Unten stiegen zwei riesige, dunkel gekleidete Männer von der Rolltreppe und wandten sich der Gepäckausgabe zu. Die eineiigen Zwillinge Federico und Bernardo Sabitini gingen mit der gleichen massiven Überheblichkeit, ließen dabei ihre identisch gewaltigen Arme wie Gewichtheber schwingen, während ihre ebenso austauschbar dicken Hälse wie die von Fliegen verscheuchenden Ackergäulen zuckten. Beide hielten Haliburton-Chromkoffer in der Hand und trugen die gleichen marineblauen Sergio-Armani-Jacketts über Designer-Rollkragenpullovern, der von Federico königsblau, der von Bernando waldmeisterfarben. Sie sprachen weder miteinander noch mit jemand anderem. Allerdings bewegten sie sich perfekt synchron, und ihren gelegentlich ausgetauschten Blicken schien ein telepathisches Verstehen innezuwohnen.

Mit Bewunderung sah Lovedahl zu den Zwillingen hinunter. »Die beiden fetten Jungs verpassen dir ein Neunmillimeterloch in den Hinterkopf, während du zu Mittag ißt, und verputzen dann für dich den Nachtisch, ohne auch nur einen Gedanken daran zu verschwenden.«

»Ohne Scheiß?« fragte Money.

»Ich red keinen Scheiß«, erwiderte Lovedahl, drehte sich um und schlug seine großen Hände ineinander. »Heute morgen kommen sie alle aus ihren Löchern, um ein bißchen mitzuspielen.«

Wenn die Sabitini-Zwillinge schon vor seinen Augen herumstiefelten, dann war Lovedahl davon überzeugt, daß da draußen in der Stadt heute morgen noch weit mehr Revolverhelden auf anderen Flughäfen oder Busstationen eintrafen, mit dem Auto vom Süden hochkamen, über Union Station anreisten und sich alle vor Lovedahls Nase hier einschlichen, um den begehrten Preis einzuheimsen. Wahrscheinlich eine Handvoll Spooks aus Langley, womöglich Leute wie Witherspoon, The Iceman, vielleicht sogar Salty Hunt, dieser kreolische Wichser. Die traurige Tatsache daran war, daß Lovedahl nicht sonderlich viel dafür tun konnte, sich selbst wenigstens eine echte Chance zum Zuschlagen zu sichern. So hatte er zum Beispiel vor seiner Abreise noch Big John Black einen kleinen Besuch abgestattet. Black zählte zu den vielbeschäftigsten unabhängigen Auftragsarbeitern an der Ostküste, und Lovedahl wußte genau, daß Black auf diesen Wettbewerb so heiß sein würde wie Fliegen auf Scheiße. Daher hatte Lovedahl in der vergangenen Nacht Big John noch ein kleines Präsent Kaliber achtunddreißig vorbeigebracht. Jetzt würde ihm zumindest ein Konkurrent weniger im Weg stehen.

»Auf geht's, Grünschnabel«, sagte Lovedahl schließlich, »bevor wir hier einrosten.«

Der junge Helfer führte Lovedahl durch den Terminal, eine Treppe hinunter und aus einer tiefer liegenden Tür in den Krach und die Flugzeugabgase des Parkplatzes hinaus.

Am Rand des Parkplatzes stand Moneys Wagen, ein überarbeiteter BMW Baujahr '87.

Lovedahl warf seine Handgepäcktaschen in den Kofferraum und kletterte anschließend auf den Beifahrersitz. Er mußte seine Beine zusammenklappen, nur um hineinzupassen. Diese scheiß mickrigen Importautos. Money startete den Wagen, fuhr vom Parkplatz hinunter und lenkte ihn durch ein Labyrinth von Schranken und Rampen. Sie hielten an der Ausfahrt, entrichteten die Parkgebühr und bogen dann in die Mannheim Road ein. Sie brauchten fünfzehn Minuten, um Rosemont zu durchqueren, und während sie fuhren, blickte Lovedahl hinaus auf die verblichenen Einkaufspassagen und unscheinbaren Bürokomplexe dieser Arbeiterenklave. »Der Kerl spielt mit dem Schwanz eines Löwen.« Lovedahl zündete sich eine Kool an. Seine Stimme war plötzlich leise, fast nur noch ein Murmeln.

»Was ist?« Money bemühte sich, ihn zu verstehen.

»Etwas, das die Guerillakämpfer in Südafrika immer gesagt haben.« Lovedahl behielt seinen Blick auf den vorbeirauschenden Geschäftsfassaden. »In ihren Volksliedern haben sie davon gesungen.«

»Ach ja?«

Lovedahl stieß den Rauch seiner Kippe aus. »Those who abuse the sons of Great Afrika / Are playing with the tail of a lion.«

Money schüttelte nur seinen Kopf. »Mann, das ist echt tief.«

Lovedahl rauchte und schaute weiter. »Ich verrat dir noch was, Grünschnabel. Die Pfennigfuchser in Brooklyn meinen doch glatt, es würde irgendein Spook des scheiß CIA sein, der den Slugger umpustet.«

»Yeah?«

Lovedahl lächelte. »Die haben ja überhaupt keine Ahnung, wie ich den Wichser drankriegen werde.«

Money nickte.

Sie fuhren schweigend weiter.

Punkt acht erreichten sie die Garage in Des Plaines und stellten den Wagen in einer Seitengasse zwischen zwei alten Lagerhäusern ab. Das Viertel war eine Schlaftstadt für die Arbeiterklasse, eine graue, eingeschossige Welt aus Schnellrestaurants,

Einkaufsmärkten und Bürohäusern in Modulbauweise. Lovedahl stieg aus dem BMW, dehnte seinen schlaksigen Körper, blickte hinauf in den metallischen Himmel und atmete die Abgase der Busse ein. Diese Welt war Lovedahl vertraut, eine endlose Fortsetzung der Großstadtwucherungen in New Jersey, aus denen er kam. Das gleiche teilnahmslose Leben in den Straßen, die gleiche entsetzliche Mittelmäßigkeit, die weiter und weiter stampfte wie die Mischmaschinen und Preßlufthämmer der immerwährenden Straßenbauarbeiten.

Money führte Lovedahl zur letzten Garage und öffnete die Tür.

Das Hitmobil stand bereit.

»*Mmmm-hmm*...« Lovedahl steckte sich eine weitere Kool an, umkreiste den Wagen mit gespitztem Mund und musterte ihn prüfend. Money zog die Garagentür hinter sich zu, so daß sie unbehelligt blieben. Das Hitmobil stand auf einer Abdeckung aus schmierigen Pappkartons und roch nach Öl, Wachs und fabrikfrischem Gummi. Ein smaragdgrüner Sedan Deville, von einer lokalen Hertz-Filiale ausgeliehen, zerlegt und entsprechend Lovedahls anspruchsvollen Vorstellungen neu veredelt. Das Ganze ein Service des hiesigen Mobs, den Lovedahl gegen eine Gebühr in Anspruch nehmen konnte, eine Tradition, die zurückreichte bis zu den Tagen von Milwaukee Phil und den blutigsten Vergeltungsaktionen der Chicagoer Unterwelt.

Das Hitmobil war ein maßgeschneidertes Waffenlager auf Rädern, strotzte vor versteckten, mit Gewehren präparierten Hohlräumen, unter dem Armaturenbrett verborgenen Schaltern, mit denen sich die Rücklichter ausschalten oder die Nummernschilder abwerfen ließen. Natürlich hatte Lovedahl auch noch für die ganz persönliche Note gesorgt. Ein CB-Funk inklusive Richtantenne, ein Handy und ein süßer kleiner, ferngesteuerter Zünder, der für besondere Gelegenheiten unter der Motorhaube an einem Block reaktionsträgem C-4 montiert war.

Lovedahl stand an der Fahrertür und nickte wohlwollend. »Nicht schlecht, gar nicht schlecht.«

Der Junge zappelte nervös hinter seinem Rücken. »Äh, hören Sie, Cray, äh, Mann... ich meine, Mr. Lovedahl... wegen des Slugger, da kann ich bislang noch nicht mit der dicken Quote dienen.«

Übersetzt hieß das: Money hatte nicht die geringste Ahnung, wo der Ire steckte.

»Schon okay, Grünschnabel«, sagte Lovedahl und warf seine Reisetaschen auf den Rücksitz des Hitmobils. »Wir lassen einfach die uniformierten Jungs den Hasen für uns aufstöbern.« Lovedahl kletterte hinters Steuer, sah, daß die Schlüssel bereits steckten, und startete den Wagen. Der Motor dröhnte wie eine gewaltige Meeresbrandung. »Steig ein, Nigger, vor uns liegt ein kleiner Jagdausflug.«

»Ich mach schon das Tor auf.«

»Steig ein«, befahl Lovedahl und brachte den Wagen erneut zum Leben. Der Junge zuckte mit den Schultern, kletterte auf den Beifahrersitz und grinste dabei wie ein kleines Kind, das es sich für eine Disney-Tour zu den Karibik-Piraten bequem macht.

Lovedahl legte einen Gang ein.

Die Limousine schoß nach vorn.

Der Aufprall der Stoßstange auf das Holz klang wie ein Donnerschlag, und das Krachen der splitternden alten Bretter, das Abplatzen des nachgebenden Metallrahmens und die Sonnenstrahlen, die ihnen plötzlich ins Gesicht knallten, waren erregend. Das Auto brach aus der Garage wie ein metallenes Ungeheuer, seine vierhundert Pferdestärken brüllten auf, und seine Reifen kreischten eine Mondsichel in den rissigen Straßenbelag. Der Junge schrie auf, als die Fliehkräfte ihn gegen die Tür warfen, gab keuchend und johlend einen Kriegsschrei voll Raserei und Blutgier von sich. Die Rückräder griffen schließlich auf dem

Asphalt, und sie schossen nach vorn wie die verdammte Challenger.

Der Wagen donnerte aus der Seitengasse heraus und auf die Oakton Street.

Als sie endlich auf der Interstate waren und in Richtung Osten fuhren, wandte Lovedahl sich zu dem Jungen um und sagte: »Lust auf ein bißchen Musik?«

Der Junge grinste.

Das Auto besaß mörderische Lautsprecher.

Joe erwachte mit einer schreienden Blase und dem Gefühl, etwas vergessen zu haben.

Er verlagerte sein Gewicht in dem Schalensitz, blinzelte und blickte zum Fenster hinaus. Das Flugzeug steckte noch immer in einer Wand aus grauer Watte, hatte seine Spitze leicht geneigt, und die Vibrationen breiteten sich durch den Boden nach oben aus. Joe schaute auf seine Uhr. Er hatte eine halbe Stunde geschlafen, und das Flugzeug würde bald mit dem Landeanflug beginnen. Heute also kein Frühstück, kein Brötchen und kein Orangensaft. Sogar die Kaffeeausgabe hatte Joe verpaßt. Er blickte sich in der Kabine um. Die meisten Passagiere schliefen oder hielten sich ihre Zeitungen vor die Nase. Joe bemerkte, daß auch die Frau links neben ihm fest eingeschlafen war und an ihrem perfekt ausgezupften Kinn eine milchige Spur aus getrocknetem Speichel klebte. Komisch, wie der Schlaf selbst die vornehmsten Leute ihrer würdevollen Haltung berauben konnte. Mit Knien, die steif und unbeweglich wie zwei rostige Türangeln waren, stand Joe auf und zwängte sich zwischen der Frau und dem vordersten Sitz durch. Sein Magen war in Aufruhr. Er mußte unbedingt bald etwas zu essen oder wenigstens ein paar starke Magentropfen bekommen, andernfalls würde er wieder kotzen.

Joe ging an dem Küchenmodul vorbei, aus dem es nach den

Brandopfern des morgendlichen Getränkeservice roch, und schlüpfte in die Toilette.

Gott sei Dank war das Klo nicht besetzt. Die Aluminiumzelle ächzte heftig und knarrte bei jedem Schaukeln und Schlingern der Maschine. Joe sperrte die Tür zu und stellte sich dann vor die kleine metallene Kloschüssel. Er fummelte seinen Schwanz aus der Hose und erleichterte sich. Sein Strahl war schwach, stotternd, und Joe fragte sich, ob er eine Infektion hatte. Er fühlte sich so verdammt alt. Joe haßte es, alt zu sein, haßte es so sehr, daß er sich eine Freundin zugelegt hatte, die seine Tochter hätte sein können, haßte es so sehr, daß er seine Gesundheit, sein Gewicht und seinen Cholesterinspiegel ignorierte, haßte es so sehr, daß er sich in ein schwachsinniges Selbstmordspielchen hineinmanövriert hatte und unbedingt machomäßig in das Gesicht dieses alten schwarzen Engels Tod spucken mußte.

Er pißte zu Ende, zog den Reißverschluß wieder hoch und trat vor den Spiegel.

Seine Gesichtszüge wirkten abgespannt, dunkle Ringe lagen unter seinen Augen. Sein hellgraues Bill-Blass-Jacket bauschte sich um seinen dicken Bauch herum auf und war völlig zerknittert. Das schwarze Polohemd darunter hatte seine Schuldigkeit ebenfalls bereits getan und wurde von Minute zu Minute reifer für den Müll. Er zog einen Kamm aus der Tasche und striegelte eine Minute lang seine dünner werdenden rotbraunen Haare nach hinten. Was zum Teufel tat er hier eigentlich? Wollte er sich etwa für das Erschießungskommando herausputzen? Was sollte der ganze Quatsch? Es bestand für ihn kein Zweifel daran, daß die Meute ihn nach der Landung bereits erwartete. Warum verdammt noch mal brachte er es also nicht einfach hinter sich? Er konnte einen kurzen Brief an Maizie schreiben, in dem er sich für all seine Lügnereien entschuldigte, und dann, wenn der Flieger unten war, einfach rausgehen und auslöffeln, was er sich eingebrockt hatte.

Joe musterte sein Spiegelbild.

In diesem Moment fiel ihm etwas Merkwürdiges auf. Er betrachtete sich nur höchst selten im Spiegel. Der Grund hierfür war sicherlich nicht, daß er seinem Aussehen keine Beachtung schenkte. Joe legte durchaus Wert auf seine Frisur, seine Kleidung, sein stilvolles Auftreten. Seine Jacketts kaufte er bei Saks, J. Crew und Barneys. Die Haare ließ er sich bei Milo's schneiden, und er ging häufig zur Maniküre und Massage ins Hotel Nikko. Es lag auch nicht an irgendeiner neurotischen Furcht vor dem eigenen Gesicht. Aber warum sah er sich dann so selten an? Wegen der Schuldgefühle? Aus Scham? Ängstigte er sich davor zu erkennen, wie sein Gesicht mit jedem Jahr mehr einfiel, die Falten zunahmen, die Züge aufweichten?

Das Klopfgeräusch wirkte auf Joe wie ein Schwall kaltes Wasser ins Gesicht.

»Yeah ... sorry, schon fertig.« Joe drehte sich um und entriegelte die Toilettentür.

Vor der Tür wartete ungeduldig eine große Frau mit Sommersprossen, die ein bedrucktes Kleid und einen Chiffonschal trug. Sie hielt sich am Eingang zur Bordküche fest und schwankte in den leichten Turbulenzen, als wäre sie betrunken. Sie roch nach Moschus. Joe blickte sie durchdringend an und schlurfte dann an ihr vorbei zu seinem Platz. Plötzlich kippte das Flugzeug ein wenig, und Joe mußte an einer Kopfstütze Halt suchen, bevor er zu seiner Reihe weitergehen konnte.

Er kletterte eben über die Geschäftsfrau hinweg, als er das vertraute Gesicht entdeckte.

Mit einem Schlag wurde es Joe eiskalt im Magen, beschleunigte sich sein Puls und schnürte es ihm den Hals zu. Er mußte schnell nach unten auf die schlummernde Geschäftsfrau blicken und ein unechtes Grinsen aufsetzen, nur um dem Drang nicht nachzugeben, aufzuschreien, den anderen Passagieren zuzuschreien, ach du heilige Scheiße, er ist zusammen mit uns an Bord, dieses Arschloch, dieser total abgefuckte Scheißkerl. Joe spürte das Blut in seinen Ohren rauschen. Er lehnte sich in seinen Sitz zurück, schaute aus dem Fenster und versuchte sich zu überlegen, wie er mit diesem Drecksack fertig werden könnte.

Der Mann mit dem bekannten Gesicht saß ganz hinten links am Fenster, kaute an seinen Fingernägeln und wartete auf den richtigen Moment, in Aktion zu treten. Joe hatte aus seinen Augenwinkeln gerade genug von diesen selbstgefälligen, jugendlichen Zügen sehen können, um den Bastard wiederzuerkennen. Die wilden Augen, der Anflug von Bartstoppeln, der rotblonde Haarschopf. *Gabriel Willard.* Ehemaliger Waffenschmuggler der IRA, begeisterter Freund von Sprengkörpern aller Art, Bombenexperte für zahlreiche Terroristenorganisationen und Novize im Killergeschäft, arbeitete gewöhnlich für den jeweils Meistbietenden im Vereinigten Königreich. Der etwa dreißig alte Mann mit dem äußerst reizbaren Naturell hatte für einige ganz besonders blutige Bombenattentate Mitte der Achtziger eine Haftstrafe in einem Belfaster Gefängnis abgesessen. In den vergangenen Jahren hatte Willard über ein Netzwerk linksliberaler Kanzleien Joe gelegentlich Nachrichten zukommen lassen, kryptisch verschlüsselte Drohungen und neidische Haßtiraden. Der Junge war komplett durchgeknallt.

Auf jeden Fall gehörte er nicht zu den Leuten, die man sich als Mitreisende in einem Flugzeug wünschte.

Die Frage war, hatte Willard bemerkt, daß Joe ihn entdeckt hatte? Sollte der Bombenleger sich noch für unerkannt halten, dann hatte Joe Glück. Sollte der Bomber aber Joes Blick bemerkt haben, dann steckten Joe und jeder andere in dieser Maschine tief in der Scheiße. Joe zwang sich dazu, die Augen zu schließen, den Kopf zurückzulegen und den Schlafenden zu simulieren. Er fühlte einen kleinen Stoß, sein Hintern hob sich leicht vom Sitz, und das

Flugzeug begann seinen Landeanflug. Hat er gesehen, daß du ihn gesehen hast? Weiß er, daß du ihn wiedererkannt hast? Bist du völlig angeschissen oder bleibt dir noch eine Chance? Joe hielt seine Augen fest geschlossen und versuchte so zu tun, als würde er in einen tiefen Schlaf fallen.

Ein paar qualvolle Minuten vergingen.

Dann war ein scharrendes Geräusch aus dem hinteren Teil der Maschine zu hören, begleitet von höflichem Geflüster. Jemand zwängte sich aus seinem Sessel und kam den Gang in Richtung Toiletten herauf. Joe löste eines seiner Augenlider und ließ einen winzigen Spalt entstehen, aus dem er durch seine Wimpern einen verschwommenen Ausschnitt des Gangs wahrnehmen konnte. Er wußte zwar nicht genau, ob es Willard war, der da den Gang herauf wankte, aber er wollte keinerlei Risiko eingehen.

Eine Gestalt erschien in seinem Blickfeld.

Er war's, der jugendliche Gabriel Willard. Der Dreckskerl schlich vorsichtig an Joes Reihe vorbei, ganz offenbar darum bemüht, den alten Slugger auf gar keinen Fall zu wecken. Joes Herz begann zu rasen, der instinktive Drang, entweder zu kämpfen oder zu fliehen, ließ die Spucke in seinem Mund zu kaltem Eisen gefrieren. Er schnarchte ein wenig, schmatzte schlafend mit den Lippen und gab für die Opossum-Nummer wirklich sein Bestes. Übertrieb er die Sache vielleicht etwas zu sehr? Durchschaute der junge Killer Joes Sommertheatervorstellung? Durch seine Wimpern sah Joe die unscharfe Silhouette Willards an den Sitzen vorbei zur Toilette gehen.

Einen Augenblick später erschien die dicke Lady in dem bedruckten Kleid in der Tür, und Willard tauschte mit ihr die Plätze und riegelte hinter sich ab.

Joe riß die Augen auf.

Richtig viele Wahlmöglichkeiten blieben ihm eigentlich gar nicht. Sicher, das Flugzeug hatte mit dem Landeanflug begonnen, aber sie befanden sich bestimmt noch hundert bis hundertfünfzig Meilen vor St. Louis. Es gab keine Notbremse, die man hätte ziehen können, keine Klingelknöpfe, mit denen man hätte signalisieren können, daß der kleine Joey Flood hier unbedingt aussteigen mußte, daß er zu spät zum Abendessen war und seine Mutter einen Anfall bekommen würde und daß ihm wirklich der Arsch auf Grundeis ging, und bitte, bitte, bitte, Herr Fahrer, Sir, könnten Sie bitte den Bus anhalten?

Joe ohrfeigte sich selbst.

Der Schlag hatte eine belebende Wirkung, und das klatschende Geräusch riß die Geschäftsfrau aus ihrem Schlaf. Die dünne Frau blickte auf, blinzelte und wischte sich den Sabber vom Kinn. Sie schaute auf ihre Uhr und runzelte die Stirn.

»Beinahe da«, meinte Joe zu ihr.

»Ich bin wohl eingeschlafen«, murmelte sie.

»Vollkommen weggetreten«, ergänzte Joe und stand auf. »Entschuldigen Sie mich, meine Liebe.«

Joe zwängte sich an ihr vorbei, ballte seine Fäuste zu festen, weißknöchligen Quadraten, leckte sich die Lippen und würgte heiße Galle hinunter. Er wußte, was er zu tun hatte. Keine Wahl, keine Alternativen, kein anderer gangbarer Weg.

Er schlurfte an der Küchenzelle vorbei und trat an die metallene Toilettentür. Die Tür war abgeschlossen. Die kleine Anzeige stand auf *Besetzt*, und der Riegel war bis zum Türpfosten herübergeschoben. Joe atmete tief durch und blickte über seine Schulter. Immer mehr Passagiere wurden wach und richteten sich vor dem Anflug auf Lambert International auf. Die Stewardeß, eine Asiatin mit scharfen Gesichtszügen, sammelte leere Becher ein.

Joe drehte sich zur Tür zurück und bereitete sich vor. Sein Gehirn arbeitete fieberhaft, ging rasend Willards frühere Gewaltexzesse durch. Gabriel Willard war ein völlig irrer Schweinehund, verrückt genug, mit einem Bauchwickel aus Plastiksprengstoff und

Primacord in einen Pariser Nachtklub zu marschieren; verrückt genug, den Familienjeep eines Führers der Sinn Fein mit einer Menge an C-4 auszustaffieren, die ausgereicht hätte, eine Kleinstadt auszulöschen; verrückt genug, eine ganze Klasse von protestantischen Kindern in die Luft zu jagen, nur um den Lehrer zu erwischen. Willard war zu allem fähig, und Joe war davon überzeugt, daß es ihn allenfalls sehr geringe Überwindung kosten würde, einen ausgebürgerten, alten irischen Katholiken in einer kleinen Maschine voller Pendler ins Jenseits zu befördern, selbst wenn es den eigenen Tod bedeutete. Herrgott, Willard würde es womöglich sogar vorziehen, als Märtyrer zu sterben und das Preisgeld mit herzlichen Grüßen an irgendeine Untergrundfraktion der IRA gehen zu lassen. Der einzige Weg für Joe, Willards Pläne noch zu durchkreuzen, bestand darin, selbst ein wenig verrückt zu spielen.

Joe starrte auf den Sicherheitsriegel und das kleine Besetztschild aus Plastik.

Jetzt konnte es nicht mehr lange dauern, bis der Riegel aufspringen würde, und Joe war bereit. Bereit, mit der Faust zuzuschlagen. Bereit, Mr. Mad Bomber einen höllischen Schrecken einzujagen. Der Überraschungsfaktor war in diesem Fall Joes einzige Waffe, aber das sollte genügen. Ein Überrumpelungsversuch ähnelte immer einem bockigen Wildpferd, einem Mustang, der schnaubte und austrat zugleich, aber wenn jemand wußte, wie man mit ihm umgehen konnte, dann konnte er ihn in den Griff bekommen. Dann konnte er sich seiner bedienen.

Joe blickte weiter auf das Besetztschild und wartete. Seine Handflächen waren feucht und heiß.

In seinem Kopf sah er die ganze Sache in Zeitlupe wie in einem Sportbericht ablaufen. Joe sah den Terroristen in der kleinen Toilette zusammengekrümmt an irgendeiner versteckten Waffe herummurksen, sah sich selbst auf den Mistkerl stürzen, ihm eine Faust auf die Luftröhre schlagen und die Beine unter ihm wegtreten. Joe sah sich siegen. Genauso wie es alle Profis machten. Genauso wie Michael Jordan von allen Seiten bedrängt in der Schlußsekunde seine spielentscheidenden Körbe erzielte. Michael *sah* sich selbst diese Dinge tun. Er sah, wie ihm selbst das Unmögliche gelang.

Und dann tat er es.

Das Besetztschild schnappte zurück.

»Dürfte ich mal, mein Herr?« Joe murmelte die Worte leise, drängend und drückte gegen die Tür.

Die Tür gab nach, und Joe rammte seinen Ellbogen schnell in den Spalt, zu schnell, als daß er damit Aufmerksamkeit erregt hätte. Sein Ellbogen stieß in etwas Weiches, und es folgte ein hörbares Aufstöhnen. Joe schob die Tür ganz auf und zwängte sich in die Toilette. Darin war Willard. Sein Jacket stand offen und seine weit aufgerissenen Augen leuchteten im fluoreszierenden Licht.

Joe zerrte die Tür hinter sich zu, und nun waren sich die beiden Männer in der engen Zelle nahe genug zum Küssen. Willards Augen funkelten wild, während er unter seiner Jacke nach einem Schießeisen fummelte.

»Jetzt schnell nachgedacht, du Arschloch«, sagte Joe und wuchtete ein Knie in Willards Unterleib.

Willard klappte nach vorn und ließ dabei die Pistole fallen. Die kleine Plastik-Glock landete in dem Klo aus rostfreiem Stahl und verkeilte sich, umspült von blauer Flüssigkeit, am Boden der Schüssel. Die Pistole sah aus wie eine Spielzeugwaffe, wie etwas, das man bei F. A. O. Schwartz kaufen konnte. Willard griff nach ihr, aber Joe schnellte sein Knie in das Gesicht des Bombenlegers und traf Knochen und Mund.

Mit einem animalischen Stöhnen flog Willard nach hinten gegen das Waschbecken und schlug mit dem Hinterkopf einen Sprung in den Spiegel. Um seine Schultern war ein behelfsmäßiges Nylonbündel geschnallt – ein Fallschirm! Der Bastard wollte also nach dem Schwängern sofort die Biege machen.

»Du scheiß alter Süffel«, fauchte Willard, und Blut und Sabber spritzten Joe ins Gesicht. »Du hast mir das Maul ruiniert!« Plötzlich legten sich Hände um Joes Hals, große schwielige Hände eines keltischen Bauernjungen, und während Joe sich verzweifelt wehrte, verstärkten die kräftigen Finger ihren Griff und schnitten ihm die Luft ab. »Dann muß ich dich jetzt eben ganz klassisch umbringen«, zischte Willard in Joes Gesicht. Joe schlug der Geruch von Glycerin, Dunhill-Zigaretten und schalem Bier entgegen. Willards glühende Augen ließen keinen Zweifel daran, daß er sich im Griff eines wilden Tiers, einer Killermaschine, befand.

Doch Gott sei Dank trug Joe ja sein neues Paar Florsheims. Er hatte die Schuhe im Januar im Water Tower Place gekauft und sich dabei richtig in Unkosten gestürzt. Für $279,95 waren die Rindslederhalbschuhe mit den Troddeln und den abgesetzten Spitzen zwar ein etwas übertriebener Luxus, aber Joe hatte den Kauf schließlich unter notwendigen Geschäftskosten verbucht. In nobleren Restaurants und Bürogebäuden begann er nämlich bereits ein wenig abgewirtschaftet zu wirken und Aufmerksamkeit zu erregen. Sein todschickes Schuhwerk hatte ihm die Tür zu den Edeladressen wieder geöffnet. Aber jetzt inmitten der Hitze und Panik hier in dieser winzigen Toilette bekam das Design der Schuhe eine völlig neue Bedeutung. Denn kaum hatte Joe sich daran erinnert, daß die Hacken scharf und vorstehend wie zwei grobzackige Eisenfeilen waren, da sprang auch schon seine rechte Ferse in die Luft und schoß auf Willards Fuß herunter.

Das Geräusch ähnelte einem zerbrechenden Hühnerknochen.

Der Würgegriff löste sich, und Willard schrie auf. Joe nutzte die Gelegenheit und versetzte Willard einen Kopfstoß, Schädel auf Schädel, der den Terroristen zurück in den Spiegel katapultierte und diesen in eine Spinnwebe aus feinen Sprüngen verwandelte.

Joe tanzten jetzt selbst Sterne vor den Augen, aber er spürte keinerlei Schmerz. Er funktionierte nun wie ein Motor, der in dieser winzigen Zelle aufheulte. Er schnappte nach Luft und rammte Willard einen Ellbogen in den Kiefer, der den Bombenspezialisten zur Seite schleuderte.

Willard knallte gegen den Spender mit den Papiertaschentüchern. Das Metallgehäuse brach aus seiner Verankerung und breitete weiße Kleenextücher über den Bomber aus. Willard gab einen unverständlichen, bluterstickten Protestschrei von sich und griff nach Joes Hals, aber Joe lief jetzt auf Hochtouren. Sein Kopf dröhnte vor Wut, brennende Wut auf diesen widerlichen, feigen Irren, diesen miesen kleinen Mörder unschuldiger Familien und unschuldiger Kinder. Joe schrie den Killer an, ließ Schlag auf Schlag folgen und nagelte Willard an dem zersplitterten Spiegel fest.

Es muß der fünfte oder sechste Schlag gewesen sein, bei dem sich Joe die Hand brach.

Es geschah, als Willards Kopf plötzlich nach rechts kippte und Joes Hand nach links ausrutschte und einen Metallbehälter an der Wand traf. Ein stechender Schmerz durchfuhr explosionsartig Joes Knöchel. Joe knallte mit dem Rücken gegen die Tür, zischte durch die zusammengebissenen Zähne und hielt seine Hand umklammert, während Willard auf die Kloschüsel hinabsackte. Joe stöhnte auf. Seine Hand tat höllisch weh. Es fühlte sich an, als wäre sein Ringfinger in geschmolzene Lava getaucht worden. Sein Kopf drehte sich, vor lauter Schmerzen wurde ihm schwindelig und übel. Er blickte auf Willard hinunter. Der Terrorist hing über der Toilette, als hätte er während des Stuhlgangs das Bewußtsein verloren. Die Augäpfel waren nach oben in den Kopf gedreht, wodurch das Weiß heraustrat wie hartgekochte Eier. Joe atmete tief ein und bemühte sich, in dem Schlingern des sinkenden Flugzeugs die Balance nicht zu verlieren.

Das Klopfgeräusch ließ Joe wieder hellwach werden. Es folgte das gedämpfte Rufen der Flugbegleiterin vor der Tür: »Sir? Wir beginnen mit dem Landeanflug. Ich wäre Ihnen wirklich dankbar, wenn Sie jetzt zu Ihrem Platz zurückkehren würden.«

Joe unterdrückte den Drang einfach loszuschreien. »Bin in einer Sekunde fertig, nur eine Sekunde noch!«

Neben der Toilette war ein weiterer Metallbehälter mit einer Rolle Stoffhandtuch angebracht. Joe beugte sich nach vorn, biß in die herunterhängende Schlaufe, riß ein Stück Stoff ab und wickelte es sich um die Hand. Der Schmerz wurde immer stärker, wie ein sengend heißer Hochspannungsstoß, der von seinem Handgelenk hinaufschoß. Seine Finger waren völlig erstarrt, begannen bereits anzuschwellen und sich zu verfärben. Er holte einige Male tief Luft, drückte den Rücken durch, wischte sich den Schweiß von der Stirn und glättete sein Haar. Dann wandte er sich zur Tür, und in diesem Moment hörte er ein Geräusch.

Gabriel Willard, das Gesicht blutig marmoriert, der Körper über der Kloschüssel zusammengeklappt, stöhnte. Die Worte drangen blubbernd durch einen Film aus blutigem Speichel. »Scheiß alter Süffel... Du kappierst es nicht mal... du hast bereits verloren.«

»Yeah?« Joe drehte sich um und ließ seine Knie kurz, aber hart genug in Willards Gesicht schnellen, um den gesamten Körper des miesen Feiglings zu erschüttern, und flackernd wie eine defekte Glühbirne machte der Bomber schlapp. Joe blickte ein letztes Mal auf Willards leere Augen herunter. »Ich werde versuchen, daran zu denken.«

Joe wandte sich erneut zur Tür.

»Sir, alles in Ordnung bei Ihnen?« Neuerliches Klopfen, neue gedämpfte Proteste von der Stewardeß draußen.

Die Hand bereits am Türriegel, erstarrte Joe plötzlich.

Irgend etwas stimmte nicht, irgend etwas Furchtbares, und für einen Moment konnte Joe sich nicht bewegen. Er konnte seine schmerzenden Beine zu keiner Reaktion motivieren, konnte die Kraft nicht finden, zurück auf den gekrümmten Körper des Terroristen zu blicken. Aber in Joes Hinterkopf läutete etwas wie eine gesprungene Kirchenglocke, ein Warnsignal, irgend etwas hatte er aus seinen Augenwinkeln flüchtig wahrgenommen, als er auf den bewußtlosen Bomber geblickt hatte. Etwas, das ihm in seinen Alpträumen viele Male begegnet war.

»Sir?«

Joe drehte sich um und sah auf Willards schlaffen Körper hinab.

Der Terrorist saß mit glasigen, starren Augen auf dem Klo, die Riemen seines Fallschirms verliefen wirr unter den Achseln seiner abgetragenen Lederjacke, und ein Bein war in einem spitzen Winkel unter das andere geklemmt. Ein metallisch glänzender Gegenstand lag neben ihm auf dem Boden, halb verdeckt durch sein linkes Bein, mußte er während des Handgemenges mit Joe unter die Toilette gerutscht sein. Es besaß die Größe eines dicken Taschenbuchs, und an seiner Oberkante war mit einigen Windungen Kupferdraht noch eine kleinere Vorrichtung angebracht. Es sah aus wie eine dicke Scheibe Töpferton. Grau wie ein Hohlziegel, aber mit wächserner Oberfläche. Und je länger Joe darauf starrte, desto klarer wurde ihm, daß es sich nicht um einen simplen Tonklumpen handelte, sondern um etwas zigtausendfach Gefährlicheres. Joe konnte sehen, wie das kleine Anhängsel oben an dem flachen Quader blinkte. Die Leuchtziffern zählten rückwärts.

»Du hast bereits verloren.«

Joes Kopfhaut prickelte, seine Muskeln spannten sich, sein Arschloch zog sich zusammen, und seine Hoden schrumpften in die Beckenhöhle hinein wie zwei gefrorene Walnüsse, denn er wußte nun, worum es sich bei dem Gegenstand auf dem Boden handelte. Es war eine Bombe. Eine Bombe, die nur wenige Minuten, nachdem Willard seinen Sprung in den Äther absolviert hätte, gezündet worden wäre. Und jetzt sickerte kalt und metallisch die Erkenntnis durch Joes Rückgrat: Die Uhr lief bereits.

- 7 -

»Miss Vargas, was ich Ihnen zu erklären versuche, ist, daß für Sie keinerlei Verpflichtungen bestehen...«

»Was wollen Sie mir denn eigentlich nun genau sagen?«

»In einfachen Worten: Wenn ungewöhnlich hohe Summen Bargeld bei der Lake Shore Bank eingezahlt werden, dann gehört es zu unserem Service, bestimmte Anlagepläne zu offerieren...«

»Okay, ich darf Sie hier mal kurz unterbrechen, denn die Sache ist die, ich habe überhaupt keine Einzahlungen gemacht.«

»Entschuldigen Sie, aber ich glaube, hier liegt ein gewisses Mißverständnis vor.«

»Das können Sie laut sagen.«

»Sie wollen damit also sagen, Sie wissen überhaupt nichts von der Überweisung, die letzte Nacht durchgeführt worden ist?«

»Die letzte Einzahlung habe ich am vergangenen Freitag geleistet, so etwa zweihundertfünfzig Dollar aus einer Steuerrückzahlung.«

»Miss Vargas, es tut mir leid, aber heute nacht wurde telegraphisch aus Genf eine ziemlich hohe Überweisung getätigt.«

»Was?«

»Wie ich bereits sagte, es zählt zu unserem Service, Ihnen die Unterstützung unseres Investment-Beratungsteams anzubieten, völlig kostenfrei, versteht sich.«

»Langsam, langsam, eine Sekunde mal, wollen Sie damit sagen, es wurde aus Genf telegraphiert?«

»So ist es.«

»Das Genf in Illinois?«

»Genf in der Schweiz, Ma'am.«

»Was ist das hier, irgend so ein Werbebeschiß, oder was? Bin ich vielleicht Ihre millionste Kundin, oder was soll das?«

»Es ist kein Witz, Miss Vargas.«

»Und Sie behaupten, es sei eine große Summe?«

»Ja, das stimmt, ein äußerst beträchtlicher Betrag.«

»Wie beträchtlich?«

»Eine Million Dollar.«

»Entschuldigen Sie, habe ich Sie richtig verstanden?«

»Die Überweisung beläuft sich auf eine Million Dollar, Miss Vargas, und ich denke, es wäre vielleicht am besten, Sie würden persönlich vorbeikommen und …«

»Eine Million?«

»Ja, das ist richtig, und …«

»Oh, mein Gott.«

»Miss Vargas? Hallo? Miss Vargas, sind Sie noch da? Hallo? Hallo?«

Vor Joes Apartmenthaus trat Maizie auf die Bremse. Der höchst eigenartige Anruf am frühen Morgen hallte noch immer in ihrem Kopf nach.

Konfus und mit einem mulmigen Gefühl im Magen, blieb sie noch einen Moment sitzen und blickte durch die Windschutzscheibe ihres klapprigen Nissan auf eine Gruppe Gaffer vor der Eingangstür. Zahlreiche Leute aus der Nachbarschaft hatten sich dort eingefunden, ein paar schwarze Hausfrauen mit Haarnetzen und Babys am Schürzenzipfel, einige ausgemergelte alte Männer, ein paar Teenager und Nutten, und sie alle reckten ihre Hälse, um über das gelbe Absperrband der Polizei sehen zu können. Das Band hing überall und flatterte im Wind wie gelbe Luftschlangen bei einer Party. Eine Reihe von Polizeiwagen blockierten die Einmündung einer danebenliegenden Seitengasse, deren Mauerwerk und Fenster voller Einschüsse waren. Einen Moment lang konnte Maizie sich nicht bewegen, als ob die Welt sich in ein Kirmeskarussell verwandelt hätte und die rasenden Fliehkräfte ihr den Hintern in den Vinylsitz pressen würden.

Wenige Minuten zuvor hatte sie die gleiche emotionale Achterbahn in der Lake Shore Bank durchlebt.

Die Million hatte sich als echt erwiesen. Weder in der Bank noch in der Schweiz konnte ihr jemand sagen, woher das Geld stammte. Auf dem Original des Überweisungsformulars waren als Absender lediglich Nummern angegeben, und die Schweizer machten geltend, daß ihnen die Herausgabe weiterer Informationen nicht erlaubt wäre. Maizie fühlte sich von all dem wie benommen. In nicht einmal vierundzwanzig Stunden hatte sich ihr vormals hoffnungsvolles Leben in eine Posse verwandelt. Ausgerechnet in dem Moment, als sie die Beziehung zu dem Mann ihrer Träume gerade fester gestalten wollte, spielte der geliebte Joe kurz Dr. Jekyll und Mr. Hyde und ließ sie wie eine heiße Kartoffel fallen. Dann mußte die Inszenierung von *Tristan und Isolde* aufgrund eines lokalen Streiks der Theaterarbeitergewerkschaft verschoben werden. Und als Krönung des Ganzen fiel auch noch eine schlappe Million vom Himmel und landete auf Maizies Konto bei der Lake Shore. Maizie hatte sich bislang nicht einmal die Mühe gemacht, Lotto zu spielen, und jetzt plötzlich erwischte sie einen Haupttreffer und schwamm im Geld.

Aber warum sie?

Sie wußte, letztlich liefen alle Fäden bei Joe zusammen.

Seit sie in der Garderobe des Lyric das wäßrige Glitzern in seinen Augen gesehen hatte, war ihr klargewesen, daß irgend etwas ernstlich schiefgelaufen sein mußte. Sie konnte es zwar nicht genau festmachen, aber sie war fest davon überzeugt, daß Joe in irgendwelche häßlichen Geschichten verstrickt war. Vage Bilder und Wahrnehmungen aus ihrer gemeinsamen Zeit tauchten in ihrem Gedächtnis auf. Das metallische Funkeln eines Revolvers, der im Schrank an einem Haken hing, oder sein Beeper, der sich inmitten ihrer Verabredungen meldete und ihn zur Erledigung geheimnisvoller Aufträge abrief. Und jetzt, da sie vor Joes Haus in die Spurensicherung der Polizei stolperte, war sie sicher, daß er in furchtbaren Schwierigkeiten stecken mußte. Bestimmt hatte er sie schützen wollen und ihrer Beziehung deshalb ein so schnelles und unvermitteltes Ende bereitet. Aber was war der Anlaß? Und worin bestand Joes Verbindung zu der Dollarmillion? Maizie konnte nicht klar denken. Ihre Nerven waren zu sehr gespannt und die Wunden noch zu frisch. Es hatte sie wirklich schwer erwischt bei diesem Kerl, schwerer ging es kaum. Und was sollte sie nun tun? Was sollte nun aus ihren idiotischen Träumen werden – dem Häuschen am Stadtrand, dem weißen Lattenzaun, den Kindern, dem Hund, der Katze und all dem Blablabla?

Nachdem sie tief durchgeatmet hatte, war sie in der Lage, die Tür zu öffnen und auszusteigen.

Es war ein stürmischer Frühlingstag, und während Maizie zu dem uniformierten Beamten hinüberging, der an einer Ecke der Absperrung Wache hielt, wickelte der Wind ihr den Rock mit dem afrikanischen Muster um die muskulösen Beine. Hinter dem Pfosten erhob sich das Wohngebäude, ein monolithischer Block aus viktorianischem Klinker und Mörtel. Die Sonne leuchtete in den zahlreichen Fenstern, und das Geräusch des flatternden Absperrbands steigerte noch das Maß an Spannung, das in der Luft lag.

Maizie näherte sich dem Cop und sprach ihn so freundlich wie möglich an: »Entschuldigen Sie, äh, Sir.«

»Bitte bleiben Sie hinter der Absperrung, Ma'am«, sagte der Cop und stemmte die Hände in die Hüften. Er war jung, nervös und starrte sie aus großen Augen an.

»Könnten Sie mir sagen, was hier passiert ist?«

»Bitte treten Sie zurück.«

Schlagartig wechselte Maizie die Gangart und platzte heraus: »Mein Verlobter wohnt in diesem Haus, okay? Ich wäre also dankbar, wenn mir irgend jemand mitteilen könnte, was los ist?«

Der Cop musterte sie einen Moment. »Ihr Verlobter wohnt hier?«

»Ganz richtig.« Maizie spürte ihr Herz hochwandern und den Hals ausfüllen. Seit Jahren hatte sie keinen Polizisten mehr angelogen, aber die Umstellung fiel ihr nicht sonderlich schwer. Es war wie Fahrradfahren, man verlernte es nicht.

Der Cop zog ein Notizbuch aus seiner Brusttasche. »Name?«

»Meiner oder seiner?«

»Beide.«

Maizie zögerte einen Augenblick und sagte dann: »Mein Name ist Vargas, Margaret Vargas, und sein Name ist Joe Flood, und jetzt wäre ich Ihnen für ein paar Erklärungen dankbar.«

Der Cop hörte zu schreiben auf und sah Maizie kurz aus zusammengekniffenen Augen an. »Bitte, warten Sie hier, Ma'am.«

Maizie spürte das Adrenalin durch ihre Venen rauschen, während sie den Polizisten beobachtete, der sich umdrehte und zur Seitengasse marschierte. Unmittelbar hinter den Polizeiwagen und neben einer baufälligen Feuerleiter tranken zwei Detectives in Zivil Kaffee aus Papierbechern und unterhielten sich. Der junge Beamte trat zu ihnen, sagte ein paar Worte und deutete auf Maizie zurück. Die beiden Detectives sahen einander an und kamen dann eilig auf Maizie zu.

Maizie begann zu zittern. Ihr wurde bewußt, daß diese Sache noch weitaus schrecklicher sein mußte, als sie es sich vorgestellt hatte.

»Sir, wenn Sie mich hören können, antworten Sie bitte!«

»Gleich fertig«, brummte Joe, eingeklemmt in dieser winzigen Sardinenbüchse, die sich Toilette nannte. Er blickte auf Willards schlaffen Körper und auf diesen furchtbaren grauen Quader Plastiksprengstoff herab, und war darum bemüht, seine Atmung zu normalisieren und sich über sein weiteres Vorgehen klarzuwerden. Joes Körper war zwar wie betäubt, aber er war auf die vor ihm liegende Aufgabe so konzentriert wie noch nie zuvor.

Die Aufgabe, diese Sache zu überleben.

Ein alptraumhaftes Szenario lief vor seinem geistigen Auge ab, alle nur denkbaren Situationen, vergangene, gegenwärtige und zukünftige, bombardierten gleichzeitig sein Gehirn. Das Bild von Willard, wie er im Aktenkoffer versteckt den Fallschirm an Bord schmuggelte, die Zündschnur und die Bestandteile der Plastikpistole in seinen Hosen eingenäht, die Chemikalien in seiner Zigarettenpackung, der Whiskeyflachmann, der zugleich als Plastikbehälter diente, und die Uhr, die tickte. Wie lange noch? *8:21... 8:20... 8:19... 8:18.* Willard mußte sich selbst zehn Minuten Zeit zum Aussteigen gegeben haben, vermutete Joe. Und auf einmal erkannte er, daß es in Wirklichkeit nur einen einzigen Weg aus dieser ungewöhnlichen Zwangslage gab und daß der Erfolg oder Mißerfolg davon abhängen würde, wie geschickt Joe in den nächsten acht Minuten oder so mit dieser Glock umgehen konnte.

Joe sah auf seine Uhr und stimmte sie in seinem Kopf mit dem Zählwerk des Zeitzünders ab.

Die Plastikpistole lag unter Willard umspült von dem herabfließenden parfümierten Wasser. Joe griff zwischen Willards Beinen hindurch, zog die Waffe aus der Schüssel, hielt sie ans Licht und überprüfte das Magazin. Es handelte sich um einen einzelnen Polymer-Clip, der mit Teflonpatronen bestückt war. Zehn Schuß. Wenn Joe die Mechanik dieses Objektes richtig verstand, hatte ihm das Wasser nicht geschadet. Joe wischte die Waffe an seiner

Hose trocken, schob das Magazin zurück an seinen Platz und lud den Plastikschlitten durch. Das Scheißding hörte sich an wie ein Pez-Automat. Joe hatte Glocks aus Plastik zwar früher schon gesehen, aber noch nie mit einer geschossen. Plastikwaffen befanden sich noch immer in einer Experimentierphase, da niemand bislang die physikalischen Schwierigkeiten hatte lösen können. Der gewaltige Rückstoß war und blieb dabei die größte Herausforderung für die Techniker. Die Gase, die eine abgefeuerte Patrone freisetzte, würden die meisten Kunststoffe zerreißen. Aber die Glock verfügte an ihrem Lauf angeblich über eine Reihe von Mündungsschlitzen, die für ein Entweichen der Gase sorgen sollten. Joe hatte für derlei Neuerungen nie besonders viel Verwendung gehabt, und im Grunde genommen spielte es auch überhaupt keine Rolle, ob das Ding tatsächlich funktionierte oder nicht.

Alles, was Joe in den nächsten paar Sekunden benötigte, war eine kleine Argumentationshilfe.

Er drehte sich zur Tür, ließ die Glock in seine Hosentasche gleiten und sammelte sich. Dann drückte er den Riegel auf und schob die Tür auf.

Die asiatische Flugbegleiterin mit dem kurzgeschorenen Haar stand draußen vor der Tür, die Hände in die Hüfte gestemmt. Hinter ihr hampelte nervös ein Passagier, ein übergewichtiger Mann in einem billigen Konfektionsanzug und mit einer vollen Blase. »Alles okay?« fragte die Stewardeß geradeheraus, wobei ihre Mandelaugen vor Wut funkelten.

»Yeah, ähh, nur ein wenig flugkrank.« Joe blickte auf den vorderen Abschluß der Kabine. »Wann genau... werden wir landen?«

»Wir werden in weniger als zwanzig Minuten auf dem Boden sein. Nun, wenn Sie so freundlich wären...«

»Miss, kann ich mal kurz mit Ihnen reden?« Joe mimte den nervösen Reisenden. Der übergewichtige Mann hatte sich in der Zwischenzeit hastig zur Toilette durchgezwängt. »Hey, Meister!« Joe blickte über seine Schulter zu dem dicken Mann zurück. »Vielleicht warten Sie besser auf die andere Toilette. Ich hab da drin 'ne ziemliche Sauerei hinterlassen.«

»Sir, bitte.« Die Stewardeß versuchte, Joe zu dessen Sitz zurückzudrängen. Sie war eindeutig nicht in der Stimmung zu einem Plausch. »Wenn Sie zu Ihrem Platz zurückkehren würden.«

»Bitte, Miss, ich muß mit Ihnen sprechen.« Joe deutete in Richtung der Bordküche. »Es ist sehr wichtig. Bitte.«

Die Stewardeß seufzte, verdrehte die Augen und führte Joe in den schmalen Küchengang.

Joe legte einen Arm um sie, als wollte er ihr ein Geheimnis anvertrauen. Plötzlich rumpelte es hinter ihnen und das Scharren von Füßen war zu hören. Die Stewardeß blickte über ihre Schulter und sah den übergewichtigen Mann mit weit aufgerissenen, blinzelnden Augen und bebendem Doppelkinn aus der Toilette herausplatzen. »Da ist jemand... ohnmächtig. Da ist Blut!«

»Was?«

Die Stewardeß wollte auf den fetten Mann zugehen, aber Joe packte sie am Arm und riß sie in die Küche zurück. »Entschuldigen Sie, Miss.« Joe drückte behutsam den Lauf der Glock in die Rippen der Asiatin. »Ich muß Sie leider bitten, ein paar Dinge für mich zu erledigen.«

»Was? Ich verstehe nicht.« Sie blickte auf die Waffe herab.

»Hören Sie mir genau zu.« Nur um den Worten etwas mehr Nachdruck zu verleihen, drückte er mit der Pistole etwas fester zu. »Seien Sie mir bei ein paar Dingen behilflich, und es wird keinerlei Probleme geben.«

Die Stewardeß blickte zu ihm auf. Ihre Augen füllten sich mit Tränen. »Ich bin nicht befugt... Dieses Flugzeug darf nicht...« Die Frau suchte verzweifelt nach Worten, und Joe konnte sehen, daß sie trotz ihrer Panik bemüht war, eine mutige, kleine Soldatin ihrer Fluglinie zu sein und den Vorschriften gemäß zu handeln. Joe bewunderte sie aufrichtig.

»Sweetheart, das ist es doch nicht wert«, meinte Joe und lotste sie, vorbei an reich Geschiedenen, die an ihren Bloody Marys nippten, und schlummernden Managern, durch die erste Klasse. »Für die Fluggesellschaft den Helden zu spielen? Ich meine, was zahlen die Ihnen? Kein Geld der Welt ist es doch wert, dafür sein Leben zu riskieren, hab ich nicht recht?«

»Bitte, tun Sie mir nichts«, flüsterte sie.

»Nur ein kleiner Gefallen, und dann können Sie zurückgehen und in der Kabine warten.«

Sie näherten sich der Tür, die am Ende des Gangs in die Wand eingepaßt war. Das Oval aus Fiberglas mit dem großen metallenen Sicherheitsriegel und dem Schild mit der Aufschrift *Kein Zutritt – Nur für Crewmitglieder* führte ins Cockpit. Joe dirigierte die Stewardeß zur Tür und hob die Pistole, bis deren Mündung behaglich zwischen ihren Schulterblättern ruhte. »In zehn Minuten«, murmelte Joe, »sind Sie unten in der Bar im Terminal mit einer Story, die Sie Ihren Verwandten auf allen künftigen Thanksgiving-Feiern zum besten geben können.«

»Was wollen Sie von mir?«

»Bringen Sie mich ins Cockpit rein.«

Die Stewardeß sah sich in die Enge getrieben. »Aber uns wurde gesagt …«

»Zeit ist natürlich ein wichtiger Faktor, Sweetheart«, betonte Joe und ließ die Glock sanft unter das Gummiband ihres BH gleiten. Leicht schaukelnd und ruckelnd setzte das vibrierende Flugzeug währenddessen seinen Landeanflug fort. Joe spürte, wie sein Magen rebellierte. Seine verletzte Hand hielt taub den geriffelten Pistolengriff umklammert.

Die Stewardeß drückte neben der Tür auf einen Knopf der Spechfunkanlage und beugte sich zu dem Plastikmikrophon.

»Captain Dutchik, hier ist Jennifer. Wir haben hier draußen ein Problem. Wenn Sie mich für eine Sekunde hereinlassen könnten.«

Keinerlei Reaktion.

Joe blickte auf seine Uhr und berechnete die verbleibende Zeit. 7:11... 7:10...

»Sagen Sie ihm, es brennt in der Kabine, irgendwas.« In seinem Kopf hörte Joe einen unsichtbaren Chronometer ticken. Langsam bewegten sich die Kontaktspitzen zweier Klemmen aufeinander zu.

Die Stewardeß klopfte. »Jim, bitte, laß mich rein.«

Die Tür rückte vor und zischte dann auf.

»Herrgott noch mal, Jen, was ist denn los?« Der Kopilot, ein schlanker Mann in hellblauen Hemdsärmeln und mit rotblonden Haaren füllte den Türrahmen aus. Unter seinem Arm steckte ein Clipboard, und sein Atem roch nach abgestandenem Kaffee und Salzcrackern. »Wir sind zur Zeit ein wenig beschäftiiiii...«

Joe preßte die Mündung der Glock gegen die Schläfe des Kopiloten und trat in den Lärm und das Licht des Cockpits. »Ich wünschte, ich hätte Zeit für Erklärungen, Gentlemen.« Joe schob den Kopiloten zu dessen Sitz. »Aber wir werden jetzt alle zusammenarbeiten müssen, um diese Maschine sofort auf den Boden zu bekommen.«

Das Cockpit war kleiner, als Joe es erwartet hatte. Eine winzig enge Kabine mit zwei Schalensitzen und einer Rundumverkleidung aus Anzeigen und Kippschaltern, die kaum groß genug für eine Piper Cub wirkte. Und dann die seltsamen kleinen Dinge hier und da, mit denen man nicht unbedingt rechnete: der Hebel für die Feststellbremse, Kunstrasen auf dem Boden, ein kleiner Auto-Duftspender in Kiefernform, der von einer Schalttafel an der Decke baumelte. All dies, begleitet noch von Fetzen des Funkverkehrs, grub sich in Joes Wahrnehmung ein, während er zugleich versuchte sich zu konzentrieren.

»Was ist hier los?« Der Kapitän sah nicht einmal von seinen Instrumenten auf. Der ältere Mann mit graumeliertem Haar und einer Tätowierung aus der Militärzeit auf dem Unterarm hatte seine Hemdsärmel hochgekrempelt und hielt mit seiner rechten Hand das Trimmsteuer umfaßt.

»Na, dann laßt uns den Flieger mal runterbringen, Jungs«, sagte Joe.

»Was wollen Sie denn? Uns nach Peoria entführen?« Der Kopilot lächelte nervös. Er war gelähmt vor Angst. Joe konnte den panischen Schrecken in den Augen des Mannes sehen, als dieser mit erhobenen Händen seinen Platz einnahm.

»Tut mir leid, euch das antun zu müssen, Jungs«, sagte Joe in ruhigem Ton, »aber ich werde anfangen müssen, bestimmte Körperteile zu perforieren, wenn ihr diesen Vogel nicht pronto zur Landung bringt.«

»Wer zum Teufel sind Sie überhaupt?« Kapitän Dutchik blickte nun zu Joe hinauf. Seine eisig blauen Augen funkelten.

»Keine Zeit für Erklärungen, Skipper«, sagte Joe. Er richtete die Glock auf das rechte Auge des Kapitäns, ließ den Schlitten zurückschnappen und füllte die Kammer mit neun Millimeter an Motivation. »In sechs Minuten sind wir unten, andernfalls...«

»Und was wollen Sie sonst tun, uns erschießen?« bellte der Kopilot in einem plötzlichen Anfall von Kühnheit. »Wer sollte dann das Flugzeug landen?«

Joe legte die Glock auf den linken Oberschenkel des Kopiloten und drückte ab.

Es gab einen hellen, scharfen Knall, und das Mündungsfeuer versengte Hosenstoff und winzige Härchen an Joes Arm.

Der Kopilot wand sich einen Moment lang verkrampft in seinem Sitz. Ein Jaulen entfuhr seinen Lungen. Es war, als hätte Joe das Bein des Mannes an seinen Stuhl festgetackert und die Kugel wäre von dem weichen Gewebe und Bezugsstoff verschluckt worden. »*Ahh... ahhhhh...* o Gott!« stöhnte der Kopilot und preßte seine Handflächen auf das groschengroße Einschußloch in seinem Bein. »*Aaahhh... ahh... aahh...* o Gott!«

Der Kapitän begann hektisch Kippschalter umzulegen und in sein Mikrophon zu schreien. »Western Egale One-Oh-Niner... benötigen Dringlichkeitseinweisung. Wen haben wir denn da unten?«

Die Lautsprecher krächzten, und eine Stimme drang durch das atmosphärische Rauschen. »One-Oh-Niner, hier ist Tower Control, Springfield Metro, negativ bezüglich Dringlichkeitseinweisung.«

»Warum das, Metro?«

»Wir sind voll, One-Oh-Nine, Warteschleifen und alles, prüfen Sie Alternativen.«

Der Kopilot stöhnte weiter. »Gott o Gott... o Gott... o Gott...«

»Sei endlich still, Doug!« Der Kapitän versuchte die Instrumente im Blick zu behalten.

»Ich bin getroffen, Jim, Herrgott, noch mal.«

»HALT DIE KLAPPE, DOUG!« Der Kapitän spielte an seinem Kopfhörer herum. »Western Eagle One-Oh-Niner, benötige Priorität, Quincy Municipal... hallo, Quincy Tower.«

Durch das Rauschen kam eine weitere Stimme. »One-Oh-Niner, hier ist Quincy Tower.«

»Quincy, wir benötigen Landeerlaubnis.«

»Negativ bezüglich Landeerlaubnis, One-Oh-Nine, wir haben heute wirklich viel Betrieb.«

Joe blickte auf seine Uhr: *6:32... 6:31... 6:30... 6:29...*

Er stellte sich hinter den Kapitän und rieb die Mündung der Glock über das Ohrläppchen des älteren Mannes. Das Plastik war noch immer heiß, und die Waffe verströmte den strengen Geruch von Klebstoff für Modellbauflugzeuge. »Keine Zeit verlieren, Jungs, ich kann das gar nicht stark genug betonen.« Joe spannte die Glock erneut, um seinem Drängen noch mehr Nachdruck zu verleihen. In seinem Kopf sah er die Bombe hinten in der Toilette, den ablaufenden Zeitzünder, und die Dringlichkeit mußte sich auf Joes Gesicht abgezeichnet haben, denn als der Kapitän kurz nach oben schaute, starrte er wie gebannt in Joes Augen.

Schließlich wandte sich der Kapitän wieder der Instrumentenkonsole zu. Seine Stimme war nun ein kaum noch beherrschtes Brüllen. »Quincy Tower, wir haben hier einen Notfall. Ersuche sofortige Priorität sowie Bereitstellung Rettungsdienst. Bitte bestätigen.«

Es folgte ein lautes Schweigen und dann: »Ein dickes Roger, Ohne-Oh-Nine, bestätigte Sichtflugnäherung, sofern Sie es wünschen, und Dringlichkeitseinweisung.«

»Roger, Quincy Tower, wir starten den Anflug aus siebentausend Fuß.«

»Noch ein saftiges Roger, One-Oh-Niner, Leitstrahl links Richtung eins-acht-null.«

»Roger, Tower.« Der Kapitän lehnte sich nach links und redete in die bordeigene Gegensprechanlage. »Jennifer, bereiten Sie die Leute auf eine Notlandung vor.«

Dann machte sich Capt. James Dutchik an die Arbeit.

Joe beobachtete, wie der grauhaarige Mann Schalter umschnippte, Seitenruder zog und den Steuerknüppel nach vorne drückte. Die Motorzündung sprang an, ein donnerndes Brausen setzte ein, und graue Rauchwolken rasten draußen gegen das Glas der gebogenen Windschutzscheibe. Bei jedem Ruck, jedem kurzen Auftreten der Trägheitseffekte vollführte Joes Herz einen Flickflack, und die Intensität von Lärm und Licht nahm zu, während das Flugzeug seinen Landeanflug fortsetzte.

Der Kopilot hielt mit schmerzverzerrtem Gesicht sein Bein umklammert.

Joe spielte mit dem Gedanken zu beten.

Eine Minute später rissen die Wolken auf, und die Windschutzscheibe bot einen kristallklaren Panoramablick auf die unter ihnen liegende Landschaft. Joe sah auf seine Uhr, sah den Sekundenzeiger die Fünfminutenmarke durchlaufen und spürte ein nervöses Prickeln auf seiner Kopfhaut. Der Kapitän langte über das Hauptschaltpult hinüber und riß an einem Hebel vor dem Kopiloten. Ein lautes Brummen wurde unter ihnen hörbar, als das Fahrwerk herausfuhr und die Querruder sich senkten. Das Flugzeug kippte nach links, kippte nach rechts und stürzte dann nach unten.

Joes Schließmuskel zog sich zusammen wie eine Schraubzwinge. Es wurde Zeit, seinen Abgang von der Szene vorzubereiten. Er griff mit der freien Hand in seine Hosentasche, brachte ein großes, mit Monogramm besticktes Taschentuch zum Vorschein, wickelte es um sein Gesicht und verknotete es hinter dem Kopf. Jesse James auf der alten Ranch. Obwohl die meisten Passagiere und Crewmitglieder von Joe schon genug gesehen hatten, um ihn an jeder Straßenecke oder bei jeder Gegenüberstellung zu identifizieren, wollte er während seiner Flucht möglichst unerkannt bleiben. Sollte er mit heiler Haut aus dieser Sache herauskommen, dann mußte er schnell unauffällig verschwinden.

»One-Oh-Niner, zwei-zwei links bei zwei null klar zur Landung.«

»Ten Roger, Quincy, wahlweiser Anflug.« Der Kapitän drückte die Nase des Flugzeugs weiter herunter.

»One-Oh-Niner, reduzieren Sie Ihre Geschwindigkeit um anderthalb Knoten.«

»Roger, Quincy.«

Joe wandte sich zur Eingangstür, hielt an und drehte sich zu den Piloten zurück. »Schönen Dank für die Hilfe, Jungs.«

Der Kapitän funkelte wütend zurück. »Arschloch.«

Joe zupfte das Taschentuch vor seinem Gesicht fest und ging in die Kabine zurück.

Eine Reihe von Leuten hatten sich vor der Toilettentür versammelt, betrachtete den darinliegenden Willard und murmelte miteinander unter dem dumpfen Dröhnen der Turbinen. Die Stewardeß stand im Eingang der Bordküche und flüsterte in ein Handy. Joe kam schnell den Gang hinunter und hob dabei die Pistole, so daß jeder sie sehen konnte. »Los Leute, zurück auf die Plätze.«

Alle starrten Joe aus weit aufgerissenen Augen an wie Tiere, die der hohe Scheinwerferstrahl eines heranrasenden Lastzugs erfaßt hatte.

»Bitte nicht den Mann im Klo berühren.« Joe hob die Waffe, als würde er seinen Ausweis zeigen, während er sich ihnen näherte. »Ich wäre Ihnen dankbar, wenn jetzt jeder wieder zu seinem Sitz zurückkehren würde. Beruhigen Sie sich, atmen Sie tief durch und bleiben Sie still sitzen wie brave Jungen und Mädchen. In Ordnung?«

Die Passagiere hasteten zu ihren Plätzen zurück.

Joe ging zu der Asiatin und nahm ihr das Telefon ab. »Wir werden einen außerplanmäßigen Zwischenstopp einlegen.« Joe sprach laut durch das dämpfende Taschentuch, artikulierte deutlich wie ein Vorschullehrer und legte den Hörer anschließend auf den Küchencounter. Das Flugzeug verlor weiter an Höhe, die Schwerkraft preßte Joe auf den Boden und saugte ihm die Gedärme in die Schuh. Joe ergriff den Türrahmen der Bordküche, um das Gleichgewicht nicht zu verlieren. Er warf einen Blick auf seine Uhr und sah, daß weniger als vier Minuten Zeit blieb.

»Wer sind Sie?« Die Flugbegleiterin schaute durch weiche, feuchte Augen zu Joe hinauf. Sie wirkte völlig verängstigt. »Was haben Sie mit uns vor?«

»Keine Sorge, Sweetheart.« Joe zwinkerte ihr zu. »Niemandem wird etwas passieren.« Dann blickte Joe auf den Rest der Passagiere. »Sie müssen sich alle keine Sorgen machen. In Ordnung? Beruhigen Sie sich und atmen Sie tief durch. Okay? Richtig tief. Mein Gott, machen Sie es einfach mir nach. Tief einatmen.«

Sie starrten ihn alle verständnislos an.

Joe richtete die Waffe auf sie. »Herrje, Leute, ich weiß ganz genau, daß ihr das besser könnt.«

Sie atmeten tief durch.

»So ist's gut, hervorragend.« Joe holte tief Luft und blies sie wieder aus. »Sehen Sie? Wirkt Wunder, hab ich recht? Noch mal. Richtig tief. Dann ganz langsam wieder herauslassen. *Genau so!* Wunderbar! Ich glaube, wir werden das ganz prima hinbekommen.«

Das Flugzeug neigte sich nach links und senkte sich anschließend zur letzten Anflugphase. Joe atmete nun selbst tief ein und aus. Das Flugzeug ruckte, ging in die Querlage, ruckte erneut, und drei Minuten später berührten die Räder die Landepiste, und das höllische Fauchen der Triebwerke brachte die Maschine zum Stehen.

Ein panikartiges Gedrängel wie bei einer durchgehenden Viehherde in Richtung Notausgang setzte ein, wobei Joe die Nachhut übernahm und die Tiere mit einer Pistole und einem Stoßgebet die Rutsche hinunterjagte.

Sie brauchten nicht einmal eine Minute, um das Flugzeug zu verlassen: *0:08... 0:07... 0:06...*

Willard öffnete ein letztes Mal seine Augen. Ein Mann, der rechtzeitig zum Weltuntergang aufwachte.

»Heiliger Strohsack!«

Der Krach war immens. Ein Feuerball stieg auf, riß ein Loch in den Himmel, und eine Flammenklaue schnappte nach den Wolken. Die Wucht der Detonation prallte gegen die Seite des Übertragungswagens der WGEM *Eyewitness News* und erschütterte das gesamte Fahrgestell. Der junge TV-Producer Brad Throop jaulte auf. Sein Hinterkopf schmerzte von der abrupten Peitschenbewegung, und so jaulte er einfach auf wie ein verschrecktes Hündchen. Er tastete nach seinem Kopfhörer, blinzelte und versuchte sich auf die Reihe von Live-Monitoren vor ihm zu konzentrieren. Der Kopfhörer war ihm von den Ohren gerutscht, und er hatte Mühe, seinen Hintern wieder zurück in den Klappstuhl zu bekommen.

Sein Schoß war warm und feucht von dem verschütteten Kaffee.

»Brian, hast du's draufgekriegt? Hast du's?« brüllte Throop über Sprechfunk seinen Kameramann an.

Atmosphärische Störungen knatterten in seinem Kopfhörer, Geräusche eines chaotischen Durcheinanders, Leute rannten in alle Richtungen und überbrüllten das Tosen des Feuers, Sirenen heulten und der Lärm von Autos, die über die Betonpiste rasten. Auf den Monitoren sah Throop, wie die Kamera zwischen scharfen und unscharfen Einstellungen schwankte, mal kippte sie nach oben in die Sonne, mal verschwamm das Bild zu einem blendend grellen Weiß. Plötzlich knisterte die zittrige, erstickte Stimme des Kameramanns durch das atmosphärische Rauschen. »Herr im Himmel... *ffffzzzt-fft-zzzt*... wie hätte ich das *nicht* draufkriegen können?«

»Bleib auf der Landebahn, Brian!«

Rauschen.

»Brian?«

»Yeah, uuh... *fffffzzzzzttt*... die Kamera wird heiß. Ich muß...« Mehr Rauschen überlagerte die Stimme.

»Brian.« Throop klang heiser und mühte sich verzweifelt, Lärm und Schock zu überwinden. Er war ein drahtiger Mann mit ziem-

lich langen Haaren und in einem seidenen Blouson. Er arbeitete seit über fünf Jahren als Nachrichten-Producer für Quincys kleinen Lokalsender, und es war ihm noch immer nicht gelungen, diese eine spektakuläre Story einzufangen, die ihm den Weg nach Norden ebnen und einen Job bei WMAQ in Chicago oder WXYZ in Detroit einbringen würde. Aber heute schien sich Throops Blatt endlich zu wenden. Er war bei einer Show im Traktorenwettziehen etwa eine Meile vom Flugplatz entfernt gewesen, als er über Richtantenne den aufgeregten Anruf eines Fluglotsen in der Feuerwache aufgeschnappt hatte. Dem Fluglotsen zufolge befand sich eine Maschine im Anflug, die beschädigt oder nicht steuerbar oder in irgendeiner anderen Form defekt war, und der Flughafen benötigte weitere Rettungseinheiten, die ihre eigene Bodenmannschaft unterstützen könnten. Nur für alle Fälle. Throop hatte sofort seinen treuen Kameramann, einen schmuddeligen, herzensguten Jungen mit dem Namen Brian Ridgeway, angewiesen, seine Ausrüstung einzupacken und damit zum Flughafen zu rasen.

»Brian … da drüben!« Throops Blick klebte auf dem wackligen Bild auf seinem Monitor. »Am Südende der Landebahn, der Typ zu Fuß! Siehst du den?«

»Sehe ich«, hechelte die Stimme über Funk erregt.

»Verflucht, Brian, bleib auf dem.«

Throop betrachtete den Monitor. Die Aufnahme war zwar verschwommen, leicht schief und dank der ungleichmäßigen Schritte des verängstigten Kameramanns stark verwackelt, aber sie zeigte eindeutig eine Gestalt, die die Landebahn hinunterlief und in südlicher Richtung auf die bis zum Horizont reichenden Felder und das umliegende flache Brachland zusteuerte. Die Gestalt trug ein weißes Halstuch oder Taschentuch um das Gesicht und hinkte beim Laufen. Ein Bulle von Mann, breitschultrig, allerdings schon mit ein Paar Meilen auf dem Buckel. Throop war sicher, eine

Waffe in der Hand des Mannes zu erkennen. »Das ist ja eine Plastikpistole«, rief Throop begeistert ins Mikrophon. »So ein Ding, das man durch Metalldetektoren schmuggeln kann.«

Aus dem Kopfhörer drang: »Du meinst, das ist … *ffffzzt*… Terrorist?«

»Ob ich glaube, daß das ein Terrorist ist?« Throop dachte einen Moment nach, während der geheimnisvolle Mann in den Hitzewellen verschwand. »Ich bin mir jedenfalls verdammt sicher, daß es keiner der Flugbegleiter war.«

»Ich verliere ihn. Ich kann nicht … *ffffzzzzt*…«

»Mach weiter und nimm die Rettungsmannschaften auf«, forderte Throop ihn auf.

Das Bild zerfloß plötzlich völlig, als die Kamera einen abrupten Linksschwenk unternahm. Löscheinheiten umstanden das Flugzeug, dicke Schaumlagen bildeten sich unter der Maschine auf dem Asphalt, und schwarze Rauchschwaden verflüchtigten sich hoch am Himmel. Gott sei Dank waren anscheinend die meisten Passagiere rechtzeitig von Bord gekommen, aber genau diese Tatsache bereitete Throop Kopfzerbrechen. Er hatte kurz vor der Explosion etwas wahrgenommen, nur für einen winzigen Augenblick, als die Passagiere sich kreischend die Rettungsrutsche hinunterwarfen. Etwas höchst Eigenartiges. Der geheimnisvolle Mann hatte *hinter* den Opfern gestanden und seine Glock auf sie gerichtet, aber er schien sie überhaupt nicht bedroht zu haben. Im Gegenteil, er schien sie regelrecht nach draußen in Sicherheit *getrieben* zu haben.

Throop zog eine Zigarette aus seiner Tasche, zündete sie an und murmelte zu sich selbst: »Keine Forderungen, kein Ultimatum … verdammt merkwürdiges Benehmen für einen Terroristen.«

Der Producer nahm einen Zug, drehte sich um und blickte aus dem Kleinbus hinaus auf den schwarzen Dunst, das Chaos, hinaus auf die Reihe von Pappeln, die südwärts Wache standen, auf Fall

Creek und den Highway 336. Die Sonne stand hoch, der Himmel nahm einen dunkleren Blauton an, und die Luft erwärmte sich zu einem wundervollen Frühlingstag. Es war die Art von Tag, an dem alles möglich schien an den sumpfigen Ufern des Old Man River. Und Throop spürte ein Kribbeln in seinem Genick, das ihm Nachrichtenarbeit in der Großstadt für seine Zukunft verhieß. »Eins ist mal sicher«, sprach der Producer schließlich ins Mikrophon. »Der Typ mit der Plastikpistole, dem wird in Null Komma nichts eine ganze Armee von Häschern an den Fersen kleben.«

Dann schnippte der Producer seine Zigarette fort und drehte sich zu seinem Mobiltelefon.

Er hatte einen sensationellen Nachrichtenbeitrag zu übermitteln.

- 8 -

Mickey Coogan radelte, so schnell es ihm seine kurzen, stämmigen Beine erlaubten, die Hauptstraße von Quincy herunter. Die Bösen waren hinter ihm her, alle drei, und sie holten schnell auf. Da war Billy Frisell auf seinem rostigen Stingray, Rick Herman auf einem Huffy und Kit Doolittle auf einem ramponierten Schwinn. Sie kreischten, johlten und schrien, und sie kamen immer näher.

Die Bösen hatten Mickey schon in der Schule den ganzen Tag geärgert, hatten ihn aufgezogen, ihm Schwachkopf, Mongoloide und Krüppel nachgerufen, so wie sie es immer taten, wenn sie sich über Mickeys Behinderung lustig machten. Als ob Mickey etwas an der Tatsache hätte ändern können, daß er ein, wie seine Tante Kay sagte, Down-Baby war, worunter die meisten Leute zwar Down-Syndrom verstanden, Mickey aber verstand darunter Atembeschwerden, schiefe Zähne, Sehschwierigkeiten und eine ganze Menge Probleme bei dem Versuch, mit den anderen Jungen und Mädchen in der Klasse mitzuhalten. Nach der Drei-Uhr-Klingel hatten die Bösen an diesem wie an jedem anderen Tag Mickey über das gesamte Baseballfeld zu den Fahrradständern an der Ecke York und Eighth verfolgt. Gott sei Dank hatte Mickey seinen alten Sears Roadster am Ende der Reihe abgestellt. Unter den Kindern war das Fahrrad als Blödmobil bekannt, und das war Mickey auch ganz recht so, weil er nämlich die geheimen Kräfte des Rads lieber für sich behielt. Mit seinen X-Men-Plastikflaggen an den elastischen kleinen Stangen, seinen in die Speichen gehefteten Batman-Quartettkarten sowie den schuppigen Metallbändern, die an seinen Lenkergriffen wehten war das Fahrrad Mickeys Retter in größter Not. Ohne auch nur eine Sekunde Zeit zu verlieren, war Mickey aufgesprungen und nach Hause losgerast.

Jetzt würde Mickey all seine Superkräfte zu Hilfe ziehen müssen, um die üble Meute hinter ihm abzuschütteln.

Mit geducktem Kopf und wild strampelnden Beinen schepperte Mickey den York Street Hill in Richtung Fourth runter. Mickey, ein gedrungener Sechzehnjähriger mit kleinem Kopf, schrägstehenden Augen und einem platten Schädel, trug eine ausgebleichte Jeanslatzhose und ein gelbliches T-Shirt. Er war geistig leicht zurückgeblieben und erheblich lernbehindert, und man hatte ihn vor nunmehr drei Jahren in eine Middle School mit speziellem Lehrplan geschickt, in erster Linie, weil seine Eltern zu viel Stolz und zu wenig Geld besaßen, um etwas anderes mit ihm zu machen. Mickey kümmerte das wenig. Er liebte seine Eltern. Er liebte seine Lehrerin, Mrs. O'Toole. Und er liebte seine Comics.

Er näherte sich Fourth Street. Das breite Band narbigen Asphalts umsäumt von riesigen, alternden viktorianischen Häusern entsprach so ganz der Vorstellung vom unprätentiösen Charme einer dieser vielbesungenen Kleinstädtchen am Fluß, in denen die Zeit stehengeblieben zu sein schien. Große Schaukelbänke auf der Veranda, aufgebockte Holztische im Garten und überall Lattenzäune. Eine schnelle Rechtskurve, dann ein kurzes Stück links eine Gasse entlang, und schon wäre Mickey fast zu Hause. Er trat wild entschlossen in die Pedale und rief sich verzweifelt die geheime Litanei in Erinnerung, in die der geflügelte Rächer Robin eingeweiht hatte: *Wirf die Nuklearreaktoren des Batmobils an, Robin. Triebwerke einschalten, Motoren einschalten!* Genau! Alles schien zu funktionieren und Mickey zu gewinnen, bis er schließlich die Kurve an der Fourth Street etwas zu schnell nahm und sein Vorderrad auf einem Streifen Rollsplitt ins Schleudern geriet.

Das Rad rutschte unter ihm weg, und Mickey flog kopfüber auf die Straße.

Zuerst landeten seine Hände, dann grub sich der Lenker in seinen Unterleib, und ein stechender Schmerz schoß seinen Bauch, seine Knie und seine Hüftknochen hinauf. Die Wucht des Aufpralls ließ ihn ein, zwei Meter am Bordstein entlangschlittern, wobei er sich die Hände aufriß. Ein furchtbares Brennen jagte in seine Handgelenke. Am Ende krachte er gegen einen Briefkasten. Das Fahrrad hielt sich noch einige wacklige Momente aufrecht, stieß dann gegen eine Mülltonne und überschlug sich. Mickey rappelte sich auf.

»Wir kommen… Krüppel, wir kommen!«

»Laßt ihn nicht entwischen. SCHNAPPT IHN EUCH!«

Die heulenden Hyänenstimmen hinter Mickey wurden lauter, Fahrradreifen malmten sich durch den Rollsplitt und näherten sich der Straßenecke. Nachdem es Mickey gelungen war, wieder auf die Beine zu kommen, humpelte er los in Richtung Seitenstraße. Er rannte, so schnell er konnte, die schwächlichen Arme pumpten und sein Gehirn schrie: Paß auf, Robin! Paß auf, der Riddler holt auf, er holt auf!

Hinter ihm bogen die Bösen in die Straße ein.

»Gebt acht, daß er es nicht über den Zaun schafft!« johlte Billy

Frizzell, während er an der Einfahrt der Gasse auf die Bremse latschte und von seinem Stingray sprang. Billy, mit bauchfreiem Sweatshirt und langen Haaren, spielte Quarterback in der Junior League und war der Älteste. Die beiden anderen in ihren ärmellosen T-Shirts und locker geschnürten Sneakers waren lediglich Speichellecker. Billy rannte die schmale Straße hinunter, und die anderen folgten ihm. Zehn Meter vor ihnen bog Mickey scharf nach links, duckte sich unter einer Wäscheleine und lief zwischen zwei Häusern durch.

Der Junge hatte keine Ahnung, daß in ein paar Minuten die weitere Entwicklung der Hetzjagd sein Leben für immer verändern würde.

»Hallo?« Die Stimme am anderen Ende der Leitung schien eine Million Lichtjahre entfernt.

»Hey, Kid.« Joe hielt seine Stimme so leise wie möglich, beugte sich tief unter den metallenen Regenschutz des Münzfernsprechers und versuchte, wieder zu Atem zu kommen und keinen allzu verdächtigen Eindruck zu machen. Der Fernsprecher war an einem Hochspannungsmast hinter einem kleinen Maid-Rite-Sandwichladen montiert. Das Imbißlokal lag im Schatten uralter Ulmen, und da es erst zum Mittagessen öffnete, war der Parkplatz noch völlig verwaist. Joe hatten seine Flucht querfeldein vom Flughafen und die anschließende Wanderung durch das umliegende Ackerland ziemlich ins Schwitzen gebracht. Jetzt plagten ihn seine arthritischen Gelenke, sein Magen loderte bei jedem tiefen Atemzug auf, und die Schmerzen in seiner Hand waren unverändert höllisch. Mit Mühe dehnte er seine Finger, während er auf eine Antwort von Maizie wartete.

Nach einem Moment rauschender Stille: »Joe?!«

»Der einzig wahre.«

»Um Himmels willen, Joey, was fällt dir ein, mich anzurufen?«

»Ich steck in Schwierigkeiten, Kid, und muß mit dir reden, ein paar Kleinigkeiten klären.«

»Kleinigkeiten? Bin ich jetzt schon eine Kleinigkeit?«

»Hör mal, ich wollte mich entschuldigen... für die Art, wie ich Schluß gemacht habe.«

»Du hast mir weh getan, Joey.«

»Das weiß ich, Kid, und es tut mir leid. Ich bin da in etwas reingeraten... und... und ich dachte, ich würde mich endgültig abmelden müssen. Es ist eine lange Geschichte.«

»Joey, hör mal... hör mir zu. Die Cops haben mich bereits dreimal vernommen. Ich weiß, was los ist. Wo zum Teufel steckst du?«

Joe schluckte hart. »Was meinst du mit, du weißt, was los ist?«

»Joey, ich habe ihnen nichts erzählt. Ich war erschüttert und ich war vollkommen verwirrt, aber ich konnte die Tatsache einfach nicht akzeptieren, daß du mich so abgefertigt hast. Nicht auf diese Weise. Und dann wurde es mir plötzlich klar. Wahrscheinlich versucht er, mich zu beschützen.«

Joe lächelte traurig und meinte: »Clevere junge Frau.«

»Sag mir eins, Joey. Du hast nicht zufällig kürzlich eine Million Dollar falsch abgebucht, oder?«

Joe seufzte. »Die Sache ist, Maizie, als ich dich verlassen habe, dachte ich, ich würde nie zurückkommen.«

Es folgte eine lange Pause. »Die Baugeschäfte haben wohl ganz schön was abgeworfen?«

»Ich konnte mir über die Jahre hinweg etwas zusammensparen, ja.«

Wieder dieses berunruhigende Schweigen. »Bringst du für Geld Leute um, Joe?«

Joe schöpfte lange und tief Atem. »Ich werde dich nicht anlügen, Kid.«

Nach einem kurzen Moment: »Herr im Himmel.«

Joe lauschte dem Klang von Maizies schwerem, qualvollen Luftholen, das den Hörer zusammen mit einigem undeutlichen Gemurmel erfüllte. Eine Wolke Moskitos waberte plötzlich links von ihm über Gräser und Büsche, und Joe schlug nach den Störfaktoren. Das hier war der alles entscheidende Augenblick mit Maizie, und Joe wußte es genau. Der Augenblick der Wahrheit. Joe machte sich bereits darauf gefaßt, das unmißverständliche Klicken in seinem Ohr zu hören, doch dann kehrte Maizies Stimme zurück, und sie klang verändert. So als wäre sie aus ihrer eigenen Haut in die von jemand anderem geschlüpft. »Mein Problem ist nur, Joe, daß ich nicht aufhören kann, dich zu lieben«, meinte sie leise und beschämt. »Das ist mein Problem.«

Joe zwinkerte das wäßrige Brennen in seinen Augen fort. »Hör mal, Kid. Ich habe jetzt nicht viel Zeit…«

»Wo steckst du, Joe?«

»Mach dir darüber keine Gedanken. Womöglich haben sie inzwischen sowieso schon dein Telefon angezapft. Ich rufe dich in ein paar Tagen noch mal an, wenn sich alles etwas beruhigt hat.«

»Joey, was ist eigentlich los? Die reden mir hier ein, du seist ein echter Staatsfeind und ich müßte ihnen helfen, dich zu schnappen, und ich sage, sie sollen sich verpissen, und dann drohen sie mir, und ich versuche hart zu bleiben, aber ich krieg die Dinge in meinem Kopf einfach nicht mehr zusammen. Wo zum Teufel steckst du?«

»Kid, hör mir zu. Ich brauch deine Hilfe, und ich habe im Moment keine Zeit für große Erklärungen.« Joe hörte das Tuckern eines Dieselmotors näher kommen, begleitet von erregten Stimmen. Er blickte auf und sah einen Müllwagen, der die Nebenstraße herunter auf den Maid-Rite-Laden zufuhr. »Ich brauch ein paar schnelle Tips«, fügte er an.

»Sag mir, wo du bist, und ich bin da, Joey.«

»Nein, nein, das kannst du vergessen. Erklär mir nur, wie ich mich verschwinden lassen kann.«

»Wie bitte?«

»Mein Gesicht ... wie kann ich es verschwinden lassen und ein neues aufbauen?« Joe betastete seine grauen Stoppelbacken und fuhr mit den Fingerspitzen sein Kinn entlang. Nach dem Vorfall letzte Nacht und dem Mißgeschick heute morgen am Flughafen würde sein Bild in jeder Zeitungsspätausgabe und jeder Sechs-Uhr-Nachrichtensendung von hier bis Minneapolis gezeigt werden. Sein eigenes Gesicht wurde zu seinem schlimmsten Feind.

Nach einem kurzen Moment der Stille kehrte Maizies Stimme wieder zurück. »Da gibt es natürlich verschiedene Dinge, die man tun kann, Kompaktschminke, Polster, die aus Modellierwachs angefertigt werden ... Joe, *bitte*, du mußt mir sagen, wo du bist!«

»Eine Sekunde, Kleines.« Joe suchte in seinen Taschen nach einem Stift und einem Zettel. In der Innentasche seines Jacketts fand er einen Kugelschreiber und in der Gesäßtasche seiner Hose eine alte Quittung aus der Reinigung. Er strich den Beleg auf der Metallablage glatt.

In diesem Augenblick hörte er verzweifelte Schreie von der anderen Seite des Parkplatzes.

Durch eine Pappelreihe konnte Joe auf eine ruhige, von Maschendrahtzäunen und Hirsegräsern begrenzte, kleine Wohnstraße blicken. Eine lärmende Gruppe Kinder kam auf ihn zu. Ein paar Kinder auf Fahrrädern verfolgten ein anderes, zu Fuß laufendes Kind, und das zu Fuß laufende Kind hatte schreckliche Angst. Seine Augen waren weit aufgerissen und seine Wangen rot vor Furcht. Aus irgendeinem Grund lenkte die Szene Joe ab. Er versuchte sie auszublenden und wandte sich wieder seinem Zettel zu. »Okay, Liebling, nenn mir eine Liste von Dingen, die man in einer Vorratskammer oder in einem Drugstore finden kann und mach schnell.«

»Joe, vergiß es! Sag mir, wo du bist, und ich kann dir dabei helfen.«

Joe spürte ein heftiges Stechen in seinem Magen und atmete zischend ein. »Hör mal, Sweetheart, die ganze Sache wird noch vor Ablauf des Tages vorbei sein. Bis bestimmte Arrangements getroffen sind, diene ich unglücklicherweise aber noch als Freiwild. Ich kann das jetzt nicht näher erklären. Also bitte, sag mir nur, wie ich mein Gesicht unkenntlich machen kann.«

»Wo bist du, Joe?«

»Herrgott noch mal, Maizie!«

»Sag es mir, *bitte.*«

»Also gut«, gab Joe sich geschlagen. »Erinnerst du dich noch an den Ausflug, den wir im vergangenen Herbst gemacht haben?« Erneut folgte eine kurze Pause, während der Joe darauf wartete, daß es ihr wieder einfallen würde. Im letzten Oktober waren sie mit dem Auto den Mississippi entlanggefahren, die alte 96 herunter durch Burlington und Keokuk und Nauvoo, um die Herbstfarben zu genießen.

»Ich erinnere mich«, sagte sie schließlich.

»Ich bin in dem Ort, an dem wir zuletzt haltgemacht haben«, erklärte Joe ihr. »Aber bis du hier bist, bin ich schon wieder fünfhundert Meilen weiter weg. Also gib mir jetzt bitte nur ein paar Tips, irgendwas Prothetisches, irgendwas, mit dem ich mein Gesicht loswerde.«

Einen Herzschlag später. »Ich kann in drei Stunden da sein.«

»Verdammt noch mal, Maizie, kratz dir gefälligst das Wachs aus dem Hirn«, fauchte Joe in die Sprechmuschel, während gemeinsam mit seiner Ungeduld auch sein Magen aufflammte. »Wenn ich nicht sofort abhaue, stehen meine Chancen, diesen Parkplatz mit intakten Schädelknochen zu verlassen, bei etwa null Prozent, verstehst du, was ich sage? Darüber hinaus bringt es mir gar nichts, wenn du hier runterkommst und draufgehst, bevor ich auch nur…«

Joe erstarrte.

Durch die Bäume auf der anderen Seite des Parkplatzes konnte er sehen, wie das arme Kerlchen mit den aufgerissenen Augen stolperte und mit dem Gesicht zuerst ins hohe Gras fiel. Die anderen Kinder umringten ihn auf Mountainbikes wie gefräßige Haie. Sie sprangen von ihren Stingrays und umstellten den Jungen. »Scheißkrüppel! Mongoloide!« Die Stimmen schnitten durch die Luft, und Joe sah, daß der Junge auf dem Boden behindert und zurückgeblieben war. Er wirkte furchtbar unkoordiniert und bemühte sich keuchend und spuckend darum, wieder auf die Beine zu kommen. Mit seinen kleinen Armen fuchtelte er wild durch die Gegend, seine Augen waren voller Dreck. Einer der anderen Jungs, der mit den langen Haaren, stieß den Kleinen wieder zu Boden. »Uns läufst du nicht weg!« plärrte der langhaarige Junge. »Wenn wir sagen, spring, dann fragst du nur, wie hoch, verstanden?«

Joe wandte sich ab, preßte die Augen zusammen und biß sich auf die Lippe. Verfluchter Mist, sein Magen brachte ihn noch um. Das hier ging ihn nichts an, das war lokaler Scheiß. Er konnte sich in so einen Quatsch nicht einmischen. Dafür war er viel zu gefährdet. Intelligent wäre es, so schnell wie möglich abzutauchen und sich neu zu orientieren. Intelligent wäre es, Tom Andrews anzurufen und zu überprüfen, ob das Räderwerk sich auch tatsächlich in Bewegung gesetzt hatte. Intelligent wäre es, diese Art von privatem Kleinstadtscheiß um jeden Preis zu meiden.

Selbstverständlich hatte Joe nie von sich behauptet, der intelligenteste Mann auf der Welt zu sein.

»Joey? Bist du noch dran?« Maizies Stimme riß ihn ins Hier und Jetzt zurück.

»Okay, in Ordnung.« Joe sammelte sich und sprach leise in den Hörer. »Tut mir leid, Sweetheart, aber ich werde dich zurückrufen müssen.«

»Joe warte ... WARTE!«

»Ich liebe dich, Kleine, denk dran.«

Joe legte den Hörer auf und ging zum Ende des Parkplatzes. Er versteckte sich hinter einer der Pappeln, blickte durch die Zweige hindurch und sah, wie sich das arme zurückgebliebene Kerlchen auf dem Boden krümmte. Das verwilderte Gartengrundstück ähnelte einem Museum für Kitsch. Kleine Keramikpilze und Gartenzwerge bewachten Plastikwindmühlen und Sonnenblumen, die sich in der nach Fluß riechenden Brise drehten. Eine uralte, mit Moos und Schleim überzogene Vogeltränke stand neben dem Jungen, und Joe nahm den Geruch von Hundescheiße wahr. Plötzlich baute sich einer der jüngeren Kids über dem behinderten Jungen auf und trat ihn in den Unterleib. »Ich hab dir doch gesagt, wir haben eine Überraschung für dich«, stichelte der Junge. »Willst du sie denn nicht sehen?«

Der behinderte Junge zitterte nun vor Schmerzen und murmelte irgendeine Art von Gebet vor sich hin.

»Gib's ihm!« knurrte der langhaarige Junge.

Sie drückten den behinderten Jungen auf den Boden und versuchten etwas auf sein Gesicht zu pressen. Zuerst konnte Joe nicht erkennen, worum es sich handelte. Dann schrie einer der Jugendlichen: »Jetzt bekommt der Krüppel seine erste Muschi ab!«

»Mach's ihr mit der Zunge, Krüppel! Friß Muschi!« johlte der langhaarige Junge und hielt dabei den Kopf des Behinderten fest.

Die anderen Jungs lachten hysterisch, und auf einmal erkannte Joe den Gegenstand. Er wurde auf den Rückseiten von Pornoheften oder in den Glasvitrinen von Sexshops angeboten. Ein Gummiklumpen von der Größe eines Hockeypucks, in Form gepreßt und mit einem weichen Schlitz in der Mitte. Bekannt unter dem Namen Taschenpussy. »Lebensechte Vagina, nur $5.99, mit Vibrationsmechanismus für einen intensiven Höhepunkt, beschränkte Abgabe ein Stück pro Kunde.« Und die kleinen, sadistischen Drecksäcke bohrten dem behinderten Jungen das Ding ins Gesicht.

»Er kriegt 'nen Ständer!«

»Paß auf, Frizz, gleich spritzt der Krüppel ab!« Die Jungs gröhlten.

Joe seufzte.

Zeit für eine Dummheit.

Er bahnte sich einen Weg durch das Gestrüpp wie ein Sumpfgeschöpf aus grauer Vorzeit, das aus dem Wald bricht, und trat neben die Jungs. »Das war's für heute, Freunde« verkündete Joe in liebenswürdigem Ton.

Billy Frizzell sah als erster auf. Seine Augen waren glasig vor Haß. Für einen Moment runzelte sich seine Stirn. »Wie bitte?«

»Der Spaß ist vorbei.« Joe trat näher.

»Wir stören doch niemanden.« Kit Doolittle musterte Joe argwöhnisch, so als würde er abschätzen, ob seine Kraft und sein Elan ausreichten, diesem alten Sack eine Abreibung zu erteilen. Der andere Junge, der, der Herman hieß, hielt Mickeys Schultern weiter auf den Boden gepreßt, während Mickey noch immer benommen wirkte, mit den Armen herumfuchtelte und spuckte.

»Ich sag's euch nicht noch einmal«, erklärte Joe, ohne sein eisiges Lächeln abzuschalten.

»Und wer zum Teufel sind Sie?« Der langhaarige Junge wurde mutig und stellte sich vor Joe. »So 'n Scheißfuzzi, der Schulschwänzer kascht, oder was?«

»Mein Name ist *Manners*, wie in *gute Manieren*, Mr. Manners, wohlgemerkt.« Joe grinste und gab dem Youngster eine Ohrfeige.

Es war nicht allein die Wucht des Schlags oder der brennende Schmerz, die den Kopf des Jungen kurz und heftig nach hinten schnellen ließen, es war die schlichte Ungekünsteltheit des Akts selbst. Diese Halt's-Maul-Geradlinigkeit, die die Tünche von der ehrbaren Erwachsenen-Kind-Entspannungspolitik des örtlichen Lehrer-Eltern-Ausschusses einfach fortwischte, die die Schutzhülle der *politcal correctness* erschütterte – sogar in diesem muffigen, kleinen Mississippi-Städtchen. Für Billy Frizzell war es ein erfrischender Moment des Erwachens.

»Was zum …!« Die Augen aufgerissen und funkelnd, rieb sich Billy die Wange.

Die anderen Jungs waren inzwischen aufgestanden, wichen aber nicht zurück und machten den Eindruck, als könnten sie womöglich eine Dummheit begehen, etwa sich auf Joe stürzen oder das schwächliche Kerlchen noch einmal treten. Joe blickte nach unten und sah die Plastikvagina auf dem Boden neben Ricky Hermans Fuß. Joe seufzte erneut, zog die Glock aus der Tasche, ließ eine Patrone in die Kammer schnappen und zielte auf das Sexspielzeug.

Die Kids flüchteten in Deckung.

Joe jagte die verbliebenen drei Schuß genau in die Mitte der Taschenpussy. Das Spielzeug hüpfte und schlitterte bei jedem Treffer durch den Dreck, und die wäßrigen Plops klangen in der Stille des Gartens wie altersschwache Feuerwerkskörper. Als das Magazin leer war, spuckte Joe auf die Pistole, um sie etwas abzukühlen, und steckte sie dann wieder zurück in die Hosentasche. Die drei Maulhelden hatten zu diesem Zeitpunkt bereits den halben Garten durchquert, wobei sie wild mit ihren Armen ruderten und keuchten und schnauften, als ginge es um ihr Leben. Auf der anderen Seite wühlten sie sich durch eine Hecke, trampelten Gras und alte Blätter nieder und verschwanden.

Joe ging zu dem behinderten Jungen, half ihm hoch und klopfte ihm die Kleidung ab. Joe blieb nicht viel Zeit. Er spürte mittlerweile die Blicke der Nachbarn im Nacken und schon bald würden die Cops hier auftauchen. »Alles in Ordnung, kleiner Freund?« Joe wischte einen Grashalm aus Mickeys Gesicht.

»Ssssiieeeehh … sssiiiinnn …« Der Junge bemühte sich verzweifelt zu sprechen, aber die Behinderung ließ seine Kiefermuskeln zusammenkrampfen.

»Ganz ruhig, Kiddo, schön langsam.«

»Mmm … mein Name ist M … mmickey«, stotterte der Junge.

»Freut mich, dich kennenzulernen, Mick.« Joe blickte über seine Schulter auf die Häuserzeile jenseits der Straße. »Sorry, hier so Knall auf Fall wieder zu verschwinden, aber ich muß unbedingt weiter.«

»Mmm … moment!« Mickey packte Joe am Ärmel.

»Was denn, mein Junge?«

»Ddduu bbbisssst … du bist's, richtig?«

Joe sah den Jungen an. »Wer bin ich?«

»Du bist Batman.«

Joe lächelte nur, klopfte dem Jungen auf die Schulter und wandte sich zum Gehen.

Mickey ließ nicht locker. »Dddu kkannst mit zu mir nach Haus kommen, zum Essen bleiben. Meine Mom macht Bb … brathähnchen heute abend. Und zum Nachtisch Rhabarberkuchen.«

Joe wollte schon *nein danke, ich muß weiter* sagen, aber dann bremste er sich. Zum ersten Mal seit Beginn seiner kleinen Odyssee eröffnete sich ihm die Möglichkeit, strategisch zu denken. Bis zu diesem Zeitpunkt hatten zwei ganz ausgeprägte Faktoren alle Entscheidungen beeinflußt: Adrenalin und Instinkt. Aber jetzt sah Joe sich tatsächlich über seinen nächsten Schritt Gedanken machen. Langsam wurde ihm bewußt, daß er eine Partie Schach spielte, und vielleicht wäre es ja keine schlechte Idee, von der Straße zu verschwinden und sich versteckt zu halten, bis er sich den nächsten Schachzug zurechtgelegt hatte.

»Weißt du was?« meinte Joe zu dem Jungen. »Bei Rhabarberkuchen konnte ich noch nie nein sagen.«

Hiro Sakamoto schaltete den rabenschwarzen Ferrari in den dritten Gang hoch und röhrte die Auffahrt hinauf. Der Asphalt spulte sich unter dem Wagen auf wie ein Zuckerband, das von dem berauschend dröhnenden Geschoß verschlungen wurde, während der Polsterbezug angenehm mitvibrierte. Der Wagen scherte aus auf die Schnellspur und hielt die Geschwindigkeit auf hundertfünfzig, nachdem Hiro den fünften Gang eingelegt hatte. Liebevoll ruhte Hiros Hand auf dem Schaltknüppel. Geschützt in einem ledernen Autohandschuh, umschloß seine andere Hand wie eine angespannte Kralle aus Fleisch das Lenkrad. Zwei seiner Finger, der Ringfinger und der kleine Finger, fehlten. Sie waren in einem rituellen Verstümmelungsakt, einem *yubitsume*, abgetrennt worden. Jedes Glied war als größtmögliches Zeichen der Loyalität einem ranghöheren Yakuza überreicht worden. Aber inzwischen gab es nur noch sehr wenige Männer, die über Hiro standen.

»Hab Geduld, *teki*«, murmelte Hiro vor sich hin und meinte damit Joe, seine Nemesis, sein ehrenvoller *teki* und lebenslanger Gegenspieler. Hiro sprach oft in gebrochenem Englisch mit sich selbst. Er fühlte sich auf beiden Seiten des Globus zu Hause, und sein Lebensstil war vollkommen bikulturell. Er liebte amerikanische Frauen, Musik und Filme. Wenn er sich in Amerika aufhielt, trug er seine Lieblingsfarbe: schwarz. Schwarze Guess-Jeans, schwarze Stiefel von Gucci, schwarzer Rollkragenpullover und schwarzes Jackett von Lagerfeld. Komplettiert wurde sein Erscheinungsbild durch den onyxfarbenen Bürstenschnitt und das blasse, kantige Gesicht.

Häufig erschienen ihm seine Zielobjekte im Traum.

»Nur Geduld, *teki*.«

Hiro Sakamoto war am Morgen mit dem Airbus aus Kioto eingetroffen. Er hatte sich in ein nahe gelegenes Hotel eingemietet, seine Waffen funktionstüchtig gemacht, ungefähr eine Stunde meditiert und anschließend von einer örtlichen Kontaktadresse den auf seine Bedürfnisse zugeschnittenen Ferarri abgeholt. Das Auto war von einem amerikanischen Elektronikspezialisten überholt worden, der regelmäßig Auftragsarbeiten für die Yakuza, die japanische Mafia, ausführte. Unter dem Armaturenbrett befand sich ein behelfsmäßig installierter Autopilot, ein umgearbeiteter Servomechanismus, durch den die Funktionen von Lenkung und Gaspedal mittels einer extra entwickelten, mobilen Joystickkonsole ferngesteuert werden konnten. Der Wagen war alles, was Hiro brauchte. Er benötigte keinen Auskundschafter, keinen Berater, keinen ortskundigen Ganoven, der ihm das Zielobjekt aufzustöbern half. Er war schließlich schon früher in den Staaten gewesen, diverse Male sogar. Er hatte ein paar ausländische Diplomaten erledigt, einige hochrangige Sony-Manager und eine Handvoll verbrauchter Geheimdienstler. Und jedesmal, wenn er in diesen Breiten zu Besuch gewesen war, hatte er sich in der Unterwelt nach den letzten Neuigkeiten über den großen Slugger erkundigt. Hiro wußte genau um Joes Vermächtnis, und er bewunderte dessen Geschick und dessen Erfolgsbilanz.

Es würde ihm eine enorme Ehre sein, diesen Mann umzubringen.

Seine informelle Ausbildung hatte Hiro während seiner Jahre in der Yakuza absolviert. Die Bezeichnung Yakuza, wörtlich übersetzt Außenseiter oder Rebell, leitete sich ursprünglich von einem Glücksspiel mit jeweils drei Karten pro Spieler ab, wobei *Ya, Ku* und *Za* die schlechteste Kombination darstellte. Im feudalistischen Japan waren die Yakuza noch ländliche Rumtreiber gewesen, die Farmer und Kleinbauern ihren Schutz anboten. Aber als das Land im Zusammenhang mit dem üppigen Wachstum nach dem Zweiten Weltkrieg auf die Technologieexplosion Mitte des zwanzigsten Jahrhunderts zusteuerte, da wandte sich die Organisation profitableren Unternehmungen wie Schmuggel, Glücksspiel und Prostitution zu. Hiro war in den späten Siebzigern als junger

Kämpfer angeworben worden, ein jugendlicher Teufel mit besonderem Talent für Arbeiten Mann gegen Mann. Schnell kletterte er die Ränge hinauf, liquidierte allzu neugierige Verwaltungsbeamte, amputierte seine Fingerglieder eins nach dem anderen und ließ sich mehr als die Hälfte seines Körpers mit traditionellen Symbolen der Gruppe tätowieren. Die schwarzen Federn um seine Arme herum bedeuteten Loyalität und Mut. Der Falke auf seinem Rücken, der sein Jagdgespür symbolisiert, erforderte allein über fünfzig schmerzhafte Stunden unter der Nadel.

Mitte der Achtziger machte Hiro sich selbständig, übernahm Aufträge rund um den Globus und perfektionierte seine Fertigkeiten. Er wurde der höchstbezahlte Killer der Welt. Die meisten Jobs brachten ihm Beträge im mittleren sechsstelligen Bereich ein. Unnötig zu betonen, daß Hiro nicht des Geldes wegen hinter Joe her war.

Hiros wahre Motivation entstammte dem Budo, den Kampfarten der Selbstperfektionierung. In Erinnerung an eine wahrhaft taoistische Geisteshaltung führte das Budo einen Krieger auf den Zustand des Satori zu, in welchem eine Person sein physisches Selbst völlig aufgegeben und alles Technisch-Methodische vergessen hat und ganz ursprünglich wird. Wie der Wind. Bushido. Völlig Zen gemäß. So lebte Hiro ständig, ob er aß, schlief, liebte, reiste oder tötete. Und jetzt, während er rasch über den narbigen Asphalt des Adlai Stevenson Expressway in Richtung Süden hinwegflog, benutzte er das rhythmische Flackern der weißen Streifen, um in eine neue Meditation einzutreten. Eine Meditation darüber, wie man eine lebende Legende aufspürt und umbringt.

»Ich komme, *teki*, hab Geduld.« Hiros Stimme war über dem gleichmäßigen Singen des Motors kaum hörbar.

Hiro kannte sich aus im Aufspüren von Leuten, ganz besonders von flüchtenden. Er wußte, wie man sich in die Nachrichtenkanäle von Interpol und den örtlichen Strafverfolgungsbehörden einklinkte. Er wußte, wie man in den Besitz von Listen gestohlener Autos, Nummernschilder oder von internen Berichten des Department of Motor Vehicle kam. Er wußte, wie man Informationen über jüngste Banktransaktionen, Autovermietungen, Kleinanzeigen in Zeitungen und Abflugzeiten erhielt. Er wußte, wie man das Internet für brandaktuelle Mitteilungen, einen Plausch unter Hackern und verschlüsselten Botschaften nutzte. Und er wußte, wie er seine Waffen verbergen und ohne viel Gepäck reisen konnte, wählte alternative Strecken und verkehrsarme Zeiten.

Vor ungefähr einer halben Stunde hatte Hiro in den CNN-Nachrichten den neuesten Bericht über die Explosion auf Quincy Airport gehört. Mehr Informationen brauchte Hiro überhaupt nicht. »Ein Pendlerflugzeug wurde heute morgen zum Ort einer tödlichen Auseinandersetzung zwischen zwei bekannten Terroristen. Dabei kam es nach der Landung der Maschine zu einer gewaltigen Explosion. Eine Person ist tot, eine weitere wird vermißt, und eine Flugzeugladung entsetzter Passagiere atmete erleichtert auf.« Und damit wußte der Budo-Krieger bereits genug. Tatsächlich war so ziemlich die einzige Sache, die Hiro Sakamoto nicht wußte, die Zahl der anderen Killer, die in diesem Moment auf parallelen Strecken zu demselben beschaulichen kleinen Flecken am Ufer des Mississippi unterwegs waren.

- 9 -

»Mom?«

Die Laken blähten sich im Wind wie die Seiten eines riesigen Buches.

Hinter der Wäsche stand eine kräftig gebaute Frau mit Wäscheklammern im Mund und war damit beschäftigt, Fruit of the

Looms und zerknitterte Socken aufzuhängen. Der Wind blies um sie herum, hob den Saum ihres ausgebleichten Baumwollkleides und enthüllte spinnwebartige Krampfadern, dicke Knöchel und Schuhe mit weißer Kreppsohle.

»Mom … hab hier jemand, der dich kennenlernen möchte.« Mickey Coogan tauchte inmitten der Wäsche auf, streckte seinen Arm aus und schob die Laken zur Seite. Mit einer nassen Hose in den Händen und einem erschrockenen Ausdruck auf ihrem Gesicht, wurde Annette Coogan plötzlich sichtbar. Die Frau hatte rotbraune Haare und besaß eine Art ramponierte Schönheit, so als hätte sie über die Jahre mit einer Menge Abwasch und Kummer fertig werden müssen.

»Mickey?« Die Wäscheklammern fielen der Frau aus dem Mund, als sie ihren Sohn sah.

Mickey deutete auf Joe, der ein paar Schritte hinter ihm unruhig auf dem Rasen hin- und hertrippelte und sich die graue, durchnäßte Bandage an seiner rechten Hand rieb. »Das hier ist Joe, mm … mmein neuer Freund«, sagte Mickey. »Ich hab ihn zum Abendessen eingeladen. Es ist doch okay, wenn mein neuer Freund zum Abendessen bleibt, oder?«

»Mein Gott, Mickey.« Die Frau ließ ihre nasse Wäsche fallen, ging zu ihrem Sohn hinüber und befühlte seine Backe. Mit rötlichen Flecken begannen sich die Blutergüsse abzuzeichnen. »Was um Himmels willen ist denn mit dir passiert?«

Mickey blickte nach unten, ohne zu antworten.

»Mickey?« Annette wurde nun doch etwas nervös und musterte Joe mit einem schnellen Seitenblick.

Joe trat näher und beugte dabei die Finger an seiner verletzten Hand. Der Schmerz hatte sich in dem gebrochenen Gelenk festgesetzt und war nun ein konstantes, dumpfes Hämmern. »Ma'am, die Nachbarskinder sind ein bißchen frech geworden. Ich wollte nur sichergehen, daß Ihr Junge gut nach Hause kommt.«

Annette erwiderte nichts, drehte sich vielmehr zu Mickey und klopfte den Splitt von seiner Latzhose. »Waren es der Frizzell-Junge und seine Freunde? Mickey? Waren es Bill Frizzell und seine Freunde?«

Mickey nickte verlegen.

Annette Coogans Kinn begann leicht zu beben. »Haben sie dich da unten angefaßt? Mickey, haben sie dich wieder da unten angefaßt wie beim letzten Mal?«

Mickey zuckte die Achseln und schüttelte seinen Kopf.

»Ma'am, Sie haben wirklich einen tapferen Jungen.« Joe wählte seine Worte nun sehr sorgsam, versuchte die Situation zu entspannen und das Vertrauen der Frau zu gewinnen. Er hatte nicht die geringste Ahnung, ob sie ihm erlauben würde, das Haus zu betreten. Doch die Zeit lief ihm davon, und je länger Joe hier draußen herumstand, für Gott und alle vorbeifahrenden Polizeiwagen bestens zu sehen, desto größer wurde das Risiko geschnappt zu werden. »Er weiß sich ganz prima zu behaupten«, fügte Joe hinzu.

Annette blickte zu Joe. »Kennen wir uns?«

»Nein, Ma'am.« Joe streckte seine gesunde linke Hand aus und lächelte. »Mein Name ist Joe Joseph. Ich bin freier Bauunternehmer unten aus Cincinnati und sehe mir hier ein paar mögliche Objekte an.«

Die Frau ergriff Joes Hand. »Ich danke Ihnen dafür, daß Sie meinem Sohn geholfen haben.«

»Nicht der Rede wert.«

»Eigentlich ist er gar nicht der, der er sagt, er ist«, murmelte Mickey plötzlich mit leiser Stimme und klang dabei äußerst konspirativ.

Die Härchen auf Joes Unterarmen stellten sich senkrecht auf.

Die Frau wandte sich zu ihrem Sohn. »Wie bitte, mein Schatz?«

»In Wirklichkeit heißt er gar nicht Joe«, erklärte Mickey ihr.

»In Wirklichkeit ist er Batman, aber er darf das nicht alle wissen lassen, bb... b...bei all den bösen Leuten, die iii...i...ihn umbringen wollen und so.«

Daraufhin mußte Annette Coogan lächeln. Joe spürte eine Woge der Erleichterung und konnte sich gleichzeitig für einen winzigen Moment sehr gut in diese schwergewichtige Frau vom Land mit ihren Krampfadern und traurigen Augen einfühlen. »Stimmt das?« Annette blickte Joe amüsiert an.

»Yeah.« Joe grinste ins Gras hinunter. »Sie wissen ja, wie das für uns geflügelte Rächer so ist.«

Annette wandte sich wieder dem Jungen zu. »Also gut, Mick, warum gehen wir dann nicht rein, ziehen dich um, und vielleicht hätte dein neuer Superheldenfreund ja anschließend gerne eine Tasse Kaffee.«

Etwa um halb sechs an diesem Nachmittag drang der schwere Tritt von Lem Coogans Arbeitsstiefeln durch den Flur.

»Dad kommt heim!« Mickey stemmte sich von der Bettkante hoch und ging zur Tür. Beim Klang des tiefen Baritons seines Vaters steigerte sich sein zittriges Grinsen zu einem wilden Zucken. Mickey hatte Joe seine Comicbuchsammlung gezeigt sowie all seine kleinen Batmanfiguren, seinen Mehrzweck-Gerätegürtel, seine Geheimwaffe und Decoderarmbänder. »Du wwirst mm... meinen Dad bestimmt mögen«, verkündete Mickey stolz.

Joe saß auf der Fensterbank und ließ die kühle Brise aus dem geöffneten Fenster über sich hinweggehen. Einige Minuten zuvor hatte er sich im Gästebad gewaschen, seine Schrammen und Schnittwunden versorgt, die Binde um seine Fingerknöchel gewechselt und die letzten Tropfen aus der Familienflasche Pepto-Bismol geschluckt. Auf seinem Weg durch den Ort hatte er vorher bereits die leere Glock in einen Abfalleimer an der Ecke Eighth und Seminary Street geworfen und war jetzt völlig unbewaffnet. Nackt wie ein Neugeborenes trieb er in diesem Meer aus schäbigen Wohnmobilparks und alten, hölzernen Kolonialhäusern aus der Zeit vor dem amerikanischen Bürgerkrieg. Er fühlte sich in diesem kleinen zweistöckigen Cape-Cod-Häuschen furchtbar ungeschützt. Es lag umgeben von einer Gruppe Pappeln am Ende der Eighth Street, und der rückwärtige Garten grenzte an ein brachliegendes Sojabohnenfeld, das wiederum bis zur Interstate reichte. Alle paar Sekunden erinnerte Joe das ferne Heulen eines Sattelschleppers daran, daß ihm ein alternativer Fluchtweg zur Verfügung stand – zumindest im Augenblick noch. Aber es war nur eine Frage der Zeit, bis jeder Autofahrer zwischen hier und Kansas City Bescheid wußte über jenen geheimnisvollen Mann vom Western Eagle Flug Nummer 109, noch immer auf freiem Fuß, aller Voraussicht nach bewaffnet und gefährlich. Die Cops allerdings bereiteten Joe nicht einmal halb soviel Kopfzerbrechen wie bestimmte miese Gestalten, die ebenfalls die verhängnisvolle Nachrichtenmeldung mitbekommen haben mochten. Joe würde sich sehr bald wieder auf den Weg machen müssen, oder er war ein toter Mann.

Wenn er bloß eine Familienpistole, ein Jagdgewehr oder eine alte Schrotflinte, irgendwas finden könnte. Erst kürzlich hatte Joe gelesen, daß immer mehr Familien der unteren Mittelschicht ihr Heim mit Waffen vollstopften. Vermutlich ein Zeichen der Zeit. Und das besonders in Kleinstädten. Aber seit Joe das Haus der Coogans betreten hatte, war er auf nichts Derartiges gestoßen. Lediglich die Reihe antiker Entenköder über dem großen Aussichtsfenster im Wohnzimmer lieferte einen indirekten Anhaltspunkt für das Vorhandensein von Schußwaffen irgendwo im Haus. Aber die Zeit arbeitete weiter gegen ihn, und Joe wußte sehr genau, daß er es sich nicht leisten konnte, lange an einem Ort auszuruhen.

»Okay, mein Junge, dann wollen wir mal zu deinem Dad.« Joe kletterte stöhnend von der Fensterbank. Seine Knie knirschten.

Er fühlte sich zwar ein wenig besser, seit er eingetroffen war – Annette Coogan hatte ihm einen Eistee gegeben, und im Medizinschrank im Badezimmer hatte er etwas Aspirin entdeckt –, aber jetzt waren seine Nerven das Problem. Er war schreckhaft, flattrig und kam sich vor wie eine dieser Holzenten im Wohnzimmer, die nur darauf warteten, besprungen zu werden und eins vor die Birne zu bekommen.

»Dad!« Mickey zog Joe durch die Tür und den Flur hinunter. »Du wirst nicht glauben, wer hhh ... hier ist!«

Das Haus war eine gemütliche Ansammlung aus Kolonialzeit und billigen Kaufhausrestposten. Regale aus Preßspanplatten, auf dem Boden überall geknüpfte Brücken, Thomas-Jefferson-Ohrensessel mit durchgescheuerten Ecken und Spitzendeckchen auf den Lehnen. Die Luft roch nach Fliedermischung und altem Putz. Die Coogans mochten zwar keine Rockefellers sein, aber Annette hielt den Haushalt gut in Schuß. Sauber, ordentlich und stolz. Und als er am Ende des Flurs um die Ecke bog, stand er plötzlich Auge in Auge dem Mann des Hauses gegenüber und lernte das starke Fundament, auf dem Mickey Coogans Leben ruhte, noch besser verstehen.

»Herzlich willkommen in Quincy, Mr. Joseph.« Der große Mann in einem ölbeschmierten blauen Overall stand im Kücheneingang, trocknete seine Hände an einem Handtuch ab und lächelte. Der Duft von Hähnchensoße und karamelisiertem Zucker drang aus der Küche hinter ihm. »Ich bin Lem Coogan«, sagte der Mann und streckte eine große, schmutzige Hand aus.

Joe nickte. »Joe Joseph, freut mich, Sie kennenzulernen.« Instinktiv bot Joe ihm seine verletzte Hand an. Coogan nahm sie, und sein Griff umschloß die Bandage wie ein Schraubstock. Joe zuckte kurz zusammen und lockerte seinen Griff.

»Uups.« Coogan deutete auf die Binde. »Sieht aus, als hätten Sie da eine alte Kriegsverletzung.«

»Yeah.« Joe massierte den Schmerz fort. »In die Autotür geklemmt.«

»Tut mir leid, wenn ich Ihnen weh getan habe, Mr. Joseph.«

Mickey stand hinter Joe und schaute zu. Ein seltsames Glänzen trat in die Augen des Jungen. »Joseph ist nur ein fff...falscher Name, Dad«, sagte Mickey. »In Www...wirklichkeit ist er Batman.«

Joe rang sich ein Kichern ab.

»Davon habe ich bereits gehört«, sagte Lem Coogan grinsend und hielt seinen Blick fest auf Joe gerichtet. »Wie wär's mit einem Bier vor dem Essen, Mr. Bat? Oder ist es Mr. Man?«

»Nennen Sie mich Joe, und ja, auf ein Bier hätte ich jetzt Lust.«

Lem ging wieder zurück in die Küche, gab Annette einen Klaps auf den Po und zog zwei schlanke braune Flaschen Falstaff aus dem Kühlschrank. Dann trug er die Biere ins Wohnzimmer.

Die beiden Männer nahmen in Ohrensesseln Platz, während Mickey sie von einem Sitzkissen in der Ecke aus beobachtete.

»Wie mir Annette erzählte, haben Sie unserem Jungen heute mittag aus der Patsche geholfen«, meinte Lem nach einem langen Zug aus seinem Falstaff. Er war ein großgewachsener, grobschlächtiger Mann, der seine dunklen Haare mit Pomade nach hinten geklebt hatte und dessen Kinn so kantig verlief, daß man es als Lineal hätte benutzen können. Er trug einen dreckigen blauen Overall mit seinem eingestickten Namen auf der Brusttasche, und Joe kam die Kluft von irgendwoher bekannt vor, aber er wußte sie nicht einzuordnen. Midas Auspuffladen? Lennox Heizungstechnik und Air-Conditioning? Irgend etwas irritierte Joe an diesem Kerl, an der Art, wie er seinen Blick auf Joe geheftet hielt, aus diesen funklenden, durchdringenden Augen.

»War wirklich nicht der Rede wert«, sagte Joe. »Ich habe lediglich ein paar Halbstarke verscheucht.«

»Er hat Ss ... ss ... superkräfte, Dad«, warf Mickey ein.

»Prima, mein Junge«, sagte Lem Coogan, den Blick unverwandt auf Joe gerichtet, die Augen glitzernd wie Kristalle.

»Tja, ich versteh ja nicht viel von Superkräften«, sagte Joe, »aber Sie haben hier jedenfalls einen Superjungen.«

»Wir finden, er ist ganz in Ordnung«, sagte der große Mann mit einem Zwinkern zu seinem Sohn.

Verlegen schaukelte Mickey einen Moment vor und zurück und verlor für ein paar Sekunden die Kontrolle über seine Hände. Joe betrachtete den Jungen und verspürte einen heftigen Stich im Herz. Der Kleine besaß soviel Potential, und ungeachtet dessen würde er sich sein ganzes Leben mit diesem furchtbaren Mist auseinandersetzen müssen, Mist, der zudem nur noch schlimmer werden würde. Joe begann so etwas wie Sympathie für diese Leute zu empfinden, diese einfachen Leute mit ihrem unerschütterlichen Lächeln und ihrem festen Händedruck. Auf einmal drängte es Joe mehr denn je, von hier zu verschwinden. Schnell irgendeine scheiß Knarre finden und ab wieder hinaus aufs platte Land, bevor er Höllenqualen und Verdammnis über diese guten Menschen brachte.

»Egal, was auch immer da draußen passiert ist« – der schwergewichtige Mann suchte nach den richtigen Worten, und Joe hätte schwören können, daß diese funkelnden Augen feucht zu werden begannen –, »Annette und ich sind Ihnen jedenfalls sehr dankbar für das, was Sie für Mickey getan haben.«

»Keine Ursache.«

»Die Kids in dieser Stadt können ziemlich gemein sein«, sagte Lem, blickte dann für einen kurzen Moment fort, und Joe wußte, daß dieses Thema hiermit abgeschlossen war.

Die Männer plauderten ohne rechten Eifer noch ein paar Minuten weiter, redeten über Sport, tranken ihr Bier und brachten Mickey zum Lachen. Joe wurde das Gefühl nicht los, daß er den Overall, den Lem trug, schon mal gesehen hatte, aber irgendwie hielt er es für unhöflich, danach zu fragen. Schließlich erschien Annette Coogan in der Küchentür, verkündete, daß das Essen fertig war, und die Männer standen auf und gingen ins Eßzimmer.

»Sagen Sie, Lem«, erkundigte sich Joe, während er sich an den Kopf des ovalen Tisches setzte, »jagen Sie eigentlich gerne?«

Brunetta Jones spürte ihren Magen kurz absacken, als das Chrysler Town Car über eine Bodensenke sprang und sich die Serpentine unmittelbar südlich von Pontiac, Illinois, hinunterschlängelte. Die Abenddämmerung brach an, und der Sonnenball, dem am Horizont langsam die Luft ausging, nahm die Farbe von billiger, wäßriger Margarine an.

Brunetta atmete tief ein und genoß die frische Landluft, die durch das Seitenfenster hereinströmte. Sie fühlte sich gut, ausgeglichen und konzentriert. Sie fuhr zwar mit etwa hundertzehn Stundenkilometern eine schmale Landstraße entlang, und allein den Wagen nicht in eins der Kornfelder schießen zu lassen, erforderte bereits eiserne Konzentration. Aber das machte ihr kaum etwas aus. Wenn es eine Sache gab, die Brunetta beherrschte, dann war das die Fähigkeit, sich zu konzentrieren. Sie konnte alle irrelevanten Sinneseindrücke ausblenden. Sie konnte all ihre Emotionen abschalten. In diesem Zustand jagte sie.

Und in diesem Zustand tötete sie auch. Wie eine Maschine.

Die Straße wurde breiter, und schon bald rauschte Brunetta eine schnurgerade, endlos lange schwarze Asphaltpiste hinunter, an die im Westen dunkelgrün sprießende Getreidefelder angrenzten und neben der im Osten der Highway verlief. Der Highway 55 war die Hauptverkehrsader in Richtung Süden, und Brunetta hatte sich entschieden, die parallel verlaufenden Landstraßen zu benutzen, um den großen Interstate im Auge zu behalten. Dort befürchtete sie, auf weitere Kollegen zu stoßen, und denen wollte sie nach Möglichkeit aus dem Weg gehen. Sie wollte keine unnötige Aufmerksamkeit erregen.

Sie griff unter den Sitz nach ihrem Baby. Es lag in einem Samtbeutel, festgezurrt mit einer Lederschnur. Sie schlüpfte mit der Hand hinein, ertastete den geriffelten Griff, schloß ihre Finger darum und schüttelte den Beutel ab. Dann hob sie die Waffe ins Licht, in dieses wunderschöne, lachsfarbene Licht der Dämmerung. Um diese Uhrzeit wirkte der polierte Stahl eindeutig fluoriszierend. Eine Zehnmillimeter-Smith-&-Wesson, Modell 1006, halb automatisch. Zur Zeit die bevorzugte Dienstwaffe der FBI-Agenten. In der Lage, neun Norma-Hochleistungspatronen in ungefähr drei Sekunden abzufeuern. Sie sorgte für das, was die Bundesbeamten »verzögerungslose Unschädlichmachung« nannten. Mit anderen Worten: Brunettas Baby machte dich besser als jede andere Knarre platt.

»Halte dich für deinen Auftitt bereit«, säuselte sie der Waffe zu, zielte mit ihr aus dem Fenster und täuschte vor, in die einbrechende Dunkelheit zu schießen. Vortäuschen konnte Brunetta mittlerweile ebenfalls ausgesprochen gut. Das brachte der Job so mit sich. Wäre sie nicht eine der tödlichsten Auftragsmörderinnen in den Vereinigten Staaten geworden, sie hätte sicherlich eine ausgezeichnete Schauspielerin abgegeben. Sie konnte jedes Gefühl spielen. Sie konnte jeden Mann oder jede Frau davon überzeugen, daß er oder sie der Mittelpunkt des Universums darstellten, daß sie das Objekt großer Leidenschaft und Begierde waren und daß sie kurz davon standen, um den Verstand gefickt zu werden. Und sie würden daran weiter glauben bis zu dem Augenblick, in dem Brunetta sie schließlich umlegte.

Sie bog rasant um eine enge Kurve, und die Räder unter ihr protestierten lautstark. Brunetta lächelte und behielt den parallel verlaufenden Highway im Auge. Der Fahrtwind roch nach Ackerland und freiem Feld und war berauschender als bolivianisches Koks.

Brunetta lachte laut auf und richtete die Pistole aus dem Fenster heraus.

Sie zielte auf die untergehende Sonne.

»Peng, peng, du bist tot.«

Er wollte eben in den Nachtisch aus Rhabarberkuchen und frischgeschlagener Sahne stechen, da bemerkte Joe, daß der Fernseher draußen in der Küche leise vor sich hin lief.

Bis dahin war das Abendessen für Joe eine höchst willkommene Abwechslung gewesen. Er konnte sich nicht daran erinnern, wann er das letzte Mal so ein richtiges, am heimischen Herd im guten alten Stil zubereitetes Essen genossen hatte. Seine Mutter lag schon lange im Grab, und mit Maizies Kochkünsten war es nicht sonderlich weit her. Und seit sein Magen zunehmend empfindlicher wurde, hatte Joe es sich angewöhnt, abwechselnd fade Fertigkost vom Chinesen und am nächsten Abend getoastete Käsesandwiches zu essen. Aber heute abend hatte Annette Coogan alle Register gezogen und zwei ganze Brathähnchen aufgetragen, saftig und kroß, dazu Soße, Bratkartoffeln, grüne Bohnen aus dem eigenen Garten, gebackene Apfelscheiben und Eistee. Und während des gesamten Essens hatten die Coogans Joe wie ein Mitglied der Familie behandelt, hatten ihm amüsante Geschichten erzählt und alles sehr locker gehalten. Es war die ideale Medizin. Tatsächlich hatte Joe bis zu dem Moment, da er das blaue Leuchten des tragbaren Fernsehers im Nebenzimmer bemerkte, seine eigenen Probleme schon beinahe vergessen gehabt.

Der kleine, abgenutzte Zenith stand, eingezwängt zwischen einem Dosenöffner und einer Reihe mehlbestäubter Kochbücher, unter einem der Hängeschränke und war von dem Platz, auf dem Joe im Eßzimmer saß, kaum sichtbar. Das Gerät flackerte mit heruntergedrehtem Ton stumm vor sich hin. Annette mußte es wohl eingeschaltet haben, als sie den Nachtisch vorbereitete, und hatte es anschließend vergessen wieder auszumachen. Es lief eine WGEM-Nachrichtensendung. Bilder von der Flugzeugexplosion, sprechende Köpfe und eine verschwommene Aufnahme von einem Mann, der über das Rollfeld hinweg in ein angrenzendes Sojabohnenfeld flüchtete. Ein Mann in einem dunklen Sportjackett, zerknitterten Hosen und Florsheims.

»Wissen Sie was« – Joe rückte vom Tisch zurück –, »ich glaube, ich bin so unverschämt und gönne mir noch eine Tasse dieses exzellenten Kaffees.«

»Ich hole sie Ihnen«, sagte Annette und wollte aufstehen. Sie begann das schmutzige Geschirr ineinanderzustellen. Lem rauchte eine Zigarette und beobachtete sie. Mickey hatte seinen Nachtisch bereits aufgegessen, sich entschuldigt und war in den hinteren Räumen des Hauses verschwunden.

»Nein, nein, bleiben Sie sitzen.« Joe winkte Annette in ihren Stuhl zurück. »Ich mache das schon.«

Joe ging in die Küche hinaus und gab vor, mit der Kaffeekanne herumzuhantieren.

Er griff nach unten, um den Fernseher abzudrehen, hielt aber plötzlich inne, als er das verschwommene Videostandbild von sich selbst sah. Der Ausschnitt wurde langsam vergrößert, bis eine körnige Nahaufnahme von Joes Gesicht zu sehen war, und Joe starrte sie schreckensbleich an. Es kam ihm vor, als hätte ihm soeben jemand vor aller Welt die Hosen heruntergzeogen. Damit war er dran. Und die Cops bildeten noch Joes geringstes Problem. Aber für all die anderen Mitspieler war die Katze nun aus dem Sack. Joe wußte, daß sie schon bald hier einfallen würden.

Schließlich war Quincy, Illinois, *so* schwer nun auch wieder nicht zu finden.

Die Kaffeekanne stand noch auf der warmen hinteren Herdplatte, und Joe goß sich noch eine Tasse ein. Seine Fingerknöchel pochten und seine Hände zitterten wieder, flatterten so stark, daß er kaum den Kaffee in die Tasse bekam. Aber er konnte sie ebensowenig stoppen, wie er einen Zauberstab schwingen und das Spiel für beendet erklären konnte. Das konnte nur eine einzige Person. Nur eine Person konnte den Zauberstab schwingen und diesem Alptraum ein Ende bereiten.

Joe ging zur Küchentür und steckte seinen Kopf zu den Coogans ins Eßzimmer. »Entschuldigen Sie, aber dürfte ich mal Ihr Telefon für eine Sekunde benutzen?«

»Nur zu, Joe«, antworte Lem mit vollem Mund, die brennende Zigarette in der einen ölverschmierten Hand und die Gabel in der anderen.

Joe drehte sich um und ging zum Telefon hinüber. Der alte Wandapparat mit Wählscheibe hing unmittelbar neben der Hintertür. Joe wählte Tom Andrews Privatnummer und lauschte dem Klingeln. Einmal. Zweimal. Dreimal. Die leise summenden Klingelzeichen wurden zu Wespen, die in Joes Ohr schwirrten und die bei jedem Rufton ätzende Säure in seinen Magen spritzten. *Anwälte.* Genau wie Polizisten und Rastplätze. Nie waren sie da, wenn man wirklich mal einen brauchte.

Wieder klingelte es in der Leitung.

Dies war nun schon das dritte Mal, daß Joe den jungen Anwalt zu erreichen versuchte. Zuerst vom El-Bahnsteig und später vom Flughafen, als Joe es in Andrews Kanzlei versucht hatte, und jedesmal war Joe nur an Tonbandansagen geraten. Jetzt wartete Joe nur wieder auf dieses mechanische Klicken und Rauschen, gefolgt von der krächzenden Stimme. Aber eben als Joe aufhängen wollte, hörte er ein plötzliches Klicken und eine menschliche Stimme am anderen Ende.

»Hallo?«

»Tommy«

»Wer spricht? Wer ist da?«

»Hier ist Slugger, Tommy.« Joe lauschte dem betretenen

Schweigen am anderen Ende. Es schien ihm, daß dies womöglich eins jener folgenschweren Telefonate werden könnte, bei dem Mikrowellensignale im Äther herumsausten und Leben auf dem Spiel standen, in diesem Fall Joes Leben. Nie hätte er sich träumen lassen, daß er diese Verbindung dazu nutzen würde, mal ein Leben zu retten. Vor allem nicht sein eigenes. »Ich nehme an, Sie haben meine Nachricht bekommen«, fuhr er fort und war sorgsam darum bemüht, nicht allzu verzweifelt zu klingen. Schließlich mochte dies für den jungen Anwalt nur ein x-beliebiges Verhandlungsgespräch sein. »Und ich nehme auch an, Sie arbeiten in diesem Moment daran, die Angelegenheit herunterzufahren, richtig?«

»Joe, Herrgott noch mal, warum rufen Sie mich eigentlich dauernd an?« Die Stimme des Anwalts war nicht mehr die des gewieften, allmächtigen Konzernchefs, die Joe so vertraut geworden war. Die Stimme dieses Anwalts klang vielmehr ausgesprochen unverbindlich.

»Haben Sie meine Nachricht bekommen?«

»Slugger, Sie sollten Ihre Zeit nicht mit Telefonieren verschwenden.«

»Sie haben meine Nachricht also nicht bekommen?«

»Ich habe Ihre Nachricht bekommen.«

»Okay, schön.« Joe entspannte sich ein wenig und atmete durch. »Wir verstehen uns also in dieser Angelegenheit?«

»Verstehen uns?«

»Na, daß sie abgeblasen wird. Sie erinnern sich doch an die Sache, von der ich spreche, oder?«

»Slugger, die Sache ist nicht abgeblasen.«

»Was meinen Sie damit?«

Die Stimme am anderen Ende der Leitung schien eine Oktave höher zu klettern. »Warten Sie, einen Moment mal. Wollen Sie mir etwa erzählen, Sie meinen das ernst mit dem Abblasen der

Angelegenheit? All Ihre Nachrichten. Sie wollen die Sache wirklich widerrufen?«

Joe spürte seine Schläfe hämmern. Das straffe Fleckchen Haut über seinem linken Auge zuckte. »Tommy, die Sache ist folgendermaßen. In einfachen Worten. Es ist da ein Fehler passiert. Fragen Sie mich nicht nach den Einzelzeiten. Ich muß die Partie wegen Unbespielbarkeit des Platzes absagen, für alle entstandenen Unkosten aufkommen, Strafe zahlen, was auch immer. Verstehen Sie mich?«

Nach einem kurzen Augenblick der Stille: »Nichts zu machen, Slugger. Tut mir furchtbar leid.«

Joe umklammerte den Hörer fester. »Tommy, mir scheint, ich drücke mich hier nicht klar genug aus. Ich möchte davon zurücktreten. Klar? Das Preisausschreiben canceln, das Angebot von der Karte streichen, und ich bin bereit, dafür zu zahlen. Wieviel es auch sein mag. Es war ein Fehler. Und jetzt möchte ich Sie bitten, sich an die Strippe zu hängen und die ganze Chose umgehend abzupfeifen.«

Am anderen Ende war ein merkwürdiges Geräusch zu hören, das wie ein Räuspern oder aber ein nervöses Lachen des Anwalts klang. »Slugger. Mein Freund. Sie bringen mich hier in eine ganz schöne Zwickmühle, ist Ihnen das klar? Mir sind die Hände gebunden. Mit Handschellen. Total. Das können Sie sich gar nicht vorstellen.«

Joes Geduld nahm rapide ab. »Tommy, verdammt noch mal, jetzt hören Sie mir mal genau zu. Das ist kein dämliches Kinderspielchen hier, verstanden? Das ist mein Arsch, um den es hier geht, und den mag ich so, wie er ist, so, daß ich noch drauf sitzen kann. Also tun Sie mir den Gefallen, bringen Sie Ihre Rollkartei zum Rotieren, rufen Sie die üblichen Kandidaten an und canceln Sie diese verdammte Angelegenheit, bevor ich hier noch selbst gecancelt werde!«

Wieder Schweigen.

»Tommy?«

Abrupt kehrte die Stimme des Anwalts zurück, erneut verändert, diesmal betont optimistisch. »Okay, also gut. Ich verstehe schon, was los ist. Sie haben sich in eine Sackgasse manövriert, und vielleicht ist ja auch nur ein Fehler passiert, aber jetzt ist es nun einmal zu spät. Sie wissen doch so gut wie ich, daß ein Hit nach seiner Ausschreibung nicht mehr zurückgenommen werden kann. Eine Rücktrittsklausel existiert nicht. Also haben wir hier ein Problem. Schön. Darf ich Sie etwas fragen, Slugger? Wußten Sie schon, daß das chinesische Schriftzeichen für Problem das gleiche wie für Möglichkeit ist?«

»Wovon zum Teufel sprechen Sie eigentlich?« Joe war übel. Das Licht und die Gerüche in der kleinen Küche ließen ihn schwindlig werden, und das unverdaute Abendessen lag ihm wie ein glühender Klumpen Roheisen im Magen. Der Anwalt klang wie der Hauptredner eines Seminars zur Mitarbeitermotivation.

»Ich spreche über die Frage der Wahrnehmung«, erwiderte die Stimme. »Wahrnehmung ist alles. Sie sind der Slugger, herrje. Der beste, den es jemals gegeben hat. Denken Sie an Michael Jordan. Es spielt sich alles im Kopf ab, Slugger. Sie wissen, daß ich recht habe.«

»Tommy…«

»Sie müssen nichts weiter tun, als *sehen*, wie Sie davonkommen. *Sehen Sie es*, Slugger. Stellen Sie sich Ihren Erfolg bildlich vor. Sprechen Sie mit sich selbst. Sehen Sie, wie Sie davonkommen und auf irgendeiner einsamen Insel in der…«

»Tommy! Verdammt noch mal! Halten Sie doch für eine Sekunde mal die Klappe!«

Joe atmete heftig ein. Er hatte sofort gemerkt, daß er etwas zu laut geworden war und warf einen kurzen Blick durch die Türe ins Eßzimmer. Lem und Annette unterhielten sich leise und waren bemüht, den Lärm zu ignorieren und Joe ungestört telefonieren zu lassen. Joe nahm einige beruhigende Luftzüge und spürte, wie sein Magen sich heiß und fest zusammenkrampfte. Er versuchte, seiner Stimme einen ruhigen und trotzdem entschlossenen Klang zu geben, wie ein Tiertrainer. »Tom, hören Sie. Schönen Dank für die aufmunternden Worte, aber alles, worum ich Sie bitte, ist, es zu probieren. Es muß doch einen Weg geben. Ich meine, Herrgott, Tommy, *ich* habe schließlich die ganze Geschichte ins Laufen gebracht. Da müßte es mir doch auch möglich sein, sie wieder zu kippen.«

»Aber Slugger ...«

»Alles, worum ich Sie bitte, ist, es zu probieren, Tommy«, sagte Joe leise. »Mehr verlange ich gar nicht.«

Es folgte eine endlose Pause, und Joe fühlte, wie sich ein eiskaltes Messer in seinen Eingeweiden umdrehte.

Endlich sagte Andrews: »Sie haben die Nummer von meinem Beeper?«

»Yeah, Tommy, ich habe Ihre Beepernummer.«

»Versprechen kann ich Ihnen nichts, klar?«

»Natürlich nicht.«

»Ich möchte das nur klarstellen. Ich kann Ihnen nichts versprechen. Sie verstehen, was ich meine?«

»Vollkommen.«

»Rufen Sie mich gleich morgen früh an. Ich werde sehen, was ich tun kann. Jetzt muß ich aber wirklich weg.«

Die Leitung klickte in Joes Ohr, und dann ertönte das Freizeichen.

Joe hängte den Hörer wieder zurück an die Wand und lehnte sich gegen die Küchentheke. Ein starkes Schwindelgefühl erfaßte ihn. Er krallte seine Hände um die Kante der Arbeitsplatte, atmete tief durch und schluckte einen säuerlichen, metallischen Geschmack hinunter. Sein Magen brodelte jetzt. Jetzt spürte er tief in seiner Kehle das Messer herumschnellen. Seine Kniegelenke waren verrostete Scharniere, steif und verkalkt. Der Streß setzte ihm erneut hart zu, riß ihm den Boden unter den Füßen fort.

Es hatte eine Zeit gegeben, in der er einen solchen Druck mit maschinengleicher Effizienz bewältigt hatte. Den Atem kontrolliert, sich im Kopf ein Metronom vorgestellt, *tick-tack, tick-tack*. Aber inzwischen war der Slugger viele Meilen gelaufen und reif für eine Komplettüberholung. Er würde ja kaum noch aus einem tiefen Fernsehsessel hochkommen, wie sollte er dann diesem Wolfsrudel entwischen.

Es dauerte einige Momente, bis er sich wieder im Griff hatte und bemerkte, daß in der Küche noch ein weiteres Augenpaar anwesend war und alles genau registrierte.

»Bist du das, Mickey?« Joe erkannte den Bürstenschnitt des Jungen, der auf der anderen Seite der Küche über einer kunststoffbeschichteten Sitzbar hervorlugte.

»Ich heiße R... rrr... robin«, sagte er.

Joe lächelte. »Ach ja, hätte ich beinahe vergessen. Komm her, Boy Wonder.«

Der Junge trat hinter der Theke hervor. Er trug einen gelben Umhang, eine leuchtendgrüne Augenmaske und einen gelben Plastikgürtel, an dem allerlei Spielzeugwaffen und Batman-Utensilien hingen. »Vv... viel los heute am B... bat-Phone, wie?« fragte er im Näherkommen.

Joe strich ihm über die Haare. »Da hast du allerdings recht.«

»Viele Bb... böse draußen unterwegs?«

»Kann man sich gar nicht vorstellen«, antwortete Joe und griff nach seiner Kaffeetasse. »Aber sollen wir beide jetzt nicht lieber nach nebenan gehen und unseren Nachtisch aufessen? Na, wie wär's?«

Zusammen gingen sie ins Eßzimmer.

Annette räumte denn Tisch auf, während Lem sich noch eine Zigarette drehte.

Joe setzte sich wieder an den Kopf, und Mickey, der jede seiner Bewegungen verfolgte, nahm ihm gegenüber Platz. Joe nahm seine Gabel, probierte den Rhabarberkuchen, und trotz lädierter Nerven und kaputtem Magen schmeckte er ausgezeichnet. Traumhaft frisch und süß. »Wunderbarer Kuchen, Annette«, schwärmte Joe.

»Freut mich, daß er Ihnen schmeckt«, sagte sie, lächelte ihm zu und verschwand dann mit den Händen voller Geschirr in Richtung Küche.

»Annette und ich«, sagte Lem plötzlich und pickte sich dabei ein Stückchen Tabak von den Lippen, »wir haben uns eben unterhalten, als Sie draußen telefoniert haben.«

Joe nickte und aß weiter seinen Kuchen.

Lem fuhrt fort: »Es ist nämlich so, die meisten Motels in dieser Gegend sind beschissen. In der Innenstadt gibt's das Holiday Inn, aber das ist immer voll. Dann wäre da noch die Hilliard Motor Lodge draußen an der Twentyforty, aber die ist nun auch nicht unbedingt das Gelbe vom Ei.«

»Mhm-hm.«

»Ja, und da dachten wir, wenn Sie vorhaben, über Nacht in Quincy zu bleiben, dann könnten Sie auch genausogut hier Ihre Zelte aufschlagen.«

Joe dachte für einen Moment darüber nach.

»Oben in der Mansarde steht noch ein Notbett«, sagte Lem. »Nichts Vornehmes, aber trocken. Und Annette kann Ihre Sachen kurz durchwaschen.«

Joe dachte weiter über den Vorschlag nach, blickte den großen Mann schließlich an und meinte: »Hört sich gut an, Lem. Ich glaube, da nehme ich Sie einfach beim Wort.«

»Was ihr alle beim Killen nicht kapiert…« Creighton Lovedahl lehnte sich hinter dem Steuer des Caddys gemütlich in seinen kostbar gepolsterten Lederthron zurück und philosophierte. Eine Kool baumelte ihm lässig aus dem Mundwinkel, der dunkelrote Trainingsanzug stand über der Brust offen und legte sein tief ausgeschnittenes Macho-T-Shirt und massenweise Gold offen. Der Wagen brauste südwärts. »Töten ist eine Kunst, anders kann man es überhaupt nicht betrachten. Fing schon lange vor Christi an, als die Leute sich etwas ausgefallenere Methoden überlegten, einander zu bekämpfen.«

Etwa hundert Meilen vor Quincy arbeitete sich der Cadillac wütend über ein Minenfeld aus Schlaglöchern und röhrte weiter durch die Nacht. Der Neumond stieg soeben über die Telegrafenleitungen, und die warme Frühlingsnacht summte spannungsgeladen. Lovedahl juckte es in den Fingern, endlich zum geschäftlichen Teil überzugehen. »Hörst du mir eigentlich zu, Grünschnabel?«

»Klar, hör ich Ihnen zu, Mann.« Der Junge mit dem Spitznamen Money saß auf dem Beifahrersitz, kaute auf einem Slim Jim herum und blickte wehmütig aus dem Seitenfenster in die Dunkelheit hinaus, so als wäre er lieber irgendwo anders.

»Nimm nur Hannibal«, hob Lovedahl an. »Das war so 'n Kerl aus Karthago, der ganz scharf aufs Römerkillen war. Damals, 218 vor Christi, latscht dieser Wichser also über die Alpen mit einer Herde Elefanten. Kannst du dir das vorstellen? Mit lauter scheiß Dickhäutern, Mann. Zahlenmäßig waren die Römer der Armee von Hannibal zwar hundert zu eins überlegen, aber als der Spinner da mit seinen Riesenviechern auflief und die Alpenhänge im Osten Italiens runterstürmte, da pissten sich die Römer fast in die Hosen. Das ist echte Kunst, Grünschnabel. Kapierst du, was ich meine? Die Dreistigkeit der ganzen Aktion, die völlig unerwartete Dreistigkeit – damit gewinnt man Kriege.«

»Mhmm.« Der Junge namens Money nickte und knabberte weiter an seinem Slim Jim.

Lovedahl grübelte eine Weile schweigend, während er weiterfuhr, dann sagte er: »Ist genau wie mit den Sizilianern. Wenn die einen umbringen, dann ist das so, als würden sie nur eben im örtlichen Supermarkt ein Päckchen Zigaretten und 'ne Dose Thunfisch kaufen gehen. Mann. Ist denen völlig egal, wer sie sieht. Kapierst du, was ich meine? Selbst Augenzeugen mit Videokameras sind denen scheißegal. Sie *wollen* einfach, daß die Leute sehen, wie sie so einem gefräßigen Wichser mitten in irgendeinem stinkfeinen französischen Restaurant einen überbraten. Das ist genau das, wovon ich rede, Grünschnabel. Diese Dreistigkeit, das ist...«

Lovedahl hielt abrupt inne.

»Was? Was'n los?« Money hob blinzelnd die Augen und blickte zu Lovedahl.

»Nichts«, brummte Lovedahl.

Aber er log, es war nicht nichts. Er hatte im Rückspiegel etwas gesehen, oder hatte es zumindest *gespürt*. Ein verschwommener Lichtfleck schien für einen Moment in den Spiegel hochzuspringen, bevor er wieder mit den Silhouetten der Telegrafenstangen und Reklametafeln verschmolz. Lovedahl wußte nicht einmal, ob es sich um ein Fahrzeug handelte, das eine parallel verlaufende Landstraße benutzte, um das Aufflackern einer vereinzelten Straßenlaterne, oder ob es womöglich nur ein großer Vogel gewesen war, der sich kurz zwischen den Mond und das Rückfenster des Cadillac geschoben hatte. Aber irgend etwas hatte für einen winzigen Augenblick ihre Heckpartie gestreift, der glitzernde Strahl einer Wolframlampe, ähnlich einem gelben Stroboskopblitz. Und dann war er hinter einem Hügel verschwunden.

»Wie lange dauert's denn noch, bis wir in dieses Kaff kommen, Chef?« Money war mit seinem Slim Jim fertig und wischte sich seine Fettfinger an der mittleren Armlehne ab. Der Junge meinte die Stadt, die sie in den Nachrichten erwähnt hatten, die Stadt, von der Lovedahl behauptete, daß sie Sluggers Waterloo werden würde.

»Wisch deine scheiß Käsefinger gefälligst nicht am Leder ab!« Lovedahl stach mit einem Finger auf die Armlehne ein, und der Wagen geriet leicht ins Schlingern. »Ich habe nicht vor, dieses verdammte Hitmobil vollkommen versaut wieder zurückzugeben! Ich bin ein absoluter Profi, verdammte Scheiße, also wisch dir deine Drecksfinger gefälligst an einem Taschentuch …«

Wieder blitze es in der Dunkelheit hinter dem Cadillac kurz auf.

»Was zum Teuuu …«

Der Schuß durchschlug das Rückfenster, ein scharfer Knall wie von einer Popcornmaschine. Die Scheibe zersprang genau in der Mitte, ein kleines Auge. Lovedahl spürte einen Ruck im Sitz, und der Junge neben ihm wurde nach vorne geschleudert. »Scheiße … SCHEISSE!«

Lovedahl sah, wie Moneys Gesicht rot aufspritzte. Blut und Hirnsubstanz klatschten gegen die Innenseite der Windschutzscheibe und leuchteten im Licht des Armaturenbretts phosphoreszierend.

»VERRRDAMMMTE SCHEEIIISSSE!«

Lovedahl stieg auf die Bremse und ließ den Cadillac herumschleudern. Die Reifen kreischten, die schwarze Umgebung draußen verschwamm zu einem vorbeihuschenden Schatten, einem verrückt spielenden Schatten, Lovedahl wurde von den Fliehkräften gegen die Fahrertür geknallt und der schlaffe Körper des Jungen schlug über den blutverschmierten Ledersitz. Der Wagen fuhr nun Karussell, Lovedahl schrie und versuchte, das Ungeheuer wieder unter Kontrolle zu bringen. Der Cadillac drehte, drehte und drehte sich, bis er schließlich gegen die Leitplanke krachte und schräg zur Straße, mit der Schnauze entgegen der Fahrtrichtung stehenblieb.

Der Aufprall katapultierte Lovedahls Gesicht seitlich gegen die Scheibe, preßte ihm die Luft aus den Lungen und ließ ihn für einen Moment benommen zurück. Lovedahl schnappte nach Luft, schüttelte seinen Kopf, rüttelte schwer atmend am Türgriff und bekam sie endlich auf. Er stürzte auf den splittbedeckten Seitenstreifen hinaus, kroch zum Kofferraum, stemmte den Deckel auf und griff nach seiner Reisetasche. Die Zehnmillimeter lag eingepackt in einer wattierten Plastikhülle. Lovedahl kramte die Waffe heraus, rammte ein Magazin hinein und war bereit, es mit jedem Arschloch, das da aus dem Hinterhalt auf ihn ballerte, aufzunehmen.

Dunkel und still war der Highway.

Lovedahl ging vorsichtig in die Hocke und blickte über den Kofferraum des Cadillac hinweg. Der Asphalt streckte sich weit in die Nacht hinaus, ein endloses, kohlrabenschwarzes Band, das in der tiefen Finsternis beinahe flüssig wirkte. Die einzigen Geräusche waren das schmerzhafte Wummern von Lovedahls Herz und das Ticken des Automotors. Trostlos verlassen wie die Oberfläche des Mondes lag die Straße da. Wie zum Teufel hatten sie das bloß angestellt? Die Kugel war zweifellos für Lovedahl bestimmt gewesen. Womöglich stammte sie von einem der anderen …«

Ein Geräusch.

Lovedahl warf einen schnellen Blick über die Kühlerhaube des Caddy, hörte das Schlittern von Reifen und sah Autolichter. Nur für einen kurzen Moment. Ein Paar winziger knallroter Punkte am Horizont, die auf der parallelführenden Landstraße hinter einer Anhöhe verschwanden.

Rücklichter.

»Fuck, verdammter«, stieß Lovedahl leise aus, klickte vorsichtig den Hahn zurück und sicherte die Pistole. Er war überzeugt davon, daß ihm ein Konkurrent soeben eine übergebraten hatte. »Zu viele Köche«, flüsterte er. »Viel zu viele scheiß Köche.«

Lovedahl kletterte zurück in den Wagen.

Der Junge hing zusammengekrümmt über dem Armaturenbrett und zuckte unter den letzten Regungen seines Nervensystems. Lovedahl drückte den Körper in den Sitz zurück. Über der rechten Augenbraue hatte der Junge ein Loch ungefähr von der Größe eines Quarters. Es schimmerte in der Dunkelheit. »Besser du als ich, Grünschnabel«, brummte Lovedahl.

Er zog die Leiche des Jungen aus dem Cadillac und schleuderte sie mit aller Kraft in hohem Bogen fort. Die Leiche stürzte über den Rand des Seitenstreifens, kullerte einen Hang hinunter und landete schließlich in einem morastigen Dickicht aus Gräsern, Glasscherben und Sumpfpflanzen. Lovedahl stieg wieder ins Hitmobil, schabte Blut und Hirn mit einem Gummiwischer ab, den er unter dem Sitz gefunden hatte, und beförderte das blutige Ding anschließend aus dem Fenster.

Fünf Minuten später befand sich Lovedahl frisch motiviert und konzentriert zurück auf der Straße. Quincy war noch anderthalb Stunden entfernt, und Lovedahl dachte positiv.

Wenigstens mußte er jetzt nicht mehr befürchten, daß der Kleine die ganzen Sitze voll Fett schmierte.

»Ich wollte Ihnen noch mal dafür danken, was Sie heute für meinen Jungen getan haben«, sagte Lem Coogan, der vor dem Treppenabsatz auf der anderen Seite der Mansarde stehengeblieben war.

»Seien Sie doch nicht albern«, erklärte Joe von dem behelfsmäßigen Bett aus über den Raum hinweg. »Es war nichts, was Sie selbst nicht auch getan hätten.«

»Yeah, aber ich bin sein Vater.«

»Freut mich, zur Stelle gewesen zu sein«, sagte Joe. Er streifte seine Uhr ab und bereitete sich auf ein paar dringend notwendige Stunden Schlaf vor. Unten im Haus war es seit nahezu einer

Stunde still wie in einer Kirche, die übrige Familie schlief bereits fest, und Lem war nur noch einmal hochgekommen, um nachzusehen, ob Joe auch genügend frische Handtücher und Bettlaken gefunden hatte. Joe hatte das Bett schon bezogen, sich bis auf Boxershorts und T-Shirt ausgezogen, und die kühle Brise, die durch das breite Dachfenster nun hereinwehte, fühlte sich auf der verschwitzten Haut herrlich erfrischend an. Die Luft roch nach Kiefern, Teer und sogar eine Spur nach Flußwasser und vertrieb die stickige Schwüle in der Mansarde.

Der Raum war größer, als Joe es erwartet hatte, und entsprach der gesamten Tiefe des ersten Stocks. Der Boden bestand aus groben Sperrholzplatten, an der Seite stapelten sich Kartons mit vergessenen Haushaltsgegenständen und Weihnachtsdekoration, und Pappschränke bogen sich unter dem Gewicht abgelegter Kleidungsstücke. Die niedrige Liege stand in der nordöstlichen Ecke unter dem einzigen Dachfenster auf einem alten, verschlissenen Webteppich. Neben Joe befand sich außerdem ein abgenutztes dreibeiniges Tischchen, ein paar alte Ausgaben der *Saturday Evening Post* und eine ramponierte Leselampe. Und aus irgendeinem Grund wirkte das alles auf Joe so gemütlich und unschuldig, daß ihm beinahe die Tränen gekommen wären.

»Haben Sie auch alles, was Sie brauchen?« Lem wies auf das Tischchen neben dem Bett, auf den ordentlichen, kleinen Stapel Handtücher, das Glas Eiswaser, den Wecker.

»Absolut, Lem.« Joe zwinkerte ihm zu. »Ich bin versorgt.«

»Na, dann ist es ja gut.«

Lem blieb an der Treppenspitze erneut stehen, blickte auf die Holzstufen hinunter, atmete schnaufend ein, und Joe konnte sehen, daß dem schwergewichtigen Mann etwas auf der Seele lag. Irgend etwas ließ ihm keine Ruhe. Und für einen kurzen Moment befiel Joe Panik. Vielleicht wußte er ja mehr, als er zu erkennen gab. Womöglich war dies am Ende gar keine so gute Idee gewesen. Dann drehte sich Lem plötzlich zu Joe und meinte: »Es geht mich wirklich nichts an, okay?«

»Was ist los, Lem?«

»Na ja…« Er massierte sich das Kinn mit dem Rücken seiner ölverschmierten Hand. »Was jemand anderes macht, ist allein seine Sache, und es ist nicht meine Art, mich da einzumischen oder irgendwas.«

»Aber…?«

»Aber ich wollte nur, daß Sie etwas wissen.« Lem blickte zu Joe hinüber. In den braunen Augen des großen Mannes lag ein merkwürdiges Funkeln. Vielleicht Angst, vielleicht Wut, vielleicht Stolz, oder aber eine Mischung aus allen dreien. Eins jedenfalls war sicher: Was Lem sagen wollte, war ihm ungeheuer wichtig. »Ich liebe meine Familie mehr als mein Leben«, sagte er leise. »Und wenn auf dieses Haus irgendwelcher Ärger zukommt, dann werde ich alles tun, um sie zu beschützen.«

»Das kann ich Ihnen nicht verübeln, Lem, kein bißchen.«

»Wollte nur, daß Sie das wissen.«

Joe nickte. »Ich verstehe.«

»Also«, sagte Lem, und das Leuchten in seinen Augen ging wieder auf Normalstärke zurück, »schlafen Sie gut, und wir sehen uns dann ja morgen früh.«

»Wünsch ich Ihnen auch, Lem.«

Der große Mann marschierte die Stufen hinunter.

Joe drehte das Licht aus, setzte sich auf das niedrige Bett und lauschte Lems schweren Schritten, die in einem der Schlafzimmer verschwanden. Die Stille legte sich wie eine Decke über das Haus, und Joe mußte über Lems Bemerkung nachdenken. Sollte es eine Warnung sein? Oder war es lediglich eine harmlose Bekundung elterlichen Schutzes? Vielleicht war der alte Lem ja scharfsinniger, als er sich gab. Und da Joc schon einmal beim Thema Lem war:

Was zum Teufel kam ihm an diesem verdammten Overall nur so bekannt vor?

Einen Moment lang spielte Joe mit dem Gedanken, aus dem Dachfenster zu schlüpfen und sich in der Dunkelheit davonzumachen. Ihm war klar, daß seine Chancen immer geringer würden, je länger er in dem kleinen Mark-Twain-Städtchen blieb. Der Ort war einfach viel zu klein, als daß ein Fremder unbemerkt hätte durchkommen können, insbesondere nach dem Zwischenfall auf dem Flughafen. Und was noch schlimmer war – je länger er bei den Coogans blieb, desto mehr brachte er diese Leute in Gefahr. Diese Revolverhelden würden sie im Handumdrehen verputzen. Ein ehemaliger Geheimagent würde die gesamte Familie ausradieren, ohne mit der Wimper zu zucken, nur damit es wie die schlampige Arbeit einer Gang oder wie ein mißratener Raubüberfall aussah. Nein. Der clevere Rat wäre: abhauen. Aber, Gott im Himmel, war Joe müde. Hundemüde. Zu müde, um wegzulaufen oder sich auch nur zu bewegen. Wenn er doch einfach bloß seinen Kopf hinlegen und ein wenig ausruhen konnte, nur ein ganz klein wenig.

Er legte seinen Kopf auf das Kissen und versuchte die Grübeleien auszublenden.

Was, wenn Tom Andrews nun bezüglich der Regeln recht hätte? Was, wenn keine Möglichkeit bestünde, dieses Ding zu stoppen? Am besten sollte Joe sich schon einmal einen Alternativplan überlegen. Ein neues Ziel. Mal vorausgesetzt, es würde ihm gelingen, mit heiler Haut aus diesem Land herauszukommen: Was zum Teufel hätte er davon? Er wäre dazu verdammt, den Rest seines Lebens über seine Schultern zu schauen. Er brauchte einen Plan. Optionen. *Optionen.* Dann hörte er, wie die Stimme, diese dunkle Stimme in seinem Kopf, die ihm stets heftig zusetzte, sich erkundigte: Bist du bereit für die Kugel, Slugger, alter Junge? Bereit dafür, ausgezählt zu werden? Die Chips einzutauschen und einen unterirdischen Langzeiturlaub anzutreten?

Das Mondlicht schimmerte durchs Dachfenster. Mittlerweile hatten sich Joes Augen an die Dunkelheit gewöhnt. Über das Bett hatte jemand in dem unbeholfenen Versuch, aus der Mansarde ein Gästezimmer zu machen, die alte, vergilbte Titelseite einer Zeitschrift an die Wand geheftet. Sie zeigte die Reproduktion eines bekannten Gemäldes von Norman Rockwell. Der kleine, sommersprossige, idealtypische amerikanische Junge, der mit gefalteten Händen vor seinem Bett kniet und mit verzücktem Gesicht sein Nachtgebet spricht. *Müde bin ich, geh zur Ruh.* Joe betrachtete das Bild eine ganze Weile. Dann tat er etwas, das er seit Ewigkeiten nicht mehr gemacht hatte. Er betete.

- 10 -

In Wagners *Tristan und Isolde* gibt es eine Szene, in der die Heroin Isolde sich weigert, klein beizugeben, nachdem sie von dem schneidigen Krieger Tristan beschämt worden war. Ihre Leidenschaft ist so mächtig, die Grenze zwischen Liebe und Haß zu diesem Mann so dünn, daß sie ausruft: »Tod uns beiden!« Die Musik schwillt an, romantisch und bedrohlich, und Isolde singt zerrissen vor Qual.

Im ersten noch vordämmrigen Morgenlicht scheuchte eine kleine Mexikanerin auf einem trostlosen Highway, der die breiten Flußtäler des westlichen Illinois durchschnitt, ihren klapprigen Nissan auf Vollgas, gab lautstark ihren Gefühlen Ausdruck und sang stolz im Duett mit der armen Isolde zu der Oper, die aus dem Kassettenrekorder plärrte. Die kleingewachsene Frau identifizierte sich mit Isolde, sympathisierte mit der verhängnisvollen Liebe der Figur.

»Tod uns beiden!«

Der Wagen war die reinste Müllhalde. Überall flog Einwickelpapier von Süßigkeiten herum. Auf dem Schoß der Frau lag eine zerknitterte Straßenkarte, eine zerfetzte Schachtel No-Doze daneben, drei ausgediente Styroporbecher kullerten auf dem Boden vor dem Beifahrersitz, und ein vierter Becher, noch halb voll mit tiefschwarzem Kaffee, klemmte unter der Straßenkarte zwischen den Beinen der Frau. Sie fuhr bereits seit Stunden, vollgepumpt mit Zucker, Koffein und Adrenalin, und sang noch immer ebenso stolz wie falsch. In der Dunkelheit des Rücksitzes zeichnete sich ein Durcheinander aus Rucksäcken, Reisetaschen, braunen Supermarkttüten und kleinen, glänzenden Taschen aus vornehmeren Geschäften ab. Es sah aus, als hätte ein Einkaufssüchtiger sich zu einem Campingtrip entschlossen.

Wenn sie wollte, könnte sie ihr ganzes Leben von nun an mit Shoppen verbringen. Geld zählte nicht länger zu ihren Problemen. Unter ihrem Sitz steckte eine Marshall-Field-Einkaufstüte vollgestopft mit Geldscheinen. Dreitausend Dollar in bar und weitere fünf Tausender in Reiseschecks. Es war die größte Menge Geld, die sie je auf einem Haufen gesehen hatte, und sie schleppte es mit sich herum wie einen Sack Spielgeld. Und warum auch nicht? Schließlich *war* es Spielgeld. Dies alles war nur ein Spiel, ein grauenhaftes Spiel. Und selbst wenn das Geld aus dem Fenster fliegen würde, wäre ihr das egal. Ihr ging es allein darum, ihren Mann zu finden und alles wieder ins Lot zu bringen.

Das war alles, was sie interessierte, und auf eine merkwürdige Art verspürte sie – ebenso wie Isolde – nicht einmal Angst davor, im Verlauf dieses Vorhabens zu sterben.

Joes Träume waren kristallene Erinnerungssplitter – wunderschön, blutig und schockierend. Sie wirbelten ihn von Beerdigungen zu Schußwechseln, von Kirchenbesuchen zu Verfolgungsjagden, von Beichtgängen zu Ermordungen. Und immer wieder war ihm in dieser Nacht das Wolfsrudel auf den Fersen. Nur gefletschte Zähne und Stahl. Joe schreckte aus dem Schlaf hoch und saß aufrecht in dem niedrigen Bett, dessen Sprungfedern laut quietschten.

Er brauchte einige Minuten, um seine Orientierung wiederzufinden und sich bewußt zu werden, wo zum Teufel er überhaupt steckte. Aber schon bald ließen das Geschirrklappern aus der Küche, der Geruch nach gebratenem Speck und Kaffee sowie das weiche Morgenlicht, das durch das Dachfenster fiel, alles wieder klarwerden. Joe blickte sich in der Mansarde um und sah dann auf die Uhr.

Es war kurz vor sieben.

Joe stand auf, dehnte die müden Glieder und zog sich an. Wie eine aufkommende Morgenflut kehrte die Anspannung des gestrigen Tages in seine Brust und seinen Magen zurück, und er hatte Schwierigkeiten, sein Hemd zuzuknöpfen. Noch immer brannten die Knöchel, mit denen er die Toilettenwand im Flugzeug erwischt hatte. Er ging zu dem kleinen Dachfenster hinüber. Der Tag wirkte sonnig und klar. Er atmete tief durch und brachte sich in Erinnerung, daß er in dem kleinen Ort hier wie auf einem Präsentierteller saß und möglichst bald ein paar Meilen hinter sich bringen müßte.

Dann schlüpfte er in seine Schuhe und sein Sakko und ging nach unten.

Die Coogans hatten sich bereits im Eßzimmer zum Frühstück eingefunden.

»Morgen allerseits«, sagte Joe beim Eintreten und nahm neben Mickey Platz.

»Da ist ja B...b...batman!« Mickey zitterte vor Erregung, grinste Joe breit an und zeigte dabei seine zahlreichen vorstehenden Zähne.

»Hallo, Boy Wonder«, erwiderte Joe und zwinkerte dem Jungen zu.

»Nun laß aber Mr. Joseph seinen Kaffee in Ruhe trinken, Mick«, schimpfte Annette und goß Joe eine Tasse ein.

Joe bedankte sich und nippte an dem heißen, schwarzen Gebräu.

Kurz darauf stellte Annette das Frühstück auf den Tisch.

Wieder war es ein herzhaft ländliches Essen, und Joe fragte sich langsam, ob Annette es nicht womöglich auch auf das Preisgeld abgesehen hatte und sie ihn mit all dem Cholesterin in den Herzinfarkt treiben wollte. Während der Mahlzeit war Lem abwechselnd damit beschäftig, über Politik zu plaudern, auf seinem Speck herumzukauen und die Sportseiten zu lesen. Sein Overall war makellos sauber, wahrscheinlich ein Reserveexemplar, und Joe zermarterte sich erneut das Gehirn, woher er dieses Outfit kannte. Als Joe schließlich seine zweite Portion Bratkartoffeln verdrückt hatte, bat Mickey aufstehen zu dürfen. »M…m…muß meinen Bat-Gürtel fertig machen, u…um ihn Mr. Joseph zu zeigen«, stammelte er und watschelte in den hinteren Teil des Hauses.

Joe grinste und nahm einen letzten Schluck Kaffee.

»Jemand aus der Großstadt kann sich in so einem kleinen Ort bestimmt ziemlich fehl am Platz vorkommen?«

Joe schaute auf. »Wie bitte?«

Lem hatte sein Frühstück bereits beendet, sich eine Zigarette angezündet und schnippte die Asche nun auf seinen Teller. Annette rang nervös die Hände und beobachtete ihren Mann. »Unser hübsches kleines Städtchen…«, sagte Lem, »na ja, es kann einem schon ein wenig… Wie würdest du es bezeichnen, Annette?… *rückschrittlich* erscheinen.«

Annette zuckte mit den Achseln.

»Ist mir noch nicht aufgefallen«, antwortete Joe und dachte, daß er unbedingt hier raus mußte. Diese niedrigen Gipswände, diese Ohrensessel und lackierten Holzpaneele zwängten ihn immer stärker ein und kamen ihm langsam vor wie eine gigantische Kakerlakenfalle. Er mußte hier rasch seinen Abgang machen, sich irgendwo sonst eine Waffe besorgen und dann so schnell wie möglich aus der Stadt verschwinden.

»Was ich sagen will, ist« – der große Mann drückte seine Zigarette aus –, »Annette und ich sind nicht so wie viele dieser kleingeistigen Dumpfnasen, die hier in der Gegend wohnen.«

Joe nickte.

»Ich meine«, fuhr Lem Coogan fort, »wir haben unsere eigenen moralischen Werte. Nicht wie manche der Leute hier, die wie die Schafe einfach in allen Fragen der Kirche hinterhertrotten.«

Joe wollte etwas einwerfen, wurde jedoch durch eine plötzliche Bewegung draußen vor dem großen Aussichtsfenster abgelenkt.

Jenseits des Vorgartens, der von riesigen Ulmen umsäumt war, blitzten vereinzelte Lichtstrahlen durch Bäume und Lattenzaun. Als ob jemand einen enorm großen Spiegel in die Sonne halten würde. Es blitzte in stetem Wechsel, rot und blau. Joe verfolgte, wie das Licht stärker wurde, vernahm dann das Geräusch eines Motors, und auf einmal wurde der Polizeiwagen des Sheriffs sichtbar, der mit viel Schwung direkt vor dem Haus der Coogans anhielt. Joe streckte seinen Hals, um aufzupassen, wie viele Cops aussteigen würden.

Sah aus, als wäre es nur einer. Er stieg aus der Fahrertür aus – wahrscheinlich der örtliche Sheriff. Aber auf der Rückbank des Streifenwagens hockten zwei Jugendliche und deuteten beide auf das Haus der Coogans. Joe erkannte die blassen, verängstigten Gesichter der Jungen sofort. Einer hatte lange Haare und trug ein abgeschnittenes Footballtrikot. Das war der, der Billy hieß und Mickey am Tag zuvor mit dem Sexspielzeug gedemütigt hatte. Der andere Junge mit Bürstenschnitt und ärmellosem T-Shirt mußte Rick sein. Die Kids waren wohl zum Sheriff gegangen, nachdem ihre Eltern sie den ganzen Abend ausgequetscht hatten.

Die Stimme riß Joe aus seinen Überlegungen.

»Also kann ich auch ohne viel Gerede gleich zur Sache kommen«, erklärte Lem.

Joe wandte sich zu dem großen Mann. »Ich möchte Sie ja nicht unterbrechen, aber mir ist gerade eingefallen …«

»Moment, geben Sie mir 'ne Sekunde, nur eine Sekunde.« Lem griff unter seinen Stuhl auf den Boden und wühlte in ein paar Zeitungen, als ob er nach etwas suchen würde. »Ich möchte Ihnen etwas zeigen, etwas, das Sie interessieren dürfte.«

Joe blickte durch das Fenster nach draußen. Der Sheriff kam um die Kühlerhaube herum und ließ die Schnalle an seiner Pistolentasche aufspringen. Joe drehte sich zu Lem zurück. »Hören Sie, ich hasse es zwar, nach dem Essen so überstürzt …«

»Hier ist er.« Lem hatte gefunden, wonach er gesucht hatte und zog es aus dem Papierstapel heraus. Die Waffe war eine echte Schönheit, ein alter Colt Army Revolver, Single action, die Brünierung an einigen Stellen abgewetzt, aber noch in ziemlich gutem Zustand. Lem hielt ihn stolz in der Hand, wie beiläufig auf Joe gerichtet.

Joe starrte in die Luft. »Was soll das, Lem?«

Plötzlich fiel Joe auch wieder ein, wo er Lem Coogans Arbeitskluft, diesen ölverschmierten, dunkelblauen Overall mit dem auf die Brusttasche gestickten Namen, vorher schon gesehen hatte. Es war die tpyische Kleidung von Flugzeugmechanikern. *Ein Flugzeugmechaniker*. Lem Coogan arbeitete am Flughafen. Wahrscheinlich hatte er den Zwischenfall am vorangegangenen Tag von Anfang bis Ende miterlebt und stand jetzt kurz davor, ein Held zu werden.

»Ich tue nur etwas, was ich schon in dem Moment hätte tun sollen, als ich Sie hier angetroffen habe«, sagte Lem.

»Tun Sie's nicht«, sagte Joe und machte sich bereit, sich auf ihn zu stürzen.

Aber Lem lächelte nur, drehte die Waffe herum und bot Joe ihren Griff an.

Joe blickte auf die Waffe.

»Nehmen Sie«, sagte Lem. »Mehr Artillerie haben wir nicht im Haus, aber den hier können Sie gerne haben. Na, machen Sie schon. Sie werden ihn sicherlich nötiger haben als wir.«

Joe war wie gelähmt.

»Ich weiß zwar nicht, in was Sie da hineingeraten sind«, sagte Lem, blickte dabei aus dem Wohnzimmerfenster heraus und sah den Sheriff den Eingangsweg hochkommen. »Aber gestern habe ich erlebt, wie Sie ein ganzes Flugzeug voll Menschen gerettet haben, mal ganz abgesehen von meinem Jungen, und das genügt mir schon.«

Joe nahm die Waffe und stand auf.

Lem blickte ihn an. »Zur Kellertür geht's durch die Küche. Wenn Sie sich da unten verstecken wollen, solange der Sheriff hier ist, habe ich nichts dagegen.« Lem wischte sich den Mund mit seiner Serviette ab und zwinkerte dann Annette zu. »Ich denke, wir werden mit dem alten Sheriff Finster schon fertig.«

Joe wollte etwas sagen, nickte dann aber nur und eilte durch die Küche.

Einen Augenblick später klingelte es an der Haustür.

Lem sah Annette an und wußte genau, daß die Frau schreckliche Angst hatte. »Mach dir keinen Kopf, Honey«, sagte Lem, drückte sich vom Tisch ab und stand auf. »Wird ruck, zuck vorbei sein, und alle sind so schlau wie zuvor.«

Lem schlenderte durch das Wohnzimmer und blieb neben der Tür stehen. Er konnte draußen in der Sonne etwas ticken hören, ein metallisch tickendes Geräusch. Vielleicht der abkühlende Motor des Streifenwagens oder die Stiefel des Sheriffs auf der Steinterrasse oder irgendwas. Lem holte tief Luft, drängte seine Nervosität zurück und ergriff den Türknauf.

Dann öffnete er die Haustür.

Am Fuß der durchhängenden Holzstufen fand Joe sich in einer anderen Welt wieder. Der Kellerboden bestand aus einer langen, schmalen Betonplatte, die über die gesamte Grundfläche des Hauses verlief. Als Heizkessel diente ein riesiger Ölbrenner, der organisch aus der Mitte des Bodens herauszuwachsen schien. Ein furchtbares, medusengleiches Gewirr aus uralten Leitungen und Rohren, das zu den freiliegenden Deckenträgern hinaufragte. Grünlich schimmernde Schläuche schlängelten sich aus provisorischen Anschlüssen, und an einem Ende stand eine Norge-Waschmaschine aus den fünfziger Jahren. Die Wände waren größtenteils aus Lochbrettern zusammengezimmert, in den alten Holzregalen lagerten eingetrocknete Farbtöpfe, nicht mehr benutztes Werkzeug und ausrangierte Kartons mit Ramsch. Die Luft roch nach Schimmel, Waschlauge und hundertjährigem Verfall.

Plötzlich knarrte die Kellerdecke, was bedeutete, daß der Sheriff das Wohnzimmer betreten hatte.

Joe schlüpfte hinter die Tür.

Direkt unter den Stufen lehnte an einem Stapel Mayflower-Umzugskisten ein alter, mit Spinnweben überzogener Küchenstuhl. Joe setzte sich, atmete durch und versuchte einen klaren Gedanken zu fassen. Für den Moment schien dies der beste Ort zum Verstecken zu sein. Er hatte einen ungehinderten Blick auf den Keller und konnte jeden, der die Treppe herunterkam, genau ausmachen, lange bevor derjenige ihn sehen konnte. Er atmete noch einmal tief ein und lauschte den Schritten über ihm. Der Richtung der knarrenden Geräusche zufolge mußten die Schritte wohl weiter aus dem Wohnzimmer kommen. Joe konnte durch die Decke gedämpfte Stimmen hören. Wahrscheinlich versuchten die Coogans die Unwissenden zu spielen, während der Sheriff beharrlich nach neuen Informationen über jenen geheimnisvollen Mann bohrte, der in sein kleines Städtchen eingefallen war. Für eine Sekunde durchzuckte Joes Eingeweide ein panischer Schreck.

Er fragte sich, ob es nicht ein fataler Fehler gewesen war, in den Keller zu gehen. Hier unten saß er in der Falle und hatte nur wenige Ausweichmöglichkeiten.

Herrgott, nun dreh mal nicht gleich durch, ermahnte sich Joe in Gedanken. Der Sheriff wird bestimmt ruck, zuck wieder weg sein, und dann kannst du hier dein Bündel schnüren und verduften.

Joe roch etwas Scharfes und Metallisches in der Nähe und blickte über seine Schulter, um die Ursache zu finden. Hinter ihm war ein altes, wurmstichiges Buchregal an die Steinwand gezwängt, versteckt vor aller Welt und vollgestopft mit ausgebleichten Pappkartons, alten Brettspielen – *Chutes and Ladders*, *Monopoly*, *Operation*, *Dame*. Andere undefinierbare Schachteln enthielten offenbar Restposten von Flohmarktverkäufen, an denen noch die kleinen gelben Streifen Malerband mit den Preisen darauf klebten.

Dann entdeckte Joe die anderen Kartons auf dem obersten Regal, und ein Blitz bittersüßer Nostalgie durchfuhr ihn.

Anscheinend hatte Lem Coogan früher mit einer Modelleisenbahn gespielt und hob sie nun für Mickey auf, denn dort oben lagerten Dutzende jener alten, milchtütengroßen Lionel-Schachteln, deren kleine gelbe Markenzeichen Joe wie längstvergessene, alte Freunde aus Kindertagen grüßten. Es gab diverse Schienenlängen, Plattformwagen, kleine Pastikbaumstämme, ein motorisierter Viehwagen, ein elektrischer Lokschuppen und sogar eine alte Lokomotive. Und dieser Geruch, dieser beißende Geruch nach Testors-Farben und Schmieröl, rief bei Joe Erinnerungen an die Tage wach, als sein Vater noch nicht erkrankt war.

Joe und sein Vater hatten die Leidenschaft für Lionel-Züge geteilt. Beide waren sie überzeugte Spur-0-Verfechter und mieden diese neumodische H0-Größe wie die Pest. Das war damals in den Fünfzigern, als die Absichten seines Landes noch klarer und Modelleisenbahnen typisch amerikanisch waren. Frank Flood hatte im Keller ihres Bungalows in der Larchmont Street auf einem alten Billardtisch das komplette Streckennetz eines Counties einschließlich Hügel, Tunnel, Fabriken und Arbeitersiedlungen nachgebaut. Vater und Sohn hatten Stunden über Stunden in diesem Keller verbracht, an der Eisenbahn gewerkelt und über alles von Pearl Harbor bis zu Tante Lillians Pfeffervorliebe geredet, während in der Ecke *Your Hit Parade* aus dem Radio dudelte. Da wurde Joe klar, wie sehr er diese Zeiten gemeinsam mit seinem Vater geliebt hatte.

Wieder kamen knarrende Geräusche von oben, gedämpfte Stimmen drangen durch die alten Bohlen, und Joe blinzelte die Erinnerungen fort wie lästige Fliegen. Er fuhr mit der Hand an seinen Gürtel und spürte die beruhigenden Umrisse des Colt Commando, den er sich in die Hose gesteckt hatte. Dann griff er nach oben und nahm eine der winzigen Fläschchen Testors-Farben in die Hand. *Metallspan-Blau.* Die unerwartete Trauer und Sehnsucht schnürten ihm regelrecht den Magen zusammen. Jetzt war *er* in der Hit-Parade. Er war die Nummer eins, der absolute Knaller der Woche. Aber warum sehnte er sich plötzlich so nach der Vergangenheit? War es, weil er den Tod seines Vaters niemals richtig betrauert hatte? Wollte er vielleicht zurückgehen, mit seinem Vater beisammensein, ihn um Rat bitten, mit ihm alles durchsprechen? Oder lag es einfach nur daran, daß er in einem tödlichen Spiel gefangen war und keinerlei Ahnung hatte, wie er dort wieder herausfinden konnte? Womöglich waren seine Empfindungen ja weit unkomplizierter, als er glaubte. Womöglich waren es nichts als ordinäre, animalische Ausbrüche seines Überlebenswillens.

Wieder knarrte die Decke.

Joe blickte auf. Die Schritte durchquerten das Eßzimmer, marschierten in Richtung Küche, und dieses Geräusch ließ Joes Herz schneller schlagen. Er stellte das Farbfläschchen fort und sondierte das Terrain unter den Stufen. Die eine Seite der Treppe stieß an eine massiv gemauerte Wand, die einige feine Risse aufwies, durch die jahreszeitenbedingt Flüssigkeit sickerte. Kurz über dem Boden war in dieser Wand eine kleine, schmiedeeiserne Tür mit den aufgeprägten Worten *Spring Lake Coal* eingelassen, die wahrscheinlich früher einmal als Ladeluke für Heizkohle gedient hatte. Für einen Moment erwog Joe, ob er nicht über die Rutsche nach oben klettern sollte, aber dann verwarf er die Idee als Irrsinn. Wie sollte er mit seiner fetten Wampe durch diesen Maulwurfstunnel passen?

Die knarrenden Geräusche durchquerten den Küchenboden unmittelbar über Joes Kopf.

Joes Finger kribbelten. Er kauerte sich tief in den Schatten und versuchte ruhig zu bleiben, aber die Schritte näherten sich der Kellertür. Dieser gottverdammte Sheriff steuert doch tatsächlich auf den Keller zu, schrie es jetzt in Joes Kopf. Der verfluchte Hurensohn nähert sich echt dieser scheiß Kellertür, und irgend jemand wird da wohl irgend etwas unternehmen müssen. Joe blickte hoch, versuchte so ruhig und still wie möglich zu bleiben und konzentrierte sich auf die oberste Stufe und das erste Auftauchen der Schuhe des Sheriffs. Die knarrenden Geräusche hatten dort oben aufgehört, und Joe spürte eine winzige Schweißperle seine Stirn hinunterlaufen und in seinen Augen brennen. Auf einmal wurde Joe blitzschnell bewußt, was hier vor sich ging.

Er wurde zu einem seiner eigenen Zielobjekte, Klient Nummer elf, Haywood Doss. Doss hatte sich genauso in einem Keller versteckt. Er war ein Jammerlappen gewesen, ein alter Südstaatenrichter aus Charleston, der ausgewählt worden war, weil er ein Todeskommando des Klans organisierte. In Joe hatte sich eine Menge Haß gegen diesen alten Drecksack aufgestaut, und er war für den Job weit unter seiner normalen Prämienforderung geblieben. Aber als er den grauhaarigen, alten Fuchs schließlich eines

Abends in dessen Kanzlei stellen konnte, hatte der sich gewehrt. Irgendwie war es dem alten Knacker gelungen, in einen rückwärtigen Flur zu schlüpfen und dann ein paar Treppen hinunter in das Untergeschoß des Gerichtsgebäudes zu fliehen. Angezogen von verdächtigem Maunzen, gedämpften Stoßgebeten und jämmerlichem Klagen und Bitten, hatte Joe ihn dann in einer Besenkammer im Keller entdeckt. Der schlimmste Part kam allerdings, als Joe die Tür aufriß und diesen kleinen, feuchten Fleck auf dem Boden glänzen sah. Offenbar hatte der Richter sich wie ein ängstliches kleines Mädchen naßgemacht. Diese ovale Pfütze auf dem Holzboden hatte Joe damals völlig aus dem Konzept gebracht. Diese kleine Pfütze hatte ihm zu denken gegeben. So erbärmlich. So menschlich. Und jetzt hockte Joe hier in seiner eigenen kleinen Pfütze aus Schweiß und Angst, genau wie der Richter, genau wie so viele seiner Klienten, und vielleicht, nur vielleicht, lag es ja nur daran, daß Gott einen ausgeprägten Sinn für schwarzen Humor hatte.

Quietschend öffnete sich die Kellertür.

Joe zog den Colt aus seinem Gürtel, kauerte sich gegen die feuchte Mauer und in die Schatten und wartete mit angehaltenem Atem, während er mit der Waffe hoch in die Spalte zwischen den durchgetrenen Stufen zielte. Wenn er Glück hatte, würde der Sheriff nur ein paar Stufen hinuntersteigen, einen neugierigen Blick in den Keller werfen und dann wieder verschwinden und alles wäre in Ordnung. Joe besaß überhaupt keinen Grund, sich mit diesem Provinzbullen anzulegen, und abgesehen davon würde Joe, sollte er je die Wahl haben, entweder einen unschuldigen Gesetzeshüter umzubringen oder selbst in den Bau zu wandern, sowieso letzteres vorziehen.

Die oberste Stufe knarrte.

Joe sah, wie sich das Brett leicht unter dem Gewicht des Mannes bog und winzige Staubkörner in die Dunkelheit herabschneiten. Joe behielt die Waffe im Anschlag. Er konnte den Körpergeruch des Sheriffs wahrnehmen und sah den Schatten des Mannes die Treppe heruntergleiten. Die zweite Stufe knarrte, Joe sah die Stiefelspitzen des Mannes in sein Blickfeld kommen und irgendwo tief in Joes Mittelhirn ging eine stumme Alarmsirene los. Irgend etwas an der Form oder Art der Stiefel, irgend etwas, das in Joes Gedächtnis abgespeichert sein mußte, ließ die Härchen an seinen Armen abstehen und seine Nacken- und Kopfhaut kräuseln.

Stiefel aus Krokoleder?

Die dritte Stufe knarrte, und nach und nach wurde in dem dämmrigen, flackernden Licht der Rest des Sheriffs sichtbar. Joe erkannte eine schlechtsitzende Hose, die um den Bauch herum spannte, eine aufgeknöpfte Uniformjacke, unter der eine Goldkette glitzerte, Tätowierungen auf den muskelbepackten Armen, ein vollbärtiges Gesicht – alles reichlich unvorschriftsmäßig – und zu guter Letzt auch noch ein Jagdmesser mit siebzehn Zentimeter langer Klinge, das in der rechten Hand dieses elenden Hurensohns funkelte. Joe würgte entsetzt eine Panikattacke hinunter, die ihm wie Glasscherben im Hals steckenblieb.

Der Cajun.

Joe kannte Salty Hunt von zahlreichen Hits in den südlichen Bundesstaaten, die dieser im Gebiet zwischen Golfküste und Miami verübt hatte. Der Meister mit dem Randall-Messer war berüchtigt für seinen kaltblütigen, effizienten Stil und für seine eklige Angewohnheit, den Leuten Nachrichten mit der Post zukommen zu lassen, Nachrichten wie abgetrennte Hände, Penisse, zuweilen sogar einen kompletten Kopf. Einige nannten ihn daher auch den *Chirurgen*, aber für die meisten war er einfach nur der *Cajun*. Joe hatte das Arbeitspensum des Mannes stets erstaunt. Hunt hatte mehr Gangsterbosse erledigt als die Syphilis, und in den letzten Jahren war er mehr und mehr auch im internationalen Geschäft tätig geworden. Joe wußte, daß es unklug war, sich mit dem

Cajun auf einen offenen Kampf einzulassen. Die einzige Möglichkeit, ihn davon abzuhalten, den Coogans etwas anzutun – sofern er das nicht bereits getan hatte –, war, schnell und entschieden zuzuschlagen.

Die vierte Stufe knarrte, und Joe hob den Colt. Er richtete die Waffe durch den Lichtspalt zwischen den Stufen, zielte auf Sally Hunts unterstes Rückgrat, atmete lautlos ein, stabilisierte seine Haltung, spannte den Hahn mit einem leisen Klicken und sagte sich ein letztes Mal, daß dieser eine Schuß sitzen mußte, er mußte sitzen.

Dann drückte er den Abzug.

Die Waffe klickte.

Leer.

Joes gesamter Körper schien zu erstarren, wie schockgefroren, paralysiert. Seine Augen waren vor Schreck geweitet, die Waffe lag noch immer nutzlos in seiner Hand, und die Erkenntnis machte sich in seinem Gehirn breit, daß Lem Coogan die erste Kammer seines Colts wahrscheinlich nicht geladen hatte, um irgenwelche Unfälle mit Mickey zu vermeiden, und Joe hatte nicht einmal daran gedacht, es zu überprüfen, und jetzt erwies sich das unglückliche Versehen womöglich als tödlich, denn der Cajun hatte das metallische Klicken gehört und einen schnellen Blick durch seine Beine hindurch in die Dunkelheit geworfen.

»Da ist ja mein guter alter Slugger!« Der Schlachtruf des Cajuns klang freundlich, beinahe neckisch.

»Fick dich, Salty«, meinte Joe und versuchte aus seinem Kabuff zu hechten.

»Hab dir was mitgebracht, Slugger!«

Das Messer schnellte durch die Stufen auf Joe zu wie die Spitze einer Rinderpeitsche.

Joe war schon halb aus dem Dunkel heraus, als er den Schmerz in seinem Bein spürte, ein scharfes Stechen in seinem Oberschenkel wie bei einem Bienenstich, gefolgt von einem funkelnden Stück Metall, das an ihm vorbeischwirrte. Der überraschende Treffer brachte ihn aus dem Gleichgewicht, und er schlug mit der Schulter zuerst hart auf dem Boden auf und knallte gegen den Heizofen. Die Wucht des Aufpralls raubte ihm die Luft und ließ eine Wolke aus Ruß und Staub aufsteigen. Der Colt glitt ihm aus der schweißnassen Hand, schepperte über den Boden und rutschte unter ein Regal. Joe drehte sich um und wollte der Waffe nachsetzen, aber es war sinnlos. Er wußte instinktiv, er brauchte nicht einmal hinzusehen, daß das Messer die Rückseite seines Beins aufgeschlitzt hatte. Eisige Kälte breitete sich in ihm aus, Blut durchtränkte seine Hosen, und Salty Hunt kam die Stufen hinunter und nahm sich dabei viel, viel Zeit, dieser sadistische Cajun-Wichser.

Das Messer lag funkelnd neben einem altertümlichen, kleinen Entlüfter in der Ecke auf dem Boden.

»Da lernen wir uns zu guter Letzt ja doch noch kennen, *mon ami*«, sagte Salty, als er das Ende der Stufen erreicht hatte und sein ländlich derbes Gesicht in dem schummrigen Licht besser zu sehen war. Die hellwachen und pechschwarzen kleinen Augen waren rot eingefaßt und von Falten umgeben. Wiederholte Brüche und Knorpelschäden hatten die Hakennase geplättet, und seine verfilzte schwarze Bartwolle reichte bis zum Hals hinunter. Der Kerl war ein häßlicher, kleiner Drecksack.

»Verdammte Scheiße, tut das weh«, zischte Joe durch zusammengebissene Zähne, während er sich aufrappelte, zu dem Messer hinüberhinkte und den feuchten Fleck an seiner Hose spürte, dort wo die Klinge seinen Oberschenkel gestreift hatte. Der Schnitt dürfte tief genug sein, um einen Berg von Stichen zu erfordern. »Das war aber nicht besonders nett, Cajun«, sagte Joe, raffte das Messer auf und hielt es ans Licht. Es schimmerte mit seinem Blut daran. »Na, ein Tänzchen gefällig, Slugger?«

»Sieht so aus«, erwiderte Joe, drehte sich mit erhobenem Messer zu dem Cajun hin und versuchte ihn nicht aus den Augen zu lassen. Solange Joe die Klinge oben behielt, bestand für den Angreifer die Gefahr einer Gegenattacke. Joe wußte, daß der Cajun vorsichtig sein und außerhalb der Reichweite eines etwaigen Glückstreffers von Joe bleiben würde.

»Ja, wirklich, hat mir immer gut gefall'n, wie du deiner Arbeit nachgegangen bist«, sagte der Cajun, schob sich dabei langsam in Richtung Joe und zog ein neues Schlachtermesser aus der Gürtelscheide. Es war *das* Messer – das mit dem handgearbeiteten Scrimshaw-Griff mit Elfenbeineinlage und der Sechsundvierzigzentimeterklinge aus spezialgehärtetem Edelstahl, die einen Alligator wie weiche Butter zerteilte. *Dieses* Messer kam jetzt an Saltys Hüfte zum Vorschein, leuchtete selbst in dem dämmrigen Licht noch, und dieses Messer war allein für Joe bestimmt.

»Soll ich mich vielleicht geschmeichelt fühlen?« Joe hatte seine Knie jetzt leicht gebeugt und wich in die andere Richtung aus.

»Nee, mein Herr. Zum Schmeicheln bin ich nicht hergekommen.« Salty grinste und begann dann glucksend zu lachen.

Joe stürzte sich nach vorn.

Der Cajun war noch fixer auf den Beinen, als Joe es sich vorgestellt hatte.

Salty schnellte zur Seite, das Messer schien an einem flüchtigen Schatten vorbeizusausen, und Joe stolperte gegen die Mauer auf der anderen Seite, wobei er Farbeimer und Dosen mit Verdünner zu Boden riß. Joe schwang schnell wieder herum, um es mit einem neuen Hieb zu versuchen, aber es war bereits zu spät. Der flüchtige Schatten aus Fleisch und Tätowierungen rauschte auf ihn zu. Joe spürte einen kurzen Schlag auf sein Handgelenk, gefolgt von einem eisigen Stechen, und das Messer flog aus seiner Hand und schlitterte über den Boden. Joe blickte nach unten, sah die klaffende Wunde, die sich an seiner Hand öffnete, sah das hervorquellende Blut, Schwindel überfiel ihn, der Raum verschwamm ihm vor Augen, und er warf sich dem Geräusch der nahenden Schritte entgegen.

Plötzlich knallte eine fleischige Faust in Joes Gesicht, traf sein Nasenbein und katapultierte ihn zurück gegen die Mauer.

Joe klappte zusammen und sackte zu Boden. Sein Bein stand in Flammen, und seine Stirn brannte Feuerwerkskörper in dem düsteren Nebel des Kellers ab. Schon war Salty Hunt über ihm – pfeilschnell, im Bruchteil einer Sekunde, nur ein Aufblitzen von Edelstahl später. Es fühlte sich an, als wäre ein Wohnmobil der Oberklasse auf Joes Brust gelandet. Joe versuchte, sich unter dem schweren Mann herauszuwinden, aber das Gewicht des Cajun war einfach zu groß. Joe schnappte nach Luft, probierte es mit einem Schlag in Saltys Unterleib, aber der Cajun war zu schwer, zu schnell und viel zu euphorisch über den bevorstehenden Sieg in diesem Spiel. Und im Nu spürte Joe, wie sich die kalte Schneide der Randall-Klinge an seinen Hals preßte.

»Du hattest 'n guten Lauf, Slugger, das ist mal sicher wahr«, flüsterte der Cajun leise.

»Eine Frage noch«, sagte Joe, bemüht, Zeit zu gewinnen, sich irgendwas auszudenken, irgendwas, das die Vorstellungskraft des Cajun soweit gefangennehmen würde, daß sich der Schnitt durch Knorpel, Luftröhre, Halsschagader und Halswirbel verzögerte. Irgendein Scheiß, der dafür sorgen könnte, daß Joes Kopf noch ein paar Momente länger an seinem Körper befestigt blieb.

»Und die wäre?« Die Klinge blieb kleben, wo sie war.

»Wie hast du mich gefunden?«

»Oh, das war echt einfa...«

Der Cajun stoppte abrupt und schoß nach hinten, als hätte er gerade einen tödlichen Stromschlag bekommen. Wie ein Springteufel war hinter ihm ein Schatten aufgetaucht, begleitet vom merkwürdigsten Geräusch, das Joe jemals gehört hatte. Als ob eine abgedämpfte eiserne Kirchturmglocke mit einem Holzhammer geschlagen würde. Und für einen Augenblick machte es den Eindruck, als wäre der Cajun von der Schönheit dieses Klangs ganz verzückt, die Augen weit aufgerissen, der Kopf in einem seltsamen Winkel geneigt, als würde er einer Ultraschallnachricht lauschen. Dann sah Joe die Gestalt hinter Hunt, und alles wurde klar.

Im Dunkel hinter Hunt stand Lem Coogan und hielt einen großen Eisenspaten wie einen Baseballschläger in der Hand.

»Noch einen, um sicherzugehen«, sagte Joe, und Lem schwang die Schaufel erneut.

Der Spaten krachte hart auf den Schädel des Cajun, zog ihm einen Scheitel, und einen Moment lang sah es so aus, als wollte Lem den Cajun wie eine Bahnschwelle in den Boden nageln. Immer und immer wieder sauste das eiserne Werkzeug hinab. Nie zuvor hatte Joe ein schöneres Geräusch gehört. Endlich durchlief den Cajun ein kurzes Zittern, und dann fiel er zusammen wie ein Bündel Anmachholz.

Das Messer klapperte auf den Boden.

Joe kroch keuchend unter dem schlaffen Körper hervor und umklammerte das leckende Handgelenk.

»Alles in Ordnung?« Lem warf den Spaten beiseite und kniete sich neben Joe. Der dunkelhaarige Mann zitterte. Wahrscheinlich stand er Todesängste aus. Joe konnte es ihm nachfühlen.

»Ging mir schon besser, Lem, das muß ich zugeben.« Joe stemmte sich zu einer sitzenden Position hoch, lehnte sich gegen die Mauer, hielt seine Hand und sah kurz auf den bewußtlosen Cajun. »Ich nehme an, bei Salty Hunt handelt es sich nicht um euren Sheriff hier.«

Lem untersuchte Joes Wunden. »Zuerst dachten wir noch, es wäre vielleicht der neue Hilfssheriff oder so, aber wir wurden ihn einfach nicht los, konnten ihn einfach nicht zum Verschwinden bewegen. Und als er dann nach unten ging, hörten wir es im Funk…« Lem brach abrupt ab, als er Joes Bein sah. »Herr im

Himmel, da haben Sie sich aber einen häßlichen Schnitt eingefangen. Müßte man am besten wohl irgendwie abbinden. Warten Sie.« Lem stand auf und ging zur Waschmaschine hinüber. Er zog ein paar saubere Stofflappen aus einer Schachtel, kam zurück und begann Joes Oberschenkel zu bandagieren. »Wir machen das hier jetzt drauf, und dann gehen wir hoch...«

»Was haben Sie im Funk gehört, Lem?« Joe atmete tief ein und aus.

Lem blickte aus wäßrigen, verängstigten Augen hoch. »Hab es zufällig über den Sprechfunk des Streifenwagens mitbekommen. Sheriff Finster wurde ermordet aufgefunden, eingesperrt in einer Zelle zusammen mit zwei seiner Hilfssheriffs, alle kaltblütig umgebracht. Die Jungs waren dagewesen, die, die mit Mickey rumgemacht haben. Vemutlich haben sie gemeldet, was passiert ist.« Mit zittrigen Händen schnürte Lem die Bandage fest. Seine Augen wirkten wie elektrisiert vor Aufregung. Das Sprechen bereitete ihm Schwierigkeiten. »Dieser Cajun-Typ... er muß wohl... die Jungs gekidnappt haben... und die haben ihn dann hierher geführt.«

»Lem, helfen Sie mir auf.« Joe packte Lems Schulter und kämpfte sich hoch. »Jetzt hören Sie mir zu, hören Sie mir genau zu. Ich muß hier unbedingt sofort raus, bevor Ihnen oder Ihrer Familie noch was passiert.«

»Joe, was zum Teufel ist hier eigentlich los?«

»Hören Sie zu!« Joe faßte Lems Schultern und schüttelte ihn. »Wenn das alles über den normalen Funk gegangen ist, dann werden hier jede Minute noch mehr von dieser Sorte aufkreuzen. Wenn Sie Ihre Familie beschützen wollen, tun Sie genau, was ich Ihnen sage. Okay?«

Lem nickte.

»Ich möchte, daß Sie nach oben gehen und das nächstgelegene FBI-Büro anrufen und...«

Über ihnen krachte es furchtbar.

Es war ein metallisch schepperndes Geräusch, so als würde eine Windfangtür nach innen aufgebrochen, gefolgt von einem Schrei. Annette Coogan war diejenige, die schrie, und es klang wie eine im Keller explodierende Dynamitstange. Lem blickte zu Joe, und Joe blickte zu Lem, und dann sagte Lem: »Oh, mein Gott, *Annette*…«

Lem war schon halb die Treppe hinauf, bevor Joe seine Beine auch nur zu einer Bewegung überreden konnte.

Joe ging zur gegenüberliegenden Wand, beugte sich hinunter und fischte den Colt unter dem Regal heraus.

Diesmal vergewisserte er sich, daß er geladen war.

- 11 -

Joe betrat das Wohnzimmer mit angelegter Waffe, den Hahn gespannt. Sein Herz wummerte ihm in den Ohren, und sein Gehirn nahm alle Informationen auf und verarbeitete den durch langjährige Erfahrung in diesem Spiel geschärften ersten Überblick: Drei Personen standen in einem erstarrten Bühnentableau im Raum verteilt. Lem stand zwei, drei Schritte entfernt neben dem Sofa. Seine langen Arme hielt er zitternd und bebend in die Luft, seine Augen besaßen die Größe von halben Dollarmünzen. Zwei Leute befanden sich neben der Tür. Eine attraktive Schwarze in Lederrock und Lederjackett, die ihren rechten Arm um Annette Coogan gelegt hielt und die mit ihrer linken Hand eine halbautomatische Smith Zehnmillimeter gegen Annette Coogans Schläfe preßte. Annette weinte leise.

»Hey, Brunetta, wie geht's denn so?« sagte Joe und richtete seine Waffe auf das Gesicht der Schwarzen.

Joe kannte Brunetta zwar nur vom Hörensagen, aber ihr Aussehen verriet sie. Sie ähnelte einem Fotomodell – hohe Wangenknochen, wundervolle Lippen, perfekt gestylte Haare, leicht eurasischer Einschlag. Alles einfach bezaubernd, mit Ausnahme der Augen. Ihre Augen waren zwei kleine, kalte schwarze Knöpfe. Im Lauf der vergangenen fünf Jahre hatten sich diese Knopfaugen auf zahlreiche Gangster der mittleren Ebene gelegt, die sich warm und wohlbehütet in ihrem Zeugenschutzprogramm glaubten. Wie ein Grippevirus hatte in der Unterwelt das Gerücht die Runde gemacht, daß die hübsche Killerlady dem Begriff vom umwerfenden und atemberaubenden Aussehen eine ganz neue Bedeutung verschaffte.

Brunetta Jones lächelte eisig. »Geht mir ganz hervorragend, Slugger.«

»Wie sieht der Deal aus?«

Die dunkelhäutige Frau spannte den Hahn. »Der Deal sieht so aus, daß du die Kanone fallen läßt oder ich der netten Dame hier ein Loch in den Schädel puste.«

»Bitte, bitte, tun Sie meinem Kleinen nichts«, stöhnte Annette Coogan leise.

»Tun Sie mir einen Gefallen, Verehrteste«, zischte Brunetta in Annettes Ohr. »Schalten Sie mal für 'ne Sekunde den Springbrunnen ab.«

Annette schloß die Augen. Tränen sickerten hervor und liefen ihre Wangen herunter.

»Lassen Sie sie in Ruhe!« Lem Coogan machte einen Schritt auf die Tür zu, woraufhin Brunetta die Mündung fest gegen Annettes Kopf drückte und ihn zur Seite bog.

Mit einem leichtem Nicken bedeutete Joe ihm nicht weiterzugehen. »Okay. Lem, das reicht.«

»Ganz richtig, Llllemmmm«, sagte Brunetta, zerdehnte den Namen in einem übertrieben schleppenden Hinterwäldler-Tonfall und verhöhnte den Mann erbarmungslos.

»Laßt uns bei der Sache bleiben, Leute«, meinte Joe und hielt seinen Colt direkt auf Brunettas Nasenbein gerichtet. Drei Meter Teppich mochten sie voneinander trennen, eher weniger. Wer immer zuerst schoß, würde einen tödlichen Treffer landen. Daran konnte kein Zweifel bestehen. Joe spürte die Gewißheit in seiner Brust klopfen, spürte das Blut durch seinen Körper strömen und in seine Ohren drängen, während synchron dazu das rote und blaue Blinken von dem leeren Streifenwagen draußen durch das Panoramafenster fiel.

Das Schachspiel.

»Okay. Wo steckt Mickey, Lem?« Joes Stimme klang beruhigend. Ein Dresseur, der in einem Käfig mit einer Gruppe empfindlicher bengalischer Tiger eingesperrt ist.

»In seinem Zimmer, denke ich, in Deckung«, sagte Lem und ballte seine Fäuste.

Annettes Stimme, noch immer furchtbar leise und zerbrechlich: »Bitte, bitte, tun Sie meinem Kleinen nichts. Bitte, bitte ...«

Joe hielt seinen Blick auf die Killerin geheftet. »Na, dann bist du wohl jetzt am Zug, meine Liebe.«

Brunetta hob ihre makellosen Augenbrauen. »Ich dachte, ich hätte dich eben gebeten, deine Kanone fallen zu lassen.«

»Hast du das?«

»Yeah, das habe ich«, sagte sie. »Und damit wärst du jetzt am Zug.«

»Da bleibt mir wohl nichts anderes übrig«, sagte Joe. »Hast du was dagegen, wenn ich dich noch etwas frage, bevor wir das hier zu Ende bringen?«

Brunetta zuckte mit den Achseln.

»Hast du mich gefunden, indem du dem Cajun gefolgt bist?« fragte Joe.

»Diese armseligen Provinzbullen haben es doch über Funk schon in alle Welt posaunt«, sagte Brunetta.

Joe nickte. »Denke, damit wird's Zeit für das große Finale.«

»Denke schon.« Brunetta hielt ihre schwarzen Knopfaugen fest auf Joe.

Joe spürte den Luftdruck im Raum ansteigen, als ob die Wände langsam auf ihn zurücken würden. In seinem Magen wühlte es heiß, und die Messerwunde ließ die Rückseite seines Beins taub werden, während sich zugleich in seinem Strumpf das Blut sammelte. Sein Handgelenk brannte an der Stelle, an der ihn das Messer getroffen hatte, wie Feuer, aber seine Finger umschlossen den Griff des Colts trotzdem mit eiserner Kraft. Joes Adrenalin übernahm jetzt die Kontrolle, und obwohl seine Knie kaum merklich zitterten und ihren Dienst aufzugeben drohten, hielt er die Mündung unbeirrt auf Brunetta und machte seinen nächsten Zug.

»Ich habe schlechte Nachrichten, Brunetta«, sagte Joe.

»Yeah?«

»Yeah.« Joe seufzte und holte tief Atem. »Ich werde die Waffe nicht fallen lassen.«

Es folgte eine unangenehme Pause. Brunetta spitzte ihre Lippen und kniff ihre Augen zusammen, und es schien als wäre in ihrem Kopf plötzlich die Tonspule blockiert. Draußen näherte sich Sirenengeheul aus östlicher Richtung. Joe schätzte, daß sie noch etwa eine Meile entfernt sein mußten und verdammt schnell näher kamen. Er wußte zwar nicht, wie lange er sich noch aufrecht halten konnte, aber irgend etwas ließ ihn weiter im Spiel bleiben, gab ihm eine Chance, irgend etwas in Brunettas fiebrigem Blick. Langsam wurde Joe klar, was genau hier passierte. Brunetta Jones mochte ein eiskalter *Killer* sein, aber sie war kein *Fighter*. Sie war bekannt dafür, arme Drecksäue in ihre Fänge zu locken und zuzuschlagen, bevor diese überhaupt wußten, wie ihnen geschah. Aber sie hatte es wahrscheinlich noch nie mit einem anderen Scharfschützen zu tun gehabt, hatte noch nie jemanden Auge in Auge in die Knie zwingen müssen. Dies mußte völlig neu sein für die Lady, und das verschaffte Joe einen Vorteil.

»SCHMEISS DIE SCHEISSKNARRE HIN!« Brunettas Urschrei zerriß die gespannte Stille. Annette stammelte vor sich hin, und Lem machte einen weiteren Schritt nach vorn.

»Lem, halt!« bellte Joe im Befehlston, kam noch näher und beobachtete dabei genau Brunettas schlanken Zeigefunger, der den Abzug umklammerte. Lem stand kurz davor, umgebracht zu werden. »Ganz ruhig, Lem.«

Lem blieb stehen, und Joe nickte.

»Kapier doch endlich, Slugger«, fauchte Brunetta ihm zu und rammte die Waffe gegen Annettes Schädel, um ihren Worten Nachdruck zu verleihen. »In kaum zwei Sekunden werde ich diesen Bauerntölpel umnieten müssen, und das geht dann allein auf deine Kappe, also komm gefälligst meiner scheiß Forderung nach und schmeiß den Steinzeitrevolver weg.«

»Nein«, sagte Joe.

»Herrgott, Joe, was soll das?« Lems gequälter Aufschrei traf ihn wie ein Schwall kaltes Wasser.

»Ruhig Blut, Lem, beruhigen Sie sich«, sagte Joe. »Es ist ganz ausgeschlossen, daß diese Lady Ihre Frau erschießt. Und wissen Sie auch warum, Lem? Ich habe Sie etwas gefragt. Wissen Sie, warum diese Lady Ihre Frau nicht erschießen wird?«

Lem schüttelte seinen Kopf.

»Weil diese Lady nämlich ein Profi ist, und als Profi erkennt sie sofort eine aussichtslose Situation.«

Brunetta leckte ihre Lippen. »Was für einen Scheiß faselst du dir da eigentlich zusammen?«

Die Luft schien plötzlich kristallklar zu werden. Die Waffe im Anschlag spürte Joe die Schweißperlen auf seiner Stirn, das heiße Wüten in seinem Magen und hörte die Sirenen näher kommen. Es war gleichermaßen furchtbar und herrlich, als würde sich auf einmal das Schachbrett vor ihm öffnen. Er konnte in die Zukunft sehen, nur noch drei Züge bis zum Ende der Partie, die Verteidigung seiner Gegenspielerin kurzzeitig entblößt, und er sah, wie sein Springer ihren Läufer schlug, und er wußte, er hatte gewonnen, er *wußte es*, und von nun an war alles reine Formsache.

»Hast dich hier in eine kleine Zwickmühle manövriert, Brunetta«, meinte Joe ruhig. »Denn, sieh mal, du hältst deine Knarre auf sie gerichtet und ich meine auf dich, und, na ja, was immer du auch machst, du beißt zuerst ins Gras. Verstehst du, was ich damit sagen will?«

Brunettas Stirn legte sich in Falten, die Rädchen arbeiteten, und der Ernst der Lage wurde ihr bewußt, die Tatsache, daß Bostons schwarze Witwe, Brunetta Jones, in eine der ältesten Fallen der Welt getappt war. Wenn sie auf Joe anlegen würde, wäre sie tot, und wenn sie Annette Coogan erschießen würde, wäre sie ebenfalls tot. Also, wie immer sie sich entschied, sie war tot, da nämlich die Mündung ihrer Waffe *nicht* auf den einzigen Mann im Raum zielte, der über die Möglichkeit verfügte, sie wegzupusten.

»Fuck!« Kurz und verärgert stieß sie das Wort aus und schwang den Lauf zugleich in Richtung Joe.

Joe drückte ab.

Das Mündungsfeuer krachte durch den Raum. Die Kugel riß Brunetta von Annette fort und zerfetzte dabei einen Teil ihrer Stirn. Hirn und Blut besprenkelten die Wände, die Zehnmillimeter feuerte in die Decke, und nun kreischte Annette, hastete los und stürzte auf den Boden. Lem lief zu seiner Frau. Brunetta Jones sackte neben der Eingangstür zusammen, die Augen grotesk verdreht, hirntot, noch bevor sie den Boden berührte.

Joe ging zur Leiche und sah auf sie hinunter.

Zuerst hörte Joe weder die immer lauter heulenden Sirenen der Streifenwagen, noch die Autos, die sich über die York Street näherten, noch Annettes hysterisches Schreien von der anderen

Seite des Zimmers. Seine Ohren klingelten wieder, und er war von einem einzigen Bild völlig eingenommen: Der verdrehte Leichnam der Auftragskillerin unter ihm, deren Kopf friedlich in einer ovalen Pfütze aus Blut ruhte. Warum *sie*? Warum war *sie* diejenige, die in diesem verschlafenen Provinznest ins Gras beißen mußte, und nicht Joe? Und warum verschwendete er überhaupt auch nur einen scheiß Gedanken auf sie? Was für scheinheilige religiöse Anwandlungen überfielen Joe denn nun auf einmal?

In diesem Moment trafen draußen die Lichter und der Krach ein.

Joe blickte durch das vielfach gesprungene Bullauge in der Haustür und sah den ersten State Trooper begleitet von einer Woge aus Lärm und Kohlenmonoxid vor dem Haus abbremsen. Aber das war nicht, was Joes Aufmerksamkeit erregte, sich durch seine Netzhaut bohrte und in seinem Stirnlappen einbrannte. Was seine Aufmerksamkeit erregte, waren die anderen Autos, die die Sixth Steet herunterkamen und die noch ungefähr eine Querstraße zurückhingen. Eins von ihnen rauschte soeben an einem Übertragungswagen des Fernsehens vorbei auf den Brennpunkt des Geschehens zu. Ein anderes blieb abwartend in der Nähe der großen Kreuzung stehen und ließ den Motor aufbrüllen wie ein hungriger Grizzly. Leihwagen, überaus teuer, ein Caddy, ein Sportwagen und wahrscheinlich noch ein Leihwagen. Killer. Da war Joe sicher.

Ein Suchscheinwerfer wischte über Coogans Vorgarten, und eine elektrisch verstärkte Stimme drang durch die Luft. »HIER SPRICHT DIE ILLINOIS STATE POLICE. ALLE PERSONEN IM HAUS EINUNDZWANZIG-SIEBZEHN, KOMMEN SIE HERAUS, HÄNDE HINTER DEM KOPF VERSCHRÄNKT!«

»Joe!«

Der plötzliche Ausruf ließ Joes Blick zurück auf das Chaos im Wohnzimmer schnellen. Es war Lem Coogans Stimme gewesen.

Er hielt Annette fest und suchte mit der anderen Hand in seiner Hosentasche nach etwas.

»Bleiben Sie auf dem Boden, bis ich fort bin«, wies Joe sie an. »Bleiben Sie unten und nicht bewegen.«

»Die Tür zur Garage ist unmittelbar hinter dem Kühlschrank«, sagte Lem und zog einen Schlüsselbund aus der Tasche. »Da drin steht ein großer Kombi, ist zwar laut und klapprig, aber läuft wie ein Rassegaul.«

Lem warf die Schlüssel zu Joe hinüber.

»LETZTE CHANCE, LEUTE. SONST WERDEN WIR REINKOMMEN!«

»Bleiben Sie unten!« Joe winkte den Coogans mit der Pistole und wandte sich dann zur Küche. In der Tür blieb er stehen und drehte sich zu dem verängstigten Paar um. »Tut mir wirklich leid das alles, Ihnen soviel ...«

Die Scheibe in der Haustür barst.

Die Tränengaskartusche explodierte in einem Scherbenregen direkt vor Joe, hüpfte über den Boden, prallte von einer Wand ab und zog eine Spur milchigen Rauchs hinter sich her. Joe wandte sich ab, durchquerte die Küche, fand die Hintertür neben dem Kühlschrank, riß sie auf und tauchte in dämmriges Licht und Benzindämpfe ein.

Bei dem Wagen handelte es sich um einen Pontiac Tempest Kombi, Baujahr '79, eine alte Rappelkiste mit Suffbeulen und Flecken von Grundierfarbe, die in der Düsternis scheckig glänzten. Joe öffnete die Tür, kletterte hinter das Steuer, warf den Colt auf den Beifahrersitz und fummelte den Schlüssel ins Zündschloß. Schwer atmend lauschte er den gedämpften Geräuschen, die sich draußen dem Haus näherten. Mehr Sirenen wurden laut, mehr Autos trafen ein. Joe drehte den Schlüssel, und der Motor sprang sofort an, ein majestätisches Brummen, der König des Dschungels. Gott segne Lem Coogan und dessen kunstfertige, ölverschmierte Mechanikerfinger.

Weitere Lautsprecherstimmen von draußen.

Joe jagte die antike V8-Maschine hoch und beobachtete die schlanken Schatten, die unter dem Garagentor zu sehen waren. Einzelne Strahlen Tageslicht schnitten durch den dunklen Staubnebel. Plötzlich kam ihm eine Idee, überfiel ihn wie eine chemische Reaktion, sein Überlebensinstinkt, der auf Hochtouren lief. Er holte tief Luft und machte sich bereit. Sein Handgelenk fühlte sich an, als wäre ein Band aus glühendheißem Metall darum gespannt, und sein Magen begann sich zu heben. An der Sonnenblende des Kombis war ein Lichtschalter befestigt. Joe griff nach oben, während es in seinem Kopf schrie: »Warte bloß, bis du das Weiß in ihren Augen siehst, alter Junge!« Joe wußte nun genau, was er tun mußte.

Ein schneller Blick in den Rückspiegel, ein kurzer Ruck an der Automatikschaltung in den Rückwärtsgang.

Dann trat Joe das Gaspedal durch.

Der Kombi schoß nach hinten, und Joe spürte, wie die plötzlich auftretenden Beschleunigungskräfte ihm die Eingeweide gegen den Brustkorb schoben. Der Aufprall ähnelte einem Donnerschlag, und als die Rückwand zusammenbrach, wurde Joe tief in das Vinyl gedrückt. Glasscherben und Holzsplitter prasselten gegen die Fenster, auf einmal überflutete helles Tageslicht den Wagen, derweil die Hinterräder in taudurchtränktem Gras kreischten, und für einen irren Moment befand Joe sich ganz allein im Garten, verheddert in zerborstenen Holzplatten und Annette Coogans Wäsche, während die Reifen dicke Klumpen Erde nach hinten spuckten. Schließlich griffen die Räder in festen Boden, und der Kombi stieß mit einem Affenzahn rückwärts aus der Garage heraus.

Der Wagen sprengte einen Lattenzaun, als bestünde der nur als Streichhölzern.

Joe riß das Steuer nach rechts, und der Kombi geriet heftig ins

Schleudern. Das Profil der Reifen fauchte wie auf Schotter, und Joe verlor für einen Augenblick jegliches Gefühl für Zeit und Raum. Die Umrisse von Zäunen und Häusern verschwammen ins Schemenhafte, ein außer Kontrolle geratenes Karussell vor seinem Fenster, in dem die Fliehkräfte ihn gegen die Armlehne drückten. Der Wagen krachte gegen eine weitere Garage. Joes Kopf knallte nach vorn, was zu einer verbeulten Sonnenblende und tanzenden Sternen vor seinen Augen führte. Es gelang ihm, den Schalthebel auf D zu legen und die Bremse durchzutreten.

Der Wagen schlitterte über den Rasen in Nachbars Garten.

Joe zuckte zusammen.

Der Pontiac durchbrach eine Pergola. Feine Holzstäbchen und getrocknete Reben hämmerten auf die Windschutzscheibe ein, eine hölzerne Splitterbombe, die in alle Richtungen explodierte. Einiges davon wurde durch ein offenstehendes Ausstellungsfenster hereingeblasen, vertrocknete Blüten, Sägemehl, Holzspäne. Das Steuer in Joes Hand zitterte, ihm blieb das Herz für eine Sekunde stehen, mit beiden Händen bekam er den Wagen wieder in den Griff, der weitere fünfzehn Meter Rasenfläche überquerte und dann über einen niedrigen Bordstein sprang.

Der Kombi landete mitten auf der York Street.

Joe kurbelte das Steuer nach links, wich einem heranbrausenden Kleinlaster aus und raste dann die ruhige Wohnstraße hinunter. Es waren keine Polizeiwagen in Sicht, keine Scharfschützen, keine Schaulustigen. Nur eine lange, abschüssige und leere Asphaltpiste. Joes Trick hatte funktioniert, bis jetzt zumindest. Joe brauchte eine Weile, bis er wieder normal atmen konnte, und er hielt seine Augen in Erwartung der unvermeidlichen Meute gebannt auf den Rückspiegel gerichtet.

Endlich hatte er es zurück zum Highway 57 geschafft und reihte sich hinter einem großen Trucker in den Verkehr ein.

»Okay, also gut, eins nach dem anderen, eins nach dem anderen«, redete Joe sich beruhigend zu. Die Rückseite seines Beins brannte teuflisch, und die durchgehende Sitzbank war rutschig vor lauter Blut. Joe konnte es riechen. Dieser süßlich kupferne Duft. Er hatte diesen Duft in seinem Leben zwar schon oft gerochen, aber noch niemals den seines eigenen Bluts, nie seine ganz persönliche Fährte, immer nur den Lebensaft von irgendeinem anderen armen Schlucker. Doch nun war der Spieß umgekehrt. Und die Schmerzen wurden schlimmer, eine großflächige Anordnung winziger, flackernder Feuerstellen, die sich über seinen Oberschenkel, unterhalb seines Handgelenks und innerhalb seines Magens ausbreitete. Joe spürte die Übelkeit seine Eingeweide hochkriechen. »Herrjeh, langsam, verdammt noch mal, ganz ruhig.«

»Dd... ddd... dduu hassst's geschafft!«

Joe riß die Augen auf, blickte prüfend in den Rückspiegel und bekämpfte einen Anfall von Panik. Jetzt hörte er schon Stimmen. Schwindel im Kopf und Stimmen in den Ohren, vielleicht sollte er es doch lieber gleich bleibenlassen, denn wenn einer bereits Stimmen hörte, dann stand er schon mit einem Bein im Grab.

»Ich wußte, dd... ddd... dduu schaffst's!«

Ein unförmiger Kopf mit schmutzig-blondem Schopf und tiefsitzenden Ohren schoß auf der Rückbank hoch, unschuldige mongoloide Augen strahlten, und Gesichtsmuskeln zuckten wie wild. Der Junge hatte sich dort hinten versteckt, zusammengefaltet auf dem Boden wie die Zeitung von gestern. »Ich hab M... mom gesagt, du bist der echte Batman, hab ich ihr gesagt, aber sie hat mir nicht geglaubt. Jetzt weiß ich's genau! Nur der e... eee... echte Batman konnte diesen bösen Männern entwischen! Du bist's! Du bist der echte Batman!«

- 12 -

Jefferson Lyle hatte eben die Hälfte seines allmorgendlichen Pensums auf dem Laufband absolviert, als die Stimme seiner Sekretärin durch die Gegensprechanlage kam.

»Mr. Lyle?«

»Was ist denn, Melanie?« Tief verärgert über die Störung schnaufte und keuchte Lyle weiter. Seine tadellose Messerschnittfrisur war mit Gel zurückgelegt, die Boca-Raton-Bräune glänzte vor Schweiß. Lyle funktionierte wie eine fein eingestellte Maschine. Sein Puls wurde täglich sorgfältig überwacht. Ein Ernährungswissenschaftler und ein Homöopath arbeiteten seinen Essensplan bis ins Detail aus. Seine Tage waren zur Maximierung der Produktivität durchorganisiert und aufeinander abgestimmt. Auf Außenstehende mochte das früher zwar einfach nur exzentrisch gewirkt haben, aber für Lyle war es der einzige Weg gewesen, aus einem schäbigen kleinen Computereckladen in Haight-Ashbury damals in den späten Siebzigern eines der florierendsten PC-Software-Unternehmen unter den illustren Fortune 500 zu machen. Und er war nicht gewillt, seinen gewohnten Rhythmus von den kleinlichen Anforderungen des Tagesgeschäfts durcheinanderbringen zu lassen.

»Sir, entschuldigen Sie die Störung, aber ein Mr. Okuda ist hier, um Sie zu sprechen.«

Lyle unterbrach sein Laufen.

Okuda?

Lyle konnte sich nicht daran erinnern, für heute ein Treffen mit Okuda vereinbart zu haben. Ja, es mußte sogar Monate her sein, seit er überhaupt das letzte Mal mit dem Professor gesprochen hatte. Am gestrigen Tag war noch eine e-mail eingetroffen, die die Fortführung der Operation eindeutig befürwortete. Es bestand wirklich kein Anlaß, daß die beiden Männer sich trafen. Was zum Teufel war hier los? Da stimmte irgendwas einfach nicht. So war die Sache nicht gedacht. Unter den Mitgliedern des Chambers existierten sehr präzise Vorschriften bezüglich überraschender Zusammenkünfte. Das Chamber war ein heiliger Bund, und improvisierte Treffen waren nicht allein riskant, sie waren völlig kontraproduktiv. Das Chamber verlangte stille, rationale Überlegungen. Lyle drehte sich zu dem Mikrophon. »Äh, ja, okay, Melanie«, sagte er schließlich und dachte noch einen Moment nach. »Führen Sie ihn in den östlichen Konferenzraum, bringen Sie ihm einen Müsliriegel und ein Mineralwasser und sagen Sie, ich käme gleich.«

Lyle kletterte von seinem Nordic Track, griff nach einem Handtuch, wischte sich den Schweiß ab und stieg aus seinem Trainingsanzug.

Ein paar Minuten später schritt er in einem backsteinfarbenen Gianni-Versace-Anzug und Gucci-Slippern für dreihundert Dollar zügig den äußeren Gang hinunter. Dieser Korridor war eine Art Pseudogefechtsstand aus Chrom und Glas, der die gesamte Außenfront des Washingtoner Büros umschloß. Lyle hatte auf dem Elizabeth-Chang-Design bestanden und sogar einige Lichtenstein-Siebdrucke aus seiner Privatsammlung aufhängen lassen, um das Ganze ein wenig aufzuheitern. Nur weil Lyle zu den bekanntesten Linksliberalen des Landes zählte, mußte daraus ja noch lange nicht folgern, daß sein Lebensstil proletarisch zu sein hatte.

Er erreichte die Tür zum östlichen Konferenzraum und trat ein.

In dem holzgetäfelten Raum erwartete ihn Professor Theodore Louis Okuda.

Der Professor war nicht allein.

»Jeff, wie geht es dir?« Der kleine Asiate sprang auf und wischte sich die Hände an einem Taschentuch ab. Okuda war gerade mal einsfünfzig groß, besaß ein rundliches, vornehm geschnittenes Gesicht, ein Paar vor Intelligenz blitzende Augen, arbeitete als Professor für englische Literatur an der Georgetown University und gehörte zu den Gründungsvätern des Chambers. »Entschuldige, daß wir einfach so bei dir hereinplatzen.«

Lyle ging hinüber und schüttelte Okudas Hand. »Sei nicht albern, Teddy. Solange du mich nicht wieder zu einem Tennismatch herausfordern willst.«

»Mit dir traue ich mich nicht einmal mehr in die Nähe eines Platzes.«

»Weise Entscheidung.«

Auf der anderen Seite des Raums stand ein zweiter Mann am Fenster und sah auf die sonnenbesprenkelten Ufer des Potomac hinaus. Dieser Mann war jünger und trug einen Anzug von Brooks Brothers. Er drehte sich um und lächelte Lyle zu.

Okuda deutete auf den Mann. »Jeff, das ist Tom Andrews, von Wilber & Wheels in Chicago.«

Lyle nickte, ging zum Fenster hinüber und schüttelte die Hand des jüngeren Mannes.

Noch bevor weitere Worte gewechselt wurden, ließ Lyle in Gedanken kurz eine Beurteilung der an diesem speziellen Spiel beteiligten Personen ablaufen. Dieser aufstrebende Jungspund war der einzige Kontaktmann des Chambers im Mittleren Westen. Mit anderen Worten, wann immer das Chamber einen radikalen Faschisten ausgeschaltet sehen wollte, war dies derjenige, der den Auftrag weiterleitete und darauf achtete, daß alles schnell und professionell erledigt wurde. Und obwohl Lyle es gewöhnlich bevorzugte, sich von derartigen Leuten fernzuhalten und nur über die normalen konspirativen Kanäle mit ihnen in Verbindung zu treten, hatte sein Unternehmen viel Mühe auf die Gewährleistung verwandt, daß dieser Raum völlig abhörsicher war. Womit es sich um den wahrscheinlich einzigen wanzenfreien Konferenzraum in Washington handeln dürfte. Es war daher unverfänglich, sich offen zu unterhalten. Außerdem ahnte Lyle bereits ziemlich genau, warum der Youngster an ihre Tür geklopft hatte. »Setzen Sie sich doch, Mr. Andrews.« Lyle wies auf den glänzenden Kirschholztisch.

Die Männer nahmen Platz.

»Normalerweise«, begann Andrews, »würde ich natürlich nicht im Traum daran denken, hier herunterzufliegen und Sie mit derart … nun ja … unbedeutenden Dingen zu belästigen. Aber ich glaube, wenn Sie die ganze Geschichte gehört haben, dann werden Sie verstehen, warum ich gekommen bin.«

Lyle wartete.

»Sehen Sie, die Situation ist folgende … der Gentleman, den ich in Chicago bei diversen Projekten eingesetzt habe … dieser Gentleman, äh, steckt zur Zeit in einer gewissen Verlegenheit.«

»Einer Verlegenheit«, wiederholte Lyle mit einem verständnisvollen Unterton. Er wußte nur allzu gut, wovon der Anwalt sprach, aber er zog es vor, die komplette Geschichte zu hören.

»Ja, genau, eine Verlegenheit. Sehen Sie, er fällte einige … nun ja, fragwürdige geschäftliche Entscheidungen, muß man wohl sagen … und er sucht nun nach einer Möglichkeit, seinen Vertrag gewissermaßen … zu überarbeiten.« Andrews faltete die Hände vor sich auf dem Tisch und wählte seine Worte mit großem Bedacht. Die Euphemismen strömten wie Wein bei einem bacchantischen Trinkgelage. Dieser junge Anwalt vermochte die Wahrheit besser zu kaschieren als ein aufgeputschter Pressesprecher des Pentagon.

»Und …?« sagte Lyle, der noch immer auf die Pointe wartete.

»Na ja, also, der eigentliche Grund, aus dem ich mich entschieden habe, hier herunterzukommen und Ihre Meinung einzuholen« – Andrews suchte erneut nach Verklausulierungen –, »war, nun, weil dieser Gentleman kürzlich mit einem Vorschlag an mich herangetreten ist. Einem völlig unvorhersehbaren. Einem unorthodoxen, könnte man sagen.«

»Tatsächlich?« Lyle blickte zu Okuda hinüber und sah, daß die Augen des Asiaten leicht gesenkt waren und ein schwaches Lächeln seine Lippen umspielte, so als würde er sich einen Witz anhören.

»Ja, *unorthodox*«, sagte Andrews. »Mit diesem Begriff würde ich es bezeichnen. Jawohl.«

»Mr. Andrews«, erklärte Lyle ruhig. »Dieser Raum ist makellos clean. Warum fangen Sie also nicht an und sagen geradeheraus, was Sie uns mitzuteilen haben.«

Es folgte ein kurzes unangenehmes Schweigen, in dem Andrews in seinem Kopf Kalkulationen durchzuführen schien.

Dann erzählte der junge Anwalt ihnen alles – Joes Wettbewerb, der Anruf, alles.

Als Andrews fertig war, stand Lyle auf und schlenderte geruhsam zum Fenster hinüber. Er betrachtete die Kirschblüte an den Ufern des Potomac. In diesem Jahr hatte der Frühling in Washington mit einem Farbenspektakel Einzug gehalten, einer Symphonie aus strahlendem Grün-, Pink- Gelbtönen, und die Morgensonne funkelte auf dem Wasser wie eine Diamantenkette.

Lyle seufzte und sagte: »Und jetzt möchte er also seinen kleinen Wettkampf abblasen? Das ist die Sachlage, Mr. Andrews, ja?«

Der Anwalt erhob sich. »Ja, das ist richtig.«

Lyle wandte sich um, blickte den jungen Tom Andrews an und lächelte. »Wir werden uns in dieser Sache mit Ihnen wieder in Verbindung setzen müssen, Tom.«

Andrews starrte ihn ungläubig an. »Wie bitte?«

Lyle lächelte weiter. »Wir werden uns bei Ihnen melden.«

»Aber …«

»Sie hören von uns«, sagte Lyle und ging zur Tür hinüber. »Ich wünsche Ihnen noch einen schönen Tag.«

»Www... wie's es damit, Batman?« Der Junge arbeitete voller Eifer im vibrierenden Fonds des Kombis, lehnte sich über die Vorderbank und umwickelte Joes Handgelenk mit einem schmuddeligen Baumwollstreifen. Mickey hatte den Erste-Hilfe-Kasten und ein altes zerfetztes Laken im Laderaum unter dem Reserverad gefunden und das Bettlaken zu einer behelfsmäßigen Bandage zerrissen. Jetzt hatte er die Verarztung von Joes Handgelenk mit der unbeholfenen Aufmerksamkeit eines Kindes, das ein schwieriges Puzzle zu Ende legt, abgeschlossen. »Da« – dem Jungen gelang ein Laufknoten –, »so gut www... wie neu, Batman, und jetzt auf in den Kkk... kkampf gegen das Verbrechen!«

»Yeah, sicher, Kid, ich bin ein echter Verbrecherschreck.« Joe atmete tief ein, wischte sich den Schweiß aus den Augen und versuchte sich aufs Fahren zu konzentrieren.

Im Bildausschnitt der Windschutzscheibe strömte der von der Sonne ausgedörrte schwarze Straßenbelag unter den Wagen und schlugen in hektischer Folge die weißen Markierungsstreifen ein. Sie fuhren den Highway 336 in Richtung Süden hinunter, auf den Fluß und das brachliegende Hinterland des südlichen Illinois zu. Joe hatte keine Ahnung, wie weit er mit der Vierteltankfüllung des Kombis kommen würde. Vermutlich war der Tempest trotz Lems liebevoller Pflege ein entsetzlicher Benzinfresser. Außerdem ließen die Ausmaße des Wagens sie zu einem leichteren Ziel werden. Ein großkalibriges Dumdumgeschoß auf die Hinterreifen, und das alte, stählerne Kampfroß würde wahrscheinlich einen Rückwärtssalto über den Mittelstreifen machen. Joe konzentrierte sich auf den Horizont und bemühte sich, einen klaren Gedanken zu fassen. Sie fuhren auf St. Louis zu, aber er wußte nicht genau, wie weit dieser Highway reichte. Hier unten in diesen tiefen Regionen des Bundesstaats ähnelte das Straßennetz eher einem Flickenteppich, und auch die Highways schrumpften ungefähr alle fünf Meilen zu elenden zweispurigen Größen zusammen.

Joe warf einen kurzen Blick in den Rückspiegel, und das helle Tageslicht ließ ihn blinzeln. Er entdeckte eine Reihe unverdächtiger Autos hinter ihnen. Einen Lastwagen, eine Limousine, einen Sportwagen. Befanden sich darunter womöglich irgendwelche Killer? Joe wurde langsam wirr im Kopf. Er blickte wieder nach vorn auf die Straße. Das gleißend milchige Sonnenlicht strahlte von den Leitplanken ab wie schmutziges Quecksilber. Joe schluckte schwer und versuchte, sich seinen nächsten Zug zu überlegen. Sein Hirn surrte unnütz wie ein defektes Uhrwerk. War dies der Schock? Hatte Joe so viel Blut verloren, daß er langsam schlappmachte? Oder war es etwas anderes, etwas, das dieser Junge mit Hängeohren in ihm ausgelöst hatte?

»Sie sind da hinten, stimmt's?« Der Junge hatte bemerkt, worauf Joe im Spiegel starrte.

»Wer?«

»Du weißt schon, der Joker, der Rrr... riddler, der Penguin.«

»Du meinst die Bösen?«

»Yeah, die Bösen, sie sind da hinter uns her und vvv... verfolgen uns, stimmt's?«

Joe sagte dem Jungen, daß er damit recht haben könnte. Die Bösen waren höchstwahrscheinlich da hinten irgendwo, und sie waren tatsächlich hinter ihnen her, und sie waren zweifellos so böse, wie man es sich nur vorstellen konnte. »Deshalb« – Joe bedachte Mickey im Rückspiegel mit einem harten Blick – »wäre es eine gute Idee, wenn Boy Wonder unten bleiben und sich ruhig verhalten würde, bis Batman Gelegenheit findet, ihn an einem sicheren Ort abzusetzen.«

Der Junge sagte eine Weile gar nichts und schob dann mit dem Finger seine Nase nach oben, als würde er nachdenken. »Dd... ddu hast doch keine Aa... angst vor denen, oder?«

»Na klar habe ich Angst vor denen.«

»Du hast Angst?«

»Sicher. Jeder hat Angst. Sogar Batman. Nur wer völlig plemplem ist, hat nicht von Zeit zu Zeit auch einmal Angst.«

»Aber mmm ... mein Dad sagt, daß man nur Aa ... angst haben muß vor Sachen, die man nnn ... nnicht versteht.«

»Glaub mir, mein Junge, ich versteh diese bösen Kerle ziemlich gut und habe trotzdem schrecklich Angst vor ihnen.«

»Mm ... meinst du etwa, mein Dad hat gelogen?«

Joe sah in den Rückspiegel und betrachtete das kugelrunde Gesicht des Jungen und die unschuldig blickenden Augen. In dem grellen Tageslicht wirkte Mickey beinahe durchsichtig, eine zerbrechliche kleine Putte in einem gelben Robin-Kostüm aus Seide. Eigentlich hatten Kinder in Joes Leben nie eine große Rolle gespielt, sie waren Teil einer anderen Welt, ein Luxus, der allein normalen Leuten zustand. Bei einem Auftrag bildeten sie Hindernisse, bedeuteten sie Alarmstufe Rot. Ein Profi würde nie ein Zielobjekt angreifen, wenn sich im Umkreis von zehn Meilen ein Kind aufhielt. Kinder waren tabu. Aber es machte den Eindruck, als würde Joe gerade mit einer anderen Regel brechen und einem Kind zuhören. Aufmerksam zuhören. Es war eine sonderbare Erfahrung, als würde Joe sein Innerstes nach außen kehren und sich durch das Prisma von Mickeys starren Augen betrachten.

»Dein Dad hat die Wahrheit gesagt«, erwiderte Joe schließlich. »Er sprach übers Mutigsein, und das ist etwas, was du von deinem alten Herrn geerbt hast. Glaub mir, dein Daddy ist einer der aufrichtigsten Menschen, denen ich jemals begegnet bin.«

Mickey befeuchtete seine Lippen. »Aber er ist nicht so wie du; er ist kein Superheld.«

Joe lächelte bitter. »So furchtbar toll ist es nun auch nicht, ein Superheld zu sein.«

»Ich möchte aber genau so sein ww ... wie du, wenn ich groß bin.«

»Nee, das möchtest du nicht, glaub mir, mein Junge.«

»Dddd… dddoch, möcht ich. Ich habe noch nie einen so mmm… mmutigen Mann wie dich gesehen. Du hast diese böse Frau erschossen und du hast die blöden Schläger vertrieben und du siegst über alle bbb… bbösen…«

»Nun hör mal zu, Kid. Weißt du, auf Leute schießen allein bringt überhaupt nichts. Es verändert gar nichts, allenfalls stirbt jemand dabei. Es hängt alles davon ab, auf *wen* du schießt und *warum* du schießt, und abgesehen davon ist es keine Art, sein Leben zu leben.«

Joe hielt das Lenkrad für einen Moment fest umklammert und würgte einen bitteren Geschmack hinunter. *Keine Art, sein Leben zu leben*. Hatte das nicht seine Mutter zu ihm gesagt, in ihrer letzten Stunde, als sie in diesem zugigen kleinen Häuschen in der Larchmont Street auf dem Totenbett lag? Joe hatte sie damals für senil gehalten. Hatte geglaubt, sie sei einer Gehirnwäsche durch die Kirche unterzogen worden, sei betäubt von all dem Kummer und Leid in ihrem Leben.

Die Erinnerung lag ihm wie Blei auf der Seele.

Ihr Zimmer…

Die vergammelten, wurmstichigen Möbel aus der französischen Kolonialzeit, die vergilbten Spitzendeckchen, die unzertrennbar mit Kommoden und Anrichten verbunden waren, der sauer-käsige Geruch nach Mentholatum und Hammeleintopf und natürlich die Heiligenbilder. Wohin man auch sah, an den Wänden und in den Vitrinen: Abbildungen von Jesus, dem Herz Jesu und dem letzten Abendmahl. Kruzifixe aus Teakholz und in Holztafeln gebrannte und versiegelte Bibelzitate. Im Herbst ihres Lebens hatte sich Katherine Flood in ein einsiedlerisches, altes Weib verwandelt. Und in ihren letzten Wochen, als ihr Körper bereits vom Krebs zerfressen war und ihr Verstand nachließ wie die Flut, die ins Meer zurückweicht, hatte sie sich standhaft geweigert, ins Krankenhaus zu gehen.

Bei Joes letztem Besuch saß sie aufrecht gegen das Kopfteil des Betts gelehnt, das stolze, faltige Gesicht frisch zurechtgemacht, die Augen unter einer dicken Schicht Mascara versteckt, die Lippen mit einem tiefroten Lippenstift angemalt. »Was ist los, Joey?« hatte Katherine gesagt, und dabei war ihre Hand für einen Moment durch die Luft geflattert wie ein verletztes Vögelchen, das zu fliegen versuchte.

Joe trat dicht genug neben ihr Bett, um ihren Geruch nach Feuchtigkeitscreme und Wick-Vaporub wahrzunehmen. »Mom, hör mal.« Er holte tief Luft und sah seiner Mutter direkt in die Augen. »Ich habe dir niemals erzählt, womit ich meinen Lebensunterhalt verdiene.«

»Du bist doch in der Bauwirtschaft.«

»Nicht ganz.»

»Du hast mir erzählt, du wärst in der Bauwirtschaft, mit diesen riesigen Kränen und den Baugeräten, immer bauen, bauen.« Inzwischen zitterte Katherine stark und war tapfer darum bemüht, ihren Kopf hochzuhalten. »Was erzählst du mir da, Joey? Mein Sohn ist nicht im Baugewerbe?«

»Nein, ich bin nicht im Baugewerbe, Mom.« Joe blickte seine Mutter an und schluckte schwer. »Was ich im Grunde genommen mache, ist, ich bringe Leute um. Schlechte Menschen. Ich erlöse sie aus ihrer elenden Lage.«

Mit gespitztem Mund starrte Katherine ihn verständnislos an. Joe wollte es ihr erklären, erzählte von Vietnam und von der Energiequelle und davon, wie er der Menschheit einen Dienst erweist, indem er die Erde von diesem Pack befreit.

»Nein.« Katherines Antwort kam urplötzlich in einem tiefen, eisigen Ton wie von einem stockend sprechenden Roboter. Und hätte sich ihr Kopf nicht in ungläubigem Staunen hin und herbewegt, dann hätte Joe geschworen, daß sie tot wäre.

»Mom…«

»Nein.«

»Mom, hör mich an.«

»Das ist nicht wahr. Das ist eine Lüge. Mein Sohn bringt keine Leute *um.« Katherine hielt ihre Augen nun fest geschlossen und verzog gequält und mißmutig ihre rotverschmierten Lippen. »Ich weiß nicht, warum du mir das erzählst, Joey. Es ist grausam. Seine Mutter zu besuchen und ihr dann mit solchen Geschichten den Verstand zu rauben.«*

»Mom, ich versuche dir nur zu erklären ...«

»Nein.« Die alte Frau wedelte nun mit beiden gelähmten Händen und schwenkte sie, als wollte sie einen üblen Geruch vertreiben. »Nein. Nein. Nein.«

»Herrgott noch mal, ich versuche dir doch nur die Wahrheit zu sagen!« fuhr Joe sie an.

Katherine erstarrte auf einmal.

»Dein Sohn ist ein Killer, Mom.« Joe schleuderte ihr die Worte entgegen. »Ein halbes Dutzend erledigte Aufträge pro Jahr seit den späten Sechzigern. Jeder einzelne von ihnen ein schlechter Mensch. Mörder, Mom. Diese Leute haben sich wie Tiere benommen. Tiere, die immer und immer wieder mordeten. Verstehst du, was ich dir sage? Ich habe sie aus ihrem Elend erlöst!« Joe streckte die Arme aus und ergriff ihre spindeldürren Schultern.

»FASS MICH NICHT AN!«

Katherines Schrei traf Joe wie ein plötzlicher Schwall Eiswasser ins Gesicht. Der Klang dieses Schreis, dieser schrille Klang wie von einer Katze, der das Fell über die Ohren gezogen wird, kam so unerwartet, schien aus dem Mund einer solch schwächlichen Frau derart unvorstellbar, daß Joe zurückschnellte, als habe er einen Stromschlag bekommen. Katherine wandte sich ab. Sie drehte ihr ledernes Gesicht dem trüben Tageslicht vor dem Fenster zu und murmelte vor sich hin: »Der Herr sprach zu David, ›Wenn aber seine Söhne mein Gesetz verlassen und in meinen Rechten nicht wandeln, wenn sie meine Ordnungen entheiligen und meine Gebote nicht halten, so will ich ihre Sünde mit der Rute heimsuchen‹.«

»Mom, ich habe Gottes Gesetz nicht verlassen«, sagte Joe, in des-

sen Augen salzige Tränen brannten. »Ich habe ihm Geltung verschafft.«

Katherines Blick schnellte auf ihn zurück, und Joe spürte den Zorn seiner Mutter, der sich wie ein giftiger Schleier über sein Gesicht legte. Ihre grauen Augen wurden plötzlich blitzscharf, und ihre Pupillen nahmen das tiefe Schwarz eines polierten Onyx von höchster Reinheit an. »Du bist der Gottlose, Joey«, zischte sie und zeigte ihre braune untere Zahnreihe. »Nur Gott kann das Böse rächen. So steht es in der Bibel. Du bist der Gottlose, Joey, genau das bist du.«

Joe hatte das Gefühl, seine Seele würde in dem knorrigen Dielenboden versickern.

»Das waren die letzten Worte, die sie zu mir gesprochen hat«, nuschelte Joe über das Brummen des Wagens hinweg.

»Die letzten Ww...worte von wem?« Mickey wurde ganz aufgeregt. Er war auf die Rückbank gesprungen, war wie ein Affe in die Hocke gegangen und hüpfte nun nervös auf und ab.

»Von meiner Mutter.«

Mickey neigte seinen Kopf zur Seite, und Joe merkte genau, wie es in dem Jungen arbeitete. »Deine Mm...mmutter wollte nicht, daß du Batman bist?«

Joe schüttelte traurig seinen Kopf. »Nein... ich glaube nicht, daß ihr das besonders gefiel.«

Es setzte ein betretenes Schweigen ein, während Mickey das gesamte Konzept einer Prüfung unterzog. Joe beobachtete den Jungen durch den Rückspiegel und wurde von einer Woge an Sympathie für ihn erfaßt. Die Welt war ein verrückter, chaotischer Ort. Der König hatte keine Kleider. Supermans Umhang stammte aus dem Kaufhaus, und das ganze verdammte Spiel war nichts als hohler Aktionismus. Joe überlegte, ob er nicht langsam selbst bereit war, sich damit abzufinden.

Ihm entging dabei die bullige Limousine in der eintönig grauen Ferne hinter ihnen, die sich zügig näherte.

Die Sabitini-Zwillinge hatten die Distanz auf weniger als drei Wagenlängen verkürzt und waren angriffsbereit, so angriffsbereit, wie sie es nur sein konnten. Ihr geliehener Ford Taunus mit seiner cappuccinofarbenen Lederausstattung und dem geschwungenen Armaturenbrett funkelte und glänzte. Auf dem Rücksitz lagen zwei Haliburton-Koffer nebeneinander, die jeweils bis an den Rand mit hochkalibrigen, maßgefertigten Schußwaffen gefüllt waren. Die Sabitinis verfolgten den flüchtenden Kombi schon seit zwanzig Minuten, seit er den Cops in Quincy entwischt und auf der anderen Seite von Coogans Garten wieder aufgetaucht war. Mittlerweile hatte sich der Verkehr zwischen dem Taunus und dem Kombi stark verringert. Ein paar Autos, ein oder zwei Sattelschlepper und bisweilen auch ein Streifenwagen der State Police kamen ihnen entgegen und rauschten zurück zum Schlamassel im Haus der Coogans.

»Der Fangschuß, *fratello*, ich warte drauf«, brummte Federico in gebrochenem Englisch, drehte sich um und griff nach hinten ins Dunkel. Er öffnete einen der Haliburtons und zog ein Beretta-Zylinderverschluß-Gewehr hervor. Dann drehte er sich wieder zurück und fummelte einen Sinic-Schalldämpfer auf die Spitze des Gewehrlaufs. »Und außerdem ist der Highway vollgestopft mit *competitori*.«

»Ah, aber wir sind die besten von allen, eh?«

»Bernardo und sein alberner Stolz.« Federico grinste. Er zog den Schalldämpfer auf der Waffe fest, montierte das Zielfernrohr und blickte auf den vor ihnen liegenden, staubigen Highway. In weiter Ferne rumpelte der Kombi unter einem Viadukt hindurch, wobei schwarze Abgaswolken unter dem Fahrzeugboden hervorquollen. Gott allein wußte, wie lange die alte Klapperkiste noch halten mochte. Und was war mit dieser geheimnisvollen Gestalt, die auf dem Rücksitz des Wagens herumsprang? Handelte es sich um einen Komplizen des Sluggers? Einen Melder? Einen Assistenten?

Federico interessierte es nicht sonderlich, denn er würde dem Wettbewerb gleich ein Ende bereiten. Eine einzige Kugel, Durchmesser 7,62 Millimeter, direkt in den Hinterkopf des Fahrers.

»Halt die Knarre unten, *idiota!*« Bernardo blickte in den Rückspiegel und machte sich im Kopf Notizen über die Autos, die hinter ihnen herbrausten. Ein Cadillac. Ein Sportwagen. Die anderen Revolvermänner warteten offensichtlich darauf, daß die berühmten Sabitinis den ersten Schritt unternehmen würden. Diese gelben Hunde. Früher an diesem Vormittag war Bernardo ein Wagen aufgefallen, von dem er dachte, daß er womöglich zu dem schlitzäugigen Sakamoto gehören könnte. Der schwarze Zweisitzer hatte sich dem Haus der Coogans genähert. Und das hieß, die anderen würden mit größter Wahrscheinlichkeit heute auch ihren Auftritt haben, vielleicht sogar dieser Schwarze aus New York, der sich *Love-daddy* oder *Love-day* nannte oder so ähnlich.

Vom Beifahrersitz kam Federicos Stimme, tief und leise, ein sicheres Zeichen dafür, daß es ans Killen ging. »Bernardo, *amico*, ein wenig näher, *per favore* – nur ein klein wenig.«

Im Seitenspiegel bemerkte Joe zwei vertraute Silhouetten, die sich hinter ihnen in einer kastenförmigen Limousine näherten, zwei breite Schulterpaare, eingezwängt in einem halbdunklen Innenraum, zwei scharf geschnittene Schädel, zwei identische Körperhaltungen, und dieser Anblick ließ Joes Kopfhaut zum Zerreißen anspannen. Mickey hopste noch immer auf dem Rücksitz herum, ein ruheloses Energiebündel. Erneut rebellierte Joes Magen, Säure wühlte sich in Richtung Hals hinauf. Er mußte einen Weg finden, den Jungen auf sichere Weise loszuwerden. Vielleicht die nächste Ausfahrt nehmen und den Jungen an einer Tankstelle absetzen. Aber Anhalten war jetzt ein großes Risiko, vor allem angesichts der Flying Sabitini Brothers da hinten, die nur auf die Gelegenheit zu einem sauberen Fangschuß warteten. »Würdest du mir einen

Gefallen tun, Mickey?« bat Joe das Kind eindringlich. »Würdest du bitte unten bleiben?«

»Ich werd nicht zulassen, daß sie ddd ... dir was tun, Batman.«

»Ich versteh schon, aber ich bitte dich als mein Mitsuperheld und Kumpel darum.«

»Du bbb ... brauchst meine Hilfe.«

»Hör mal, Mickey. Die bösen Kerle sind unmittelbar hinter uns, und ich muß mich konzentrieren, wenn ich sie abschütteln will. Schluß jetzt mit dem Herumspringen. Okay? Ich werd sie mit meinen Superhelden-Fahrkünsten und meinem atomgetriebenen Bat-Motoren abschütteln. Also bleib unten und verhalte dich ganz ruhig.«

»Du bbb ... brauchst mich.«

»Herrgott, Junge, tu, was ich dir sage!«

Mickey begann furchtbar zu zittern. »Diese bösen Kerls haben sich einmal zu viel mit mmm ... mir angelegt. Diesmal werden sss ... sie mir dafür büßen!« Er suchte an seinem Mehrzweck-Gerätegürtel aus Plastik nach einem Bat-Utensil, einer Spielzeugwaffe oder sonst irgendeinem Plastikunsinn. Seine Arme fuchtelten wild durcheinander, die Behinderung wühlte ihn nun auf. »Denen werd ich's zeigen, diesen bbb ... bösen Kerlen!«

»Mickey!«

»Umbringen werd ich die bb ... bösen Kerle ... umbringen ... jetzt gleich uu ... umbringen!«

»Hey Kumpel, warte doch!« Joe griff nach dem Jungen, packte seine Schulter, aber Mickey entschlüpfte ihm. Der Junge knallte gegen die Seitentür und riß einen gelben Batarang von seinem Plastikgürtel.

»Mickey! Herrgott noch mal! Geh runter!« Joe bemühte sich, den Wagen ruhig zu halten.

Der Junge kämpfte mit der Fensterkurbel. »Umbringen werd ich diese bbb ... bööösen Keeerle ...!«

»Mickey, hör auf!«

Zu spät. In einer einzigen spastischen Bewegung stülpte der Junge den Kopf aus dem Fenster und schleuderte den Plastikbumerang nach hinten in den Fahrtwind.

Federico Sabitini hing aus dem Beifahrerfenster, preßte das Fernrohr gegen das Auge, während der nach Fluß riechende Wind ihm um den Schädel pfiff und an seinem Hemdkragen zerrte, als der Gegenstand von der Seite des Kombis in sein Blickfeld flog.

Eine Fledermaus?

Das Ding tanzte für einen Moment im Wind, schaukelte wie ein verlorenes Blatt hin und her, wobei die gelben Schwingen heftig bebten. Dann kam es direkt auf den Ford der Sabatinis zu. Federico senkte das Fernrohr, lehnte sich zurück, warf einen kurzen Blick auf das seltsame Flugobjekt und zischte wütend: *»Ghermi-nella...?!«*

Mickeys Bumerang schlug gegen ihre Windschutzscheibe und schob sich unter eines der Wischblätter.

Bernardo starrte auf das Stück Plastik. »Was zum Teufel ist das?«

Federico war sprachlos und glotzte das Spielzeug an, als hätte sich ein Albatros auf ihrer Kühlerhaube niedergelassen.

Bernardo stieg auf das Gaspedal, bleckte die Zähne und zitterte vor Wut und womöglich auch vor Schreck. »Der *buffone* macht sich lustig über uns.«

Federico nickte, zwinkerte Schweiß, Wind und Feuchtigkeit aus den Augen und blähte seinen immensen Brustkasten auf. Dies entwickelte sich zu einer persönlichen Herausforderung. Diesen Drecksack zur Strecke zu bringen war eine Frage der Ehre, und Ehrensachen besaßen bei den Brüdern Tradition. Sie waren ihnen in Fleisch und Blut übergegangen, bestimmten all ihre Handlungen. Je bedeutender der Mord, desto ehrenvoller der Mann.

Und dieser Mord würde der bedeutendste aller Zeiten werden.

Bernardo beschleunigte den Wagen, schob sich noch näher an den Kombi heran, so dicht, daß sie bereits die Abgase riechen konnten. Federico lehnte sich in den Wind hinaus, hob das Zielfernrohr zum Auge und legte ein Fadenkreuz über das Heck des Pontiac. Er wollte gerade feuern, als dieses Gefühl wiederkam, dieser Juckreiz im Becken unmittelbar oberhalb des Hüftgelenks. *Die Stelle*. Er senkte die Waffe, glitt wieder nach innen, zwinkerte die vom Wind verursachten Tränen aus den Augen, fluchte auf italienisch und kratzte die tellergroße, vernarbte Hautfläche unter seinem Sakko.

Es war etwas, das mitunter auftrat, wenn Federico unter irgendeiner Art von Streß stand oder sich auf eine besonders widerliche Aufgabe konzentrieren mußte. Es war '83 aufgetreten, als er sich gezwungen sah, im Hafen von Messina eine Frau zu zerstückeln, damit sie in eine Metalltonne paßte. Es war vor sechs Jahren aufgetreten, als er in einem Lagerhaus von einer rivalisierenden Bande gestellt worden war und sich den Weg nach draußen mit einem Messer hatte freikämpfen müssen. Jedesmal wenn er diesen Juckreiz verspürt hatte, war der Job völlig danebengegangen, hatte in einem furchtbaren Durcheinander geendet und ihn beinahe das Leben gekostet. Aber bei all diesen anderen Vorfällen war er immer allein gewesen, und der Juckreiz hatte sich rasch wieder verflüchtigt.

Heute war er mit seinem Bruder zusammen, und Bernardo spürte das Jucken ebenfalls.

»*Eccola!*« Federico blickte über den Sitz zu seinem Zwillingsbruder hinüber.

»Dieses Gefühl – hast du es auch?« Bernardo griff sich an die Hüfte.

Federico nickte ernst.

Die Stellen lagen spiegelbildlich zueinander: Bernardos auf der linken Seite, Federicos auf der rechten. Über dreißig Jahre waren diese Narbenfelder bereits alt und stammten von der experimentellen Operation, in der die beiden Brüder Mitte der Sechziger voneinander getrennt worden waren. Ein Team der besten europäischen Uni-Chirurgen hatte den Eingriff im staatlichen St.-Vincenzo-Krankenhaus in Taormina vorgenommen. Die Prozedur war damals noch überaus radikal gewesen, hatte viele Stunden unter dem Messer erfordert und für die erst zehnjähren Sabitinis eine extreme Strapaze bedeutet. Doch letztlich hatte sich die Operation als voller Erfolg erwiesen und wurde zu einem exemplarischen Lehrbuchfall für die Trennung eines gemeinsamen Darms und Magens. Abgesehen von einem gelegentlichen Anfall von Verstopfung oder periodisch auftretenden Problemen mit Magengeschwüren wegen ihrer dünnen Magenschleimhäute litten die Zwillinge heute an keinen nennenswerten körperlichen Nebenwirkungen.

Psychisch allerdings machte den Sabitini-Jungs ihr früherer Zustand wesentlich stärker zu schaffen. Sie hatten dieselben Träume und Alpträume, durchlebten Krankheitssymptome gleichzeitig, und sie glaubten beide fest daran, in jedem beliebigen Augenblick die Gedanken des anderen lesen zu können. Und während sie erwachsen wurden und Karriere im organisierten Verbrechen machten, entwickelten sich ihre Neurosen zu Psychosen. Sie gewannen die Überzeugung, Engel der göttlichen Rache zu sein, die auf übersinnliche Weise miteinander verknüpft waren und die in einem Wettstreit darum lagen, wer der grausamste, der brutalste, der tödlichste von ihnen beiden ist. Sie liebten und sie haßten einander mit der gleichen Inbrunst. Und vor allen Dingen, wenn sie beide gleichzeitig *das Jucken* spürten, dann nahmen sie dies als Omen.

Als ernstes Omen.

Federico hob das Zielfernrohr und blickte in den grün schimmernden Tunnel. Das Fadenkreuz erfaßte den dahinrasenden

Kombi, doch das sanfte Schaukeln der beiden Wagen verwackelte ihm das Ziel immer wieder. Federico mußte die Luft anhalten, nur um die Beretta ruhig zu bekommen. Sein mächtiger Bauch blähte sich auf und spannte den Stoff seines Sportsakkos. Er konnte das Jucken unter seinen Sansabelt-Hosen fühlen, Ameisen kribbelten über die vernarbte Hautfläche, und die böse Ahnung vernebelte sein Hirn, nahm ihn völlig gefangen. Er kämpfte gegen dieses Gefühl an, zielte auf den schlingernden Kombi und drückte den Abzug durch.

Der erste Schuß ging zu hoch und spritzte vom Dach des alten Pontiac ab.

Der Kombi schwenkte aus, geriet auf den splittbedeckten Seitenstreifen und wirbelte eine mächtige Wolke aus Staub auf. Bernardo fluchte, steuerte den Ford durch den Nebel und blieb weiter wie Klebstoff an dem Kombi hängen. Mit einem kurzen Blick auf den Tacho sah er, daß sie bereits über hundertfünfzig Stundenkilometer schnell waren. Eine Armlänge entfernt von ihm ließ Federico derweil eine neue Patrone aus der Kammer in den Lauf springen, während die leere Hülse auf den Teppichboden des Ford katapultiert wurde. Federico lehnte sich eben wieder aus dem Fenster, als er links von ihnen aus dem Augenwinkel plötzlich einen Schatten herankriechen sah.

Wie aus dem Nichts war der Saab aufgetaucht, und die in der Sonne funkelnde Stoßstange brachte Federico vorübergehend um seine Konzentration.

Der Profi raste erst an den Sizilianern und anschließend an Joes Kombi vorbei.

Kurze Zeit später scherte der Profi wieder auf die rechte Spur und drosselte einige Wagenlängen vor dem Pontiac das Tempo.

In diesem Moment eröffnete sich eine weitere Gelegenheit.

Der Profi maß im Kopf die Distanz, schätzte Vektoren ein, kalkulierte Aufprallgeschwindigkeit und Ballistik und bereitete sich darauf vor, abgewinkelt einen Schuß nach hinten auf die Sizilianer zu feuern, ohne dabei das Zielobjekt vor ihnen zu gefährden. Es würde nicht einfach sein, dieser Schuß, nicht mit drei flattrigen, schnellfahrenden Autos in der Gleichung, aber den Profi kümmerte das wenig. Grenzfälle waren schon immer Teil des Spiels gewesen. Selbstsicher, ja, beinahe gelassen packte der Profi das Lenkrad des rumpelnden Saabs fester und atmete ruhig und gleichmäßig. Es war ein komplizierter Schuß – manch einer würde den Versuch sogar als arrogant bezeichnen –, aber der Profi hatte derlei Schwierigkeiten schon häufig gemeistert. Wie sonst hätte es der Profi zum heißesten und bestgehüteten Geheimtip in den internationalen Unterweltkreisen bringen können?

Der vorliegende Job – das Zielobjekt möglichst lang im Spiel zu halten – war zugegebenermaßen etwas merkwürdig, aber der Profi hinterfragte Anweisungen grundsätzlich nicht, forschte nie über jene anonymen Kunden nach, die die Dienste des Profis in Anspruch nahmen. Ein solches Vorgehen würde für Unsicherheit sorgen, und für Unsicherheit war im Modus operandi des Profis kein Platz. Der Profi atmete tief ein, behielt eine Hand auf dem Lenkrad, eine um den Griff der Waffe und ein scharfes Auge auf dem Rückspiegel.

Die Finger des Profis schmerzten.

Niemand würde jemals wissen, wie empfindlich die Hände des Profis geworden waren, wieviel Schmerzen die spröden Gelenke verursachten. Und niemand würde jemals bemerken, wie langsam der Profi geworden war, wie fett, steif und unkoordiniert. Denn der Profi war für Freund und Feind unsichtbar. Der Profi fügte sich perfekt in seine Umgebung ein.

Die Vorrichtung, vom Profi selbst entworfen und speziell für diesen Auftrag angefertigt, war an der Kopfstütze hinter dem Fahrer befestigt. Eine kleine Titaniumklemme zur Minimierung der Vibrationen sowie eine mit Schaumstoff gepolsterte Tripoldhalterung, justiert zur Maximierung der Zielgenauigkeit. Ein unterhalb des Rückspiegels montierter Rennradspiegel aus Aluminium war exakt auf das Visier des Gewehrs ausgerichtet. Und bei der Waffe handelte es sich um ein aufgebohrtes Makarow-Gewehr russischer Bauart, geladen mit seltenen, sich nicht verformenden Metallmantelgeschossen. Typische Militärmunition.

Ungeheuer effizient, ungeheuer zerstörerisch.

»Halt still«, flüsterte der Profi in einer Sprache, die die meisten Amerikaner wohl kaum hätten identifizieren können.

Das knackende Geräusch kam aus der Ecke der Windschutzscheibe des Fords, und es geschah alles im Zeitraum eines Wimpernschlags. Das Glas riß, der dumpfe Knall wie von einem feuchtgewordenen Feuerwerkskörper, etwas blitzte durch den Innenraum, und Federico hatte das Gefühl, als hätte ihn ein Ziegelstein an der Hand getroffen.

Bernardo hörte am Steuer den Aufschrei des Bruders, bevor eine Millisekunde später ein Sprühregen auf sein Gesicht niederging, ein blutiger Nebel, BLUT! Blut war plötzlich überall – auf dem Wagenhimmel, in Bernardos Ohren, es brannte in seinen Augen, und auf dem Nebensitz kreischte Federico auf einmal auf, kreischte wie ein kleines Schulmädchen, während ihm das Gewehr entglitt und zu Boden fiel.

Bernardo blickte hinüber. »Was ist los?«

»Mama … DIO! ICH BIN GETROFFEN!« Federico hielt seine Hand und wand sich in seinem Sitz. Blut pulsierte aus seiner Hand, einer der Finger fehlte, und die übrige Handfläche war kratertief aufgerissen und glänzte dunkel. Das Werk einer Hochgeschwindigkeitspatrone. Wahrscheinlich für seinen Schädel bestimmt.

»Verfluchter Hurensohn!« Bernardo stellte sich aufs Gaspedal.

Durch die Windschutzscheibe... und der Scheißkerl in dem Kombi war schon halb getürmt.

Federico schrie jetzt unartikuliert. Seine Hand verspritzte weiterhin erhebliche Mengen Blut, die den Innenraum großflächig mit 0-positiv einfärbten. Er fummelte seinen Gürtel aus den Hosenschlaufen und band sich notdürftig das Handgelenk ab. Sein lautes Stöhnen erfüllte die Luft.

Das Schmerzgeschrei stachelte Bernardos Wut nur weiter an. Bernardo fluchte und heulte jetzt wie ein wildes Tier, hielt das Lenkrad mit einer Hand, während er mit der anderen nach hinten zu dem Haliburton-Koffer griff, ihn umstülpte und sämtliche Waffen über den Rücksitz verteilte. Bernardo griff nach der erstbesten Waffe, die ihm in die Finger geriet, einer Ingram Maschinenpistole, ein Saalfeger mit Dreißigschußmagazin. Bernardo konnte nicht mehr sonderlich klar denken. All das Blut und Stöhnen hatten ihm zugesetzt. Er ließ den Schlitten zurückschnappen und entsicherte die Automatik.

Begleitet von einem Kriegsgeschrei aus Obszönitäten, lehnte sich Bernardo zum Fahrerfenster hinaus und feuerte los. Der Wind peitschte ihm ins Gesicht, mit einer Hand jonglierte er am Lenkrad, und er feuerte, feuerte und feuerte, und anschließend schrie und feuerte er noch ein bißchen mehr.

Niemand legte sich ungestraft mit einem Sabitini an.

- 13 -

Joe blickte eben in den Rückspiegel, als die Kugeln auf die Heckklappe zu hageln begannen. »Mickey... verdammt noch mal!« Joe versuchte weiterzulenken, während er den Jungen auf den Boden stieß. »Bleib unten!«

»Stirb, Penguin, stirb!« Der Junge hüpfte schon wieder mit den

Knien auf dem Polster hin und her, schoß dabei mit seiner Plastik-Batgun aus dem Rückfenster, und das *Rattattattatta* paßte exakt zu den aufblitzenden Querschlägern, deren Funken vom Seitenfenster abprallten. »Nimm das, Rrr ... rrr ... riddler!«

»MICKEY, RUNTER!«

Plötzlich explodierte Joes Seitenspiegel, Glas pulverisierte zu kosmischem Staub. Joe scherte aus, und ein weiterer Feuerstoß Kaliber .45 trommelte über die Kühlerhaube und hinterließ eine Reihe winziger Fältchen auf dem Blech. Joe setzte seinen Schlangenlinienkurs fort.

Mickey schlug gegen die Tür, rappelte sich wieder auf die Knie und erwiderte den Kugelhagel wild entschlossen mit seiner Spielzeugwaffe. »J ... jj ... joker muß sterben!«

»Herrgott, Junge, ich hab dir doch gesagt, du sollst unten bleiben!« Joe griff nach hinten und versuchte, den Jungen auf den Boden zu drücken, aber seine rechte Hand war noch immer kraftlos.

Weitere Gewehrsalven strichen an den Fenstern entlang, ließen Glas splittern, schlugen weiße Kerben in die Scheiben, walgten das Blech durch und schleuderten blaue Funken in das blasser werdende Sonnenlicht. Mickey schrie, und es war ein Urschrei. Joe wandte seinen Blick schnell wieder auf die Straße vor ihm und trat das Gaspedal bis zum Anschlag durch, um vielleicht noch zehn Meilen mehr aus dem Lastkahn zu kitzeln. Doch die Schüsse knabberten jetzt bereits am Heck und näherten sich bedrohlich den Hinterreifen.

»Fuck!« jaulte Joe auf und suchte die vor ihnen liegende Strecke nach einer Ausfahrt ab. Aber es war nichts als der flache, körnige Seitenstreifen auszumachen.

Im Rückspiegel konnte Joe sehen, wie das blecherne Ungetüm dem Kombi weiter auf die Pelle rückte, wie die massige Gestalt sich aus dem Fahrerfenster lehnte, in den Wind heulte und dabei wie ein übergewichtiger James Cagney in *White Heat* seine Maschinenpistole abfeuerte. Joes Hirn wurde von verzerrten Bildern bombardiert, Erinnerungen an Arbeiten der Sabitinis, die in über Satellit verbreiteten Nachrichtendateien oder in Schauergeschichten der Mobster erwähnt worden waren – *eine von Kugeln zerfetzte Leiche, die mit dem Gesicht in einer Schüssel* Linguini diabolo *lag, das Fenster eines Wahlkampfbüros, das sich in einem Kugelhagel aus Handfeuerwaffen auflöste, der Schädel eines Buchhalters, der von einer Feuertreppe aus mittels eines Memos in Hohlspitzform frisch belüftet wurde* – all dies durchlief Joes Bewußtsein in Sekundenbruchteilen. Die Sabitinis waren Tötungsmaschinen, effizient und unerbittlich. Aber das hier, diese Cowboyscheiße, ein Auto auf dem Highway mit völlig unkontrollierten MP-Salven einzudecken, das ergab überhaupt keinen Sinn.

Das Gewehrfeuer ebbte ab.

Joe schluckte hart, konzentrierte sich auf den Horizont und versuchte zu denken... denk nach... *denk nach, verdammt noch mal, denk nach*! Joe hatte diese Art von Hit selbst einige Male angewandt. Eine Landstraße, ruhig und einsam, intim, und dann ein überraschender Gruß durch das Heckfenster. Joe erinnerte sich an Klient Nummer acht, Roman Santangelo, der Killer ohne Erbarmen aus Cicero. Joe wußte noch, wie er diesen Hurensohn bis nach Louisville hinunter verfolgt hatte, bis er mit der Galil endlich zu einem sauberen Schuß durch das Heckfenster kam. Und dann war da noch etwas, das Joe jetzt plötzlich im Zusammenhang mit dem Santangelo-Fall wieder einfiel: die Vibrationen. Joe erinnerte sich daran, wie er mit einer Hand am Steuer und der anderen an dem Galil-Gewehr einen gezielten Schuß aus dem Fenster abzugeben versuchte und wie diese scheißwiderlichen Vibrationen die Karosserie erfaßten, immer bei etwa hundertfünfzig Stundenkilometern, immer bei derselben Geschwindigkeit, offenbar die gängige Belastungsgrenze für die meisten alten Klapperkisten und Mietwagenwracks. *Einhundertsechzig Stundenkilometer*.

Das war's!

Die Erkenntnis traf Joe wie ein Vorschlaghammer.

»Bleib unten, Kid«, meinte Joe und drückte das Gaspedal ins Bodenblech. »Wir wollen doch mal sehen, was dieses olle Batmobil noch so draufhat!«

Er bedrängte und beschimpfte den alten Kombi, und langsam kletterte der Tacho höher. Und dann spürte Joe tief unten an seinem Rückrat diese wunderbaren, flatternden Vibrationen, und sie rüttelten sein Knochenmark hinauf, laut wie ein Preßlufthammer, und er betete darum, daß die Sizilianer in einer ähnlich schlecht gefederten und klapprigen Schrottmühle saßen. Er blickte über seine Schulter zurück in den See aus Sonnenlicht, der von der Kühlerhaube des Taunus strahlte.

Das Feuerwerk startete erneut. Joe duckte sich, Mickey schrie, die Kugeln wurden zu Krachern aus explodierendem Glas und Metallsplittern, der Kombi neigte sich nach rechts, und alles schien in Zeitlupe zu verfallen, aber es funktionierte, die verdammten Vibrationen funktionierten. Die holprige Fahrt ließ die Sizilianer ihr Ziel verfehlen. Joe verschwamm für einen Moment der Blick, er kämpfte mit dem Lenkrad, versuchte es gerade zu halten, das Fahrgestell rappelte, zitterte und drohte zwar auseinanderzubrechen, aber es funktionierte, Herrgott noch mal, diese traumhaften Vibrationen ließen die Schüsse danebengehen.

Hinter ihnen fauchte der Drache wieder los.

Es schien, als würden sie mitten durch einen Kurzschluß fahren, die Funken stoben um das Auto herum, zu beiden Seiten spritzten die Kugeln vom Asphalt, pfiffen durch die Luft, brachten das Blech und Joes Ohren zum Klingeln, und Joe konnte nichts weiter tun, als den Wagen auf der Straße zu halten und die Hoffnung nicht aufzugeben.

Der erste Reifen, der dran glauben mußte, war der rechte Hinterreifen, und das Gefühl glich einer Faust, die Joes Rückgrat hinaufgerammt wurde, derart abrupt verlor der Wagen plötzlich an Schub.

»Hör mal, Boy Wonder!« Joe brüllte jetzt, während er mit dem flatternden Lenkrad kämpfte. »Der Fluß! Der Mississippi! Wie kommen wir zum Fluß?« Das Prasseln der Gewehrsalven hörte vorübergehend auf. Joe rang weiter mit dem Steuer, das der geplatzte Reifen ausschlagen ließ, und hielt den Kombi so sicher wie möglich auf Kurs. »Sag mir, wie man zum Fluß kommt!«

Der Junge nahm die Hände von seinen Ohren, blinzelte und zuckte und grinste schließlich sein schiefes Grinsen. »Du willst zur B... bb... bat Bridge!« rief er über den Motorenlärm und das Rumpeln des kaputten Gummis. Dabei deutete er aus dem Fenster auf einen Punkt hinter der nächsten Kurve, jenseits eines sanften Abhangs aus Rohrkolbengewächsen und Unkraut. »Er ist da unten, da unten bei Pike! M... mmm... mein Dad nimmt mich mmm... manchmal dahin mit!«

Joe zögerte keine Sekunde.

»Halt dich fest, Kid!« Joe riß das Lenkrad nach rechts und genau in diesem Augenblick schaltete ein weiterer hochkalibriger Feuerstoß den Reifen vorne links aus.

Zuerst fühlte es sich an, als würde der Wagen jede Bodenhaftung verlieren. Das vordere Ende schlitterte über den Rollsplitt und holperte dann über die Begrenzung des Seitenstreifens. Der Wagen schlingerte noch eine Weile am Rand des Seitenstreifens entlang und stürzte hinab, hinab, tief und hart hinab, die malträtierten Räder schlackerten wie gebrochene Kolben, die skelettartigen Finger von Ästen und Weidenruten peitschten auf Glas und Kotflügel, verursachten einen Krawall wie ein riesiger Schwarm Heuschrecken, und ein Sonnenstrahl blitzte in Joes Gesicht. Mickey schrie in seine Ohren, während der Wagen heftig durch das Gebüsch polterte und Joe auf die Lichtung zuhielt, die noch hundert Meter entfernt war, noch vierzig, dreißig, zwanzig.

Da!

Joe sah die Bäume zur Seite weichen wie ein Theatervorhang, der aufgezogen wurde.

»DAS GIBT'S DOCH NICHT!« Joe trat auf die Bremse. Mit klappernden Zähnen, schlotternden Knochen und dröhnendem Schädel spürte Joe, wie der Pontiac wilde Bocksprünge vollführte und dann zu einem abruptem Halt kam, wobei die Felgen der Hinterräder sich in den zerfurchten, verkrusteten Erdboden gruben und eine Wolke aus Staub und Dreck aufwirbelte. Der Staub verzog sich fast sofort wieder, und Joe erkannte plötzlich, daß sie am Rand eines verwahrlosten Picknickgeländes festsaßen, unmittelbar neben der Hütte des Schleusenwärters und zehn Meter über den schlammigen Ufern des Mississippi.

Unten in Uferhöhe überspannte *Lock and Dam Nummer 1313* die wirbelnde, graue Ödnis.

»Da ist sie! Die B...bb...bat Bridge!« Mickey war inzwischen völlig überdreht.

Joe betrachtete die Monstrosität.

Sie war riesig, gewaltig, ebenso gigantisch wie häßlich. Eine etwa achthundert Meter lange Eisenbahnbrücke aus verblichenem Beton, die zehn Meter über der Staustufe in der Sonne briet und an beiden Enden von maroden gotischen Türmen eingefaßt wurde. Und unter der Brücke zog sich der Damm mit seinem Fußweg wie eine Hillbilly-Ausgabe der Chinesischen Mauer über das Wasser. Der Fluß reichte auf der einen Seite bis an den Rand der Staustufe und fiel auf der anderen Seite fünfzehn Meter ab. Alle paar Meter ragten altertümliche Lichtmasten wie abgestorbene Bäume in die Luft.

Hinter ihnen hörte Joe in der Ferne Reifen quietschen und den Hügel hinunterrumpeln.

»Okay, also gut«, murmelte Joe mehr zu sich selbst als zu Mickey. Er wußte, daß all ihre Zeit, all ihr Glück und all ihre

Chancen aufgebraucht waren. Er griff nach dem Colt, riß die Tür auf, stieg aus und hinkte zur Hintertür. Die Luft war ein Gebräu aus Dieselabgasen und Fischkadaver, so daß Joes Kopf davon ganz benommen wurde. Er zog den Jungen aus dem Kombi.

»Hör mal zu, Boy Wonder, hör gut zu«, sagte Joe, während er Mickey in Richtung Schleusenwärterhütte drängte. »Ich möchte, daß du folgendes für mich tust…«

Ein paar Schritte hinter ihnen gab es plötzlich ein knackendes Geräusch, jemand näherte sich ihnen.

Joe wirbelte herum.

»Hey!« Ein älterer Mann kam mit erhobenem Schraubenschlüssel und funkelnden Augen auf sie zu. »Sie dürfen hier unten nicht rein! Die Anlage ist geschlossen!«

Joe richtete den Colt auf den Mann. »Nur eine Sekunde, Meister.«

»Ganz ruhig bleiben.« Der Schleusentechniker ließ seinen Schraubenschlüssel fallen, und das Eisen platschte in den Schlamm. Mit erhobenen Händen und ausweichendem Blick wich er langsam zurück.

Joe wandte sich wieder dem Jungen zu und sprach in einem leisen und bedächtigen Ton. »Du hast mir ungeheuer viel geholfen, Mickey, verstehst du, was ich sage?«

»Y… Yeah!« Mickey zuckte jetzt. Er blickte zurück auf den Arbeiter und hinter sich ins Gebüsch. Knapp hundert Meter entfernt kündigten Staubwolken die unmittelbar bevorstehende Ankunft der Kopfgeldjäger an. In Mickeys Augen bildeten sich Tränen.

»Hör mir zu!« Joe schüttelte den Jungen. »Von hier ab übernehme ich! Verstehst du?!«

»Y… yy… yeah, a… aber was is' mit den…?«

Joe schüttelte ihn. »Fang nicht an, Batman zu widersprechen! Ich möchte, daß du jetzt da hoch zu dem Maschinistenhaus gehst und die Polizei anrufst. Hast du mich verstanden?«

»Aber du …«

»Hast! Du! Mich! Verstanden?«

Der Junge brachte ein Nicken zustande.

Joe wandte sich ab, ging auf den im Leerlauf tuckernden Pontiac zu, hielt kurz an und blickte ein letztes Mal über die Schulter zu dem Jungen zurück. »Ohne dich wär ich da niemals rausgekommen, Boy Wonder.«

Trotz der Tränen, die auf seinen Wangen glitzerten, gelang es Mickey zu lächeln. Dann drehte er sich um, trippelte eilig den Hang hinauf und schrie dabei aufgeregt: »Die Bösen sind da!«

Zuerst war Joe überrascht, wie einfach es sich anließ, auf den Betonbogen hinauszufahren. Die Brücke war zweifelsfrei nicht für Autos ausgelegt, schon gar nicht für eine riesige Blechkiste wie den '79er Pontiac Tempest Kombi, aber bevor Joe sich hinaufgewagt hatte, war er von Reifen zu Reifen gehastet und hatte aus jedem die restliche Luft gelassen. Er hoffte, daß der platte Gummi auf dem schmalen Übergang aus polierten Eisenschienen und im Fischgrätenmuster angeordneten Backsteinen einen besseren Griff haben würde.

Joe tippte das Gaspedal an, und der Wagen rumpelte an einem verrosteten Schild mit der Aufschrift *Zutritt nur für Mitarbeiter des schleusentechnischen Dienstes* vorbei und anschließend durch einen Torbogen, der für die Kotflügel des Kombis eben noch breit genug war. Joe hielt den Wagen auf etwa fünfzehn Stundenkilometern. Die schlaffen Reifen klatschten den Takt. Sein Blick blieb starr auf die Kanten und den leeseitigen Abgrund gerichtet, hinter dem nichts als fünfundzwanzig Meter endgültiger Amnestie über brodelnder schmutziger Brühe wartete.

Auf halbem Weg über die Schleuse wurde Joe klar, warum man hier draußen auf dem Damm nicht mehr Autos sah.

Der Wind.

In seiner Kindheit damals in Andersonville hatten die Einheimischen den ersten Frühlingswind *The Razor* genannt. Er konnte völlig überraschend aufkommen, insbesondere im Süden, in Richtung Tiefland, der Deltas und Sümpfe, wenn das Land sich auf Normaltemperatur erwärmte, aber der Fluß seine winterliche Kälte noch nicht überwunden hatte. Die Windböen waren wie Rammböcke. Böen, die eine erwachsene Person im wahrsten Sinne der Wortes aus ihren Schuhen heben konnten. Und heute unternahm der Razor einen Überraschungsangriff auf Joe.

Der erste Windstoß drückte gegen den hinteren Teil des Wagens und wirbelte dann durch das zerbrochene Fenster hinein wie ein Geist. Joe spürte den Kombi nach links, also nach Süden rutschen und riß das Lenkrad nach rechts zurück – hart nach rechts zurück. Der platte Hinterreifen schlitterte über die Kante, und der gesamte Wagen sackte dreißig Zentimeter nach links ab. Instinktiv jagte Joe den Motor hoch und gab Vollgas. Er blickte über seine linke Schulter und hätte vor Schreck beinahe die Zunge verschluckt, als er in den Abgrund sah.

Der Kombi hing gefährlich weit über dem aufgewühlten, stahlblauen Wasser.

Einige jähe Böen schlugen gegen die andere Seite des Damms und brachten den Wagen ins Schaukeln. Unwillkürlich schrie Joe auf, kurbelte das Lenkrad nach rechts und trat das Gaspedal durch. Er konnte den verbrannten Gummi und das glühende Eisen des Hinterrads riechen, das sich in den Stein grub. In seinem Kopf drehte sich alles, eisige Schauer strömten sein Rückgrat hinauf, und für einen ganz kurzen Augenblick hing der Pontiac freischwebend zwischen Fußweg und völliger Zerstörung.

Dann legte sich der Wind kurzzeitig, und das Hinterrad griff in den Stein.

Der Kombi machte einen Satz nach vorn, und der hintere Teil schlitterte zurück auf die Brücke. Joe stieg auf die Bremse, und der

Wagen kam in der Mitte der Brücke zum Stehen, wo Joe für einen Moment anhielt, um sein Herz wieder aus seinem Hals zu bekommen und den Anfall von Panik fortzublinzeln. Er konnte spüren, wie der Wind weiter mit der Brücke spielte, wie der Betonbogen knackte und der Wagen leicht hin- und hergeworfen wurde. Joe schloß die Augen, nahm tiefe Lungenzüge und beruhigte seinen rasenden Puls. Dann fuhr er weiter vorwärts.

»Herrje, Baby, laß mich jetzt nicht im Stich.« In gequältem Flüsterton sprudelte das Mantra aus Joe heraus.

Im Schneckentempo ließ er den Wagen die Gleise hinunterkriechen. Er biß die Zähne zusammen, konzentrierte sich und steuerte das gegenüberliegende Ufer an, die Kiefernreihen, die Freiheit. Die Brücke schien alle paar Meter nachzugeben, schien sich zu senken, aber das bildete sich Joe wahrscheinlich nur ein. Jede Vibration konnte er in seinen Knöcheln, seinem Magen, seinen hinteren Backenzähnen spüren. Aber er hielt durch, blickte entschlossen durch die zersplitterte Windschutzscheibe und nahm das gegenüberliegende Tor aufs Korn.

»Herrgott, Slugger. Du kannst es schaffen.«

Er brauchte etwas mehr als zwei Minuten, um die restlichen dreihundert Meter zu überwinden.

Als er eben den gegenüberliegenden Brückenkopf erreicht hatte, sah er, daß sich in den Bäumen etwas bewegte. Noch hinter dem Tor, in den Lücken zwischen aufragenden Douglastannen und Birken. Abgasschwaden, zitternde Zweige, stroboskopische Lichtblitze. Rotes und blaues Licht in den Bäumen. Joe blinzelte, sein Herz machte einen Satz, klopfte wieder in seinem Hals, und plötzlich erkannte er die endlose Kolonne an Streifenwagen und Bullis der Sondereinsatztruppe, die sich die Serpentinen der Zufahrtsstraße in Richtung Fluß hinunterschlängelte.

Alles wegen Joe.

Die Bremsen arbeiteten sich in den Backstein wie riesige Krallen, gruben sich tief ein und fabrizierten dabei ein unwirkliches Kreischen. Der Wagen rutschte über das stählerne Pendant am Ende der Brücke. Joe riß das Lenkrad herum, woraufhin der Kombi ausbrach und um die eigene Achse in die entgegengesetzte Richtung schleuderte. Dann rammte Joe das Gaspedal durch den Boden, und der Kombi schoß wieder auf die Brücke, raste den Weg zurück, den er gekommen war.

Joe gestaltete den Rückzug, so schnell der Pontiac es ihm erlaubte.

Auf halber Strecke über die Brücke stieg Joe erneut auf die Bremsen.

Zitternd kam der Kombi zum Stehen. Der Wind fegte vom Fluß hinauf und pfiff durch die Einschußlöcher im Heck, von denen einige als Folge des im Todeskampf stotternden Motors bereits qualmten. Joe registrierte jedoch nichts von alldem. Joe registrierte allein das dunkle Objekt, das wie ein Tumor an der Ostseite der Brücke auf ihn wartete, wartend den richtigen Moment abpaßte und dabei seine großen, eulenhaften Glasaugen aufleuchten ließ.

Ein äußerst schnittiger, äußerst schwarzer Ferrari.

Joe umklammerte das Lenkrad, leckte seine Lippen und leckte Blut, bitteres Blut, und in einem plötzlichen Moment übergreifender Einsicht wurde ihm bewußt, daß dies auf merkwürdige Weise genau dem entsprach, wonach er vor weniger als achtundvierzig Stunden verlangt hatte. Der Tod, der sich in diesem Augenblick in der Form eines schwarzen Sportwagens manifestierte, sollte ihn holen kommen und ihn mit sich fortnehmen. Aber jetzt stellte Joe fest, daß ihm noch eine Wahl blieb: Er konnte zurücksetzen, sich in die Hand des Gesetzes begeben und seinen Hintern womöglich für wenigstens eine weitere Runde in Sicherheit bringen, oder er konnte den Teufel herausfordern.

Sich mit Würde verabschieden.

Der Ferrari setzte sich in Bewegung.

Joes Entscheidung war einfach. Als er das Gaspedal bis zum Anschlag durchtrat, gab es einen markerschütternden Aufschrei von altem Metall, das bis an seine Grenzen belastet wurde, und der Motor des Wagens schien aus der Kühlerhaube bersten zu wollen. Eine Abgaswolke schoß in die frische Vormittagsluft, und der Pontiac donnerte los. Das Lenkrad hüpfte und zappelte in Joes Händen, und Joe hatte Mühe, den Wagen überhaupt auf der Brücke zu halten.

Der Ferrari raste mit hoher Geschwindigkeit auf den Kombi zu.

Joe heftete seinen harten Blick auf den näher kommenden Kühlergrill und die toten Glasaugen, die anwuchsen, noch dreihundert Meter entfernt. Der silbrige Strom unter ihm waberte wie geschmolzenes Eisen, der Wind heulte, alle Muskeln in Joes Armen, Beinen und Händen spannten sich an, zuckten, der Ferrari röhrte auf ihn zu, der Kühlergrill wie gefletschte Zähne, Joes Pupillen verengten sich, und Gänsehaut überzog seine Arme.

Noch zweihundert Meter, und der Motor des Pontiac wurde zum Vesuv, brach mit glühendheißen, flüssigen Blitzen und einem gewaltigen Donnern aus, und die Brücke schaukelte im Wind, und die Räder waren Gene Krupa, der auf Kanonenschlägen trommelte, und der Sturm ätzte und biß, und Joes Augen schmerzten vom Sonnenlicht, das sich im Blech spiegelte.

Noch einhundert Meter, und Joe preßte das Pedal weiter auf den Boden, den Blick starr geradeaus, das Herz im Hals, vor ihm der sich öffnende metallische Schlund, der Lärm unerträglich, vulkanisch.

Noch fünfzig Meter, und Joe fühlte, wie die Hitze sein Gesicht aufriß, der Wind in seinem Rücken wilde Spiele trieb, das Sonnenlicht das Universum erfüllte und dann…

Halt!

Die Offenbarung erschien im letzten Moment in Joes peripherem Blickfeld, ein kurzes Bild, von einem Sonnenstrahl, der vom Brückengeländer reflektiert wurde, eben lange genug in ein scheckiges Licht getaucht, um auf Joes Netzhaut durchzusickern: die Silhouette eines schwarzgekleideten Mannes, der ganz hinten in der Nähe des östlichen Tores auf dem zerfallenen Turm stand und die Szene verfolgte. Der Mann war schmal, stattlich, mit heller Haut und wirkte überaus asiatisch. Er stand dort wie eine mißgünstige Krähe. Ein stoischer Betrachter, der in seinen Händen ein vertrautes technisches Gerät hielt.

Eine kleine Fernbedienungskonsole mit einem Joystick und einer ausziehbaren Stabantenne.

Eine Fernbedienung!

In letzter Sekunde riß Joe das Lenkrad herum.

Der Pontiac scherte genau in dem Moment aus, als der Ferrari eintraf.

Die beiden Wagen streiften einander, und es folgte plötzlich ein gewaltig dröhnendes Aufbrüllen, das die Luft erschütterte. Die Druckwelle explodierte in Joes Ohren und warf ihn gegen die Tür. Die Brücke schien unter dem Kombi wegzusacken, und Joe spürte, wie ihn die physikalischen Kräfte erst in den Sitz drückten und anschließend gegen das Dach krachen ließen, während der Kombi über die nördliche Brückenkante kippte und ins Wasser hinunterstürzte.

Die Welt verwandelte sich in Sirup.

Als hätte die Luft sich mit einem Schlag verflüssigt und alle Geräusche wären abgeschnitten worden, materialisierte sich der Fluß im Innern des Wagens, und Joe wurde sofort von einer frostigen, dunklen, betäubenden Kälte verschlungen. Er versuchte sich in Richtung Fenster zu winden, wild um sich zu schlagen, freizukommen, aber sein Orientierungssinn war völlig durcheinandergeraten. Das Wasser drückte ihn in den Sitz, und er hatte das schreckliche Gefühl, geradewegs auf den Grund hinabzusinken.

Joe wußte, daß ihm nur noch wenige Augenblicke blieben. Seine Lungen weiteten sich bereits, sein Verstand begann ihn im Stich zu lassen, sein Körper machte schlapp. Dann sah er in dem schwarzen Wasser um sich herum Lichtflecke zucken, ganz schwach zu Anfang, aber dann stärker, ein abwechselndes Aufleuchten von roten und blauen Lichtstrahlen, dazu das grüne Sonnenlicht, und der Schein der Luftblasen und das gedämpfte Geräusch von Autos verliehen Joe auf einmal eine ungefähre Ahnung, wo oben war.

Er fuchtelte und schlängelte sich aus dem zerbrochenen Fenster, und die scharfen Zacken stachen in sein Hemd und stachen in das kalte Fleisch darunter, bohrten sich in den Brustkorb und hakten sich in seinen Beinen fest, aber er würde es schaffen, Herrgott noch mal, er würde sich aus diesem sinkenden Blechwrack befreien.

Als er schließlich an die Oberfläche stieß und den Wind auf seinem Gesicht spürte, ging Joe ein letzter verrückter Gedanke durch den Kopf, bevor er ohnmächtig wurde: Er hatte sich noch nie so darüber gefreut, Cops zu sehen.

Dann schwappte die schwarze Flut über sein Gesicht und blendete die Welt aus.

- 14 -

Der Aprilwind besaß noch immer eine schneidende Schärfe, vom Potomac her peitschten Böen, als die Gründungsmitglieder des Chambers die Uferpromenade westwärts in Richtung Arlington entlangschlenderten. Sie waren zu viert. Vorneweg ging Lyle, grübelte schweigend und wirkte dabei mit seinem wehenden, knielangen Kaschmirmantel und der glänzenden Wayfarer-Sonnenbrille wie ein Edelgeistlicher. Die anderen folgten ihm dicht auf den Fersen und schwatzten miteinander. Der unergründliche Professor Okuda in seinem London Fog plus Pfeife. Michael Winslow, der Anwalt des Bürgerrechtsverbands ACLU aus Seattle, ganz in Tweed und Banana Republic. Und Hedy Cohen, die unbarmherzige kleine Frau aus Detroit, deren stahlgraues Haar im Wind flatterte.

»Und vor allen Dingen, Gentlemen, kann ich nicht behaupten, von dieser ganzen Publicity sonderlich begeistert zu sein«, sagte Hedy Cohen in der ihr eigenen bedächtigen Art, eben laut genug, um über den Wind verstanden zu werden, aber zugleich leise genug, um vertraulich zu bleiben. Cohen war die Autorin von *Das postfeministische Manifest*, hatte faschistische Medienpersönlichkeiten überall auf der Welt zugrunde gerichtet und war in der Lage, im selben Moment sowohl gnadenlos hart als auch mütterlich zu klingen. »All diese Aktivitäten im Netz, die Gespräche mit der Firma. Es gefällt mir nicht.« Sie stieß die Hände noch tiefer in ihre Manteltaschen und blickte auf die Nachmittagssonne, die über dem Fluß leuchtete. »Es ist genau, wie Tante Julia immer zu sagen pflegte: Wenn du dich mit Schornsteinfegern einläßt, kriegst du Ruß an die Füße.«

Winslow sah sie scharf an. »Wen mimen Sie denn hier – Will Rogers? Wir haben hier ein Problem. Okay. Kann passieren. Laßt uns die Sache regeln, und dann geht jeder wieder seiner Wege.«

»Deshalb sind wir ja hier, Leute«, erklärte Okuda leise und zog genüßlich an seiner Meerschaumpfeife. »Um eine Entscheidung zu treffen.«

Sie gingen ein paar Meter weiter.

»Ich habe das kommen sehen«, murmelte Cohen schließlich.

»Wovon reden Sie überhaupt?« Unübersehbar brachte die kleine grauhaarige Frau Winslow zunehmend in Rage. Die beiden waren nie gut miteinander ausgekommen. Mußte irgendwas mit ihrer Kollektivschuld zu tun haben. »Die Leistungsfähigkeit des

Subauftragsnehmers stand noch nie in Frage«, meinte Winslow.

»Aber sicher stand sie das.« Cohen blickte Okuda an. »Sie erinnern sich doch, oder, Ted?«

Okuda paffte, während er ging, seine Pfeife und sah weiter auf den Fluß hinaus. »Wir haben uns schon diverse Male über die Möglichkeit unterhalten, den Subauftragnehmer abzuwickeln.«

»*Ihn abzuwickeln* – na, das ist eine wundervolle Umschreibung.« Winslow lächelte den Boden an und schüttelte seinen Kopf.

»Der Mann wird langsam alt, Michael«, meinte Cohen lapidar.

»Das stimmt«, pflichtete Okuda bei.

»Okay, in Ordnung.« Winslow zuckte mit den Achseln. »Vielleicht ist der Kerl also ein Sicherheitsrisiko. Vielleicht ist er senil. Wer weiß das schon? Was ich gerne wissen möchte, ist, warum wir uns die eigenen Finger in diesem großen dampfenden Haufen Scheiße dreckig machen sollten.«

»Frühjahrsputz«, sagte Okuda.

»Ach, hören Sie schon endlich mit den Euphemismen auf«, stöhnte Winslow. »Worüber sprechen wir hier in Wirklichkeit?«

»Wie bitte?« Okuda blickte den Mann an.

»Dieses schwachsinnige Spiel – was haben wir damit zu tun?«

»Das ist eine berechtigte Frage, Ted«, schaltete sich Cohen ein. »Diese Art von Angelegenheit entspricht nicht unbedingt unseren ursprünglichen Zielen. Womit befassen wir uns hier also?«

»Wir sind in dem Spiel noch über eine weitere Kraft präsent«, erklärte Okuda. »Die Entscheidung, die wir jetzt zu fällen haben, besteht allerdings darin, ob wir dem Subauftragnehmer beistehen, ihn aus dem Regen holen und ihn aus dem Spiel freikaufen, oder ob wir der Sache lieber einfach ihren Lauf lassen wollen.«

Winslow und Cohen blickten einander kurz an, dann sagte Winslow: »Eine Sekunde mal. Was soll das heißen, eine weitere Kraft? Noch ein Killer?«

Okuda nahm die Pfeife aus dem Mund, so als würde er sich darauf vorbereiten, einem Teenager gegenüber ein kompliziertes Thema anzusprechen. »Wir haben einen weiteren Auftragnehmer in das Spiel einbezogen«, hob er an. »Zuerst sollte er lediglich die Situation observieren, aber dann entschlossen wir uns, das Zielobjekt durch ihn am Leben zu halten. Damit das Spiel weiterlief. Unser Gedanke dabei war, daß wir...«

»Moment, Moment, Moment.« Winslow hielt seine Hand hoch und blickte entgeistert. »Wollen Sie mir etwa erzählen, Sie haben diesen zweiten Scharfschützen angewiesen, *andere Teilnehmer* an dem Spiel auszuschalten?«

»Exakt. Die Absicht dahinter war...«

»Das ist doch Schwachsinn! Ohne Abstimmung leiten wir niemandem gegenüber Sanktionen ein, das wissen Sie doch ganz genau, Ted!«

»Da hat er recht, Ted«, sagte Cohen.

»So ein Schwachsinn!« brüllte Winslow, verdrehte die Augen nach oben und wollte eben weiterreden, da hielt er plötzlich inne.

Jefferson Lyle war stehengeblieben und mit feurigen Augen zu Winslow herumgewirbelt.

»Sie scheinen nicht zu begreifen, womit wir es hier zu tun haben«, zischte Lyle durch zusammengebissene Zähne und stach mit seinem Zeigefinger auf die Luft vor Winslows Kinnpartie ein. »Wir sind auf einen neuen Antikörper, ein neues Serum gestoßen, eine Möglichkeit, die Erde von einem Virus zu befreien. Sehen Sie das denn nicht, Winslow?«

»Jefferson, hören Sie...«

»Nein, Sie hören mir zu. Das da draußen, diese Teilnehmer, sind alles kaltblütige Killer, und unser Mann ist zu einem Blitzableiter geworden. Er lockt all diese Raubtiere aus ihren Verstecken. Uns eröffnet sich hier eine Chance, eine noch nie dagewesene Chance.«

Winslow starrte den Mann eine Weile an, fuhr sich dann mit

der Zunge über die Lippen und meinte ruhig: »Damit sind wir also jetzt die neue Murder Incorporated geworden.«

Lyle lächelte. »Es liegt an mir, es ist mein Fehler. Ich drücke mich hier einfach nicht richtig aus.«

Lyle schloß die Augen, atmete ein und dachte für einen Moment darüber nach – über dieses scheußliche Geschäft, diese ganze Dreckarbeit. Er dachte nach über diese häßlichen Zeiten, die geprägt waren von Grausamkeit und Leere, und er dachte darüber nach, daß ebendiese Grausamkeit seinen Vater vernichtet hatte. Lyle fragte sich, ob auch nur einer der anderen von seinem Vater wußte. Wie der alte Mann, ein in der Wolle gefärbter Franklin-D.-Roosevelt-Demokrat, damals 1954 in Illinois im neunten Wahlbezirk für einen Sitz im Repräsentantenhaus kandidiert hatte und von den Neo-McCarthy-Leuten aus den südlichen Landesteilen gedemütigt worden war. Und wie dem alten Mann auf dem Höhepunkt des Wahlkampfs in einem Hotel in Peoria ein Skandal mit einer Prostituierten angehängt worden war. Und wie der alte Mann zwei Wochen später tot aufgefunden worden war und alles auf Selbstmord gedeutet hatte. Aber der junge Jeff Lyle hatte es stets besser gewußt. Er hatte stets gewußt, daß sein Vater von den Rechten umgebracht, der Selbstmord bloß gestellt und die Presse bestochen worden war. Und dieses Wissen hatte Jefferson Lyle für den Rest seines Lebens angetrieben.

Scheußliche Zeiten.

»Vielleicht sollten Sie die Angelegenheit mehr als Möglichkeit betrachten, Menschenleben *zu retten*«, meinte Lyle schließlich mit sanfterer Stimme. »Die Welt von diesen Soziopathen zu erlösen.«

Es folgte eine unangenehme Pause, in der nur das Plätschern der Wellen gegen einen nahe gelegenen Bootssteg zu hören war.

Endlich sagte Winslow: »Und vermutlich haben Sie auch bereits Pläne für unseren alten, unnachahmlichen Slugger, stimmt's?«

Lyle antwortete nicht sofort. Statt dessen blickte er auf die blaugraue Oberfläche des Potomac hinaus, die kalt und glänzend wie flüssiges Silber in der Sonne lag, und dachte über Slugger nach. In Wahrheit hatte Lyle nicht die geringste Idee, was mit Joe Flood geschehen sollte. Wie auch immer das Spiel ausging, er entwickelte sich zu einer Unannehmlichkeit. Es war natürlich denkbar, daß der alternde Killer sich einfach nur zur Ruhe setzen wollte. Allerdings reichlich geräuschvoll. Aber konnte sich das Chamber ein solches Risiko erlauben? Lyle starrte auf das kalte, sonnenbesprenkelte Wasser, dachte lang und intensiv darüber nach und hatte schließlich eine Idee.

»Ted«, sagte Lyle plötzlich. »Ruf doch mal Tom Andrews an.«

Klick, klick, klick!

Joe kniete auf den schmutzigen Dielenbrettern in einem der Beichtstühle von St. Mickey und hielt sich beschämt und erniedrigt die Hände vor die Augen. Er war nackt wie ein Neugeborenes, bedeckt mit frischer Scheiße, Spuren von Innereien in seinem Haar, über seiner eingefallenen Brust, den Aknenarben auf den Backen, und er war erst elf Jahre alt. Trotzdem besaß der kleine Joey einen mit den Sünden des Erwachsenen angefüllten Kopf, und hatte schreckliche Angst, zu der Schirmwand hinaufzusehen, die Pater Dooley im Dunkel seines Hochsitzes verbarg.

Klick, klick, klick, klick, klick, klick!

Kleine, schwache Hände, die so fest auf seine Augen drückten, daß die Tränen rot und dickflüssig wurden, daß die Tränen sich in Blut verwandelten, und jetzt plapperte Joey wie ein Baby, und die Stimme von Pater Dooley hinter der schwarzen Gitterwand verhöhnte ihn, und Joe dachte: Nein, nein, bitte nicht. Zwing mich nicht hochzuschauen, bitte nicht, bitte, BITTE!

Schließlich blickte Joe doch auf, und die Kugeln schossen aus seinen Augen, durchschlugen die Gitterwand, explodierten in einem Nebel aus glühendheißen Knochensplittern und verwandelten Pater Dooley in einen blutumsprühten Brei... NEIN!

Joe schreckte aus dem Schlaf auf, daß die Sprungfedern des Feldbettes unter ihm quietschten.

»Entschuldigung, Mr. Flood?«

Langsam gewann der Raum an Konturen – die getünchten Bimssteinwände, die geometrischen Schattenfiguren von weißlackierten Gitterstäben und dazu der strenge Geruch nach Desinfektionsmittel und Erbrochenem. Seltsame Empfinden erwachten in Joes Körper: die Straffheit auf der Rückseite seines Beins, das dumpfe Brennen in seinen Händen und die kratzende Hitze von Mullbinden an Oberschenkel, Arm und Schulter. Sein Hinterkopf dröhnte, die Nähte juckten, und er brauchte eine Weile, um das Wort »Was?« zu bilden.

»Wachen Sie auf, Sir. Sie haben Besuch.« Die Stimme kam von der anderen Seite der Zelle, von der anderen Seite der weißen Gitterstäbe und klang wie die eines Teenagers vor dem Stimmbruch. Ein schwacher Südstaatenakzent, aber höflich, als ob sie sich an einen Lehrer wenden würde. Und dann dieses gräßliche metallische Klicken.

»Was soll der Scheiß?« Joe blinzelte und versuchte sich auf den Wärter zu konzentrieren.

Der Junge stand draußen vor dem Gitter und schlug mit seinem Schlüssel gegen das Eisen. Kaum den Windeln entwachsen, das Gesicht mit Sommersprossen bedeckt, trug er bereits die graue Uniform des Sheriff Department. Der breitkrempige Hut saß lässig zurückgeschoben auf einem rotblonden Haarschopf. »Tut mir wirklich leid, Sir«, meinte der Gefängniswärter mit verlegenem Gesichtsausdruck, »aber ich wurde angewiesen, Sie zu wecken. Sie haben einen Besucher.«

»Einen Besucher?«

»Jawohl, Sir.«

»Jesses ...« Joe schwang die Beine über die Kante des Feldbetts und stemmte sich in eine sitzende Position. Sein Magen fühlte sich an wie eine leere gußeiserne Trommel. Ihm fiel auf, daß er in einem orangefarbenen Knastbruderoverall steckte. Er betrachtete die Bandagen an seinen Händen, und die Ereignisse der vergangenen vierundzwanzig Stunden fielen ihm wieder ein.

Er erinnerte sich daran, daß er aus dem Fluß gefischt, von einem ganzen Polizeizug gefesselt und unter schwerer Bewachung zur örtlichen Unfallklinik gebracht worden war. Sein Bein und sein Handgelenk wurden zusammengeflickt, und wegen des ausgekugelten Fingers an seiner rechten Hand hatte man ihm Schmerzmittel verabreicht. Anschließend war er in eine staatliche Einrichtung namens Menner Complex außerhalb von St. Louis überführt worden, eine erst kürzlich fertiggestellte Kombination von High-Tech-Bundesgefängnis und Gerichtsgebäude.

Bis weit in den späten Nachmittag und frühen Abend hinein hatten die Gesetzeshüter ihn verhört. All die örtlichen Jungs hatten sich versucht – der Pike County Sheriff, die Polizei von Quincy, eine ganze Parade State Trooper und sogar ein Versicherungexperte der Western Eagle Airlines. Um fünf Uhr waren dann die FBI-Beamten erschienen. Mit ihren kurzgeschorenen Haaren und billigen Anzügen kamen sie eingeflogen aus Washington, New Orleans und Atlanta und versuchten Joe in die Zange zu nehmen, als befänden sie sich in irgendeinem alten J.-Edgar-Hoover-Film und könnten den alten Slugger auf diese Art plündern wie eine Slot-Machine für Zwanzigdollarscheine.

Joe erzählte ihnen alles.

Nein, er leitete keine irgendwie geartete verdeckte Geheimdienstoperation für die Palästinenser. Nein, er hatte sich nicht mit Mafiageldern davongemacht. Nein, er war nicht tief verstrickt in irgendeinen globalen Bandenkrieg, einen Machtkampf innerhalb der Syndikate.

Joe erzählte ihnen genau, was vor sich ging. Joe erklärte ihnen alles. Er schilderte ihnen ausführlich seinen Lebenslauf als Berufskiller. Er berichtete vom Leukämieverdacht und vom Wettbewerb, erzählte von der Fehldiagnose und von seiner Entscheidung, um sein Leben zu kämpfen. Joe erzählte jedem, der es hören wollte, die Wahrheit. Und das Lustige an der Sache war, nur die wenigsten glaubten ihm. Niemand nahm ihm die Geschichte wirklich ab oder akzeptierte auch bloß die Tatsache, daß jemand wie Joe so bereitwillig die Wahrheit sagen könnte. Alle bohrten verzweifelt nach irgendeiner schillernden Unterweltsverschwörung, irgendwelchen undurchsichtigen Gebietskämpfen zwischen internationalen Berufskillern.

Joe blieb einfach dabei, die Wahrheit zu erzählen, da es jetzt nicht mehr wichtig war. Nichts davon war mehr wichtig. Joe wußte, daß es für ihn nie eine Gerichtsverhandlung oder Gefängnisstrafe geben würde. Er wußte, daß sein Schicksal durch die Ereignisse der letzten Stunden vorbestimmt, irreversibel verändert und auf lediglich zwei denkbare Ausgänge reduziert worden war: Während seiner Überführung zurück nach Chicago würde er entweder fliehen oder von einem anderen Hitman umgebracht werden.

»Wie spät ist es denn eigentlich zum Teufel?« Joe massierte sich den Nacken und blickte sich prüfend in dem getünchten Käfig um. Ein gedämpftes Grollen drang aus weiter Entfernung zu ihm, und Joe vermutete, daß es draußen regnete.

»Es ist gleich acht Uhr. Morgens.« Der Wärter entriegelte die Tür, während er sprach.

»Herr im Himmel...« Joe schüttelte den Kopf. Gegen Mitternacht hatten sie ihm etwas Kodein verabreicht, und er war völlig aus den Latschen gekippt.

»Ich werde Ihnen die Fessel anlegen müssen«, meinte der Wärter mit bedauernder Miene, entrollte die Stahlkette und ließ die Handschellen aufschnappen.

»Denn Sie tun ja auch nur Ihre Pflicht, hab ich recht?« Joe stand auf und hatte von den Drogen noch immer weiche Knie.

»Auf geht's.« Der Wärter spannte die Schellen um Joes Handgelenke, verband die Kette mit Joes Fußfesseln und sicherte die ganze Konstruktion dann vor dessen Bauch mit einem Vorhängeschloß. Joe wurde dadurch in eine affenähnliche Haltung gebeugt und konnte sich nur noch entsetzlich unbeholfen bewegen. »Und jetzt immer schön ruhig und gemächlich«, sagte der Wärter und führte Joe durch das offene Gitter und den Gang hinunter.

Die Haftanstalt war eine funkelnagelneue Einrichtung mit frisch verlegtem grauen Teppichboden, strahlend weißen Wänden und Gitterdrahtfenstern, die auf gepflegte, begrünte Höfe hinausführten. Der Bau roch nach frischer Farbe und scharfen Vorschriften. Joe schlurfte neben dem Wärter her, sehnte sich nach einem Becher Kaffee und einer Zigarette und fragte sich, welcher widerlicher Enthüllungsreporter wohl auf ihn warten würde. Als sie das Ende des Hauptgangs erreicht hatten, drängte der Wärter Joe höflich zum Anhalten.

»Ich möchte Sie ja nicht belästigen, Mr. Flood«, sagte der Wärter. »Aber wir haben uns überlegt – die Jungs und ich –, ob Sie uns nicht vielleicht einen Gefallen tun würden.«

Joe hob erstaunt die Augenbrauen. »Ich *Ihnen* einen Gefallen tun?«

»Yeah, ähh, würde auch nur 'ne Sekunde dauern.«

»Klar, jederzeit.«

»Super!« Der Wärter drehte sich schnell zu einer offenstehenden Tür und steckte den Kopf hinein. »Bist du fertig, Earl?« Aus einem der Büros drang ein raschelndes Geräusch, dann wandte sich der Wärter wieder zu Joe. »Okay, Mr. Flood, hereinspaziert.«

Joe folgte dem Wärter in ein schlichtes, kleines, in Neonlicht getauchtes Büro. Die Betonwand auf der einen Seite war mit aus Pornoheften gerissenen Hochglanzbildern tapeziert, und auf der anderen Seite befand sich ein Gitterdrahtfenster, umrahmt von gelochten Holzplatten, an denen automatische Waffen hingen. Am Fenster stand ein weiterer Wärter, ein älterer Mann, ebenfalls in grauer Uniform. Er trug eine Brille mit flaschendicken Gläsern und hielt in seiner Hand eine Nikon-Kamera mit Blitzlicht. »Wie geht's, Mr. Flood?« sagte der ältere Wärter. »Hoffe doch, Sie haben nichts dagegen, wenn wir ein paar Aufnahmen für die Leute daheim machen.«

Joe blickte ungläubig.

»Dauert nur eine Sekunde«, sagte der jüngere Wärter. Er packte Joe am Arm und zerrte ihn zur Betonwand hinüber. »Wie wär's so, Earl? Kriegst du uns beide so drauf?«

Das Geräusch von Weinen erfüllte den kleinen, feuchten Kellerraum des einzigen katholischen Beerdigungsinstituts in Jerseyville, Illinois. Nicht daß Weinen ein ungewöhnliches Geräusch in *Michelatta and Sons Funeral Home* gewesen wäre, dieses Haus hatte zweifellos eine Menge Tränen erlebt, doch aus zwei Gründen unterschied sich dieses Schluchzen von den anderen: Erstens kam es aus dem Einbalsamierungsraum, und zweitens rührte es von einem riesenhaften Mann her, der irgendwie gebrochen Englisch sprach und noch nie zuvor in seinem Leben einen Fuß in dieses kleine Städtchen gesetzt hatte.

»Signore?« Der kleingewachsene Geschäftsinhaber kauerte sich gegen die rückwärtige Wand, knetete seine Hände und spitzte nervös die Lippen. Sein Name lautete Edward Micheletta, und er trug einen dezenten blauen Anzug mit einer pinkfarbenen Blume im Knopfloch. Sein kahler Schädel schimmerte in dem dämmrigen Licht. »Ich möchte Sie ja nicht stören«, sagte Micheletta vor-

sichtig in Richtung des Hünen, der auf der anderen Seite des Raums im Neonlicht vor einer rollbaren Edelstahlbahre kniete. »Aber da ist ein Herr, der Sie sprechen möchte. Er sagt, es sei sehr dringend.«

Der massige Sizilianer reagierte nicht, blieb weiter auf seinen Knien, den Kopf unterhalb der Bahre gebeugt, auf der die Leiche seines Zwillingsbruders lag, und bewegte seine Lippen in irgendeinem stummen Gebet.

»Signore ...« Der Bestattungsunternehmer kam einige Schritte näher und räusperte sich.

Bernardo Sabitini war noch immer teilnahmslos.

Er befand sich in diesem Zustand, seit er am Abend zuvor blutverschmiert und mit der Leiche seines Zwillingsbruders wie eine Ladung zerschlagener Erinnerungen auf dem Arm erschienen war. Micheletta mochte kein Traumatologe sein, aber es machte den Eindruck, als wäre der mit dem Namen Federico an starkem Blutverlust, hervorgerufen durch eine schwere Schußverletzung an der Hand und einer tiefen Schramme am Hals, gestorben. Zu Anfang hatte Micheletta keine Ahnung, in welche schmutzigen Geschäfte die beiden verwickelt sein könnten, aber als der, der Bernardo hieß, sein gebrochenes Englisch zu sprechen begann, da begriff Micheletta, daß er es hier mit der Mafia zu tun haben mußte. Nun war Micheletta ein gesetzestreuer Bürger, ein guter Italoamerikaner. Er hatte noch nie in irgendwelchen Schwierigkeiten gesteckt und wollte auch nicht, daß sich jetzt daran etwas änderte. Doch Bernado hatte schließlich die Mündung einer halbautomatischen Zehnmillimeter in Michelettas linken Nasenflügel geschoben, und von diesem Moment an hieß es nur noch *Heil dir, Cosa Nostra!*

Die Forderungen waren ziemlich simpel gewesen. In seinem stockenden, schmerzerfüllten *inglese* hatte Bernardo Sabitini darum gebeten, daß Micheletta die Leiche von Federico säubern und zur Beerdigung vorbereiten sollte. Keine Sterbeurkunde, keine Papiere, keine Meldung an die Bezirksverwaltung, die Polizei oder die Landesbehörde. Nichts davon hatte Micheletta überrascht. Sein Cousin Carmine, der ebenfalls als Bestattungsunternehmer arbeitete, hatte ihm bereits Geschichten über vom Syndikat erzwungene Präparierungen von Leichen erzählt. Micheletta war es unvermeidlich erschienen, daß ihm eines Tages das gleiche Schicksal widerfahren würde. Aber dann hatten die Forderungen des dicken Mannes seltsame, irrationale Formen angenommen. Er hatte Micheletta angewiesen, ein kleines, in zwei Teile zerbrochenes Medaillon des heiligen Judas Thaddäus in Federicos Hals einzuführen. Anschließend hatte Bernardo verlangt, daß die Balsamierflüssigkeit sowohl mit ein paar Tropfen seines eigenen Bluts als auch mit Weihwasser aus dem örtlichen Taufstein vermischt werden sollte. Auf Bernardos Anordnung hin mußte außerdem die große Narbe, die sich über den Rumpf der Leiche zog, mit Kerzenwachs aus der Sakristei der örtlichen Kirche bedeckt und versiegelt werden. Und zuletzt hatte der Riese noch ein zerknittertes, vergilbtes Stück Papier voller Eselsohren aus seiner Brieftasche gezogen und es Micheletta gereicht. Es handelte sich um ein altes italienisches Zirkusplakat aus den frühen Sechzigern mit der Ankündigung für eine Freak-Show, *Laloo und der Brustmensch*, sowie einer verblichenen Illustration, auf der einem gutaussehenden Mann mit Schnurrbart ein parasitischer Zwilling aus der Brust wuchs.

Bernardo hatte Micheletta insturiert, das Plakat in Federicos Schädelhöhle einzusetzen und den Leichnam danach in den Heimatort der Zwillinge vor den Toren Palermos überführen zu lassen.

»*Signore*, der Gentleman wartet oben auf Sie.« Micheletta war vorsichtig näher gerückt und erkannte nun, daß Bernardo in schnellem Tempo leise Gebete und trauerbeladene Litaneien vor sich hinmurmelte. Auf diese kurze Entfernung nahm Micheletta auch den Geruch des Mannes wahr. Er roch nach einer Mischung aus Schweiß, Knoblauch, Schießpulver und Kölnisch Wasser. Seine Augen, die in der Dunkelheit unter der Bahre hin- und herwanderten, als würden sie nach der verlorenen Seele des Bruders suchen, glänzten vor Trauer, vielleicht sogar vor Wahnsinn. »*Signore*, bitte... Der Mann beharrt darauf, Sie sofort zu sprechen.«

Der Leichenbestatter wollte eine Hand auf Bernardos Schulter legen, hielt jedoch abrupt inne. Er blickte auf den schwergewichtigen Mann hinunter, auf die glänzenden Tränen, die unruhig wandernden Pupillen, die geschäftigen Lippen und plötzlich erkannte der Bestatter, was Bernardo Sabitini in Wahrheit tat.

Er unterhielt sich mit seinem toten Bruder.

»*Signore?*«

Bernardo schaute auf, und sein Gesicht ähnelte dem eines in die Enge getriebenen Tieres.

Micheletta schluckte hörbar. »Ich habe den Mann gebeten fortzugehen, habe ihm gesagt, er solle später wiederkommen, es habe einen Todesfall gegeben.« Der Bestatter stammelte jetzt, zitterte um sein Leben. »Aber er bestand darauf, *paisano*, er bestand mit Nachdruck darauf.«

Unter großen Mühen erhob sich der dicke Mann. Seine Gelenke knackten. Auf seinem Sportsakko befand sich getrocknetes Blut, und das Hemd darunter schimmerte feucht. »Wo ist der Mann?«

»Er wartet oben im Andachtsraum auf Sie.«

Bernardo nickte. »Polizist?«

»Nein, *signore*, glaube ich nicht.«

Der Hüne rang sich ein weiteres leichtes Nicken ab, verließ dann den Einbalsamierungsraum und ging die Treppe hinauf. Auf dem oberen Treppenabsatz blieb Bernardo stehen und blickte sich im Foyer um. Seine Schläfen hämmerten, die Augenhöhlen brannten. Der Eingang zum Andachtsraum befand sich unmittelbar links im Foyer, ein aus seidenem Tuch geformter Torbogen. Bernardo schob eine Hand in die Seitentasche seines Jacketts und fühlte den beruhigenden geriffelten Griff seiner Zehnmillimeter.

Dann ging er hinüber und trat durch den Seidenbogen.

Der Raum war leer. Klappstühle standen wahllos herum, Progammzettel von der letzten Andacht lagen auf den Fliesen verstreut wie totes Laub. Am anderen Ende erhob sich kalt und leer ein Marmorpodest von der Podiumsfläche, Ausgangspunkt für die letzte Reise irgendeines bedauernswerten Bürgers, der nun als Wurmfutter diente. Bernardo blickte sich mit gerunzelter Stirn in dem verlassenen Raum um. Seine alten Narben juckten. Irgend etwas stimmte nicht.

Plötzlich hörte Bernardo ein lautes Klicken und spürte, wie sich ein Stück kalter Stahl in sein Genick grub.

»Ganz ruhig bleiben, Sportsfreund.« Die Stimme kam aus dem Dunkeln hinter Bernardo.

Der Dicke hob seine Hände.

»So ist's gut, sehr schön.« Die Mündung wurde hart in Bernardos Genick gedrückt und zwang ihn einige Schritte nach vorn. »Und jetzt werd'n wir das Friedenswerk noch ein wenig ausbau'n, wir zwei beide, und ganz nett zueinander sein. Verstehst du, was ich meine?«

Bernardo erkannte den melodischen Tonfall der Stimme. Höchstwahrscheinlich einer der Neger aus dem Osten. Bernardo schmeckte bitteren Tod auf der Zunge. »Wenn du mich umbringen willst, dann solltest du es möglichst schnell erledigen.«

»Nimm den alten Vorderlader da aus deiner Tasche, Sportsfreund, und du atmest noch etwas länger.«

Bernardo zog die Zehnmillimeter aus seiner Tasche und reichte sie nach hinten.

»So ist's schön.« Creighton Lovedahl trat aus dem Schatten. Auf seinem Gesicht zeichneten sich Müdigkeit und Schweiß ab, sein Trainingsanzug war angesenkt und blutverschmiert, und die .357er blieb unverwandt auf Bernardos Schädel gerichtet. »Und jetzt werden wir es für eine Sekunde mal ganz ruhig angehen lassen.« Lovedahl hatte unübersehbar Schmerzen, während er sprach, und seine Waffe zitterte schwach. »Ich weiß, daß du jemanden verloren hast, jemanden, der dir nahestand, und jetzt bist du auf der Palme deshalb, und das kann ich ja auch verstehen.«

Bernardo sprach durch die zusammengepreßten Zähne. »Was willst du von mir, Nigger?«

Lovedahl ließ den Hahn zurückschnappen und stopfte die Mündung in Bernardos Ohr. »Was ich will, Dickerchen – nenn mich sentimental, was weiß ich.« Wie ein Verliebter, der dem anderen zärtliche Nichtigkeiten zuflüstern möchte, schmiegte sich Lovedahl an ihn. »Jedenfalls ist der einzige Grund, weshalb ich dir dein Hirn nicht gleich jetzt entwerte, daß ich 'n Plan hab und du da drin bist.«

Bernardo zuckte mit den Achseln. »Quatscht von Plan der Nigger, als ob's jemanden interessieren würde.«

Lovedahl drückte den Lauf noch tiefer in das Ohr des Sizilianers. »Mangelndes Interesse kannst du dir in deiner momentanen Lage nicht unbedingt leisten.«

Bernardo sagte nichts.

»Ich hab 'n Vorschlag«, meinte Lovedahl schließlich. »Und du müßtest mal eben mitkommen.«

Bernardo blickte den Mann lange an und zuckte dann unverbindlich mit den Schultern. »Warum nicht?«

Joe saß allein im leeren Besuchszimmer und wartete auf den großen Unbekannten. Der niedrige Raum wurde in der Mitte von einer Plexiglaswand durchschnitten. Zu beiden Seiten befanden sich Sitzbänke, die jeweils in kleine Nischen unterteilt waren. Jede Nische verfügte über einen in Schulterhöhe angebrachten

Telefonhörer und über eine alte, zerkratzte Schreibplatte, um sich besser Notizen machen zu können. Joe saß in der Nische, die am nächsten zur Tür lag. In der Wand hinter ihm war ein einseitiger Observierungsspiegel eingesetzt.

Er schluckte den letzten Rest jenes lauwarmen Kaffees herunter, den die Wärter ihm gegeben hatten, und fischte in einer zerknitterten Packung Camels nach einer weiteren Zigarette, als das piepende Signal eines elektrischen Türöffners durch den Raum hallte. Joe blickte hoch. Die Tür wurde aufgedrückt, und sein Besuch trat ein.

Sie wirkte erschöpft, ihre Wangen waren gerötet und das Haar aus dem Gesicht nach hinten gekämmt. Ihre Jeansjacke trug sie bis zum Hals zugeknöpft, und ihre Augen glänzten vor Tränen. Sie sah aus, als hätte sie Fieber.

Joes Kehle wurde so trocken, daß er kaum die Worte herausbrachte. »Herrgott … *Maizie*…?«

Sie konnte ihn nicht hören, aber sie sah die Bewegung seiner Lippen und den Ausdruck in seinen Augen. Sie eilte zu der gegenüberliegenden Nische, setzte sich und nahm das Telefon ab.

Joe setzte sich ebenfalls wieder hin und ergriff seinen Hörer. »Wie geht's, Kleine?«

»Wie es *geht*!« Schrill und blechern zischte ihre Stimme durch die Ohrmuschel. Sie blickte im Raum herum, dann zurück zu Joe. Ihre Augen waren feucht. »Erst stellst du mein gesamtes Leben auf den Kopf, und jetzt sitzt du da und fragst, wie es mir geht?«

»Ich habe ziemlichen Mist gebaut. Es tut mir leid.«

»Als ich dich das letzte Mal getroffen habe« – Maizie wischte sich das Gesicht ab, und durchbohrte ihn mit ihrem Blick –, »hast du mich in der Lyric gegen den Garderobenspiegel gestoßen und mir praktisch das Kreuz gebrochen. Das war kein sonderlich stilvoller Abgang, Joey.«

Joe nickte und sagte nichts. Er versuchte, sie durch das Glas zu riechen, aber die Ausdünstungen der frischen Farbe überlagerten alles. Er sehnte sich nach diesem wundervollen Pfefferminzduft. Unzweifelhaft konnte er ihre Hitze spüren, die durch das Plexiglas strahlte. Joe war schockiert darüber, wie sehr es ihn danach verlangte, mit dieser Frau zusammenzusein, wie sehr er sich wünschte, neben ihr zu liegen und sein Gesicht in ihr Haar zu vergraben. Die Sehnsucht machte ihn schwindlig, seine Bauchmuskeln verkrampften sich, und der Zorn bebte mit einer solchen Vehemenz durch ihn hindurch, daß es ihn selbst erschreckte. Wie hatte er es nur geschafft, seine Zukunft mit dieser Frau so wissentlich zu zerstören? Wie hatte ihm bloß die makellose Schönheit dieses kleinen, runden Gesichts entgehen können?

»Sie haben mir erzählt, du hättest einen – wie nennt man das – einen offenen Auftrag auf dich selbst ausgeschrieben«, sagte Maizie, blickte sich dabei in dem Besuchszimmer um und betrachtete die trostlosen Betonwände.

Joe nickte. »Das ist richtig, Kleines, das hab ich getan.«

Sie sah ihn an. »Aber warum hast du so etwas getan, Joey? Ich meine, tagtäglich werden bei Leuten unheilbare Krankheiten diagnostiziert.«

Joe schluckte, wollte sich eine tiefsinnige Erwiderung überlegen und murmelte schließlich nur: »Damals schien es mir eine gute Idee zu sein.«

»Herrgott, Joey.« Maizie schloß die Augen. »Für mich ergibt noch immer nichts von alldem einen Sinn.« Sie öffnete ihre Augen wieder und blickte ihn durch die Scheibe an. »Ich meine, ich fahr wie eine Verrückte durch die Gegend, um dich zu finden. Mein Rücksitz schwimmt in Zwanzigern. Ich weiß nicht einmal, wieviel – zehntausend, fünfzehntausend Dollar. Und ich halte an allen möglichen Läden, an denen ich vorbeikomme, an Quick Marts und 7-Elevens, und kaufe Sachen wie kitschige Glücksbringer, Flaschen mit teurem Brandy und Macadamia-Nüsse …«

»Maizie, hör mal...«

»Nein! Unterbrich mich nicht. Ich muß das jetzt sagen, weil, wenn ich jetzt abbreche, dann bring ich es niemals raus. Weißt du, an einem bestimmten Punkt, etwa auf halber Strecke hier runter, hab ich mich zum Aufhören gezwungen und mir ist klargeworden, daß all dies Geld mit Blut besudelt war. Verstehst du? An dem Geld klebt Blut, und hier komme ich, die Chicano-Schlampe aus Humboldt Park, und kaufe davon Häagen-Daz und Macadamia-Nüsse.«

Joe preßte seine Handfläche gegen die Scheibe. »Du hast mit der Sache nichts zu tun, Maizie.«

»Du hörst mir gar nicht zu«, sagte sie, und ihre Stimme knisterte eine Spur angespannter durch die Ohrmuschel. »Ich weiß, daß du Leute umgebracht hast. Aus Geldgier, aus politischen Motiven, wie auch immer...«

»Ich habe noch nie jemanden aus reiner...«

»Laß es, Joey.« Maizie bebte jetzt in ihrem Sitz, zitterte erregt in ihrer Jacke. »Ich möchte diese rationalen Rechtfertigungsversuche überhaupt nicht hören. Ich möchte sie einfach nicht hören.«

»Ich kann deine Wut ja gut verstehen. Du hast, weiß Gott, allen Grund dazu. Aber eine Sache solltest du wissen: Ich bringe nur Leute um, die umgebracht werden müssen.«

»Ach, wirklich? Wer bist du denn – Gott?«

»Gott ist ein Killer, Liebling. Mach dir da nichts vor.«

Maizie schloß ihre Augen. »Du kapierst es einfach nicht, du kapierst es einfach nicht.« Sie blickte zu ihm auf. »Ich versuch dir doch nur klarzumachen, daß es nicht darauf ankommt, weil ich dich nämlich noch immer liebe, du verdammter Idiot. Trotz all dieser Scheiße liebe ich dich noch. Und du siehst das nicht mal.«

Joe starrte auf die Holzplatte, ein Moment verstrich, und dann sagte er leise: »Ich habe gar nicht gewußt, daß du Macadamia-Nüsse magst.«

Maizie sah ihn kurz mit leicht zur Seite geneigtem Kopf an, ein bitter-ironisches Lächeln auf den Lippen. Sie wirkte wie jemand, dem man soeben einen äußerst schlechten Witz erzählt hatte und der jetzt nicht wußte, wie er reagieren sollte, ob er lachen oder schreien sollte. »Weißt du, Joey, mir scheint, es gibt da eine ganze Menge, was wir nicht voneinander wissen.«

Joes Augen trafen ihren Blick. »Maizie, hör mal. Mir ist nicht ganz klar, wie ich es am besten ausdrücken kann. Wenn man dieses Leben lange genug lebt, dieses Spiel lange genug spielt, dann wird man süchtig. Körperlich abhängig. Ich bin seit meinem achtzehnten Lebensjahr süchtig, glaube mich auf irgendeiner Mission, keine Ahnung. Alles, was ich weiß, ist daß der einzige *wirkliche* Friede, den ich jemals gefunden habe, der einzige Friede, der nicht aus dem Lauf einer Waffe kam, die Stunden waren, die ich mit dir verbracht habe.«

Maizie neigte ihren Kopf erneut zur Seite. »Was willst du damit sagen, Joey? Willst du damit sagen, daß du mich liebst oder so?«

»Das will ich damit sagen.«

»Lügst du schon wieder, Joey?«

»Nein, Ma'am.«

»Bist du sicher, daß das nicht bloß der typische Last-Minute-Scheiß eines Knackis aus dem Todestrakt ist? Oder liebst du mich wirklich?«

Joe sagte ihr, daß er sie wirklich liebte.

»Und warum gibst du dann auf?«

»Was meinst du?«

Maizie schaute sich im Raum um und betrachtete die Hohlziegelwände und die Video-Überwachungskameras. »Na, du hockst hier wie Jeanne d'Arc und wartest darauf, daß diese Arschlöcher dich auf dem Scheiterhaufen verbrennen. Was soll ich da denn sonst denken?«

»Wenn du irgendwelche Ideen hast, bin ich nur zu gern bereit, sie mir anzuhören.«

»Ein Anwalt... irgendwas... keine Ahnung. Es muß doch was geben.«

Joe spürte in seinem Innern eine Traurigkeit tief wie ein dunkler Schacht aufreißen. »Das Spiel ist aus, Maizie, das ist die schlichte Wahrheit. Der alte Joey ist auf dem Weg zum Abdecker, und eine junge Frau wie du... die ihre ganze Zukunft noch vor sich hat... die sollte aufstehen, weggehen und keinen Blick zurückwerfen.«

»Arschloch.«

Joe lächelte. »Dickköpfig wie eh und je.«

»Joey, die Sache ist, daß es abgesehen von den Macadamia-Nüssen noch eine ganze Menge anderer Dinge gibt, die du von mir nicht weißt.« Maizie rieb ihre Hände aneinander, als würde sie im Kopf eine Liste zusammenstellen, und Joe bemerkte, wie ihre Augen feucht wurden und sich dicke Tränen in den Ecken sammelten. Ihre Lippen zitterten, und aus ihrem Gesicht wich alle Farbe. Sie wirkte krank. Wie jemand, der gerade eine Überdosis Schmerzen geschluckt hatte. »Mal sehen. Zum einem, ich bin ein heimlicher Elvis-Fan. Hast du das von mir gewußt, Joey?«

»Maizie, es tut mir leid, aber...«

»Ich wette, das hast du nicht gewußt... Ach, hier ist noch was.« Sie schnippte mit den Fingern, als wäre ihr eben noch ein nebensächliches Detail eingefallen. »Ich bin schwanger.«

Joe starrte sie einen Moment lang an.

Sie nickte. »Du hast ganz recht gehört, Joey. Ich bin schwanger. Fast im vierten Monat.«

Joe wollte etwas sagen, aber ihm fehlten die Worte.

- 15 -

Der unvermittelte dumpfe Schlag ließ Maizie kurz hochfahren, und beinahe wäre ihr der Hörer entglitten, aber er schien durch Schweiß und Anspannung untrennbar mit ihrer Hand verschmolzen, und so preßte sie ihn in Erwartung auf Joes Antwort weiter an ihr Ohr. Durch die schmutzige Scheibe sah sie zwar, wie Joe sie aus wäßrig schimmernden Augen anstarrte, seinen Gesichtsausdruck wußte sie allerdings nicht recht zu deuten, und das jagte ihr eine Todesangst ein. All die typischen Fragen wirbelten ihr im Kopf herum: Freute er sich über die Nachricht? Löste sie panisches Entsetzen aus? Durch die Scheibe wirkte Joe zugleich wütend, erschrocken und traurig. Dann blickte Maizie nach unten und sah, daß er seine Handfläche gegen die Scheibe geschlagen hatte.

Die Geste wirkte wie ungewollt, so als hätte Joe die Kontrolle über seine Hand verloren. Aber je länger Maizie auf diese große, schwielige Hand blickte, die so fest gegen das Glas drückte, daß sie wie weißer Musselinstoff aussah, desto verständlicher wurde ihr das Tieferliegendere, Unaussprechliche, Wunderbare, das in dieser Geste zum Ausdruck kam.

»Das ist die beste Neuigkeit, die ich den ganzen Tag gehört habe«, knisterte Joes Stimme durch die Ohrmuschel.

Maizie grinste durch ihre Tränen und legte ihre Hand auf seine.

Zuerst wirkte es so kläglich, diese traurige kleine Knastszene – zwei Hände, aufeinandergepreßt und getrennt durch diese abweisende Scheibe aus kaltem, verschmiertem Plexiglas. In so vielen Filmen hatte Maizie sie gesehen. Aber jetzt ließ sie sich allein von ihren Gefühlen leiten. Langsam hob Maizie die Augen, traf Joes Blick durch die Glasscheibe, und ein unsichtbarer Funke sprang über zwischen ihnen, wanderte die Sehnen bis in ihre Handflächen hinunter, und diese reagierten.

»Ich liebe dich, Kleines.« Joes Flüstern klang wie der Abschluß eines Gebets.

Jetzt war Maizies Hand mit dem Plexiglas verschmolzen. »Ich wollte es dir eigentlich nicht auf diese Weise mitteilen, Joey«, hauchte sie. Tränen brannten in ihren Augen, ihre Stimme wurde rauh, und ihre Hormone veranstalteten einen wilden Tanz.

Obwohl bis auf einen geringfügig dickeren Bauch äußerlich noch keine Anzeichen sichtbar waren, befand sie sich innerlich bereits auf einer emotionalen Achterbahn. Ihre Stimmungsschwankungen machten denen des tasmanischen Beutelteufels Konkurrenz, und das ganze Drama um Joe hatte für sie mittlerweile wahrhaft wagnerianische Dimensionen angenommen. Aber das alles war nicht mehr so wichtig, denn Joe war ja nun auf ihrer Seite.

Er hatte sich über die Nachricht gefreut.

Maizie spürte die Energie, die alle Arten von Wärme und Intimität suggerierte, durch die schmutzige Scheibe in sich einströmen, und sie schloß die Augen und trank sie gierig.

Das Geräusch eines zurückspringenden Türriegels auf der anderen Seite des Raums zerriß abrupt ihre Verbundenheit.

»Oh!« Maizie zuckte nach hinten und löste dabei ihre Hand von der Scheibe.

Der junge Wärter war mit einem Schlüsselbund in der Hand an Joe herangetreten, und Maizie konnte durch die Ohrmuschel seine gedämpfte Stimme hören. »Entschuldigen, Sie, Mr. Flood…«

Maizie hatte das Gefühl, als wäre ihr eine Sauerstoffmaske vom Gesicht gerissen worden, und plötzlich war die trostlose Atmosphäre der Haftanstalt wieder offensichtlich. Maizie blickte sich um und versuchte in dem öden Raum, der nach Schweiß und getuschelten Gesprächen roch, ihre Haltung wiederzufinden. Auf der Scheibe waren nun zu beiden Seiten Handabdrücke sichtbar, deren verschmierte Umrisse nahezu perfekt übereinander lagen.

»Tut mir leid, Sie einfach so zu unterbrechen«, sprach der Wärter Joe an und schlenkerte verlegen mit den Händen. »Aber uns wurde gesagt, wir müßten Sie wieder in die Zelle bringen.«

Joe stand auf, das Telefon noch immer fest mit seinem Ohr verschmolzen. »Wir werden schon einen Weg finden, Liebling, mach dir keine Sorgen. Paß gut auf dich auf.«

»Halt!« Maizie sprang auf. »Was ist mit dem Anwalt? Joey? Warte mal. Ich dachte, ich nehme etwas von dem Geld für einen Anwalt.«

Joe legte den Hörer auf die Gabel zurück, ohne den Blick von ihr abzuwenden. Dann küßte er die Fingerspitzen und berührte mit ihnen zärtlich das schmierige Glas. Er zwinkerte ihr zu, dann drehte er sich zum Wärter und nickte.

Maizie schoß das Herz in den Hals, und wie kühles flüssiges Quecksilber breitete sich die Angst in ihren Venen aus. Ihr wurde bewußt, daß sie Joe in diesem Moment womöglich zum letzten Mal sah. Der Vater ihres ungeborenen Kindes. Ihr geliebter Joe. Während sie den Wärter beobachtete, der Joe durch den leeren Raum zu der Tür in der Ecke führte, erkannte sie, daß es für ihr weiteres Leben wahrscheinlich einfacher gewesen wäre, wenn er sie zurückgewiesen hätte. Aber so, nach dem unausgesprochenen Liebesschwur durch eine Membran aus schmierigem Plexiglas, war Maizie unlösbar an einen toten Mann gebunden. Joe stand auf der Abschußliste, jetzt und für alle Zeiten. Und selbst wenn man ihn für den Rest seiner Tage in Einzelhaft einsperrte, die Kopfgeldjäger würden aller Wahrscheinlichkeit nach doch eine Möglichkeit finden, an ihn heranzukommen.

»Joey!« Maizie drückte sich gegen das Glas, und ihr qualvoll ausgestoßener Atem kondensierte wolkenförmig auf der Scheibe. »Joey, warte... hör mal... *Joey*!«

Auf der anderen Seite wurde Joe durch den an der rückwärtigen Wand liegenden Ausgang geführt. In letzter Minute, unmittelbar bevor der Wärter die Tür hinter ihnen schloß, hielt Joe an und sah über seine Schulter zurück. Er warf Maizie einen letzten Blick zu, und plötzlich hatte Maizie den Eindruck, daß die Dinge womöglich doch nicht so schlecht standen. Es war Joes Blick, der schwache Schimmer von Leidenschaft in seinen Augen und sein beiläufig kurzes Nicken.

Er hatte einen Plan.

Die Regengüsse setzten am späten Nachmittag ein und fielen aus dem Westen wie eine Invasionsarmee über Macoupin County her.

Auf der Nordseite von Carlinville, in der Nähe eines alten Institutsgebäudes des Blackburn College, schlängelte sich eine schmale Schotterstraße zwischen alten Ulmen, billigen Gebrauchtwarenläden, Viehfuttergeschäften, KFZ-Werkstätten und schmierigen Kaschemmen hindurch. Am Ende der Straße trommelte der Regen hart auf das Blechdach von Bud and Hank's Bar und verursachte laut plätschernde Geräusche, als ein zerbeulter Cadillac vorfuhr. Dem Wagen entstiegen zwei Herren – der eine weiß und fett, der andere schwarz und schlaksig –, klappten ihre Kragen gegen das Unwetter hoch und liefen schnell über den Gehweg auf den Kneipeneingang zu.

Ohne ein Wort zu wechseln, schlüpften sie hinein.

Bud and Hank's großer Gastraum war kühl, dunkel und durchtränkt von dem Gestank nach schalem Bier, abgestandenem Zigarettenqualm und billigem Parfum von unzähligen einsamen Samstagabenden. Der Boden bestand aus zerkratzten Holzbohlen, und an einem Ende war eine armselige kleine Theke installiert. Creighton Lovedahl trat neben die Tür, betrachtete sich den miefigen Trübsinn und stampfte auf die Gummifußmatte. An seiner Seite stand Bernardo Sabitini, wischte sich den Regen von den

Ärmeln seines Armani-Jacketts und verzog skeptisch die wulstigen Lippen.

»Kann ich euch helfen, Jungs?« Die Stimme kam von hinter der Theke – ein alter Kauz mit Hawaiihemd und einem Gesicht voller Aknenarben.

»Wir erwarten jemanden«, sagte Lovedahl.

Der Wirt stocherte mit einem Daumen in Richtung einer schwarzlackierten Tür links von der Theke. »Schätze, dieser Jemand wartet schon auf euch.«

Lovedahl und Sabitini tauschten einen verwunderten Blick aus und schlenderten dann an der Theke vorbei.

Das Hinterzimmer lag im Dunkeln, und die Dunkelheit roch nach Zigarren und Schnaps. In der Mitte des Raumes stand ein runder Tisch, auf dessen zerfledderte Filzplatte eine Blechlampe schummrig gelbes Licht warf. Lovedahl nahm an, daß sich hier die guten, alten Jungs aus Macoupin County zum Zocken trafen. Er warf einen Blick in die dunklen Ecken des Zimmers und betrachtete die Türme der dort aufgestapelten alten Schnapskartons.

Etwas huschte hinter ihnen, wie eine Fledermaus, schwarz und spindeldürr.

»Was is ...?« Lovedahl duckte sich. Eine Spielkarte flatterte an ihm vorbei, schnitt durch den Lichtkegel über dem Tisch, schlitterte über den Filz und drehte sich wie eine Münze bei einem Glücksspiel. Einen Moment lang torkelte die Karte auf der Kante, kippte dann um und zeigte ihren Spielwert. Es handelte sich um eine Tarotkarte, eine hübsche Renaissancedarstellung eines skeletthaften Sensenmannes umgeben von dunklen, unheilverkündenden Wolken.

Der Tod.

»Ratten auf einem sinkenden Schiff sind zu allem bereit«, flüsterte der Schatten hinter ihnen, und Lovedahl zog sofort seine Smith & Wesson in Richtung der Stimme.

In Sabitinis fetter kleiner Hand erschien plötzlich auf wundersame Weise eine Halbautomatik.

Mattes Eisen schimmerte, Augen weiteten sich, Mündungen richteten sich in synchronen Zeitrafferbewegungen aus.

Und ruck, zuck, keinen Herzschlag später, waren die Knarren einträchtig justiert und gespannt – zwanzig Millimeter pures *Fick dich* –, aber der Schatten hatte sich weder bewegt, noch eine Waffe gezogen, und das ließ Lovedahl extrem nervös werden. »Schwing jetzt sofort deinen knochigen japanischen Arsch ins Licht, du Penner«, forderte Lovedahl durch zusammengepreßte Zähne. »Oder wir ballern dir das Scheißteil einfach ab!«

Stille.

Draußen vor der Kneipe erschütterte ein gewaltiger Donner den grauen Nachmittag.

Ein Blitz zuckte auf, tauchte den Raum in gleißend weißes Licht, und in dem blendend grellen Moment sah Lovedahl etwas Metallisches zwischen seinen Beinen funkeln. Nur wenige Zentimeter von ihm entfernt ragte Hiro Sakamotos Gesicht mit den harten, leuchtenden Augen wie ein dreiviertelvoller Mond aus dem Dunkel. Er hielt ein gekrümmtes Rasiermesser in Lovedahls Schritt und preßte es von unten sanft gegen die Eier des Schwarzen. Lovedahl konnte in seinen Schläfen jetzt den Blutdruck spüren. Die drei Hitmen waren in einer Situation sicherer wechselseitiger Vernichtung gefangen.

»Mein lieber Creighton«, gab der Asiate leise zu bedenken. »Nie hast du mir einen Anlaß dazu gegeben, dir zu vertrauen, warum sollte ich also ausgerechnet jetzt damit anfangen?«

»Spar dir den orientalischen Mystikerscheiß«, brummte Lovedahl mürrisch und hielt den Lauf der Automatik auf die Nase des Japaners gerichtet. Lovedahl wußte schon seit einigen Jahren von Hiro Sakamoto, seit einer der Carluccini-Brüder in Ford Lee von dem Asiaten abserviert worden war. Und je mehr Lovedahl über den Japaner erfahren hatte, desto stärker hatte ihn dessen Geisteshaltung insgeheim fasziniert. Dieser asiatische Kram. Sun-zi und das *Siebenerbuch* und all dieser Scheiß. Lovedahl war auf das Zeug richtig abgefahren. Aber jetzt geriet Sakamoto jedem in die Quere, und es mußte einfach etwas passieren. »Ich habe zweimillioneneins gute Gründe, warum du zuhören solltest«, knurrte Lovedahl. »So hoch ist nämlich dein Anteil an dem Preisgeld, wenn wir den Iren gemeinsam erlegen, dazu kommt noch ein Flachkopf aus diesem Teil hier, wenn du den Säbel nicht auf der Stelle aus meinen Eiern ziehst.«

Der Asiate wirkte belustigt. »Das ist dein Vorschlag?«

»Das ist mein Vorschlag, genau, wir tun uns zusammen.« Lovedahl nickte.

Sabitini lachte und schwenkte seine Waffe plötzlich auf Lovedahl. »Jetzt reicht's mir aber mit deinem Quatsch, Nigger. Ich hab das Spielchen satt.«

Lovedahl stöhnte auf: *diese scheiß Hitmen*.

Draußen rumpelten weitere Donner, und erneut zeichnete sich für einen Moment die Äderung eines grellen Blitzstrahls auf den Jalousien ab.

»Hört mir mal alle zu.« Lovedahls Stimme wurde ganz ruhig. »Im Grunde ist es mir völlig schnuppe, ob ihr alle bei dieser Sache mitzieht. Ich persönlich würde den Kerl auch lieber allein fertigmachen und die sechs Millionen als Entschädigung für meine Mühe einstreichen. Aber wir haben da draußen etwas, das man Überlastung des Flugraums nennen könnte.«

»Sprich weiter«, sagte Hiro.

»Viel zu viele Kollegen, die dem alten Slugger da draußen hinterherjagen, versteht ihr mich?« Lovedahl blickte auf das Rasiermesser unter seinem Sack. »Es geht da draußen wie in scheiß Vietnam zu, so wie da jeder einzelne inklusive Familienanhang beschissen rumballert.«

»Soll heißen?« Hiro wirkte auf einmal halbwegs interessiert.

»Soll heißen, wir müssen unsere Verluste reduzieren, wir müssen uns zusammentun und die Sache endlich über die Bühne bringen.«

»Stane attento«, murmelte Sabitini jetzt zu sich selbst, wobei er seine Augen nach hinten verdrehte, als würde er gerade Ultraschallwellen empfangen. »Werde ich, Federico, *un momento...«*

»Mit wem zum Teufel redest du da eigentlich, mein Freund?« Lovedahl hielt gleichzeitig die Waffe auf Hiro gerichtet und sah verblüfft zu dem Sizilianer hinüber.

»Halt dich da raus!« Sabitini spannte die Sig und bohrte sie hart in Lovedahls Schläfe.

»Ganz ruhig, Bernardo«, säuselte Hiro. »Vielleicht ist ja was dran an dem, was unser junger Freund Creighton ausführt – vielleicht sogar mehr, als man ahnt.«

»Was meinst du damit?« Lovedahl starrte in diese unergründlichen Mandelaugen.

»Ich meine folgendes.« Hiro neigte seinen Kopf in Richtung Sabitini. »Vielleicht haben sich all diese verirrten Kugeln ja gar nicht verirrt.«

Lovedahl dachte für eine Sekunde darüber nach. »Willst du etwa behaupten, da draußen ist ein Vollstrecker, der es auf *uns* abgesehen hat?«

Hiro antwortete nicht, wandte sich statt dessen jedoch zu Sabitini und blickte dem Sizilianer tief in die Augen. Der Hüne blinzelte, zuckte leicht, während die Rädchen sich in Bewegung zu setzen begannen. Trauer und Wahnsinn wichen aus seinem Gesicht, verwandelten sich in etwas Neues, eine neue Perspektive. Wieder rollten Donner draußen und unterbrachen die Stille. »Das ist möglich«, sagte Bernardo.

Bernardo ließ seine Waffe sinken.

Hiro nickte und drehte sich zu Lovedahl zurück. »Vielleicht hat dich dein Instinkt ja nicht getrogen.«

»Schönen Dank, Kumpels.« Lovedahl sah hinunter auf die papierdünne Klinge zwischen seinen Beinen. »Ich kann euch gar nicht sagen, wie sehr mich euer Vertrauen in mich ehrt.«

Hiro lächelte. »Im Augenblick ist das Zielobjekt versteckt in amtlicher Obhut. Ich nehme doch an, du hast bereits einen Plan?«

Lovedahl zeigte seinen Goldzahn. »Wenn ich mich nicht irre, werden sie ihn bald verlegen. Wahrscheinlich in eine bundeseigene Haftanstalt. Da setzt mein Plan an. Und wenn du endlich dein scheiß Rasiermesser aus meinem scheiß Spermaspender entfernen würdest, dann könnte ich euch die Sache auch erklären.«

Joe saß in seiner Zelle, starrte auf die trüben, beigefarbenen Wände, lauschte dem dumpfen Dröhnen der Lüftungsanlage und dachte über Maizies Eröffnung nach. Es schien unvorstellbar. *Schwanger.* Allein das Wort besaß für Joe etwas Beschwörendes, klang gleichermaßen magisch, angsteinflößend und ehrfurchtgebietend. »Ich bin schwanger. Fast im vierten Monat.« Die Worte hallten in Joes fieberhaft arbeitendem Gehirn nach. Unmöglich, ihnen zu entgehen. Es war wirklich. Sie sagte die Wahrheit. Joe wußte es. Er hatte sie geschwängert, und jetzt gab es keinen Weg mehr zurück.

Schwanger.

Joe spürte eine Flut an Emotionen in ihm aufsteigen und sich warm und belebend in seiner Brust ausbreiten. Er stellte sich vor, einen winzigen Säugling in seinen stämmigen Armen zu halten. Ein kleines, unschuldiges Leben, ein Wirbel rotes Haar, Maizies volle Lippen und Joes braune Augen. Ein Leben. Zum ersten Mal würde Joe helfen, der Welt etwas hinzuzufügen, statt immer nur zu vernichten, etwas zu schaffen, statt zu zerstören. Aber so mächtig diese väterlichen Phantasien auch sein mochten, es existierten ebenso starke Gegenströmungen, dunkle Vorahnungen, die seine Gedanken beharrlich unterspülten.

Joe sah zur Decke und spürte ein nervöses Flattern im Magen.

Das mit Maschendraht umspannte Lüftungsrohr in der Decke ähnelte einem aufgesperrten Drachenmaul, das leise auf ihn herabzischte. Die Medikamente, die man Joe auf der Krankenstation gegeben hatte, wirkten schon lange nicht mehr, und jetzt juckten ihn die Nähte unter seinen Bandagen, seine Hand brutzelte in einer Mikrowelle aus stechenden Schmerzen, und Millionen winziger Ameisen krabbelten dort, wo das Messer des Cajun eingedrungen war, die Rückseite seines Beins hoch. Über seiner linken Brustwarze befand sich außerdem ein kleiner, heißer Knoten. Die kleine Zyste stammte von einer alten Wunde. Einer jahrzehntealten Wunde. Das war damals in den späten Sechzigern passiert: Klient Nummer neun. Das Zielobjekt war der Besitzer eines Stripteaselokals gewesen, Rusty Callahan, eine tragende Säule des gesellschaftlichen Lebens im Viertel, der sich nebenher auf Kinderpornos verlegt hate. Der Mann wurde allgemein »Coach« gerufen, da er angeblich an Wochenenden unten im Grant Park Kinderteams in der T-Ball-Liga betreute. Joe hatte den Mann eines Morgens in der Gasse hinter dem Klub abgefangen und war mit ihm in ein kurzes Geplänkel geraten. Wie sich herausstellte, war der Coach mit einer stubsnasigen .38er bewaffnet, und bevor Joe ihn schließlich erledigte, war es ihm noch gelungen, Joe einen Streifschuß am Hals zuzufügen. Die meisten Partikel waren Joe später entfernt worden, aber ein kleines Stück des Patronenmantels hatte sich in Joes linkem Brustmuskel festgesetzt, war dort geblieben, und im Laufe der Jahre hatte sich eine Kapsel aus Narbengewebe darum gebildet. Zum ersten Mal seit ewigen Zeiten machte es sich jetzt wieder bemerkbar.

Joe blickte nach unten und knöpfte langsam das Oberteil seiner Latzhose auf.

Zweifellos war über seiner Brustwarze ein dunklerer, faltiger Fleck, verdeckt durch die drahtigen, grauen Locken seines Brusthaars. Die Narbe sah aus, als wäre kürzlich an ihr herumgefummelt und die Wunde mit sich selbst auflösendem Material neu zugenäht worden. Joe betrachtete die Stelle und rieb sie zwischen den Kuppen seines Daumens und Zeigefingers. Er fühlte das harte und kantige Körnchen unter der Haut und fragte sich, ob sie wirklich versucht haben sollten, während seiner Bewußtlosigkeit das Kugelteilchen zu entfernen in der Annahme, es handelte sich um eine frische Verwundung. Hatten sie tatsächlich versucht, das verdammte Ding herauszubuddeln? Herrgott noch mal, wo war er denn hier gelandet? War das nun ein Gefängnis oder eine scheiß Klinik für plastische Chirurgie?

Joe schloß die Augen und bemühte sich, die Schmerzen und die nervöse Anspannung zu unterdrücken.

Dann hörte er die Stimme.

»Slugger?«

Joe öffnete die Augen und sah einen Schatten über den Betonfußboden kriechen. Er kam aus dem Flur, unmittelbar hinter der Verbindung zwischen Zellengitter und daran anschließender Sicherheitstür. Der lange, schmale Schatten eines Mannes in einem Anzug, der sich vorsichtig auf die Zelle zubewegte und der über eine Menge politischer Beziehungen verfügen mußte, denn dieser innere Trakt war für alle Personen mit Ausnahme von Wärtern und autorisierten Gefängnisbediensteten tabu. Der Schatten berührte das Ende von Joes Feldbett und wanderte langsam die Wand hinauf. »Slugger?« Die Stimme klang vertraut, ein deutlicher Akzent von Chicagos Southwest-Side. »Sind Sie okay?«

»Wer ist da?« Joe schirmte seine Augen mit einer Hand gegen das Licht der einzelnen Leuchtstoffröhre ab, die im Flur brannte.

»Ich bin's, Slugger. Tom Andrews.«

Es war schwierig, das Gesicht auszumachen. Das Licht hinter

der Gestalt umgab Kopf und Schultern mit einem Heiligenschein wie bei einer beleuchteten religiösen Kitschfigur. Der junge Anwalt wirkte nervös, zappelig und schien die Nähe der Gitterstäbe zu meiden, aus Angst davor, sich mit Sackratten anzustecken.

»Na, wie geht's, Herr Anwalt?« Joe blieb auf der Kante seines Feldbetts sitzen, massierte sich das schmerzende Genick und wartete ab.

»Nicht schlecht«, erwiderte der Schatten. »Werden Sie gut behandelt?«

»Kann nicht klagen.«

»Schön, freut mich zu hören.« Andrews scharrte noch ein wenig mit den Füßen und griff dann in die Hosentasche. Plötzlich flammte ein Zippo auf und beleuchtete das Gesicht des Anwalts, der sich eine Zigarette ansteckte. Dann schnappte das Zippo wieder zu. »Den Wichsern haben Sie es aber wirklich gezeigt«, meinte Andrews schließlich und stieß dabei Rauch aus. »Haben denen gezeigt, wer der Boss ist.«

»Yeah, klar.« Joe seufzte. »Ich bin ein echter Volksheld.«

»Sie sind der Slugger, Mann. Vergessen Sie das nie.«

»Mir bleibt nicht mehr viel Zeit, Tommy.«

»Ich verstehe.«

»Dann erzählen Sie mir von der Sache, über die wir gesprochen haben. Sagen Sie mir, daß Sie sich drum gekümmert haben.«

Es folgte einen Moment Stille, während Andrews lange und nachdenklich an seiner Zigarette zog. »Also gut. Kommen wir zur Sache. Zu der Sache, über die wir gesprochen haben. Ich war direkt bei den hohen Tieren Ihrer Firma. Ich bin persönlich hingegangen und habe das Anliegen vorgetragen. *Persönlich.* Verstehen Sie, was das bedeutet?«

»Was meinen Sie mit meiner Firma?«

»Ihre Brötchengeber. Der Brain-Trust. Ich bin direkt ganz nach oben, das meine ich damit.«

Joe stand auf und ging zum Gitter hinüber. Sein Magen fühlte sich auf einmal wie ein brodelnder Kessel an, und er mußte sich an einem der Stäbe festhalten. »Da komm ich nicht mit. Wollen Sie mir etwa erzählen, ich habe nur einen einzigen Auftraggeber? Nur einen? All die Jahre?«

Aus dieser Nähe war das jungenhafte Gesicht des Anwalts im Dunkeln nur schwach erkennbar. Die weiche Kinnpartie. Das irritierte Funkeln in den Augen. »Slugger, Herr im Himmel, ich dachte, Sie wüßten Bescheid. Es war immer nur diese eine Gruppe von einflußreichen Bonzen. Ich schwöre bei Gott, ich dachte, Sie wüßten Bescheid.«

Joe kämpfte einen Anfall von Sodbrennen nieder. Er wollte überhaupt nicht wissen, wer es war. Nicht nach so langer Zeit. Die Vorstellung, daß er wieder und wieder lediglich die persönlichen Weisungen einiger größenwahnsinniger Linksliberaler erfüllt hatte, war einfach zu schmerzlich. »Okay, hören Sie zu«, sagte Joe schließlich.

»Sparen Sie sich die Einzelheiten und kommen Sie zur Sache.«

»Was meinen Sie?«

Joes Griff um den Gitterstab wurde fester. »Das Spiel, Tommy? Erinnern Sie sich noch an das Spiel? Es ging darum, es abzublasen, wissen Sie noch?«

»Ach, richtig, sorry.« Der Anwalt hob seine Hände, als wollte er sich ergeben. »Tut mir leid, Slugger. Yeah. Natürlich. Das Spiel. Es ist so, es ist so eine Art Gute-Nachricht-Schlechte-Nachricht-Szenario.«

»Tommy, ich halt's nicht mehr aus, kommen Sie endlich zur Sache.«

»Sehen Sie, die gute Nachricht ist, daß Ihre Firma sich damit einverstanden erklärt hat, Sie aus dem Spiel freizukaufen.«

Joe starrte ihn an. »Das ist ja phantastisch.«

»Unter bestimmten Bedingungen.«

»Okay.«

»Das ist auch zugleich die schlechte Nachricht.«

»Ich höre.«

Der Anwalt nahm einen weiteren Zug und blies Rauch in das kalte Licht der Neonröhre. »Unseren letzten Berichten zufolge sind offenbar noch vier Teilnehmer im Spiel. Nur vier. Was, nebenbei bemerkt, ein Wahnsinnsergebnis ist.«

»Der Haken, Tommy. Ich warte.«

»Der Haken ist, daß Sie sie erst alle beseitigen müssen, alle vier, und dann sind Sie sauber, dann haben Sie's geschafft.«

Joe fühlte sich plötzlich übermütig, als würde er mit seinen Schuhen über eine dünne Eisschicht schlittern. »Und das ist alles, was ich tun muß?« sagte er. »Die vier Finalisten wegpusten?«

»Auf den Punkt gebracht, trifft das so zu, Slugger. Sie bekommen die Hälfte Ihres Geldes und hundert Prozent Ihres Lebens zurück. Neue Papiere, neue Identität. Mit allem Drum und Dran. Sie müssen nichts weiter tun, als die vier letzten Wichser abzuknallen, und dann rücken Sie weiter vor bis zur Schloßallee.«

»Das ist alles, was ich tun muß?«

»Das ist alles.« Der Anwalt zog ein letztes Mal an seiner Zigarette, warf sie auf den Betonboden und trat sie mit der Spitze seiner Giorgio-Brutini-Halbschuhe aus. Er blickte nervös zum anderen Ende des Flurs hinunter. Aus dem Inneren der Haftanstalt war von irgendwoher das Geräusch eines Türöffners zu hören. »Ich muß jetzt abhauen, Slugger. Tut mir leid. Ich hab nur einige Minuten hier unten erkauft.«

»Tommy, warten Sie!«

»Sorry, Großer. Ich muß jetzt weg.« Er zog sich in das Dunkel jenseits des fluoreszierenden Lichtscheins zurück.

»Tommy!«

»Wir werden Sie im Auge behalten, Slugger. Enttäuschen Sie uns nicht.«

In Sekundenschnelle war der Anwalt durch eine der Sicherheitstüren verschwunden, und das Klappern eines zuschnappenden Riegels hallte durch den leeren Flur.

Der Regen prasselte wie Drahtstifte auf die Windschutzscheibe des im Leerlauf tuckernden Nissan, ein heftiges Dröhnen, das Maizies Nervenanspannung, während sie auf dem Parkplatz der Haftanstalt wartete, nur noch erhöhte. Der schmutzig-silbrige Horizont verdunkelte sich, und sie konnte durch das Autofenster in der Ferne nur mit Mühe die am Parkplatz vorbeiführende Hauptstraße erkennen.

Vielleicht war es ja die vielgerühmte weibliche Intuition oder vielleicht irgendeine verrückte, telepathische Verbundenheit mit Joe, oder vielleicht war es nichts als bloße Vermutung, aber wie auch immer die Erklärung ausfallen mochte, sie spürte jedenfalls, daß die Überführung Joes kurz bevorstand. Ein paar Stunden zuvor hatte sie beim Verlassen des Gebäudes draußen in der Eingangshalle einige Fetzen einer Unterhaltung zwischen zwei Wärtern gehört: »Sie kommen um sechs her«, hatte einer der Wärter zu einem der Verwaltungsbeamten gesagt. Und der Schreibtischmensch hatte geantwortet: »Achten Sie drauf, daß Mr. Big dann fertig ist.« An diesem Punkt war Maizie sofort zu ihrem Wagen zurückgekehrt und wartete seitdem unter einer einsamen Natriumdampflampe auf den Beginn der Vorstellung.

»Sei ruhig, *muchacha*«, murmelte sie zu sich selbst und strich mit einem Marderhaarpinsel über das Lenkrad.

Immer wenn Maizie Vargas nervös wurde, spielte sie mit ihren Schminkutensilien, und in diesem Augenblick befand sich ihr Handwerkszeug in einem runzligen Arztkoffer neben ihr auf dem Beifahrersitz. Maizie ging nie ohne ihre Make-up-Ausrüstung irgendwohin. Sie besaß drei verschiedene Schminksets. Ein besonders reichhaltiges in der Maske des Lyric, ein kleineres zum Experimentieren und für Auftragsarbeiten zu Hause und eine Grundausstattung, die für Außenaufnahmen und Werbeaufträge stets hinter dem Vordersitz des Nissan verstaut war. Die Tasche enthielt all die notwendigen Werkzeuge und Materialien für eine einfache Bühnenmaske oder prothetische Arbeit: Fettschminke, Schaumgummischwämme, Modellierwachs, Leukosilk, Haarteile, Aceton, Friseurscheren, sogar einen Klumpen kostbares bulgarisches Yakhaar, das Maizie für ihren berühmten Greisenlook brauchte. Die letzten dreißig Minuten hatte Maizie pausenlos mit all diesen Dingen herumgespielt, hatte unsinnige Inventuren aufgestellt, alte Wachsklumpen geknetet, und einfach alles getan, um nicht daran denken zu müssen, wie übel die Sache ausgehen könnte.

Was ihr jedoch die Kraft zum Weitermachen verlieh, war der Blick, den Joe ihr zugeworfen hatte, als er aus dem Besuchszimmer geführt worden war: *Keine Bange, Kleines, wir werden uns schon zur Wehr setzen, Big Joe hat bereits einen Plan*. Je mehr sie darüber nachdachte, desto stärker fühlte sie sich. Joe hatte einen Plan, und Maizie würde bei seiner Ausführung dabeisein, und während sie in ihrem kalten, tuckernden Auto saß und der Regen wie Millionen winziger Kugeln gegen die Scheiben trommelte, nahm sie eine sonderbare Veränderung an sich wahr. Sie traf sie reichlich unerwartet und war mehr als nur ein bißchen verwirrend.

Zum ersten Mal seit ewigen Zeiten fühlte sie sich völlig lebendig.

»*Tarde, tarde, tarde o temprano*«, murmelte sie wieder zu sich selbst, strich dabei ihren Schminkpinsel wie unter Zwang vor und zurück über ihre Handfläche, während ihr Blick fest auf die Laderampe am Hintereingang der Haftanstalt gerichtet blieb. Dann sah sie kurz in den Innenspiegel und überflog das Chaos auf der Rückbank. Sie warf ihren Schminkpinsel beiseite, griff nach hinten und grub einen mit Puderzucker überzogenen Doughnut aus einer der Schachteln. Anschließend knabberte sie eine Weile daran und verklebte sich das ganze Kinn und die Vorderseite der Jeansjacke mit Zucker.

Die letzten sechs Wochen hatte Maizie nichts als Junkfood in sich hineingeschlungen. Ben & Jerry's Eiskrem, Barbecue Potatoe Chips, Little Debbie Banana Twins, Schokoladenpudding, Salzbrezel und ihre absolute Nummer eins: Schokoladeneiskonfekt. Wahrscheinlich hatte sie bereits mehr als zwanzig Pfund zugenommen. Maizie aß nicht bloß für zwei, sie aß für eine ganze Armee.

Sie verdrückte den Rest ihres Doughnuts, schlängelte sich aus der Jacke und warf sie auf den Beifahrersitz.

Dann setzte sie ihre stille Wache fort und ließ die rückwärtige Laderampe des Gefängnisses nicht aus den Augen.

Gegen sechs erschien statt des Abendessens ein Wärtertrio vor Joes Zelle. »Sir, wir wurden angewiesen, Sie für den Transport fertig zu machen«, erklärte der jüngere Wärter. Er fummelte den Schlüssel ins Gitterschloß. Die anderen beiden Wärter waren nervös. Die Sicherheitsriemen über ihren Waffen waren geöffnet, und ihre Gesichter wirkten ernst und angespannt.

Das Spiel ging weiter.

»Transport?« Joe setzte sich auf die Kante seines Feldbetts. Er hatte gerade eine Zigarette geraucht, an diese warme Sommernacht zurückgedacht, in der Maizie und er sich am Oak Street Beach geliebt hatten, und sich gefragt, ob sie womöglich bei dieser Gelegenheit den unbekannten neuen Erdenbürger auf den Weg gebracht hatten.

»Bitte machen Sie Ihre Zigarette aus, Sir.«

»Wo geht's denn hin, Jungs?« Joe ließ den Stummel fallen und trat ihn mit seiner Schuhsohle aus.

»Stehen Sie bitte auf, Sir.« Der Wärter kam zuerst herein und stellte sich hinter Joe. Die anderen beiden Wärter traten neben ihn und verbanden die ledernen Handschellen mit der Fußkette. Dann schoben sie Joe auf den Flur hinaus. Die gereizte Stimmung in der Luft stieg Joe in die Nase wie eine durchgeschmorte Elektrobuchse, und der Körpergeruch der Wärter vermischte sich mit dem sauerstofflosen Desinfektionsgestank des Flurs.

»Hättet ihr Jungs etwas dagegen, mir zu sagen, wo's hingeht?« Joe schlurfte so gut er mit der Fessel zwischen seinen Beinen konnte.

»Der Bundesmarshal ist hier«, sagte der junge Wärter.

»Der Bundesmarshal?« Joe war überrascht, daß man ihn so schnell überführte.

»Yeah«, erwiderte der junge Wärter und nickte. »Und zusammen geht's zum Bundesgericht.«

Schwarzer Springer schlägt weißen Turm.

»Halt's Maul, Billy!« schnappte der ältere Wärter, der plötzlich ganz besonders nervös geworden war. Seine dicken Brillengläser waren von der Luftfeuchtigkeit beschlagen.

»Ist doch nichts dabei, es ihm zu erzählen«, erklärte der junge Wärter.

»Kümmer dich einfach nur um deinen Job, Billy.«

»Okay, schon gut. Entschuldigt, daß ich lebe«, sagte der junge Wärter und schob Joe auf die erste Sicherheitstür zu.

Den Rest des Wegs nach draußen schwieg Joe und sparte sich seine Energie auf.

Allein aus der Menner-Anstalt herauszukommen, war eine richtig aufwendige Aktion. Die drei Wärter führten ihn einen schmalen Flur hinunter und durch eine Reihe automatischer Stahltüren. An jeder dieser Verbindungstüren ertönte ein lautes Brummen, und dann krächzte die Stimme eines Aufsichtsbeamten durch einen Lautsprecher in der Nähe. Den abschließenden Kontrollpunkt bildete die Halle vor dem Hintereingang. Der Raum glich dem Sicherheitsbereich an einem Flugsteig inklusive Röntgengeräten und in Torbögen installierten Metalldetektoren. Offensichtlich waren die Beamten im Menner darum bemüht, der Presse aus dem Weg zu gehen und die Überführung so unauffällig wie möglich abzuwickeln. Aus Joes Sicht waren all diese Anstrengungen ziemlich sinnlos. Das grelle Kameralicht eines TV-Sensationsmagazins zählte zu seinen geringsten Problemen.

Joe wurde durch all den technischen Schnickschnack geschleust und anschließend vor eine große, garagenähnliche Tür gebracht, an der ihn zwei grimmig dreinschauende Bundesmarshals erwarteten.

»Abend, Mr. Flood«, meinte der erste Marshal leise und gelassen und beugte sich nach unten, um die Fessel zu überprüfen. Der Mann schien in den Mittvierzigern zu sein und trug einen durchsichtigen Regenmantel über seiner Uniform. Das Gesicht mit dem ausgeprägten Kinn zeigte keinerlei Gefühlsregung. Unter seinem Arm hielt er eine Mossberg Kaliber zwölf. Die 500er von Mossberg waren höchst wirkungsvolle Pumpguns, die sich einer besonderen Beliebtheit unter den alteingesessenen Lokalpatrioten und State Trooper in den Südstaaten erfreuten. Der Marshal trug ein Kurzgewehrmodell mit einem Zwanziginchlauf, Pistolengriff und Achtschußmagazin, und betankt hatte er es wahrscheinlich mit .410er Magnum.

Der andere Marshal, ein hektischer, kleiner Schwarzer mit drahtigen Armen und Tätowierungen der Marines, überreichte dem Wärter namens Earl ein Clipboard. »Vielen Dank, daß Sie uns so kurzfristig aushelfen konnten«, sagte der Schwarze und erhielt eine Unterschrift auf sein Formular. Er trug einen Smith & Wesson Stainless .357er Magnum. Er riß den Durchschlag unter dem Formular heraus und gab ihn den Wärtern zurück.

»Stolpern Sie nicht, Mr. Flood.« Der Marshal mit dem unbewegten Gesicht hatte Joe am Arm gefaßt und führte ihn nun über eine verbeulte Eisenplattform. Das Garagentor öffnete sich ächzend, und der Lärm und Geruch des Regens wehte ihnen entgegen. Ein kantiger, unbeschrifteter Lieferwagen stand in dem grauen Licht, die rückwärtige Ladetür der Rampe zugewandt. »Wir werden Sie hintenrum rausbringen«, sagte der Marshal weiter.

Plötzlich begann der eiserne Boden unter Joe zu zittern, und die Hydraulikbühne wurde nach unten gefahren.

Der schwarze Marshal hüpfte über den Spalt, landete auf dem Trittbrett des Lieferwagens und sperrte die Hecktüren auf. Sie waren mit drei Schlössern gesichert. Die Türen schwangen quietschend auf, und der schmale, längliche Laderaum des Transporters wurde sichtbar. Zu beiden Längsseiten waren Bänke angebracht, an denen eiserne Verankerungen für die Fesseln die Sitzplätze markierten. Und vorne wurde die Passagierkabine von einer Stirnwand aus engmaschigem Draht abgeschlossen mit einem winzigen, rechteckigen Fenster darin, durch das der Fahrer den Hinterraum einsehen konnte. Joe ging hinein.

»Wir werden Sie vorne hinsetzen.« Der Marshal mit dem unbewegten Gesicht drängte Joe auf den dichten Maschendraht zu.

Unmittelbar neben der Trennwand zur Fahrerkabine ließ er Joe auf die Bank plumpsen. Der Marshal lehnte die Mossberg in die Ecke und befestigte Joes Fessel an die Halterung im Boden. Joe konnte durch die Windschutzscheibe nur schwach das abnehmende Tageslicht ausmachen. Bis auf zwei Streifenwagen, die die Ausfahrt versperrten, lag der Wirtschaftshof verlassen da. Die Fahrer der beiden Wagen, die den Lieferwagen eskortieren würden, standen unter einem Dachvorsprung und hielten ein Schwätzchen. Joe begann ruhig ein- und auszuatmen wie ein Läufer, der sich in den Startblock herunterläßt. Er betrachtete seine Hände. In Eisen gelegt, bandagiert und dumpf hämmernd waren seine Hände verdammt unbrauchbar.

Die Hecktüren wurden zugeschlagen, und die Riegel schnappten zu.

Das Geräusch wirkte auf Joe durchaus belebend.

»Gleich sind wir hier draußen«, sagte der Marshal mit dem unbewegten Gesicht und setzte sich mit der Mossberg im Schoß direkt neben Joe.

Joe nickte, mehr zu sich als zu jemand anderem. Seine Sinne waren nun geschärft und in Alarmbereitschaft. Durch die Luftschlitze konnte er den Regen riechen, die schwere, wurmgesättigte Erde der Äcker und den Benzin-Schmieröl-Geruch des Transporters. Der Wagen setzte sich in Bewegung. Joe sah die State Trooper, die ihnen voraus den Parkplatz durch das Tor in Richtung Highway verließen, und hörte die knisternden Stimmen aus dem Sprechfunkgerät in der Fahrerkabine sowie das knatternde Dröhnen des Motors. Der Lieferwagen holperte die Auffahrt hinauf, und Joe spürte die Hitze in ihm aufwallen wie ein Lavastrom aus dem tiefsten, dunkelsten Innern seines Wesens.

Nur über zwei Dinge war er sich völlig im klaren: Erstens, der Transport würde auf dem Weg zum Bundesgefängnis überfallen werden. Und zweitens, er würde mit allen Fähigkeiten und Talenten, die ihm zur Verfügung standen, bis zum letzten Atemzug um sein Überleben kämpfen. Für Maizie. Für sein ungeborenes Kind.

Er begann mit den Vorbereitungen.

»Entschuldigen Sie, Chef.« Joe nickte zu der Kaliber zwölf des Marshals, die schräg im Schoß des Mannes lag und deren Lauf genau auf Joes Rippen zeigte. »Irgendeine Chance, daß Sie in Erwägung ziehen würden, den Schießprügel da so weit zu verschieben, daß er nicht mehr auf meine Eingeweide zielt?«

Der Marshal blickte kurz auf die Mossberg hinunter und dann wieder zurück zu Joe. »Wo liegt das Problem?«

»Wenn der Lieferwagen ein Schlagloch erwischt, könnte ich mir ungewollt eine üble Schrotvergiftung zuziehen.«

Der Marshal verschob das Gewehr und lächelte vage. »So besser?«

»Ganz phantastisch, Chef. Schönen Dank.«

Ächzend wie ein alter Kahn hatte der Transporter inzwischen mit etwas über hundert seine Reisegeschwindigketi erreicht und fuhr unter leichtem Schaukeln und Schlingern den Highway 55 in südliche Richtung hinunter. Joe blinzelte durch den Maschendraht. Der Abendhimmel hatte sich in ein tiefes, feuchtes Schwarz verdunkelt, das immer wieder von zackigen Blitzstrahlen zerrissen wurde. Vorübergehend war der Transporter zwar aus den heftigen Schauern herausgefahren, aber es ließ sich unmöglich sagen, ob sie auf weitere Gewitter zusteuerten oder nur auf die pechschwarze Nacht. Dafür war der Horizont im Süden einfach zu finster.

»Noch eins, Chef.«

»Was denn jetzt?«

»Der Revolver da an Ihrer Hüfte.« Joe deutete mit seinem Kopf auf den Smith & Wesson. »Irgendwie drückt der sich so in meine Bandage. Meinen Sie, es wäre Ihnen möglich, auf die andere Bank zu wechseln?«

Der Marshal starrte Joe an und die ausdruckslosen Augen begannen zu funkeln. »Was versuchen Sie hier abzuziehen, Flood?« Er richtete das Gewehr auf Joe und pumpte mit einem lauten Rasseln eine Patrone in den Verschluß. »Das langt jetzt an Forderungen für einen Tag, kapiert?«

Joe zuckte mit den Achseln. »Wie Sie meinen, Chef.«

»Warum lehnen Sie sich nicht gemütlich zurück und genießen den Ausflug«, schlug der Marshal vor und ließ die Kaliber zwölf langsam in seinen Schoß zurücksinken. »Wir werden noch vor Tagesanbruch in New Orleans sein.«

Joe nickte und sah wieder durch die Trennwand auf die einfallende Dunkelheit. Jetzt war er bereit. Der Marshal hatte sich zwar geweigert sich umzusetzen, aber er war tatsächlich ein paar unmerkliche Zentimeter von Joes Hüfte nach links gerückt, wodurch sich nun ein ungehinderter Weg zwischen den Fingern an Joes linker Hand und dem Lauf der Pumpgun eröffnete.

»Riding on the City of New Orleans...«, murmelte Joe vor sich hin, während er in den Regen hinausblickte. Sein Blut brauste adrenalingeladen durch die Adern, seine Muskeln waren unter Spannung und in Bereitschaft, sein Mund schmeckte nach Kupfer und Wut, und in seinen Augen brannten die Tränen. Er hatte keine Ahnung, wann der Überfall kommen würde, aber er wußte, daß er kommen würde, und er wußte, daß der Marshal neben ihm sich jetzt in der idealen Position befand. Und wenn die Scheiße, in der er saß, nicht noch steigen und Gott für einen Moment abgelenkt sein würde, dann könnte Joe eventuell – aber nur eventuell – eine Chance haben, mit viel Kampf lebend aus diesem verdammten Blechsarg herauszukommen.

Dann würde er diese Angelegenheit ein für allemal zu Ende bringen.

»Schalt endlich die scheiß Scheinwerfer ein, Marion«, plärrte Tom Andrews, der sich vom Rücksitz des Blazers aus bemühte, durch die an der Windschutzscheibe vorbeiwogenden Nebelschwaden zu sehen. »In dieser Drecksbrühe erkennt man ja nichts.«

Der Mann, der Marion hieß, schaltete das Licht ein.

»Scheiß dicke Suppe«, grummelte der Anwalt und lehnte sich in den hochgezogenen Schalensitz zurück. Sie hielten die Distanz auf etwa eine Viertelmeile und ließen den Konvoi aus Behördenfahrzeugen nicht aus den Augen. Im Scheinwerferlicht des Blazers glühte der Highway schwefelgelb, und die pendelnden Scheibenwischer verschmierten die Rücklichter vor ihnen wie Wasserfarben. Tom Andrews zündete sich eine Zigarette an und blies Rauch aus seinem Mundwinkel. »Schieb dich ein bißchen näher dran, ja, Marion?«

Der Mann am Steuer grunzte, trat das Gaspedal durch, überholte ein Wohnmobil und reihte sich dann mit noch wenigstens einem halben Dutzend Autolängen Abstand zu dem großen, unförmigen Gefängnistransporter und den beiden Streifenwagen davor und dahinter wieder in den Verkehrsfluß ein. Marion Michael Morrison war ein blonder Golem in einer Sportjacke aus Polyester. Seine riesigen, verschwielten Hände hielten das Lenkrad fest umklammert, und seine eisigblauen Augen hafteten unbeirrt wie Laserstrahlen auf der Straße. Sein Gesicht war wie ein granitener Amboß geschnitten, mit Augenbrauen, die so weit vorstanden, daß man darauf Drinks hätte servieren können.

Marion war der Allzweckhelfer, den die ausführenden Organe des Chambers damit beauftragt hatten, Tom Andrews auf seiner merkwürdigen diplomatischen Mission in den Süden zu begleiten. Mit seiner Ausbildung bei den Special Forces zählte Marion zu jener Art anonymer Vollstrecker, die heute vielleicht noch ein Flugzeug mit medizinischen Schmuggelwaren beluden und morgen schon in Panama City auftauchten, um dort jemandem die Kniescheiben zu zertrümmern. Tom Andrews behagte die Gesellschaft dieses Kerls überhaupt nicht. Im Grunde gefiel ihm die gesamte Aufgabe nicht. Kein bißchen.

»Nicht zu dicht, Sportsfreund«, meinte der Anwalt plötzlich und stocherte dabei mit seiner Zigarette in Richtung Windschutzscheibe.

Knapp hundert Meter vor ihnen rauschte der Gefangenentransport an einem Schild mit der Aufschrift *Cape Girardieu – 5 Mi. Memphis – 110 Mi.* vorbei. Der Lieferwagen schien zu beschleunigen, bedenklich schaukelte der große, kastenförmige Aufbau im Wind, während die Regenmassen das Dach überschwemmten. Irgend etwas würde gleich passieren. Andrews spürte einen kalten Schauer, der ihm die Haare auf den Armen wie nach einer statischen Aufladung abstehen ließ.

»So ist's gut«, murmelte der Anwalt. »Halt in etwa diesen Abstand.«

Durch den Regen betrachtete Andrews den Konvoi in der Ferne und dachte über all die Ungerechtigkeiten in der Welt und über diesen beschissenen Auftrag nach. Ausgerechnet er mußte dem Slugger einen derartigen Haufen Mist auftischen. Das war einfach nicht in Ordnung. Da machte man einer legendären Figur wie dem Slugger Hoffnung, wenn er in Wahrheit zum Sterben verurteilt war, egal was auch immer er tat. Das Chamber hatte es doch auf nichts anderes abgesehen, als reinen Tisch für einen Neuanfang zu machen.

Ein einziger großer Beschiß, dachte Tom Andrews verbittert bei sich.

»Was war?« Marion blickte den Anwalt aus seinen kalten blauen Augen an.

Andrews blinzelte. »Wie bitte?«

»Sie sagten etwas von einem Beschiß?«

»Ach...« Andrews schluckte hart und drückte seine Zigarette im Seitenaschenbecher aus. Ihm war überhaupt nicht bewußt gewesen, daß er aus Wut still vor sich hin gemurmelt hatte. »Nichts, nichts von Bedeutung.«

Danach starrte der Anwalt wieder aus der Windschutzscheibe auf den Konvoi und wartete darauf, daß der Spaß losging.

Teil III

The Killing Zone

Da sprach Jesus zu ihm: Stecke dein
Schwert an seinen Ort! Denn wer das
Schwert nimmt, der soll durchs
Schwert umkommen.

Matthäus 26,52

- 16 -

State Trooper Wayne Needham sah als erster die Rücklichter in der Ferne vor ihnen, und dieser Anblick ließ seine bereits wettergegerbte Stirn nur noch faltiger werden. Die roten Farbflecke waren nur noch eine knappe Meile entfernt und schwammen in der Dunkelheit des Mittelstreifengrabens.

Und sie wuchsen schnell heran.

Der fünfundfünfzigjährige Needham war schon eine Meile zuvor an der blinkenden Warnleuchte vorbeigerast und hatte seinem Partner, der die Nachhut bildete, über Sprechfunk Bescheid gegeben: »Kurs beibehalten. Sieht nach einem Zehn-Dreiunddreißig aus. Einfach in Ruhe lassen.« Aber jetzt näherte sich Needham dem Ort eines doch offenbar ziemlich schweren Unfalls. Ein oder womöglich sogar mehrere Wagen hingen in den Sumpfgräsern des Mittelstreifens, und Needham gefiel die Sache ganz und gar nicht. Den im Dienst ergrauten Trooper trennten noch ein Jahr und ein Aha-Effekt von seiner Frühpensionierung, und er wünschte sich wirklich, daß diese Tour reibungslos über die Bühne ging. Er hatte zwar keine Ahnung, was für einen Gorilla sie da hinten in der grünen Minna transportierten, aber es mußte sich um einen schweren Brocken handeln. Schließlich bemühten sich die Bundesjungs nicht wegen irgendeines dahergelaufenen Kleingangsters bis nach St. Louis. Und kein Verkehrsunfall würde Needham davon abhalten, seine Sendung planmäßig abzuliefern.

Needham griff nach dem CB-Mikro. »Baker vierundzwanzig, hier spricht Einundzwanzig, bitte melden …«

Die Antwort krächzte aus dem Lautsprecher. »Was gibt's, Wayne?«

»Rich, ich hab einen Blick auf den Zehn-Dreiunddreißig geworfen. Ungefähr noch eine halbe Meile entfernt. Sieht aus, als wäre ein Four-Wheeler im Graben gelandet. Verstanden?«

Über eine Welle atmosphärischer Störungen hinweg: »Verstanden, Einundzwanzig. Was machen wir damit?«

Needham sah, wie die Umrisse der roten Rücklichter beim Näherkommen schärfer wurden. Eine weitere blinkende Warnlampe war auf dem Seitenstreifen aufgebaut, eine knallrote Blüte im Regen. Und fünfzig Meter dahinter bewegte sich ein Schatten von irgend etwas, pflügte unten in dem sumpfigen Gelände durch das Unkraut und den Regen. Schien ein alter, klappriger Pick-up zu sein, wahrscheinlich irgendeine Hillbilly-Familie, die aus den Ozark Mountains runtergefahren kam. Needham hatte in seinem Leben unzählige dieser jämmerlichen Figuren gesehen, dämlicher, weißer Abschaum mit nichts auf der Naht. Womöglich waren sie bei dem Regen von der Straße abgekommen.

»Wir können jetzt nicht die ganze Prozession anhalten«, sprach Needham in das Mikro. »Werden es bei einer Meldung belassen müssen.«

»Verstanden«, antwortete die Stimme. »Willst du, daß ich es durchgebe?«

»Einverstanden, Richie. Ruf die Zentrale an, sie sollen einen Abschleppwagen rausschicken.«

Durch das Knistern und Knacken: »Alles verstanden. Was ist mit einem Notarzt, Wayne?«

»Bleib mal dran...« Nebel wirbelten um seinen Streifenwagen, während Trooper Needham sich mit hohem Tempo der Unfallstelle näherte. Er ließ seinen Suchscheinwerfer durch den Regen schwenken, auf der Suche nach Leichen oder Anzeichen von verletzten Personen, bis über den Mittelstreifengraben.

Die Frau tauchte aus dem Nichts unmittelbar vor ihm auf.

Trooper Needham hätte das Bremspedal um ein Haar durch das Bodenblech gerammt.

Der Streifenwagen geriet ins Schleudern und das Suchlicht kippte in den Regenhimmel. *Die alte Frau stand ihm direkt im Weg!* Ihr Körper war in einen nassen schwarzen Umhang und einen Schal gehüllt, ihre schlotternden Arme gestikulierten, ihr Gesicht wirkte erschöpft und verängstigt und ihre dämlichen kleinen Hinterwäldler-Kindchen lagen hinter ihr auf dem Gras. Needham schrie auf, ließ das Mikro fallen und schaffte es eben noch, den Streifenwagen wieder in die Spur zu bekommen.

Kreischend kam der Wagen auf der Überholspur zum Stehen.

Der Kotflügel hatte die alte Frau um keine drei Meter verfehlt. Instinktiv war sie zurückgewichen und stand jetzt, zitternd wie ein verängstigter Spatz, auf dem Seitenstreifen ganz in der Nähe. Hinter Needham brach plötzlich ein Bremsgeheul los, das Jaulen von Gummi auf feuchtem Asphalt erfüllte die Luft, und Needham hob gerade rechtzeitig den Blick, um den riesenhaften Kasten zu sehen, der in seinem Rückspiegel größer und größer wurde. Der Transporter krachte auf seine hintere Stoßstange und katapultierte den Streifenwagen wie einen Hockeypuck weitere zehn Meter über die nasse Fahrbahn.

Eine Sekunde später fand sich Needham mit seinem Auto am Rand des Seitenstreifens wieder.

Er sah auf. Die kürzlich erfolgte Bypass-Operation zog seinen Brustkorb zusammen und drückte ihn nieder, als ob ein Elefant auf seinem Sternum Platz genommen hätte. Zu viele Dinge passierten gleichzeitig, zu viele für den Trooper, um sie noch verarbeiten zu können: Bewegung links von ihm, vor dem Fenster. Die alte Frau näherte sich, humpelte mit ihrem steifen Bein, da zerriß hinter Needham das Geräusch von Gewehrsalven den Himmel, Kracher, Feuerwerkskörper, Funkenregen und die Stimme seines Kollegen, die bruchstückhaft über den Lautsprecher kam. »Wayne! Antworte! Antworte! Sie kom… in… Kannst du… st… DA!« Die Stimme brach ab, und Needham griff nach seinem Colt. In diesem Augenblick trat plötzlich die alte Frau ins Licht seiner Scheinwerfer, ihr Gesicht verändert sich, sie sprach mit einem brummigen Bariton, und sie redete italienisch.

Die alte Frau warf ihren Umhang ab und erwies sich als Mann – ein äußerst dicker, äußerst sizilianisch wirkender Mann, der hinter seinem Kostümfummel einen schwarzen Gegenstand hervorholte, und bei diesem Gegenstand handelte es sich um ein AK-47.

Der fette Kerl ballerte los.

Der Regen schien seine Richtung geändert zu haben und pulverisierte Needhams Windschutzscheibe.

Joe zuckte beim Losbrechen des Maschinengewehrfeuers zusammen und bemühte sich, sein Gesicht vom Eisenblech zu heben. In diesem einen fiebrigen Moment dachte er, daß der Boden des Gefangenentransporters überraschend sauber roch, wie ein Mittelding zwischen Kitt und alten Eiswürfelformen.

»Verdammt… VERDAMMTER MIST!« Der Marshal lag auf der anderen Seite des Laderaums, krümmte sich vor Schmerz und verfluchte sein Schicksal.

Die Wucht des Aufpralls hatte beide Männer zu Boden geschleudert, das Deckenlicht losgerissen und den Marshal gegen die vordere Brandschutzwand krachen lassen. Dabei war das Gewehr im flackernden Schein der herabbaumelnden Lampe in die entgegengesetzte Richtung gewirbelt worden und unterhalb von Joe gelandet. Joes Fessel hatte ihn an seinem Platz gehalten, so daß sein Körper einfach nur nach vorne geschnellt und er mit dem Gesicht zuerst auf das Wellblech geknallt war, was zu einer erzwungenen Aufnahme des täglichen Eisenbedarfs geführt hatte. Aber jetzt drehte und wand sich Joe zurück in eine kniende Stellung. Sein

Mund blutete, der Lärm von Gewehrfeuer drang durch die Hecktüren dieses Blechkäfigs, und Schmerzen schossen Joes verletztes Bein hoch, während er verzweifelt den Boden hinter sich nach der verlorengegangenen Pumpgun absuchte.

Plötzlich warf sich der Marshal nach der Kaliber zwölf und streckte seine Krallen über den Boden aus.

Joe wuchtete den staatseigenen Anstaltsschuh auf die Hand des Marshals. Der Marshal schrie auf, zog instinktiv den Arm zurück und griff nach seiner Revolvertasche, und jetzt sah Joe unter sich in dem flackernden Licht die einzig ihm verbliebene Chance: die Mossberg, die sich in dem gewellten Boden festgeklemmt hatte und deren dunkelgrauer Lauf aus poliertem Chrom mit dem Schlitten aus Mahagoniholz in dem Dämmerlicht schwach schimmerte. Joe hob die Mündung mit seinen Zehenspitzen an und trat dann mit seinem rechten Fuß von unten gegen den Schaft.

Das Gewehr sprang hinauf in seine Hände.

Joe riß mit einer Hand am Edelholzschlitten, und eine Patrone schnappte in den Verschluß.

»Halt!« Der Marshal erhob sich auf die Knie, seine Hände schossen in die Luft. »Um Himmels willen, ich habe Familie.«

Joe richtete die Mossberg auf ihn. »Den Smith & Wesson, Chef, und die Schlüssel. Schieben Sie sie rüber.«

Der Marshal blickte auf seine Waffe, dann zurück zu Joe.

»Wie weit kommen Sie denn schon?«

»Den Revolver, Chef.«

Die Schießerei draußen nahm kriegsähnliche Dimensionen an. Das Meckern von Maschinengewehren, scheppernde Beckenschläge, zerplatzende Scheiben und das verräterisch helle Knallen eines Polizeirevolvers wechselten einander ab, hin und her, hin und her, und jetzt kamen neue Geräusche dazu, aus nicht allzu großer Entfernung, eine Autohupe, die nicht wieder ausging, eine schreiende Frau, und neue Stimmen, eine davon in Japanisch. Der

Schmerz verband sich bereits mit dem Adrenalinschub, und die Mixtur brachte Joes Blut zum Sieden. Er mußte unbedingt aus diesem Blechsarg heraus, bevor es zu spät war.

»Denken Sie drüber nach«, sagte der Marshal zitternd und mit weiter erhobenen Händen.

Joe zielte mit dem Gewehr auf das Gesicht des Marshals. »Wenn Sie den letzten Rest Ihres Hirns im Schädel behalten wollen, dann schieben Sie gefälligst sofort Schlüssel und Kanone rüber.«

»Eine gesamte Abteilung von uns überwacht genau den Verlauf dieses Transports«, sagte der Marshal. Seine Hände bebten nun heftig, seine Augen begannen zu flattern, wurden glasig, und es stand zu befürchten, daß er irgendwelche Heldentaten in Erwägung zog.

»Herrgott noch mal!« Joe wollte dem Marshal eben den Schaft ins Gesicht rammen, da hörte er *das* Geräusch.

Es war sehr kurz, fast so kurz, daß Joe es nicht bemerkt hätte, doch in diesem plötzlichen Anflug von Panik, durchstach dieses Geräusch – dieses schlitternde Geräusch – sein Trommelfell, ließ seinen Hodensack einschrumpfen und drückte sein Kreuz durch, als würde ein Viehtreiberstock sein Rückgrat hochgejagt. Es rührte beinahe an seinem ureigensten Selbst, wie eine Stimmgabel, die sein Nervensystem zum Schwingen brachte, jeden einzelnen Instinkt auf Hyperdrive einstellte, seine Neuropeptide ausrichtete und jedes winzige Haar auf seinem Körper erstarren ließ. Wäre Joe eine Katze, er hätte einen Buckel gemacht.

»Fuck!« Joe sprang auf und warf einen Blick aus dem gepanzerten Rückfenster. Durch das Gitternetz nahm er verschiedene Dinge gleichzeitig wahr: den Schatten eines dünnen Japaners, der im Funkenregen eines brennenden Streifenwagens stand, abgehoben vor einem Hintergrund aus Flammen und einem großen schwarzen Rauchknäuel, und der in seiner Hand erneut ein kleines, mit einer Antenne versehenes Gerät hielt, noch ein Miniaturschaltpult, und dann *das* Geräusch, das Geräusch von Hartplastik auf Straßenbelag, Hartplastik, das durch Pfützen und über nassen Asphalt schlitterte, und Joe blickte auf die Straße hinunter und sah durch das gepanzerte Glas die kleine schwarze Scheibe, nicht größer als ein Frisbee, auf den Transporter zuschlittern, unter den Transporter schlittern, und Joe wußte, es war zu spät.

Er steckte den Kopf zwischen die Knie und schlang die Arme um sich herum.

Die Explosion folgte unmittelbar.

Die Welt schien einen Satz zu machen, so als hätte die Faust eines Riesen den Fahrzeugboden durchschlagen. Die Sprengladung riß ein Loch von der Größe eines Volkswagens in den Boden, hob den Transporter wie ein Spielzeugauto in die Luft und ließ ihn krachend auf die Seite fallen. Die Trennwand gab nach, schnellte dem Marshal wie ein Sprungbrett ins Gesicht und zertrümmerte dessen Schädelknochen.

Joe hatte Glück, daß seine Ketten wie eine Art Sicherheitsgurt funktionierten.

Er wurde buchstäblich kopfüber durch die Luft geworfen und knallte anschließend gegen eine Sitzbank, die nunmehr einen Teil der Wand bildete. Dort blieb er hängen, den hochzüngelnden Flammen ausgesetzt wie ein Käfer in einem metallenen Spinnweb, die Beine in der Fessel verheddert, während die Eisenschellen sich in Knöchel und Handgelenke gruben. Er sah schemenhafte Gestalten auf das Heck des Transporters zuhuschen und suchte verzweifelt nach der Mossberg. Sein ganzer Körper schrie vor Schmerzen auf, er spürte die Hitze auf seinem Gesicht, rang nach Atem und atmete schwere Korditschwaden ein. Er konnte zwar keinen Ton hören, aber er konnte sehen, wie die Schatten zu der gepanzerten Hintertür liefen, die jetzt nur noch aus einem großen, zerfetzten Loch bestand, und er dachte: Na, kommt doch und holt mich, ihr Arschlöcher. Ich bin bereit.

Er blickte nach unten und sah die Pumpgun in seiner Fußfessel hängen.

Er versuchte, nach ihr zu greifen, aber sein Arm war nahezu taub. Die Schatten kamen näher. Ihre Schritte klangen wie Mörser, die Glas zerrieben. »Ich hab den Wichser«, sagte eine Stimme vor der Hecktür, und Joe hörte das unfehlbare *Klick-klick* einer Hochleistungsautomatik, erkannte die Stimme – der Bomber aus der Bronx, Creighton Lovedahl – und versuchte, die Mossberg mit seinen Füßen frei zu bekommen und sie wieder in seine Hände hochspringen zu lassen. Alle Anstrengungen waren vergeblich. Die Waffe blieb hoffnungslos verheddert.

Lovedahl erschien in der Hecktür und wischte sich den Regen vom Gesicht. Er war umrahmt von einem Heiligenschein aus Feuer, und gelbe Lichtstrahlen brachen durch den Qualm um ihn herum. All das ließ ihn merkwürdig engelhaft aussehen. »Verflucht noch mal, der schlitzäugige Wichser versteht sein Handwerk.«

»Wenn das nicht Brother Lovedahl ist«, sagte Joe, wobei seine überstrapazierten Ohren den Klang der eigenen Stimme abdämpften.

Lovedahl sah auf, lächelte, und richtete die .45er sofort auf Joe. »Du bist echt ein aalglatter Drecksack, Flood. Das muß man dir lassen.«

»Gehört zu meinem Job.«

»Und deinem Berufsstand hast du ja schon immer alle Ehre gemacht«, erklärte Lovedahl.

»Nur meine Knie wollen nicht mehr so wie früher.« Joe zuckte angesichts eines überraschend schmerzhaften Stichs zusammen.

»Wir werden schließlich alle alt«, tröstete Lovedahl ihn. Das Waffengebell hinter ihm ebbte ab, Schritte näherten sich über den splittbedeckten Asphalt, die Killer sammelten sich zum Finale.

»Tja, ich hab das Gefühl, ihr habt mich tatsächlich erwischt«, gestand Joe und bemühte sich, durch die Schmerzen hindurch ruhig zu atmen und den Seitenblick fest auf den Scharfschützen in der Tür zu halten.

»Ist mir echt eine riesen Ehre«, sagte Lovedahl und zielte mit seiner Waffe in Joes Gesicht. »Derjenige zu sein, der dir den Saft abklemmt«

»Nett, daß du das sagst« – Joe schloß die Augen und stellte sich aufs Sterben ein, während Wut und Trauer abwechselnd seine Arterien durchströmten »vor allem wenn man sieht, daß ihr euch *organisieren* mußtet, um mich zu erledigen.«

Lovedahl grinste, den Finger zum Abdrücken gespannt. »Ich überlege mir noch, ob ich nicht eine Gewerkschaft gründen sollte.«

»Yeah, das ist eine großartige Idee. Ihr könntet euch für Sozialleistungen und eine bessere zahnmedizinische Versorgung einsetzen.«

»Genau daran hatte ich auch gedacht«, sagte Lovedahl und sein Goldzahn funkelte im Schein des Feuers. Die Schatten von Sabitini und Sakamoto näherten sich im Regen hinter Lovedahl. Sie wollten ebenfalls am Spaß teilhaben und luden ihre Waffen nach.

Joe senkte daraufhin seinen Blick, und zum zweiten Mal an diesem Abend war ihm das Glück hold.

Es geschah in einem winzigen Moment, in der kurzen Zeitspanne, die Joe benötigte, um einen letzten Blick auf das Gewehr unter ihm zu werfen: *Er sah, daß die Kette am Abzug hing.* Er wußte nicht, wie es dazu gekommen war; womöglich im Verlauf der Explosion, vielleicht auch danach, als er versucht hatte, es freizuschütteln. Aber das spielte ja auch keine Rolle. Was allein zählte war, daß die Kette seiner Fußfessel sich um den Abzug der Mossberg gelegt hatte und daß sie straff genug gespannt war, um mit seinem linken Knöchel daran reißen zu können. Er blickte zurück zu

Lovedahl. »Was dagegen, wenn ich dich noch eine Sache frage«, sagte Joe, »bevor du mich umlegst?«

»Nur zu«, erwiderte Lovedahl achselzuckend, die Waffe weiter im Anschlag. Normalerweise hätte er schon längst gefeuert, aber dieser Augenblick war einfach zu herrlich, zu wunderbar köstlich, um sich zu beeilen.

»Sind eigentlich alle Hitter in New York derart blöd?« Joe spannte jetzt sein Bein an. »Oder bist du der einzige?«

Joe riß am Abzug.

Magnesiumgrell flammte die Mündung auf.

Der Schuß zersprengte den Türrahmen oberhalb von Lovedahl und versprühte glühendheiße Schrapnells über dessen Gesicht, Rasierklingen, die seine Haut zerfetzten und die ihn zurück in den Regen schleuderten. Lovedahls Waffe ging los, die Kugel jagte geradewegs in den Himmel. Vorübergehend verunsichert, hatten sich seine beiden Kollegen hinter das Autowrack auf der anderen Seite der Standspur geworfen. Joe wußte, daß dies seine erste und letzte Chance war, und er setzte alles daran, sich möglichst tief hinunterzubeugen und nach der Mossberg zu fischen. Schließlich bekam er den Lauf zu fassen und heulte auf, als das ofenrohrheiße Metall seine Finger verbrannte. Er drehte das Gewehr um, zielte mit ihm auf die Fessel, wandte sich ab, lud die Waffe durch und preßte seine Augen zusammen.

Dann drückte er ab.

Die Kugel durchschlug den Boden, und heiße Eisenteilchen bohrten sich in Joes Knöchel und Waden.

Er schrie vor Schmerz und einem ungeahnten Hochgefühl, öffnete dann seine Augen und sah auf die Kette hinunter. Die Explosion hatte die Fessel losgesprengt, und jetzt hing die Kette in zwei Teilen unter ihm. Er befreite seine Beine und löste die Handschellen aus der Kette, woraufhin er mit einem schmerzhaften Rums auf dem zerfetzten Boden landete. Tausend Schauder durchfuhren seinen Körper, viele der Nähte waren geplatzt, sein Magen kochte und brodelte und drohte jeden Moment auszubrechen. Er hörte draußen jemanden auf japanisch irgendwo hinter der Hecktür schreien, eilte zu der zusammengekrümmten Leiche des Marshals und fand die Schlüssel. In Joes Schädel drehte sich alles. Er öffnete die Fesseln, warf sie beiseite und war jetzt frei, *frei*. Er wollte gerade den Revolver des Marshals aus seinem Holster ziehen, da blitzte über ihm etwas auf, ein silbrig schimmernder Fleck, der durch den Qualm raste.

Joe duckte sich.

Mit einem kurzem Knall schlug der Wurfstern hinter ihm in der Wand ein. Joe blickte auf, erkannte Sakamotos ganz persönliches Markenzeichen auf der für seinen Schädel bestimmten Klinge, die wahrscheinlich mit Zyanid oder Dimethylsulfat beschichtet war, und irgend etwas in Joe hakte aus. »Diese Kerle gehen mir wirklich auf den Sack«, stieß er wütend aus.

Plötzlich hämmerte sein Puls, sein Hirn wurde von der wilden Raserei angesteckt, und Joe nahm den Smith & Wesson, drehte einmal an der Trommel, hob dann das Gewehr auf und wandte sich zu der weitaufgerissenen Hecköffnung. In seinem Kopf hörte er noch die Stimme von Tom Andrews: »Noch vier Teilnehmer im Spiel... wenn Sie die erledigen... sind Sie sauber, dann haben Sie's geschafft.« Joe bewegte sich auf den Ausgang zu, sein Verstand in lodernden Flammen, denn schließlich war er der Slugger und er sprang jetzt über scheiß Khe San ab, und sie alle würden es gleich zu spüren bekommen.

Beide Waffen im Anschlag stürzte er aus der Hecktür und verbreitete in einem Höllenspektakel Tod und Verderben.

Der Lärm war ohrenbetäubend, ein Feuersturm, und Joe rannte schreiend mittendurch. Alle vier Revolvermänner versuchten aus der Schußlinie zu kommen, spritzten mit hochgehaltenen, ratternden Waffen zur Seite, schossen weiter in den Himmel, und Joe rannte durch das Zentrum dieses infernalischen Krachs, auf der Zunge den Geschmack von heißem Metall, geblendet von den grellen Lichtblitzen, Regen und Feuer im Gesicht, dröhnende Schmerzen im Schädel, dazu das Klimpern der Handschellen und Fußfesseln, sowie die Energie, die ihn durchströmte, ihn elektrisierte und ihn quer über den Highway jagen ließ.

Auf dem Seitenstreifen geriet er ins Stolpern.

Er verlor sein Gleichgewicht, stürzte mit dem Kopf voran die Böschung hinunter, kullerte durch Regen und Unkraut, die Welt verschwamm ihm vor den Augen, und sein leergeschossener Revolver klickte wütend, während das Gewehr über seinem Kopf noch immer Feuer spuckte und Qualm und Nebel zerriß. Er landete neben einem Baumstumpf, der in der nassen Dunkelheit eines Sojabohnenfelds versteckt lag, und seine Schulter schlug hart gegen das versteinerte Holz. Der Schmerz schoß in sein Schlüsselbein, und in seinem Kopf wirbelte einen Moment lang alles durcheinander, aber dann hörte er hinter sich das Geräusch von zuschlagenden Autotüren und einem aufheulenden Motor.

Durch die vom Feuer angegriffene Netzhaut vorübergehend erblindet, kämpfte er sich hoch auf die Beine.

Das Quietschen der Cadillac-Reifen auf dem Asphalt hinter ihm klang wie der schrille Pfiff eines Schiedsrichters, und Joe erstarrte für einen Augenblick, seine Gedanken taumelten zurück zu seiner Scharfschützenausbildung, zu den Techniken, die abrufbar wie ein Pawlowscher Reflex in seiner Erinnerung eingegraben waren: *Das Zielobjekt in der zentralen Killing Zone dient als* Köder, *um angreifende oder zur Verstärkung bestimmte Einheiten in die Killing Zones abseits gelegener oder durch das Zielobjekt selbst eingerichteter Hinterhalte zu locken*. Und jetzt wußte Joe genau, was er zu tun hatte.

Er wandte sich der Dunkelheit zu und überquerte das Feld, so schnell es ihm seine alten, steifen Knochen erlaubten.

Die Sojabohnen kamen in diesem Jahr früh, und der Boden war

weich wie Schokoladenpudding. Mit keuchenden Lungen, das Gewehr wie einen alten Eisenspeer in der Hand, bahnte sich Joe seinen Weg. Weit dehnte sich vor ihm das Feld aus, ein fünfzig Hektar großer, tiefgrüner Teppich, der bis ins Flußtal hinunterführte. Joe konnte den Caddy hinter sich über die Standspur schießen hören, gefolgt von dem Aufbrüllen des Motors und dem *Wrumms* der sich in den Schlamm grabenden Räder. Joe steigerte das Tempo und lief auf eine Gruppe Bäume in der Ferne zu. Jetzt war er der Lockvogel.

Ködern.

Der Hinterhalt entsteht, wenn das Zielobjekt in die zentrale Killing Zone eintritt und sich natürlicher Bestandteile der Umgebung zu seinem Vorteil bedient.

Im Weiterlaufen lud Joe die Mossberg durch und bereitete sich darauf vor, seine letzte Karte auszuspielen. Er blickte nach links. Am nördlichen Rand des Sojafelds zogen sich parallel zur Grenze des Feldes mehrere Reihen Hochspannungsdrähte. In der Dunkelheit sahen sie aus wie tiefschwarze Krakenarme, die sich durch den Nebel und weiter in Richtung Baumgruppe wanden. Knapp hundert Meter entfernt saß ein Transformator auf der Spitze eines Leitungsmasts wie ein gigantischer, schwarzer Gewehrlauf, aus dem Starkstromkabel schossen.

Die Killing Zone.

Der Caddy – ganz Donner, Lärm und feuriger Atem – machte schnell Boden gut, war bereits nahe genug für einen gezielten Todesschuß, seine Scheinwerfer brannten in Joes Genick wie ein Hochofen. Joe stolperte mit all seinen verbliebenen Kräften auf den Transformator zu. Er spürte, wie sein Körper zu arbeiten aufhörte, wie die Muskeln schlappmachten, seine Lungen lichterloh brannten und die Gelenke den Geist aufgaben. Stumm schrie sein Verstand seinen Körper an: Nur noch ein bißchen weiter, altes Haus, nur noch ein paar Sekunden. Mit einem letzten Rest an

Energie hob er die Mossberg an und nahm den Transformator aufs Korn. In diesem Augenblick hörte er das trockene, scharfe Bellen einer Neunmillimeter hinter ihm, und blaue Funken pfiffen aus dem Beifahrerfenster des Caddy.

Der erste Schuß ging zu hoch und schwirrte wie ein Heuler über Joes Kopf, und Joe hatte plötzlich das Bild von seinem Schädel vor Augen, der wie eine chinesische Teetasse zersprang.

Dann war er unter dem Transformator durch.

Die folgende Szene spielte sich zwar im Zeitraum von allenfalls drei Sekunden ab, in Joes fiebrig erhitztem Hirn jedoch schien sie eine Ewigkeit zu dauern, wie ein Stummfilm in Zeitlupe: Joe, der sich aus dem Scheinwerferlicht warf, dabei hoch in die Luft sprang, die Mossberg wie einen Zauberstab hob, blind auf den Transformator zielte und drei Schüsse abfeuerte, bei denen die Mündung jeweils grelle Stichflammen in den Himmel schickte.

Es war, als würde ein wilder Stier aufgespießt.

Der erste Schuß sprengte ein Stück Stromkabel fort und sorgte für einen zischenden und pfeifenden Funkenregen in der Dunkelheit. Und dann fetzten der zweite und dritte Schuß durch das Gehäuse, Kabelbündel spritzten nach draußen, Feuerbälle stiegen in den Himmel auf, und eine dichte Funkenflut ergoß sich über dem Caddy, der das Chaos eben passierte. Der Wagen geriet außer Kontrolle.

Dreißig Meter entfernt schlug Joe hart mit seinem Arsch im Unkraut auf, die Luft entwich seinen Lungen, die Mossberg rutschte aus seiner Hand, und in seinem Steißbein detonierte der Schmerz. Hinter sich hörte er die Vorderräder des Caddy, die sich in den Schlamm gruben, das Geschrei von Stimmen, und den Motor, der wild aufjaulte, um dem Inferno zu entrinnen.

Gegenangriff!

Joe suchte in dem dunklen Gestrüpp verzweifelt nach dem Gewehr. Die Pumpgun war in die Dunkelheit davongeschlittert. Ein oder zwei Schuß – Joe erinnerte sich nicht genau – mußten noch übrig sein, und jetzt kam das Jaulen des Caddy wieder näher, das fahle gelbe Licht der Scheinwerfer drang durch den Qualm, und Joe sprang auf. Er lief in Richtung Baumgruppe, da verfing sich seine Fußfessel, schickte ihn krachend zurück auf den Boden und ließ ihn einen Mundvoll Unkraut fressen.

Dann schien die Luft um ihn herum plötzlich Feuer zu fangen.

Zuerst dachte Joe, es handelte sich um eine weitere elektrische Anlage, um eine explodierende Erdleitung vielleicht, von der die Funken in die Luft stoben, aber als er, halberstickt durch Rauch und Staub, wie verrückt davonkrabbelte, erkannte er, daß die funkensprühende Fontäne, die in den Himmel schoß, überhaupt nichts Elektrisches an sich hatte, sondern lediglich aus einer Wolke Insekten bestand, *Ungeziefer*, Herrgott noch mal, Leuchtkäfer, Heuschrecken, Grashüpfer, aufgescheucht und in wilder Panik wimmelten sie nun hinauf in die Lüfte.

Joe blickte über seine Schulter zurück und sah den vermoderten Baumstamm, über den er gestolpert war. Der Baumstamm spuckte eine Flut von Insekten aus, Getreidekäfer, Eintagsfliegen und wie zum Teufel all das Zeug hieß, einer Säule aus braunem Dampf gleich, glitzernd und in ihrer Bewegung leuchtend, und er sah den Cadillac knapp fünfzig Meter entfernt, der sich durch diese Plage arbeitete, und die Silhouette eines dicken Sizilianers, der sich aus einem Fenster lehnte und mit seiner Neunmillimeter auf die Heuschrecken eindrosch und so den Schwarm zu vertreiben suchte. Und er sah etwas anderes, das hinter dem Caddy auftauchte, einen verschwommenen, gelben Fleck.

Noch ein Paar Autoscheinwerfer?

Joe drehte sich wieder zur Baumgruppe und wollte fliehen, aber seine Beine versagten den Dienst. Beide Knie machten schlapp, knickten ein wie zwei alte Stöcke, und Joe brach zusammen und fiel platt auf die Nase. Die Insekten schwirrten jetzt überall, ein wogender Sturm aus braunem Konfetti, so dicht wie der Schirokko, der nach Schießpulver, verfaulendem Sackleinen und Tod roch. Und der Lärm der Cadillac-Räder in der Erde glich einem Hurrikan, und Joe kroch so schnell er konnte durch den Dreck und mußte dabei an eine Zeile aus den Offenbarungen des Johannes denken: »Und aus dem Rauch kamen Heuschrecken auf die Erde, und ihnen wurde Macht gegeben, wie die Skorpione auf Erden Macht haben.«

Dann erblickte Joe eine andere Form von Wunder.

Der Caddy hatte sich bis in den Schlamm hinter ihm durchgewühlt und rumpelte nun geradewegs auf Joe zu. Godzilla mit einem Vierzylindervergaser und Auspufftopf. Halogenaugen blitzten auf, und ein fetter Mann hing aus dem Fenster und bereitete sich darauf vor, Joe in Stücke zu ballern. Noch fünfzig Meter. Dreißig. Zwanzig. Aber irgend etwas ging hinter dem grellen Licht des Caddy vor. Hundert Meter weiter zurück tauchte etwas aus der Dunkelheit auf. Zuerst noch ganz schwach, doch dann rapide anwachsend, zwei großen gelben Lichtkugeln ähnlich.

Noch ein Wagen?

Joe gelang es, sich in eine aufrechte Position zu stemmen, wobei er einen abgestorbenen Baumstumpf als Stütze nutzte. Er rieb sich die Augen und blickte direkt in die Scheinwerfer des Caddy. Ein eisiger Schauer kroch sein Rückgrat hinauf. Da starrte er in die gläsernen Augen des Todes, und es war ihm scheißegal. Er lächelte, als ob es einen Grund dafür gäbe, und hob seinen Arm trotz der erheblichen Anstrengung, die damit verbunden war. Und im Bewußtsein, daß das zweite Paar Scheinwerfer jeden Moment eintreffen mußte, tat Joe anschließend etwas, nach dem es ihm verlangte, seit er dieses schreckliche Spiel ins Leben gerufen hatte.

Er zeigte diesen Scheißkerlen den Stinkefinger.

Der Zusammenstoß folgte beinahe zeitgleich.

Der Aufprall ließ den Airbag aufspringen, und Maizie wurde von Vinyl verschlungen.

Der Lärm war immens, ein scharfes, metallisches Krachen, das die Insektenwolken mit sternförmigen Glassplittern und Trümmerteilchen anreicherte. Für einen kurzen Augenblick schien der Airbag Maizies Gesicht in das Armaturenbrett zu saugen, um sie dann wie eine billige Stoffpuppe nach hinten zu schleudern. Währenddessen katapultierte der Rückschlag den Nissan über die Sojabohnen, wodurch in seinem Innenraum vorübergehend die Schwerelosigkeit ausbrach.

Schließlich griffen die Bremsen, und der Wagen kam in etwa fünfzehn Meter Entfernung zum Stehen.

Mit Mühe blickte Maizie über den Airbag hinweg und war erstaunt, wie schnell sie doch reagiert hatte. Wie leicht ihr doch die Entscheidung gefallen war, die Killer in das Sojabohnenfeld zu verfolgen. Und wie selbstverständlich es dann schließlich gewesen war, deren Wagen zu rammen. Maizie erkannte ihre Bestimmung, wenn sie ihr begegnete.

Unweit entfernt konnte sie den Caddy ausmachen, dessen Kotflügel an der Fahrerseite wie eine Blechbüchse zerknautscht war. Der schwarze Mann hinter dem Steuer wirkte kurzzeitig benommen, und der fette Pistolenschwinger daneben schüttelte sich wie ein verdutzter Grizzly den Schädel wieder klar.

»JOEEEEEEY!!« Maizies Stimme war kurz davor umzukippen.

Aus dem Insektennebel jenseits des Felds tauchte gespenstergleich ein Schatten auf.

Maizie trat auf das Gaspedal, und mit schepperndem Motor vollführte der Wagen einen plötzlichen Satz aus dem Schlamm. Der Airbag hing noch immer in Maizies Gesicht, und sie bemühte sich verzweifelt, das Lenkrad dahinter besser in den Griff zu bekommen, aber der verdammte Vinylballon war einfach überall, und so hielt sie das Steuer nur mit knapper Not umklammert, während Dreck, Fliegen und Trümmer um sie herumflogen und die Hinterräder den Matsch aufwühlten und sie über die Sojabohnen hinweg auf den winkenden Schatten zutrugen.

»JOE!«

Drei Meter hinter ihm stieg sie auf die Bremse, kam zu einem abrupten Halt und schaffte es gerade noch, die Beifahrertür aufzustoßen, bevor der Kugelhagel richtig einsetzte. Begleitet von einem Sound, der an zerplatzende Glühbirnen oder hochexplosive Knallfrösche erinnerte, durchschlug die erste Salve die Heckscheibe und verspritzte Polsterfetzen und Metallspäne. Maizie duckte sich. Joe hing halb im Wagen.

»LOS... SCHNELL!«

Maizie gab Vollgas.

Das Auto schlingerte einen Moment, grub sich in die weiche Erde und schoß dann wie eine Rakete nach vorn.

Joe zog sich ganz auf den Vordersitz, Zikaden hingen an seinen Kleidern, die Tür klatschte ihm gegen den Hintern, und seine Hände krallten sich verzweifelt im Polster fest.

»Bist du getroffen?« schrie Maizie ihm über das Höllenspektakel hinweg zu, packte gleichzeitig seinen Overall und riß ihn nach innen.

»Nein... nein... nicht, daß ich wüßte«, keuchte Joe atemlos, zerrte an der Tür und versuchte sie zuzuschlagen. Endlich knallte die Tür ins Schloß, und Joe fiel zurück in den Sitz. Während er mit einer Hand Insekten von sich abbürstete, deutete er mit der anderen aus der Windschutzscheibe. »Find irgendeinen Weg aus diesen scheiß Bohnen raus!«

Maizie blickte schweigend über den zusammengeschrumpften Airbag hinweg und suchte das Feld nach einem Schlupfloch ab. Auf der einen Seite rauschten Bäume an ihnen vorbei, auf der anderen Dunkelheit und Sojabohnen, und der Wagen machte den Eindruck, als würde er gleich in zigtausend kleine Teilchen zerfallen. Maizie blinzelte durch den Nebel, bemüht, sich einen Überblick zu verschaffen.

Das Sojabohnenfeld erstreckte sich weit nach Süden, wobei seine sanft gewellten Hügel der Topographie des Flusses folgten. In der Baumreihe konnte Maizie knapp dreihundert Meter entfernt eine Lücke ausmachen – womöglich ein Landwirtschaftsweg – und hielt darauf zu. Das malmende Stampfen des Cadillac näherte sich hinter ihr in hohem Tempo, ihr Hirn tobte, köstliche Dämonenwelt, das Jauchzen des Adrenalins rüttelte ihren Körper auf.

Mittlerweile lebte sie eine Puccini-Oper aus. »Ich sehe einen Weg!« schrie sie und raste auf die Lichtung zu.

Der Nissan bockte, seine Motorhaube vibrierte heftig, ein Meer aus Gräsern und Kriechpflanzen strömte im Scheinwerferlicht vorbei, und unter scharfen metallischen Schlägen wurde der Fahrzeugboden zerbeult. Der Untergrund war inzwischen holprig und steinig geworden, und jetzt kämpfte das Lenkrad gegen sie an, aber Maizie hielt das Steuer fest umklammert, während der Airbag wie eine tote Bestie in ihrem Schoß lag und die Musik in ihrem Kopf zu einem Wirbelsturm aus Streichern anwuchs, allegro forte, majestätisch, wahnsinnig schön. Maizie befand sich nun völlig im Innern der Musik, jede Faser von ihr eingestimmt auf die aufsteigenden Celli, als sie sah, wie sich der Weg aus dem Feld in dem verwaschenen Licht ihrer Scheinwerfer materialisierte.

»Halt drauf, Liebling!« brüllte Joe, blickte dabei über den Rücksitz hinweg, und das gelbe Licht strahlte sein Gesicht an. »Böse Jungs kleben uns am Hintern!«

Maizie rammte das Gaspedal in die Fußmatte. Der Nissan heulte auf, und in Sekundenschnelle hatten sie die Schneise erreicht. Maizie riß das Lenkrad scharf nach rechts, woraufhin der Wagen erneut ins Schleudern geriet. Vom Heck stob ein Schwall Laub, Dreck und Rauch nach hinten, ein Hagelschauer kleiner

Steinchen spritzte zur Windschutzscheibe hinauf, Geröll prallte vom Blech ab. Maizie lenkte wieder geradeaus, und die Hinterreifen fanden schließlich festen Griff.

»Auf, Liebling, LOS!« Joes Stimme klang in Maizies Kopf wie ein heller Beckenschlag.

Der Wagen sprang über eine Böschung und landete auf festem, vernarbtem Asphalt.

Mit schwimmenden Reifen und jaulendem Motor schoß der Nissan in einer Wolke aus Lärm und Abgasen quer über die Piste. Maizie blinzelte verzweifelt. Die Straße vor ihr öffnete sich wie ein schwarzer Gletscher im Regen, eingerahmt von großen Dieseltanks, ausrangierten Maschinen und verrosteten, ausgeschlachteten Mähdreschern, über denen gelbliches Leuchtstofflicht flakkerte, dessen Schein vom Dunst des stärker werdenden Gewitters noch gedämpft wurde. Der Platz hatte wohl einst als Markt oder Ausstellungspark für Nutzmaschinen gedient. In der Ferne konnte Maizie eine Straße ausmachen, deren Zufahrt ein klappriges Tor versperrte. Dahinter schlängelte sich die schwarze Fahrspur vom Platz fort in die Dunkelheit der Tiefebene.

»Festhalten!« rief Maizie, und Joe klammerte sich an das Armaturenbrett.

Der Nissan raste auf die Ausfahrt zu, sprengte unter Funkensprühen und begleitet von einem widerlichen metallischen Kreischen das nördliche Gatter zur Seite und sauste durch die entstandene Öffnung. Maizie spürte, wie der Wagen zu schlingern begann und fast wieder ins Schleudern gekommen wäre, aber sie trat das Gaspedal aufs Bodenblech und konnte das Lenkrad unter Kontrolle bekommen. Wenig später brauste der Nissan mit Vollgas die Straße hinunter und ließ das dunkle Ackerland hinter sich.

»Mein Gott... ja!« Maizie blickte in den zersprungenen Rückspiegel und suchte die nasse, trostlose Straße hinter ihnen ab. Keine Spur vom Caddy. Sie drehte sich zu Joe zurück und sah, daß er schweißgebadet war und offenbar große Schmerzen hatte. Ein Hosenbein seines orangefarbenen Gefängnisoveralls triefte vor Blut. »Unter dem Sitz ist ein Erste-Hilfe-Kasten, Joey, da kannst du dich versorgen.«

»Mir geht's gut, keine Bange. Aber um dich mach ich mir Sorgen.«

»Ich bin okay, ehrlich.« Sie lächelte. »Wir sind *alle* okay.«

»Ich kann gar nicht glauben, wie du dazu kommst – dich so in Gefahr zu bringen.«

»Ich steh nun mal total auf Iren«, sagte sie achselzuckend, schaltete als reine Vorsichtsmaßnahme die Scheinwerfer aus und fuhr eine Weile durch den dunklen Regen und den Wind und bemühte sich, ihre Fassung wiederzugewinnen.

»Ganz sicher, daß es dir gutgeht?« fragte Joe erneut.

»Absolut«, erklärte Maizie und sah dann zu ihm herüber. Seine Batterie schien nun wirklich auf Reserve zu laufen, und seine Augen waren glasig vor Schmerz. Offenkundig trug er irgendeinen inneren Kampf aus, eine Welle widersprüchlichster Empfindungen, und wie alle werdenden Väter verhielt er sich überängstlich.

Als sie den Highway erreichten, atmete Maizie wieder ruhig und ihr Herz hatte sich zurück in den Brustkorb manövrieren lassen. Es war ihr gelungen, einen Teil des eingefallenen Airbags unter das Armaturenbrett zu stopfen, und nun hielt sie das Lenkrad fest gepackt, atmete tief durch und blickte konzentriert auf die vor ihr liegende Straße, während der Nissan leise und lichtlos durch die Nacht rauschte. Joe kümmerte sich um sein Bein. Mit Hilfe eines Schraubenschlüssels aus dem Handschuhfach hatte er die Fesseln sprengen können und anschließend sein Hosenbein aufgerissen. Jetzt betupfte er seine Wunden mit einer Cortisoncreme. Offenbar waren die genähten Wunden während des Kampfs aufgeplatzt, und es bestand mehr als nur eine kleine Infektionsgefahr.

Schließlich durchbrach Maizie das Schweigen. »Würdest du mir einen Gefallen tun, Joey?«

»Jeden.«

»Könntest du mich für eine Sekunde in den Arm nehmen?«

Joe bandagierte seinen Oberschenkel mit den Mullbinden noch zu Ende, beugte sich dann hinüber, legte seine Arme um sie und vergrub sein Gesicht in ihren Nacken. Maizie konnte seine Panik spüren, konnte den metallischen Geruch seines Bluts riechen, und sie hatte den Eindruck, als würden seine Schultern – wahrscheinlich wegen der Schmerzen – leicht zittern. Joe strich mit seinen Lippen über ihr Schlüsselbein, und Nektar schien in sie einzuströmen.

Eine Weile später lehnte er sich wieder zurück und fragte sie erneut, ob alles mit ihr in Ordnung wäre.

»Ja, Joey, zum zigsten Mal, mir geht's prima.«

- 17 -

Wenn Douglas Sirk, Lucrezia Borgia und Tennessee Williams von den Göttern des Jenseits gebeten würden, ein monumentales Bühnenbild des amerikanischen Südens nach seinem Niedergang zu entwerfen, dann besäße dies wahrscheinlich einige Ähnlichkeit mit dem Städtchen St. John the Baptist. Unmittelbar hinter der Grenze zu Louisana, in einer sumpfigen Biegung des Mississippi River gelegen, bestand der Ort aus einem schmalen Streifen baufälliger, holzverschalter Geschäftshauser sowie alter, verfallener Wohnhäuser im viktorianischen Stil. Von den durchsackenden Blechdächern bis zu zischenden Gaslaternen und den aus Latten gezimmerten Balkonen, alles war mit Kudzubohnen behangen. Jedes Gebäude besaß das müde, klapprige Aussehen eines Regiments seniler, alter Konföderierter, die sich für ein letztes gemeinsames Foto zusammengefunden hatten.

Bald fielen die Lichter des Nissan auf den zentralen Platz des Städtchens, und Maizie mußte blinzeln, als würde sie eben aus einem Traum gerissen. Auf einem kleinen Rasenfleck stand ein zerbröckelnder Betonsockel mit einer bewachsenen Bronzestatue von Robert E. Lee. Dem General fehlte die Hälfte seines Kopfs. »Herr im Himmel, wo sind wir denn hier gelandet?«

»Jetzt sind wir mitten im tiefsten Süden«, brummte Joe und blickte konzentriert aus dem Beifahrerfenster. Sein Hintern pochte noch immer von dem Kampf im Sojabohnenfeld. Er suchte die vorbeihuschenden Dächer nach dem besten Aussichtspunkt ab, während er in seinem Kopf weiter diese gedämpfte, stoische Stimme aus dem Lehrbuch der Special Forces hörte: *Der entscheidende Hinterhalt wird an einem Ort eingerichtet, der über mehrere, unterschiedliche Fluchtwege verfügt.* Die Techniken waren fest in Joes DNS kodiert – die barbarischen Reaktionen eines Berufsmörders. Und da Maizie sich ihm angeschlossen hatte, kam es nun mehr denn je auf präzise Gegenmaßnahmen an. Er würde diese Kletten, die an ihm hingen, möglichst schnell und sauber abfertigen müssen und anschließend die Kurve kratzen. Aber wie weit zurückgefallen waren sie? Wie erfolgreich hatte Maizie sie ausgebremst?

Daß Joe jetzt seine schwangere Freundin dabeihatte, war tatsächlich eine zweischneidige Angelegenheit. Einerseits hielt es ihn gnadenlos auf, ließ ihn verletzbar werden, brachte seine Konzentration durcheinander und lieferte den Schakalen zweifelsohne ein leichteres Zielobjekt. Aber andererseits hatte Maizies Gegenwart Joe elektrisiert, hatte für völlige Klarheit gesorgt. Wie eine starke Dosis urtümlichster Religion hatte Maizie ihn mit jenem Kontext versorgt, der ihm all diese Jahre gefehlt hatte.

Sie hatte ihn mit etwas versorgt, für das zu kämpfen es sich lohnte.

»Meinst du, in diesem Kaff gibt es eine Tankstelle?«

Maizie beugte sich über das Lenkrad und runzelte die Stirn.

Während ihre Augen prüfend die Geisterstadt absuchten, umklammerte sie das Steuer mit weißknöchligen Händen, so als könnte sie in einer reinen Willensanstrengung noch ein paar Meilen mehr aus dem Tank pressen.

»Um diese Uhrzeit jedenfalls keine offene«, murmelte Joe.

»Was willst du tun, Joey?«

»Einen Moment mal.« Joe hob seine Hand. Etwas weiter entfernt sah er einen dumpfen gelben Lichtschein, der von einer der Geschäftsfassaden auf die zerfurchte Straße fiel. Auf einem Holzbrandschild stand *Evangeline Inn*. Darüber türmten sich eine Reihe schmaler Balkone bis zum Dach hinauf. »Da rüber, Liebling«, sagte er. »Da neben den Münzautomat.«

Maizie manövrierte den Wagen in eine der schrägen Parkbuchten vor dem kleinen Hotel für Durchreisende und schaltete den Motor aus. »Halt, einen Augenblick«, sagte sie plötzlich und ergriff Joes Arm, bevor der noch die Möglichkeit hatte, seine Tür zu öffnen.

»Was?«

»Ich sag's dir ja nur ungern, Cowboy« – sie deutete auf seine orangefarbene Gefängniskluft –, »aber in den Klamotten da dürftest du in diesen Breiten einige erstaunte Blick ernten.«

Joe sah auf seinen verschwitzten Overall hinunter. »Das ist ein Argument. Also gehst du besser rein, besorgst uns ein Zimmer für die Nacht, und achte darauf, daß sie dir etwas im obersten Geschoß geben.«

Maizie nickte, stieg aus dem Wagen und betrat das kleine Hotel.

In Maizies Handschuhfach entdeckte Joe ein Päckchen Zigaretten und steckte sich eine mit dem elektrischen Anzünder aus dem Armaturenbrett an. Noch immer zitterten seine Hände vor Schmerz, und sein Steißbein fühlte sich an, als hätte es jemand mit dem Vorschlaghammer bearbeitet. Die Rückseite seines Beins juckte und brannte an den Stellen, an denen einige der Stiche wundersamerweise selbst nach der Explosion im Transporter und dem Sturz im Sojabohnenfeld gehalten hatten. Seine Knie standen in Flammen und ihm war schwindlig wie einem Betrunkenen, aber im großen und ganzen war er funktionsfähig und konnte klar denken.

Zumindest im Moment noch.

Er kletterte aus dem Wagen, ging um ihn herum hinter den Kofferraum und blickte zuerst zu den Sternen hinauf und dann die öde Hauptstraße von St. John the Baptist hinunter. Abgesehen von dem permanenten Zirpen der Zikaden und den Flußbrisen in den Baumwipfeln herrschte Totenstille in dem kleinen Ort. Die Luft war drückend – besonders für Ende April – und roch nach vergammeltem Fisch und tiefen, fruchtbaren Auen. Joe fragte sich, wie spät es war. Womöglich schon nach Mitternacht. Er sog den satten Landduft zusammen mit einer Lunge voll Zigarettenqualm ein und fühlte, wie sich die Härchen auf seinem Nacken aufrichteten. Dieser Teil Louisianas wurde auch die *Front Lands* genannt, wahrscheinlich weil es unmittelbar vor dem riesigen Mississippidelta lag. Aber die Front Lands hatten für Joe auch etwas Geheimnisvolles. Dies war ein uraltes Gebiet. Prähistorisch. Tiefschwarzes, nacheiszeitlich angeschwemmtes Öl rann durch seine Adern, die Vegetation wuchs üppig und wild, und die Menschen hier unten waren einfach eine Spur verrückter, verrückt von der Hitze und von der zügellosen Fruchtbarkeit.

In diesem Gebiet waren Rituale noch lebendig.

Joe wandte sich dem Hotel zu und musterte die Nachbargebäude. Auf der einen Seite befand sich ein Schnapsladen, der dunkel und tot wie eine ausgebrannte Glühbirne aussah. Und auf der anderen Seite war eine Schaufensterscheibe übermalt und mit Ankündigungsplakaten tapeziert worden: Jimmy Z and the Zydeco Wanderers, Toots Mau Mau and the Radiators, Sunday Shrimp Boil and Hoedown. Joe vermutete, daß es sich um eine Art Tanzschuppen handelte. Er starrte durch die schmutzigen Hotelfenster und sah Maizie, die in einem gelben Lichtkegel stand und den Anmeldeschein unterschrieb. Der Inhaber, ein ausgemergelter kleiner Wicht im Nachthemd, der ganz aus dürrem Hals und Adamsapfel zu bestehen schien, beobachtete sie von der anderen Seite des Schalters. In einer Hand hielt er eine Fliegenklatsche, und er hatte einen Backenbart, der wie gelber Schimmel an seinen Wangen klebte. Maizie hörte zu schreiben auf, und der Inhaber versuchte sich an einem Lächeln. Was er jedoch zustande brachte, ähnelte eher einer von verfaulten Zähnen dominierten Todesgrimasse.

Maizie trat aus dem Haus und klimperte mit dem Schlüssel in der Hand. »Herrgott, Joe, ich glaube, wir sind gerade mitten in einen Roman von Flannery O'Connor gestolpert.«

»Haben wir was im obersten Stock bekommen?«

Sie nickte. »Und der alte Mann meinte, wir könnten hinter dem Haus unter den Bäumen parken.«

»Nein.«

Maizies Augen verengten sich. »Meinst du denn nicht, daß unser Auto hier draußen fast so gut ist wie eine Einladung, uns einen Besuch abzustatten?«

Joe erklärte ihr, daß genau das seine Absicht sei, und führte sie anschließend über eine schmale Terrasse zu der wackligen Holztreppe neben dem Coke-Automat.

Zimmer 300 entpuppte sich als Alptraum in knorriger Kiefer, ein einzelner Raum mit Fenstern voller Fliegendreck und einem schmuddeligen Plüschboden in der Farbe alten Senfs. Joe trug Maizies Reisetaschen durch die Tür und stellte sie neben ein Fenster auf das durchhängende Doppelbett. Maizie trat neben ihn, und zusammen verharrten sie dort für einen Moment und schnüffelten die käsigen Ausdünstungen von Schimmel und Fäulnis. Die

Wände waren mit lackierten Holzbildchen dekoriert, die Schaufelraddampfer und barfüßige Jungen beim Angeln zeigten. Das Badezimmer in einer der Ecken bestand lediglich aus einem rostigen Waschbecken und einem kaputten Toilettenschränkchen. Jemand hatte einen kläglichen Versuch unternommen, den Raum ein wenig aufzuheitern, indem er ein Radiogerät auf das kleine gelbe Zierdeckchen des Nachttischs plaziert und unmittelbar daneben eine Plastikrose in eine angeschlagene weiße Vase gesteckt hatte.

»Das Waldorf-Astoria ist es nicht«, meinte Maizie, die Hände in die Hüften gestemmt, und ließ ihren Blick über all den geschmacklosen Nippes wandern.

»Besser als nichts«, sagte Joe und zog vorsichtig seinen Overall aus.

»Du meine Güte, Joey, du siehst ja verdammt beschissen aus.«

»Schönen Dank für diese aufmunternden Worte«, murmelte Joe, während er seine offenen Wunden, die Prellungen am Oberkörper und die aufgerissenen Schultern inspizierte.

Maizie packte den Erste-Hilfe-Kasten aus und kümmerte sich um die schlimmsten Stellen. Die Nähte auf der Rückseite von Joes Bein sonderten Eiter ab und waren äußerst druckempfindlich. Joe beugte seinen linken Arm, mit dem er den Aufprall nach der Explosion im Transporter vor allem aufgefangen hatte. Sein Ellbogen war geschwollen und schmerzte entsetzlich. Maizie gab ihm ein paar Darvocet-N-Tabletten gegen die Schmerzen. Als sie den Erste-Hilfe-Kasten wegstellte, bemerkte Maizie das Knötchen über seinem linken Brustmuskel. »Was zum Teufel ist das denn?« fragte sie und deutete auf die Verwachsung.

»Keine Ahnung. Ein Geschoßsplitter, nehme ich an«, sagte er und blickte darauf hinunter. Die Beule tat zwar nicht mehr weh, aber sie fühlte sich hart wie ein winzig kleiner Kieselstein an.

Mit einem faszinierten Funkeln in den Augen streckte Maizie

ihre Hand aus und berührte die Erhebung. »Ich kann mich nicht daran erinnern, sie jemals gespürt zu haben. Ist das vor kurzem passiert?«

»Vor Jahren«, erzählte Joe ihr. »Von Zeit zu Zeit macht sich das verdammte Ding wieder bemerkbar.«

Maizie schüttelte langsam den Kopf. »Was für eine Art, seinen Lebensunterhalt zu verdienen.«

Unter all dem Schweiß konnte Joe ihren Duft, diesen erdigen Pfefferminzduft, wieder wahrnehmen. Er strich über ihr Haar und spürte, wie sehr er sie begehrte. Er streifte ihre Jacke ab und ließ seine Hände über ihre Schultern, ihre Brüste und in ihren Schoß hinunter wandern. Er konnte das andere Leben in ihr regelrecht spüren. Die moschusschwere Hitze. Die unverkennbare Alchimie einer schwangeren Frau. Er legte seine Arme um sie, und plötzlich klammerten sie sich verzweifelt aneinander. »Ich kann gar nicht fassen, daß ich dich in diese Sache mit reingezogen habe«, flüsterte Joe.

»Ich hab's dir doch bereits erklärt, Joey, wer A sagt, muß auch B sagen.«

»Das ist nicht deine Welt.« Er küßte ihre Stirn. »Das Baby. Ich habe eine Todesangst. Wenn euch was passiert, das würde ich mir niemals verzeihen.«

»Hör auf, Joey.«

»Du solltest nicht hier sein. Das sind knallharte Killer, und es wird alles nur noch brutaler werden.«

»Ich werde schon damit fertig.«

Joe blickte sie einen Moment an, drehte sich dann fort und begann herumzulaufen. »Du wirst damit fertig? Glaubst du das wirklich? Du wirst damit *fertig?* «

»Tu's nicht, Joey.« Sie beobachtete ihn aus zusammengekniffenen Augen.

»Liebling, ich bin dir ja wirklich sehr dankbar dafür, daß du mir da draußen meinen Arsch gerettet hast, aber ich glaube, du hast nicht einmal die scheiß Spur einer Ahnung, womit wir es jetzt hier zu tun bekommen werden.« Joes Magen brodelte, das Brennen stieg auf bis zu seinem Herz. Ihm wurde langsam bewußt, daß er Maizie mit jeder Minute einer größeren Gefahr aussetzte. Eingesperrt hier in dieser Todesfalle. »Diese Kerle. Das ist die absolut schlimmste Sorte. Du mußt unbedingt auf mich hören. Setz dich ab. In deiner Verfassung, Himmel, das ist doch Wahnsinn.«

Maizie durchbohrte ihn mit ihrem Blick. »In *meiner* Verfassung?« Sie stöhnte auf, ging dann zum Bett hinüber, packte wütend eine der Reisetaschen und riß sie mit einer heftigen Handbewegung auf. »Hier... warum hältst du nicht einfach die Klappe und ziehst das hier an, bevor du mir *tatsächlich* auf den Geist gehst.« Sie zerrte ein Paar Levi's und ein Baumwollhemd aus der Tasche und warf sie Joe zu.

Joe zog die Sachen an.

Als er fertig war, ging er langsam auf sie zu und nahm sie in die Arme. »Weißt du, warum ich das Auto draußen als Hinweisschild stehengelassen habe?«

Sie zuckte mit den Achseln.

»Weil mir ein paar Leute einen Deal offeriert haben«, sagte er leise.

Dann erzählte er es ihr. Er erzählte ihr alles. Und während er sprach, merkte er, wie Maizie immer wütender wurde. Es schien, als versuchte sie mit aller Macht, eine in ihr gärende Kraft im Zaum zu halten, bevor diese womöglich ihren Schädel sprengen würde. Sie konnte nicht stillstehen. Ihre Hände arbeiteten an ihrer Seite und formten feste kleine Fäuste.

»Und das wäre der Stand der Dinge«, meinte Joe zum Schluß. »Die letzten vier muß ich noch umnieten, von da an ist's ein Katzenspiel mit neuen Pässen und allem Drum und Dran. Daher denke ich, du wartest am besten auf mich. Vielleicht am Flughafen. Und ich treff dich dann dort, und du mußt nichts von alldem mit ansehen.«

Sie schwieg und Joe sah den Zorn hinter ihren Augen auflodern.

»Was ist los, Maizie?«

»Kennst du das?« sagte sie. Sie griff nach oben und riß ihre Bluse auf, so daß die Knöpfe durch den Raum flogen und über den Teppichboden kullerten. Joe blickte auf das Tattoo. Er hatte sie schon viele Male gesehen, diese winzige Inschrift über ihrem Nabel, eingestochen in anstaltsgrünen, dichtgedrängten, kleinen Druckbuchstaben. *Arriba los corazones!* Joe hatte sie schon diverse Male danach gefragt, und sie hatte stets gewitzelt, daß es für »Vorsicht Rasseweib« oder »Heißer Feger« oder solch einen Unsinn stünde. Und nach einer Weile hatte Joe aufgehört, sich danach zu erkundigen. »Sieh genau hin«, sagte Maizie.

Dann ging sie zu der anderen Reisetasche, öffnete sie und stülpte sie um.

Waffen purzelten auf das Bett.

Es waren mindestens ein halbes Dutzend Modelle unterschiedlichen Alters und in verschiedenen Montagestufen. Auf den ersten Blick erkannte Joe eine halbautomatische Bersa, einen Smith & Wesson Zehnmillimeter und einen alten Colt Double Action. Außerdem noch eine Reihe weiterer Handfeuerwaffen, wahrscheinlich osteuropäische Fabrikate, in der Mehrzahl halbautomatische Pistolen. Dann lagen dort Patronenmagazine, sieben- und neunschüssige Clips, Munitionsschachteln, ein paar Schalldämpfer und sogar ein Schnellader aus Polizeibeständen. Maizie nahm eine der Neunmillimeter in die Hand, ohne ihren Blick von Joe zu wenden. Sie ergriff einen siebenschüssigen Clip und rammte ihn in den Griff. Mit feucht schimmernden Augen, den Blick geradeaus gerichtet, schnappte sie sich einen Schalldämpfer und ließ ihn einrasten. Dann zog sie kurz den Schlitten nach hinten, und ein lautes Klick war zu hören. Anschließend legte sie die Waffe aufs Bett zurück.

Joe wollte etwas sagen, aber die Worte blieben ihm im Hals stecken.

»Das Tattoo bedeutet Mut«, erklärte Maizie mit vor Trotz angespannter Stimme. »Und davon verlangte meine Aufnahme in die West Chicago *Cuadrilla* eine ganze Menge. Die härteste Mädchengang östlich von East L. A. Drei Jahre bin ich mit ihnen rumgezogen, und ich habe einiges erlebt in dieser Zeit, das kannst du mir glauben.«

»Maizie, ich ...«

»Warte. Laß mich aussprechen.« Sie durchbohrte ihn mit ihrem tränenerfüllten Blick, ihr Kinn bebte, und den Kopf hielt sie – ganz die Mexikanerin – stolz und vornehm zur Seite geneigt. »Ich liebe dich, Joey. In guten wie in schlechten Zeiten. Und da, wo ich herkomme, ist das genug.«

Joe starrte sie einen weiteren endlosen Moment an.

Dann ging er zu ihr hinüber, unterdrückte eine Woge an Emotionen und sah ihr offen in die Augen. So etwas wie ein Lächeln spielte um Joes Mundwinkel. »Kleines, bin ich froh, dich auf *meiner* Seite zu wissen.«

Genau in dem Moment, als er vom Highway abbog und den ramponierten Caddy eine unbefestigte Ausfahrt in Richtung Delta hinuntersteuerte, sah Lovedahl im Rückspiegel das aufblitzende Blaulicht.

»Scheiß-DRECK!«

»Ruhig, Creighton, mein Freund«, kam die samtige Stimme vom Beifahrersitz. »Wir sind jetzt wieder ganz dicht dran und können uns keine Verzögerungen leisten. Morgen abend werden die Sondereinheiten der ATF hier mit einer kompletten Armee das Unkraut durchkämmen.«

»Den mach ich platt, diesen Wichser«, brummte Lovedahl, während der Strahl des Suchscheinwerfers ihm – vom Rückspiegel reflektiert – in die Augen leuchtete und seine Schläfen zum Hämmern brachte. Seine Wut ließ ihn mehr und mehr in einen Blutrausch geraten. Sein Gesicht brannte an jener Stelle, an der der Schrotquerschläger ihm vor dem Transporter Akne verpaßt hatte, und seine Rippen standen nach dem überraschenden Zusammenstoß mit dieser mexikanischen Schlampe lichterloh in Flammen. Er gab ein zorniges Schnauben von sich, bremste dann ab und lenkte den Caddy auf den unbefestigten Seitenstreifen, wo er in einer großen Wolke aus Staub und Kohlenmonoxid zum Stehen kam. Der Wagen war ein einziges Wrack, kaum mehr steuerbar, besaß ein eierndes Vorderrad und einen undichten Kühler.

Im Spiegel war zu sehen, wie der State Trooper einige Wagenlängen hinter ihrer Heckstoßstange einschwenkte und anhielt.

»Ich meine es ernst, Creighton«, murmelte Hiro vom Nebensitz aus und hob dabei seine dreifingrige Hand wie ein Baseballcoach, der einem Spieler Third Base signalisierte. Er blickte nach draußen in den Seitenspiegel und zitterte leicht vor gespannter Erwartung. »Im Moment bringt es uns überhaupt nichts, noch mehr Aufmerksamkeit zu erregen.«

»Wen kümmert schon irgendein Kleinstadtbulle?« meinte der fette Mann von der Rückbank in seinem gebrochenen Englisch. Seine hünenhafte Gestalt war im Dunkel kaum auszumachen. Er montierte gerade eine neue Waffe und atmete schwer. Bei dieser Handfeuerwaffe handelte es sich um eine abgesägte M-1, die in der Branche gemeinhin auch *The Enforcer* genannt wurde. Die vollautomatische Waffe eignete sich besonders für kurze Entfernungen und enge Räume.

»Alle Rednecks müssen dran glauben«, verkündete Lovedahl, griff unter das Armaturenbrett und tastete nach dem Hebel zum Aufklappen.

Hinter ihnen stieg der Polizist aus seinem Streifenwagen und öffnete seine Revolvertasche. In dem rotierenden Blaulicht war der Trooper gut sichtbar. Ein junger, birnenförmiger Mann mit einem eigenartig großtuerischen Gang, dessen Bauch die Nähte der braunen Uniform zum Zerreißen spannte. Er ließ sich Zeit und näherte sich nur vorsichtig dem Caddy, genau wie es der gute Trooper in seiner Ausbildung gelernt hatte. Die Situation abwägen. Alles auf ruhige und sachliche Art abwickeln.

Im Inneren des Cadillac hatte Creighton endlich den Hebel gefunden und ein geheimes Fach aufspringen lassen. Lovedahls kleines Killer-Set: Springmesser, eine Miniatur-Kaliber .22-Nuttenpistole, einige unbeschriftete Fläschchen mit Flüssigkeiten und eine kleine Spraydose, wie sie für Rasierschaum benutzt wird.

»Pack's weg, Creighton«, murmelte Hiro und blickte weiter in den Seitenspiegel.

Der Trooper war keine fünf Meter mehr entfernt.

»Du kannst mich mal an meinem schwarzen Arsch lecken, Saki«, erklärte Creighton, löste mit blutigen Fingern die Accessoires aus ihren Halterungen und bemühte sich dabei nach Kräften, seine Erregung unter Kontrolle zu halten, um vor den Augen seiner Standeskollegen nicht unprofessionell zu wirken. »Ich werde diesen weißen Penner schnell und sicher einnebeln, dann schnappen wir uns dessen scheiß Streifenwagen, und über die örtlichen Sprechfunkdurchsagen erfahren wir ruck, zuck, wo sich der Slugger rumtreibt. Solltest du dagegen irgendwelche Einwände haben, Kumpel, dann laß es mich wissen.«

Das Einnebeln war eine der Mordtechniken, die zu Creightons Markenzeichen zählte. Gewöhnlich benutzte er dafür Zyanid. Mit Strychnin funktionierte es ebenfalls, aber die Beschaffung war schwieriger. Tetrachlorkohlenstoff wirkte noch schneller, war auf dem freien Schwarzmarkt jedoch so verflucht teuer. Zyanid dagegen hatte jeder normale Zulieferer für Labore vorrätig, die Chemikalie war billig, und es gab zahlreiche industrielle Verwendungszwecke, aus denen man sich leicht einen Vorwand für eine Bestellung heraussuchen konnte. Gewöhnlich mischte es Creighton mit einem stabilisierenden Mittel, einem Antihistaminikum, so daß es schnell in die Lunge des Opfers gelangte. Die Reaktion setzte unverzüglich ein.

»Bring's halt hinter dich«, sagte Hiro und wandte sich ab, als wartete er darauf, daß ein Koch die unappetitliche Arbeit des Schlächters erledigen würde.

Lovedahl öffnete das Fenster.

Das Knirschen der Stiefel wurde lauter, und der Polizist trat an den Caddy heran.

»Abend, Leute«, meinte der Trooper freundlich, während er sich nach unten beugte und in das offene Fenster hineinblickte. »Ich wäre Ihnen dankbar, wenn Sie mir Ihren Führerschein, den Fahrzeugschein und ...«

Lovedahl sprühte dem Mann das Gift ins Gesicht.

Die Wirkung trat beinahe unmittelbar ein, als hätte irgendein riesiger Puppenspieler plötzlich mit einem Ruck den Schädel des Troopers zurückgerissen. Ohne etwas sehen zu können, torkelte der Mann blinzelnd nach hinten über den Schotter, schlug nach der Luft vor seinem Hals, würgte kurz, und dann begann das Gemisch seine Enzyme auszuschalten, die roten Blutkörperchen zu neutralisieren und ihn von innen heraus zu ersticken.

Er kippte wie ein Sack Kartoffel um.

Sabitini sprang als erster aus dem Caddy und war bereits auf halbem Wege zum Sprechfunkgerät des Streifenwagens, bevor Lovedahl auch nur Gelegenheit gefunden hätte, die Sicherheitskappe wieder auf die Dose zu setzen.

Es gab nur einen sicheren Ort zum Ausruhen im Evangeline Inn, und für Joe hatte es von Beginn an festgestanden, daß er und Maizie am Ende dort landen würden.

»Wann glaubst du, werden sie kommen?« Über der nächtlichen Brise war Maizies Stimme kaum vernehmbar.

»Bald. Du solltest noch ein wenig schlafen.«

»Yeah, stimmt, *schlafen*. Gerade jetzt.« Maizie fröstelte und schlang sich die Decke fester um die Schultern. Der Regen hatte zwar aufgehört, aber jetzt frischte vom Fluß her der Wind auf, wurde schärfer und schnitt über das Dach. »Denkst du, wir kommen von hier oben mit diesen *Pistolas* zu einem sauberen Schuß?«

»Ohne Zielfernrohr?« Joe zuckte mit den Achseln. »Die Wahrscheinlichkeit beträgt vielleicht fünfzig-fünfzig.«

Maizie nickte.

Joe blickte sich auf dem Dach um.

Es bestand aus einem etwa fünfzig Quadratmeter großen Rechteck aus verwitterter Dachpappe, eingefaßt von einer niedrigen schmiedeeisernen Umzäunung und konserviert von jahrzehntelanger Hitze und hoher Luftfeuchtigkeit. In der Mitte erhob sich eine Phalanx aus Abzugsrohren, und geschützt hinter brüchigen Schindeln verliefen rostzerfressene Leitungen. Entlang der vorderen Dachkante zog sich ein reichverzierter Sims, ein Zeichen für den vergangenen Wohlstand der Stadt. Der Sims ragte noch über dem Rand des Dachs auf und bildete so eine natürliche Barrikade, hinter der sich Joe und Maizie im Augenblick kauerten und die Straße drei Stockwerke tiefer im Auge behielten.

»Du kannst sagen, was du willst«, murmelte Maizie. »Ich werde die Bersa nehmen.«

Joe schmiegte sich enger an sie und legte seine Arme um ihre Schultern. »Fang jetzt bitte nicht an zu streiten, Liebling. Ich sage dir, die beste Wahl für weite Distanzen ist die Smith & Wesson.«

»Aber die Bersa hat den geringsten Rückstoß.«

»Unwichtig. Uns kommt es auf einen schnellen, finalen Treffer an, und dafür ist die Zehnmillimeter besser.«

»Die Zehner ist ’ne echte Kanone, Joey. Damit kannst du jede Treffsicherheit vergessen.«

Joe blickte sie an und brachte ein Grinsen zustande. »Du bist mir ja wirklich ’ne Marke, junge Frau.«

Die Waffen lagen neben ihnen ausgebreitet wie chirurgische Instrumente. Sechs Pistolen, fünf davon halbautomatisch und vierzehn Clips mit insgesamt 118 Schuß. Und genau wie bei einem Chirurgenteam war geplant, sie in der angemessenen Reihenfolge zu benutzen. Ganz außen und am leichtesten greifbar lag die schußstärkste Waffe, darunter die passenden Clips. Außerdem gab es auch etwas zu essen; einige der angebrochenen Tüten mit Chips aus Maizies Wagen sowie ein Fläschchen Pepto-Bismos und einen großen Flachmann Bushmills, den Maizie für Joe gebunkert hatte.

Sie harrten jetzt bereits seit über einer Stunde auf dieser windigen Klippe aus, und die Anspannung setzte Joe wie ein Virus zu. In seinem Kopf hatte er sich die Fluchtwege zurechtgelegt – über das Dach, die riesige, überwucherte Pergola hinunter, die die Rückseite des Hotels bedeckte, und über die Seitenstraße weiter zum Highway. Aber er hatte keine Ahnung, wer – wenn überhaupt – zuerst auftauchen würde. Die Cops? Die Jungs vom FBI? Einer der Hitter? Alle vier Finalisten? Und wie standen ihre Chancen? Der Gedanke daran wühlte Joes Magen auf, quälte ihn, und er lenkte sich mit der Numerologie dieser Aufgabe ab. *Vier*. Da gab’s die vier Blätter eines Glückskleeblatts. Die vier Viertel eines Basketballspiels. Die vier Reiter der Apokalypse. Die vier Seiten des …

»… Menschen umbringen.«

»Wie bitte?« Joe zuckte zusammen. Maizie hatte während Joes Grübeleien etwas gesagt, und er hatte nur die letzten Worte mitbekommen. »Was meintest du, Liebling?«

Sie legte ihren Kopf an seine Brust. »Ich kann mir gar nicht vorstellen, wie das wäre, damit jahrein, jahraus seinen Lebensunterhalt zu bestreiten, mit Menschen umbringen. Selbst schlechte Menschen, Menschen, die Schlimmeres verdient hätten. Es wirkt einfach so grauenhaft.«

Joe spürte einen schamvollen Stich. »Es ist tatsächlich das, was ich mein ganzes Leben lang gemacht habe. Aber ich setze mich jetzt nicht hier hin und versuche es zu rechtfertigen.«

»Ich kann mir trotzdem einfach nicht vorstellen, wie. Verstehst du? Wie zum Teufel hast du immer weitermachen können?«

»Glück der Einfältigen, vermutlich.«

Sie blickte zu ihm hoch. »Nein. Im Ernst, Joey, wie schaffst du das? Jahr für Jahr?«

Joe zuckte mit den Achseln. »Wahrscheinlich einfach aus Mangel an Einbildungskraft.«

Sie runzelte ihre Nase. »Was meinst du damit?«

»Das Profil eines Hitters.« Joe dachte einen Moment darüber nach und sagte dann: »Einbildungskraft kannst du dir nicht leisten. Sich den Kopf zerbrechen: Wird der Kerl zurückschießen? Werden sie mich schnappen? Wollen sie mir ans Leder? Und natürlich die Frage der Fragen: Ist es richtig, was ich tue?«

Maizie blickte ihn an. »Über die letzte Frage hast du dir aber den Kopf zerbrochen, stimmt's?«

Es folgte eine lange Pause, und Joe konnte die Grillen und Zikaden in den fernen Bäumen zirpen hören wie alte, unangenehme Erinnerungen. »Yeah«, sagte er nach einem weiteren Moment betretenen Schweigens. »Wahrscheinlich hab ich deshalb etwas von meiner alten Stärke eingebüßt. Ist ein ganz beschissenes Handicap, diese Einbildungskraft. Ich hasse sie.«

Maizie starrte mittlerweile in den dunstigen Nachthimmel hinauf. Bittersüße Erinnerungen trübten ihre Augen. »Weißt du, was komisch ist? In den Chicano-Vierteln brauchst du sie zum Überleben.«

»Wie das?«

»Du mußt dir Dinge vorstellen. Permanent. Du mußt dir vorstellen, wer auf der anderen Seite der Ecke sein könnte und auf dich wartet, die falsche Farben trägt, das falsche Tattoo aufweist. Du stellst dir vor, daß deine ganze Welt von jetzt auf gleich den Bach runtergehen kann. Du stellst dir vor, getroffen zu werden. Das Gefühl. Die Erleichterung. Yeah. Jeder stellt sich das vor. Die Erleichterung darüber, es endlich hinter sich zu haben.«

Daraufhin schwiegen sie beide.

Joe ließ seinen Blick ein weiteres Mal über die Straße wandern, über die dunklen Häuserfassaden, den Nissan, den das Neonlicht des Evangeline beschien, und er dachte über das nach, was Maizie gesagt hatte. Er stellte sich vor, wie es wäre, sich zu entspannen und den Tod durch die Kugel eines der Killer einfach hinzunehmen. Über die Jahre hinweg hatten viele seiner Zielobjekte diesen Frieden mit sich geschlossen und förmlich darauf gewartet, daß Joe ihnen das Hirn wegpustete. Sich damit abfinden. Joe blickte auf die Schußwaffen, die auf der Teerpappe lagen und die im nächtlichen Dunst wie die schwarzen Fänger einer prähistorischen Bestie schimmerten, sauber geputzt, poliert und einsatzbereit, und dann mußte Joe an sein ungeborenes Kind denken. Und ihm war klar, daß er niemals aufgeben würde.

Niemals.

»Ich muß mal etwas schlafen«, brummte er und sah sich dann blinzelnd um. Er wußte nicht, wie lange er schweigend vor sich hingebrütet hatte, bevor er nach unten auf Maizie blickte.

Sie war an seiner Brust eingeschlafen.

»Wir werden's brauchen können«, flüsterte Joe zu niemandem.

Es dämmerte bereits, und die sumpfige Luft wurde dunkelblau und still, als Aldiss Hackmore endlich erkannte, worum es sich bei den schwarzen Punkten handelte.

»Da wirst du doch zum niggerärschigen Hurenbock«, brummelte der drahtige, graumelierte Nachtportier und drückte seine Viceroy in einem angeschlagenen Keramikaschenbecher in Form eines Hawaiimädchens aus. Seit beinahe zwei Stunden saß Hackmore in dem stichigen kleinen Empfang hinter dem Tresen, kratzte sich an den Eiern, jagte Fliegen, starrte aus der dicken Fensterscheibe auf den Nissan hinaus und versuchte diesen Schwarm schwarzer Löcher über dem Hinterreifen des Wagens zu analysieren. In Wahrheit war Hackmore schon sofort, als die junge Mexikanerin sich eingecheckt hatte, mißtrauisch geworden. Zu mißtrauisch, um schlafen zu können. Irgendwas stimmte mit der Kleinen nicht, irgendwas im Zusammenhang mit ihrem Freund, der zu ängstlich gewesen war, das Haus durch die Lobby zu betreten. Auf der Treppe hatte Hackmore dann den Mann ganz kurz sehen können, und das Aufleuchten des orangefarbenen Overalls war dem Manager extrem sauer aufgestoßen. Und nun, da das Wissen um die Herkunft der schwarzen Punke in seinem Magen rumorte, war sich Hackmore verdammt sicher, daß dem Evangeline Ärger bevorstand.

Er rutschte vom Stuhl herunter und watschelte durch die Eingangstür.

Die frühmorgendliche Luft strich kalt über Hackmores verschwitzten Nacken, und er zog seinen Kragen hoch, während er sich dem hinteren Kotflügel des Nissan näherte. Verfluchter Mist, hatte er es sich doch gedacht. Die Löcher. *Verfluchter Scheiß.* Er kniete sich neben den Reifen, fuhr mit seinen schwieligen Fingerkuppen über das kalte Blech und prüfte die nach innen gedellten, scharfkantigen Löcher im Metall.

Einschußlöcher.

Hackmore ging zurück ins Haus.

Das Telefon hing an der Wand neben dem Kaugummiautomaten. Hackmore wählte eine Nummer und ließ es klingeln und klingeln, bis sich schließlich eine verschlafene Stimme meldete. »Landon, hier ist Aldiss«, sagte Hackmore. »Weck mal lieber den Sheriff.«

- 18 -

Joe hatte die Arme um Maizie gelegt und schlief leicht, als von unten gedämpfte Geräusche zu ihnen hinaufdrangen. Schlurfen und ein metallisches Scheppern. Joe hob den Kopf, orientierte sich und blinzelte gegen das blaßblaue Dämmerlicht an. Erst wenige Minuten zuvor war er eingenickt, und halb bewußtlos und erschöpft mußte er jetzt dieses Gefühl abschütteln, daß die Welt noch nicht ganz wirklich war.

Die Geräusche kamen vom hinteren Ende des Dachs und stammten aus einem tieferen Stockwerk. Womöglich ja aus dem rückwärtigen Fenster von Zimmer 300. Es klang, als würde jemand mit einer Viehpeitsche gegen die Wand schlagen und anschließend eine Blechdose auseinandernehmen. Joe gingen sofort alle möglichen Arten von Eindringlingen durch den Kopf. Er drehte sich um und blickte über die Vorderkante des Steinsims auf die Straße hinunter. Sie lag noch immer einsam und verlassen da, nur der Nissan glänzte im zunehmenden Morgenlicht.

Maizie wachte auf und räkelte sich. »Was ist?«

»Ich weiß nicht.« Joe schüttelte die Decke ab und stand auf. »Aber vielleicht hat sich jemand von hinten reingeschlichen.«

»Was ist das für ein Geräusch?«

»Keine Ahnung, aber es kommt aus unserem Zimmer.«

Maizie setzte sich auf. Der plötzliche Schrecken hatte wie eine kalte Dusche gewirkt. »Einen Moment mal, Joey. Was hast du vor? Wir gehen natürlich zusammen.«

»Nein, nein, du bleibst hier und behältst die Straße im Auge.«

Joe stopfte sein Hemd in die Hose und begutachtete das Waffenarsenal. »Ich werde nachsehen.«

»Joey, warte!« Maizie packte sein Hosenbein.

»Schon okay, Liebling, ehrlich.« Joe ergriff ihre Hand und drückte sie beruhigend. »Ich werde nicht den Cowboy spielen, keine Bange. Nur mal kurz nachsehen.«

Maizie ließ seine Hose los.

»Bin sofort zurück«, sagte Joe und entschied sich dann für die .375er.

»Nimm den Schnellader mit«, sagte Maizie, hob die Metalltrommel auf und warf sie ihm zu. »Für alle Fälle.«

Joe steckte den Schnellader in die Tasche, wandte sich um und überquerte das Dach.

Er nahm die Feuerleiter, die im zweiten Stockwerk am Rand des Balkons endete. Der Wind roch nach modrigem Wasser und fauligem Fisch. Joe schlich über den blätterbedeckten Boden des offenen Gangs. Auf ihn wirkte die Brise belebend. Das rückwärtige Doppelfenster des Zimmers wurde von einer Brüstung umfaßt, die im Grund zwar mehr als Dekoration diente, die aber glücklicherweise stabil genug war, um das Gewicht eines Mannes zu tragen. Joe preßte seinen Rücken gegen die Wand, schob sich bis zur Fensterkante vor und sah dann um den Rahmen herum.

Das Zimmermädchen bückte sich über einen rostigen Eimer mit Wischwasser, wobei ihr gigantischer Hintern das Rückenteil ihres schmutzigen Kittels gefährlich straffte. Ihr Mop klang auf dem Holzboden des Badezimmers wie Fleisch, das auf Fleisch schlägt. Mit erhobener Hand und entsicherter Waffe hielt Joe den Atem an. Er war sich über diese Frau noch nicht ganz im klaren und wartete ab. Das Zimmermädchen klatschte weiter Wischwasser auf die Parkettfliesen, aber ihr Gesicht blieb im Schatten. Unter ihrem Kittel trug sie ein dunkelgraues Kleid und ein Paar dicksohlige orthopädische Schuhe mit Absätzen von der Größe eines Hohlziegels. Sie drehte sich zum Toilettenschrank, und endlich konnte Joe einen Blick auf ihr Gesicht werfen.

Das alte, schwerfällige Weib hatte dünnes, graugesprenkeltes Haar und ein Paar traurige braune Augen.

Joe stief einen lauten Seufzer der Erleichterung aus, senkte die Waffe und steckte sie zurück in seinen Gürtel. Er beobachtete noch eine Weile, wie das Zimmermädchen die Toilette schrubbte, studierte ihr unermüdliches Leiden und ihre empfindungslose Aufmerksamkeit für Details. Das arme alte Frauchen mußte wohl eine Lebenslängliche sein, die hier jeden gottverdammten Morgen auflief, um den Urin vom Porzellan zu scheuern. Joe empfand Mitleid für die alte Frau. Die Art, wie sie sich über die Schüssel beugte, die Schultern eingefallen, das Gesicht verhärmt, das Haarnetz flach auf dem verschwitzten Schädel anliegend. Es war eine Schande, sie überhaupt belästigen zu müssen, aber unglücklicherweise gab ihre Anwesenheit zu erkennen, daß die Gäste gerade nicht im Zimmer waren, und um genau diesen Eindruck zu vermeiden, hatte Joe eigentlich das Bitte-nicht-stören-Schild draußen an die Tür gehängt.

Die Frau hielt plötzlich inne, und für eine Sekunde befürchtete Joe, sie würde umkippen. Sie ließ ihren Schwamm fallen, drehte sich um und nahm auf der Toilette Platz. Eine Hand in ihr Kreuz gestützt, verzog sie das Gesicht und schien Schmerzen zu haben, qualvolle Schmerzen. Dann murmelte sie etwas in einer osteuropäischen Sprache, Rumänisch womöglich.

»Durere … in ficat …«

Joe beobachtete sie weiter. Aus irgendeinem Grund faszinierte ihn dieses alte Frauchen. Vielleicht, weil sie so weit entfernt war von dem Gewaltszenario, in dem Joe steckte, oder aber sie erinnerte Joe bloß an seine eigene Mutter. Das Zimmermädchen zog ein zerknautschtes kleines Taschentuch aus ihrer Brusttasche und wischte ihre Stirn ab. Die schlaffe Haut um ihre Hundeaugen herum glänzte vor Tränen. Dann verstaute sie ihr Taschentuch wieder und zog statt dessen ein zerknittertes Foto aus der Tasche. Sie betrachtete die Aufnahme ausgiebig, und Joe vermutete, daß es sich um einen lange verstorbenen Verwandten aus ihrer alten Heimat handeln dürfte, möglicherweise sogar einen Sohn, der sie bitter enttäuscht hatte.

Joe hob die Hand und klopfte leise an den Fensterpfosten.

Die alte Frau sprang fast von der Schüsselkante und ließ dabei ihr Foto in das Putzwasser fallen. *»Va rog…? Ce se intampla?«*

Joe trat ins Licht. »Entschuldigen Sie, Ma'am, tut mir leid, Sie so erschreckt zu haben.«

»Iliana Popescu!« Mittlerweile zitterte sie und wich mit weit aufgerissenen Augen aus dem Badezimmer zurück.

»Ma'am, es tut mir leid, aber wir haben dieses Zimmer noch immer belegt.«

»Imi pare rau!«

»Später«, sagte Joe und artikulierte das Wort besonders deutlich. »Kommen Sie bitte *später* wieder.«

Das Zimmermädchen stand in der Badezimmertür wie eine alte Kuh, die mitten auf der Straße gebannt in die hohen Scheinwerfer eines Sattelschleppers starrte. Kraftlos malmte ihr Mund.

»Später«, wiederholte Joe und fragte sich, was zum Teufel *Kommen Sie bitte später* auf rumänisch hieß.

Als Maizie die Silhouette des Polizeiwagens aus der Düsternis am Ende der Hauptstraße auftauchen und mit eingeschaltetem Blaulicht auf das Hotel zufahren sah, da machte sie sich in die Hose.

Es war nichts, was sie hätte kontrollieren können. In Wahrheit war es ihr in den zurückliegenden paar Wochen bereits wiederholt passiert. Einmal als sie in der Gasse hinter ihrem Apartmenthaus über einen kläffenden Hund gestolpert war und ein andermal nachts im Schlaf. Ein plötzliches Entspannen der Muskeln, gefolgt von der verräterischen Wärme, die sich die Innenseite ihrer Oberschenkel herab ausbreitete. Sie hatte ihre Frauenärztin danach gefragt und die Erklärung erhalten, daß dies eine normale Folgeerscheinung der sich während einer Schwangerschaft vergrößernden Gebärmutter war und durch eine ganze Reihe von Faktoren ausgelöst werden konnte. In diesem speziellen Moment wußte Maizie allerdings genau, daß der plötzliche Strahl durch eine äußerst elementare Ursache hervorgerufen worden war.

Nackte Panik.

Sie kauerte sich auf die Decke, griff schnell nach ihren Reebocks, zog sie an und schnürte sie sorgfältig zu. Dann schnappte sie sich die Zehnmillimeter zusammen mit drei Clips, rammte einen davon in die Waffe und steckte die anderen beiden in die Tasche. Ihr Herz hämmerte wie verrückt, als sie sich im Entengang an den Rand des Steinsims bewegte und nach unten sah.

Während der Streifenwagen hinter dem Nissan einparkte, stieg das Morgenlicht eben über die Spitzen der angrenzenden Zypressen und tauchte alles in ein fahles Grün, wodurch die Straße ein traumähnliches, unwirkliches Aussehen annahm. Eine grimmige Miene unter der Krempe seines Rangerhuts zur Schau tragend, entstieg der Sheriff seinem Wagen und winkte zum Eingangsfenster, um dem Hotelier seine Ankunft zu signalisieren. Dann hockte sich der Gesetzeshüter neben das durchlöcherte Heck des Nissan. Offensichtlich war er wie gelähmt von der Vorstellung, daß ausgerechnet in seinem Bezirk Flüchtlinge Unterschlupf gefunden haben könnten. So gelähmt jedenfalls, daß er nicht einmal den zweiten Wagen bemerkte, der sich von der entgegengesetzten Seite der Straße näherte.

Maizie spürte, wie die Panik ihren Magen kurzschloß, wie sich beim Anblick des zweiten Polizeiwagens auf ihren Armen und ihrem Rücken Gänsehaut bildete. Irgend etwas stimmte nicht. Der zweite Streifenwagen war das Auto eines State Trooper, das langsam mit ausgeschalteten Scheinwerfern näher rollte. Aber warum zum Teufel hatte er kein Licht an? Und wer war der Mann, der aus dem Beifahrerfenster lehnte? Er saß auf der Kante des Polsters, trug ein elegantes schwarzes Sportsakko, einen schwarzen Rollkragenpullover und hatte die onyxfarbenen Haare wie der Basketballcouch Pat Riley mit Gel straff nach hinten gestriegelt. Was zum Teufel ging hier vor? Maizie beobachtete, wie der Streifenwagen näherkam. Der Mann in Schwarz, der aus dem Fenster hing, griff in seine Jacke, drehte sich graziös wie ein Ballettänzer, der sich auf eine wundervolle Arabesque vorbereitete, zur Seite und schleuderte dann etwas Kleines und Glänzendes auf den fünfzehn Meter entfernt stehenden Sheriff.

Ein plötzlich auffunkelnder, silberner Blitz traf den Sheriff seitlich in den Hals.

Maizie sah, wie der uniformierte Gesetzeshüter nach hinten geworfen wurde, auf sein Auto zuwirbelte und sich dabei an den Hals faßte. Unter krampfartigen Zuckungen fiel er auf die Motorhaube, während das Blut dort, wo der Wurfstern seine Schlagader getroffen hatte, durch seine Finger sickerte. Schwarz im Dämmerlicht schimmernd, wuchs die Blutlache auf der Motorhaube an. Maizie unterdrückte den Drang zu schreien. Der schwerverletzte Polizist sackte auf dem Boden zusammen, ein zerbrochener Spielzeugsoldat, zitternd und zuckend, mit heraustretenden Augen, auf die der flackernde Schein seines eigenen Blaulichts fiel.

Der andere Streifenwagen näherte sich jetzt zügig, hielt quietschend vor dem Hotel, die Türen sprangen auf und einige vertraute Gesichter erschienen: der Mann in Schwarz, der fette Kerl und der große Schwarze. Und im Bruchteil einer Sekunde spürte Maizie, wie eine ernüchternde Welle der Gewißheit ihr Rückenmark hinaufströmte, sie ruhig und konzentriert werden ließ, eine Löwin, die ihr Rudel beschützte, und sie hob die Zehnmillimeter, legte auf den ihr am nächsten stehenden Killer an, den Schwarzen, sog mit heftig klopfendem Herz den Atem ein und dachte: Das ist er also, das ist der Punkt, an dem du die Grenze überschreitest, werte Freundin, jetzt tust du es, du denkst nicht weiter darüber nach, du zögerst nicht, du tust es für Joe, und du tust es für das Baby und du tust es ... *jetzt*.

Sie feuerte drei Schüsse ab.

Alle drei gingen zu hoch, trieben den Splitt über die Straße und jagten Grasbüschel in die Sträucher.

Auf der Straße wimmelte es vor Aktivität. Die Scharfschützen gingen hinter dem Wagen des Sheriffs in Deckung, schrien einander unvermittelt mit Stimmen zu, die wie Hyänen heulten, während gleichzeitig – unterbrochen von ihren Flüchen – das Geräusch von Munitionsmagazinen, die in Metallschlünden verschwanden, durch die Dämmerung hallte und das Herz in Maizies Brust hämmerte. Sie hatte sich mit klingelnden Ohren hinter dem Steinsims zusammengekauert und schmeckte nun den kalten Chromgeschmack auf dem Rücken ihrer Zunge, der die Angst wie in einem weißglühenden Schmelzofen ausbrannte und eine einzige Empfindung übrigließ –

Wut.

Sie erhob sich und zielte mit unvermindert klingelnden Ohren auf die hektische Betriebsamkeit drei Stockwerke tiefer.

Was anschließend geschah, nahm zwar nur wenige Sekunden in Anspruch, aber Maizie schienen sie zähflüssig wie Melasse zu sein, als ob sie durch die schiere Kraft ihrer Entschiedenheit die Zeit selbst blockiert und angehalten hätte. Sie sah den schwarzen Kerl hinter dem Streifenwagen aufstehen, etwas Unverständliches zu ihr hinaufrufen und seine .45er aufs Dach richten. Sie drückte den Abzug und feuerte vier gezielte Schüsse ab. Die Antwort kam postwendend retour, Lovedahls .45er-Sendungen knabberten an dem Schmiedeeisen um sie herum und spritzten Rostpartikel in ihr Haar und ihr Gesicht.

Mit rasendem Puls duckte sie sich wieder in den Schutz der Balustrade. Hinter ihr hasteten schwere Schritte über die Teerpappe. Es war Joey.

»Bleib unten, Liebling!« Tief gebückt eilte er zu ihr hinüber und spannte den Hahn seiner .357er.

»Ich glaube... iii... ich glaube, ich...« stammelte Maizie und versuchte den Schock zu überwinden. Sie fühlte sich wie aufgedreht, übermütig, als hätte sie eine Ladung Speed eingeworfen.

»Bist du verletzt?« Joe betastete ihren Oberkörper. »Sprich mit mir, Liebling, sag was.«

»Ich glaube, ich habe eins von den Arschlöchern erwischt«, sagte sie schließlich, nachdem sie tief durchgeatmet hatte. »Und ich bin richtig froh darüber.«

Creighton Lovedahl blickte in den Himmel und lauschte den zischenden Beckenschlägen in seinem Kopf.

Die Farben über ihm waren der reine Wahnsinn, und er fuhr wirklich darauf ab, auf diese geilen frühmorgendlichen Wolken und die blaßblaue Stratosphäre, so klar wie Curaçao-Likör. Wenn er die Wahl hätte, wäre es Lovedahl natürlich lieber gewesen, noch auf seinen eigenen Beinen zu stehen, weiter auf dieses verfickte Dach hinaufzuballern, auf diese miese Latino-Fotze und ihren Macker, aber im Verlauf des letzten Schußwechsels war Lovedahl von einem dämlichen Querschläger erwischt worden, der ihn nach hinten auf den Schotterboden geworfen hatte, wo er nun mit gespreizten Beinen wie eine billige Nutte platt auf seinem Bauch lag.

»Steh auf, Nigger!« In seinem gegenwärtigen Zustand klang Sabitinis Baritongebrüll für Lovedahl nur wie ein mattes, dissonantes Brummen. Er stand unter Schock, eine betäubende Woge schwemmte durch seinen Schädel, in seinem Kopf spielte die

Filmmusik aus *Shaft* – das *Schuschtischusch* der Schlagzeugbecken, das *Wau-uh-huh-wau* der Gitarren –, und er versuchte sich zu erinnern, was geschehen war.

Die mexikanische Schlampe hatte es geschafft, einige Schüsse abzufeuern, von denen jeder sein Ziel um etwa einhundert verdammte Meilen verfehlt hatte, aber der letzte war gegen den Heckflügel des Streifenwagens geprallt und bei diesem handelte es sich um einen schweren Crown Royal mit stahlverstärkter Karosserie. Von dort war die Kugel nach oben direkt in Lovedahls Kiefer gespritzt. Es hatte sich wie ein Uppercut von George Foremann angefühlt, hatte Lovedahl dreißig Zentimeter in die Luft gerissen und zurückgewirbelt. Schon von dem Augenblick an, als er auf den Boden aufschlug, war ihm klar, was passiert war. Dieses fürchterliche Klingeln in den Ohren, dieser glühende, pfeffrig-metallische Geschmack im Mund, dieser Krampf der Kaumuskeln, als ob er gerade versucht hätte, einen fünfundvierzig Zentimeter breiten Stahlträger hinunterzuschlucken. Die Kugel hatte sich in seinem Gebiß festgesetzt.

»Laßt die beiden Hoppelhäschen nicht entwischen.«

Der Klang von Bernardo Sabitinis Stimme war nun eine Milliarde Lichtjahre entfernt und vermischte sich mit dem Feuerwerkslärm der Waffen. Lovedahl kletterte auf die Knie und starrte über den Schotterboden hinter dem Streifenwagen. Er konnte die anderen Killer sehen, die die beiden Gestalten oben auf dem Dach unter Beschuß nahmen, sah sowohl das Mündungsfeuer der M-1 des dicken Mannes, das sprießenden Blumen, aufblühenden Flammen ähnelte, als auch die hitzig meckernde Walther-Pistole Sakamotos mit dem psychedelischen Farbenspiel einer fluoreszierenden Lichtfontäne.

»Ich bin der Beste«, verkündete Lovedahl. »Schnallt ihr das überhaupt?«

»Runter mit dir, Creighton«, sagte Hiro Sakamoto und stieß

einen weiteren neunschüssigen Clip in die Walther. »Sonst warst du gleich der Beste.«

»Nichts geht über Shaft«, sagte Lovedahl. Sein Backenzahn brummte jetzt vor taubem Schmerz, und seinen Hals hinab breitete sich Kälte aus. Er stand auf, torkelte eine Weile im Kreis, und sein Kopf spielte verrückt wie eine überdrehte Uhr. Seine Umgebung verschwamm zu weichen Pastelltönen à la Technicolor, während die Schießerei für einen Moment aussetzte und sich die Stille wie eine wunderschöne Decke aus Rosenblüten auf sie herabsenkte. Lovedahl lächelte trunken. *Kapiert ihr das?* Seine Waffe rutschte ihm aus der Hand und klapperte geräuschvoll auf die Straße. Drei Meter entfernt konnte er Sabitini erkennen, der hinter der Frontpartie des Streifenwagens hockte und seine Maschinenpistole nachlud.

»Der dämliche Nigger ist durchgeknallt«, meinte der Sizilianer.

»Eine Sekunde mal.« Sakamoto hob eine behandschuhte Hand und neigte seinen Kopf in Richtung Dach.

Sabitinis Augen weiteten sich. »Hast du was gehört?«

»Ich bin *Shaft*, du Arschloch.« Lovedahl stolperte auf den fetten Mann zu und fragte sich, warum es niemand interessierte, daß er tatsächlich John Shaft war, verdammt noch mal, er war der Beste, und in seinem Zahn steckte eine Kugel.

»Sie verschwinden über die Rückseite«, sagte Sakamoto, sprang auf, überprüfte seine Waffe und lief auf den Durchgang zwischen den beiden Gebäuden zu.

»Wie die Karnickel werden wir sie uns im Gebüsch schnappen«, brummte Sabitini, klemmte sich die M-1 unter seine fleischigen Arme und folgte dem Asiaten in das schmale Gäßchen.

Lovedahl beobachtete, wie seine Partner mit ihren Waffen im Anschlag und bereit für die nächste Runde in dem gepflasterten Fußweg zwischen Hotel und Schnapsladen verschwanden und sich der dahinterliegenden dunklen Baumreihe näherten. Lovedahl wollte ihnen folgen, aber seine Beine fühlten sich wie Gummi an und sein Kopf war nun ganz erfüllt vom Zischen der Becken und den verzerrten *Wah-wah*-Klängen, und wie so ein beschissener Schmetterling verpuppte er sich, verpuppte sich in John Shaft, den übelsten Drecksack, dem man in den Straßen überhaupt begegnen konnte, und das Kupfer-Blut-Gemisch, das seinen Hals hinunterrann, schmeckte wie edler Wein, während er über den Platz stolperte, und die Stille verwandelte sich in einen geilen Plausch, Baby, und sein Spiegelbild in dem schmierigen Hotelfenster zeigte die durch und durch abgebrühte coole Spürnase, Richard Roundtree mit einer Mieze auf jedem Bein.

Die Hoteltür sprang auf.

»Grüß Gott.« Der kleine Mann mit dem grauen Stoppelkinn stand grinsend im Eingang und hielt eine abgesägte Kaliber zwölf in der Hand.

»Mein Name ist Shaft, du Arschloch«, klärte Lovedahl ihn auf. Auf weichen Knien stand er schwankend in der Mitte des Platzes, sein Blick wurde dunkel, und Blut lief seinen Bauch hinunter auf seine Hose. »Und Shaft ist der Beste.«

»Ich werde daran denken«, sagte Aldiss Hackmore und feuerte dann eine Ladung Nummer-eins-Schrot in Lovedahls Brust.

Joe und Maizie liefen durch eine urtümliche Farbenorgie, zwischen Eichentürmen, die mit dunkelgrünen Kudzubohnen überzogen und mit wucherndem Louisiana Moos behangen waren, durch Engpässe aus strahlend gelben Azaleen, Frühjahrslilien und wilden Magnolien von einem derart purpurfarbenen Rot, daß der Boden von Amethystablagerungen bedeckt zu sein schien. Durch eine Luft, die gesättigt vom morgendlichen Dunst war und in der der Geruch nach fauligem Holz und modrigem Flußwasser dick wie das Parfüm einer alten Frau hing. Über einen Boden, der so weich war, daß er die Schuhe fast von den Füßen saugte, und sie liefen weiter und weiter, mit den Waffen beladen, und suchten den fernen Blätterwald verzweifelt nach einem Ausweg ab.

Bis die erste Kugel zehn Meter hinter ihnen in die Rinde einer Glattkiefer einschlug.

»Geh in Deckung, Liebling!« Joe schob Maizie hinter einen alten, umgestürzten Baumstamm.

Mit herunterbaumelndem Rucksack stolperte Maizie in Dekkung.

Joe suchte Schutz hinter einer Eiche, rammte den Schnellader in den Colt, ließ die Patronen in die Trommel schnappen, schwang in Richtung der nachfolgenden Geräusche, zielte auf das Unterholz und feuerte. Der erste Schuß dröhnte wie ein M-80 in seinen Ohren, und die Funken verbrannten seine Knöchel. Dann der zweite. Der dritte. Der vierte. Jeder Schuß fraß ein Loch in das Gebüsch, und hielt die anderen Schützen vorübergehend in Schach.

Joe legte eine kurze Pause ein und schielte um die Baumkante.

Plötzlich fauchte das Mündungsfeuer einer Automatik aus dem Unterholz.

Joe duckte sich hinter den Baum, während die Kugeln auf die Rinde prasselten, Splitter- und Hitzewolken freisetzten und sein Gesicht mit glühendheißem Pulver und Sägemehl versengten. Bei dem tiefen *tschanka-tschanka*-Geräusch aus den Bäumen zuckte er zusammen. Er erkannte darin das Gebell von Sabitinis M-1-Maschinenpistole und spürte einen Wutanfall in seinem Magen aufsteigen, der ihn bei lebendigem Leibe zu verschlingen drohte. Er wollte es diesem fetten Wichser hier und jetzt besorgen.

Das Sperrfeuer brach ab.

»Joey, Joey, hier...«, drang Maizies Stimme über die Lücke zwischen ihnen. Joe blickte rechtzeitig genug hoch, um zu sehen, wie sie ihm eine der kleineren halbautomatischen Waffen zuwarf. Er fing sie auf und sah, daß es sich um eine alte Beretta, Modell 90, handelte, das strapazierfähige Arbeitspferd aller Jugendbanden. Maizie schickte noch ein Munitionsclip hinterher, und Joe lud die Waffe durch. Sieben gute Gelegenheiten. Dann stutzte Joe und drehte sich noch einmal zu Maizie zurück.

Sie sah aus wie ein aufgedrehter Motor, der kurz vor dem Durchbrennen stand. Ihre glasigen Augen leuchteten hitzig, ihr Gesicht war rot angelaufen und glänzte fiebrig, während sie einen weiteren Clip in ihre Zehnmillimeter schob. Mehr als alles andere wirkte sie berauscht. Joe kannte dieses Aussehen nur allzu gut. Maizie hatte eine Kostprobe vom Töten bekommen, und jetzt mußte sie ihren Finger einfach noch einmal in die Energiequelle stecken. Und noch mal. Und plötzlich fühlte Joe sich schmutzig. Abstoßend und widerlich. Wie um alles in der Welt hatte er ihr dies antun können?

Neue Salven knatterten und meckerten durch die Luft und entzündeten den Wald.

Joe duckte sich hinter die Eiche.

Maizie brach in ein irrsinniges Kriegsgeheul aus, richtete ihre Zehnmillimeter auf das Unterholz und schoß blindlings drauflos. Ihre Waffe brannte ein lautstarkes Feuerwerk ab, für das sie ein ganzes Magazin verbrauchte, und Joe sah sie dabei lachen wie ein Kind auf dem Kirmeskarusell. Über den Lärm ihrer Waffe hinweg schrie sie Zeter und Mordio, dann ging ihre Stimme in dem Krawall unter, ihre Augen glühten und ihr Mund bewegte sich wie in einem Stummfilm. Schließlich spuckte die Waffe ihre letzte Kugel aus und klickte leer.

Stille breitete sich aus.

Joe atmete tief durch. Die Luft war dick wie Eintopf, übersättigt von Staubkörnchen, Splitterpartikeln und dem Geruch nach verbranntem Metall, der vom Schießpulver stammte. Joe sah zu Maizie hinüber, und ihre Blicke trafen sich wie zwei elektrische Pole, zwischen denen es sofort funkte. Mit dem Lauf seiner Waffe deutete

Joe in Richtung Süden, und Maizie nickte kurz. Synchron gingen sie beide in die Hocke und schlichen leise über die Lichtung, tauchten dann in ein weiteres Dickicht ein, bis sie endgültig von dichtem Kudzu verschluckt wurden. Maizie wollte etwas sagen, aber Joe legte ihr die Hände über den Mund. Irgend etwas hatte sich unmerklich verändert, als wäre ein Filter vor die Sonne geschoben worden.

Still wie ein Grab lag der Wald nun da, und das Blätterdach spannte sich über ihnen wie ein grünes Leichentuch. Die Ruhe war unheimlich. Die Luft wirkte plötzlich kühl, und der Boden ähnelte einem mit Giftpilzen und phosphorhaltigen Blüten besprenkelten Teppich. Sie waren durch den Spiegel getreten, standen allein in einem stillen, geheimnisvollen Phantasieland und für einen Moment, nur für einen kurzen Moment, schien der drohende Kugelhagel von einer uralten Waldfee auf magische Weise bezwungen worden zu sein.

Maizie flüsterte: »Was machen wir …«

Joe legte einen Finger auf ihre Lippen und schüttelte den Kopf. Zum ersten Mal, seit sie das Evangeline verlassen hatten, konnte er einen klaren Gedanken fassen, und das wollte er ausnutzen. Er spürte Maizies Hitze neben sich, ihr Herzschlag raste wie der eines Vogels. Schweigend taxierte er ihre Möglichkeiten. In diesem Wäldchen standen ihre Chancen nicht sonderlich gut. Zu viele Unwägbarkeiten, zu viele Variablen, zuviel Chaos. Und was das Schlimmste war, Maizie schwebte hier in extremer Gefahr. Auf einmal hörte Joe wieder diese tiefe, näselnde Ausbilderstimme in seinem Kopf.

Das Zielobjekt zwingt angreifende Einheiten eher ungeschützte Kommandogebiete zu verlassen, indem es diese in neutrale Killing Zones ködert.

Durch das Mosaik aus Zypressen blickte Joe nach Süden über das Dickicht hinaus und stieß unversehens auf die Antwort, die wie eine Vene dunklen Bluts Leben in den Wald pumpte.

»Los komm, Schatz.« Joe streckte seine Hand aus und griff Maizie am Arm.

»Was hast du vor, Joey?«

»Komm!« Joe zog Maizie aus ihrem grünen Schlupfwinkel und drängte sie durch das Unkraut auf einen in den Schatten der Zypressen versteckten Trampelpfad zu.

Der Pfad führte zum Fluß hinunter.

»Eins, zwei ... *drei!*«

Der ATF-Gruppenführer und zwei seiner Leute wuchteten den eisernen Rammbock gegen die verschlossene Tür von Zimmer 300 und verarbeiteten den altersschwachen Rahmen zu Kleinholz. Die Tür sprang auf, und die Sondereinheit stürmte mit ihren Hochleistungs-Browings Kaliber .40 und Pumpgun-Sondermodellen im Anschlag den Raum. Sie trugen schwarze kugelsichere Westen mit der Aufschrift *Alcohol Tobacco and Firearms* auf der Rückseite, schwärmten entsprechend der Vorschriften aus und wedelten mit all ihrer Eisenware in jede noch so winzige dunkle Ecke des Zimmers. Den Bruchteil einer Sekunde später hob der Anführer eine Hand und signalisierte Entwarnung.

»Nichts!« Die Stimme kam von hinten, von einem der Jungs, die Deckung geben sollten.

»Nichts!« Eine weitere Stimme, kraftvoll und klar, aus Richtung des kleinen Balkons zur Straße hinaus.

»Habt acht!« Der Anführer drehte entlang der Wände des Raums eine Runde. Er war ein athletischer Mann Ende Dreißig, dessen Haar die Farbe von rostigem Metall hatte, und sein Name lautete Sullivan Byrne, *Sully* für seine vielen Freunde. Er trug die schwarze Standardausrüstung – schwarze Militärstiefel, schwarze Baskenmützen –, und er bewegte sich mit dem bedächtigen Tempo eines Karriereoffiziers, obwohl das verschmitzte Funkeln in seinen Augen und der Schwarm Sommersprossen in seinem Gesicht die

Unerbittlichkeit seines Auftretens Lügen strafte. »Sieht aus, als wäre die Spur hier schon kalt«, meinte Sully schließlich und entspannte sich.

»Hey!«

Der Aufschrei kam aus der dunklen Ecke in der Nähe der Toilette.

Sychnron wie ein einziger riesiger Organismus gingen die Black Berets wieder in Kampfstellung, und durch den Alarm aufgeschreckt schnellten alle Waffenläufe in Richtung der Stimme. Im hinteren Teil des Raums hockte einer der jüngeren Leute mit beiden Händen an der Browning in Combat-Schußposition, während die Strahlen der Morgensonne durchs Fenster fielen und die Szenerie in Streifen legten.

»Einen Moment!« Sully riß seine freie Hand hoch. Seine Pistole hielt er in der rechten. »Was gibt's, Heller? Meldung!«

»Sieht nach Zivilist aus.«

»Aufgepaßt«, sagte Sully und durchquerte mit erhobener und schußbereiter Browning den Raum.

Das Zimmermädchen kauerte unter dem Waschbecken wie ein verängstigtes Rudeltier, wobei sie das fette Hinterteil in die Luft streckte und am gesamten Körper schlotterte. An einer Seite wies ihr Kittel einen großen dunklen Fleck auf, offenbar hatte sich das alte Frauchen während all dieser Aufregung in die Hosen gemacht. Ihre Hände lagen schützend über den Ohren, und für eine Sekunde stellte Sully sich vor, wie überrascht sie gewesen sein mußte, als sie heute morgen zur Arbeit erschienen und mitten in den Dritten Weltkrieg geraten war.

»Alles in Ordnung, Ma'am«, sagte Sully und gab seinen Leuten zugleich das Zeichen zur Entwarnung.

Iliana Popescu blickte hoch, aus ihrem plumpen Gesicht war alle Farbe gewichen, und ihre traurigen braunen Augen schimmerten wäßrig, während sie die schwarzgekleideten Männer musterte. Sie schluckte einen dicken Kloß Angst hinunter und sagte in ihrem gebrochenen Englisch mit viel Akzent: »Darf ich bitte nach Hause gehen, jetzt?«

Der Trampelpfad war von Unkraut umgeben, dornig, mit offenliegenden Wurzeln und in der weichen Erde eingebetteten Steinen. Je näher sie dem Fluß kamen, desto dünner schien der Baumbestand zu werden, über dessen gittergleich verschränkte Äste die Bartflechten wie Spinnweben hingen. Joe konnte die modrige Feuchte des Mississippi auf seinem Gesicht spüren. »Gleich da«, murmelte er und führte Maizie, so schnell es ohne allzu starkes Drängeln ging, den abschüssigen Weg hinunter.

Joe hatte den Rucksack über die Schulter geworfen, drei Schußwaffen steckten in seinem Gürtel und die verbliebenen Clips fast alle in seinen hinteren Hosentaschen. Er hatte keine Ahnung, wie dicht hinter ihnen die anderen Revolvermänner folgten. Für einen fetten Mann war Sabitini zwar ausgesprochen flott auf den Beinen, aber in diesen tiefen Wäldern des Deltas würde ihn sein massiger Körper zweifellos behindern. Der Japaner dagegen klebte ihnen wahrscheinlich unmittelbar auf den Fersen. Hören konnte Joe außer dem rasend pochenden Blut in seinen Ohren und dem allgegenwärtigen Zirpen der Grillen und Zikaden allerdings nichts.

»Sieh mal, Joe!« Maizie zeigte nach rechts durch eine Lücke zwischen den Weiden.

Knapp fünf Meter tiefer war hinter einer natürlichen Lichtung eine Hafenanlage sichtbar. So weit das Auge reichte, unterteilten weit hinausreichende Piers aus verrottetem Beton und lange Reihen verwitterter Pfähle das sumpfige Delta in einen Flickenteppich aus Ladedocks. Draußen in der Bucht dümpelten einige uralte Lastkähne, die meisten davon ausrangiert und mit Brettern vernagelt. Ein paar Schubschiffe wühlten Wasser auf und würden gleich ablegen. Nördlich der Piers machte der trübe Kanal einen scharfen Bogen nach Westen und floß träge in den Unterlauf des Mississippi, dessen Fluten in der Ferne dunkel und zäh wie Rohöl dahinströmten.

»Los, komm!« Joe nahm Maizie am Arm und half ihr das restliche Stück Weg hinunter.

Sie traten auf eine Lichtung hinaus und gingen hinter einem umgeknickten Weidebaum in Deckung.

»Ich möchte, daß du hier bleibst«, sagte Joe und zog Clips aus seinen Hosentaschen. In seinen Ohren klang noch immer die monotone Stimme aus seinem Ausbildungsprogramm nach.

»Was redest du da? Wo willst du hin?«

Joe nickte in Richtung der Kaianlagen hundert Meter weiter. »Da unten ist ein Frachtschiff, das gleich ablegen wird. Sein Bug zeigt flußabwärts. Wahrscheinlich fährt es nach New Orleans runter und dann aufs Meer raus.«

»Also laß uns verschwinden.«

»Nein, ich werde aufspringen, die Drecksäcke an Bord locken und die Sache dann zu Ende bringen.«

»Nein, auf keinen Fall. Ich komme mit.« Maizies Augen glühten wie überlastete Elektroklemmen. »Komm schon, Joe, wir bleiben zusammen. Wir sind gut zusammen, verdammt gut. Scheiß auf die Kerle.«

Joe drehte sich zu ihr um, packte ihre Schultern und drückte sie fest, um seinen Worten Nachdruck zu verleihen. »Du bist viel zu wichtig, um dir mit diesen Kerlen Schießereien zu liefern.«

»Joey...«

»KEINE WIDERREDE!« All seine Wut und Nervosität kochten über, und er brüllte sie an und schüttelte sie. Dann schloß er die Augen und atmete durch. Er blickte sie wieder an. »Liebling. Mir bleibt keine Zeit für Diskussionen. Da gibt es ein Pier südlich von Vicksburg. Ich kenne es noch von einem Ausflug vor ein paar Jahren.«

»Joey, geh nicht ...«

»Hör mir zu. Du hörst mir nicht richtig zu. Ich werde die Sache zu Ende bringen und dich dann dort treffen. Mein Anwalt wird auch da sein, das ist der, der den Deal für mich ausgehandelt hat. Sag, daß du mich dort triffst, sag es.«

»Joe ...«

»Sag's!« Er schüttelte sie, und erneut sah er dieses merkwürdige Leuchten in ihren Augen.

Sie unterdrückte ihren Protest. »Ich werde ... da sein.«

»Schön. Sehr schön.« Er reichte ihr den Rucksack, die Munitionsclips und zwei Pistolen. »Nimm das mit für alle Fälle. Ich behalte die Zehnmillimeter und drei Clips. Das reicht bestimmt. Sind ja nur noch drei Revolvermänner übrig, stimmt's? Du hast mir einen von ihnen abgenommen, also sind's jetzt nur noch drei.«

Maizie blickte ihn erstaunt an. »Drei?«

»Ja, so lautet die Abmachung. Vier Killer alles in allem«, erklärte Joe und blickte über das rauhe, zugewucherte Marschland hinweg auf den hundert Meter entfernten Hafen. Der Himmel hatte sich wieder bedrohlich bezogen, finster wie Nikotin hingen die Wolken über ihnen. Das Schubschiff stieß Qualm aus und war bereit zum Ablegen. »So lautet die Abmachung«, brummte Joe. »Und diese Bedingung werde ich erfüllen.« Er wandte sich ihr zu. »Jetzt muß ich los, Liebling. Laß dich nicht erwischen.«

Er küßte sie und wollte in Richtung Hafen loslaufen, aber er fühlte sofort, wie Maizie ihn am Ärmel faßte.

»Joey, warte, warte. Herrgott, das stimmt doch nicht.«

»Was meinst du damit, das stimmt nicht?«

»Es sind doch nur zwei übrig.«

»Was?« Joe blickte in ihre leuchtenden Augen. »Was meinst du damit?«

»Du hast von vier gesprochen, *alles in allem*, das hast du doch gerade gesagt. Der Schwarze, der fette Kerl und der Japaner. Aber wer ist der vierte?«

Einen verwirrten Moment lang dachte Joe darüber nach.

Doch das plötzliche Geräusch eines brechenden Zweigs hinter ihm wirkte wie eine explodierende Bombe. Joe drängte Maizie in die Deckung der Bäume und zischte ihr dann eindringlich zu. »Du hältst dich hier versteckt, bis sie zusammen mit mir an Bord sind!«

Joe drehte sich um und rannte mit schwerfälligen Schritten und Schlick saugenden Schuhen über das Schlammfeld. Vor ihm legte der Lastkahn ab, der riesige, ölverschmierte Bug vibrierte, und hinten brachten die Schrauben das Wasser zum Kochen. Joe lief auf das Schiff zu, lockte die Füchse aus ihrem Bau, entfachte das Feuer neu, spürte die Hitze ihrer Blutgier auf seinem Hinterkopf wie eine giftige Sonne und erwartete jeden Moment einen sich lösenden Schuß.

Wenige Sekunden, bevor es zu spät gewesen wäre, sprang er auf das Heck des Schubschiffs und ein einziger Gedanke beschäftigte sein Hirn.

Wer zum Teufel war der vierte Killer?

Der Profi saß bei laufendem Motor im Saab und hielt ein kleines schwarzes Plastikgerät von der Größe einer Zigarettenschachtel in Händen. Das Chamber hatte dem Profi dieses Gerät zur Verfügung gestellt, beschafft durch die vielfältigen Kanäle ehemaliger Geheimdienstler. In der Mitte des Geräts befand sich eine winzige Flüssigkristallanzeige mit einem aufleuchtenden Gitternetz. Ein klitzekleiner roter Punkt blinkte auf dem Bildschirm wie auf einem Miniaturradar und zeichnete die Bewegungen des Zielobjekts mit überraschender Genauigkeit nach.

Der Sender war in das vernarbte Gewebe oberhalb von Joe Floods linker Brustwarze implantiert worden, ein hochentwickelter Mikrochip, eingefaßt in einem hypoallergenen Titanmantel und etwa so schwer wie der Flügel eines Kolibris. Ein wahres Wunderwerk moderner Technologie, von dem sogar der Profi sich beeindruckt zeigte.

Der Profi beobachtete den blinkenden Punkt.

Das Zielobjekt hatte jetzt die Wasserlinie überschritten und bewegte sich Richtung Süden, wahrscheinlich an Bord eines Frachtschiffs und wahrscheinlich mit der Absicht, das Land über die Golfhandelsrouten zu verlassen. Aber der Profi würde eine solche Entwicklung nicht zulassen, der Profi würde in den Kampf eingreifen, lange bevor etwas Derartiges geschehen konnte.

Der Profi legte einen Gang ein, steuerte den Saab von dem Aussichtspunkt fort und bog in eine schmale Nebenstraße ab, die in die Schwemmebenen hinunterführte.

- 19 -

So flach und still wie möglich lag Joe im Schatten dicker Aluminiumsegel auf dem schmutzigen Boden des Hecks, verdeckt von einem umlaufenden Windschutz, bewegte sich nicht, atmete nicht, zuckte nicht mit den Wimpern und überlegte, ob er tatsächlich gerade gehört hatte, was er *glaubte*, gerade gehört zu haben. Das Schiff stampfte auf die Kanalmündung zu, und der Gestank von totem Fisch, fauliger Luft und stickigem Diesel wirbelte um ihn herum. Von irgendwoher unten aus dem Frachtraum drangen die rauhen Stimmen der Besatzung zu ihm hinauf, aber das war nicht das einzige Geräusch, das er wahrgenommen hatte. Kurz zuvor hatte er noch etwas gehört, etwas, das klang, als wären auf der anderen Seite des Achterdecks ein paar Personen gelandet, gegen das Auslegerboot gestoßen und anschließend die Längsseite des riesigen Schubschiffes hochgelaufen, und dieses Geräusch hatte einmal mehr eingebleute Verhaltensregeln abgerufen.

Alle unnötige Bewegung vermeiden; sich zurückhalten und beobachten; nicht ins Rampenlicht, nicht ins Gegenlicht geraten; spezifische örtliche Gegebenheiten nutzen.

Er richtete sich in die Hocke auf, blickte sich um, lehnte sich gegen das Eisengitter neben ihm und versuchte sich ein Bild von dem Schiff zu machen. Er mußte unbedingt ein Telefon finden, ein ans normale Netz angeschlossenes, ein Handy, *irgend etwas*, mit dem er Tom Andrews eine Nachricht zukommen lassen konnte. Das richtige Timing war jetzt entscheidend, und Joe spürte die Uhr in seinem Kopf ticken, spürte sie in seinen Schläfen pochen. Er schaute auf. Über ihm befand sich ein rostiges Steuerpult und zu seinen Füßen lagen eine zerknüllte Packung Cheetos, einige Zigarettenstummel und eine leere Dose Wasser. Keinerlei Kommunikationstechnologie. Von der anderen Seite des Achterdecks her kamen weitere Stimmen, kaum verständlich über das Dröhnen der Maschinen hinweg, vor Wut erhobene Stimmen, und Joe fragte sich, ob sie wohl Sakamoto und dem dicken Sizilianer gehörten.

Die *Lucy Belle Swain* war ein echter Schrottkahn. In abbröckelnder, weißgetünchter Schrift prangte ihr Name auf Heck und vorderem Rumpf, und stolz wurde dazu New Orleans als Heimathafen ausgewiesen. Das verdammte Ding war groß genug, um eine eigene Postleitzahl zu beanspruchen, und schien organisch wie ein gigantischer brauner Eisberg, der mit Bullaugen übersät und von einem hohen Eisenkettenzaun umgeben war, aus dem Wasser zu wachsen. Wie ein eigener kleiner Verwaltungsbezirk auf dem Wasser. Es bestand aus vier Ebenen, wovon eine unterhalb der Wasseroberfläche lag und die oberste wie ein mittelalterlicher Bergfried hoch in die dunklen Wolken reichte. Joe schätzte, daß das Schiff etwa sechzig Meter lang und gut zwanzig Meter breit war. Die Antriebsmotoren schienen den gesamten Fluß erbeben zu lassen.

In der Ferne zuckten Blitze auf und zeichneten Lichtadern auf den schwarzen Himmel. Heftige Regenschauer kündigten sich an. Joe konnte es riechen, als er vorsichtig über die Reling auf den Außensteg kletterte. Sofort schlugen ihm Wind und Sprühregen ins Gesicht, und alles stank nach fossilen Brennstoffen und brackigem Wasser. Joe schob sich Millimeter für Millimeter über die verwitterte Holzplanke vorwärts und hielt Ausschau nach einem Aufgang zum Steuerhaus. Dort, so vermutete Joe, würde er auch ein Telefon finden.

»Hey!«

Joe erstarrte und klammerte sich an die Reling. Von oben kam eine Stimme.

»Was zum Teufel machst denn du da unten, Jungchen?«

Eine Ebene höher stand ein Besatzungsmitglied, ein alter Knakker in modischen Stiefeln und mit wehenden, zerzausten grauen Haarsträhnen, dessen schmierige Jeansjacke und Arbeitshose im Wind knatterten. Er lehnte mit einer Flasche in der Hand über einem Eisengeländer. Hinter ihm stand eine Tür auf, die in eine schmutzige kleine Kabine von der Größe eines Kassenhäuschens führte.

»Ich bin... da hinten quasi... irgendwie mitverladen worden!« schrie Joe dem Mann zu, als wäre dies eine völlig ausreichende Erklärung dafür, daß eine Landratte in durchweichten Levi's und Baumwollhemd hier am Rumpf eines Schubschiffes herumkletterte.

»Du bist ja gar kein Waschbär!«

»Was?« Joe legte eine Hand vor sein Gesicht, um den Wind und den Sprühregen abzuhalten. Irgendwas war mit dem alten Trottel nicht in Ordnung.

»Die meinten, sie hätten da unten Waschbären gehört«, brüllte der Alte, »aber du bist mal ganz sicher kein Waschbär!« Dann fing der alte Knacker an zu lachen, ein träges, abgehacktes Reibeisenlachen, und Joe erkannte, daß der alte Knacker sternhagelvoll war. Morgens um acht Uhr.

»Weißt du was?« schrie Joe zurück und versuchte den Mann zu sich auf Wasserhöhe zu locken, in Reichweite seiner Faust. »Ich bin zwar kein Waschbär, aber dafür habe ich ein *Ramblie-Frammagamma-Stunk*!«

Der alte Süffel beugte sich hinaus in den Wind. »Was war das?«

Joe wiederholte seinen Phantasiebegriff, der durch den Sturm und den Maschinenlärm unverständlich blieb. »Ich hab hier ein Frammagamma-Stunk! Komm runter, und sieh's dir selbst an. Ganz im Ernst.«

Der Alte kletterte ein paar ramponierte Stufen zu Joes Ebene hinunter. »Versteh kein einziges Wort von dem, was du sagst.«

»Sieh mal!« Joe stieg über das Geländer und hielt seine zusammengelegten Hände hoch, als ob er dem alten Mann darin etwas Geheimnisvolles, Wundersames zeigen wollte.

Der alte Süffel stapfte in die Falle. »Wovon zum Teufel sprichst du… überhauuuu…?«

Joe schlug dem Alten einmal schnell und hart auf die Schläfe.

Der alte Säufer klappte auf dem Deck zusammen wie ein leerer Sack Kartoffeln, wobei seine Flasche zu Bruch ging. Joe wich erschrocken zurück und hielt sich seine Faust. Er hatte seine kaputten Knöchel ganz vergessen, und diese brachten sich jetzt schmerzhaft bei ihm in Erinnerung. Machtvoll kehrte das furchtbare Bündel elektrisierender Stiche wieder, schoß seinen Arm hinauf und jagte glühend heiß in sein Herz. Joe taumelte gegen die Reling. »Verdammte Scheiße!« Er schüttelte den Schmerz aus seiner Hand und blickte auf den alten Mann hinunter, der wie betäubt auf dem Deck lag.

Der Alte stöhnte.

Joe kniete sich neben ihn und fühlte seinen Puls. Offenbar alles okay. Der Alte würde weiterleben, zumindest so lange, bis seine Leber den Dienst quittierte. Der Wind pfiff über das Deck, und nun setzte auch der Regen richtig ein. Joe spürte, wie ihm das

Hemd auf dem Rücken klebte. Er war bereits völlig durchnäßt, zitterte vor Kälte und gab hier draußen auf dem Hauptdeck natürlich eine perfekte Zielscheibe ab. Er atmete ein, stieg über den alten Süffel und kletterte die Treppe zur nächsten Ebene hinauf. Dann schlüpfte er in die Kabine.

Es roch nach altem Benzin und Zigarren, und dem Schaltpult sowie dem zerschlissenen Kunstledersitz nach zu urteilen, der fest am Boden montiert war, nahm Joe an, daß es sich um die Kabine des Kranführers handelte. Neben dem Fenster war ein Sprechfunkgerät angebracht, und unter dieser Anlage hing ein Motorola-Handy. Mit einem stummen Dankgebet kauerte sich Joe tief in die Kabine und griff nach dem Telefon. Auswendig wählte er die Nummer von Tom Andrews Voice Mail.

Es klickte ein paarmal, dann ertönte der zischelnde Klang der schleimigen Ansage des Anwalts und schließlich die Reihe der Wahlmöglichkeiten.

Joe drückte die Beeper-Option.

»Tommy, hören Sie genau zu…«, begann Joe in das Handy zu flüstern. Andrews telefonischer Briefkasten war zwar so konzipiert, daß der Anwalt vom Eingang dringlicher Nachrichten sofort benachrichtigt wurde, und Joe hatte die Beeper-Option in den letzten Tagen auch schon mehrmals benutzt, ohne sich jedoch wirklich sicher zu sein, ob sie tatsächlich einwandfrei funktionierte. »Ich werde dies nur einmal sagen, Tommy. Ich möchte, daß wir uns treffen. Den Ort finden Sie auf der Landkarte eingezeichnet, in der Nähe von Vicksburg auf der Seite des Mississippi. Es geht um folgendes: Ich befinde mich im Moment auf einem Schubschiff, und die ganze Bande ist hier. Ich werde mich jetzt um die geschäftliche Seite kümmern und treffe Sie dann etwas unterhalb der Verladekais von Vicksburg. Ich werde die ganze Angelegenheit ein für allemal zu Ende führen, Tommy. Das ist alles.«

Joe trennte die Verbindung und hängte das Telefon wieder an seinen Platz.

Von unten waren Geräusche zu hören, dumpf klopfende Geräusche, wie wenn sich Ziegelbrocken in einem öffentlichen Wäschetrockner mitdrehten, und sie kamen irgendwoher aus dem Hauptfrachtraum. Joe spürte die Gänsehaut, die sich auf dem Rücken seiner Arme und Beine bildete, und die kleinen Härchen in seinem Nacken, die sich aufstellten. Der Augenblick der Wahrheit. Er zog die Zehnmillimeter aus dem Hosenbund, überprüfte das Magazin, ließ es wieder einrasten, checkte die anderen Clips, atmete schnell viermal durch und spannte die Waffe.

Dann trat er wieder in den Regen hinaus und suchte nach einem Weg in den Bauch des Schiffes.

Hiro Sakamoto stand zwei Stockwerke höher allein im regentriefenden Dunkel vor dem Steuerhaus und preßte seinen Rücken flach gegen dessen Hinterwand, als er von unten die Geräusche hörte. Klang wie Schüsse. Hiro war sich indes nicht sicher, denn das Gewitter hatte zugenommen und der Sturm verschluckte inzwischen die meisten Nebengeräusche.

Als Hiro an Bord des Kahns gesprungen war, hatte er sich in der Annahme, daß der Slugger versuchen würde, die Brücke unter seine Kontrolle zu bringen, dazu entschlossen, mit der Suche ganz oben zu beginnen. Dort hatte er aber lediglich eine derbe kleine Gestalt in einem Regenmantel und mit struppigem, grauem Vollbart angetroffen, die abgesehen von den dunklen Fluten vor ihr überhaupt nichts wahrzunehmen schien. Das Steuerhaus des Schubschiffs besaß etwa die Größe eines Studioapartments, war umgeben von einer Reihe schmutziger Fenster und bedeckt von einem Schrägdach mit allerlei vorsintflutlichem meteorologischem Gerät. Um das Haus herum liefen schmale Planken, und zu beiden Seiten führten Treppen nach unten. Der Wind war hier oben rasiermesserscharf, und die Regentropfen fuhren wie Nadeln auf Hiros Gesicht nieder, stachen durch das Gewebe seines schwarzen *yofuku*, aber das alles bemerkte er kaum. Er war in den Zustand des Satori übergegangen, seine Herzfrequenz verlangsamte sich, sein Verstand verbannte alle überflüssigen Eingaben, und sein Geist löste sich vom körperlichen Ich.

Er war bereit zu töten.

Rechts von Hiro kam jemand die Treppe hinauf, womöglich ein zweiter Steuermann. Hiro streckte seinen Arm aus und sorgte auf diese Weise dafür, daß sein *kamisori* aus dem Ärmel sanft in seine Handfläche glitt. Dieses Rasiermesser galt als tödlichstes aller Bujutsu-Instrumente, mit einer Klinge, die so scharf und wirkungsvoll war, daß man damit jemandem die Kehle durchschneiden konnte, und der würde es erst merken, wenn er sich zum Schuhebinden bückte und ihm der Kopf herunterfiele. Der Mann näherte sich schnell. Offenbar war er über irgend etwas in heller Aufregung. Hiro wollte ihm schon die Drosselvene aufschneiden, da rief der Mann nach dem Kapitän.

»Hey, Captain... wir haben da ein Problem!«

Hiro hielt inne, blieb versteckt im Dunkel. Das Besatzungsmitglied trat an die Tür zum Steuerhaus. Ein schmieriger kleiner Kerl mit einem Frettchengesicht und einem Feuerwehrmantel. Er öffnete die Tür und blickte hinein.

»Irgendwas Verücktes geht da unten vor!«

»Das ist ja tatsächlich mal ganz was Neues, Carl.« Die Stimme des Kapitäns war tiefstes Cajun und über den Sturm hinweg kaum verständlich.

»Nee, Paps, du kapierst nicht, nämlich da unten, da ist dieser Kerl, der gehört gar nicht zur Mannschaft und er hat 'ne Scheißkanone!«

»Was soll das heißen, er gehört nicht zur Mannschaft?«

»Hab ihn noch nie gesehen.«

Es folgte ein geräuschvolles Schweigen, dann sagte der Kapitän: »Geh mal und hol Antoine.«

Das Frettchengesicht nickte, schlug die Tür zu und wandte sich der Treppe zu.

»Entschuldigung, *tomodachi.*« Hiro schritt gelassen aus dem Schatten heraus und lächelte.

»Was zum…?« Der alte Mann blieb wie angewurzelt stehen, drehte sich um und starrte den schwarzgekleideten Asiaten an, als würde er in eine Flammensäule blicken. Mit aufgerissenen Augen und geballten Fäusten sagte das Besatzungsmitglied: »Woher zum Teufel kommst du denn?«

»Aus der Hölle«, erklärte Hiro ihm.

Dann schnellte Hiros Hand hoch, fuhr am Genick des Mannes vorbei, und dieser schwankte kurz zurück, als hätte ihm jemand Rauch ins Gesicht geblasen. Er öffnete den Mund, um etwas zu sagen, aber keine Worte drangen daraus hervor, nur eine einzelne Träne aus Blut lief sein bebendes Kinn hinab, und dann öffnete sich in seinem Genick ein Halbmond aus schwerer arterieller Flüssigkeit.

Hiro hatte sich abgewandt und war bereits die halbe Treppe hinunter, bevor der Mann auch nur den Boden berührt hatte.

Der Kronleuchter explodierte, und ein Wirbelsturm aus scharfkantigen Sternenlichtern erfüllte die Kombüse.

Danach kehrte wieder Dunkelheit ein, und gleich einem erregt schnaubenden Stier umkreiste Bernardo Sabitini die Menge. Seine M-1 qualmte wie ein Grillspieß, sein massiger Schädel zuckte in Richtung der zerrissenen Luftschlangen, den zerbrochenen Punchschüsseln, den zerfetzten Ballons und den verängstigten Prostituierten in grellen Kostümen, die sich in die Ecken verkrochen hatten. Der Raum besaß die Maße einer kleinen Flugzeughalle. Die Wände stiegen auf wie große eiserne Rippen eines Wals.

Bataillone leerer Bierfäßchen waren aufgereiht wie tote Soldaten. Die Luft stank nach Alkohol, gekochtem Fisch und Sex. Ein Großteil der Mannhaft hatte sich in dieser höhlenartigen Kombüse aufgehalten, als der fette Mann aufgetaucht war. Mindestens ein Dutzend Männer und halb so viele Nutten dösten besoffen an langen Tischen voll leerer Flaschen und Abfall, während andere bereits fest schliefen. Einige von ihnen trugen noch immer ihre zerknitterten Harlekinmasken und knalligen Kostüme vom vorangegangenen Tag. Augenscheinlich hatte die Party die ganze Nacht gedauert, und einige der Feiernden waren noch immer zugange gewesen, als Bernardo mit seiner in die Decke feuernden M-1 hereingeplatzt kam.

»Fee-fie-fo-fum!« johlte Bernardo jetzt mit einem vor Wut dröhnenden Schädel. Es kümmerte ihn nicht, daß Mardi Gras war, daß Shrove Tuesday gefeiert wurde, daß Karnevalszeit und ausnahmslos jedes Besatzungsmitglied der *Lucy Belle Swain* entweder sturzbetrunken, verkatert oder bewußtlos war. Er wollte nichts als den Slugger verfrühstücken und ihn wieder zurück in die Erde scheißen.

Genauso wie Federico es sich gewünscht hätte.

»Ich rieche das Blut eines IREN!« heulte Bernardo und feuerte eine weitere Salve in die Luft.

Die Mündung bellte, und Trommelwirbel aus strahlend blauen Flämmchen fraßen sich durch die Rohre an der Decke. Die Menge schob sich wie Treibsand zur Heckseite hin, während es über ihr knallte, krachte und funkte und Glassplitter und Teile von Deckenplatten herabregneten. Die Nutten krabbelten in Richtung Ausgang, und die besoffene Besatzung warf sich auf den Boden. Irgend jemand schrie. Die M-1 stoppte abrupt und lag wie ein glühendes Brikett in Bernardos Hand.

Der dicke Mann marschierte in den hinteren Teil der Kombüse, zu den Edelstahltresen und rostigen Tonnen mit Fischwasser. Die

Seeleute drückten sich nun gegen die Steuerbordwand und starrten den Dicken aus weit aufgerissenen, glasig-müden Augen an.

»Was woll'n Sie von uns?« rief einer der mutigeren Besatzungsmitglieder. »Hier gibt's keinen Iren.«

»Lassen Sie die Frauen gehn!« brüllte ein anderer.

Bernardo registrierte es kaum. Er war erschöpft, erschöpft von dieser wahnsinnigen Trauer, dieser *disgràzia*, und vor allen Dingen erschöpft von Federicos Stimme, die ihm pausenlos zuflüsterte, die das Narbenfeld unterhalb von Bernardos Rippen kitzelte und Bernardos Fingern Botschaften zukommen ließ: *Bring sie alle um, bring sie alle für mich um, fràtello.* Zorn und Irrsinn flossen wie Starkstrom Bernardos schweren Arm hinunter und in die Hand, die die Waffe hielt. Mit einem neuen Magazin in seiner M-1 drehte er sich zu den Versammelten um und legte an.

»Tu's nicht, Dicker!« Die Stimme kam von der anderen Seite der Kombüse.

Bernardo fuhr herum und konnte eben noch einen rostigen Lauf erkennen, der einer menschlichen Gestalt entwuchs.

Es geschah so schnell, daß er es zuerst nur schwer begreifen konnte und für einen Moment war Bernardo wie vor den Kopf gestoßen. Er blickte auf die stämmige Figur Joe Floods, die plötzlich zwischen Bergen von Konfetti, Luftballons, Langustenschalen und Müll sichtbar wurde, in der klassischen Combat-Hocke mit einer Zehnmillimeter in beiden Händen, und der Kerl lächelte. Der Hurensohn war naß bis auf die Knochen, zielte lächelnd auf den fetten Mann und schoß.

Bernardo hechtete – für einen Mann seiner Größe – blitzschnell in Deckung, und die Kugeln schlugen hinter ihm in den Bodenfliesen ein, rissen Stücke los, sprühten Funken wie Feuerwerkskörper, hallten durch den Speiseraum und verursachten noch mehr panische Aufschreie unter den Partygästen. Bernardo knallte gegen die Steuerbordwand, wobei seine M-1 versehentlich losging, eine Reihe von Mardi-Gras-Puppen aus Pappmaché, die in der Nähe hingen, zerfetzte und deren Gipsfratzen in Staub und Brösel aufgehen ließ. Bernardo brüllte auf, hielt sich seine Seite, spürte die feuchte Wärme an seiner Handfläche, das Brennen an der Stelle, an der ihn die Kugel gestreift hatte, und alles zusammen wirbelte ihm wild im Kopf herum.

»DU IRISCHER HURENSOOOOHN!« schrie Bernardo und rappelte sich hinter einem umgestürzten Bierfaß auf die Knie. Joe Flood hatte seine Deckung auf der gegenüberliegenden Seite des Raums bereits verlassen und lief in Richtung Hinterausgang. Bernardo spuckte Blut, während er beobachtete, wie Joe im Inneren des Schubschiffs verschwand. *Los, schnapp ihn dir, fràtello, friß den Bastard bei lebendigem Leib, mach ihn kalt!* Bernardo richtete sich wieder auf, atmete tief ein und watschelte unter Schmerzen quer über das Schlachtfeld auf den achtern liegenden Ausgang zu.

Bernardo schlüpfte durch die Flügeltüren und trat in einen schwach beleuchteten Vorratsraum. In einer Ecke war eine Luke, hinter der eine Reihe von Metallstufen zu den unteren Ebenen führte. Bernardo rannte zur Treppe, stieg hinab und lud ein neues Magazin nach, während er in das chaotische Donnern der Turbinen und den durchdringenden Geruch von Diesel und Ruß eintauchte. Er spürte sein Herz rasen, und die Schwächung durch seine Wunde machte ihm bei seiner enormen Körperfülle besonders zu schaffen, doch die Stimme Federicos heulte in ihm, und seine Narben simmerten unterhalb seiner Rippen wie kochendheißes Metall.

Mach's!

Er erreichte den Fuß der Treppe und fand sich in einem schmalen Gang aus Stahlträgern wieder. Vom Ende des Gangs her war ein Geräusch zu hören, ein schlurfendes, tastendes Geräusch, jenseits des Maschinenraums, gefolgt von einem Klappern. Bernardo spannte die M-1 und stapfte zu der letzten Lukentür auf der linken

Seite, die leicht angelehnt war und an der ein arg lädiertes Schild hing, das von einer roten Birne in einer vergitterten Deckenlampe angestrahlt wurde. *Not-Abort* stand auf dem Schild. Bernardo hatte zwar keine Ahnung, was diese Worte bedeuteten, aber er wußte, daß nun die Zeit für das große Finale gekommen war.

Bernardo trat die Tür auf.

In dem verrotteten, gekachelten Toilettenraum gab es ein einziges Pißbecken auf der einen und eine einzige Kabine auf der anderen Seite. Eine vereinsamte Glühbirne spendete Licht, schwang dabei an einem durchgescheuerten Kabel hin und her und produzierte umherwandernde Schatten. Bernardo sah die Silhouette sofort. Der Umriß eines stämmigen Mannes, der sich bemühte, auf der Kloschüssel das Gleichgewicht zu halten, ohne ein Geräusch zu machen. Bernardo hob die M-1 und hörte die Stimme seines Bruders losschreien.

Bernardo feuerte eine Salve .30er auf die Kabine, die den Raum mit einem furchtbaren Krawall erfüllte und die uralte Metalltür in Schweizer Käse verwandelte. Die Waffe in seiner Hand glühte, und der Qualm und Pulvergeruch waren dick genug, um daraus Gebetsmäntel zu schneidern. Er holte Atem, ging dann zu der perforierten Tür und trat sie auf.

Ein Wirrwarr aus alten Stricken und altem Segeltuch rutschte von der Toilette und ergoß sich über den Boden.

Hinter ihm ertönte ein Klicken, und Bernardo wirbelte gerade rechtzeitig herum, um Zeuge eines Wunders zu werden. Es geschah so rasch, so still, so flüchtig, daß Bernardo schon dachte, er würde träumen, halluzinieren, womöglich gar eine göttliche Vision in dem zersprungenen Toilettenspiegel erleben, dessen Bruchstelle im Zickzack über sein eigenes Spiegelbild lief und sein Gesicht in zwei Hälften teilte.

Bernardo sah seinen Bruder.

»Federico?« Er sprach den Namen aus wie ein Gebet, während

er seine Waffe gedankenlos zur Seite kippen ließ. Aber der Spiegel antwortete nicht, und Bernardo Sabitini erkannte, daß er einen verhängnisvollen Fehler begangen hatte. Federico war noch immer tot, und jeden Moment würde Bernardo seinem Bruder im Jenseits Gesellschaft leisten.

Joe Flood stand in dem dunklen Schatten neben dem Spiegel und hielt seine Zehnmillimeter direkt auf Bernardo gerichtet. »Guter Versuch, Dicker«, sagte Joe leise.

Der Schuß hallte in der eisernen Kabine wie ein Donnerschlag und versetzte Joes Ohren einen Schlag.

Die Kugel traf den Sizilianer haargenau über der rechten Augenbraue und nagelte ihn mit seinem vollen Gewicht an die Wand. Joe wartete ab. Der Hüne hielt sich noch eine Weile auf den Beinen, blickte vorbei an Joe, vorbei an dem gesprungenen Spiegel, vorbei an dieser vergänglichen Welt. Dann sackte Bernardo langsam ab, wobei er einen leuchtendroten Streifen auf dem vergammelten Eisen hinterließ, und starb.

Joe überwand seine Panik, trat neben die Leiche und blickte auf den gestrandeten Wal herab. Im Tod machte Sabitinis Gesicht einen richtig friedlichen Eindruck. Joe starrte noch einige qualvolle Momente auf dieses Gesicht herunter und dachte, daß dies womöglich die einzige Art Friede war, die man auf dieser Welt erlangen konnte. Der endlose Schlaf. Und vielleicht, aber nur vielleicht, wenn Joe sehr viel Glück hatte, dann würde es ihm gelingen…

Ein Geräusch.

Joe atmete tief ein und zwang sein Gehirn zu arbeiten. Er überprüfte seine Zehnmillimeter. Leer. Griff in seinen Gürtel, seine Gesäßtaschen, an die Nähte seiner Jeans. Die anderen Clips! Sie waren alle weg, verschwunden, wahrscheinlich während der Verfolgungsjagd aus seiner Hose gerutscht. Er suchte um Sabitinis

Kopf herum nach dessen Waffe. Die M-1-Maschinenpistole. Wo war sie?

Jetzt kamen Schritte aus dem Gang draußen, wurden lauter, ein leichtfüßiges Trippeln. Joe wußte genau, daß es der Japaner war, dieser arrogante Hurensohn. Endlich entdeckte Joe die M-1 in einer Pfütze unter dem Pißbecken. Er nahm die Waffe hoch und checkte sie durch.

»Verdammte Scheiße!« zischte Joe vor sich hin. Das Magazin war leer. In der Kammer steckte noch eine Patrone, und das war alles. Nur ein einziger Schuß. Er filzte Bernardos Taschen. *Nada.* Die Schritte waren jetzt direkt vor der Tür, und Joes Herz raste. Ihm wurde klar, daß seine letzte Chance in unmittelbarer Aktion bestand, ohne Zögern, ohne Nachdenken.

Action.

Er sprang durch die Tür.

Sakamoto war im Korridor und ging in dem flimmernden Licht sofort auf Joe los.

Joe hob die M-1, die nackte rote Glühbirne an der Decke zischelte und flackerte, und die schwarzgekleidete Gestalt ihm gegenüber stürzte mit einem metallisch glänzenden Stern in der Hand nach vorn. Vor Joes Gesicht blitzte es silbrig auf, dann stach ihn etwas wie eine Wespe in die Brust, und Joe feuerte einen ungezielten Schuß ab, der wie ein Knallbonbon klang, die Mündung strahlend orange aufflammen ließ und knapp oberhalb des Japaners in einem Leitungsrohr einschlug.

Das Rohr platzte, und heißer Dampf sprühte Sakamoto ins Gesicht.

Joe drehte sich nach links zu einem schmalen Gang, zwängte sich zwischen zwei gigantischen Kesselarmen durch und ließ die Waffe auf das geriffelte Gitterrost unter ihm fallen, während sein Gehirn haltlos jammerte: gefangen, GEFANGEN! Er tauchte auf der anderen Seite auf, stolperte über seine eigenen Füße und stürzte auf den schmierigen Boden eines weiteren Durchgangs. Wieder auf den Beinen, schnappte er nach Luft und machte sich auf den Weg tiefer in den Bauch des Wals. Neben ihm stiegen im Licht gelber Gitterlampen riesige, ölverschmierte, schwarze Eisenrippen auf.

Er rannte in Richtung Heck, rannte so schnell er konnte, bis sich ein furchtbarer Schmerz wie ein Eispickel in seine Brust bohrte. Er blickte nach unten und sah, daß links über seinem Brustkorb etwas in seinem Hemd steckte, eine gezackte silbrige Scheibe, die in einem blutigen Halbmond aus zerrissenem Stoff festsaß: ein stählerner Wurfstern, scharf wie ein Rasiermesser.

»Slugger!« Die sonderbar ruhig klingende Stimme des Japaners ertönte hinter ihm. »Das Schicksal hat uns zusammengeführt, das weißt du doch genau!«

»Verrenk dir nicht den Arm beim Auf-die-Schulter-Klopfen, Kleiner«, keuchte Joe und sparte sich die Mühe zurückzublicken. Er tauchte in den Schatten des Schotts und suchte verzweifelt nach einem Ausweg. Dann griff er an sein Hemd, zog den Stachel wie einen faulen Zahn aus seinem Fleisch und verspürte einen glühenden Schmerz. Joe jaulte auf, was der Ekstase seines Gegenspielers neue Nahrung zu verleihen schien.

»Für diesen Augenblick wurde ich geschaffen!« verkündete die Stimme hinter ihm. Die Stimme rückte näher und klang mehr und mehr berauscht.

»Dafür mußt du dich bei deiner Mutter beschweren«, brummte Joe, ergriff die Streben einer schmalen Eisenleiter und wollte eben die betagte Schiffswand hochsteigen, da stach ihn erneut eine Wespe, diesmal in die Schulter, und es fühlte sich an, als würde eine Subkutannadel von der Größe eines Elefanten in seinen Muskel gerammt.

Joe erstarrte und rutschte von der Leiter.

Er landete mit dem Rücken auf dem Boden, und zwischen

seinen Schulterblättern explodierte der Schmerz wie eine Bombe. Er versuchte, sich über den Boden zu kugeln, aber sein Körper wurde nun steif und unbeweglich. Fast wäre er schon in Panik verfallen, da kam ihm plötzlich eine Idee. Vielleicht war es sein Überlebenswille, vielleicht Erfahrung, vielleicht auch nur schiere mentale Stärke, jedenfalls wußte Joe auf einmal, wie er den jungen Japaner besiegen konnte. Er mußte sich der einzigen Schwäche des Kids bedienen.

Dessen Ego.

Joe stemmte sich kurz auf die Knie, sackte dann auf dem öligen Boden zusammen, gab ein gequältes Stöhnen von sich, verzerrte sein Gesicht im Todeskrampf und erschlaffte, als würde er nun sterben. All dies war Bestandteil jener herrlichen Welt genannt Showbusiness, und Joe sah sich zu einer Pflichtvorstellung in dieser Branche genötigt. Es ging noch kurz ein Zittern durch ihn, und dann entfuhr ihm ein letzter Seufzer. Durch seine Augenlider, die er auf Halbmast gesenkt hatte, konnte Joe sehen, wie der Japaner näher kam.

Hiro Sakamoto trat vor und blickte auf den Slugger herab.

In seiner Hand hielt er ein häßliches Messer, gekrümmt auf der einen Seite, mit geschwungenen Bögen verziert auf der anderen, und Joe konnte sehen, wie das Selbstbewußtsein des jungen Mannes in dessen Innern anschwoll und sich wie eine Infektion ausbreitete. Wäre der Junge clever gewesen, hätte er einfach noch ein letztes Mal auf Joe eingestochen, um sicherzugehen, daß die Sache endgültig unter Dach und Fach war. Aber nicht so Sakamoto. Nicht dieser Jungspund. Dieser Junge war eitel, war stolz wie ein Prinz. Er stand bloß da und verharrte, um den Triumph zu genießen.

Joes Schachzug hatte sich bezahlt gemacht. Jetzt hieß es, einen japanischen Narziß umzubringen.

Joe packte die Hoden des Killers.

Es war, als ob eine Maschine verrückt spielen würde. Sakamoto fuhr krampfartig auf, erbebte, ließ das Messer fallen und griff sich mit seinen Händen in den Schritt, aber Joe hielt mit aller Gewalt fest, ließ all seinen Schmerz, seine Wut, seinen Überlebenwillen in diesen Schraubzwingengriff um die Eier des Jungen fließen, und schon bald stellte sich Joe die *cojones* seines Gegenspielers als winzige Kohlestücke vor, die er derart zusammendrücken würde, daß sie sich in Diamanten verwandelten. Der Japaner hyperventilierte und nahm einen merkwürdigen Beigeton an. Nur wenige Zentimeter entfernt sah Joe auf dem Boden das Schimmern der Klinge.

Es kostete Joe bloß einen kurzen Moment, das Messer zu ergreifen, es entschlossen hochzureißen und dem Japaner so fest in den Bauch zu stoßen, als wollte er ein Mastschwein abschlachten.

Mit spitzem Falsett schrie Sakamoto auf und riß sich los. In seinem Gesicht spiegelte sich eine mörderische Wut, aber nun war es sein Unterleib, in dem das gekrümmte Messer steckte, und alles, was er tun konnte, war, rückwärts gegen die eiserne Schiffswand zu taumeln und dabei seine Wunde wie eine liebgewonnene Habseligkeit in den Händen zu halten. Joe rappelte sich auf wacklige Knie hoch. Sakamoto wollte noch etwas sagen, während das Blut zwischen seinen Fingern hervorsickerte, aber der erschütterte Ausdruck auf seinem Gesicht allein sprach Bände. Wie hatte der große Sakamoto nur so leicht fallen können?

»Es war doch kein Spiel, Kid«, sagte Joe schließlich, griff nach hinten und zog den Stern aus seiner Schulter. Der Schmerz hätte von einer Lötlampe stammen können.

Sakamoto bemühte sich vergeblich, mit tauben, steifen Lippen einen Satz zu formen.

Es spielte keine Rolle mehr. Joe war bereits auf halbem Weg die Eisenleiter hinauf.

Als Joe endlich wieder das Hauptdeck erreicht hatte, bereiteten ihm die Schmerzen erhebliche Probleme.

Er stolperte die äußere Laufplanke entlang, auf der all das Tauwerk lag, rutschte immer wieder auf den ölverschmierten Brettern aus und versuchte, einen klaren Kopf zu bewahren, aber der Regen und der Sturm peitschten in sein Gesicht und die Schmerzen von der Schulterwunde strömten wie aufgelöstes Gift seine Seite herab und in seine Beine. Über ihm krachten Donner, und er konnte die wütenden Stimmen der Besatzung von den oberen Decks hören. Irgendwo wurde eine Alarmsirene ausgelöst, Eisenstangen klapperten, und das Chaos unter ihm klang wie von einer dumpfen Schlägerei. Joe wußte, daß die Zeit ihm davonlief. Wenn er nicht bald abhaute, würde er es nie zu dem vereinbarten Treffpunkt schaffen.

Der Treffpunkt.

»Hergott noch mal, sag bloß nicht...« Er blickte über die dunklen Fluten hinweg auf das gegenüberliegende Ufer. Der Tag hatte sich während seiner Zeit unter Deck weiter eingetrübt, und der Himmel war nun schwarz wie Kienöl. Die zum Mississippi gehörende Seite sah aus wie eine durcheinandergeratene Skyline schwarzer Silhouetten aus prähistorischen Eichen und sumpfigen Sandbänken, die zackig vorsprangen. Viel zu wild und unerschlossen für die Gegend um Vicksburg. Alle paar Sekunden zuckte ein Blitz über der Landschaft auf, durchfuhr den Himmel und steigerte Joes aufkommende Panik.

Sie hatten Vicksburg bereits *passiert* – Gott weiß, vor wie langer Zeit schon.

Er kroch auf das Heck zu, wischte sich das Gesicht an seinem Ärmel ab und blinzelte in den Regen. Weiter vorne sah er eine Leiter, die zu einem kleinen Podest hinabführte. Mit hämmerndem Herz in der Brust hangelte sich Joe so schnell es ging runter. Wie lange war er unter Deck gewesen? Zehn Minuten? Dreißig

Minuten? Sein Verstand geriet jetzt ins Schwimmen, schlingerte vor Panik. Wie weit über Vicksburg hinaus waren sie bloß schon gefahren? Wie weit?

»Hey, Freundchen!«

Die Stimme blökte im Regen, hallte über das Hauptdeck, und Joe war sofort klar, daß ihn eines der Besatzungsmitglieder entdeckt hatte.

Joe duckte sich so tief er konnte und schlich vor bis zur Spitze des Podests. Um ihn herum schwollen das Donnern der Turbinen und die Geräusche des aufwirbelnden Wassers an, mehr schmutzige Gischt spritzte ihm ins Gesicht. Er schüttelte seine Angst ab, nahm tiefe Luftzüge und bereitete sich darauf vor zu springen. Er hatte keine Ahnung, wie schwierig es sein würde, die halbe Breite des Mississippi zu durchschwimmen, wie gefährlich die Strömungen waren oder wie leicht er womöglich in die falsche Richtung abgetrieben werden und kurz vor Baton Rouge enden könnte. Er war immer ein guter Schwimmer gewesen. Gelernt hatte er es in der North Side YMCA, perfektioniert im Ausbildungslager der Marines, und noch heute schwamm er bei jeder sich bietenden Gelegenheit seine Bahnen. Aber das hier war etwas anderes. Das hier war Irrsinn.

Doch wie die Dinge lagen, war es der einzige Weg.

»Schön stehengeblieben, mein Freund!« Die Stimme klang jetzt näher, und Joe glaubte, das Durchladen eines Gewehrschlittens zu hören, und das war alles an Prämienanreizen, was er brauchte.

»Tu's nicht!«

Joe nahm einen letzten Atemzug und sprang in die schwarzgraue Ödnis.

Es übertraf seine schlimmste Vorstellung bei weitem.

- 20 -

In den tiefen Schatten dieses Sumpfgebiets bestand nicht die geringste Chance, das Zifferblatt der Uhr abzulesen. Zwar waren die Mücken so dicht, daß sie sich die Hand vor den Mund halten mußte, um nicht versehentlich eine davon zu verschlucken, und der Gestank nach vergammeltem Fisch und Methan war fast unerträglich, aber sie blieb trotzdem sitzen, allein in dem Dickicht aus Rohrkolben, die Knie eingesunken im Schlamm. Sie konnte ihre Augen nicht von dem Chevy Blazer wenden, der keine zehn Meter entfernt am Rand eines unbefestigten Abzweigs mit Blick über den Fluß abgestellt war. Eins der Fenster des Blazers stand ein paar Zentimeter offen, um den Zigarettenqualm abziehen zu lassen, und so konnte Maizie mit Mühe durch das Plätschern des Regens die Stimmen verstehen. Die Unterhaltung fachte den Wahnsinn in ihrem Herzen an wie ein Blasebalg.

»Und was, wenn er überhaupt nicht auftaucht?« fragte der Große, der am Steuer saß und Marion hieß.

»Bin ich vielleicht beim Sender für die Freunde des Übersinnlichen?« Die Stimme des Anwalts. Andrews.

»Ich frag ja nur.«

»Keine Ahnung. Vermutlich würde das bedeuten, daß einer der Killer ihn auf dem Kahn erwischt hat und wir vorzeitig Feierabend machen können.«

»Aber was, wenn wir den Typen verlieren? Man kann schließlich keinen umnieten, den man nicht findet. Das Chamber wollte, daß wir die Sache sauber und ordentlich erledigen, und das ist doch nicht sauber und ordentlich.«

»Hör mal ... wenn der Slugger sagt, daß er irgendwo hinkommt, dann kommt er da auch hin.«

»Schon gut, ich frag ja nur.«

Dann fügte der Anwalt noch etwas hinzu, das Maizie aber über den Sturm hinweg nicht richtig verstehen konnte, irgend etwas darüber, Joe aus dem Wasser zu fischen, aber es spielte auch keine Rolle mehr. Es lief doch alles aufs gleiche hinaus: Andrews hatte Joe hinsichtlich des Deals belogen. Die ganze Geschichte war eine Falle, und das ließ die Musik in Maizies Kopf zu beispielloser Intensität anschwellen. Die schimmernden Becken, die wie Wellen gegen eine Felsküste krachten, die pulsierende Kontrabaßfigur, die erregt trällernden Stimmen.

Maizie richtete sich in die Hocke auf und schlich dann etwas näher an den Rand des Gebüschs, nahe genug, um die Konturen der beiden Männer in dem Blazer sehen und ihre Gesten deuten zu können. Den Rucksack hatte sie sich um die linke Schulter gespannt, und die halbautomatische Bersa .380 lag fest in ihrer Hand. Ihr Herz raste mittlerweile, und ihr war speiübel. Sie betete darum, nicht kotzen zu müssen.

Sie hielt sich nun seit fast einer Stunde – naß bis auf die Knochen – hier in diesem Dickicht versteckt. Allerdings war ihre innere Uhr ziemlich im Arsch. Es mochte auch kürzer gewesen sein. In Wahrheit schien es bereits eine Ewigkeit her zu sein, seit sie Joe auf das Schubschiff hatte springen sehen und sie sich anschließend unter Umgehung aller Cops einen Weg durch das sumpfige Ufergelände bis zum Highway zurück gebahnt hatte. Sie war in Richtung Süden nach Vicksburg getrampt, ein Trucker hatte sie die dreißigminütige Fahrt entlang verschlungener Uferstraßen mitgenommen. Und als sie an dem etwa vierhundet Meter langen Streifen überwucherter, längst vergessener Angelegestellen eingetroffen war, hatte sie am Rand einer schotterbedeckten Sackgasse diesen geländegängigen Wagen stehen sehen und sofort gewußt, daß es sich um den Anwalt handeln mußte. Aber irgend etwas hatte Maizie davon abgehalten, einfach zu dem Blazer hinzugehen. Wieder einmal ihre Intuition. Statt dessen hatte sie sich in dem Sumpfgebiet verborgen gehalten, die Ohren aufgesperrt, observiert, und als sie dann das aus dem Fenster des Blazers dringende Gespräch belauscht hatte, wußte sie sofort, was gespielt wurde. Joe sollte ein letztes Mal in einen Hinterhalt gelockt werden, von genau den Leuten, denen er vertraute.

Durch eine Lücke im Dickicht beobachtete Maizie über fünf Meter Schotterpiste hinweg, wie die beiden Gestalten im Blazer die stahlgrauen Fluten in der Ferne absuchten.

»Was dagegen, wenn ich Sie noch was frage, Herr Anwalt?« kam Marions Stimme abrupt und über den Regen und das Schnappen eines Zippos hinweg kaum verständlich durch das Autofenster. Maizie wischte sich das Gesicht ab und drehte den Kopf, um besser hören zu können.

»Und was?«

»Wenn der Typ doch so gut ist, warum zum Teufel will das Chamber überhaupt, daß er stirbt? Besonders nach all diesem Quatsch mit dem Wettbewerb und dem ganzen Kram?«

Es folgte eine endlose Pause, so lang und unangenehm, daß Mazie glaubte, sterben zu müssen. Dann drang die murmelnde Stimme des Anwalts durch den Regen. Sie klang beinahe verdrossen.

»Leute werden alt.«

Maizie schluckte ihre aufsteigende Wut herunter, die scharf wie Säure an ihren Mandeln vorbeifuhr, griff mit ihrer freien Hand nach unten, spannte behutsam die Bersa, indem sie den Schlitten so leise wie möglich nach hinten schob, während in ihrem Kopf die Musik lauter wurde, Tristans samtweiches Baritonheulen, qualvolle Schreie, unterbrochen von treibenden Beckenschlägen. Sie wollte hinübergehen und in jeden dieser selbstgefälligen, grausamen Schädel eine Kugel jagen. Sie wollte diese Wichser gleich hier und jetzt abknallen.

Die Stimmen sprachen weiter.

»Klingt so, als hätten sie was für ihr Geld bekommen.«

»Wie meinst du das?«

»Na, der Typ ist doch für sich allein schon ein scheiß Notstandsgebiet. Alle Mitspieler hat er ausgeräumt.«

»Slugger ist der beste, den es jemals gegeben hat.«

»Yeah, schon möglich, und möglicherweise wäre es ja auch besser, wenn wir uns noch ein bißchen Unterstützung besorgen würden.«

»Worauf willst du hinaus?«

»Ich denke, ich sollte vielleicht besser noch einige meiner Leute hinzuziehen, um den Kerl zu erledigen.«

»Du hast eigene Leute hier unten?«

»Genau das, mein Herr, die hab ich.«

Eine weitere Pause. Zigarettenqualm stieg aus dem Fenster und vermischte sich mit dem Regen. Endlich antwortete der Anwalt: »Wie du meinst, Marion.«

Maizie war bereit. Sie war bereit, sich hinter den Blazer zu schleichen und den Innenraum mit neun Millimeter großen Rachegrüßen vollzupumpen. Sie war tatsächlich derart bereit, daß sie spürte, wie ihre Herzfrequenz sank, ihr Blick klarer wurde und ihr Verstand sich ganz auf ihre Aufgabe konzentrierte. Sie hob die Bersa, nahm die Silhouetten vor ihr ins Visier, atmete ein und trat langsam aus dem Dickicht. Ihr erster Schritt knirschte im Kies.

Sie hielt erschrocken an.

Es war weder Angst, die sie zögern ließ, noch das Geräusch des knirschenden Straßenbelags unter ihren Füßen, noch war es der Regen, der plötzlich ihre Sicht behinderte. Es war die Vorstellung, Kugeln in die Rücken dieser beiden Silhouetten zu feuern. Einfach so. So anonym. Als würde sie zwei Fliegen zerquetschen, würde sie unter der Sohle ihrer Gummilatsche zermalmen. Ein erregender Schauer durchströmte sie.

Zwei menschliche Wesen.

Die Musik in ihrem Kopf setzte abrupt aus, als hätte jemand den Tonarm von der Oberfläche einer Schallplatte gehoben, und sie ließ die Waffe sinken.

Verdammt noch mal, was tat sie eigentlich hier?

Im selben Moment, in dem Joe das Ufer erreichte, sog er keuchend eine Lunge voll Luft ein.

Dies hatte allerdings keine Ähnlichkeiten mit dem normalen, erschöpften Läuferkeuchen, nicht im mindesten. Hierbei handelte es sich um ein Auf-den-letzten-Drücker-, Preßwehen-, Mitkreischenden-roten-Blutkörperchen-Schnappen nach jedem Rest an Sauerstoff, der in Gottes grüner Atmosphäre übriggeblieben war, und das Gute daran war, daß es in exakt demselben Augenblick geschah, in dem seine Hände die Schlammbank zu greifen bekamen. Er packte eine Handvoll Schlick und zog sich auf den Matsch hoch. Nach dreihundert Meter Freistil durch Wasser so zähflüssig wie Irish Stew taten ihm seine Arme und Beine höllisch weh. Über ihm blitzte und donnerte es, und die Schatten verbogener Zypressen führten um ihn herum Merlins Zaubertanz auf. Seit seinem überstürzten Abgang vom Schiff hatte das Gewitter den Himmel mit einem schwarzen Mantel verhangen und das Delta in ein Geisterhaus verwandelt. Und jetzt war sein Körper mit Flußschlamm überzogen, sein Mund schmeckte nach Fäulnis, seine Hände konnte er kaum bewegen, und seine Gelenke fühlten sich steif und eisig an. Das Wasser war bei seiner langen, mühseligen Schwimmeinlage gerade kalt genug gewesen, um aus seinen Extremitäten einen Haufen arthritisch knirschender Eiszapfen zu machen, und vor Erschöpfung war er nun auch noch drauf und dran, das Bewußtsein zu verlieren.

Schnaufend gelang es ihm, in dem knöcheltiefen Schlick aufzustehen und sich das Ufer genauer anzuschauen.

Der Wildnis um ihn herum nach zu urteilen, mußte er offenbar einige Meilen über das Stadtgebiet von Vicksburg hinausgeraten sein. Das Ufer war völlig überwuchert, kreuz und quer mit bemoosten, umgestürzten Bäumen bedeckt und wurde von einer Wand aus Zypressen abgeschlossen. Die Bartflechten ähnelten einem Moskitonetz, und das wenige verbliebene Tageslicht erhellte nur schwach das undurchdringliche Gestrüpp, das sich vor ihm weit in die Dunkelheit hinein ausbreitete wie die hartgewordenen Adern eines erstarrten Leichnams. Er sah nach Norden, dann nach Süden das Ufer entlang und konnte nichts als unwegsames Marschland entdecken. Nachdem er sich den Schlamm aus dem Gesicht gewischt und die Haare nach hinten gestrichen hatte, stapfte er den Rest der matschigen Böschung hinauf und betrat das Unterholz.

Ein mickriger Pfad von der Breite eines Dachslochs führte durch das Sumpfland. An Dornenbüschen vorbeistreifend, marschierte Joe ihn hinab, zitterte beim Gehen und betete um ein Dorf, irgendeine Hinterwäldlerhütte, eine Zufahrtsstraße, einen einsamen Köderladen, *irgendwas*. Er nahm an, in östliche Richtung, vom Fluß fort unterwegs zu sein, aber es war so dunkel unter den Bäumen, und das Gewitter, dessen grell aufflackernde Blitze jetzt alle paar Sekunden zuckten, war derart desorientierend, daß er sich nach seinem Kenntnisstand auch durchaus im Kreis drehen mochte. Das einzige, was ihn beharrlich weitermachen ließ, war Maizie und deren Stimme in seinem Kopf.

Ich liebe dich, Joey. In guten wie in schlechten Zeiten. Und wo ich herkomme, da genügt das völlig.

Sie hatte recht. Liebe genügte völlig. Liebe reichte aus, um einen alternden Killer, dessen durchnäßte Kleider ihm wie Bleigewichte aufs Kreuz drückten und dessen Gelenke mit Glassplittern gefüllt zu sein schienen, weiter durch den Regen stapfen zu lassen. Joe bemühte sich verzweifelt darum, einen Zickzackkurs in Richtung Norden, auf Vicksburg und den vereinbarten Treffpunkt zu, beizubehalten. Er mochte gar nicht daran denken, daß Maizie dort oben allein mit Tom Andrews wartete und womöglich kurz vor dem Ausrasten stand. Und das Rauschen des Regens in den Baumwipfeln schien Joes Qualen nur noch weiter zu steigern. Die Nässe rann wie eine chinesische Wasserfolter das Netzwerk von Lianen und Louisiana Moos herunter und überzog Joes bereits ausgekühlten Körper mit einer lähmenden Kälte. Er marschierte weiter, sorgte sich um Maizie, grübelte über den vierten Killer nach und dachte, daß seine Mutter vielleicht doch recht hatte. Vielleicht war Joe ja tatsächlich ein von Gott Verlassener, und dieser Trip war sein gerechter Lohn.

Er legte auf diese Weise eine knappe Meile zurück, bis er auf die Ausläufer einer Siedlung stieß.

Einer Lichtung in dem Sumpfland entwuchsen ramponierte Wohncontainer und Hütten aus Teerpappe, die zusammen ein schäbiges kleines Dorf bildeten, das in dem von Blitzen durchzuckten Gewitterdunkel auf Joe den Eindruck einer Geisterstadt machte. Hinter schmutzigen Milchglasfenstern brannte in einigen Hütten trübes gelbes Licht. Andere wirkten wie Baracken von Saisonarbeitern. Von den meisten Bauten stand nur noch die verkohlte Hülle. Sie waren von ihren Bewohnern bereits vor Ewigkeiten im Zusammenhang mit einer veränderten Wirtschaftslage oder einer vom Wasser übertragenen Krankheit aus irgendeiner Laune heraus verlassen worden. Auf bestimmte Art ähnelte der Ort einem mißgestalteten, der Inzucht entsprungenen Vetter von St. John the Baptist.

Joe wischte sich den Regen vom Gesicht und ging den unbefestigten Hauptweg hinunter.

Auf der einen Seite der Straße lief ein wurmstichiger Bürgersteig eine Reihe mickriger Geschäftsfassaden entlang: ein Laden mit Fischköder, ein Lebensmittelgeschäft, ein Postamt, ein Friseur. Hinter einigen Fenstern konnte man Leute erkennen, aber sie interessierten sich nicht weiter für Joe. Ihre Gesichter waren wettergegerbt und demütig, und sie blieben im wesentlichen unter sich. Und da war noch etwas, was Joe an diesen Flußratten auffiel: Die meisten, wenn nicht alle von ihnen waren schwarz. Wenn Joe sich richtig erinnerte, waren diese Siedlungen Überbleibsel aus den Zeiten des Bürgerkriegs. Vor dem Hintergrund der Rassenunruhen und der politischen Erschütterungen im Nachkriegssüden waren diese Städte als unabhängige, aus eigenem Willen rein schwarze Enklaven entstanden. Die meisten ihrer Einwohner wollten schlicht und einfach in Ruhe gelassen werden, wollten in Ruhe ihre unbedeutenden kleinen Flecken Marschland bestellen, in Ruhe ihre eigenen Traditionen pflegen und ihre eigenen Götter verehren. In Joes Augen machte das auf traurige Art und Weise Sinn.

Etwas weiter sah er, an einen Leitungsmast montiert, einen arg ramponierten Münzfernsprecher, der von einer einsamen Straßenlaterne beleuchtet wurde. Joe hinkte zu ihm hinüber und nahm den Hörer mit einer zittrigen, verschmierten Hand ab. Er hatte zwar kein Münzgeld dabei, aber er wußte noch seinen Kartencode, wählte sofort die Nummer und lauschte dem Rufton.

Als er endlich in Tom Andrews Beeper Mail Box gelandet war, sprach Joe so ruhig wie möglich und erklärte ihm, wie er den vereinbarten Treffpunkt verfehlt hatte.

»... was ich damit sagen will, ich muß Sie weiter stromabwärts treffen, Tommy. Ich weiß nicht genau, wie viel weiter unten. Ich nehme an ein paar Meilen. Vielleicht fünf. Es gibt da ein kleines Hinterwäldlernest. Den Namen kenne ich nicht, aber es besitzt eine Hauptstraße, die mitten hindurchführt, und die heißt« – Joe blickte zu einem maroden Straßenschild hinauf – »Crow Foot. Crow Foot Street.«

Dann hielt Joe für einen Moment inne. Ein Schmerzstoß schlug ihm beide Knie weg. Schon seit er am Ufer angelangt war, hatte er mit Schwächeanfällen zu kämpfen gehabt, und nun verschwamm sein Blick erneut, kribbelten eisige Nadeln in seinen Händen, wurde sein linker Arm taub. Erlitt er einen Herzinfarkt? Er wußte es nicht. Er wußte nur, daß seine Batterie bald leer war und er sich dringend ausruhen mußte.

Dann sah er die Kirche.

Sie stand jenseits der Dorfgrenze, verborgen im Sumpfwald und schwang sich in die Zypressen hinauf wie der elegante Leichnam einer alten Frau. Zeit und Wetter hatten ihre ursprüngliche Gestalt verwüstet, die Kirchturmspitze war abgebrochen wie eine alte Bleistiftmine und die Fassade im Kolonialstil komplett vernagelt und mit Graffitis verunstaltet. Kudzubohnen rankten sich in zerbrochene Buntglasfenster hinein und aus ihnen heraus. Eine Seite war schwarz verbrannt und wies ein klaffendes Loch auf, das sie wie der aufgesprengte Rumpf eines U-Boots aussehen ließ. Es war der ideale Ort, ideal in so vielen Beziehungen.

»Auf der nördlichen Seite des Städtchens liegt eine alte, leerstehende Kirche«, sprach Joe schließlich ins Telefon. »Dort werde ich sein, Tommy. In dieser Kirche.«

Joe wollte bereits aufhängen, da fiel ihm noch etwas anderes ein.

»Und Tommy... denken Sie doch bitte daran, den ganzen Papierkram mitzubringen, Ausweise, Pässe und all das.«

Dann hängte er ein und ging über das grasbedeckte Marschland zu der verlassenen Kirche hinüber.

»Auf geht's.« Angespannt und nervös drang die Stimme vom Beifahrerfenster des Blazers, und das Geräusch des anspringenden Motors wirkte wie ein Schlag in Maizies Magengrube.

»Wo steckt er?«

»Ein paar Meilen flußabwärts. Ich glaube, ich kenne die Stelle. Eine kleine Kirche bei Bayou Pierre.«

»Moment mal.« Der große Mann schien verwirrt. »Ganz unten in der Gegend von Natchez?«

»Stimmt genau.«

Die Pause war fürchterlich, und der Klang des laufenden Motors zusammen mit den fernen Winden machten die Sache noch schlimmer. Maizie wurde klar, daß der Augenblick der Wahrheit gekommen war. Sie hob die Halbautomatik, zielte auf das Heckfenster des Blazers und blinzelte das Zaudern fort. Die Rücklichter strahlten ihr ins Gesicht und plötzlich bemerkte sie etwas rechts von ihr auf dem Boden, das Funkeln einer Glasscherbe und ein verwittertes Stück Sperrholz, aus dem eine Reihe rostiger Nägel in die Höhe ragten. Einen endlos erscheinenden Moment starrte Maizie auf die rostigen Nägel herab und ließ sich eine neue Idee durch den Kopf gehen.

Sie würde schnell handeln müssen.

An den Opferstock gelehnt, dachte Joe gerade über Gott nach, als der letzte Killer eintraf.

Von draußen vor dem Hintereingang der Kirche waren schwache Geräusche zu hören, und Joe blickte sofort mit kribbelndem Schädel hoch. Natürlich hätte es alles mögliche sein können – irgendein vorwitziger Einheimischer, der sich an der Rückseite herumtrieb, oder Tom Andrews, der zum Hintereingang hineinschlich, oder vielleicht sogar ein Waschbär, der nach Leckerbissen schnüffelte –, aber irgend etwas sagte Joe ganz einfach, daß es sich um den vierten und letzten Hitter handeln mußte. Irgend etwas im Zusammenhang mit dieser verstohlenen Art über den Kies zu schreiten, irgend etwas in der Bestimmtheit, die in diesen Schritten lag.

Es mußte sich um einen Profi handeln.

Joe ging zur westlichen Wand hinüber, kauerte sich hinter ein zerbrochenes Buntglasfenster und wartete.

In der Kirche herrschte Stille. Joe lugte über die Oberkanten der Kirchenbänke und konnte den gesamten Altarraum überblicken. Einstmals mußte diese alte Lady ein herrliches Gotteshaus gewesen sein, wahrscheinlich römisch-katholisch, mit einem dreißig Meter langen Hauptschiff und genügend Bänken, um dem gesamten Ort plus Gästen Platz zu bieten. Aber Zeit, Verwahrlosung und Schicksalsschläge hatten unübersehbar ihren Tribut gefordert. Große Büschel Unkraut wuchsen durch die Bodenspalten im Gang, und Möwen nisteten über dem Türbogen. Auf einer Seite des Hauptschiffs waren die Beichtstühle aufgereiht, in deren zerbrochenen oder angeknacksten Gitterfenstern sich die Kriechpflanzen schlängelten. Es sah aus, als hätten es sich in vielen der Kabinen Opossumfamilien gemütlich gemacht, und die Opferstöcke dahinter waren gezeichnet von Vogeldreck, vereinzelten Federn und von seit Gott weiß wie vielen Jahren eindringendem Regenwasser. Die Hälfte der gegenüberliegenden Wand fehlte. Sie war durch Feuer zerstört worden, und die zackige, verkohlte Öffnung wirkte wie der Rachen einer riesigen Bestie. Die Luft in dem Gebäude war gesättigt mit Fäulnis, Ammoniakdünsten. Methan.

Plötzlich zuckte draußen ein Blitz und erleuchtete das zerbrochene Buntglas der Kirchenfenster.

Joe neigte seinen Kopf in die Richtung, aus der die Geräusche kamen. Die Schritte näherten sich. Er nahm tiefe Luftzüge und machte sich darauf gefaßt, um sein Leben zu kämpfen.

Er saß nun schon seit Ewigkeiten in dieser feuchten Dunkelheit und wartete auf Andrews' Erscheinen. Im alten Pfarrhaus hatte er ein paar zerrissene Kleidungsstücke gefunden, mit denen er seine Wunden verbinden konnte, sowie einige Haushaltsgegenstände wie Schnur, eine alte, verschimmelte Rolle Klebeband und einige Nägel. Diese Dinge hatte er dazu benutzt, den Kirchenraum so gut es ging mit Stolperfallen zu sichern – als reine Vorsichtsmaßnahme. Und während er die Kordel an losen Balken und zerbrochenen Fensterrahmen befestigt hatte, war er auch auf die Ursache für den Methangeruch gestoßen.

Die Kadaver lagen überall, unter den Bänken, in der Sakristei, hinter dem zerfallenden Altar: Dammwild, das zum Sterben in die Kirche gekrochen war, aber auch Nerze und Dachse, deren Körper schon lange verwest waren und an deren kleinen, zerbrechlichen Skeletten fasriger Moder hing. Es gab sogar einen toten Alligator, der sich in das Innere einer der Kirchenpforten zusammengerollt hatte, und dessen heller Bauch schon derart aufgebläht war, daß er jeden Moment zu platzen drohte. Angesichts all dieser Fäulnis und Verwesung war die Kirche zu einem einzigen großen Gastank geworden, der bloß darauf wartete zu explodieren.

Die Schritte knirschten.

Joe schnellte in Richtung des Geräuschs und packte ein knapp ein Meter langes Stück Seil. Aus dem Seil hatte er mit Klebeband einen provisorischen Totschläger gemacht, und auf dem Boden lagen neben Joes Füßen noch weitere Seilenden. Einige von ihnen waren mit einsturzbereiten Wandteilen verbunden, andere liefen weiter zu den Stolperfallen. Außerdem lagen noch behelfsmäßige Waffen an Schlüsselpunkten über die Kirche verteilt. Joe wollte – vor allem ohne Schußwaffe – nichts dem Zufall überlassen. Die Schritte waren nun ganz dicht, womöglich draußen unmittelbar vor dem Buntglasfenster neben seiner rechten Schulter.

Etwas knirschte hinter ihm.

Joe wirbelte herum.

Ein Schatten bewegte sich, dazu ein schlurfendes Geräusch draußen vor der maroden Wand und die schwachen, gelblichen Strahlen einer Straßenlaterne, die durch die Dunkelheit huschten. Dann wieder nichts. Stille. Joes Herz hämmerte in seiner Brust, sein Mund trocknete aus. Er umklammerte das Seil und rückte langsam von der Wand ab. Er spürte eine Veränderung im Luftdruck, spürte die Anwesenheit einer anderen Person im Inneren der Kirche. Joe wich weiter langsam zurück, seine Schuhe knarrten im Dreck.

Etwas Kaltes und Metallisches berührte seinen Nacken. »Nicht bewegen«, sagte eine Stimme.

Joe hob seine Hände, ohne den umklebten Griff des Seils loszulassen, und schluckte den Schreck hinunter. »Ich gehe nirgendwohin«, erklärte er.

»Nicht umdrehen.«

»Was immer Sie sagen.«

Der Eindringling verbreitete einen merkwürdigen Geruch, eine Mischung aus Schweiß, Moschus und irgend etwas Alkalischem wie Reinigungsmittel. Der Lauf seiner Waffe drückte hart gegen Joes Genick. Es fühlte sich an wie ein großes Kaliber, wahrscheinlich eine Magnum, vielleicht eine Zehnmillimeter. Und aufgrund der Lage der Mündung, die sich in den Kappenmuskel, irgendwo zwischen dem fünften und sechsten Wirbel, eingrub, würde der erste Schuß direkt in Joes Großhirnrinde dringen und ihn nicht nur töten, sondern er würde dies auch überaus schnell besorgen. Human. Ja, in der Tat, hier handelte es sich unzweifelhaft um Killer Nummer vier.

Der Profi.

»Das Seil fallen lassen«, befahl der Hitter.

»Ganz wie Sie wünschen, Chef«, sagte Joe und ließ das Seil fallen. Sein Magen rebellierte. Es drängte ihn so stark danach, sich umzudrehen, seine Augen brannten regelrecht.

»Bevor ich dich umbringe«, meinte die Stimme, »möchte ich, daß du etwas weißt.« Joe kam der singende Tonfall und der sonderbare Akzent von irgendwoher bekannt vor, aber er wußte ihn nicht genau einzuordnen.

»Ich bin ganz Ohr«, sagte Joe.

»Ich bin seit Jahren ein großer Verehrer deiner Arbeit.«

»Tja, nun... Sie wissen ja, wie man so sagt: Jetzt fehlt mir nur noch einsfünfzig Fahrgeld, und schon sitz ich im nächsten Bus.«

»Ich versteh nicht ganz.«

»Vergessen Sie's.«

»Du bist sehr clever.«

Auf einmal erinnerte sich Joe daran, wo er den Akzent bereits gehört hatte, und die Erkenntnis traf ihn wie ein Schlag ins Gesicht. Er konnte einfach nicht fassen, wie tölpelhaft er gewesen war. Wie hatte er es nur übersehen können? Dabei war er doch selbst darüber gestolpert. Er schloß seine Augen, und sogar inmitten dieses Alptraums mußte er noch lächeln. Wie zum Teufel hatte er es bloß übersehen können? »Nicht clever genug, wie's scheint«, sagte er dann.

»Tut mir leid«, sagte die Stimme.

»Hören Sie, mein Freund… bevor Sie mich abknallen, sollten Sie noch etwas wissen.«

»Sprich, sprich soviel du willst, es wird dir nichts nutzen.«

»Ich meine ja nur, bevor Sie hier drin einen Schuß abgeben, sollten Sie wissen, daß dieser Bau ein Scheißpulverfaß ist.«

»Soll heißen?«

»Soll heißen? Na, zum einen finden Sie hier drin mehr totes Fleisch als in der Leichenhalle des Regierungsbezirks Detroit. Rotwild, Bisamratten, was das Herz begehrt. Hier drin gibt's genug Methan, um damit ein Space Shuttle fliegen zu lassen.«

Es folgte eine quälend lange Pause.

Dann spürte Joe den Lauf zurückweichen und hörte, wie der gespannte Hahn gelöst wurde.

»Na schön«, sagte die Stimme.

Joe drehte sich um und blickte in die Hundeaugen des rumänischen Zimmermädchens aus dem Evangeline Hotel. Sie trug noch immer ihre gestärkte Schürze und die orthopädischen Schuhe. Ihre Strümpfe hingen zusammengeklumpt um ihre dicken Knöchel, und die dünnen, graumelierten Haare waren aus ihrer faltigen Stirn zurückgekämmt und in ein Haarnetz gestopft. Den einzigen Unterschied, den Joe erkennen konnte, war der neue Ausdruck in ihren Augen. Der traurige, bedrückte, gramgebeugte Ausdruck war verschwunden.

An seine Stelle war der kalte, stoische Blick eines Killers gerückt.

»Dann werde ich dich eben mit meinen bloßen Händen umbringen«, erklärte sie ruhig und kam auf Joe zu mit der gemächlichen Unabwendbarkeit einer Sturmfront.

- 21 -

Die Faust sprang Joe entgegen, traf ihn mitten ins Gesicht und hob ihn von den Füßen.

Joe krachte auf den Boden, schlitterte ein, zwei Meter durch Dreck und Schimmel und rutschte seitlich in eine Kirchenbank. Der Aufprall preßte ihm die Luft aus den Lungen und ließ vor seinen Augen Sterne tanzen. Er packte die Kante der Bank und japste nach Luft wie ein Neugeborenes, das seinen ersten Vorgeschmack der harten, kalten Wirklichkeit erhielt. Er blickte hoch. Durch das zersprungene Buntglas fielen dämmrige Lichtstrahlen und beleuchteten die rissige Darstellung der Kreuzigung und des letzten Abendmahls.

Die monolithische Gestalt erschien über ihm und verdeckte das Licht. Sie lächelte. Sie war dreihundert Meter groß, ein Wolkenkratzer in orthopädischen Strümpfen und dicksohligen Schuhen, und sie starrte auf Joe herab, als hole sie nunmehr aus, einen tollwütigen Hund zu erschlagen. »Vergib mir«, murmelte sie.

Dann schlug sie zu.

Joe rollte sich gerade noch rechtzeitig zur Seite und fühlte den pfeifenden Luftzug einer fleischigen Faust hinter seinem Ohrläppchen. Er kam fluchend auf die Beine und stürzte zur gegenüberliegenden Wand, in Richtung seiner behelfsmäßigen Fallen, seiner Seile und zerbrochenen Latten. Aber die Frau namens Iliana setzte ihm sofort nach. Ihre eisernen, zigarrendicken Finger krallten sich in Joes Schulter und rissen ihn zurück. Joe wirbelte herum, ging unvermittelt in die Offensive und wuchtete ihr einen Schwinger in den Magen.

Die Frau geriet ins Taumeln.

Und auf einmal hörte Joe auf, ein Gentleman zu sein. Seine Instinkte übernahmen die Kontrolle, und er teilte drei weitere Schläge aus. Ein Uppercut in ihre Rippen, der sie zur Seite warf und hart gegen eine Kirchenbank schleuderte. Ein wilder Schwinger in den Bauch, der sie zusammenklappen ließ. Und ein abschließender Uppercut aufs Kinn, der sie rückwärts gegen eins der Kirchenportale katapultierte, wo ihr riesiger Körper die Grundfesten erschütterte und Staub- und Trümmerwolken in die flakkernde Dunkelheit schickte.

Die Frau weigerte sich, zu Boden zu gehen.

»Herr im Himmel«, brummte Joe zu niemand insbesondere und wich langsam zurück. Sein Puls raste. Diese spezielle Auseinandersetzung, diese handfeste Keilerei mit einer Frau bereitete ihm ernsthafte Probleme. Joe war zwar ein echter Fighter, hatte unzählige Prügeleien erlebt und sich mit den härtesten Brocken angelegt, aber das hier, das lief seinem gesamten Verhaltenskodex zuwider. Diese Frau war ein siebenköpfiges Ungetüm, ausgespuckt von der Unterwelt, ein Omen, ein Zeichen der nahenden Apokalypse.

Er beobachtete das riesige alte Weib, wie es aufstand, den Schmerz abschüttelte und den Kopf leicht zur Seite neigte wie ein rasender Stier, der sich zum Angriff vorbereitete. Mein Gott, und sie lächelte immer noch, war kaum außer Atem. Sie wischte sich den Staub von ihrer Schürze. Dieses elende Lächeln verzierte noch immer ihr rundes Gesicht, und sie sah aus, als würde sie Joes Kraft befriedigt zur Kenntnis nehmen.

Dann griff sie wieder an.

Es fühlte sich an wie die stürmische Begrüßung eines außer Kontrolle geratenen Trucks. Ihre Arme schlossen sich um Joes Körper und schleuderten ihn quer durch die Sakristei, als wäre er ein Medizinball. Joe knallte hart gegen einen Stützbalken, schlug sich den Schädel an dem Holz auf und verlor durch die Wucht des Aufpralls völlig sein Gleichgewicht. Doch da war Iliana bereits wieder über ihm, boxte ihm zweimal in den Magen, dreimal in die Nieren und versetzte ihm zum Abschluß noch einen teuflischen Schwinger aufs Kinn.

Joe taumelte nach hinten, stolperte über ein loses Dielenbrett und donnerte in eine Bank.

Er landete auf der Seite und griff nach seinem Unterleib, in dessen Inneren ein Feuer aufloderte. Es fühlte sich an, als würden seine Gedärme erst zu Zöpfen geflochten und anschließend mit Kerosin übergossen und angezündet. Sein Rücken schrie auf. Er rutschte von der Bank, landete im Dreck und versuchte fortzukriechen, aber seine Schmerzen waren so stark, er konnte kaum noch etwas sehen. Hektisch blinzelnd spürte er, wie sie sich über ihn beugte, eine monströse Gestalt, die sich gegen das silbrig flackernde Licht abzeichnete.

»Komm her«, flüsterte sie.

Joe fühlte die gigantischen Hände, die sich auf sein Hemd legten, ihn hochrissen und mit dem Rücken gegen eine Bank aufsetzten. Er unternahm einen kläglichen Versuch der Gegenwehr, aber seine Arme waren wabbelig wie verkochte Nudeln und seine Tiefensehkraft hatte ihren Dienst völlig aufgegeben. Sie schob sich über ihn, ihr Lächeln verwandelte sich in eine Grimasse, und Joe spürte ihre Hände auf seinem Hals.

»Es wird Zeit«, murmelte sie leise.

Dann würgte sie ihn.

Medizinisch gesehen, durchläuft eine schwere Asphyxie mehrere Phasen. Die erste Phase wird begleitet von Brustanspannung, leichtem Schwindelgefühl, Kitzeln in Fingern und Zehen sowie extrem heftigem, krampfartigem Tremor, der sich häufig auch in wildem Strampeln und Fuchteln äußert. Gefangen in dem Todesgriff der alten Frau, setzten diese Symptome bei Joe fast unmittelbar ein, und er schlug und trat um sich wie ein Irrsinniger, versuchte zu sprechen, versuchte in die Hände der Frau zu beißen, versuchte alles, um freizukommen, zu atmen, zu überleben. Schließlich gelang es ihm, den mächtigen linken Busen der Frau zu packen, und er drückte mit aller verbliebener Kraft zu.

Iliana warf bloß die Stirn in Falten und strangulierte ihn weiter.

Joe fiel in die Spätphase der Asphyxie, und da wird die Sache erst wirklich interessant. Seine Brust verkrampfte, seine Lungen brannten, und er hatte das Gefühl, daß seine Schädeldecke jeden Moment wie ein Sektkorken explodieren müßte. Der Schmerz war gewaltig, alles verzehrend. Er durchströmte ihn wie eine Welle geschmolzener Lava, und dabei schwebte unablässig das füllige, verschrumpelte Gesicht der alten Frau mit den glänzenden toten Augen wie eine wütende Supernova über ihm. Bald stellten Joes rote Blutkörperchen aus akutem Sauerstoffmangel ihre Arbeit ein, und in diesem Moment kamen auch die Visionen.

Die Rumänin nahm eine neue Gestalt an, ihr Gesicht zerfloß, ihre Züge verwandelten sich in die von Katherine, Joes todkranker Mutter. Ihre schwermütigen Augen drückten eine Trauer jenseits allen Vorstellungsvermögens aus, und Joe wußte genau, diese Trauer galt ihm und einem Leben, das allein aus Tod und Zerstörung bestand, und vielleicht war es ganz in Ordnung jetzt zu sterben, jetzt, wo Joe diese furchtbaren Augen gesehen hatte.

Das Licht wurde schwächer.

Joes letzte Vision war überraschend wirklich, überraschend passend. Während sich die Eisenfinger um seine Seele legten und den Kern seines Selbst zerquetschten, sah er auf der anderen Seite der Kirche eine Gestalt hinter der Rumänin erscheinen, die von einem gezackten Loch im Buntglasfenster eingerahmt wurde. Die feinen Umrisse einer jungen Frau. *Ein Engel.* Im Fenster auferstanden wie die durchsichtige Inkarnation eines göttlichen Botens, in silbriges Licht getaucht vor dem Hintergrund des stärker werdenden Gewitters.

Erschienen, um Joe nach Hause zu führen.

Maizie schoß einmal, und das Mündungsfeuer bellte laut und hart in ihren Ohren.

Die Explosion erleuchtete das Kirchenschiff, und die Kugel traf die Frau in den Hinterkopf und warf sie nach vorn über Joe hinweg. Ihr Kopf wurde durch den Rückstoß nach hinten geschleudert. Dann klappte sie zusammen und sank neben Joe auf den Boden in eine Pfütze eigener Körperflüssigkeiten. Mittlerweile hing Joe über dem Ende der Kirchenbank, hielt sich den Hals und rang nach Luft. Er schien noch immer nichts wahrzunehmen, was über sein Verlangen nach Sauerstoff hinausreichte.

Maizie merkte nicht einmal, daß ihr die Waffe aus der schweißnassen Hand gerutscht war.

»JOEY!« Sie sprang über die Glaskante des zersprungenen Fensters in die Kirche und rannte zu Joe hinüber, ohne Rücksicht auf die Tatsache zu nehmen, daß auch sie kurz vor der völligen Erschöpfung stand, daß sie schweißgebadet war, daß sie nach ihrem Wahnsinnsmarsch in Richtung Süden vor nervöser Anspannung noch immer zitterte und daß die Riemen ihres Rucksacks Stücke aus ihren Schulterblättern schnitten. Sie kniete sich hin, half Joe in eine sitzende Position, strich ihm über das Haar und massierte seinen Hals.

Joe versuchte zu sprechen, hatte jedoch Schwierigkeiten, überhaupt ein Wort über die Lippen zu bringen. Sein Gesicht besaß die tiefrote Farbe von Druckstellen auf Tomaten, aber es wurde mit jedem Atemzug, jedem keuchenden Luftholen besser.

»Alles in Ordnung«, stammelte Maizie atemlos und bedeckte sein Ohr und seinen Hals mit hektischen Küssen. »Wir werden es hier raus schaffen, Joey, keine Bange.«

»Das Zimmermädchen… sie war…« Joe schluckte und blickte auf die zusammengesunkene Leiche der Rumänin.

»War was? Sie war das Zimmermädchen?«

»In… diesem Hotel… dem Evangeline.«

Maizie sah auf die Frau hinunter. Iliana Popescu lag ausgestreckt in einer Lache, die Beine unter ihrem schmutzigen Kittel nach außen gespreizt, die dicken Nylonstrümpfe zerrissen und zerfetzt. Die eine Seite ihres Gesichts lag flach in ihrem Blut, der Mund schlaff. Das Haarnetz war ebenfalls zerrissen und außerdem an der Stelle verklebt, an der die Kugel in den Schädel eingedrungen war. Etwas Merkwürdiges fiel Maizie an den Spitzen der fleischigen Finger der Frau auf. Ihre Fingernägel waren lang, manikürt und mit knallrotem Nagellack überzogen. »Nummer vier«, murmelte Maizie in Gedanken laut.

Joe nickte.

Maizie schüttelte den Kopf. »*Mein Gott*…«

Sie hatte das Gefühl, durch eine Tür gegangen und dahinter auf einen dreißig Meter tiefen Abgrund gestoßen zu sein, der steil abfiel in einen schwarzen Schacht, angefüllt mit Irrsinn, Tod und kranken Leuten, die keinerlei Menschlichkeit mehr kannten. Sie wurde langsam richtig gut in diesem Killerspiel, und das erschreckte sie. Es fiel ihr zunehmend schwer, diese Gegner, auf die sie anlegte, als Menschen zu betrachten. Sie waren jetzt zu Dingen geworden, waren massige, unberechenbare Tiere, die Goldzähne und knallrote Fingernägel trugen. Aliens. Und Maizie wurde eine von ihnen.

»Wir haben gewonnen, Liebling«, sagte Joe schließlich und schluckte hart. »Wir haben diese Drecksäcke besiegt.« Er versuchte aufzustehen, aber sein Körper war noch immer gefühllos, noch immer gelähmt vom Kampf. Er setzte sich wieder hin und nahm einige tiefe Atemzüge. »Andrews dürfte jede Minute eintreffen. Stimmt doch? Hast du ihn schon gesehen?«

»Joey, hör mal, es gab da ein ...«

»Wir haben's geschafft, Kleines, wir haben gewonnen.«

»Nein, haben wir nicht, Joey, wir haben nicht gewonnen. Wir haben überhaupt nichts gewonnen.«

»Was meinst du?«

»Das ganze Scheißspiel war eine Falle.«

Joe blickte sie einen Moment lang an, seine Atmung beruhigte sich, und die Stille um sie herum wuchs an wie eine dunkle Flut. »Was willst du damit sagen?« erkundigte sich Joe am Ende leise mit heiserer Stimme, sein Blick glühend vor Beunruhigung.

Maizie erzählte ihm alles. Sie erzählte ihm, wie sie sich nach Vicksburg durchgeschlagen hatte, wie sie über den Blazer gestolpert war und wie sich Tom Andrews mit seinem Mietschläger Marion über Joes Schicksal unterhalten hatte, und während sie redete, bemerkte sie unwillkürlich, wie draußen jenseits der zersprungenen Darstellungen der Geburt Christi die Nacht einbrach und der Regen sich in eine dicke graue Suppe aus Dunst und Nebel verwandelte. Die Sümpfe schienen vielstimmig zum Leben zu erwachen, das Rufen und Antworten der Ochsenfrösche, das endlos schwirrende Zirpen der Zikaden und vielleicht noch etwas anderes, das sich anhörte wie ein leises Klopfen. Waren das Regentropfen, die sich im Blätterdach sammelten und nach unten fielen? Waren es Schritte? »Wie auch immer, Andrews wird jedenfalls so oder so hier auftauchen«, meinte Maizie abschließend, und Schauer strichen ihr Rückgrat hinauf. »Mein kleiner Plattfußtrick wird sie nur für kurze Zeit aufgehalten haben, und dann werden sie dir auf die Pelle rücken wollen.«

Joe gelang es aufzustehen. Seine Augen brannten vor Zorn, seine Kiefer traten hervor. »Dann werden wir dieser Geschichte ein für allemal ein Ende bereiten.«

»Joey, du mußt…«

Maizie erstarrte mitten im Satz, und Joe schnellte zur gegenüberliegenden Wand herum. Draußen war das Klopfen näher gekommen, lauter geworden. Mittlerweile war daraus ein richtiges Knacken geworden. *Ein Knacken von Zweigen*. Dann nichts, nur die Zikaden und der Klang von Maizies vernehmlich pochendem Herzen und dem Blut, das in ihren Ohren rauschte.

»Runter, mein Schatz«, flüsterte Joe und deutete zum Fuß der Kirchenbank. Er selbst ging ebenfalls in die Hocke, kauerte sich hinter eine Bank und blickte in das leere Kirchenschiff hinein. Maizie musterte die Wand auf der anderen Seite.

Durch den gezackten Schlund aus zerbrochenem Buntglas konnte man draußen im Unterholz Schatten umherhuschen sehen, ein Puppenspiel der Geister. Der Wind unterstützte die verwirrende Szenerie noch, indem er die Bartflechten träge von den Bäumen baumeln ließ. Die brechenden Geräusche waren jetzt näher, Schnappen, Knacken und vielleicht sogar Flüstern, aber letzteres mochte sich Maizie auch nur eingebildet haben. Doch soviel war sicher, irgend jemand schlich sich an sie heran. Nur wer? Die Logik verlangte es, daß Tom Andrews mit falschem Lächeln und Krokodilstränen in den Augen durch den Vordereingang kommen würde. Dies hier machte da nun überhaupt keinen Sinn. Klickende Geräusche, Zirpen, Gestalten, die an den triefendnassen Blättern der Bananenstauden vorbeistreiften.

»Wir haben Besuch«, sagte Joe leise.

»Yeah, das sehe ich auch«, murmelte Maizie und behielt das

Fenster im Auge, »und ich glaube nicht, daß es dein Anwaltsfreund ist.«

»Was hast du noch an Munition übrig?«

»Nicht viel«, sagte sie, griff nach hinten in ihre Jeans und zog mit zitternden Händen die Clips daraus hervor. Zwei waren noch übrig. Jeweils sieben Schuß. Beide für die Bersa. Maizie gab sie Joe, und Joe starrte auf die Munitionsclips, als wären die kleinen Metallmagazine omenbelastet. Ein böser Juju. »Woran denkst du?« fragte Maizie ihn.

»Warte mal 'ne Sekunde.«

Joe schlich zu der nördlichen Wand hinüber, kauerte sich neben ein Fenster und blickte vorsichtig nach draußen. Er schien das gesamte Sumpfgelände für einen Moment zu erfassen, die ganze Fläche mit einem Schwenk abzusuchen. Dann erstarrte er, und Maizie wußte genau, daß er etwas Furchtbares entdeckt hatte. Sein Kopf war in einem seltsamen Winkel geneigt, er wirkte vorübergehend unentschlossen, und Maizie wollte schreien.

Dann flüsterte Joe etwas.

»Was meinst du, Joey?« Über die Zikaden und den Wind hatte Maizie ihn nicht verstehen können. Die knackenden Geräusche kamen immer näher, und Maizie wäre vor Aufregung fast durchgedreht. »Joey, was hast du gesagt?«

Er wandte sich um, blickte sie an. Maizie sah seinen Gesichtsausdruck, und bevor er seine Worte noch hätte wiederholen können, wußte Maizie bereits, daß sie gewaltig in Schwierigkeiten steckten.

Leise wie Panther drangen sie in klassischer Angriffsformation durch den Urwald, ihre Laserleitstrahlen zerschnitten die Dunkelheit wie leuchtend grüne Fäden. In der Mehrzahl handelte es sich um großgewachsene, durchtrainiert wirkende Männer, die mit den für sie typischen schwarzen Windjacken bekleidet waren.

Sullivan ›Sully‹ Byrne führte den Trupp an und arbeitete sich behutsam über schwammig-weiche Kiefernnadeln vor. Eine einzelne Schweißperle baumelte an seiner Nasenspitze und drohte jeden Moment herunterzufallen. Sully aber bemerkte weder den Schweiß, noch das dumpfe Dröhnen seines eigenen Herzschlags, ja, er bemerkte nicht einmal den Geruch nach Stinktier und Fäulnis, der um ihn herum aufstieg. Für ihn gab es allein die Kirche. Sie wuchs aus dem Dunst vor ihm wie ein Spukgebäude aus einem Jane-Austen-Roman, und Sully war klar, daß es ein heißer Tanz werden würde, heißer, als er ihn je zuvor erlebt hatte. Die einzigen Fragen, die ihn beschäftigten, waren nur *Wie heiß?* und *Wie bald?*

Endlich tropfte die Schweißperle von seiner Nase und fiel geräuschlos auf den Lehmboden.

»Wo ist deine Waffe?« Joe hörte in der stillen Kirche das Echo seiner eigenen Stimme, und sie klang gereizt, angespannt und künstlich. Sein Verstand arbeitete auf Hochtouren, während er sich trotz steifer Knie in der Hocke zu Maizie herüberschlich und dabei so tief wie möglich blieb. Er streckte ihr die offene Handfläche entgegen, und sie ging zum Fenster und holte die Waffe. Joe nahm die Pistole, schob vorsichtig den ersten Clip in den Schacht und reichte Maizie das überschüssige Magazin. Ihr Gesicht war hochrot vor Schrecken, und ihre Augen glänzten. Joe wünschte sich sehnlichst, sie in die Arme zu schließen und ihr zu versichern, daß alles gut ausgehen würde, aber in Wirklichkeit war es sehr wohl möglich, daß der Ausgang kein guter sein würde.

Draußen waren die Black Berets.

Mindestens ein Dutzend, vielleicht sogar mehr, das ließ sich bei der Dunkelheit schlecht sagen. Joe hatte die ATF-Spezialeinheiten bereits in Aktion erlebt: in Chicago, während eines Bandenkriegs um die Herrschaft in der South Side; in Miami, damals 1985, während eines Geiseldramas im kubanischen Flüchtlingscenter. Diese Jungs waren schnell, und sie waren tödlich, und selbst der Mob wurde leicht nervös, wenn die Black Berets auf der Bildfläche erschienen.

»Wer ist es?« Maizie duckte sich gegen das Ende einer Kirchenbank und knetete ihre Hände.

»Keine gute Nachricht.«

»Joey? Wer zum Teufel ist es?«

»Bundesjungs.«

Maizie blickte ihn an. »Okay. Also sind es Bundesjungs. Und was willst du tun?«

Joe sah hinter ihr den Gang hinunter. Seine Stolperfallen aus umklebten Seilen waren noch immer kreuz und quer über die schmutzigen Dielen gespannt, ihre Enden an den Fensterbänken befestigt. Er hörte die Schritte draußen, gefolgt von einer plötzlichen Stille, und er wußte, die Berets nahmen ihre Positionen ein, die Scharfschützen richteten ihre Laserstrahlen aus. »Hör mir genau zu, Liebling. Für diese Sache bleibt uns nur ein einziger Versuch.«

»Welche Sache, Joey? Welche Sache?«

»Jetzt beruhige dich erst mal, mein Schatz.« Joe kroch zu ihr hinüber, legte eine Hand auf ihre Schulter, strich ihr über die Haare. »Durchatmen. Atme einmal tief durch.«

»Solltest du einen Plan haben, Joey, dann wäre ich dir dankbar, wenn du ihn mir verraten würdest.« Sie blickte in die düsteren Winkel des Kirchenraums, ihre Augen sprangen von Schatten zu Schatten, schnellten hin und her bei jeder zuckenden Entladung des Wetterleuchtens draußen.

»Ich habe einen Plan«, sagte Joe leise und spannte die kleine Halbautomatik. »Ich möchte, daß du …«

Ein weiteres plötzliches Geräusch ließ Joe mitten im Satz abbrechen. Es kam von der anderen Seite der Kirche, aus den Bäumen jenseits des überwucherten Parkplatzes, ein Knirschen. Noch mehr Schritte. Dies sorgte bei Joe dafür, daß Panikalarm ausgelöst wurde. »Hast du das gehört?« fragte er Maizie.

Sie nickte bereits.

Joe ging zu der anderen Fensterreihe, die zu den südlichen Ausläufern des Orts hinausführte. Hinter der kiesbedeckten Lichtung sah er aus dem tiefen Wald Silhouetten treten, Silhouetten weiterer Bewaffneter, die auf die Kirche zuschlichen. Mindestens ein halbes Dutzend, schwere Brocken in Navy-Regenmänteln und mit Jagdmützen auf dem Kopf, die Berge an Schießeisen mit sich herumschleppten. Abgesägte Schrotflinten, halbautomatische Karabiner, bandentypische Maschinenpistolen. Joe spürte, wie sich ihm der Magen zusammenzog, während er die näher kommenden Hitter beobachtete. Er vermutete, daß es sich dabei um Marions Verstärkungsbataillon handelte, eine Bande lokaler Ganoven, und nicht unbedingt die Art von Leuten, auf deren Beteiligung an einem nächtlichen Versteckspiel in den Sümpfen man sonderlich scharf wäre.

Für einen kurzen, verrückten Moment wurde Joe bewußt, was für eine schreckliche Absurdität sich da draußen in der Dunkelheit anbahnte. Während Joe verzweifelt darum bemüht war, einen Weg aus dem Spiel *heraus* zu finden – und dabei nicht allein sein eigenes, sondern auch das Leben seiner Frau und seines ungeborenen Kindes riskierte –, sah es ganz so aus, als wollten alle anderen unbedingt *hinein*. Die Welt wimmelte von Killern.

Und es gab nur eine Art, mit einer Welt von Killern fertig zu werden.

»Sag bloß nicht...« Maizies Stimme hallte hinter Joe durch die Kirche, und ihr Klang ließ sein Rückgrat erstarren. Er wirbelte herum und sah den ersten superfeinen grünen Strahl durch das bunte Fensterglas schneiden. Er drang durch die halbzerfallene Darstellung von Jesus im Kreis seiner Apostel und schoß aus der linken Hand des Erlösers hervor wie das Flammenschwert des

Gideon und verlieh allem, was er berührte, den Stempel der Erhabenheit – oder der Zerstörung.

»Wir haben noch mehr Besucher«, zischte Joe.

»Was!«

»Sieht aus, als hätte Andrews' Kumpel den ganzen Kindergarten eingeladen.«

»Mein Gott, Joey, wie werden…«

»Runter!« Joe stürzte zu ihr, warf sie auf den Boden, beugte sich über sie und hielt sie so ruhig wie möglich. Ein zweiter grünleuchtender Faden hatte sich durch das Buntglas auf der gegenüberliegenden Seite der Kirche gebohrt, stieß aus der Schriftrolle des heiligen Petrus und wischte keine zwei Handbreit über ihren Köpfen hinweg. Ein weiterer strahlte durch den Mantelsaum eines der drei Weisen aus dem Morgenland, ein weiterer durch dessen Heiligenschein, ein weiterer durch dessen Füße, durch dessen Brust, durch dessen Auge. Bald schon waren die Lichtstrahlen überall, liefen im Zickzack durch die Düsterkeit wie ein tödliches Fingerfadenspiel. Joe hielt mit einer Hand Maizie unten und spannte mit der anderen den Hahn der Automatik. »Bleib einfach immer hinter mir«, sagte Joe und schöpfte aus seiner Angst neue Konzentration und Energie.

Das Geräusch eines Autos, dessen Reifen im Kies vor dem Eingang knirschten, erfüllte plötzlich die Luft.

Die vorrückenden Angreifer schienen von dieser Entwicklung überrascht, und der Ablauf der Ereignisse wurde drastisch beschleunigt. Die grünen Lichtfäden schwenkten auf einmal geschlossen zum Eingangsportal, strömten zusammen wie bei einer synchronisierten Lasershow, und aus allen Richtungen hallte das Durchladen von Schußwaffen, links, rechts, überall ließen die Schlitten die Patronen in die Verschlüsse springen, *snick-snick-snick-snick-snick*, und Joes Mund wurde so trocken wie Schmirgelpapier. Von draußen drang das Geräusch von aufspringenden Autotüren und dann folgte über Verstärker die Stimme: »IHR DA, IN DER KIRCHE!« Joe packte Maizie plötzlich am Schulterriemen ihres Rucksacks und zerrte sie aus dem Versteck.

Ihnen blieb nur noch eine Chance.

»Schön! SCHÖN!« schrie Joe mit aller Kraft und zog Maizie zum Hochaltar am Kopf des Kirchenschiffs. Eine Reihe von Stufen führte hinauf zum Fuß eines verwitterten Antependiums, dessen polierte Holzsäulen etwa anderthalb Meter aufragten, ein Ort, an dem sich unzählige Legionen von Kirchgängern zu Kommunion, Taufe oder Totenehrung zusammengefunden hatten und den Joe nun auf denkbar schlimmste Weise entweihen würde. Vergib mir, vergib mir, vergib mir. Joes erregte Gedanken wirbelten in seinem Kopf herum, während er lief.

»Joey, was machst du?«

»Bleib unten!« Joe hob eins der mit Klebestreifen umwickelten Seile auf.

»Was zum Teufel hast du vor?«

»Komm weiter!« Maizie hinter sich herziehend, rannte Joe nun auf den Altar zu, richtete die kleine Automatik nach oben auf die rissige, scharlachfarbene Darstellung vom Untergang des Pharaos im Roten Meer, feuerte in das schimmernde Glas – ein, zwei, drei Schuß – und dachte dabei: Vergib mir, Herr, bitte vergib mir. Und das Fenster des Querschiffs explodierte, versprühte Scherben und Splitter in die Dunkelheit, und der Lärm war unvorstellbar, ein Sturmbrausen aus dissonanten Glocken und Höllenfeuer, und Joe drehte sich zu der anderen Wand und schoß die restlichen Kugeln – vier, fünf, sechs und sieben – allesamt in die zerbrochenen Fenster.

»Kommt schon, Jungs! Zeigt mal, was ihr draufhabt!«

Joes Einladung geriet zu einem Urschrei, der das ohrenbetäubende Scheibenklirren noch überlagerte.

Augenblicklich setzte das Gewehrfeuer ein.

Die ersten Schüsse kamen von der Seite der ATF, folgten den Strahlen göttlichen Lichts und schlugen in die gegenüberliegende Wand ein, wobei sie einen furiosen Trommelwirbel fabrizierten und einen Sternenregen aus Glasscherben und Putz hervorriefen. Die andere Seite, diese Bande von Soziopathen da draußen in der Dunkelheit, antwortete sofort, erwiderte das Feuer mit Salven entlang der Fensterreihe, riß Löcher in Mörtel und Glas, zerfetzte alte rosenverhangene Fenster und veranstaltete einen Lärm, wie er mitten in einem Hurrikan herrschen mußte.

Die Kirche war mit Sternenlicht und einem Wirbelsturm aus tödlichen Funken angefüllt.

Joe und Maizie erreichten den Altar im allerletzten Moment, als eben die Kugeln wie Knallfrösche um die Sockel der verrotteten Beichtstühle fegten und die uralten Hochdruckeinschlüsse aus faulenden Gasen und längst vergessenen Sünden freisetzten. Das erste Zeichen des Armageddon war die Hitzewelle in Joes Genick, der plötzliche Gestank nach verbranntem Gummi und der Unterschall-*Wrrruuummmms*, als sie hinter die verwitterte Altartafel hechteten.

Joe zog an dem Seil, und das daran befestigte Antependium stürzte auf sie herab.

Genau in diesem Augenblick erfolgte die Detonation.

- 22 -

Einen kurzen, irren Moment lang stand nichts als Licht vor Tom Andrews Augen. Die ganze Kirche brach plötzlich in ein kometenhaftes Strahlen aus, und die Explosion klang, als hätte jemand den Nachthimmel zerrissen. Es folgte die Druckwelle, die wie ein Rammbock gegen die Front des Blazers krachte und den wohlfrisierten Schädel des Anwalts nach hinten schnellen ließ.

Dann war überall Feuer.

Andrews keuchte, kämpfte mit seinem Sicherheitsgurt, versuchte den Schock aus seinem Kopf zu schütteln und beobachtete dabei das aus der Kirche dringende Inferno. Die Flammen ähnelten einer Bestie, die im Herzen des Gebäudes emporwuchs, mit ihrem Schwanz aus dem Fenster schlug, ihre Klauen in die Dunkelheit grub und ihren Kopf durch das im Dach klaffende Loch steckte, den Himmel anbrüllte und gierig alle Luft verschlang. Und Tom Andrews konnte nichts weiter tun, als gelähmt vor Schreck sitzen zu bleiben und sein Gesicht mit den Händen vor der Hitze zu schützen. Die Luft roch wie eine durchgebrannte Sicherung, und der Lärm war überwältigend.

Was war passiert? Was in Gottes Namen war passiert? Hatte der Slugger die Kirche etwa präpariert? Das schien doch undenkbar. Wie um alles in der Welt hätte er das so schnell schaffen sollen? Andrews drehte sich um und blickte durch die offene Beifahrertür. Ein paar Meter entfernt lag Marion auf dem Boden und blinzelte verwundert. Seine Waffe war einige Schritte weiter im Gras gelandet. Es sah aus, als hätte er sich bei seinem Sturz den Knöchel verstaucht, und sein Gesicht war mit einem schwarzen, rußigen Film überzogen.

Marion setzte sich auf, und das Licht der brennenden Kirche spiegelte sich auf seinem Gesicht. Das Prasseln des Feuers klang wie ein rumpelnder Güterzug. »Was ist denn das hier für 'ne Scheiße?«

»Marion?« Andrews versuchte sich zu bewegen, aber der Sicherheitsgurt klemmte um seine Taille.

Aus dem Unterholz auf der anderen Seite der Kirche drangen Schreie, hilflose, unverständliche Schreie und höllisches Kreischen. Einige der ATF-Leute – die, die nicht bei der eigentlichen Explosion ums Leben gekommen waren – standen in Flammen und versuchten verzweifelt, die kühle Dunkelheit des Walds zu erreichen, um dort die Flammen auszuschlagen. Sie wirkten wie Geistergestalten. Ihre gekrümmten Körper leuchteten in den Hitzestrahlen und Schatten. Von Marions Leuten waren die meisten tot, nur ein paar schrien noch in den Büschen unterhalb des maroden Glockenturms. Vereinzelt ragten aus der Kirchenmauer noch scharfkantige Reste der Buntglasfenster heraus, und das flackernde Licht der Flammen fiel durch sie auf das Blutbad und tauchte es in einen surrealen, rosigen Schein.

»Dieser verdammte Hurensohn«, murmelte Marion und betrachtete das grausige Spektakel.

»Was ist eigentlich passiert?« Andrews kämpfte noch immer mit dem Sicherheitsgurt, der ihm auf die Blase drückte. Die Schnalle fühlte sich in seinen zitternden Händen heiß wie ein Brandeisen an.

»Wenn der Wichser noch lebt, dann hat jetzt jedenfalls sein letztes Stündchen geschlagen«, knurrte Marion und erhob sich schwerfällig. Er verzog das Gesicht, als er sich zu seiner .44er Magnum herunterbeugte und dabei den Knöchel belasten mußte. Er überprüfte den Verschluß, spannte den Hahn nach und schluckte eine Mund voll Blut herunter. »Dieser Wichser wird *dermaßen* ins Gras beißen.«

»Moment mal, Marion. Warte!« Andrews riß an der Schnalle. »Laß mich erst jemanden anrufen.«

»Bleiben Sie ruhig hier«, sagte Marion und hinkte auf den Haupteingang zu, der als einziger Teil der Kirche bislang nicht in Flammen aufgegangen zu sein schien. Ansonsten loderte das Feuer überall. Die Bestie fraß sich satt. Gekräuselte, strahlend helle Flammen züngelten die efeuumrankten Portale hoch, verschlangen die Türrahmen und die bröckelnden Skulpturen, während aus dem eingestürzten Kirchturm der Rauch wie verärgerte Geister spiralförmig in den Himmel entwich.

»Marion... warte! Herrgott noch mal!«

Endlich gelang es Andrews, den Sicherheitsgurt zu lösen und die Tür aufzureißen.

Unmittelbar vor dem Blazer aber erstarrte er, kauerte sich hinter die Tür und verfolgte, wie Marion das Inferno betrat. Der großgewachsene Mann verschwand mit schußbereit erhobener Magnum in der weißglühenden Öffnung, ein Anblick, der die Haut in Andrews Nacken zum Prickeln brachte. Das war Irrsinn, das war kompletter Irrsinn. Der Slugger mußte einfach tot sein. Unter keinen Umständen konnte ein Mensch eine derartige Explosion überleben. Aber andererseits, wenn der Slugger sie geplant hatte, dann hatte er zweifellos auch an eine Überlebensmöglichkeit gedacht.

Dieser Mann war pures Teflon.

Andrews zitterte krampfartig, seine Zähne klapperten beinahe hörbar. Er konnte seine Angst spüren. Als würde sich eine Faust um seinen Bauch schließen. Er schlüpfte zurück in den Blazer und durchwühlte das Handschuhfach. Dort bewahrte er für gewisse Notfälle einen kleinen Davis Derringer samt einer Schachtel Kaliber-.22-Munition auf, und um einen solchen Notfall handelte es sich hier allemal. Er fand die Waffe, nahm sie heraus und versuchte, ein paar Kugeln in die Trommel zu schieben, aber seine Hände zitterten so stark, daß er kaum die Waffe halten konnte. Aus der hintersten Ecke seines Kopfes blaffte ihn irgend etwas stumm an: Der Slugger hat das geplant, du Idiot. Er weiß Bescheid. Er hat das falsche Spiel durchschaut, und deshalb steckte auch der Nagel in deinem Reifen, und deshalb bist du jetzt auch so gut wie tot.

Der Klang von Schüssen drang aus dem Innern der Kirche, mehrere in schneller Folge.

Andrews ließ den Derringer fallen. »Oh, fuck, fuck, fuck-fuck-fuck-fuck-fuck-fuck…«

Panisch griff er in den Aktenkoffer neben sich, zog ein Handy daraus hervor und versuchte sich an die Nummer der Koordinationsstelle für Spezialaufträge des Chambers zu erinnern, aber sein Verstand war nichts weiter als ein betrunkenes Karussell, unkontrolliert wirbelnd vor Angst, und seine Hände waren so feucht und tattrig, daß er den Apparat fast wieder hätte fallen lassen. Ihm war danach, den Tag zu verfluchen, an dem er sich überhaupt mit diesem ganzen Unterwelts-Scheißdreck, diesem blutigen Handwerk und gegenseitigen Massakrieren eingelassen hatte. Herrgott, er könnte jetzt ein scheiß Anwalt für Schadensersatzfälle sein und mehr Geld verdienen, schmierige Werbespots im Fernsehen machen und am Pool sitzen, während seine Mitarbeiter am Telefon die Drecksarbeit erledigten. Aber nein, er mußte ja den großen Macker spielen und für ein bißchen Schnuppern am Geheimen und Verbotenen seinen scheiß Hals riskieren. Endlich gelang es ihm eine Nummer zu wählen, und es meldete sich eine Filiale von Kentucky Fried Chicken in Baton Rouge.

»FUCK!«

Etwas kam durch die offene Wagentür.

Es berührte seinen Hals unmittelbar unter dem linken Ohr.

Andrews ließ das Handy fallen und hob instinktiv die Hände. »Bitte, töten Sie mich nicht«, flehte er, ohne daß er sich seiner Worte bewußt gewesen wäre.

Andrews spürte den harten Metallring einer Pistolenmündung an seinem Hals, der sich in die zarte Haut oberhalb seiner Drosselvene bohrte, und er konnte über den Lärm des Feuers hinweg das schnaubende Atmen hören, fühlte jemanden hinter sich, die Gegenwart eines großen, wütenden Mannes, bei dem er noch eine gewaltige Rechnung offenstehen hatte.

»Sehen Sie her«, sagte die Stimme.

Andrews gehorchte.

Der Slugger war völlig mit Ruß überzogen, sein Gesicht schwarz wie Schuhcreme, und seine Augen glichen glühenden Kohlen, aus denen der Haß leuchtete. Vor Zorn leicht zitternd, beugte er sich in den Wagen und hielt die Bersa auf den Anwalt gerichtet. Die Kleidung des Hitman war feucht und verklebt mit Blut und Schweiß oder Lampenruß, oder vielleicht auch mit allem zusammen. »Sperren Sie die Ohren auf, Herr Anwalt«, sagte Joe, seine Stimme vor Schmerzen gepreßt. »Ich habe Ihnen etwas zu sagen.«

»Ich höre, Slugger.«

»Die einzige Frau, die ich jemals geliebt habe, liegt tot in dieser Kirche.«

»Slugger, glauben Sie ...«

»Und wissen Sie auch, warum?«

Der Anwalt würgte einen Mund voll Angst hinunter, der nach bitteren Mandeln schmeckte. Er schloß seine Augen. Er konnte fühlen, wie die Tränen aus den Augenwinkeln sickerten, während sich die Pistolenmündung tiefer in den Hals bohrte. »Bitte, Slugger ...«

»Ich hab Sie was gefragt.«

»Nein.«

»Was *nein?*«

Andrews fing an zu weinen, aber es handelte sich keineswegs um eine verhaltene, unterdrückte Art Weinen. Es war vielmehr ein haltloses sabberndes Heulen. Mit bebenden Schultern, die Lippen durch einen schmerzerfüllt aufgerissenen Mund zurückgestülpt, schluchzte er wie ein Baby. »Nein, ich weiß nicht, warum die einzige Frau, die Sie jemals geliebt haben, tot in dieser Kirche liegt.«

Joe nickte. »Ihretwegen, Herr Anwalt. Sie tragen dafür die Schuld.«

Vom Kircheneingang her drang ein knarrendes Geräusch zu ihnen, und Andrews blickte sofort auf.

»SEHEN SIE HER! UND SPERREN SIE DIE OHREN AUF!« brüllte Joe ihn an, und in seinen Augen loderten Feuer und Schwefel auf.

Andrews wandte seinen Blick schnell wieder Joe zu. Die Tränen strömten die Wangen des Anwalts herab und tropften auf das teure Ralph-Lauren-Jackett. »Tut mir leid, Slugger. Ich hatte mit der ganzen Geschichte nichts zu tun. Es tut mir wirklich leid, das müssen Sie mir glauben.«

»Nun passen Sie mal genau auf«, erklärte Joe ruhig.

Andrews paßte genau auf.

»Ich sag das nur einmal«, fuhr Joe fort. »Sie haben mir das einzige genommen ...«

Erneut drang vom Kircheneingang dieses knarrende Geräusch über den Vorplatz hinüber, und diesmal schauten sowohl Andrews als auch Slugger hoch.

Der Schuß donnerte wie ein Überschallknall.

Andrews hörte die Windschutzscheibe bersten, den jähen Pfeifton und spürte das sanfte Stechen vom Splitterregen auf seiner Wange. Zugleich wurde der Slugger mit solcher Wucht zur Seite geschleudert, es hatte den Eindruck, als wäre er aus seiner Haut gerissen worden, und Andrews fühlte etwas Feuchtes auf sein Gesicht sprühen und plötzlich dämmerte es ihm, was passiert sein mußte.

Sein Herz schien in seiner Brust gefriergetrocknet zu werden.

Den Slugger hatte es schließlich doch erwischt.

»O mein Gott ...« Andrews war sich nicht einmal bewußt, die Worte ausgesprochen zu haben.

Joe glitt auf den Boden vor dem Blazer und malte dabei mit seinen Händen eine Blutspur auf die Kante des Polsters. Das Einschußloch in seinem Schädel besaß die Form eines Sterns, klebte voller Blut und anderen Flüssigkeiten, während sich auf dem Kiesboden unter seinem Kopf eine Lache zu bilden begann. Andrews versuchte zu schlucken. Sein krampfartiges Zittern war mittlerweile völlig außer Kontrolle geraten, seine Hände fuchtelten wild durch die Luft. Er blickte über seine Schulter und sah die massige Gestalt vor dem Kirchenportal.

Im Schein des Feuers hinter ihm hielt sich Marion fast katatonisch vor Schmerzen mit letzter Kraft aufrecht. Von den Brustverletzungen her zu urteilen, mußte er offenbar dreimal getroffen worden sein. Womöglich ein viertes Mal in die Stirn, aber das war schwer zu sagen in Anbetracht der Unmengen von Blut, die sein Haar verklebten, sein Gesicht marmorierten und die Vorderseite seines Hemds durchtränkt hatten. Vermutlich hatte es all seine verbliebene Kraft gekostet, überhaupt die .44er Magnum halten zu können, und sobald es klar war, daß er den Slugger erwischt hatte, schien das Leben aus ihm zu entweichen wie Luft aus einem geplatzten Ballon.

Der großgewachsene Mann krachte auf den Bretterboden des von Säulen begrenzten Vorbaus wie ein gefällter Mammutbaum.

In der entsetzlichen Stille des Blazers schlotterte Andrews haltlos. Irgendwo weit entfernt schrien Einwohner der Stadt, und eine Einheit der Freiwilligen Feuerwehr kam auf die Kirche zugerumpelt. Die meisten der ATF-Jungs sowie Marions Leute – zumindest diejenigen, die die Explosion überlebt hatten – riefen entweder um Hilfe oder schleppten sich fort in Richtung irgendeiner nachrückenden Verstärkung, und so blieb allein Andrews im leuchtenden Feuerschein der Kirche zurück. Er atmete tief durch und blickte auf den Slugger hinunter. Das flackernde Licht spielte über das blutverschmierte Gesicht der Leiche und ließ Tom Andrews an andere bewegende, bittersüße Momente denken, der Abschied der Baseballegende Lou Gehrig, der tränenreiche Abgang des großen Baseballhitters Pete Rose.

Das Ende einer Ära.

Eine letzte Sache blieb noch zu erledigen.

Andrews bezwang das Zittern seiner Hände lange genug, um seine Polaroid 600 im Handschuhfach hinter Fahrzeugpapieren und in Plastikumschläge gebundenen Betriebsanleitungen zu finden. Er kramte sie hervor und vergewisserte sich, daß noch Bilder übrig waren. Dann stieg er aus dem Wagen und stellte sich über die schlaffe Leiche des Sluggers, wobei er sorgsam darauf achtete, nicht in die klebrigen Blutpfützen zu treten. Es bereitete ihm extreme Schwierigkeiten, die Polaroid ruhig zu halten, so übermächtig war das Zittern, das in Krampfanfällen seinen gesamten Körper schüttelte und seine Finger vibrieren ließ. Hinter ihm stürzte die Kirche zusammen, und die prasselnden Geräusche und die Hitzewelle steigerten seine Nervosität nur noch weiter. Er hielt den Atem an und erfaßte die Leiche so gut es ging im Sucher.

Dann machte er eine Reihe von Fotos.

Als er fertig war, steckte er die Aufnahmen in seine Brusttasche und warf die Kamera durch das Fenster auf den Beifahrersitz. Anschließend stieg er wieder in den Blazer, startete den Motor und setzte schnell von dem anschwellenden Inferno zurück. Das grelle Licht war jetzt überall, der Güterzug donnerte in seinen Ohren, und Andrews verschwendete keine Zeit, die Automatik des Blazers in DRIVE zu schalten und so schnell wie möglich von hier zu verschwinden.

Die schmale Zufahrtsstraße schlängelte sich durch die Zypressen, und Andrews nahm die erste Haarnadelkurve mit knapp fünfzig Stundenkilometern, hätte beinahe die Kontrolle über den Wagen verloren und einen Ausflug ins Sumpfgelände gemacht. Aber es gelang ihm, die Reifen wieder auf den Asphalt zu bringen, und so brauste er an den Randgebieten des Städtchens vorbei in die Dunkelheit. Während die Kirche hinter ihm kleiner wurde, konnte er es sich allerdings nicht verkneifen, im Rückspiegel noch einen letzten Blick auf den pulsierenden Lichtschein zu werfen. Das Feuer war jetzt so gewaltig, so riesig, daß es Andrews Meinung nach im Umkreis von dreißig Metern um das Gebäude herum sicherlich alles verschlingen würde, einschließlich der Mehrzahl der gefallenen ATF-Männer, der Leute Marions und einschließlich sogar des Sluggers.

Andrews würde der letzte Mensch sein, der den Slugger lebend gesehen hatte, und diese Verantwortung würde er nicht auf die leichte Schulter nehmen. Er würde der inoffizielle Biograph des Sluggers werden. Yeah, genau. Andrews würde der Archivar der Unterwelt, der Hüter eines Vermächtnisses werden. Und trotz der Zitterkrämpfe, des klopfenden Herzens und des ausgetrockneten Mundes, mußte der Anwalt über diesen letzten Gedanken lächeln. Er bog um eine letzte scharfe Kurve, die in das nächtliche Marschland hinausführte, und nickte vor sich hin.

Vielleicht würde er ja ein Buch darüber schreiben.

- 23 -

Die Bestie richtete sich auf, schlug brüllend auf den Himmel ein und riß magnesiumgrelle Wunden in das Himmelszelt, deren Licht noch die Leute in Julibelle und Port Herrod sehen konnten. Es schien, als würde der Brand sich jetzt nur noch aus bloßen Erinnerungen speisen, Erinnerungen an Blut und Fleisch und rituelles Kerzenwachs wirbelten außer Kontrolle geraten herum, und all die Liebe und Trauer gingen in einem höllischen Spektakel in Flammen auf, und bald gab auch das eigentliche Fundament nach, und das Geräusch der einstürzenden Balken klang wie eine Symphonie aus Stimmen, die sich die Lunge aus dem Hals schrien und dabei den Anbruch der Apokalypse verkündeten.

Am Fuß des Infernos, in der Nähe der Tür, erhob sich wie ein Phönix eine einsame Gestalt.

Sie hielt sich auf wackligen Knien, in ihrem fiebrigen Hirn ein einziges Bild: ein heißgeliebtes Geburtstagsgeschenk von vor vielen Jahren, eine Reihe ineinanderfügbarer Püppchen, ein Geschenk eines entfernten Onkels. Es war eingepackt in einer hübschen, kleinen, taubenblauen Samtschachtel mit einem Band pinkfarbener Herzen um die Spitze und bestand aus einer Reihe handbemalter Porzellanfigürchen, sämtlich Babys mit süßen, kleinen, seidenen Windeln und winzigen Büscheln blonden Haars. Insgesamt waren es sechs, in abnehmenden Größen, und jede von ihnen konnte am Bauch geöffnet werden, so daß die nächstkleinere wie angegossen hineinpaßte. Diese Püppchen hatten einen verborgenen, geheimen Punkt im Herzen dieses Phönix berührt. Das Bedürfnis irgendwo hinzugehören, sich irgendwo geborgen zu fühlen.

Vollkommen verschwitzt und verrußt, den glühendheißen Luftzug im Gesicht, stand Maizie zitternd an den verwitterten Wandpfeiler gelehnt und mußte unwillkürlich an diese ineinandergefügten Püppchen denken. Vor wenigen Sekunden hatte sie sich noch selbst in den Körper eines toten Mannes gefügt. Wie bei der Puppe des Bauchredners hatte sie die eigenen Hände um seine kalten, toten Finger gelegt, und hatte ihn eben noch lange genug aufrecht halten können, um auf die Windschutzscheibe zu zielen und zu feuern. Sie war selbst zu einer sich einfügenden Figur geworden, einer Puppenspielerin, und als sie den großen Mann fallen ließ, hatte die Illusion wundervoll funktioniert. Das Aufschlagen von Marions Leiche auf dem Boden des Portals klang wie eine auf Beton klatschende Rinderhälfte.

Das ächzende Kreischen der einstürzenden Balken aus dem Innern der Kirche riß Maizie aus ihren Träumereien.

Sie schützte ihr Gesicht vor dem Funkenregen und nahm einen tiefen Atemzug. Die Hitze war beinahe unerträglich, die Luft blanchierte die Lungen, und sie entschied, daß es dringend an der Zeit war, von hier zu verschwinden. Sie drehte sich um, sprang über die Leiche, während die Funken an ihren Hacken knabberten, und stieg dann, zwei Stufen auf einmal nehmend, die Treppe hinunter.

Der Vorplatz lag noch immer verwaist, die Bäume waren in einen bisweilen grell aufleuchtenden Feuerschein getaucht, aber dem Geräusch nach zu urteilen, hatten die Rettungswagen das Gelände bereits erreicht, und in Kürze würde es vor Cops hier nur so wimmeln. Maizie raste über den Platz, die Beine waren von den Kämpfen in der Kirche steif und zerschlagen, und ihre Wirbelsäule hatte eine Prellung davongetragen, als die hölzerne Altarverschalung auf sie beide gefallen war. Der Rucksack flatterte lose an ihren Schultern, aber das kümmerte sie alles nicht mehr. Sie war ein Profi und wußte, was es für eine spezielle Aufgabe wie diese bedurfte.

Sie erreichte Joes Leiche, als dieser sich gerade aufsetzte und versuchte, die behelfsmäßige Schminke von seinem Gesicht zu wischen und schimpfte: »Der verdammte Kram klebt ja schlimmer als ein Paral-Streifen.«

»Ich hab dir doch gesagt, es trocknet sehr schnell«, erwiderte Maizie, kniete sich neben ihn und untersuchte sein Gesicht nach ernsthaften Verletzungen. Das Dröhnen von Automotoren wurde lauter, und vom Süden her näherten sich Polizeisirenen.

»Ich hatte schon Angst, es würde mir in der Hand trocknen, bevor ich es noch in mein Gesicht schmieren konnte.«

»Du warst gut, Joey«, beruhigte sie ihn und tastete sein Schlüsselbein und seinen Nacken auf der Suche nach Glassplittern oder irgendwelchen echten Verletzungen ab. Sie fand lediglich Spuren von Ruß – und natürlich die vielen Spritzflecken mit Marions Blut. Gott sei Dank hatte Maizie die Maskenbildnerei mit einfachen, billigen Alltagsmaterialien gelernt und kannte sich in deren Zusammensetzung und Gebrauch mittlerweile so gut aus, daß sie darüber ein Lehrbuch hätte verfassen können.

Heute war es ihr gelungen, mit Dingen zu improvisieren, die sie in der brennenden Kirche vorfand. Als Bindemittel hatte sie geschmolzenen Kerzenwachs genommen und ihn mit ein wenig Sägemehl versetzt, um dieses schartige Einschußloch zu erhalten. Dann hatte sie aus einem Beutel mit Marions Blut, der in eine aus ihrer Jeans gerissenen Hosentasche eingeschlagen wurde, eine kleine, notdürftige Requisite konstruiert. Das eigentliche Kunststück aber war gewesen, in letzter Sekunde, zusammengekauert in einem Feuertunnel, während sie noch die Schießerei zwischen Joe und Marion verfolgte, sich einen solchen Plan überhaupt auszudenken. Womöglich hatte ja das Schauspiel, Marion wie einen Baumriesen umkippen und in einer Funkenwolke hart auf den Boden schlagen zu sehen, nachdem Joe ihn mit seinen letzten drei Schuß erledigt hatte, als Auslöser gedient. Aber wahrscheinlicher war es doch Maizies Liebe zu Joe gewesen, ihre unvermittelte Erkenntnis, daß er niemals seinem eigenen Leben würde entfliehen können, daß er stets gejagt werden würde und daß sein eigener Tod die einzige Lösung bedeutete.

»Weißt du was, Liebling?« meinte Maizie plötzlich und blickte über ihre Schulter zum Feuer. Mittlerweile breiteten sich die Ränder des Infernos auf dem Boden weiter aus, sprangen auf totes Geäst und Baumstümpfe über und ließen kleine Funkenfontänen aufschießen. In den Bäumen blitzte bereits das Blaulicht der nahenden Streifenwagen. Maizie fühlte sich merkwürdig euphorisch, als würde sie schweben. »Wir müssen jetzt hier verschwinden.«

»Ich weiß, ich weiß, laß uns abhauen.« Joe kämpfte sich auf die Beine. Sein verzerrtes Gesicht sprach Bände über den Grad seiner Erschöpfung und Schmerzen.

»Hier lang«, sagte Maizie, nahm seinen Arm und führte ihn über den Parkplatz.

»Dein Schuß durch die Scheibe war aber verdammt knapp, meinst du nicht auch?« Joe brachte im Weiterstolpern trotz seines Zustands ein Lächeln zusammen.

»Was willst du damit sagen?«

»Ziemlich dicht vorbeirasiert, würde ich sagen.«

»Ich hab genau gewußt, was ich tat.«

»Du hättest mir fast die Birne fortgeblasen.«

»Aber nur fast.«

»Yeah, du hast wohl recht«, sagte er und legte einen Arm um sie.

Schweigend tauchten sie in das Sumpfgelände ein.

Als die Dunkelheit sie endlich umfing und der Wall aus Zypressen und Dickicht das Chaos hinten an der Kirche ausblockte, fühlte Maizie sich seltsam verwandelt. Natürlich kamen sie nur langsam voran, ihre Füße versanken im Schlamm, ihre wunden Beine blieben stecken, aber sie waren jetzt frei, *frei*, ein Paar stapfender Tote, und bald würden sie den Highway erreichen, und irgendwie würden sie es aus dem Land heraus schaffen und sie würden entkommen. Und als Maizie dies bewußt wurde, spürte sie das Gefühl erneut, dieses merkwürdige, schwebende Gefühl, diesen Auftrieb, und sie blickte zu Joe hinüber und sah den Ausdruck in seinen Augen, dieses wissende Glänzen, und ihr wurde klar, daß er es auch spürte. Sie hatten das Unmögliche vollbracht.

Sie bewegten sich durch die Dunkelheit, durch die schwarze, üppige Nacht.

Es war ihnen am Ende doch gelungen, vom Erdboden zu verschwinden.

Epilog

Ansichtskarten aus dem Dorf der Toten

»God is unthinkable if we are innocent.«

Archebald MacLeish

Bei Sonnenuntergang erwachte Joe von einem Alptraum und zuckte vor Schreck nach hinten gegen die Gipswand, während sein tauber Hintern auf der Steinbank kleben blieb. Die Hitze des Tages hing noch immer schwer in der Luft, und der Eukalyptusduft war dicht wie ein Moskitonetz. Der Schweißfilm, der Joes Körper bedeckte, klebte seine leinenen *pantalones* an seiner Haut fest.

Diese verdammten mexikanischen Sommer.

Seit beinahe drei Stunden saß er nun bereits im Innenhof des Krankenhauses, nickte ab und zu ein und wartete auf die Geburt seines Kindes. Zuerst hatte ihm die Hebamme zwar gesagt, daß er im Kreißsaal an Maizies Seite bleiben könnte, aber dann setzten Komplikationen ein. Irgend etwas mit dem Baby, daß es zu klein war oder sich in der Nabelschnur verwickelt hatte oder etwas in der Art. Joes Spanischkenntnisse ließen noch immer stark zu wünschen übrig, und Maizie war im Moment nicht in der Lage zu übersetzen. Sie lag ausgestreckt auf dem Bett, die Hände an das Gitter gebunden, damit sie nicht um sich schlagen konnte, und machte eine ziemlich harte Zeit durch. Es brachte ihn schier um den Verstand, sie so leiden zu sehen.

Schließlich hatte der Arzt Joe gebeten, doch draußen zu warten. Zuerst hatte Joe dem noch widersprochen, aber bald hatte er erkannt, daß ein Streit wenig sinnvoll war. Über *Nein, danke* und *Wo, bitte, geht's zur Toilette?* reichten seine Kommunikationsfähigkeiten noch kaum hinaus. Außerdem wollte er keinerlei Aufmerksamkeit auf sich oder auf die Tatsache lenken, daß dieser neue Gringo, der sich John Vargas nannte, im Norden von ungefähr einem halben Dutzend Bundesbehörden gesucht wurde. Allerdings machte ihr Entschluß, sich in einem abgelegenen, kleinen Dorf in der westlichen Sierra Madre zu verstecken, die Sache nicht unbedingt einfacher. Das Krankenhaus hier pumpte das Wasser noch aus Brunnen, und die Krankenschwestern drehten Zigaretten rauchend ihre Runden.

Joe hörte Schritte über den Hof hallen und blickte auf.

Das Gebäude bestand aus einem hufeisenförmigen Arrangement aus leprakranken Gipswänden und abblätterndem, weißgetünchtem Mörtel, umsäumt von überdimensionalen Yuccapflanzen, Gräserbüscheln und spindeldürren Mesquitebäumen. Das Santa-Rosalia-Krankenhaus lag am Rand eines Bergdorfs namens Villa de los Muertos und war im Umkreis von hundert Meilen die einzige medizinische Versorgungsstelle. Maizie fühlte sich hier oben bei den Leuten in den Bergen sicherer, weitaus sicherer als unten in den moderneren, aber korrupten städtischen Einrichtungen. Sie hatte beim Einsetzen der Wehen sofort darauf bestanden, nach Santa Rosalia zu gehen. Joe jedoch fühlte sich seit ihrer Ankunft nervös wie eine dreibeinige Katze. Zu viele mißtrauische Verwaltungsleute liefen herum, zu viele Formulare waren auszufüllen. Tatsächlich kam in diesem Moment ein mürrisch blickender Verwaltungsmensch den Gartenpfad zwischen zwei Hauptgebäuden entlang auf den Innenhof zu, und der Ausdruck auf dem Gesicht des alten Paters verhieß keine guten Nachrichten.

Joe schluckte schwer und beobachtete, wie der Geistliche unbeirrt auf ihn zustolzierte. Der Pater war ein großgewachsener, hagerer, zerbrechlich wirkender Mann mit einem weißen Haarschopf, der in den Siebzigern zu sein schien und mit einer langen schwarzen Kutte bekleidet war, deren um die Hüfte geschlungener Strick beim Gehen wie ein Pendel hin- und herbaumelte. Er war inzwischen keine fünfzig Meter mehr entfernt, und seine düsteren, grauen Augen ruhten gramerfüllt und fest auf Joe.

Joe stand auf, wischte sich mit dem Handrücken den Schweiß von der Stirn und versuchte alle Möglichkeiten durchzuspielen. Vielleicht handelte es sich ja um ein Mißverständnis. Vielleicht kam der Priester bloß, um ihn über den Stand der Dinge zu informieren. Es war denkbar, aber sein gehetztes Hirn kehrte immer wieder zu der trostlosen, wahrscheinlicheren Erklärung zurück: Das Baby war tot. Oder noch schlimmer: Maizie war während der Geburt gestorben. Allein die Vorstellung war so fürchterlich, so lähmend, daß Joe für einen Moment befürchtete, er würde ohnmächtig.

Der Pater kam immer näher.

Joe verfolgte, wie der alte Mann knapp dreißig Meter entfernt den staubigen Platz überquerte und über einen Agavenstumpf stieg. Der Geistliche ging mit einem leichten Hinken und schien sein linkes Bein stärker zu belasten. Joe rang seine Hände, beobachtete, wartete und plötzlich durchfuhr ihn ein neuer, schrecklicher Gedanke. Die Art, wie der Priester ging, die wohlüberlegte Gelassenheit und dieser starre Ausdruck in dem verschrumpelten Gesicht. Was, wenn der Alte ein Killer war? Wenn er jetzt wie der Todesengel kommen würde, um Joe umzulegen? Auf sonderbare Weise wünschte sich Joe beinahe, daß dies letztere Szenario der Wahrheit entsprechen würde. Alles war besser, als Maizie zu verlieren.

Der Priester trat an ihn heran.

Joe wich nicht von der Stelle, stand dem Mann offen gegenüber und setzte sein bestes Pokergesicht auf. Von diesem alten Knacker würde er sich nicht einschüchtern lassen. Joe reckte sogar, ohne sich dessen bewußt zu sein, sein Kinn um ein paar stolze Grade nach oben. Nach allem, was er durchgemacht hatte, müßte es doch mit dem Teufel zugehen, wenn sein Schicksal ausgerechnet jetzt besiegelt sein sollte. Er ballte die Fäuste und nickte höflich, als der Pater an seine Bank trat. Joe war darauf vorbereitet, jeden

Moment die Kutte des alten Mannes auffliegen und eine runzlige Hand mit einer abgesägten Kaliber zwanzig zu sehen, die den Lauf hochschwingen ließ.

»*Señor?*«

Joe nickte. »Ja, Vater? Ist es wegen des Babys? Ist mit Maizie alles in Ordnung?«

Der Pater neigte kurz seinen Kopf zur Seite und zog seine Stirn kraus. In dem wundersamen Licht dieser Stunde sah seine Haut wie ungebackener Teig aus. Er roch nach alten Büchern. »Señor Castilla?« fragte er und wirkte äußerst verwirrt.

»Pardon?«

»Sind Sie Señor Castilla?«

Joe fühlte, wie seine Nerven sich entspannten, als würde ein Knoten sich plötzlich entwirren. »Nein, mein Name ist Vargas. Mein Frau ist Margaret Vargas.«

Der Pater starrte ihn einen Moment an und lächelte dann. Seine Zähne waren an den Rändern schwarz verfault. »*Lo siento*. Entschuldigen Sie, *señor*. Ich dachte, Sie wären Señor Castilla.«

»Keine Ursache«, sagte Joe.

»Ich weiß von Ihrer Frau«, meinte der Pater. »Sie ist ein wunderhübsches Mädchen, sehr nett.«

Joe dankte ihm.

»Sie ist noch in den Wehen«, erklärte der Geistliche, verbeugte sich anschließend und machte auf dem Absatz kehrt.

Joe beobachtete den Pater in Richtung der Gebäude zurückwatscheln und dann in den Schatten des Durchgangs verschwinden. Wie ein Schleier senkte sich wieder die Stille über den Innenhof, und schon bald gab es nur mehr die Grillen, das ferne Flüstern des Golf von Kalifornien, die kreisenden Möwen und die unentrinnbare Hitze, die Joes Leinenhose fünfzig Kilo wiegen zu lassen schien. Joe ging zur Ostseite des Hofs hinüber, die einen Blick über die Villa de los Muertos bot, hielt dort mit den Händen in der Tasche inne und dachte nach. Er konnte die Nacht sehen, die sich wie eine Decke über das Tal legte und er konnte den Luftzug auf seiner Haut spüren, der seine verschwitzte Stirn kühlte.

Allein in der Stille, während das Tageslicht unter ihm schwand, mußte Joe an Gott denken und an die Pläne, die dieser noch für Joe, Maizie und ihre Nachkommen haben würde. War Gott auf die Begleichung von Rechnungen bedacht? Würde der große Überchef dort oben das Leben von Joes Sohn nehmen als Ausgleich für all die anderen, die durch Joes Hand gestorben waren? Oder würde er Joe diese eine Sache erlauben, die stets schon sein heimlicher Wunsch gewesen war und zu der er doch nie einen Weg hatte führen sehen?

Joe hörte keine Antwort, nur das ferne Schreien einer Möwe, drehte sich um und ging zurück ins Krankenhaus.

Danksagung

Ein besonderes Dankeschön an Jennifer Robinson für die außerordentliche pränatale Fürsorge; an Bob Mecoy für das versierteste Lektorenhändchen in der gesamten Branche; an Rand Ravich und Andrew Lazar für schier unerschöpflichen Scharfsinn und ebensolche Freigiebigkeit; an Peter Miller für grenzenlosen Enthusiasmus; an Jeanne Bonansinga für Geduld, Liebe, gute Ratschläge und Freundschaft (und dafür, jeden neuen Entwurf ertragen zu haben); und dem Gedenken an Joe R. Flood – eines Tages werden wir uns wiedersehen, mein Freund.

Weitere *gracias* an Dr. med. Harry Jaffe; die Leute vom PMA Literary and Film Management; Joe und Pat Bonansinga; Lucille Bonansinga; Jim Andrews; Jane und Junie Parrick; Bill und Mary Bonansinga; Pas; Becky Jones; Dr. Ruth Greenthal; Dennis Armstrong und Once Upon a Crime; Katie Schwartz und Mary Ann Deihl von Barnes & Noble; Kevin Stein; Dave Johnson; Aaron Vanek; John und Shannon Tullius; Treva Bachand; Michael Stein; Ted Okuda; Bruce Ingram; Tina Jens und Twilight Tales; Harlan Ellison, Bob Weinberg, Patrice Duvik, Ranger Tod, Jeb und Christina, Tom Mori und alle Leute von der Tuttle-Mori Agency; Michael Deluca und New Line Cinema; Elaine Benisti von The Horror Writers of America; Ben Adams; Norm Pokorny; Richard Chizmar; Stefan Dziemianowicz; Pete Fornatale; Joyce Norman; Alice Bentley und The Stars Out Destination; Brad Throop, Mike Hughes; Brian Ridgway; James J. Wilson; Andy Sands; Brian Hodge; Rick Hautala; Matthew Costello; Tom Monteleone; Elizabeth Massie; Mort Castle von The Little Professor Book Company; Carl Sifakis und *The Mafia Encyclopedia* sowie Joseph Beth Books.

MARK CHILDRESS

»Childress ist ein begnadeter Fabulierer mit Umblättergarantie, ein wunderbarer Geschichtenspinner mit einem großen Herz für seine Figuren.«

stern

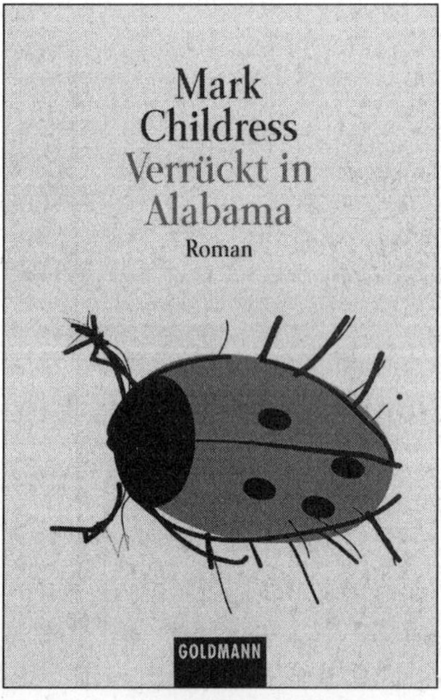

43207

GOLDMANN

BILL BRYSON

Humorvoll, selbstironisch und mit einem scharfen Blick für die Marotten von Menschen und Bären!

»Bill Bryson ist ein Naturwunder!«
Sunday Times

44395

GOLDMANN

GOLDMANN

*Das Gesamtverzeichnis aller lieferbaren Titel erhalten Sie
im Buchhandel oder direkt beim Verlag.
Nähere Informationen über unser Programm erhalten Sie auch im Internet unter:*
www.goldmann-verlag.de

★

Taschenbuch-Bestseller zu Taschenbuchpreisen
– Monat für Monat interessante und fesselnde Titel –

★

Literatur deutschsprachiger und internationaler Autoren

★

Unterhaltung, Kriminalromane, Thriller
und Historische Romane

★

Aktuelle Sachbücher, Ratgeber, Handbücher und
Nachschlagewerke

★

Bücher zu Politik, Gesellschaft, Naturwissenschaft und Umwelt

★

Das Neueste aus den Bereichen
Esoterik, Persönliches Wachstum und Ganzheitliches Heilen

★

Klassiker mit Anmerkungen, Anthologien und Lesebücher

★

Kalender und Popbiographien

★

Die ganze Welt des Taschenbuchs

★

Goldmann Verlag • Neumarkter Str. 18 • 81673 München

Bitte senden Sie mir das neue kostenlose Gesamtverzeichnis

Name: ______________________________

Straße: ______________________________

PLZ / Ort: ______________________________